LE PROPHÉTIONNEL

En vingt-cinq ans et une quarantaine de romans, Pierre Grimbert a conquis plusieurs générations de lecteurs de fantasy. Son style clair et ses personnages attachants en ont fait un auteur populaire, plusieurs fois primé et traduit. Il partage sa vie avec la romancière Audrey Françaix.

Paru au Livre de Poche :

LA MALERUNE

1. Les Armes des Garamont

2. Le Dire des Sylphes (*avec Michel Robert*)

3. La Belle Arcane (*avec Michel Robert*)

LA MALERUNE, trilogie complète
(*avec Michel Robert*)

PIERRE GRIMBERT

Le Prophétionnel

1. La Théorie du bouclier
2. Le Trône du dahu

LE LIVRE DE POCHE

Cet ouvrage a été précédemment publié en deux tomes
aux éditions Octobre en 2006 et 2007.

ISBN : 978-2-253-24373-1 – 1re publication LGF

La Théorie du bouclier

PREMIÈRE PARTIE

Chapitre 1

Un alezan infatué louvoyait placidement entre les halliers et les marmenteaux d'un sous-bois enchanteur. Sur une selle que n'auraient pas méprisée les plus dignes des fesses couronnées trônait un chevalier errant s'adonnant justement à sa principale occupation. Son front était noble et haut levé, si noble et si haut levé, même, que des rameaux irrévérencieux venaient parfois s'y frotter et laisser leurs épines le marquer du sceau de la sylve. Sa lourde armure reflétait les éclats du soleil pour n'en conserver que la chaleur gracieusement dispensée. Le métal brûlant dégageait lui-même une telle aura incandescente qu'on eût dit le héros nimbé d'une étrange puissance surnaturelle. Un observateur un peu poète, et sourd aussi, aurait comparé le cheminement du chevalier à la danse mystérieuse d'une truite argentée sur une frayère… mais notre homme avait beau chercher de tous côtés, il n'y avait personne pour témoigner de pensées aussi lyriques, et il s'épongea pour la dixième fois en songeant qu'il ferait tout aussi bien de marcher à l'ombre en s'éventant comme une donzelle.

La patience récompense pourtant ceux qui ont foi en elle, et le bon chevalier Ulser finit par croiser, au hasard de ses pérégrinations, un hobereau chargé d'une binette qui allait son chemin en sifflotant. Il s'épongea pour la quatorzième fois ce jour et interpella le manant de la senestre, feignant de ne point ouïr les grincements métalliques qui accompagnaient son mouvement.

— Holà, vilain ! lança-t-il en le désignant de son front noble et haut levé. T'y entends-tu en les laies du breuil ? Une appétence me toue jusqu'aux lares d'une fagoteuse, mais je crains de m'être dévoyé.

Le paysan leva un sourcil en faisant glisser le manche de son outil jusqu'en terre, tant habile il était au maniement de l'objet qu'il pouvait s'acquitter de ces deux actions conjointement. Il s'appuya ensuite sur la ferrure de l'objet et, dans la foulée, leva son autre sourcil aussi haut que le premier.

— J'entends, mais je n'comprind rien à c'que vous dites, martela-t-il du coin d'une bouche édentée. Qu'ec c'est qu'vous voulez ?

C'est à ce moment précis que le bon chevalier Ulser comprit que sa quête serait longue, très longue, et qu'il aurait à affronter beaucoup d'épreuves insurmontables pour la plupart des mortels – et, à plus forte raison, pour la plupart des trépassés. C'est aussi à cet instant qu'il se résolut à parler normalement.

— Je suis perdu, reprit-il en boudant. Je cherche

Mercédès, la sorcière. Si vous m'ouvrez la route, je vous donnerai deux sols.

— Dame ! J'aurais bin voulu vous aider, mais…

Le hobereau marqua une pause, une lueur nouvelle dans la prunelle.

— J'aurais bin voulu vous aider, reprit-il en lançant des regards furtifs, mais c'n'est point mon ch'min. Vous êtes pas du tout d'la région ?

— Pas de celle-ci, en effet, crut bon de préciser Ulser.

— Ben ! Alors, pour seul'ment un sol, j'vous donne l'direction. Vous n'regretterez point vot'argent : c'te forêt est tell'min touffusse qu'y a des arb' partout qui bouchent l'vue des honnêt' gens.

Le chevalier se pencha diligemment pour s'acquitter de la somme, avec à l'esprit la double crainte de ne pouvoir comprendre la réponse et, accessoirement, d'être jeté à bas de cheval par le poids de son armure. Il n'eut heureusement pas à subir le ridicule d'une telle situation et parvint à se redresser dès la deuxième tentative, couvert de sueur et le teint rouge, mais prêt à donner un départ décisif à sa quête.

— Heu… C'est par là, indiqua le manant de son outil, en direction d'un vague bosquet. Tout droit, par là.

— Bénie soit ta binette, édicta le chevalier reconnaissant.

Il s'engagea aussitôt sous le couvert des feuillages, heureux de trouver un peu de fraîcheur, même si son front noble et haut levé se lassait d'être marqué du sceau de la sylphe. Il se réjouit également d'être tombé sur un honnête homme : un malveillant aurait pu s'enfuir avec la pièce sans respecter ses engagements alors que le hobereau, même une fois payé, n'avait pas montré signe d'hésitation. Après une longue méditation sur les motivations du Bien et du Mal, qui l'amena pratiquement au bord des larmes, Ulser se promit de prier pour celui que la providence avait si généreusement placé sur sa route.

Cinq heures plus tard, le bon chevalier ne tarissait plus de malédictions et de jurons plus colorés les uns que les autres. Si l'homme à la binette avait reçu un coup de pied aux fesses pour chacun d'entre eux, son derrière aurait été tellement enflé qu'il aurait pu y atteler un soc de charrue. L'élan prodigué par cette correction l'aurait même aidé à tracer ses premiers sillons. La nuit s'apprêtait à tomber d'un instant à l'autre, vacillant sur l'horizon comme un funambule ivre, et Ulser n'avait pas trouvé plus de maison de sorcière qu'il n'y avait de bouton d'acné sur le nez d'un elfe.

Il avait été si souvent marqué du sceau de la sylphe que toutes ces égratignures commençaient à faire brouillon sur son front noble. Son alezan autrefois infatué traînait misérablement la patte en tirant la langue, bien que ces deux phénomènes ne fussent pas physiologiquement liés. Son armure faisait tellement de bruit qu'il se surprenait parfois à se retourner vivement, en quatre ou cinq mouvements tout au plus, pour s'assurer qu'il n'était pas traqué par un mauvais parti de ferrailleurs. Enfin, il souffrait d'une telle chaleur qu'il n'en démêlait plus la cause première : le soleil, ou l'étuve de sa cuirasse. Si ce n'était son vœu, il aurait erré avec délectation dans le plus simple appareil : chemise et culotte, cotte de mailles, épaulières, cuissards, genouillères, grèves et solerets à poulaine, un point c'est tout ! Le reste semblait éminemment superflu pour le moment.

Il se consolait en songeant qu'il lui était impossible de se dévêtir seul, de toute façon, et que sa pudeur aurait eu à souffrir de battre la campagne en seules chemise et culotte, cotte de mailles, épaulières et cætera.

Comme cela devait arriver, la nuit finit par s'effondrer à plat ventre sur la région et s'y recroqueviller pour cuver jusqu'à l'aube. La progression du chevalier s'en vit d'autant ralentie – non que l'obscurité rendît l'air plus épais, cela dit – et après avoir chuté deux fois dans la même ronceraie, il se résolut finalement à camper sur place.

Ce moment de repos fut de loin le plus agréable de la journée. Allongé sur le dos, le regard embrassant le ciel étoilé, le bon chevalier Ulser songea à celle pour qui il avait entrepris cette quête, et qui, indirectement, était responsable de sa situation actuelle, bien qu'il ne pût lui en rejeter toute la faute, d'autant qu'elle ne lui avait rien demandé et que jamais il n'aurait osé lui faire le moindre reproche, tant était grand son amour et son estime pour elle, et cela bien qu'elle n'ait pas témoigné de la réciproque depuis longtemps.

Il se massa ensuite les paupières en songeant que cette simple phrase qui résumait ses pensées les rendait un peu complexes, mais avait l'avantage de parfaitement présenter la situation. Il s'endormit donc avec un sourire satisfait, presque béat, ignorant la pluie régulière qui vint bientôt marteler sa cuirasse avec le bruit d'une bataille de fourchettes dans une cantine de lutins.

La nuit récupéra beaucoup plus vite que le chevalier et, après s'être étirée dans toutes les directions, se leva sur la pointe des pieds pour s'enfuir à destination d'une nouba stellaire des plus secrètes. Ulser ouvrit l'œil moins de trois heures après, frais et dispos – *frais*, surtout. L'orage ne s'était éloigné qu'un peu avant l'aube et les gouttes de pluie, terrorisées par les coups de tonnerre, avaient cru bon de trouver refuge dans les rondeurs de son armure. Immédiatement après avoir fait cette constatation, le chevalier fut pris d'une forte envie d'uriner, contrariée par l'effort que lui demandait le passage de la station couchée à la position verticale. C'est donc sans noblesse ou dignité que se déroulèrent les premiers instants de cette nouvelle journée, Ulser offrant le spectacle lamentable d'un chevalier roulant sur lui-même en soufflant comme une grosse otarie en parade nuptiale, rejetant des litres d'eau par toutes les jointures de sa cuirasse, et trépignant comme un bateleur foulant des braises ardentes en cherchant frénétiquement à défaire les nœuds de sa culotte.

Quand il retrouva enfin attitude convenable et sérénité, il prit le temps d'étudier le paysage que la nuit lui avait caché. À sa grande stupéfaction, il se découvrit au beau milieu d'une forêt, puis se souvint benoîtement qu'il en était déjà ainsi la veille. Il rit de sa méprise et poursuivit son inspection, avant de soupirer d'aise en repérant une maisonnette. Il se félicita alors pour sa chance, ce qui était un peu complaisant, et prit la direction de la masure qui ne se trouvait guère à plus de deux cents daches de distance – environ trois cent cinquante fois la longueur d'un gorze commun. Il calcula qu'il lui faudrait bien une heure pour la rejoindre, et probablement autant pour en revenir. Il espérait donc ne pas gaspiller son temps.

Après la visite imprévue d'un buisson d'aubépine, Ulser parvint enfin à la clôture cerclant la fermette. Le charme pastoral de l'habitation, nichée dans un paysage enchanteur, sut faire vibrer la fibre poétique du bon chevalier, qui regretta de ne pouvoir consacrer plus de temps à sa contemplation. Il se réjouit surtout de repérer un billot, qui pourrait lui servir de marchepied pour remonter en selle ; ce en quoi il avait échoué toute la matinée.

Il gagna bientôt la porte du logis et acquit l'intime conviction qu'il avait atteint son but. Pour s'en assurer tout à fait, il relut la plaque de marbre que son œil alerte venait de découvrir, fixée au-dessus de l'entrée :

Mercédès
Magicienne, Guérisseuse,
Astrologue, Cartomancienne
Uniquement sur rendez-vous
Fournisseurs : faites le tour

Tout à la joie de sa réussite, le bon chevalier se précipita à l'intérieur de la masure sans même frapper à la porte, ce que les bonnes manières et une élémentaire prudence lui déconseillaient fortement. Aucune fatalité moralisatrice et omnipotente n'intervint pourtant pour châtier un tel comportement, et Ulser put examiner les lieux à loisir. Mais excepté un large comptoir séparant la pièce en deux, il n'y avait là rien qui vaille la peine d'être mentionné, ou dont on puisse tirer quelques sous.

Après plusieurs minutes perdues en attente, Ulser se hasarda à taper légèrement contre ledit comptoir, produisant plus de bruit avec les grincements de son armure qu'avec les coups portés au meuble. Il répéta l'opération, encore et encore, de plus en plus fort, jusqu'à se surprendre à frapper de ses deux poings fermés sur l'assemblage pourtant innocent. Il ne cessa qu'en oyant la porte s'ouvrir dans son dos, et se retourna aussitôt, rouge de confusion et les tempes battantes.

La nouvelle venue tenait un panier de châtaignes et une petite serpette. Le chevalier craignit un instant de devoir se défendre, mais, à son grand soulagement, l'arme fut abandonnée dans les fruits secs par sa propriétaire. Il se détendit un peu et sourit à l'inconnue pour témoigner de ses bonnes intentions. Elle-même semblait inoffensive : plutôt petite, boulotte et grisonnante, elle le détaillait d'un regard suspicieux lancé de sous une coiffure rappelant un saule pleureur. Il se fit la réflexion qu'elle avait dû être belle, *autrefois*, puis eut aussitôt honte de cette idée. Elle avait peut-être toujours été laide, après tout.

— C'est pour ? demanda-t-elle soudain, avec une hostilité manifeste.

— Une quête, bredouilla le bon chevalier, intimidé par tant d'assurance. Je cherche à…

— Vous avez rendez-vous ? coupa-t-elle d'un ton revêche.

— Eh bien, heu… non.

— Foutripaille ! s'emporta la sorcière. 'Faut prendre rendez-vous ! 'Savez pas lire, peut-être ? La pancarte, c'est pour les trolls ?

— C'est que… c'est extrêmement urgent, s'excusa le chevalier.

— On est tout le temps dérangé ! poursuivit la furie, sans l'écouter. C'est la troisième fois en même pas deux ans ! Vous croyez que c'est une vie, pour moi ? Vous pensez qu'une sorcière n'a pas droit à sa tranquillité comme tout le monde ?

— Heu… La question demande réflexion, bredouilla Ulser. Et… pour prendre rendez-vous, comment puis-je ?…

— Oh ! s'exclama la sorcière, subitement apaisée.

Elle alla se placer de l'autre côté du comptoir avant de reprendre, d'une voix radoucie :

— Il fallait le dire plus tôt. Quand êtes-vous disponible ?

— Ma foi… dès maintenant. Le plus tôt sera le mieux.

— Voyons, voyons…

Elle sortit un épais registre de sous le comptoir et en tourna les pages avec beaucoup d'application. Elle finit par trouver celle qui l'intéressait, la dernière avant une épaisse liasse de feuilles blanches. Il lui fallut une minute pour la décoller de la précédente.

— Ah ! Voilà. Nous sommes bien en la troisième année de l'Huître, n'est-ce pas ?

— Heu… Je suis pratiquement certain que s'achève la cinquième du Dindon, annonça Ulser, les yeux écarquillés.

— Sacrachat ! Comme le temps passe vite ! commenta la sorcière avant d'arracher la page. Mon prochain rendez-vous a *quatre ans* de retard, vous imaginez ça ? Enfin, je devrais pouvoir vous prendre entre deux. Il attendra bien un peu… Que diriez-vous du solstice d'été, à midi ?

— Vous ne pouvez pas plus tôt ? paniqua le chevalier.

— À dix heures, alors ? D'après la convention, on ne devrait pas consulter le matin, mais je n'ai pas vu un inspecteur depuis Poulpe huit. Je pense qu'on peut courir le risque.

— Non, je veux dire : vous ne pouvez pas *avant* ? Aujourd'hui, ou demain, par exemple ?

La mégère leva le regard de son registre pour examiner le chevalier d'un air soupçonneux. Ulser se sentit soudain aussi embarrassé qu'à l'époque où sa nourrice s'interrogeait sur les souillures de ses draps.

— Personne ne peut être aussi pressé, remarqua-t-elle en plissant les yeux. Quelle quête suivez-vous, au juste ?

— Je l'ignore, avoua Ulser d'un air déconfit. Je ne sais pas du tout *quoi* chercher, ni *où*. Voilà deux mois que j'erre en vain. J'ai songé que vous pourriez peut-être m'aider…

Une fois encore, la sorcière l'examina de la tête aux pieds, avec une lassitude non dissimulée. Ulser s'efforça de limiter les grincements de son armure à quelques couinements inévitables. Un reste d'eau de pluie flic-floquait dans ses solerets, et un morceau de ronce dépassait de sous son épaulière gauche.

— Il semble, en effet, que vous ayez grand besoin d'aide, conclut la mégère avec un sourire mystérieux. Voyons donc si mes talents surnaturels y suffiront. Mais attention ! Je vais vous placer *juste sous le regard des dieux !* Vous regretterez peut-être de ne pas avoir fui, à l'instant où vous avez franchi ma porte !

Et elle ajouta, beaucoup plus naturellement :

— C'est soixante sols la consultation, payables d'avance. Ah, et plus dix pour frais de dossier.

Chapitre 2

Malgré l'accord conclu, Mercédès refusa que le chevalier lui expose immédiatement ses problèmes, et ils convinrent d'un rendez-vous au crépuscule. Ulser passa donc le reste de la journée assis sur le seuil de la fermette, les poings sur les joues, nourrissant moins d'espoirs que de pensées pessimistes. Quand il vit la sorcière prendre la direction de la forêt, flânant et fredonnant, une certaine rage impatiente s'empara de lui. Mais il ne voyait rien d'autre à faire alors qu'attendre et attendre encore, aussi s'y mit-il sans tarder.

Le soir vint pourtant au moment précis où la nuit s'allongeait sur le monde, ce qui prouve, soit dit en passant, à quel point la nature est bien faite. Dépliant ses membres torturés par les crampes, Ulser se hasarda à l'intérieur de la maisonnée, bien qu'il n'eût pas assisté au retour de la propriétaire des lieux. Il patienta quelques minutes devant le comptoir sans oser ne serait-ce que le frôler. Le bois portait encore les traces de sa récente perte de contrôle.

Mercédès finit par passer la tête de derrière un

rideau et, l'ayant aperçu, elle s'avança jusqu'à lui avec son air le plus digne. La sorcière avait revêtu une robe de tradition *kitsch*, bleue et rouge avec des étoiles d'or brodées n'importe comment. Un tel habit était gage d'une compétence irréfutable. Le chevalier s'en trouva pleinement rassuré… jusqu'à ce qu'elle lui demande, avec un très sérieux détachement :

— Vous avez rendez-vous ?

Comme échappant à sa volonté, la mâchoire inférieure d'Ulser succomba, seule, à la gravité, et se retrouva pendue quelques centimètres sous son visage, dans une grimace si ridicule que même le plus dévergondé des bouffons ne s'y prêtait qu'à contrecœur. Le chevalier dut faire appel à toutes ses forces pour se recomposer une expression et répondre à la question avec la légendaire éloquence de son ordre courtois :

— Ben… Oui !

— Bien. Passons à côté, conclut sobrement Mercédès.

Ulser suivit la sorcière derrière le rideau en regrettant ses soixante sols (plus dix pour frais de dossier). Malgré son bel habit professionnel, l'étrange femme lui apparaissait soudain très fantaisiste. Et l'héroïque chevalier avait la fantaisie en horreur.

L'atelier découvert confirma cette impression. Il y régnait un désordre sans nom. Et l'on pouvait légitimement craindre d'être représenté auprès des dieux par quelqu'un dont la notion du rangement se limitait aux lois de l'équilibre !

La première chose qui sauta aux yeux du chevalier – la poussière exceptée – était la mosaïque de parchemins défraîchis et souvent moisis qui habillaient les murs d'autant d'avertissements : « Par mesure d'hygiène, les philtres d'amour ne sont ni repris ni échangés », « La direction décline toute responsabilité de quelque ordre que ce soit », « Cette salle peut accueillir dix personnes, ou douze elfes, ou dix-sept nains, ou…, ou… », etc.

Mais, déjà, son attention se portait sur quelque chose d'infiniment plus intrigant : dans une cage en bois de saule, une créature qu'il avait d'abord prise pour un vulgaire serin l'appelait d'une voix toute fluette ! C'était un petit être ailé, gris comme une souris, avec le visage et les cornes d'un diablotin… et qui connaissait son nom !

— Il peut lire dans vos pensées, expliqua Mercédès, comme si elle-même en était capable. J'en suis moi-même incapable, ajouta-t-elle soudain. S'il vous promet quelque chose, ne le croyez pas. Il ne cherche qu'à s'évader. Jamais, surtout n'ouvrez *jamais* cette cage.

Le bon et courageux chevalier, mais pas fou, retira prestement la main qu'il avançait vers le diablotin. Ce dernier cracha quelques insultes incompréhensibles et renonça à ses sombres projets pour le moment. Il savait qu'il finirait par retrouver bientôt la liberté, de toute façon. L'homme au croisement de toutes les prophéties venait de faire son apparition. Les événements étaient en marche.

— Cette cage ne semble pas si solide…, commenta Ulser. Et ce petit monstre paraît assez habile de ses mains. Pourquoi ne se libère-t-il pas tout seul ?

— Il est sous le coup de mon charme, expliqua Mercédès en s'agenouillant face à une petite table.

À grand-peine, le bon chevalier retint le gloussement qui lui montait dans la gorge, mais son hôtesse ne fut pas dupe.

— Mon *charme*, espèce d'entôlé irrespectueux, ce sont mes pouvoirs magiques, bien évidemment. Vous voulez peut-être une démonstration ? Et si je remplissais votre armure de moustiques, par exemple ?

— C'était juste une question, bredouilla Ulser, qui avait perdu toute envie de rire.

Comme la sorcière l'invitait à prendre place en face d'elle, il contempla la table basse avec une certaine appréhension. Après quelques savants calculs, il se laissa tomber à genoux, bruyamment, manquant de peu de retourner le meuble par sa maladresse.

— Ça ne vous est pas venu à l'esprit que vous pouviez enlever cette armure ? remarqua Mercédès, excédée. Le pays n'est pas en guerre, vous savez. On n'a pas vu un horckque dans la région depuis le grand tournoi de Morse trois.

— J'ai fait vœu de ne la point quitter avant d'avoir achevé ma quête, expliqua Ulser en levant haut son front noble. Je respecterai mon serment.

— Ça fait donc *deux mois* que vous êtes là-dedans ? L'odeur ne vous gêne pas ? Et la vermine ?

— L'eau du ciel purifie mon corps, expliqua le bon

chevalier en rougissant. Et la vermine ne s'en prend qu'aux âmes souillées.

Mercédès leva un sourcil dubitatif, contemplant le visage presque trop naïf du chevalier embarrassé.

— Mouais, bon. Vous ne passerez pas la nuit ici, en tout cas. J'ai fait le ménage le mois dernier.

Ulser acquiesça, pressé d'en finir avec ce sujet.

— Alors ! reprit la sorcière. Qu'est-ce qu'il y a pour votre service ?

— Je voudrais une quête digne d'être menée, répondit le chevalier comme une litanie. Je ne sais pas du tout quoi chercher, ni où. Voilà deux mois déjà que j'erre en…

— Ça va, ça va, coupa Mercédès. Vous me l'avez déjà dit. Mais c'est un peu le monde à l'envers, non ? D'ordinaire, les gens viennent me voir quand ils ont des ennuis, pas pour en trouver ! Qu'est-ce que c'est que cette manière de procéder ? Vous êtes une sorte de rebelle, de héros nouvelle formule ? Ou seulement l'idiot du village ?

Ulser baissa les yeux, touché par le sermon. Toutes ces réflexions, il se les était déjà faites.

— Il y a un an, confia-t-il avec tristesse, ont eu lieu mes accordailles avec la belle Migrene d'Efralgant, la plus douce créature que le monde ait vu naître. Elle a le visage d'un ange qui s'éveille à la vie… Son regard brille d'un tel éclat que les étoiles le lui jalousent… Son rire sonne si clair et joyeux qu'il doit réjouir le cœur des dieux eux-mêmes… Ses cheveux sont…

— Et sa tête, alouette, coupa la sorcière.

Épargnez-moi la revue de paquetage. Et alors, quel est le problème avec cette donzelle ? Elle ne peut pas vous sentir ?

— Oh ! Si ! Nous nous aimons comme jamais deux êtres ne se sont aimés ! Il me semble qu'à chaque instant que nous passons loin l'un de l'autre, je manque d'air… Mais voilà mon malheur : le père de Migrene, le baron d'Efralgant, refuse de nous marier depuis qu'il prétend avoir trouvé un meilleur parti. Je connais l'homme dont il parle, c'est un sot, fier-à-bras et bagarreur, dont le seul mérite serait – sans qu'il puisse en faire la preuve – d'avoir banni un dragon du royaume.

— On ne peut pas bannir un dragon. On le tue ou il vous croque, mais on ne peut pas le *bannir*. Ça se saurait.

— Exactement ! bondit le chevalier réconforté. C'est un imposteur. Mais mon beau-père n'en démord pas, et ma seule chance de le faire changer d'avis est d'accomplir un exploit supérieur en courage.

Mercédès réfléchit quelques instants, jeta un regard furtif à gauche et à droite, puis se pencha sur la table basse pour susurrer, avec des airs de conspirateur :

— Il y a des solutions plus simples. Faites disparaître votre rival, ou votre beau-père, au choix. Ou mieux encore : faites-les disparaître tous les deux. Et vous pourrez aller vous coucher avec votre Migrene.

— Vous n'y songez pas ! s'exclama le bon chevalier, horrifié. Et si je me faisais prendre ! ajouta-t-il, un ton plus bas.

— C'est vous qui voyez. Vous pouvez aussi enlever votre fiancée, mais ça finira de la même façon : par de la violence.

— Point ne m'est besoin de l'enlever, réfuta Ulser. Elle réside en mon château, et attend sagement mon retour.

— Alors, quel est le problème ? Mariez-vous en secret, et mettez-les devant le fait accompli ! Je l'ai bien fait, moi !

Ulser baissa les yeux en rougissant. Il rechignait à aborder cette partie du problème... mais pour obtenir une aide efficace, il lui fallait tout confier.

— Ma mie rejette toute idée de mariage dans ces conditions. Elle me refusera sa chambre jusqu'au consentement de son père.

— Oh ! Je vois, commenta la sorcière d'une voix neutre.

— Qu'est-ce que vous voyez ? demanda le chevalier, rougissant de plus belle.

— Je vois où est le *véritable* problème, expliqua Mercédès. Croyez-moi, personne ne peut vous comprendre mieux que moi.

— De quoi parlez-vous ? s'entêta Ulser, cramoisi.

— Point n'est besoin d'en dire plus. J'ai tout à fait compris l'urgence de la situation ; vous m'avez convaincue. Soit dit en passant, je trouve votre mie bien sèche. Quand elle aura l'âge d'une vieille croûte, elle regrettera sa fermeté.

Le bon chevalier acquiesça lentement, ne sachant s'il devait se réjouir ou demander réparation des fines allusions de la sorcière. Il choisit finalement d'accepter son soutien moral.

— Voyons ce qu'on peut faire pour vous, reprit Mercédès en tirant à elle une pile d'épais grimoires. Les temps sont plutôt calmes, vous savez. On ne m'a pas signalé d'attaque de dragon depuis… Houla ! Je préfère ne pas vous le dire. Pas de rumeur de guerre, non plus, ni de fléau divin… Il nous reste les chasses au trésor, c'est suffisamment épique. J'espère qu'on va trouver votre bonheur là-dedans.

Elle choisit le plus gros volume de la pile, faisant s'écrouler cette dernière dans un nuage de poussière.

— *L'Almanach des Prophéties vérifiées, quatrième éon : Abeille un - Zorille neuf*, lut-elle avec fierté. Ça devrait nous aider.

Elle en tourna les premières pages par liasses entières, chacune comprenant plusieurs paragraphes stylisés et diverses gravures et pattes de mouche. Enfin, Mercédès parvint à des feuillets vierges de toute annotation personnelle. Le chevalier se dévissa le cou pour essayer de lire à l'envers. Ainsi, son destin allait se jouer d'un instant à l'autre, quelque part dans ces écrits…

— Voyons, voyons…, marmonnait la sorcière. Le Loupinion, c'est fait… Le Cristal-qui-coule aussi… Tiens ? Je n'ai pas complété la fiche… Entre nous, cette paperasserie est la partie la plus ennuyeuse du métier. Si ça ne tenait qu'à moi, on ne garderait aucune archive. Bref, qu'avons-nous ensuite… Le Singraal ? Il ne devrait pas être ici. Passons… La corde à trois bouts... le Jal... J'ai oublié de vous demander, vous n'avez pas un pouvoir particulier ? Magique, mental, ou autre ?

— Beuh... non, je ne pense pas... Comment savoir ?

— Laissez tomber. Si c'était le cas, vous le sauriez déjà. Ça se remarque toujours à l'adolescence. Alors, nous disions... L'Épreuve de Garnarg... Les Gants narrû... L'Anneau du Mordon... Tout ça, c'est déjà fait ! J'ai peur de ne rien trouver pour vous... La Belle Arcane ? Ah, non, trop loin ! En plus, vous êtes seul, ça n'arrange pas les choses !

Inquiet, se tordant les mains, Ulser écoutait la sorcière égrener ces noms étranges en se demandant sur lequel elle allait s'arrêter. Car il ne doutait pas qu'il lui soit confié une de ces quêtes héroïques chantées par les ménestrels. Tant étaient évoquées qu'il y en avait forcément une pour lui – et, si possible, pas trop longue.

— L'Épée noire... Les pierres Ioun... La Romance... Les Treize Rats du Souricier... L'Oiseau du Temps..., énumérait Mercédès en soupirant. À vrai dire, toutes celles-ci sont méritantes, mais il vous faudrait quitter cet univers sans assurance de retour. Je suppose que c'est hors de question ?

— L'idée ne m'enchante guère, en vérité...

— C'est bien ce que je pensais. Aussi, allons directement voir à la prochaine prophétie locale. C'est encore ce qu'il y a de plus simple, classique, sans surprise. Tout ce qu'il vous faut, quoi. Du sur-mesure.

Ulser retint sa respiration tandis que la sorcière étudiait silencieusement le contenu d'une nouvelle page. L'instant de vérité ! Avec un peu de chance, il allait enfin pouvoir se mettre au travail.

— Mortetron ! Décidément, vous n'avez pas de chance ! s'exclama Mercédès. La prochaine prophétie ne doit démarrer que dans treize ans !

— Qu'est-ce que ça veut dire ? s'enquit le chevalier, craignant d'avoir trop bien compris.

— Vous avez très bien compris ! confirma la sorcière. Rien n'est prévu dans ce pays avant une *treizaine* d'années ! D'ici là, c'est la paix la plus parfaite… La quiétude, pour tous, comme cela n'était pas arrivé depuis des siècles ! Une ère de bonheur et de prospérité, à laquelle songeront avec envie les vingt générations à venir !

— C'est horrible, commenta Ulser en blêmissant. Épouvantable, véritablement ! Alors, pour ma quête…

— Oubliez-la. Il ne vous reste plus qu'à trouver une bande de gobelins ou un dragonneau à défaire. Ou à déclencher vous-même une guerre, pour avoir l'honneur de ramener ensuite la paix. Quoique cette deuxième solution me semble assez périlleuse… Imaginez un peu que vous y perdiez votre château ?

— Tout cela est assez misérable, reconnut le chevalier, les épaules basses. Pour ces prophéties… Vous êtes certaine que… N'y a-t-il pas un risque d'erreur ?

— Cranimal ! jura Mercédès. Je vous conseille de ne pas mettre mes compétences en doute ! Le dernier qui s'y est essayé est resté plongé dans mon puits pendant…

Elle s'interrompit brusquement et fouilla sa mémoire, les yeux levés au plafond. Le regard attristé d'Ulser se perdit dans le seau à demi empli à côté de la table. Le liquide était quelque peu trouble, et le chevalier ne trouva aucun réconfort à contempler la danse des particules en suspension.

— En tout cas, *où qu'il soit*, il s'en est mordu les doigts ! acheva la sorcière. Si je vous dis qu'il y a treize ans de délai, vous pouvez commencer à compter les jours !

Ulser acquiesça tristement, se releva à grand-peine et prit la direction de la sortie en traînant les pieds, creusant avec ses poulaines de profonds sillons dans le plancher. L'air frais de la nuit lui flanqua une terrible gifle qu'il ne ressentit même pas : la détresse avait déjà glacé son âme. D'autant qu'il n'avait rien mangé de la journée et que, en plus, son cheval attaché depuis le matin tirait une tête de trois pieds de long.

Le lendemain, un peu après l'aube, il tambourinait sur la porte de la fermette avec une énergie nouvelle. Ne percevant aucune réponse, il contourna l'habitation et fut heureux de trouver Mercédès déjà debout, penchée sur un puits dans lequel elle faisait descendre un grappin. Il s'apprêtait à lui conseiller de prendre un seau, beaucoup plus commode pour tirer de l'eau, puis renonça en se rappelant la susceptibilité de la sorcière. Elle était chez elle, après tout, et gérait son ménage comme bon lui semblait.

Après sa sortie inqualifiable de la veille, il décida

de se rattraper en gratifiant la mégère d'une révérence dans les règles de l'art. Mais, tout à ses préoccupations, il en oublia son armure dont le poids l'entraîna face contre terre dans un vacarme indicible. Heureusement pour lui, la sorcière ne lui prêtait qu'une menue attention.

— Dites donc, ça ne s'arrange pas, commenta-t-elle en remontant sa corde. C'est vous qui êtes tombé dans mes roses, cette nuit ? Vous n'avez pas de lanterne ? Et puis relevez-vous ! Il y a bien longtemps que je ne demande plus aux hommes de s'agenouiller entre mes jambes. Vous attisez ma peine.

— *Je veux me charger de cette prophétie*, déclara Ulser, les oreilles cuisantes. Dès aujourd'hui !

Les cieux résonnèrent alors d'un étrange coup de tonnerre, d'autant plus surprenant qu'il faisait beau temps pour la saison.

— Avec treize ans d'avance ? C'est n'importe quoi. Il y a des règles, vous savez. On n'est pas libre de tout, malgré les apparences. Une prophétie, c'est du sérieux. Ça se suit au pied de la lettre.

Elle parlait tout en ramenant la corde, peinant visiblement sous la charge. Ulser s'empressa d'y joindre ses efforts, se demandant par quelle magie la sorcière avait pu tirer autant d'eau avec un simple grappin. Assurément, elle était très puissante ! Pendant qu'il soutenait l'ensemble, arc-bouté contre le parapet, Mercédès se pencha vers le fond du puits et manifesta sa contrariété d'un claquement de langue.

— Vous pouvez lâcher, demanda-t-elle bientôt,

résignée. Je sais maintenant ce qui donne ce goût à ma cuisine.

Le chevalier s'exécuta, sans avoir compris le sens de la manœuvre. De toute façon, son esprit était ailleurs.

— Alors ? insista-t-il. Vous voulez bien m'aider ?

— Certainement pas, rejeta la sorcière. Vous m'avez tout l'air de foncer droit dans les ennuis. Je ne tiens pas à y être entraînée avec vous.

— Je vous paierai, supplia le bon chevalier. Je ne suis guère riche, mais… Je ferai ce que vous voudrez. Je puis certainement être utile à quelque chose !

— Bouffon, ou marmite ? railla la mégère, avant de s'en retourner vers son logis.

Elle s'arrêta néanmoins au bout de quelques pas, réfléchit, puis leva vers Ulser un regard fatigué.

— Vous êtes bon combattant, au moins ?

— Le meilleur, assura-t-il, en se frappant la poitrine dans un grand bruit de gong.

— Bon, j'aurais peut-être un service à vous demander. Mais ça sera plus difficile encore que de mener à bien votre projet, vous voilà prévenu ! Allons en parler à l'intérieur.

Le chevalier s'empressa de la suivre, ragaillardi, alors qu'une masse pesante heurtait bruyamment la surface de l'eau du puits.

Chapitre 3

Le diablotin prisonnier se nourrissait, comme les moineaux, de mouches, d'araignées et de tous les insectes difformes inventés par les dieux un soir de beuverie. Ceux qu'il capturait dans sa cage étaient loin de lui suffire, aussi Mercédès veillait-elle à l'approvisionner régulièrement, ce qu'elle décida de faire à leur retour dans la fermette, parce qu'elle avait toujours procédé ainsi, et que la présence du bon chevalier n'allait pas lui faire changer ses habitudes, non mais sans blague.

Toutefois, afin de lui être agréable, Ulser participa – en dissimulant son dégoût – à la collecte des insectes piégés par un pot de miel, une bouteille de vinaigre ou un parchemin gluant de poix. La plupart des bestioles vivaient encore, et la sorcière insista pour que le chevalier prenne bien garde à ne les point occire. Quand tous les pièges furent relevés, Ulser se réjouit de n'avoir été piqué que onze fois seulement. Évidemment, sa performance eût été encore meilleure s'il avait disposé d'une pince, comme son hôtesse. Il se fit la naïve réflexion que, décidément, rien ne remplaçait l'expérience.

Le spectacle du repas du petit monstre était tout aussi écœurant que cette répugnante collecte. Après avoir rassemblé toutes leurs prises dans une boîte, la sorcière la secoua violemment avant d'en verser le contenu entier, en une masse informe et grouillante, à travers les barreaux de la cage. Malgré le choc, un tiers environ s'enfuit aussitôt, que le diablotin tenta de retenir à grands coups de griffes ou en les gobant purement et simplement. Il se délecta du reste avec une cruauté consommée, s'appliquant à ne croquer qu'une moitié de chaque prise avant de passer à la suivante, pour achever son repas par quelques jeux dignes du plus sadique des chats.

— Bien ! Une bonne chose de faite, conclut Mercédès en reposant sa boîte. Vous avez déjeuné ? Il me reste des lentilles et du gruau, je crois.

— À vrai dire, je n'ai plus très faim, confessa le chevalier en blêmissant. J'aimerais que nous reparlions au plus vite de ma quête, si vous n'y voyez pas d'inconvénient…

— Holà, holà ! Avec treize ans d'avance sur la prophétie, on a le temps, hein ! Vous ne savez même pas où vous allez, que vous courez déjà !

Le chevalier se rendit à ces arguments et, comme la veille, s'installa à grand-peine devant la petite table basse de l'atelier. Au bruit de cantine qui retentissait à chacun de ses gestes, la sorcière grimaça et ne put s'empêcher de se couvrir les oreilles. Quand, enfin,

Ulser fut installé, et qu'un certain calme fut revenu dans la fermette, elle avait pris une décision.

— Avant tout, on va faire quelque chose pour cette armure. Si j'entends encore un seul de vos grincements, je crois que je pourrais vous envoyer relever mes sauces au fond du puits !

Le bon Ulser se tint dès lors parfaitement coi, d'autant qu'il n'y connaissait pas grand-chose en cuisine, et qu'il aurait probablement gâté les plats. Il se contenta de suivre Mercédès du coin de l'œil en respirant le moins possible.

La sorcière farfouilla dans toute la pièce, réveillant la poussière comme pour une fête improvisée, avant de trouver son bonheur sous un tricot commencé au siècle dernier. Elle garda le mystérieux objet caché dans sa main et se tourna vers le chevalier avec une expression d'une extrême gravité.

— Ce que vous allez voir, peu de gens en ont été témoin, avertit-elle très sérieusement. J'espère que votre honneur de chevalier sera suffisant à vous faire garder le secret.

Ulser acquiesça, intrigué par tant de mystère. Malheureusement, et comme à chaque fois que la situation rendait la chose fort incommode, il lui vint soudain une terrible envie de se gratter. Pire, la démangeaison semblait se déplacer ! L'un des insectes s'était-il glissé sous sa cuirasse ? Mais alors, *quel genre* d'insecte ? Un qui pique ? Un qui pond, ou quoi encore ? C'est en méditant sur ces problèmes majeurs que le bon chevalier s'apprêtait à écouter la révélation de Mercédès. En espérant qu'elle ne serait pas trop longue, parce que vraiment ! ça lui grattait.

— N'oubliez pas votre promesse, reprit la sorcière, en portant lentement les mains à son visage.

Quand elle les retira, une énorme paire de lunettes violette trônait magistralement sur son nez, choquante comme une pustule monstrueuse sur le nez d'une sylphe. Elle dirigea aussitôt son regard amplifié deux fois à gauche, trois fois à droite sur le chevalier béat, le défiant d'esquisser le plus léger signe de moquerie. Contre toute attente, ce fut elle qui éclata de rire.

— Je ne vous voyais pas comme ça, expliqua-t-elle en pouffant dans ses mains jointes.

Passé ces instants embarrassants, elle se munit d'une écritoire et d'un morceau de parchemin si petit que le bon chevalier s'interrogea sur son utilité. C'est pourtant bien sur ce papier que la sorcière s'appliqua à rédiger un texte assez court, en passant parfois la langue au coin de sa bouche, probablement pour respecter un rituel ésotérique auquel le bon Ulser n'entendait rien.

Enfin satisfaite, elle plia le papier en deux et le tendit au diablotin qui s'en saisit avidement à travers les barreaux. À la grande surprise du chevalier, le petit monstre s'absorba aussitôt dans la lecture du texte.

— Puis-je vous demander ce que vous faites ? osa Ulser, le cou tendu dans son effort pour ignorer la mesquine démangeaison.

— De la magie, bien sûr ! Pour vous faire une confidence, mes pouvoirs ne sont rien comparés à ceux de cette créature. Tous les sorciers amateurs rêvent de capturer un de ces gobe-mouches. Il peut exaucer pratiquement tous les souhaits.

— Il ne refuse jamais ?

— Ça peut arriver, reconnut la sorcière avec un sourire cruel. Mais après quelques jours de diète, il se montre généralement plus coopératif. Ne me jugez pas ! Il vaut mieux pour les humains le voir enfermé, croyez-moi. Vous fuiriez en apprenant de quoi celui-ci s'est déjà rendu coupable.

— Mais… ne peut-il tenter de vous nuire ? Faire s'écrouler la maison, enflammer vos vêtements, ou toute autre malveillance ?

— C'est prévu, qu'est-ce que vous croyez ? Malgré les apparences, sa cage est bien plus qu'un ridicule assemblage de branches mal fagotées. C'est aussi un puissant concentré de charmes, qui l'entravent mieux encore que les plus épaisses des murailles. Il lui est impossible d'utiliser ses pouvoirs sans que j'en fasse la demande.

— C'est drôlement bien pensé.

— Merci.

— Et… Pourquoi le papier ?

— Pour peser mes mots ! Les diablotins sont rusés. Celui-ci essaie constamment de détourner le sens de mes souhaits – à mon désavantage, bien sûr. Supposez, par exemple, que je lui demande de me rendre ma jeunesse. Eh bien, l'instant d'après, il y a fort à parier que je me retrouverais en nourrisson, étouffant par terre sous le poids de mes vêtements !

— Mais c'est horrible !

— Ils ne sont pas si sales, se vexa la sorcière. Vous comprenez maintenant pourquoi j'expose mes ordres par écrit, plutôt qu'à voix haute. Le risque de mauvaise interprétation en est d'autant diminué.

— En tout cas, c'est réellement très gentil à vous de m'expliquer tout ça, commenta le chevalier reconnaissant. Vous ne me connaissez que depuis hier, mais vous ne craignez pas de m'exhiber un tel trésor et d'en détailler l'utilisation. J'apprécie cette marque de confiance !

Mercédès acquiesça en souriant ; sourire qu'elle conserva quelques minutes, figé, alors qu'elle prenait discrètement un peu de distance avec son hôte. Ce dernier avait entretemps reporté son attention sur la créature, qui relisait le parchemin pour la quatrième fois en soulignant les lignes de son petit nez crochu. Le chevalier se demandait quel pouvait bien être le vœu de la sorcière. N'avait-elle point mentionné son armure ? De quelle heureuse bénédiction allait-il bientôt bénéficier ?

Soudain, le diablotin entra dans une colère noire. En quelques instants, il déchiqueta le parchemin en des morceaux si petits que même une fée des coquelicots souffrant de nanisme n'aurait pu s'en servir comme papier d'aisance sans se noircir les ongles. Ulser se demanda alors comment de telles images pouvaient lui venir à l'esprit… mais toute pensée le quitta lorsque la créature passa la tête à travers les barreaux, *dans sa direction !* Le bon chevalier fut pris d'une subite et étrange envie de faire pivoter la cage suspendue, mais il se sentait incapable de bouger, pétrifié par le regard du petit démon sur sa personne. Il en oublia même l'insecte qui, pour lors, descendait le long de son flanc gauche. Quand enfin le diablotin se retrancha dans sa prison, Ulser soupira en s'essuyant le front.

— Alors ? l'interrogea Mercédès.

— Heu… J'ai oublié la question, bredouilla-t-il avec embarras.

— Arcabouse ! jura la sorcière. Je vous demande ce que vous pensez de votre armure !

Confus, le chevalier écarta les bras pour contempler sa cuirasse. Son geste fut tellement ample qu'il renversa la table basse et deux des pièges à mouche dont le vinaigre fut, heureusement, aussitôt absorbé par les tapis. Ulser se leva aussitôt pour réparer sa maladresse, mais son élan l'envoya se cogner dans le plafond ! La rencontre qui l'opposa à une poutre fit se détacher d'énormes morceaux de torchis qui chutèrent, malicieusement, sur les objets les plus fragiles. Affolé et toujours en l'air, flottant dans la poussière, le chevalier s'agita en tous sens… et ne cessa qu'en se voyant redescendre avec la douceur d'une plume – à défaut de la grâce.

— Je… Je… Je vole ! constata-t-il, incrédule, en se posant doucement à plat ventre dans le vinaigre.

— Heureuse pour vous, soupira Mercédès, qui contemplait l'étendue des dégâts.

— Comment est-ce possible ? reprit le chevalier, en se relevant à gestes mesurés. Qu'avez-vous fait ?

— Pas grand-chose. J'ai demandé au gobe-mouches

de rendre votre armure aussi légère et silencieuse que possible. Sans limite de temps ou de condition, sans rien altérer de sa solidité, de sa taille, de sa forme, de sa couleur, de son porteur, ni quoi que ce soit qui touche à son aspect ou à son utilisation… La procédure standard, quoi. Croyez-vous que j'ai pris toutes les précautions ? Eh bien, malgré tout, ce petit monstre a quand même réussi à n'en faire qu'à sa tête.

Blasée, la sorcière regardait le chevalier bondir à pas légers à travers la pièce, comme les hommes du futur arpenteraient un jour le sol lunaire, ainsi qu'elle l'avait lu dans *L'Almanach des Prophéties vérifiées*. Avec l'expression béate d'un enfant attardé, Ulser ôta son gant droit et observa, émerveillé, l'objet familier flotter sans aucune attache, avant de dériver lentement jusqu'au plafond et y reposer contre toute logique. D'un petit coup de talon, le chevalier récupéra son bien et regagna le plancher avec une fierté de dépucelé.

— Au moins, elle ne grince plus, maugréa Mercédès, que ces cabrioles agaçaient tout autant.

— Comment pourrais-je vous remercier ?

— Oh ! Je vais vous le dire, n'ayez crainte. Dès que vous aurez l'obligeance de planer un peu jusqu'ici. Et attention à ne pas abîmer mes poutres, avec votre grosse tête !

Docilement, Ulser entreprit de reprendre sa place, progressant sur la pointe des pieds pour éviter tout envol incontrôlé. Il dut bien reconnaître, à contrecœur, que cette armure désormais magique ne présentait pas que des avantages. Contraint à une attention de tous les instants, et mesurant chacun de ses gestes, il n'était en définitive pas plus libre de ses mouvements qu'avant.

Cette impression se confirma la minute d'après, quand l'insecte indélicat qui cartographiait son corps porta finalement son dévolu sur sa fesse gauche. Le bon chevalier comprit aussitôt, avec une certaine affliction, qu'il s'agissait bien d'un qui pique. Il eut le malheureux réflexe de se frapper le postérieur de la senestre, déclenchant ainsi un mouvement de rotation qui le fit basculer jambes par-dessus tête, dans une situation qui n'était pas sans rappeler le légendaire et bref combat du baron de Foüt contre les onze géants manchots. Les dents serrées, le front noble plissé par la concentration, Ulser lutta courageusement contre la douleur qui lui dardait le séant, se rétablissant en une posture plus digne de son rang à l'aide des tentures marron et mauves qui agrémentaient les murs. Au terme de quelques manœuvres délicates, il parvint enfin à s'asseoir, honteux et penaud, en face de la sorcière.

Cette dernière se massait les paupières avec lassitude, marmonnant ponctuellement l'une ou l'autre malédiction où il était question de briques, d'organes qui ne voyaient jamais la lumière et de service rendu à des enfants point encore nés. Le chevalier n'osa interrompre ces réflexions absconses, et il attendit patiemment que son hôtesse relève la tête et se décide à rouvrir en soupirant son *Almanach des Prophéties vérifiées*.

— Alors, où en étions-nous... Ah oui ! *La Prophétie du Barde Nécromant*. Notez que j'ai prononcé chaque majuscule, comme le veut la tradition. Aucune quête ne peut commencer sans un titre à majuscules.

— Pourquoi ?

— Parce que c'est comme ça, un point c'est tout ! s'emporta Mercédès. Ce n'est pas moi qui fais les règles ; on ne va pas tout changer pour vous ! Alors tenez un peu votre langue, ou vous vous en mordrez les doigts !

Elle se replongea dans l'étude du texte, laissant Ulser méditer sur ces questions d'anatomie appliquée. La réflexion du chevalier l'amena à une conclusion différente : selon lui, c'est justement en essayant de saisir sa langue que l'on risquait une blessure fortuite... Il mit cette erreur de la sorcière sur le compte de l'enthousiasme grisant de l'aventure, qu'elle ne pouvait manquer de ressentir au moins autant que lui.

— Bon. Voici une traduction approximative : *En la huitième année du Pingouin, alors que le pays*... Ouais, blablabla, bonheur, tout ça... *Un nécromant barde répudié vendra le monde aux seigneurs des Non-morts et y régnera en leur nom. Viendront alors des siècles*... Chaos, esclaves, terreur, gnagnagna... Pas très original, en définitive... Ah ! La partie qui vous intéresse : *à l'aube de ces temps sinistres se lèvera un héros apte à défaire le malfaisant. Leur combat fera résonner les cieux*... et cætera, et cætera... *et celui qui l'emportera sera évidemment le plus fort*. Ben tiens ! Ils se sont pas foulés, pour celle-là !

— C'est tout ? demanda Ulser, plutôt inquiet.

— Ben oui, c'est tout ! C'est une prophétie, pas les nouvelles du bourg ! Qu'est-ce que vous croyez ?

— C'est assez maigre, expliqua le chevalier. J'ignore qui est ce nécromant, et rien ne prouve que je suis le héros en question. Ma tâche est d'ampleur...

— Mais oui mais mon vieux, si c'était facile, ça se saurait ! Et puis vous faites tout à l'envers ! Treize ans d'avance, ça n'arrange pas les choses, forcément !

— Je ne sais même pas par où commencer, marmonna le chevalier, boudeur. Peut-être, interroger les bardes...

— Je vois ça d'ici, railla la sorcière. Ne soyez pas ridicule ! En supposant seulement que vous tombiez sur le bon, vous vous imaginez qu'il va se dévoiler ?

— Mais alors, que faire ?

Mercédès laissa volontairement passer un silence, marquant ainsi son avantage.

— *Moi*, je sais, révéla-t-elle. Mais nous avons conclu un marché, je crois. Vous ne saurez rien avant d'avoir rempli votre part.

— Demandez, commandez, j'agirai ! promit le chevalier dans une belle envolée.

— Aux quais ! acquiesça la sorcière, selon l'expression à la mode des affréteurs. *Passons dans la chambre*, ajouta-t-elle en se levant.

Tout l'enthousiasme d'Ulser fondit soudain comme un tas d'or devant un trou de nain. Son corps lui parut très lourd, et il se serait probablement recroquevillé sur lui-même si son armure ne l'avait soutenu. En vérité, même l'air lui semblait pesant.

— P… Pour… Pourquoi la chambre ? énonça-t-il avec une difficulté manifeste.

— Je ne vais quand même pas me déshabiller devant la fenêtre ! râla la sorcière. Allez, venez !

Ulser s'avança en traînant les pieds dans des fientes de cent livres. Du moins, en avait-il l'impression. L'écho des battements de son cœur, renvoyé par l'acier de sa cuirasse, marquait le rythme des scènes scandaleuses qui s'imposaient à son imagination. Il déglutit douloureusement et épongea la sueur qui perlait sur son front noble… sans se soucier des longues griffures parallèles qu'y laissaient ses gants métalliques. Son intuition de chevalier lui hurlait qu'il s'agissait là d'un des moments les plus difficiles de sa quête, et il était tout à fait disposé à le croire. *Qu'envisageait donc la sorcière ? Tout de même pas…*

— Asseyez-vous sur le lit, ordonna-t-elle en désignant un énorme édredon.

Tremblant comme un chiot terrifié, Ulser s'exécuta en s'agrippant à tout ce qui était à portée de main. Sa gorge avait le goût du papier brûlé – bien qu'il n'en eût jamais réellement ingéré, et qu'il fît cette comparaison de manière purement spéculative. Son estomac se contractait et se dilatait comme un second cœur fayotant auprès du responsable en poste. Sa tête était molle comme du coton et ses jambes lui tournaient – ou peut-être l'inverse. On pouvait résumer son état en un simple mot : *il avait peur*.

Mercédès attendit qu'il ose enfin lever les yeux vers elle. Elle se pencha alors pour saisir les bords de sa jupe et des couches inférieures de ses vêtements. Le chevalier perdit toute capacité de respiration lorsqu'elle entreprit de les relever doucement, dévoilant peu à peu des mollets puissants et que la nature avait, avec bienveillance, couvert d'un duvet homogène à ses sourcils. Il espéra encore que la sorcière s'arrêterait là, qu'il s'agissait d'une plaisanterie douteuse ! Mais Mercédès leva plus haut encore, dénudant ses genoux, ses cuisses, amenant bientôt le bon chevalier au bord de l'asphyxie…

— Heu… Je ne sais pas si… Heu…, commença-t-il, sans pouvoir formuler une pensée construite.

— Taisez-vous ! ordonna la sorcière, d'un ton sans appel. Si vous croyez que c'est facile, pour moi !

D'un geste brusque, elle ramena soudain les dix livres de tissu roulé sur son ventre, sans laisser le temps à Ulser de se détourner. Livide, le bon chevalier put aussitôt constater que la légende situant un balai entre les jambes des sorcières était sans fondement. Par contre… Par contre…

— Qu'est ceci ? demanda-t-il en pointant un doigt tremblant.

— À votre avis ? railla Mercédès, consternée par tant de niaiserie.

Ulser l'examina quelques instants encore, véritablement intrigué. Jamais il n'avait vu une chose pareille, et il le lui dit.

— En vérité, je vous le dis, jamais je n'ai vu une chose pareille ! Qu'est-ce donc ?

— *Une ceinture de chasteté*, bien sûr ! Cornamorve !

Vous avez grandi dans un monastère, ou quoi ? Vous savez quand même à quoi ça sert ?

— Oh ! Oui, assura le chevalier, rougissant. C'est juste que… je n'en avais jamais vu…

Inconsciemment, il se pencha en avant pour mieux détailler l'objet, de plus en plus, jusqu'à quitter le lit pour de bon.

— Oui, bon ben ça va maintenant, hein ! jugea la sorcière, en laissant retomber ses jupons. On verra ça plus tard, si vous voulez bien ! Quand vous aurez résolu mon problème !

Surpris et embarrassé, Ulser se redressa brusquement au garde-à-vous, son armure le projetant ainsi un bon mètre au-dessus du sol. Il eut toutefois la présence d'esprit de ne pas s'agiter et regagna le plancher des aurochs avec la légèreté précieuse d'un papillon efféminé.

— Quel est donc ce problème ? demanda-t-il avec un détachement affecté.

— Me débarrasser de cette maudite ceinture, évidemment ! Pourquoi croyez-vous que je vous l'ai montrée ? Pour vous faire rigoler ?

— Vous ne pouvez pas l'ôter ?

— Tête à cloques ! Bien sûr que non ! Si j'avais la clé, ça ferait longtemps que ce truc aurait nourri ma cheminée !

— Vous avez perdu la clé ?

Mercédès se tapa la tempe de la paume, plusieurs fois, comme pour chasser de l'eau de ses oreilles. Le bon chevalier trouva ce comportement étrange, mais se garda de le faire remarquer : il pouvait très bien s'agir d'un autre rituel mystique.

— Essayez de m'écouter sans m'interrompre, reprit la sorcière en respirant bruyamment. Mon ex-mari m'a offert cette ceinture pour nos noces de mithril. Je l'avais à peine bouclée – pour l'essayer, c'était un jeu – qu'il m'accusait d'infidélité chronique et m'annonçait notre séparation définitive. J'ai aussitôt cherché à lui reprendre la clé, mais il avait parfaitement préparé son coup : la ceinture m'empêche d'user de ma magie contre lui. J'ai tout essayé pour m'en débarrasser, rien n'a marché. Elle est littéralement *indestructible*. Donc : il me faut cette clé.

— Heu… Et vous voudriez que je la récupère pour vous.

— Voilà. Enfin, on y est arrivé, soupira-t-elle, épuisée.

— Vous pensez qu'il me la donnera ?

— Vous rigolez ? Dès que vous citerez mon nom, il y a de fortes chances pour qu'il vous transforme en statue de sucre et vous abandonne près d'un arbre à lutin. Roméo – que les ongles lui poussent à l'envers – n'est pas un petit rebouteux de campagne. C'est l'enchanteur le plus puissant du pays, voyez-vous. Il a longtemps été *l'Alpha* de notre cercle. Votre seule chance de lui arracher la clé est de la prendre de force et de vous enfuir dans l'instant. Je vous avais bien dit que ce serait difficile…

— Le jeu en vaut la chandelle, décida le bon chevalier. Ce sera donc là mon premier exploit !

— Mouais. Vous avez une petite idée de ce que vous allez faire ?

— Absolument pas, avoua Ulser. Mais n'est-ce point ce qui rend l'aventure si grisante ?

La sorcière lui fit face quelques instants, les yeux las.

— Si vous voulez, accorda-t-elle en haussant les épaules. Au moins, vous mourrez heureux. Je vais vous faire un plan…

— Vous ne venez pas avec moi ? C'est loin d'ici ?

— Il est hors de question que je mette les pieds chez cette face de noix ! En outre, mon prochain rendez-vous peut arriver d'un instant à l'autre.

— J'aimerais vous voir m'accompagner, insista le bon chevalier. Vous récupérerez votre clé plus vite, et ma quête ne souffrira pas d'autre délai.

— Et qui va tenir la boutique ? réfuta Mercédès.

Ulser eut un geste d'ignorance, tandis que la sorcière réfléchissait en promenant son regard sur les meubles.

— Entendu, céda-t-elle bientôt. J'irai avec vous. Mais ne croyez pas que mon renfort sera décisif ! Roméo – que les tripes lui coulent par le nez – est bien plus fort que vous et moi réunis, bien plus fort que n'importe quel sorcier du cercle, bien plus fort, même, que certains des démons des sept enfers !

— Pourquoi criez-vous ? demanda Ulser, intimidé.

— Je ne sais pas, avoua la sorcière.

Elle reprit aussitôt une attitude plus convenable, laissant le chevalier perplexe.

Chapitre 4

Les préparatifs de la sorcière furent assez longs, et Ulser eut tout loisir d'apprendre à exploiter les nouvelles propriétés de son armure. Ou plutôt, à s'accommoder de ses nouvelles contraintes... La cuirasse avait beau être plus légère, elle n'en était pas moins encombrante, et les amples mouvements qu'elle requérait avaient la fâcheuse tendance à le faire tanguer comme un troll bicéphale et dipsomane. Quand il eut renversé un pot d'aisance et cassé une représentation en cristal de la bataille des douze princes paladins, avec les archers, les trois dragons, les balistes et toutes les figurines à l'unité, Mercédès lui suggéra d'aller plutôt s'exercer dehors, foutripaille-de-lèprustule-de-nom-de-nom-de-chef-d'escadron.

Ulser s'exécuta avec autant d'empressement que son imparfaite mobilité le lui permettait, soulagé de constater que la pluie qui était tombée toute la nuit ne faisait pas mine de se relever pour remettre ça. Mais au moment de franchir le seuil de la fermette, un horrible doute s'empara de lui : ne risquait-il pas d'être projeté dans les cieux ? Sans autre espoir de survie, peut-être, que de s'accrocher à un nuage et d'attendre la grêle ?

Il n'aventura son pied à l'extérieur qu'avec la plus extrême prudence, et inspira profondément en se concentrant sur le mouvement suivant. Son front noble se couvrit de sueur, tandis qu'il assurait ses prises et mesurait ses gestes. Il lui fallait *à tout prix* réfréner son dynamisme…

— La porte ! cria Mercédès derrière lui, avant de claquer violemment ledit huis.

Le bois cogna contre les dignes fesses du bon chevalier et l'élan ainsi fourni le projeta en vol plané à huit mètres de là, contribuant ainsi à générer un registre de cris de terreur inédit à ce jour. Par bonheur, Ulser put se rattraper à un arbrisseau d'aubépine et cesser enfin de bafouer l'héritage de l'*homo erectus*.

Alors qu'il progressait en s'accrochant à la barrière, il voulut bien reconnaître que, décidément, quelque chose n'allait pas avec cette armure. Son vœu l'empêchait pourtant de l'ôter… Il lui fallait trouver une solution, vite ; en tout cas avant que le vent ne se lève. Heureusement, il avait trouvé la parade bien avant d'arriver à hauteur de son cheval. La parfaite éducation de ce dernier l'empêcha de protester quand son maître réquisitionna ses fers de secours… Il renâcla toutefois, pour bien montrer sa désapprobation, quand le bon chevalier entreprit d'attacher lesdits fers à ses solerets.

Ulser, lui, se félicita sans retenue pour son

ingéniosité. Il essaya aussitôt sa nouvelle mobilité sur le sentier rocailleux, levant haut les genoux et les coudes, martelant le sol comme un titan arriéré qui découvre un village encore intact. Trop heureux d'avoir surmonté cette nouvelle épreuve, il passa outre l'avertissement de Mercédès et rentra dans la fermette pour quérir ses louanges.

La sorcière ne lui jeta qu'un regard en coin, soupira au cliquetis des fers sur le sol pavé, puis continua à rassembler ses paquets sans autre commentaire. Avec une moue boudeuse, Ulser laissa retomber le pied qu'il tendait dans sa direction et sortit en haussant les épaules.

Il fallut un bon moment à Mercédès pour boucler ses valises, arroser son jardin et fermer ses volets. Enfin, elle empila consciencieusement toutes ses affaires sur le perron, tira la porte d'un coup violent et y accrocha un mot disant : « Je reviens dans quinze minutes. »

— C'est vraiment si près d'ici ? s'étonna le chevalier.

— Pas tout à fait quand même, reconnut la sorcière. Mais aucun des abrutis du pays ne sait lire, alors… Dans le doute, ils attendront.

Ulser haussa les épaules, peu convaincu par cette logique. Il vérifia les lacets de ses fers en songeant que Mercédès était vraiment bizarre… Puis, il se chargea d'attacher les nombreuses sacoches, besaces et coffrets à toutes les aspérités de son alezan, ce qui déplut fortement au fier animal, qui ne manqua pas de renâcler d'un air pincé. Quand tous les bagages furent casés, il ne restait plus de place pour les passagers, et le bon chevalier regretta amèrement de ne pas avoir acheté une monture plus grande. C'est alors que Mercédès lui tendit la cage du diablotin.

— Ah oui, vous l'emmenez aussi..., remarqua-t-il en grimaçant.

— Bien sûr que oui. Je ne vais quand même pas le laisser ici, à la merci des voleurs. J'ai eu suffisamment de peine à l'attraper.

Résigné, Ulser ajouta la cage au reste, en prenant bien garde de rester hors de portée des mains griffues du petit monstre. Une fois que Mercédès eut vérifié l'ensemble, et renforcé certaines attaches qui lui semblaient un peu lâches, ils purent enfin prendre la route. En y laissant six empreintes de fers.

Très orgueilleusement, le soleil s'était élevé bien au-dessus des considérations misérables du pays, pour échanger des points de vue éclairés avec son voisin Proxima du Centaure. Et loin en dessous de ces cosmogonies, le bon chevalier tirait la bride de son alezan qui, par pure provocation, s'était mis à braire comme un âne. Mercédès allait en tête, montrant le chemin, s'arrêtant régulièrement pour dépouiller de leurs proies quelques araignées nonchalantes – et toute cette répugnante récolte allait au fur et à mesure apaiser l'appétit du diablotin.

Le chevalier grimaça quand, profitant d'une énième halte, la sorcière vint placer le diablotin juste à côté d'un essaim d'abeilles. Le petit monstre fit une véritable orgie de ces insectes, laissant parfois échapper un glapissement à la fois joyeux et sadique. Alors qu'il contemplait ce festin à distance, le front plissé, Ulser fut traversé d'une idée.

— Vous pourriez utiliser cette créature pour récupérer votre clé, suggéra-t-il de bonne foi.

— Je vous ai dit, soupira la sorcière, que la ceinture m'empêchait d'utiliser mes pouvoirs contre Roméo.

— Mais les pouvoirs du diablotin ?

— C'est pareil. Du moment que je suis demandeuse, le charme n'a aucun effet. Vous comprendriez, si vous étiez sorcier.

— Et si, *moi*, je demandais au diablotin de vous retrouver la clé ? proposa le chevalier.

— Je vous l'interdis formellement ! prévint Mercédès en se raidissant. Je n'ai pas envie de garder cette ceinture jusqu'à la fin des âges ! Vous n'êtes pas assez malin pour prendre en défaut son esprit tordu.

— Vous pourriez m'aider à écrire la demande…

— Non, car, dans ce cas, c'est comme si je la faisais moi-même… Je vous le répète, la seule solution est d'arracher cette clé à Roméo. Vous ferez de votre mieux, voilà tout. Avec un peu de chance, il s'étranglera de rire avant d'avoir eu le temps de vous carboniser.

La discussion étant close, la sorcière récupéra la cage et ils se remirent en marche. Ils firent une nouvelle halte un quart d'heure plus tard, le bon chevalier devant s'éloigner pour satisfaire un besoin éminemment naturel. Il revint peu après, marmonnant des imprécations contre les vents tournants, et reprit la bride de son cheval en essuyant son armure.

— Dites, heu…, demanda-t-il soudain, vaincu par la curiosité. Comment faites-vous pour… vous voyez… avec votre ceinture ?

Mercédès lui jeta un œil en coin, le visage sévère. Ulser regretta aussitôt d'avoir posé la question.

— Vous ne tenez pas vraiment à savoir, trancha la sorcière d'un ton sans appel. Occupez-vous de vos fers.

Il se le tint pour dit et ne prononça plus un mot avant d'être en vue de leur destination.

— C'est là-bas, derrière, annonça Mercédès en désignant une proche colline. Essayez de faire taire votre âne, maintenant, ou on va se faire repérer.

— Votre mari n'aime pas les visiteurs ? C'est un ermite ?

— *Ex*-mari, insista la sorcière. Je ne sais fichtre rien du caractère qu'il peut avoir aujourd'hui ; mais je l'ai déjà vu invoquer la foudre sur des bûcherons dont les coups de hache perturbaient ses lectures… À vous de juger, maintenant.

Moins d'une minute plus tard, le fier alezan se trouvait muselé et attaché à un arbre éloigné, et toujours chargé comme un baudet. Le bon chevalier essaya d'ignorer le regard lourd de reproches que la bête faisait peser sur sa nuque, tandis qu'il gravissait la colline à pas de loup… Il eut ainsi l'occasion de vérifier à quel point son armure était silencieuse. Il réussit même à tomber nez à truffe avec un renard ! Malheureusement, il fut plus surpris encore que le pauvre animal, et ne put retenir un hurlement où la lettre « i » était utilisée en grande quantité. L'alerte passée, Ulser dut encore s'arranger des mottes de terre que Mercédès lui lançait depuis le bas de la pente, probablement pour lui éviter d'autres mauvaises rencontres…

Enfin, il fut au sommet. Il put alors constater qu'un chemin tranquille contournait l'obstacle et menait tout droit à une petite chaumière. La ressemblance entre cette maisonnée et celle de Mercédès était stupéfiante. Peut-être les sorciers disposaient-ils d'une formule secrète pour faire pousser de telles bâtisses hors de terre… Peut-être que l'orientation des fenêtres, par rapport aux étoiles, permettait une puissante concentration de courants de magie dans le secret des murs !

Ou alors, peut-être que les architectes de la région témoignaient simplement d'un manque flagrant d'imagination.

Quoi qu'il en soit, après une prudente période d'observation, le bon chevalier se sentait prêt à descendre relever son premier défi. Il adressa un petit salut à Mercédès, qui le lui rendit par des gestes traduisibles en « Grouillez-vous, mortidiou de saperlasse ! » Ainsi soutenu par l'arrière-garde, Ulser commença à dévaler la pente… Vite, plus vite que désiré, entraîné qu'il était par son élan ! C'est avec beaucoup d'appréhension qu'il voyait la porte de la maison se rapprocher de son visage, mais il tirait une certaine fierté de son sang-froid : aucun nouveau hurlement ne franchissait ses lèvres. Sa manœuvre d'approche restait discrète… du moins, jusqu'à ce que le sorcier jette un œil par sa fenêtre, ou que le chevalier vienne percuter son entrée comme un minotaure furieux et malvoyant.

Ulser parvint néanmoins à ralentir sa course, en freinant des deux fers. Il prit le temps de se recomposer une attitude digne, contrariée par le rouge de ses joues et de son front, avant de parcourir les derniers pas qui le séparaient du perron. Il put alors découvrir l'enseigne officielle :

Roméo
Enchanteur, Alchimiste,
Conjureur, Thaumaturge
Uniquement sur rendez-vous
Fournisseurs : faites le tour

Et, sur un parchemin cloué à la porte : « Je reviens dans vingt minutes. »

Le bon chevalier maudit sa malchance, puis se hasarda tout de même à frapper quelques coups contre l'huis… Sans réponse. Dépité, il regagna à grand-peine le sommet de la colline – où il se promit d'emprunter plutôt le chemin, la prochaine fois. Mercédès grimpait justement vers lui, portant sa cage à diablotin.

— Il n'y a personne, expliqua Ulser en haussant les épaules.

Les yeux de la sorcière se gonflèrent comme des gorges de crapauds.

— Et alors, qu'est-ce que vous faites encore là ? Allez-y et trouvez-moi cette clé !

— Ce serait contraire à mes vœux, s'offusqua le chevalier. Je ne suis pas un vulgaire voleur ! Pour tirer véritable honneur de ma quête, je dois l'accomplir dans les règles de la courtoisie et de la vaillance qui…

— Ventrelotte !

Avant qu'Ulser n'ait pu s'y opposer, Mercédès avait saisi son oreille gauche et commencé à l'entraîner vers la maison de son ex-mari. Le malheureux fut bien forcé de suivre son appendice auditif… Il eut beau exposer les principes fondamentaux du code du paladin, et notamment l'article douzante-cinq qui l'empêchait de mettre la main sur les possessions d'un vieillard avant de l'avoir occis en bonne et due forme, la furie ne voulut rien entendre. Quand ils furent au bas de la pente, le chevalier souffrait autant de son oreille que du sentiment étrange de ne pas être pris au sérieux.

La sorcière, elle, ne décolérait pas. Elle scrutait chaque détail de la chaumière, chaussant même ses lunettes pour tenter de voir à travers les rideaux ; tandis qu'Ulser se massait le lobe avec une moue boudeuse.

— Regardez un peu la manière dont il taille mes bégonias ! pestait Mercédès. C'était bien la peine de faire tout ce scandale pour les emporter ! Oh, et ça ; je n'y crois pas ! C'est dans *ma* marmite qu'il a installé son jardin à épices ? Dans ma marmite *préférée !*

Elle courait ainsi d'un bout à l'autre de la maisonnée, trouvant cent sujets à lamentations, là où le chevalier ne voyait qu'une terrasse fleurie, plutôt agréable à contempler. Un homme qui entretenait de tels parterres et balconnières ne pouvait être aussi méchant sorcier qu'on le prétendait... Au souvenir de l'affreux désordre régnant chez Mercédès, Ulser douta soudain de s'être adressé à la bonne personne.

— Allez hop, on rentre ! tonnait la furie. Vous ! Donnez-moi une bonne ruade dans cette porte !

— Heu... C'est-à-dire qu'elle est peut-être piégée, prétexta le chevalier. On raconte que certains magiciens peuvent tracer des runes explosives...

— C'est exact ; vous voulez une démonstration ? menaça-t-elle. La porte, et au trot !

À contrecœur, Ulser traîna ses fers jusqu'à l'huis, puis se résolut à y flanquer un gros coup de talon. Il se souvint alors – un battement de cils trop tard – des nouvelles propriétés de son armure... Son vol plané sur le dos ne l'emporta heureusement qu'une dizaine de mètres plus loin, et il en fut quitte pour une brève panique ponctuée de cris en trémolos, ainsi qu'une grosse honte.

Mercédès elle-même se garda de tout commentaire. Elle venait de découvrir que la solide porte n'était pas verrouillée, en définitive, et son attention était désormais concentrée sur l'examen du repaire ennemi. Au moment de franchir le seuil, elle retrouva cependant sa rage : son pied refusait étrangement de passer l'encadrement !

— Cornabouc ! Ce vieux hibou a osé enchanter son perron pour m'interdire le passage ! Vous vous rendez compte, après toutes ces années à vivre ensemble ! Il ne me fait même pas confiance !

— Heu... Nous sommes venus le cambrioler, rappela timidement le chevalier.

Au regard assassin qu'il reçut en retour, il estima judicieux de ne pas poursuivre sur ce terrain. Pas plus qu'il n'osa refuser, quand la sorcière lui demanda s'il consentait bien à aller quérir sa clé, *s'il vous plaît* – d'autant que le sourire qui accompagnait la requête exprimait surtout le bruit des grincements de dents. Ainsi, Ulser se retrouva bientôt à fouler le sol d'un vestibule à la fois inconnu et familier. Car cette entrée ressemblait point par point à celle de Mercédès : une pièce dénudée, dont le meuble le plus imposant était un comptoir où reposaient registre et écritoire.

Le chevalier alla directement ouvrir l'épais carnet de rendez-vous, sans bien s'expliquer pourquoi. Il eut le temps de constater que le prochain visiteur de Roméo n'avait que deux ans de retard, puis les feulements excédés de la sorcière, bloquée à l'entrée, le rappelèrent à sa mission... Avec un soupir, il se faufila sous le rideau masquant l'arrière-boutique, aussi pressé d'en finir qu'un ogre mis au régime jus-de-navet. Enfin, il fut au cœur de l'atelier de magie.

Ce dernier ressemblait également à l'office de

Mercédès – le désordre en moins. On y trouvait une table basse, des tapis, des étagères courbées sous des piles de grimoire… Mais aussi, entre les pancartes d'information classiques – telles que « les paiements en espèces rares sont acceptés », « Dix pour cent de remise au cinquième enchantement ! », « Après-vente assurée sur exorcisme », etc. –, étaient présentées des toiles beaucoup plus polissonnes, pour ne pas dire pornographiques. Ulser ressentit une bouffée de chaleur et un certain inconfort dans la partie centrale de sa cuirasse, alors qu'il contemplait un tableau mettant en scène plusieurs couples enchevêtrés. *C'est certainement ainsi que des femmes parviennent à mettre au monde plusieurs enfants en une seule grossesse*, songea-t-il benoîtement.

Il n'avait pas oublié la clé, mais il décida de faire d'abord un examen consciencieux de toutes ces œuvres étranges, au cas où l'une d'elles recèlerait un indice pour sa quête, savait-on jamais ? Mais surtout, parce qu'il ne pouvait s'en empêcher. Il aurait sans doute continué ainsi un bon moment si un appel impatient de la sorcière n'avait sèchement réglé le problème de l'inconfort de sa cuirasse ! Alors, les joues en feu, il reprit ses recherches avec un peu plus d'application.

C'est ainsi qu'il remarqua la cage suspendue au centre du plafond. Il ne s'étonna pas d'y trouver un autre de ces diablotins tout en poils de souris… sauf que celui-ci portait une sorte de tablier de cuir ; une fantaisie de son propriétaire, à coup sûr. La créature le fixait de ses gros yeux, et le chevalier rougit de plus belle en comprenant qu'il avait ainsi été observé tout le temps qu'il détaillait les toiles érotiques ! Soudain très mal à l'aise, il reporta son attention sur un paquet de vieilles ficelles emmêlées, feignant de se perdre dans sa contemplation. Il n'osait plus croiser le regard du petit monstre – et tant pis pour la courtoisie.

Il ouvrit encore deux ou trois tiroirs pour la forme, grimaçant devant les chairs reptiliennes qui y reposaient dans des bocaux, puis estima avoir assez démontré sa bonne volonté. De toute manière, Roméo gardait certainement cette précieuse clé sur lui… Sans se retourner sur le diablotin, Ulser regagna donc la sortie.

Mercédès ne l'y attendait plus. *Sûrement partie répondre à un appel de la nature*, supposa-t-il en s'efforçant d'oublier cette ceinture de chasteté. Mais en portant les yeux plus loin, il repéra un homme en train de descendre le chemin… Un individu qui ne pouvait être que Roméo le sorcier, et qui assistait, poings sur les hanches, au spectacle d'un étranger sortant de sa propre maison !

Le bon chevalier fut soudain tiraillé, lui aussi, par un besoin éminemment naturel.

Chapitre 5

Ulser avait beau regarder de tous côtés, il ne voyait pas comment il allait pouvoir se tirer d'affaire. Non pas qu'il redoutât l'affrontement avec le sorcier, puisqu'il avait eu largement le temps de l'envisager. En revanche, d'être ainsi surpris comme un voleur l'embarrassait au plus haut point ! Il se serait bien drapé dans sa cape avant de bondir sur son alezan, mais il avait perdu la première dans une sombre histoire d'indigestion de potée, tandis que le deuxième boudait toujours derrière la colline. Le chevalier avait encore la possibilité de s'enfuir à toutes jambes, peut-être même en ôtant ses fers, mais cela lui semblait une sortie indigne de son rang… De même qu'il n'était guère enchanté par l'idée d'être poursuivi à travers la campagne par des boules de feu géantes et crépitantes. En fin de compte, le temps qu'il démêle l'écheveau de ses hésitations, Roméo l'avait déjà rejoint et se tenait face à lui en tapant du pied.

C'était un homme plutôt petit et aux membres secs ; tout le contraire de son ex-épouse, en fait. Par contre, le regard qu'il posait sur le chevalier était le même : un mélange de curiosité intriguée et d'agacement, pouvant basculer dans l'irritation au moindre faux pas d'Ulser. Se sachant parfois distrait, voire maladroit, ce dernier n'osait pas esquisser le moindre geste. Ce qui eut pour effet d'aggraver encore la méfiance de Roméo, jetant alors des œillades nerveuses dans toutes les directions !

— Qu'est-ce que vous faites là ? cracha-t-il enfin. Vous avez rendez-vous, au moins ?

— Heu, c'est-à-dire que, heu…

— Quoi ! À moins d'être un abruti complet, vous devez bien savoir si vous avez pris rendez-vous ou non ! Alors ?

— Eh bien… c'est pour une urgence, bredouilla le bon chevalier.

Ce faisant, il était envahi par une inexplicable impression de déjà-vu.

— Oh ! commenta le sorcier. Dans ce cas… mais j'appliquerai le tarif d'équinoxe, vous êtes prévenu !

D'un geste, il invita Ulser à le suivre dans son atelier. Le chevalier hésita, cherchant une dernière fois la silhouette de Mercédès dans le paysage. On aurait pourtant dû la repérer de loin, avec son habit cousu d'étoiles dorées ! Où était-elle passée ? S'agissait-il d'une mauvaise farce ? D'un nouveau prodige ? À moins que des brigands n'aient enlevé la sorcière pour attenter à sa vertu ? Mettant le point final à cette dernière pensée, le chevalier ressentit un certain malaise. Il lui arrivait parfois de dire de telles bêtises que *même lui* trouvait cela effrayant.

— Vous venez, ou quoi ? s'impatientait Roméo. Je croyais que c'était urgent !

Avec une pointe d'angoisse, Ulser retourna donc dans la salle au diablotin… Il n'osa pas lever les yeux vers la créature, mais il sentait en revanche tout le poids de son regard sur ses épaules – et ça picotait un peu, à vrai dire.

Le sorcier ne parut pas s'étonner du manège de son familier. Il était déjà installé à la table basse, entre ses piles de livres, et soupirait d'impatience en attendant que le chevalier daigne bien prendre place. Une fois la chose faite, il se pencha pour glisser à voix basse :

— Ça vous dérange, si je ne vous inscris pas dans le registre ? On me réclame toujours plus de taxes, et je ne m'en sortirais pas si je devais tout déclarer aux collecteurs !

Il acheva la demande avec un clin d'œil entendu, considérant l'affaire réglée. Le bon chevalier dut ensuite payer d'avance, en protestant violemment – mais intérieurement – contre le supplément pour frais de constitution du dossier qui n'existait pas… Enfin, Roméo sembla disposé à écouter son problème. Ulser estima alors judicieux d'en profiter, d'autant que la consultation était particulièrement chère, qu'il ne risquait rien à essayer, et que Mercédès attendrait bien encore vingt minutes pour récupérer sa clé, zut après tout.

— Il me faut accomplir un exploit pour épouser

ma mie, commença-t-il donc. Tout cela parce qu'un fieffé menteur a prétendu avoir chassé un dragon du domaine de mon beau-père, et…

Il fit ainsi l'exposé complet de son problème, en relatant les deux mois (déjà) perdus à errer à la recherche d'une quête digne de ce nom. Il prétendit ensuite avoir découvert (seul) que la prochaine prophétie ne s'accomplirait pas avant treize ans. Il poursuivit en expliquant qu'il ignorait (beaucoup de choses mais surtout) comment procéder pour mener cette tâche à bien… Tout le long de son discours, le sorcier l'écouta sans l'interrompre, sa seule réaction consistant en un haussement de sourcil gauche de plus en plus prononcé. À tel point que le chevalier en fut quelque peu déconcentré, curieux de voir jusqu'où Roméo pouvait ainsi forcer la grimace sans modifier son profil droit… Quand le récit fut achevé, toute l'attention d'Ulser était concentrée sur cette ligne broussailleuse qui s'était élevée comme un nuage sur le front du sorcier. Le grondement orageux de ce dernier le ramena promptement à la réalité.

— C'est ça, votre histoire ? Rien d'autre ?

— Ma foi, heu… non.

Pour annuler son mensonge, le chevalier s'efforça de croiser les doigts sous la table ; geste rendu impossible par la rigidité de ses gants d'acier… Sa tension monta alors d'un cran. Il était presque certain que le diablotin affichait un sourire mauvais, quatre mètres au-dessus de sa tête. Puis, il se demanda si ces créatures présentaient les mêmes particularités digestives que les pigeons. Sa position à la verticale de la cage lui parut dès lors plus inconfortable encore.

— C'est tout ? répéta le sorcier irrité. Et c'est *ça* que vous appelez une urgence ? Vous me prenez pour un rebouteux de campagne, peut-être ? Vous pensez que je n'ai rien d'autre à faire que d'écouter les âneries d'un type qui se balade avec des fers à cheval aux solerets ?

— Mais, c'est très sérieux…, tenta de se défendre Ulser.

— N'importe quoi ! Vous me parlez d'accomplir une prophétie une décennie avant l'échéance ! Quiconque disposant d'un peu de bon sens vous répéterait que c'est impossible ! Impossible, *et* dangereux ! C'est une application typique de la théorie du bouclier !

Le chevalier voulut manifester son ignorance sur ce dernier sujet, mais n'eut point besoin de formuler sa demande : son expression d'une profonde naïveté fut tout aussi éloquente. Secouant la tête d'un air excédé, Roméo se leva en invitant Ulser à l'imiter. Le sorcier farfouilla ensuite dans ses affaires pour finalement s'équiper d'une torche, gros gourdin à l'extrémité serrée d'étoffes… Le bon chevalier supposa alors une visite imminente dans l'un ou l'autre caveau ou souterrain caché, où grands secrets lui seraient peut-être révélés.

— Un bouclier, reprit Roméo. Vous en avez un, au moins ?

Ulser acquiesça lentement, tandis que sa peau

se couvrait de chair de poule. Il possédait bien un bouclier, certes. Pour l'heure, l'accessoire était très intelligemment suspendu à la garde de son épée, afin que l'un et l'autre ne s'égarent pas. Et le chevalier se demanda pourquoi ce détail – qui avait tout de même son importance – ne l'avait pas frappé plus tôt.

— Sur mon cheval, avoua-t-il dans un murmure. J'ai laissé toutes mes armes sur mon cheval.

Le sorcier marmonna un juron coloré et replongea les mains dans son bric-à-brac, dont il sortit une sorte de grand plat en cuivre. Il plaça d'autorité l'objet dans les mains d'Ulser, qui ne savait quelle attitude adopter… S'agissait-il d'une coutume locale ? Une forme d'invitation à déjeuner, peut-être ?

— *Je compte jusqu'à dix et je vous flanque un bon coup de torche !* cria soudain Roméo.

La première impulsion du chevalier surpris fut de reposer vivement le plat de cuivre, en cherchant ce qui avait pu provoquer la colère du sorcier… mais il le reprit aussitôt en constatant que ce dernier procédait à un réel décompte ! Et quand le gourdin vola en direction de son crâne, Ulser put parer le coup dans un grand tintement métallique.

— Ça, c'était une *prophétie*, annonça Roméo.

Sa phrase n'était pas achevée qu'il lançait une nouvelle attaque, inattendue cette fois ! Le chevalier eut cependant le mérite d'arrêter le coup avec sa mâchoire, sa joue gauche et la partie inférieure de son oreille, dont la température grimpa aussitôt de plusieurs degrés.

— Et ça, c'était *l'imprévu*, conclut le sorcier. Vous avez compris ?

À moitié sonné, les yeux hagards et le visage cuisant, Ulser ne choisit peut-être pas la meilleure des réponses possibles en hochant négativement la tête... La torche vola à nouveau vers son crâne, forçant le chevalier à bloquer la frappe d'une opposition énergique de sa tempe. Il entendit ensuite Roméo réitérer sa question, mais un tas de petites lumières avaient improvisé une fête derrière ses pupilles. Il jugea prudent de les laisser se disperser vers d'autres salles de danse avant de brandir maladroitement le plat de cuivre devant lui, prêt à repousser tout nouvel assaut.

— Enfin, vous avez compris, constata le sorcier en baissant son gourdin. C'est *ça*, la théorie du bouclier. Il ne faut le lever ni trop tôt, ni trop tard. Ou les conséquences sont fâcheuses.

Ulser acquiesça docilement, avec l'impression d'avoir des grelots dans le crâne. Pour un homme aux membres secs, Roméo ne manquait pas de force ! Le chevalier ressentait aussi le désir sourd de lui arracher cette torche des mains pour mettre en application l'article douzante-cinq du code du paladin, mais il désirait auparavant quelques éclaircissements.

— Oui, mais... pour ma quête, alors ? Que puis-je faire ?

— Mais rien du tout, sacrediou ! Si vous tentez quoi que ce soit, vous allez vous attirer un tas d'ennuis ! Et je ne vous parle même pas des conséquences que vos bêtises pourraient avoir sur le reste du monde. Imaginez un peu que vous leviez votre bouclier trop tôt, à l'échelle de l'univers ! Imaginez le gourdin géant qui pourrait s'abattre sur nous tous !

Ulser baissa les yeux sur le plat cabossé, mais malgré ses efforts, il ne put se représenter l'assiette gigantesque de l'hypothèse, pas plus que le titan cosmique censé les écrabouiller… Par ailleurs, il était certain qu'aucune invention humaine ne pourrait manœuvrer un objet aussi démesuré. Pour le coup, le sorcier lui semblait un peu naïf, et même à la limite de l'idiotie, mais il se garda bien sûr de lui adresser un tel commentaire. D'autant qu'il lui fallait maintenant régler *l'autre* affaire ; celle qui l'avait conduit ici… Après s'être éclairci la gorge à trois ou quatre reprises, sous le regard intrigué de Roméo, il se décida enfin à aborder le réel motif de sa visite. En ne laissant passer que ses yeux au-dessus du rond de cuivre.

— Eh bien, tout ceci étant dit, je… je dois vous avouer être porteur d'une demande à votre intention, qui me paraît tout à fait recevable. Il s'agit de votre ex-femme, Dame Mercédès, et…

Il s'interrompit aussi vite, surpris par l'expression d'hilarité qui montait soudain sur les traits du sorcier !

— Non…, rigolait ce dernier, pointant un index moqueur. Vous venez pour la clé ? *Vous ?* Vous, et Mercédès ? Alors là, elle touche le fond ! s'esclaffait-il en se tapant la cuisse.

— Je suis son champion, rien d'autre, se défendit fièrement le bon chevalier. J'ai accepté de relever cette épreuve pour obtenir son aide dans l'accomplissement de la prophétie qui fera de moi le héros que mon beau-père devra reconnaître et…

Il poursuivit ainsi sans virgule pendant une bonne minute, jurant par tous les dieux et arguments logiques que ses relations avec la sorcière ne dépassaient pas le cadre d'une tolérance de proximité, mais Roméo semblait ne rien entendre. L'enchanteur riait à gorge déployée, se tenant les côtes, les yeux larmoyants et le teint rougeaud, sans pouvoir même retrouver son souffle. Ulser se refusait néanmoins à voir son premier véritable adversaire mourir en se gaussant de lui, aussi s'employa-t-il à briser cette tempête d'hilarité. Il commença par exprimer son indignation par la plus guindée des grimaces, puis commit le volontaire affront de tourner le dos au sorcier, pour finir par passer ses nerfs sur le plat de cuivre, menaçant par gestes de faire subir le même sort à quiconque continuerait à se payer sa tête… Tous ces louables efforts eurent malheureusement l'effet contraire à celui recherché, notamment quand le bon chevalier flanqua de grands coups de poing dans l'assiette, ou quand il sauta dessus à fers joints. Au bord de l'asphyxie, Roméo fut contraint de s'éloigner de cette scène de violence, pour aller libérer ses derniers gloussements dans un coin de la pièce. Il y resta plusieurs minutes, ses tressautements d'épaules ranimant à chaque fois la honte et la colère d'Ulser. Quand il revint enfin, le chevalier se sentait prêt à commettre les pires extrémités, quitte à écraser toute la vaisselle de la maison si nécessaire !

— Aah ! soupirait le sorcier, en s'essuyant les yeux. Vous m'aurez donné du bon temps, au moins. Et Mercédès, elle est avec vous ? Elle a essayé d'entrer ? rajouta-t-il avec un nouveau hoquet joyeux.

— J'ignore où elle se trouve, annonça Ulser en prenant son air le plus pincé. Mais elle m'a demandé secours et sa cause me semble juste ! Livrez-moi cette clé, céans, et je partirai.

— Il n'en est pas question, répliqua le sorcier.

Il avait retrouvé un peu de sérieux, même si son œil brillait toujours d'une flamme égayée, notamment quand son regard glissait sur le plat cabossé.

— S'il vous plaît, s'empressa d'ajouter le chevalier, confiant en ce sésame universel.

— Rien du tout, répéta Roméo. De quoi vous mêlez-vous ? C'est une histoire entre ma femme et moi. Si vous ne projetez pas de devenir son amant, passez votre chemin, et au plaisir. Dans le cas contraire, je serais obligé de vous tuer. Et à vrai dire, ça me chagrinerait. Cela faisait bien longtemps que je n'avais pas ri comme ça.

— Mais enfin, puisque vous n'êtes plus mariés ! Vous devez lui rendre sa liberté ! Vous-même, je suppose, vous… n'est-ce pas…

Ce disant, Ulser lançait des regards explicites vers les œuvres érotiques tapissant les murs ; mais le sorcier avait un autre motif de contrariété.

— Elle prétend que nous ne sommes plus mariés ?

La vieille chouette, elle ne manque pas de culot ! Tout ça se paiera au centuple, quand…

Il s'interrompit, étudia le visage de son hôte et retrouva alors le sourire.

— Ces histoires ne vous regardent pas, de toute manière. Une seule chose est sûre : vous n'aurez pas cette clé. Et ne recommencez pas à me menacer en piétinant mes affaires.

Ces derniers mots, ainsi que le léger sourire qui les accompagnait, furent comme l'étincelle qui fait déborder le vase. Soudain en proie à une rébellion contre l'injustice – et las d'être ridiculisé, aussi –, le bon chevalier défit ses lacets en une série de gestes héroïques et se projeta vers le plafond d'un seul coup de talon ! Avant que Roméo ne soit remis de la surprise, Ulser avait nagé jusqu'à la cage du diablotin piaillant et glapissant d'excitation, pour s'y accrocher… Et le sorcier perdit tout contrôle lorsque l'homme volant posa une main gantée sur la porte du petit clapier !

— Qu'est-ce que vous faites, abruti ! N'ouvrez surtout pas !

— Vous n'avez qu'à me donner cette clé, répliqua le chevalier vexé.

— Chut, taisez-vous ! Ne dites rien, ne lui parlez pas !

Une telle panique devait immanquablement concentrer l'attention d'Ulser sur la créature, dont les cris s'étaient tus… Le petit monstre aux yeux fendus était désormais immobile, ramassé sur le ventre comme un serpent décidé à frapper. On l'aurait dit prêt à sortir une arme de son étrange petit tablier de cuir.

— Je connais sa valeur, prévint le chevalier. Livrez-moi la clé de Mercédès, ou je le libérerai !

Roméo ne répondit pas, préférant s'armer d'une longue gaffe qui lui servait d'ordinaire à hisser ou descendre la fameuse cage. En ce jour particulier, il usa de la perche comme d'un harpon, cherchant à accrocher l'armure de son adversaire sans faire mieux que l'envoyer rebondir contre le plafond ! Harcelé comme un cachalot de métal, angoissé par le sort qui l'attendait si le sorcier parvenait à le ramener au sol, Ulser décida de laisser libre cours à ses réflexes d'homme d'action : c'est-à-dire qu'il s'abandonna complètement à la panique et à la précipitation. Tout en esquivant ou repoussant les coups de bâton que Roméo lui flanquait à bras raccourcis, il s'adressa directement au diablotin, dont les oreilles semblaient frémir de plaisir à chaque nouvelle syllabe prononcée…

— Montre-moi où est la clé, demanda-t-il, et tu pourras retrouver les tiens !

La créature dévoila alors deux minuscules canines en une forme de sourire, puis bondit sur ses petites jambes grises. C'est en discernant l'objet qu'elle abritait dans son tablier de cuir que le chevalier prit conscience d'avoir, pour une fois peut-être, commis une boulette. Car cet ustensile mystérieux avait toutes les caractéristiques d'une clé, reconnaissable même par un individu roulant dans les airs ! Le monstre prit un malin plaisir à désigner ce trésor de ses doigts crochus, ainsi qu'il lui était demandé, puis il brisa ses barreaux avec une facilité déconcertante. Ulser comprit que ladite boulette était plus grosse qu'il ne l'estimait : en formulant son souhait, il avait permis au diablotin de se libérer de ses charmes d'emprisonnement !

Désormais hors de sa cage, la créature s'offrit le luxe de quelques tours de pièce à tire-d'aile, narguant le pauvre Roméo qui tentait désespérément de l'attraper... Elle gratifia encore le front du sorcier d'une dernière signature en teintes blanches et verdâtres, puis s'envola pour de bon à travers la porte ouverte, son ancien maître courant derrière. Une dizaine de secondes après, on entendait toujours le petit rire sarcastique du monstre, de plus en plus lointain.

Avec un bon sens manifeste, le chevalier se dit alors qu'il ferait tout aussi bien de ne pas traîner dans le coin.

Il lâcha donc le crochet portant la cage inutile et se laissa doucement planer jusqu'à terre, où il récupéra ses fers. Il hésita ensuite entre les relacer immédiatement ou improviser une fuite en bonds de grenouille... mais Roméo surgit dans la pièce avant qu'il n'ait pu prendre une décision. Essoufflé, ivre de rage, le sorcier était de cette étrange couleur rouge annonciatrice de tortures raffinées et d'exécutions de masse.

— Qu'est-ce-que-vous-lui-avez-dit ! hurla-t-il, avec une puissance étonnante pour sa taille. Je veux connaître chaque mot qui est sorti de votre bouche d'abruti !

C'était la deuxième fois que le bon chevalier essuyait l'insulte, mais, étrangement, il ne se sentait pas d'humeur à en demander réparation. Il préférait concentrer son attention sur ses solerets, dansant d'une jambe sur l'autre en regrettant de ne pas être dans une situation plus agréable… encerclé par des trolls cannibales, par exemple. Ou suspendu par les oreilles et lentement descendu dans un bassin empli d'acide tiré de l'abdomen de fourmis écarlates. Quoique ce dernier tableau soit moins fréquemment rencontré, et qu'il faille avoir l'esprit sacrément tordu pour y songer.

— J'ai seulement dit : « Montre-moi où est la clé et tu pourras retrouver les tiens… » Ça ne signifiait pas forcément : « tout de suite après… » Je n'avais pas l'intention de le libérer pour de bon… Je suis désolé, vraiment.

— *Désolé ?* rugit Roméo. Vous savez ce que vous venez de faire, sombre idiot ? Vous lui avez donné la permission de libérer tous ses congénères à travers le monde ! Vous venez de ruiner l'activité de plusieurs centaines, peut-être plusieurs milliers de sorciers !

Ulser ouvrit grand la bouche de stupéfaction, mais c'est un autre cri qui s'éleva dans les airs. Un hurlement entre juron, rage et malédiction, et qui provenait de l'extérieur.

Toute l'expression de la colère de Mercédès.

Le bon chevalier trouva alors l'idée des fourmis écarlates pas si tordue que ça.

Chapitre 6

Ulser serait bien resté à l'abri, à attendre que la sorcière se lasse et disparaisse, mais Roméo ne l'entendait pas de cette oreille. Emporté par son courroux, l'enchanteur attrapa le chevalier par son épaulière et l'entraîna jusqu'au seuil de la chaumière – les capacités exceptionnelles de l'armure l'aidant grandement dans cet effort. Ils découvrirent alors une Mercédès au regard fou, les tempes battantes et les mâchoires crispées, brandissant la cage qui avait contenu son diablotin… et qui était désormais plus vide que la chopine d'un nain.

— Vous ! rugit-elle en désignant le chevalier. Je suis sûre que c'est *vous*, le responsable !

— Eh bien, c'est-à-dire que… D'une certaine manière…

— Bonjour quand même, grinça le sorcier.

— Qu'est-ce que vous avez fabriqué, tous les deux ? enchaîna la furie. Et ma clé, où est ma clé !

Roméo prit sur lui de résumer la situation, tandis qu'Ulser calculait en combien de bonds il pourrait gagner le sommet de la colline, puis son cheval. Le tout était de mesurer la quantité d'incantations que la paire de magiciens aurait le temps de formuler avant qu'il ne disparaisse de leur vue… Il fallait également décider s'il supporterait de vivre avec une queue et des oreilles d'âne, un deuxième nez sur le front, des poils sur le visage, ou toute autre malédiction qu'ils pourraient bien inventer. La liste se révélant trop longue, il se résolut à simplement attendre pour affronter son destin avec dignité. En espérant que foudre et bûcher n'en feraient pas partie.

Le sorcier ne cacha aucun détail de leur entretien. Quand il révéla que la fameuse clé s'était envolée avec le diablotin, le chevalier regretta de ne pouvoir se recroqueviller dans son armure comme un escargot dans sa coquille. Il espérait égoïstement voir Mercédès reporter un peu de sa colère sur son mari, mais la furie concentrait son regard haineux sur ses yeux de chien battu… Le récit achevé, elle sembla se murer dans le silence ; pourtant ses lèvres remuaient en un murmure aussi inintelligible qu'inquiétant. Ulser aurait même préféré la voir inventer de nouveaux jurons.

— Je suis sincèrement désolé, bredouilla-t-il. Je jure de tout faire pour vous ramener ces créatures, ainsi que cette clé, dussé-je y consacrer mon existence !

Ce faisant, il prit conscience d'y être allé un peu fort en promesses, et il s'empressa d'ajouter :

— Dès que ma propre quête sera achevée, bien entendu.

— Mais, sacrebouc ! tempêta Roméo. Vous n'écoutez rien, alors ? Vous voulez que je vous éclaire encore à coups de torche ?

C'était inutile ; le visage du chevalier conservait toujours les traces de la dernière leçon. Il jeta un œil inquiet à Mercédès, indifférente à la conversation, plongée qu'elle était dans son étrange psalmodie silencieuse.

— J'ai parfaitement saisi, promit Ulser. Mais les risques ne m'effraient pas, et je ne vois pas en quoi l'univers pourrait souffrir de mes actes…

— Vous ne voyez pas ? s'emporta le sorcier. Mais ça a déjà commencé avec les diablotins ! Vous venez de priver le monde d'une partie de sa magie, et ce n'était pourtant prédit dans aucun de nos ouvrages !

Il avait commencé à lever une main menaçante, mais il se ravisa et s'éloigna en se caressant le menton d'un air pensif. *Sans doute réfléchit-il à une recette de chevalier bouilli*, songeait le principal intéressé avec une soudaine aigreur à l'estomac. La douleur ne diminua pas quand Roméo revint le fixer d'un air rusé.

— Il n'était même pas prévu que vous me rendiez visite, reprit le sorcier. En résumé, tout ça ne serait pas arrivé si vous ne vous étiez mis en tête d'accomplir une quête en avance… Et il est déjà trop tard pour y remédier. Ce que vous avez fait, et ce que vous ferez encore, aura sûrement de grandes répercussions sur l'univers.

Il replongea dans sa méditation silencieuse, tandis qu'Ulser prenait la mesure de cette nouvelle responsabilité. Il n'était pas certain d'avoir bien suivi le raisonnement du sorcier, mais en avait tiré sa propre leçon : dans les jours prochains, il avait tout intérêt à se montrer d'une discrétion exemplaire ! Par chance, le bon chevalier s'estimait le membre le plus posé et réfléchi de son ordre de paladins.

— Ceux qui croiseront votre route verront leur quotidien changer, spéculait Roméo. Des équilibres vont être bouleversés, des pouvoirs redistribués… Il y aura des occasions uniques… En définitive, peut-être devrais-je vous accompagner, annonça-t-il d'un air faussement désintéressé.

— Ce serait un honneur ! promit Ulser, ragaillardi. Avec l'aide de votre magie, je ne doute pas d'accomplir bientôt un véritable exploit !

— Mouais… À vrai dire, la partie la plus puissante de ma magie vient de s'envoler avec la clé de ma femme. Comptez plutôt sur mon intelligence que sur mes sortilèges.

L'enthousiasme du chevalier en fut aussitôt refroidi – d'autant plus qu'il se sentait vaguement responsable de la situation.

— Mais… il vous reste bien quelques tours, n'est-ce pas ?

— Vous pouvez me demander presque n'importe quel miracle, confirma Roméo. Malheureusement, les méthodes pour les obtenir sont toutes plus longues les unes que les autres… Soit elles nécessitent des ingrédients rares, comme de la semence de dragon séchée ou de la cervelle de troll, soit elles réclament une patience qui fait défaut à la plupart des gens. C'est le principe du Verbiage, par exemple.

— Le verbiage ?

— C'est l'une des plus anciennes pratiques magiques. Elle consiste à répéter autant de fois que possible un souhait ou une malédiction, avant d'essayer d'en déclencher le pouvoir. Plus vous avez été assidu, et plus grandes sont les chances que cela fonctionne. Évidemment, vous ne devez pas vous tromper dans l'énonciation, ni vous interrompre…

Les deux hommes tournèrent leurs regards vers Mercédès, qui continuait à remuer les lèvres en scrutant Ulser d'un œil noir. Elle ne recula même pas quand le chevalier se pencha pour surprendre son murmure… mais le peu de mots qu'il reconnut suffit à lui donner la chair de poule, et c'est instinctivement qu'il plaça une main protectrice devant son entrejambe !

— À partir de combien de répétitions ce verbiage peut-il produire des effets ? s'inquiéta-t-il soudain.

— Ça dépend d'un tas de choses, expliqua Roméo. La difficulté du phénomène à réaliser, la motivation du lanceur, son expérience de la magie… Pour vous, je dirai que cinq jours et cinq nuits seraient nécessaires pour réaliser le moindre souhait. Sans boire, manger ou dormir, bien entendu. Mais ma femme et moi avons déjà réussi quelques petits tours après une vingtaine de répétitions seulement, ajouta-t-il avec fierté.

— Dame Mercédès ! s'agita le chevalier.

Il échoua cependant à la distraire, et enchaîna aussitôt :

— …Heu, vous avez une araignée dans les cheveux ! Ah non, deux ! Trois ! Des scorpions, en fait ! Rouges, avec des cornes ! Heu… vous allez rater votre prochain rendez-vous ! Vous avez perdu une chaussure ! Dans le crottin ! Regardez, un troll descend la colline ! Votre diablotin revient ! Arrêtez, j'ai menti, j'ai la clé avec moi ! Votre mari en avait une copie !

Il était essoufflé et partait dans des tons de plus en plus aigus, mais ces derniers mots réussirent à intriguer suffisamment la sorcière pour l'interrompre enfin. Roméo démentit cependant d'un signe de tête… et la furie se lança dans une nouvelle malédiction beaucoup plus cruelle que la précédente, à en juger par l'expression de chat sauvage hystérique qu'elle affichait !

— Je te comprends, Mercédès, intervint son ex-mari. Mais il y a mieux à faire pour l'instant…

— Il a raison, il faut l'écouter, appuya Ulser avec force conviction.

— Pense que cet homme a mis en branle quelque chose auquel personne n'a jamais assisté… Et cela ne fait que commencer. Qui sait quels avantages nous pourrons tirer en liant nos pas aux siens ?

— Bien dit, il faut l'écouter, il a raison, répéta le chevalier.

— Je sais que nous sommes en désaccord sur d'autres points, poursuivait Roméo, mais je te demande de suivre la voie de la sagesse. Des sorciers de notre compétence ne peuvent ignorer un événement tel que celui-ci…

— C'est parfaitement juste, il a raison, écoutez-le !

— Et tu pourras toujours l'occire après, conclut naturellement l'enchanteur.

Ulser retint de justesse l'approbation qui montait à ses lèvres. Il songea ensuite qu'il serait de bon ton de protester un peu, mais le nouveau regard méprisant que lui adressa la sorcière lui coupa tous ses effets.

— Cervelle d'elfe ! lança-t-elle enfin. « *Mon-tre-moi la clé et tu pour-ras re-trou-ver les tiens !* » ajouta-t-elle dans une humiliante imitation. Il ne vous est pas venu à l'esprit de bêtement la *réclamer*, cette clé ?

Elle n'attendait pas vraiment de réponse et laissa le bon chevalier en proie à ses remords, tout penaud et planté dans ses solerets à fers.

Quelques minutes plus tard, elle apprenait que son champion était allé affronter son ex-mari sans armes ni bouclier. Les environs de la maisonnée retentirent alors de nouveaux cris furieux.

En gage de bonne volonté, Roméo accepta d'annuler le charme qui empêchait Mercédès de pénétrer chez lui. Il réussit ainsi à apaiser quelque peu la matrone… du moins, jusqu'à ce qu'elle découvre les œuvres érotiques qui tapissaient les murs de l'atelier de magie ! C'est avec beaucoup d'embarras qu'Ulser assista à une violente dispute, où l'une enchaînait les variations de « sale vieux pervers cochon qui ne changera jamais », tandis que l'autre concentrait sa défense sur « espèce de vieille sorcière qui ne reconnaît pas des œuvres d'art. » Le chevalier eut la courtoisie – et le courage – de proposer finalement sa médiation, qui fut communément repoussée sous la forme « de quoi je me mêle d'abord faites-vous plutôt oublier ». Ce à quoi Ulser s'employa avec beaucoup d'application, sagement assis dans un coin, en se réconfortant à l'idée que jamais sa Migrene ne lui tiendrait tête ainsi – bien sûr que non.

Une fois le calme revenu, et à défaut d'avoir les esprits apaisés, les sorciers se penchèrent enfin sur le projet qui les avait réunis.

— La première chose à faire est d'aller consulter l'Échoracle, annonça Mercédès. Il pourra nous livrer le nom du barde qui vendra le monde aux ténèbres.

— Pas d'accord, cingla Roméo. L'Écho n'est pas si fiable que ça ; il paraît même qu'il radote. Je choisirais plutôt les cinq sages du mont d'Antel.

— Les cinq ascètes ? Ça ne m'étonne pas de toi ! Quitte à s'en remettre à des vieux fous, on pourrait aussi bien rendre visite à Mausaurus ! Ou même à Tabalamaviratane !

— Tabalamaviratane n'est plus, c'est Tabamalanavirane qui a repris l'Autel.

— Ah ? Je l'ignorais… J'y pense, il y a aussi le puits de Mousse-qui-jaune, il paraît qu'il vient de pousser un nouveau soupir.

— Intéressant… mais son tribut est peut-être trop élevé. Surtout qu'on n'a pas entendu de gorze depuis Loutre sept, au moins. Mais on pourrait tenter avec une jezardine ?

— Ça pourrait marcher, mais on risquerait aussi de perdre notre temps. Dans ce cas, autant aller directement à la conque des Tréfonds abyssaux. Si les courants sont bons, nous aurons toutes les réponses souhaitées.

— Les pistes sont nombreuses, commenta Roméo. Et la responsabilité du choix trop importante... Nous devrions laisser décider l'homme de la prophétie.

Ulser tressaillit, masquant tant bien que mal le bâillement qui lui décrochait la mâchoire. Force était de reconnaître qu'il n'avait pas compris le quart de la conversation entre ses compagnons sorciers.

— Eh bien, hmm... Quel était le premier nom que vous avez cité, déjà ?

— L'Échoracle, rappela Mercédès, un brin agacée.

— Et... c'est loin d'ici ?

— Ne vous inquiétez pas pour ces détails, intervint Roméo. Toutes les régions du monde nous sont accessibles.

— Ah... Et cet Échoracle, il va nous aider en quoi ?

— Carambouc ! tempêtait la furie. C'est à se demander comment vous avez réussi à survivre jusqu'à aujourd'hui !

— Nous avons besoin d'en apprendre plus sur cette prophétie, expliqua le sorcier. Qui sera votre ennemi, quelles épreuves il faudra surmonter, comment se déroulera l'affrontement, ce genre de choses. Seule une forme de divination pourra nous renseigner.

— Et cet Échoracle connaît le nom d'un bon devin ?

Mercédès ne put retenir un gloussement nerveux devant l'expression sidérée de son mari. Ils finirent par simplement acquiescer, oui-oui-c'est-bien-ça. Le bon chevalier se félicita alors pour sa rapidité d'esprit. Il se promit de rapporter l'épisode au précepteur de son enfance, histoire de mettre un terme définitif à ces histoires de berceau placé trop près du mur, na.

— Rassembler ces informations ne sera pas suffisant, reprit Roméo. Vous devrez aussi suivre chaque étape de la quête, surmonter toutes les difficultés, et ceci sans faillir jusqu'au dénouement. Pour cela, vous pourrez compter sur notre aide, mais il serait souhaitable de recruter quelques compagnons supplémentaires… Des aventuriers aguerris, bien sûr.

— Eh bien… J'ai un ami qui est un peu pirate, avoua le chevalier à mi-mot. Et un tonton qui court les bois avec les elfes… Mais je ne sais pas vraiment comment les retrouver.

— On n'a pas le temps de rigoler, de toute façon, lança Mercédès. Je veux en finir avec ça au plus vite.

— Il nous faudra donc trouver quelques volontaires avant de rejoindre l'Échoracle, résuma Roméo. Le mieux serait peut-être de gagner la cité de Carnavalum, puis d'en partir directement ?

— On peut aussi faire étape à Agaranama, proposa la sorcière. Qu'est-ce que vous en pensez, vous ?

— Heu, la première, bredouilla le bon chevalier distrait.

— Il en sera donc ainsi, conclut l'enchanteur. Vous venez de débuter votre quête, mon ami !

Ulser acquiesça, avec un demi-sourire seulement. Avoir deux magiciens pour l'assister était évidemment un précieux atout, mais il avait pourtant l'étrange sentiment que la situation lui échappait... Il dut en appeler à ses profondes connaissances de la science philosophique pour se réconforter avec un sage : « Bah, on verra bien. » Puis, tandis que Roméo commençait à préparer son départ, le chevalier se mit à spéculer sur la fière allure qu'auraient ses prochains compagnons d'aventure.

DEUXIÈME PARTIE

Chapitre 7

C'était une réunion de crise, exceptionnelle en tous points, ne serait-ce que par l'absence de pichets de vin sur la *paume*. Ainsi était appelée la table autour de laquelle se réunissaient les cinq chefs principaux de la guilde des voleurs de Carnavalum : *la Main pourpre*. Ils s'étaient rassemblés en toute hâte, tirés du lit par Maître Pouce, qui dirigeait la phalange des apprentis… Chacun avait déjà compris de quoi il s'agissait avant même d'avoir entendu l'ordre du jour – ou plutôt de la nuit. Maître Annu, grand comptable et archiviste de la guilde, présentait d'ailleurs triste mine. Et un long soupir franchit ses lèvres quand ses craintes furent confirmées : il était question de son beau-frère.

— Il a réussi l'épreuve, répéta Maître Pouce, son double menton tressautant de dépit. Nous pensions que c'était impossible, mais il l'a fait !

— Je n'arrive pas à y croire, commenta tristement Maître Index.

— Pas plus que moi, se dressa Maître Majeur. Comment a-t-il pu réussir aujourd'hui, après avoir échoué des centaines de fois pendant toutes ces années ? Il y a derrière cette histoire comme un parfum de tricherie !

— Ou de sorcellerie, lança Maître Auri.

Tous les regards convergèrent vers le petit homme aux ongles noirs. Il ne prenait que rarement la parole, savait rester discret en toutes occasions, ce pour quoi on lui confiait toujours les plus sales boulots… et là encore, il allait à l'essentiel.

— Ah oui, la sorcellerie…, releva Maître Pouce. Si seulement… si seulement il n'était pas…

Maître Annu ne pouvait qu'acquiescer. Son beau-frère se trouvait être le treizième fils d'un treizième fils, condition familiale qui ne se rencontrait pas même une fois par millénaire, disait-on. Cela n'avait doté le bonhomme d'aucun pouvoir particulier, mais inspirait en revanche une telle superstition à son entourage que personne n'aurait osé lui causer le moindre tort.

— Tout de même, reprit Majeur, je n'imagine pas ce gros plouc réussir à crocheter la porte aux soixante serrures ! Et les deux gardes ?

— Ça fait tellement d'années qu'il rate l'épreuve qu'ils ne l'empêchent même plus d'essayer, expliqua Pouce. Si ça se trouve, il leur serre la main en arrivant.

— Et le piège à l'acide ? Et les aiguilles ?

— Bah, il s'est fait prendre si souvent qu'il ne fait même plus attention à la douleur. Comme il n'a jamais réussi à les désactiver, il se contente d'encaisser la punition puis de continuer.

— Les cadenas et les verrous simples, admettons, mais le code que vous changez tous les jours ?

— Il semble qu'il ait eu un coup de chance, soupira Pouce.

— Tu parles d'un coup de chance ! Une chance sur dix milliers ! ricana Auri.

— Et les clochettes d'alarme ? La trappe à goudron ? L'engrenage mange-doigts ?

— Eh bien, il s'est trompé dans l'ordre et a commencé à trifouiller le piège du goudron, ce qui n'était pas prévu. Quand le liquide a giclé sur ses pieds, il a glissé et s'est rattrapé à la serrure aux clochettes, qui ont sauté de leur logement… L'une d'elles s'est coincée dans l'engrenage mange-doigts et l'a bloqué pour de bon. J'ai déjà mis deux de mes hommes sur les réparations, ajouta-t-il, penaud.

— J'imagine que le reste est à l'avenant ! tempêta Majeur. Et où est cet imbécile, maintenant ?

— Au pensionnat, avoua Pouce à contrecœur. D'après nos règles, il a gagné le droit d'intégrer la guilde en tant qu'apprenti. Cela sera effectif dès demain matin…

Index hocha négativement la tête, contrarié.

— Nous ne pouvons pas laisser faire ça. Il a la cinquantaine, et il espère vraiment suivre nos cours parmi des adolescents ? Nous deviendrons la risée de toutes les Mains du monde !

— Il assure qu'il est fait pour cette carrière, rappela Pouce.

— Non, il croit seulement pouvoir étaler ici toute

sa paresse ! rugit Majeur. S'il n'était pas lié par famille à Maître Annu, je…

Il perdit soudain de sa raideur, conscient d'être allé trop loin.

— Vous avez raison, commenta pourtant Annu. Je ne l'ai également que trop supporté, et je ne m'arrêterai pas à… Mais il reste le problème de cette filiation. Même Auri n'oserait pas brandir un poignard devant un treizième-treizième.

Le silence régna quelques instants, chacun espérant un démenti de l'intéressé, mais le petit assassin venait justement de concentrer son attention exclusive à une soie d'araignée qui pendait de la troisième poutre du plafond en partant de la gauche, là-bas dans le coin derrière.

— Que faisons-nous, alors ? reprit Majeur d'un air excédé. Quelqu'un a une idée ?

— Moi, peut-être…, proposa Index. L'important est de ne pas le mêler à nos autres apprentis, n'est-ce pas ? En revanche, aucune de nos règles ne nous empêche de l'envoyer en mission.

— En mission ? s'opposa Maître Pouce. Quoi, quel genre de mission ? C'est un incapable de nature !

— N'importe quelle mission, appuya Index. Dans l'idéal, quelque chose qui l'emmène loin et pour longtemps. Des inconnus viennent parfois demander nos services pour des trucs bizarres à l'autre bout du monde. Il n'y a qu'à le leur refiler, et bon débarras.

Les regards se tournèrent vers Maître Annu, à qui la décision revenait de droit.

— Je sais que ma sœur ne s'en plaindra pas, annonça-t-il avec un sourire fatigué. Entendu. Il partira avec le premier type qui passera demander notre aide.

La question étant réglée, les cinq membres de la Main se courbèrent les uns vers les autres, comme le voulait la coutume. Ils voulurent ensuite sceller leur accord, mais se rappelèrent qu'aucun d'eux n'avait apporté de vin… Ils rentrèrent donc tout bêtement se remettre au lit, un peu rembrunis quand même, flûte alors.

Trop d'événements étranges s'étaient produits aujourd'hui. Comme si quelque chose dans la marche du monde avait été détraqué.

Cette même nuit, une jeune cavalière se tenait devant les portes de la cité de Carnavalum. Elle hésitait encore à y entrer. C'était sa première visite là-bas – à vrai dire, c'était même la première fois qu'elle devait pénétrer dans une grande ville. Elle arrivait des lointaines contrées du Nord, après avoir voyagé pendant près de cinquante jours. Et si d'ordinaire elle ne manquait pas de courage, à cet instant elle devait bien avouer son appréhension… Pour retrouver un peu de sa quiétude, elle se serait bien plongée une heure ou deux dans de l'eau glacée, mais elle devinait déjà que quelqu'un aurait trouvé à y redire. C'était ainsi depuis son départ : on ne cessait de la contempler avec des expressions ahuries, sans qu'elle comprenne pourquoi.

Maline – tel était son nom – était une digne représentante du peuple des amazones des neiges. En réalité, il n'était guère plus d'un millier de personnes à connaître l'existence de cette tribu, et moitié moins à y porter un quelconque intérêt dépassant la curiosité amusée. Mais dans le cœur et l'esprit de la jeune femme, le clan des guerrières du septentrion était la chose la plus sacrée au monde, et tous ceux qui n'en faisaient pas partie étaient forcément des ennemis !

La plupart de ses sœurs partageaient cet avis. Dans leur pays au climat rude et à la vie difficile, les amazones des neiges passaient la moitié de leur temps à combattre les clans des mâles, les trolls blancs et les chevaucheurs ursuttes, quand ce n'était pas les demi-ogres échappés des Prisons glacées. La jeune femme elle-même excellait au maniement de la lance et du gourdin, et d'une manière générale à l'emploi de tout ce qui pouvait trancher, perforer, ratatiner, menuhacher ou réduirenpurer… Elle n'en tirait pas de fierté particulière et n'avait d'ailleurs suivi aucun entraînement dans l'art du combat. Toutes ses victoires, elle les devait à ce don naturel qui la transformait parfois en machine à tuer au service du clan… et c'était ce même talent qui l'avait tristement lancée dans ce voyage.

D'après les Aînées, Maline avait besoin d'apprendre à se modérer. *On ne pouvait pas briser les poignets de tous les étrangers qui venaient frapper à leur porte*, prétendaient-elles. La jeune femme ne comprenait pas pourquoi ; il lui semblait normal de répondre à cette attaque portée à leurs possessions. *On ne devait pas non plus casser les dents des inconnus qui se présentaient en souriant*, insistaient les anciennes. Là encore, la guerrière n'était pas de cet avis. Comment laisser le premier venu se moquer ainsi ouvertement du clan ? Maline et les aïeules avaient eu bien d'autres sources de désaccord, et le dernier en date avait eu des conséquences très sérieuses…

Tout était de la faute de cet émissaire, envoyé par un des roitelets d'un territoire voisin pour négocier une trêve. Les Aînées l'avaient reçu très dignement, et l'homme serait sans doute rentré chez lui sur ses deux jambes s'il n'avait osé adresser à la jeune femme un clin d'œil pour le moins suspect ! Convaincue d'une future traîtrise, Maline l'avait estourbi à coups de sabot de bois avant que son escorte ne le remmène prestement. Fâchées, les anciennes avaient alors radoté un tas d'histoires comme quoi les mâles avaient parfois ce genre de comportement étrange, qu'il ne fallait pas forcément y voir fourberie, et que si l'émissaire avait bien une idée derrière la tête elle n'était pas obligatoirement désagréable. Maline n'y avait rien compris, comme à chaque fois qu'on tentait de lui expliquer pourquoi les hommes bavaient ou faisaient les yeux ronds quand ils l'apercevaient. Toujours était-il que, à la suite de cet incident, les aïeules avaient décidé de bannir la guerrière pour une année complète !

Telle était l'épreuve qu'elle devait surmonter pour retrouver sa tribu. On lui avait demandé de voyager jusqu'à Carnavalum, de se mêler aux inconnus, d'apprendre la tolérance et la modération. La jeune femme s'efforçait de suivre les consignes, mais tout lui était si étranger depuis son départ qu'elle s'inquiétait beaucoup de la suite… Le peu de personnes qu'elle avait rencontrées jusqu'alors s'étaient montrées plus bizarres les unes que les autres. Beaucoup d'hommes avaient émis des sifflements singuliers dans sa direction. Quelques-uns s'étaient mis à haleter comme des bêtes, et même à pousser des hurlements de loups. Quant aux femmes, celles qui auraient dû être ses sœurs, elles n'exprimaient que haine et malveillance. La plupart lui avaient lancé ce qui devait être des insultes, inconnues du clan des neiges, et finissant souvent par « asse », « ope » ou « tin » !

Jusqu'alors, Maline avait su retenir son gourdin – mais uniquement par désir de satisfaire la volonté des Aînées. Toutes ces atteintes portées à son honneur commençaient quand même à lui chauffer un brin les oreilles, et elle sentait bien qu'il ne faudrait plus la pousser beaucoup pour qu'elle bascule dans une transe guerrière et vengeresse !

Elle avait cependant encore assez de lucidité pour comprendre qu'il ne servait à rien de rester plantée devant les portes de la cité comme un caribou gelé.

N'ayant pas vraiment le choix, elle se résolut à remettre son cheval au trot. Et fit son entrée en ville.

Elle s'arrêta dans la première auberge venue et s'empressa de s'enfermer dans une chambre. Les regards et les sifflets des hommes de la salle commune avaient encore accentué son malaise. De toute manière, elle n'aurait pu rester en leur compagnie. Cette pièce était excessivement chauffée à son goût. Maline avait toujours trop chaud, depuis qu'elle avait quitté les steppes glacées de sa tribu… Ce qui expliquait pourquoi elle avait pris l'habitude de voyager de nuit. En ne portant, de préférence, qu'un minimum de vêtements.

Elle ne comprenait pas pourquoi la vue d'une amazone à la peau dénudée et chevauchant dans le crépuscule provoquait de telles réactions chez les gens. Peut-être la considéraient-ils comme une espèce de sauvage, mangeuse de viande crue et à peine douée de parole ? Pour montrer sa sophistication, elle se promit de porter bijoux et peintures rituelles du clan sur sa poitrine, dès le lendemain. Elle troquerait également ses chausses d'équitation pour ses cuissardes en daim, beaucoup plus élégantes et raffinées, même si malheureusement plus chaudes. Tout cela devrait suffire à la rendre plus discrète…

Elle se jura également de faire un effort pour parler à quelqu'un. N'importe qui ; pourvu qu'il ne la pousse pas à libérer la rancune qui bouillait dans ses entrailles !

Chapitre 8

Comme Mercédès, Roméo prit tout son temps pour faire ses bagages, si bien que l'heure du déjeuner était déjà largement passée que l'enchanteur ne s'était pas encore déclaré prêt au départ. Dans l'attente, Ulser s'était exercé à tempérer les grouillements de son estomac ; sans aucun succès, en vérité. Ce qui agaçait d'autant plus la sorcière que l'armure du chevalier amplifiait ces plaintes abdominales comme une chambre d'écho, au risque d'attirer toutes les ogresses en rut et trompées par ces appels monstrueux !

Excédée, la matrone finit par se coller de corvée de fourneau, pour découvrir que le cellier de son ex-mari comptait *autant* de bouteilles de vin et de liqueurs en tous genres que de lentilles séchées. Ce qui faisait une honorable quantité à l'échelle de l'unité, mais franchement pas assez pour remplir une assiette digne de ce nom. Il n'en fallait pas davantage pour déclencher une nouvelle dispute entre les deux sorciers… Ulser y apprit que Roméo prenait tous ses repas à l'auberge du village – dont il revenait justement – et que Mercédès suivait un régime « oui mais pas pour son poids ; pour une élévation spirituelle ». Le chevalier en retint surtout qu'ils n'avaient aucun besoin de ce déjeuner, et d'ailleurs déjà oublié son problème. Il prit son mal en patience en songeant qu'il se rattraperait le soir, dans quelque sympathique relais routier – du moins s'ils avaient quitté la maisonnée d'ici là !

Ce dernier vœu finit par être exaucé, presque en fin d'après-midi. Ulser soupira en voyant l'impressionnant tas de bagages que le sorcier prévoyait d'emporter… Mais alors qu'ils se répartissaient sacs, coffres et cantines, il admit que l'ensemble était bizarrement aussi léger qu'encombrant. Il ne fallait point être bien malin pour comprendre que la magie n'était pas étrangère à l'affaire, et même le bon chevalier finit par nourrir quelques soupçons. Il n'eut cependant pas le loisir de les étayer : alors qu'il soulevait doucement le couvercle d'une malle, Roméo le reclaqua violemment, presque au nez d'Ulser qui s'empressa de recompter ses doigts !

— Je vous interdis de trifouiller dans mes affaires ! prévint le sorcier. Vous ne trouvez pas que vous en avez déjà assez fait pour aujourd'hui, dites ?

— Oui, heu, mais, c'était un accident involontaire, et même non désiré, bredouilla le chevalier.

— J'ai là-dedans de quoi provoquer une douzaine de vos accidents involontaires, alors pas touche ; du moins avant que je ne vous le propose !

Le chevalier s'écarta prestement de la malle qu'il imaginait remplie d'autres formes de diablotins farceurs.

Un bref instant, son estomac affamé le fit s'interroger sur la saveur d'une telle créature cuite dans le bouillon, mais il repoussa cette idée avec dégoût. Il avait toujours préféré griller sa viande, de toute manière.

Enfin, Roméo verrouilla sa porte, enroula son paillasson autour de sa clé et eut l'intelligence d'aller dissimuler le tout dans un proche buisson, compliquant ainsi la tâche d'éventuels cambrioleurs. Puis le trio partit libérer le malheureux alezan, qui fit des yeux ronds devant la masse de bagages qu'on lui apportait encore… Les malles du sorcier avaient beau être légères, le cheval n'en ressemblait pas moins à une espèce de capharnaüm ambulant.

— Peut-être devrais-je acheter une monture de secours, réfléchit Ulser en se grattant le menton. Si celle-là devait mourir d'épuisement, on pourrait remettre les bagages sur l'autre…

— On pourrait *aussi* répartir la charge entre les deux, grinça Mercédès ; mais c'est peut-être un peu compliqué pour vous !

— Nous n'allons pas loin, de toute façon, rappela Roméo. On trouvera d'autres chevaux, ou même un chariot, demain à Carnavalum.

Ils avancèrent ensuite d'une trentaine de pas sur le chemin, avant que le chevalier ne demande :

— C'est bien la cité au centre du continent Sud, n'est-ce pas ? Comment pourrions-nous y être demain ?

Les deux sorciers échangèrent un regard complice, le premier depuis leurs retrouvailles.

— Vous verrez bien tout à l'heure, lâcha Mercédès. Inutile de vous expliquer maintenant, vous n'y comprendriez rien.

Ulser se le tint pour dit, mais bouda jusqu'à la fin de cette étape.

Ils contournèrent un village, deux moulins, trois fermettes, quatre granges et bizarrement six épouvantails avant de parvenir enfin à la destination secrète des sorciers. Du moins, le chevalier supposa qu'il s'agissait bien de cela, lorsqu'il vit Mercédès et Roméo récupérer certains de leurs bagages et commencer à s'installer pour la nuit... Ulser prit alors le temps d'étudier les lieux. Ses compagnons et lui se trouvaient en pleine campagne, sous les douces lueurs d'un crépuscule en cent nuances d'orangé. Ils avaient pris position sur une petite colline dominant un paysage particulièrement fleuri et harmonieux. Ils occupaient alors le centre d'un cromlech, le cercle de pierres dressées semblant marquer l'emplacement d'un havre de paix pour tout voyageur en quête de repos... Bref, l'endroit était charmant, mais le bon chevalier remarquait surtout l'absence totale d'auberge ou du moindre marchand de soupe de pissenlit pour calmer son estomac !

— Nous allons passer la nuit ici ? vérifia-t-il, grognon.

— D'une certaine manière, oui, l'informa Roméo. Une partie de la nuit, en tout cas.

Ces mots déclenchèrent un petit rire de Mercédès,

vite imitée par son ex-mari. Ulser se sentait sur le point d'aller plutôt en parler à son cheval quand le sorcier se décida à lui fournir quelques explications.

— Vous voyez ces menhirs, tout autour ? Très peu de gens savent à quoi ils servent réellement. Pour les paysans de la région, ce ne sont que des cailloux qu'un maladroit aurait un peu trop arrosés. Ou ils s'imaginent contempler les restes d'un ancien feu de camp de titans. Ou encore, qu'il finira bien par pousser quelque chose de mangeable au centre du cercle.

Malgré sa curiosité, le chevalier ne put s'empêcher de jeter un œil dans cette direction, pour constater que son fier et infatué alezan avait honoré les lieux à sa manière.

— Bref, poursuivait le sorcier, la plupart des mortels se disent surtout que « si quelqu'un a mis ces pierres comme ça, c'est qu'il y a sûrement une raison, alors mieux vaut ne pas y toucher, hein ». C'est pourquoi la majorité des cromlechs sont restés intacts à travers les siècles… et seuls quelques privilégiés connaissent leur véritable utilité. Vous allez maintenant en faire partie ; je compte sur vous pour garder le secret !

Ulser s'empressa d'acquiescer ; il était vraiment désireux de savoir enfin si ces pierres étaient des cailloux trop arrosés, ou les vestiges d'un pique-nique de titans ! Lui avait toujours penché pour la première idée. Il retint son souffle quand Roméo s'avança avec des airs de conspirateurs…

— En vérité, chuchota le sorcier, tous les cromlechs du monde sont reliés entre eux. Si l'on dispose du savoir nécessaire, il est possible de voyager de l'un à l'autre en une seule nuit !

— Ce sont des pierres magiques ! s'exclama le chevalier – juste avant que Roméo ne lui flanque un coup de pied dans le tibia.

— Taisez-vous, idiot ! Si cela venait un jour à l'oreille des culs-terreux du coin, vous pouvez être certain qu'ils pousseraient tous ces menhirs au bas de la colline !

— Mais c'est impossible ! commenta Ulser, fébrile.

— Bien sûr que non. Une ou deux poutres en levier, un peu d'huile de coude, et adieu le cromlech. Vous n'imaginez pas l'énergie que les gens peuvent déployer quand il s'agit de détruire quelque chose.

— Non, je veux dire : cette magie ! Ce ne peut être réel ! Il y a un de ces cromlechs à moins d'une lieue de mon château, et j'ai… j'ai… mis plus de deux mois à venir jusqu'ici ! *Deux mois !*

Une certaine frustration désespérée poussait le bon chevalier au bord des larmes, et Roméo jugea bon de ne pas s'attarder sur ce dernier commentaire.

— Quoi qu'il en soit, cela servira votre quête ; vous devriez vous réjouir.

Ulser ravala les hurlements de loup qui lui montaient à la gorge ; il devait à tout prix faire bonne figure.

— Et… comment… cela fonctionne-t-il ?

— C'est trop compliqué pour vous, jugea le sorcier. Pour simplifier, disons que j'aurai quelques incantations à formuler, des menhirs à toucher dans un ordre précis, et que nous devrons nous allonger avec les pieds dans la bonne direction… Si tout se passe bien, nous nous réveillerons demain dans les environs de Carnavalum.

— Si tout se passe bien ? releva timidement le chevalier.

— Allez savoir ! lança Mercédès. Avec tout le désordre que vous avez semé aujourd'hui ! Et si c'était un diablotin qui faisait fonctionner la magie des cromlechs ?

— Désormais libéré, il pourrait nous jouer un tour, acquiesça Roméo. Comme nous transporter dans un volcan, ou encore dans les Tréfonds abyssaux…

Après quelques instants d'une intense réflexion, Ulser estima que de telles éventualités seraient un sérieux frein à l'accomplissement de sa quête.

— D'un point de vue purement stratégique, il serait peut-être souhaitable de gagner Carnavalum par la route, avança-t-il en levant son noble index.

— Si on fait ça, moi, j'arrête ! prévint la sorcière.

— Ce serait beaucoup trop long, refusa l'enchanteur. Et pas forcément moins dangereux ! Il nous faudrait traverser les marais du Suicide, la forêt de l'Agonie, les montagnes du Grand Saut, le désert du Râle Interminable et les steppes de l'Au-revoir-mes-frères… Ajoutez à cela le passage par les terres des horckques et le fait que les dragons de safran sont en période de ponte… Ceci dit, cette prophétie est la vôtre, et je ne voudrais surtout pas vous influencer sur vos choix.

— Le cromlech sera très bien, assura le chevalier, soudain pâle comme un vampire anémique.

— Vous en êtes certain ? C'est qu'en agissant à contrecœur, vous pourriez remettre en question les événements que vous venez juste de déclencher. J'ignore si les fibres du destin supporteraient d'être ainsi étirées dans tous les sens.

— J'ai bien réfléchi, promit Ulser. Le cercle de pierres nous fera gagner du temps.

— Remarquez, vous pourriez aussi décider de passer par une route plus longue, mais *un peu* plus tranquille... Enfin, si vous n'êtes pas allergique au poil d'homme-rat, ni aux squames des drakes purulents. Et si vous ne croyez pas à toutes ces histoires de monstres marins, non plus.

— Je suis décidé, jura le chevalier. Après avoir étudié toutes les possibilités, longuement pesé le pour et le contre, en tenant compte de chacun des aspects de la question, et en mesurant la portée des conséquences et des implications de ce choix, j'en suis arrivé à la conclusion qu'il valait mieux faire comme vous dites.

— Très bien, conclut Roméo. J'espère que nous n'aurons pas à le regretter.

Il abandonna Ulser sur ce dernier mot pour aller achever ses préparatifs. Le bon chevalier trouva au moins un élément de satisfaction dans cette discussion : il ne souffrait plus de la faim, tellement son estomac était désormais noué.

Chapitre 9

Ulser fut tout d'abord passionné par la démonstration des pouvoirs et connaissances de ses compagnons de sorciers. C'est avec beaucoup d'intérêt qu'il étudia la manière dont ils s'adressaient aux menhirs, par murmures, dans une langue inconnue... Cela le contentait d'autant plus que son maître d'armes lui avait toujours reproché de s'excuser auprès de leurs mannequins d'entraînement : preuve était faite que cela n'était pas si ridicule que ça.

Le couple alluma ensuite un petit feu de camp, tandis que la nuit s'endormait lourdement sur les aspérités du paysage. Quand les braises furent bien rouges, ils tirèrent quelques branches du foyer et commencèrent à tracer d'étranges glyphes noirâtres sur certaines des pierres dressées. Cette fois, le chevalier trouva l'exercice un peu idiot, puisqu'il paraissait évident que ces dessins s'effaceraient à la première pluie qui choisirait de tomber là... Il garda cependant ce commentaire pour lui, observant leur manège avec des bâillements de plus en plus félins. Quand enfin les sorciers eurent reposé leurs branches, Roméo s'assit en lotus en direction du sud, puis il entama un monologue à voix basse dont Ulser ne devait pas comprendre le traître mot.

Mercédès n'attendit pas la fin de cette longue incantation pour aller s'enrouler dans ses paquets de couverture. Pendant ces rares instants de calme, le chevalier prit enfin conscience de la chance qui était sienne, d'avoir trouvé de si précieux compagnons... Mais ils étaient âgés et désarmés, aussi se devait-il de veiller sur eux comme sur des enfants. Puisqu'il était également curieux d'assister à la magie du cromlech, il décida de monter la garde toute la nuit, sans fermer l'œil un seul instant. Ainsi prit-il position sur son séant, le regard fixe et le front haut levé.

— On est arrivés ! Debout ! insistait la sorcière, en secouant ce grand paquet de métal sourd et ronflant.

Ulser battit des paupières et ramena prestement un bras sur son front pour se protéger du soleil tapant déjà fort. Sa première impulsion fut de jurer que « non non, cette estampe érotique ne lui appartenait pas », puis il se rappela ne plus être au château familial, et aussi que cela faisait plusieurs années déjà qu'on avait trouvé l'objet sous son matelas. Chassant les brumes de ce mauvais souvenir, il se redressa tant bien que mal et commença par rattacher ses fers. Ainsi décemment vêtu et prêt pour une nouvelle journée d'aventures épiques, il étudia les environs en grattant machinalement le derrière de sa cuirasse.

Son sens très pointu de l'observation lui souffla que le paysage avait un peu changé. À vrai dire, à part la présence du cromlech, plus rien n'était comme avant. Et même ce cercle de pierres dressées était différent de la veille... Quant à son cheval, il s'était déplacé de trois mètres au moins sur la gauche. Et la bête continuait, paissant cette herbe jaunie comme si de rien n'était !

— Où sommes-nous ? À Carnavalum ?

— Pas loin, j'imagine, acquiesça Roméo. Vous ne pensiez pas être transporté en ville, tout de même ? Les cromlechs ont presque tous été élevés à l'écart des mortels ; celui-là ne fait pas exception.

— Et comment va-t-on trouver la cité ?

Les sorciers échangèrent un de ces regards qui plongeaient le chevalier dans l'embarras, sans qu'il sache bien pourquoi.

— Dites donc, ça promet, cette quête, commenta vertement Mercédès.

— On devrait bien réussir à se faire indiquer le chemin jusqu'à la capitale, non ? reprit Roméo. Les gens d'ici parlent notre langue, vous savez.

Ulser acquiesça benoîtement, puis se raidit avec fierté alors que son œil d'aigle repérait justement un berger allant sa route avec ses chèvres. Sans perdre de temps, le chevalier bondit sur un menhir affaissé et adressa de grands cris et signes à l'étranger... qui bifurqua aussitôt dans la direction opposée, pressant les biquettes à coups de bâton.

— Étrange, s'étonnait Ulser. On dirait qu'il m'a pris pour un fou...

— Étrange, vraiment, répéta Roméo.

Sa femme et lui échangèrent alors un autre de ces regards indéchiffrables.

Après avoir replié leurs affaires et reconstruit la pyramide de malles et de sacs sur le dos de l'alezan, les aventuriers prirent la direction de l'est, suivant le conseil d'une pratique magique répondant au nom mystérieux de « la bouteille qu'on fait tourner sur le sol et qui choisit. » Ulser eut alors l'occasion de constater à quel point le continent Sud était différent de celui du centre, ce qu'il jugeait plutôt bien fait, sinon c'eut été pratiquement un continent inutile. Ainsi, le soleil y tapait plus fort, les bestioles portaient davantage d'écailles que de poils, et la plupart des plantes avaient des bouts tout pointus. Le chevalier songea même à commencer un journal de voyage où reporter ces observations judicieuses, pour en faire profiter son entourage, à son retour… mais il devinait déjà qu'il aurait quelques difficultés à marcher et écrire en même temps, tout en tenant écritoire, plume et encrier à l'horizontale. Il décida donc de s'en remettre à sa vivacité d'esprit pour retenir le plus de choses possible.

Finalement, après deux heures à se traîner sous un soleil agressif, à compter toujours les mêmes lézards courant entre des cactus ramollis, Ulser se dit que ça n'intéresserait pas grand monde. Son intérêt ressurgit quand ils parvinrent enfin en vue de la cité. Il dut alors s'avouer que la seule chose qu'il connaissait sur Carnavalum, c'était la présence d'un cromlech à quelques milles à l'ouest.

— Vous pensez qu'on trouvera mes compagnons là-bas ? vérifia-t-il encore.

— C'est le contraire qui serait étonnant, acquiesça Roméo. Comme Agaranama, la ville attire les aventuriers des cinq continents. On raconte d'ailleurs qu'il s'y ouvre une nouvelle maison close par semaine.

— Très intéressante précision, grinça Mercédès.

— C'est un fait, voilà tout… La loi de Carnavalum permet à quiconque y pénètre de changer officiellement d'identité. Ça devait forcément attirer tout ce que l'univers compte en fripouilles et en doux dingues ! Il était écrit que vous y passeriez un jour, ajouta-t-il avec un sourire malicieux.

— Je n'ai rien d'une fripouille, s'offusqua Ulser. Et je n'accepterai que d'honorables compagnons !

— Vous ferez avec qui voudra bien vous suivre, un point c'est tout ! trancha la sorcière.

— Nous avons besoin d'hommes d'expérience, à la moralité flexible, insista Roméo. Soyez certain que vous aurez parfois à accomplir de vilaines choses, dans votre quête. Vous vous satisferez alors d'avoir ces gens à vos côtés.

Le chevalier rumina la question un moment, tandis que la cité grossissait toujours plus sur l'horizon… Après quelques mensonges adressés à lui-même, il réussit à se convaincre que c'était pour le Bien, et que la fin justifiait les moyens. Surtout quand la fin consistait en ses épousailles avec la belle Migrene.

— Quel genre d'hommes devrais-je recruter ? demanda-t-il bientôt.

— Il nous faut un filou, annonça Roméo sans hésitation. Un habile voleur aux mains expertes, maître des serrures et des poignards, rapide comme la foudre et discret comme un chat muet. Aucun de nous ne dispose de ces talents... Et nous aurons aussi besoin d'un guerrier ; un dur, un combattant aux nerfs d'acier.

— Mais je suis très bon combattant ! rappela Ulser.

Le sorcier le contempla de la tête aux pieds, avant de porter son regard vers l'épée et le bouclier coincés sous le tas de bagages empilés sur l'alezan.

— Certes, commenta-t-il simplement.

Le chevalier trouva ce dernier mot plus vexant encore que le gloussement hilare de Mercédès. Il se promit de faire la preuve éclatante de ses capacités, dès que l'occasion lui en serait donnée.

Le problème, justement, venait que son ennemi n'était même pas encore connu.

Chapitre 10

Les portes de la cité n'étaient pas gardées, aussi Ulser et ses compagnons purent-ils entrer à Carnavalum sans aucune formalité. Le chevalier ne sut plus, dès lors, où donner de la tête : jamais il n'avait vu autant de personnages étranges rassemblés en un même endroit ! Entre les maisons aux façades peintes, tout le long de rues étroites et mal pavées, circulait une galerie de trombines que l'on aurait dit droit sortie de la corbeille à papier d'un poète dément. Toutes les races du monde devaient être ici représentées, des abyssins aux zéphyrattes, en passant bien sûr par les horckques, les nains et les gnomesques, que l'on savait grands voyageurs…

— Refermez votre bouche, conseilla Mercédès. Vous allez encore vous attirer des ennuis.

— C'est que… je n'avais jamais vu d'autres créatures… à part des elfes…

— N'ayez pas peur ; la plupart de ces types se tiennent tranquilles, sinon ils se feraient vite jeter dehors.

— Mais, je n'ai pas peur ! se vexa Ulser.

Pour le prouver, il défia même du regard un énorme troll aux épaules velues, avant de songer que ce n'était peut-être pas une si bonne idée que ça et de se détourner en sifflotant. Le monstre gronda quand il passa à ses côtés, puis lâcha un pet sonore dont le chevalier supporta les désagréments avec courtoisie.

— Bon, ne perdons pas de temps, décida Roméo. Commençons par chercher un voleur ; il nous aidera ensuite à trouver des chevaux.

— Très bien, comment procède-t-on ?

— Vous allez pendre votre bourse à votre ceinture, en la laissant bien en évidence.

Ulser réfléchit quelques instants avant de répondre : il n'aimait pas l'idée de sortir une ânerie.

— Mais, est-ce que je ne risque pas de me la faire chaparder ?

— C'est exactement le but recherché, pour entrer en contact avec la guilde locale ! Mais si vous avez une meilleure idée…

Le chevalier ne s'épuisa pas à chercher ; il sortit sa bourse et eut l'intelligence d'en retirer les trois quarts des pièces, avant de laisser l'objet brinquebaler sur sa cuisse. Le résultat ne fut pas long à attendre : moins de cinq minutes plus tard, un gnome se jetait sur l'objet, coupait les cordons et prenait la fuite sur ses petites jambes. Ulser le suivit du regard jusqu'à le voir disparaître au bout de la rue… Il se tourna alors vers ses compagnons médusés.

— Et maintenant ? Que fait-on ?

Il dut répéter sa question, les sorciers étant trop occupés à le dévisager avec des yeux ronds pour l'écouter. Roméo finit par s'ébrouer et se masser les paupières, tandis que Mercédès poussait des soupirs interminables.

— On va réessayer, enchaîna l'enchanteur. Je vous confie la mienne ; tâchez de la surveiller ! Tout ce qu'on vous demande, c'est d'attraper le voleur.

— Ah ! Je me disais aussi… C'était plutôt étrange, comme plan…

Ils reprirent leur déambulation dans les rues de la ville, jusqu'à ce qu'un autre gnome ne bondisse soudain sur la bourse presque offerte. Cette fois, le chevalier ne manqua pas de rapidité et attrapa la petite créature par le col, avant de la soulever jusqu'à son visage ! Il regretta cette initiative quand le voleur lui lança son poing minuscule, mais bien serré, sur sa narine préférée. Ulser jugea alors prudent de porter cette petite chose piaillante et gesticulante plutôt à bout de bras, non mais oh.

— Ne vous débattez pas, demanda Roméo. Vous n'avez rien à craindre. Nous voudrions seulement rencontrer vos chefs.

— Lâchez-moi ! Lâchez-moi ! répétait le gnome hargneux.

— Très bien, mais alors au-dessus d'un puits, menaça Mercédès.

— Vous n'oseriez pas ! Lâchez-moi !

Il dut croiser le regard de plomb de la sorcière, car il mit brusquement fin à toute résistance.

— Vous me laisserez partir avec la bourse, après ?

— Et puis quoi, encore !

— Eh bien, j'aimerais aussi avoir le cheval, mais je ne sais pas si…

— Pas question ! intervint le chevalier. Vous n'aurez que la bourse, c'est tout !

Roméo et Mercédès secouèrent alors la tête dans un bel ensemble et Ulser dut reconnaître que, par certains aspects de leur personnalité, les sorciers formaient un couple bien assorti.

Une fois leur accord conclu, le gnome les guida jusqu'à une grande maison d'apparence abandonnée, où ils furent invités à entrer par deux hommes vêtus de noir et portant des poignards. Le chevalier donna alors la bourse au petit voleur qui disparut sans demander son reste, surtout à cause de l'expression furieuse de l'enchanteur. Puis une longue attente commença… On informa seulement les aventuriers que les chefs de la Main pourpre se rassemblaient à l'étage, et que la rencontre ne pourrait commencer que lorsque tous seraient arrivés. Le chevalier fit alors remarquer que cela pouvait être long, ce qui était embêtant, puisque leur cheval et toutes leurs possessions se trouvaient sans surveillance dans la rue juste à côté – ce après quoi, les sorciers lui marchèrent chacun sur un pied en lui chuchotant de la fermer promptement.

Enfin, un troisième homme en noir vint les chercher pour les accompagner en haut de l'escalier. La décoration du palier était aussi pauvre qu'au rez-de-chaussée ; les rares meubles présentés s'avéraient couverts de poussière et très souvent abîmés. Ulser se fit la réflexion que, pour des maîtres voleurs, ils ne semblaient pas très riches… On les invita ensuite à pénétrer dans une grande pièce pratiquement vide, où cinq individus les attendaient derrière une table ronde : les chefs des phalanges de la guilde.

— On ne nous dérange pas pour rien ! prévint Maître Majeur. J'espère que vous avez une bonne histoire à nous conter !

Le chevalier connaissait celle du lapin qui voulait déplacer son trou, mais son intuition lui soufflait d'attendre un peu avant de la sortir – surtout parce que personne ne semblait d'humeur à rigoler.

— Nous sommes venus vous proposer une association, annonça Roméo. Nous poursuivons une honorable quête, et nous aurions besoin des talents de l'un de vos meilleurs hommes.

Les voleurs s'animèrent, remuant sur leurs chaises en échangeant des regards entendus.

— Nul doute que nous mettrons la main sur quelques trésors, poursuivait le sorcier. En échange de vos services, votre agent pourra largement puiser dans ces richesses.

— Peu importe la rétribution, annonça Maître Index. Et cette quête, elle risque de durer longtemps ?

— Comme c'est parti, peut-être treize ans, grommela Mercédès.

— Ah ! Très bien… Et elle vous mènera loin ?

— Nous l'ignorons encore, avoua Roméo. Nous n'en sommes qu'au début.

— Fort intéressant... Et, ce sera dangereux ? Notre homme risque-t-il de ne point en revenir ?

L'enchanteur contempla le visage d'Ulser quelques instants, avant de répondre :

— Je préfère être sincère, car je veux que celui qui choisira de nous suivre le fasse en connaissance de cause... Oui, ce pourrait être très dangereux. Ce que nous projetons de faire est encore inédit. Désirez-vous davantage de détails ?

— Ce ne sera pas nécessaire, décida Index en se frottant les mains. Maître Pouce, faites venir votre meilleur élément !

— Quoi ? s'étonna le gros voleur.

— Mais si, le... enfin, vous savez bien !

— Ah, oui ! Lui !

Il gagna le palier et donna quelques instructions au garde, avant de revenir s'asseoir en souriant aux anges. Le chevalier se réjouissait de voir ces inconnus si heureux de lui venir en aide dans l'accomplissement de sa quête. Il se demanda aussi comment des personnages aussi altruistes pouvaient faire de bons filous.

Après un quart d'heure à peine, la porte se rouvrait sur une silhouette inconnue. Il s'agissait d'un homme d'une cinquantaine d'années, plutôt petit et bedonnant. Tout le haut de son corps était enveloppé dans une sorte de manteau de toile grossière, assez laid, au demeurant. Il avait le visage porcin et le regard fuyant des éternelles victimes... Si Ulser n'avait deviné avoir devant lui l'un des plus redoutables voleurs au monde, il l'aurait comparé à une patate avachie. Et le chevalier ne put qu'admirer la perfection de ce qui ne pouvait être qu'un déguisement visant à endormir la méfiance de ses victimes.

— Avance, Escar, demanda Maître Annu. Tu sais pourquoi tu es là ?

L'intéressé fit quelques pas vers la table, sans oser croiser le regard des sorciers soudain bien songeurs.

— Ben, euh… On m'a parlé d'une mission… Mais j'ai dû mal comprendre, vu que…

— C'est exactement ça, l'interrompit Majeur. Il est temps de te mettre devant un défi à la hauteur de ton talent ; nous ne t'avons que trop longtemps gardé en réserve !

— Ah ? Mais pourtant, ça fait que depuis cette nuit que…

— Tu as toute notre confiance, insista Index. Inutile de perdre ton temps ici, alors que l'aventure te rappelle ! Nous serions de bien mauvais chefs si nous gardions une si belle lame dans son fourreau.

Le dénommé Escar se gratta la tête, perplexe.

— Il parle de toi, expliqua patiemment Annu. C'est toi, la lame dans notre fourreau.

— Ah ! D'accord.

— En revanche, ce n'est pas une flèche, commenta Roméo à mi-voix. Vous êtes certains que…

— C'est le plus acharné de nos hommes, jura Pouce. Je l'ai vu s'attaquer plusieurs centaines de fois de suite à des serrures qui lui résistaient.

— Plusieurs centaines ? releva Mercédès. Vous n'êtes pas censé ouvrir n'importe quoi en deux minutes, avec un clou de sabot et une demi-fourchette ?

— Bravo pour votre ténacité, félicita Ulser. En vérité, vous m'êtes déjà sympathique !

— Ça ne m'étonne pas, railla la sorcière.

— Bien, conclut Majeur, la chose est donc entendue. Vous partirez tous les quatre où bon vous semblera, dès aujourd'hui. En gage de bonne volonté, nous allons même vous restituer le cheval et les bagages que nos hommes vous ont dérobés.

Le chevalier n'osa pas se retourner vers ses compagnons, mais il sentit quand même la morsure de leur œil noir sur sa nuque.

— Aujourd'hui ? s'étonna Escar. Mais, il faut que je me prépare…

— Que nenni, la quête de ces étrangers est trop importante, vous les suivrez dès maintenant.

— Je n'ai même pas d'équipement… À part mes passes…

— Vous verrez cela en chemin, chaque instant est précieux.

— Il faudrait peut-être que je prévienne ma femme, aussi…

— Je m'en charge, promit Maître Annu. Elle sera heureuse de te savoir parti. En mission, rajouta-t-il précipitamment.

— Bon…

À court d'arguments, le voleur se tourna vers les inconnus avec qui il allait devoir passer quelque temps. La femme lui faisait un peu peur, le vieux le dévisageait avec le front soucieux… Seul le chevalier présentait un visage amical. Avec ses fers à cheval lacés sur son armure, il était sans doute un abruti complet, mais Escar n'avait pas vraiment le choix.

— On y va, alors, lâcha-t-il en haussant les épaules.

Dans son dos, les chefs de la Main pourpre sautillaient pratiquement sur place.

Chapitre 11

Une fois la porte de la guilde fermée et le cheval restitué, les quatre membres du groupe partagèrent un certain embarras. Pour l'endiguer, on commença naturellement par échanger les noms – au sens figuré, bien entendu, et ce même si la chose était légale à Carnavalum.

— Vous pouvez me tutoyer, invita gentiment Escar. Si on doit passer du temps ensemble…

— Ma foi, compagnon, tu as raison ! clama Ulser. Et pour te prouver mon équité, je t'invite à en faire autant !

— Pas moi, prévint Mercédès.

Cela mit un terme prématuré aux présentations ; Roméo lui-même ne se prononçant pas sur le sujet. Après un nouveau moment de flottement, l'enchanteur frappa dans ses mains, marquant ainsi la fin de l'intermède.

— Au tour du guerrier, maintenant, décida-t-il. Tu connais cette ville ? Dans quelle taverne les mercenaires ont-ils l'habitude de s'enivrer ?

— Au *Gentil bourriquet*, annonça le voleur. C'est vrai, je vous assure, ajouta-t-il devant les yeux ronds de ses compagnons. Le nom viendrait d'une légende où un âne et un roi auraient…

— On s'en fiche, coupa la sorcière. C'est loin d'ici ?

— À trois rues, par là…

— Bon. Vous et moi, on va s'occuper de ces histoires d'équipement. Vous autres, vous allez là-bas et vous nous trouvez une brute pas trop stupide, pour changer un peu. On se retrouve ici dès que possible.

— Tu ne viens pas avec nous ? s'étonna Roméo.

— À la rencontre d'un tas d'ivrognes à la peau huileuse ? Très peu pour moi. Et puis les tavernes, c'est plutôt *ta* spécialité, ajouta-t-elle en plissant les yeux. Fais juste attention à bien surveiller notre « héros ».

Ulser bomba le torse, ragaillardi par le compliment. Ce n'était pas si souvent que Mercédès lui adressait un mot gentil.

À la minute suivante, alors qu'il marchait sur les traces de l'enchanteur, il se demanda quand même pourquoi il aurait besoin d'être surveillé.

L'enseigne du *Gentil bourriquet* était aussi étonnante que ce nom, puisqu'elle représentait finalement un cochon qui marchait sur ses pattes avant. Le chevalier supposa que cette illustration avait un rapport avec la légende qu'Escar n'avait pas eu l'occasion de leur conter ; bien que la chose ne fût guère évidente. Ces détails exceptés, la taverne s'avéra tout à fait conforme à ce qu'il s'était imaginé. C'est-à-dire qu'elle abritait une quantité appréciable de tables, chaises, bancs et tabourets, occupés ou contournés par une foule aussi bigarrée que l'était celle de la rue. Tous ces gens levaient godets et chopines en parlant fort, riant ou se querellant, produisant un brouhaha qui semblait également faire partie des meubles.

— Commençons par boire quelque chose, annonça Roméo avec un clin d'œil complice. Ce sera toujours ça de pris !

Ulser se laissa emmener jusqu'à l'énorme comptoir qui longeait le mur du fond. Avec l'escalier au beau milieu de la pièce et les nombreuses poutres qui montaient vers le plafond, l'endroit semblait découpé en plusieurs petites salles. Le chevalier repéra ainsi un ogresque qui avait jusque-là échappé à son regard. Il le désigna au sorcier, qui passait commande.

— Il a l'air costaud, commenta Roméo, mais j'aurais du mal à lui faire confiance. De toute manière, mieux vaut porter notre choix sur un humain… Imaginez que votre quête vous amène à combattre un autre peuple ? Nous ne pouvons pas risquer de nous retrouver avec un traître potentiel.

Un nain tavernier leur apporta les deux godets demandés, et Ulser saisit le sien machinalement, tout en continuant à étudier les inconnus alentour. Puis il vida le verre d'une traite, croyant qu'il s'agissait d'eau… Le feu qui éclata dans sa gorge, puis dans sa tête lui fit douloureusement constater sa méprise.

Alors qu'il toussait, courbé en deux, se tapant le torse dans de grands bruits de gong, sous les regards moqueurs des plus proches ivrognes, Roméo feignit de ne pas le connaître et prit un peu de distance. Il ne revint que lorsque le chevalier se fut redressé, le visage rosi et les yeux troubles.

— C'estrès bon, commenta-t-il avec un problème d'élocution manifeste. Peut-être un peu trop pipiquant, mais c'est bon.

— Mouais. Vous n'en aurez plus aujourd'hui, en tout cas. Je n'aurai pas la force de vous porter jusqu'à votre cheval.

— Mais je me sens en pleime forne, protesta Ulser. Je suis prêt à traverser les cinq continents pour réssussir ma quête ! Et même en nageant, s'il le flaufaut. Faut.

— Je suis certain que Mercédès appréciera, soupira le sorcier.

Il n'en dit pas davantage et sirota son propre godet, tandis que le chevalier s'efforçait de comprendre pourquoi il se sentait si léger. Il redouta soudain d'avoir perdu ses fers, et se lança alors dans des efforts d'acrobatie pour attraper son pied gauche et l'amener jusqu'à sa ceinture, voulant à tout prix vérifier la semelle de son soleret… Roméo prit à nouveau un peu de distance, surtout quand la scène s'acheva ainsi qu'il était prévisible. Quand Ulser se fut relevé en s'agrippant au comptoir, le sorcier reposa son godet vide et l'entraîna par le bras.

— Allez ! On essaye d'en finir au plus vite. Ouvrez

grand les yeux : on cherche un guerrier solitaire, qui n'ait pas l'air prêt à mordre et qui ne soit pas le nez plongé dans sa chopine.

Le chevalier acquiesça, mais ça faisait un peu beaucoup de choses à retenir en une fois, pour son esprit étrangement plus léger. Il se contenta donc de suivre Roméo dans cette exploration de tous les coins de l'auberge, jusqu'à ce que ce dernier se fige soudain comme un chien d'arrêt.

— *Elle*, annonça le sorcier d'une voix fébrile. C'est elle qu'il nous faut !

Ulser suivit son regard et repéra à son tour la jeune femme au visage triste, seule assise à une table sous l'escalier. La douce chaleur qu'il ressentait dans la tête se déplaça alors vers son bas-ventre.

— Ce n'est pas tout à fait un homme, fit-il néanmoins remarquer.

— On s'en fiche, répliqua Roméo, très agité. Vous êtes bien allé consulter ma femme avant de venir me voir, vous !

— Elle n'a pas non plus l'air d'une guerrière, insista le chevalier.

— Elle a un poignard à la ceinture et un gourdin posé à côté, qu'est-ce qu'il vous faut de plus !

— Et elle ne porte pas d'armure.

— C'est qu'elle doit être rapide à l'esquive ! Imaginez-la plutôt plantée dans ses cuissardes, glissant sous les lames ennemies, faisant onduler toutes ces courbes fermes et bien dessinées qui tressauteraient en cherchant à échapper à ces minuscules carrés d'étoffe qu'on dirait d'ailleurs simplement retenus par des petits lacets qui…

Il n'acheva pas sa phrase ; Ulser ne s'en aperçut même pas. Tous deux restèrent ainsi une bonne minute à rêvasser, les yeux brillants, avant de reprendre contenance et vérifier leur tenue pour s'assurer de paraître à leur avantage. Pour le coup, le chevalier ressentait une tout autre forme d'ivresse.

— 'Faut pas rater ce coup-là, commenta Roméo. Je vous demanderai donc d'intervenir le moins possible, d'accord ?

Ulser acquiesça de bon cœur, convaincu par l'intérêt stratégique majeur que représentait ce recrutement potentiel.

— Bon, on y va.

Maline fut un peu surprise de voir ces étrangers s'approcher d'elle : depuis cet incident, deux heures plus tôt, plus personne n'avait même osé croiser son regard…

De toute manière, depuis son arrivée la nuit dernière, elle n'avait connu que des déceptions. Cela avait commencé au petit déjeuner. La moitié des hommes de l'auberge l'avaient invitée à aller se recoucher avec eux ; ce qui était stupide, puisqu'elle venait à peine de se lever et n'avait plus sommeil. La plupart ne s'étaient pourtant pas satisfaits de cette réponse, et l'amazone avait dû mettre un terme à leur insistance en les menaçant de son gourdin. Puis, lassée, elle avait regagné sa chambre pour finir de s'habiller.

Elle avait ensuite erré un peu en ville, pour découvrir que les habitants de Carnavalum étaient particulièrement généreux. En effet, des hommes n'arrêtaient pas de l'aborder pour lui proposer de l'argent. Certains étaient même prêts à donner des sommes considérables. Maline avait à chaque fois refusé, expliquant qu'elle avait trop de fierté pour accepter de tels cadeaux de la part d'inconnus. Quelques-uns lui avaient alors suggéré de recevoir quelque chose en échange, mais la guerrière possédait peu d'objets de valeur, aussi avait-elle chaque fois poursuivi son chemin. Et ces gentils donateurs l'avaient regardée s'éloigner avec de grands yeux tristes... C'était fort désagréable. Pour changer un peu, elle avait décidé de s'arrêter dans une taverne.

Malheureusement, là encore, les choses s'étaient mal passées. Plusieurs inconnus avaient proposé de lui payer à boire ; une bagarre avait même commencé avec cette invitation pour enjeu. La rixe s'était ensuite muée en tournoi de bras de fer, réunissant une quarantaine de candidats désireux d'hydrater l'amazone... Quand elle-même s'était portée candidate, on avait beaucoup ri. Puis la foule s'était étrangement dispersée, après qu'elle eut brisé le poignet de son premier adversaire. Plus personne n'osait l'approcher ou regarder dans sa direction. Excepté ce vieillard à l'œil brillant, et ce grand blond tout vêtu de métal.

— Bien le bonjour, salua Roméo avec une petite révérence.

Son regard se portait surtout sur les peintures

rituelles de sa poitrine, mais Maline n'en tira aucune conclusion sur la connaissance qu'il pouvait avoir des amazones des neiges : la plupart des hommes agissaient de même.

— Accepteriez-vous un peu de compagnie ? poursuivit le sorcier.

La guerrière acquiesça : c'était bien pour se mêler aux étrangers que les Aînées l'avaient envoyée à Carnavalum. Les compères s'empressèrent de prendre place à sa table, avec des sourires jusqu'aux oreilles... Roméo fit les présentations, puis invita l'amazone à l'imiter. Elle en fut touchée. C'était la première fois, depuis qu'elle avait quitté son clan, que quelqu'un lui demandait son nom. Elle n'hésita pas à le livrer, annonçant fièrement par la même occasion son appartenance au clan des neiges.

— Vous voilà bien loin de chez vous, commenta le sorcier. Qu'est-ce qui vous amène à Carnavalum ?

— Ce sont les Aînées de la tribu qui m'y ont envoyée. Je suis censée apprendre à connaître le monde, pendant un an... mais ça me paraît impossible. Tout est si étrange, ici...

— C'est bien vrai, opina Ulser.

— Mais encore ? reprit Roméo. Vous n'avez pas d'intention particulière, pas de projet ?

— On m'a seulement dit d'attendre un an avant de rentrer, expliqua Maline avec une moue boudeuse. Alors, c'est ce que je vais faire.

— Sages paroles, acquiesça le chevalier.

Une grimace rusée passa alors sur le visage du

sorcier, mais la guerrière était trop innocente pour l'interpréter.

— Pour connaître les étrangers, ne devriez-vous pas essayer de vivre comme eux ?

— Sans doute… mais ce serait difficile ; je n'arrive même pas à les comprendre. Tenez, ce matin, un homme m'a demandé si j'avais des peintures *ailleurs* que sur la poitrine. Vous imaginez ?

Les compères imaginaient un tas de choses, oui ; d'autant que l'amazone faisait danser lesdites peintures pour mieux illustrer son propos. Roméo dut déglutir pour retrouver la voix.

— Il a manqué de tact, assurément…

— Je ne vous le fais pas dire ! Tout le monde sait que les signes du clan doivent être portés sur le cœur, où chacun peut les voir et les reconnaître !

— Heu… peut-être avait-il d'autres coutumes, enchaîna le sorcier. C'est justement ce dont je voulais vous parler. Saviez-vous que la plupart des gens de nos contrées occupent leur temps en faisant des quêtes ?

— Ah bon ? s'étonna Ulser. Je croyais que…

Le chevalier poussa alors un cri de douleur aussi strident que bref, juste avant que Roméo ne repose sur la table une fourchette qui venait probablement de tomber sur leur banc.

— C'est ainsi, poursuivit le vieillard. Des gens se réunissent, le plus souvent à cinq, et ils voyagent en poursuivant un but censé être difficile à atteindre. C'est une manière de nous amuser. Tout le monde le fait, et même très souvent !

— Je n'en savais rien, reconnut Maline.

— Pour certains, c'est même la principale occupation. Croyez-moi, vous n'aurez vraiment appris à connaître les gens qu'après avoir vécu pareille aventure. Et c'est autrement plus agréable, pardonnez-moi, que de s'ennuyer toute seule dans une taverne. Vous vous imaginez attendre un an à cette table ?

— Je trouvais déjà le temps long, avoua l'amazone.

— Suivez mon conseil : posez quelques questions autour de vous, et essayez de dénicher un groupe sympathique d'aventuriers prêts à vous recruter. Peu importe où ils vous emmèneront, et ce qu'ils requerront de vous : l'important est que vous connaissiez cela au moins une fois dans votre vie.

— J'essaierai, promit la guerrière.

— Ah ! Quel dommage que nous n'ayons pas davantage de temps ! pesta Roméo. J'aurais pu vous aider à faire quelques rencontres… Malheureusement, mes compagnons et moi avons prévu de partir sous peu. À seulement quatre, notre tâche sera un peu difficile, mais bon… Ah, zut ! À quelques heures près, j'aurais pu vous être agréable jusqu'au bout…

Il lança alors des œillades insistantes à son compagnon, ce dernier étant visiblement en proie à une terrible hésitation. Maline partageait la frustration du vieillard. Pour une fois qu'elle tombait sur quelqu'un de gentil, disposé à lui en apprendre un peu sur le monde et ses bizarreries… Nul doute qu'il aurait eu des tas d'autres enseignements à lui dispenser…

— Heu…, commença Ulser. Je vais peut-être dire

une sottise et je ne suis pas sûr d'en avoir le droit, mais… on pourrait proposer à la dame de venir avec nous ? Après tout, nous ne sommes que quatre, et nous poursuivons bien une quête…

— Excellente idée ! s'exclama Roméo. Ventrelotte, pourquoi n'y ai-je pas pensé plus tôt ? Vous accepteriez ?

L'amazone laissa un immense sourire inonder son beau visage.

— Avec joie, annonça-t-elle franchement. Scellons notre accord !

Devant les deux hommes sidérés, elle saisit son couteau et traça un sillon sanglant dans sa paume droite, avant de tendre la lame au sorcier… qui préféra s'éclaircir la gorge.

— Heum… Ulser est à l'origine de cette quête, expliqua-t-il avec embarras. C'est à lui que revient cet honneur… Par ailleurs, c'est lui qui a eu l'idée de vous inviter.

Maline tendit alors l'arme au chevalier, soudain bien pâle. Il s'exécuta néanmoins en s'éraflant un peu dans le gras du pouce, réussissant à faire suinter deux malheureuses gouttes de sang. En réalité, il souffrit bien davantage lorsque la guerrière lui serra la main avec une poigne d'étrangleur.

— Nous voilà au complet, triompha Roméo. Je me propose pour vous accompagner dans votre chambre, afin de rassembler vos affaires, puis nous pourrons rejoindre les autres.

— On peut partir tout de suite, je n'avais pas

déballé mes sacs ! annonça l'amazone, ravie. Je n'ai qu'à les récupérer.

Bizarrement, la nouvelle parut contrarier le sorcier.

Peu après, ils quittaient la taverne et prenaient la direction de l'auberge où Maline avait laissé cheval et bagages. La jeune femme était cependant contrainte de s'arrêter régulièrement pour attendre ses compagnons ; ces derniers s'obstinant à marcher quatre pas derrière sa chute de reins.

— J'y pense..., amorça Roméo. Nous allons vous présenter une vieillarde un peu ombrageuse, ou même susceptible... Ne prêtez pas attention à ce qu'elle pourra dire. Elle n'a plus toute sa raison, ajouta-t-il en frappant de son index sur sa tempe.

— Ah, d'accord ! s'exclama Ulser. C'était pour ça que...

Il s'interrompit en croisant le regard menaçant du sorcier, tandis que Maline acquiesçait docilement.

— Elle vous demandera si vous êtes bonne combattante, reprit Roméo. Il faudra lui répondre par l'affirmative.

— Bien entendu. Je ne vois pas pourquoi je mentirais, répondit naïvement la guerrière.

Juste après, elle lécha un peu du sang qui coulait dans sa paume, puis s'essuya sur la cuisse. Dix pas plus loin, elle dut encore attendre que ses compagnons cessent de la suivre des yeux, pour enfin la suivre tout court.

Chapitre 12

Ulser, Roméo et Maline n'avaient pas (trop) traîné en chemin, pourtant ils arrivèrent tout de même après Mercédès et Escar au lieu de rendez-vous. Ces derniers avaient réussi à se procurer trois chevaux supplémentaires… mais ce que remarqua surtout le chevalier, du plus loin qu'il aperçut ses compagnons, était la manière dont les sourcils et la bouche de Mercédès se rapprochaient de son nez, à mesure de l'avancée de l'amazone.

— Qu'est-ce que c'est encore que ça ? attaqua-t-elle aussitôt. Ne me dites pas, *surtout* ne me dites pas que…

— Maline est une redoutable guerrière, répliqua Roméo avec un petit sourire.

— Une guerrière ? Elle m'a plutôt tout l'air d'être la reine des…

Suivi alors une série de qualificatifs dont beaucoup finissaient en « asse » ou en « tin », faisant rougir les oreilles du chevalier et baisser les yeux du gentil Escar. L'amazone, pour sa part, subissait l'affront sans broncher. On l'avait prévenue que la sorcière était sinoque ; par ailleurs, elle ne connaissait toujours pas le sens de ces mots étrangers... Elle se promit de se les faire bientôt expliquer par ses nouveaux compagnons.

— Ça y est, tu as fini ? put placer Roméo.

— Non ! J'ajouterai que pour se mettre ainsi à l'air les...

D'autres termes inconnus furent alors employés, avec force agitation et éclats de voix. Maline n'y comprit pas grand-chose, si ce n'est que Mercédès avait deviné qu'elle souffrait de la chaleur, ou plutôt d'être en chaleur, comme on semblait dire dans ces contrées.

— C'est bon, maintenant ? insista le sorcier.

— C'est tout pour l'instant, répliqua la sorcière. De toute façon, tu n'en feras qu'à ta tête, n'est-ce pas ? Mais je vois clair dans ton jeu. Et si tu crois que tu vas pouvoir... avec cette... eh bien, tu te surestimes, vieux hibou !

— On verra ce qu'on verra ! cingla l'enchanteur.

Suivit un silence plein d'embarras, personne n'ayant compris le sens de cette dispute conjugale, excepté les deux intéressés.

— Au moins... la quête progresse, avança timidement Ulser.

— Peuh ! lâcha Mercédès en le foudroyant du regard.

Elle s'éloigna aussitôt après, tirant son cheval par la longe. Les autres finirent par lui emboîter le pas, en se demandant quand même si c'était bien ce qu'attendait la sorcière.

Pour éviter tout nouveau chapardage de leur équipement, il fut décidé de prendre leur premier repas commun à l'extérieur de la cité. Escar s'en réjouit car « ça tombait bien il adorait les pique-niques », ce qu'il répéta une bonne quinzaine de fois avant que Roméo ne le menace de le changer en perroquet s'il n'arrêtait pas illico. La bonne humeur revint quand ils déballèrent une partie des provisions que Mercédès avait rassemblées en ville. La sorcière avait parfaitement rempli sa mission de logistique, pensant aussi à acheter des gourdes, lampes, bougies, cordes, etc. Elle retrouva également un peu de gaieté quand Ulser la félicita pour sa prévoyance. Lui-même, deux mois plus tôt, avait quitté son château sans emporter la moindre goutte d'eau… Par chance, il avait plu sans discontinuer pendant toute la première semaine de son voyage.

Ils mangèrent de bon cœur ; surtout le chevalier et l'amazone. L'un, parce qu'il n'avait rien avalé depuis la veille – à part un godet d'alcool fort ; l'autre, parce qu'elle trouvait amusante cette idée de faire cuire la viande avant de la déguster… Sans doute une lubie de la sorcière démente, songeait-elle. Enfin, le ventre plein, Escar parut moins intimidé par ses compagnons.

— Et où allons-nous, au juste ? s'enquit-il bientôt.

— Pour commencer, expliqua aimablement Ulser, nous devons demander à l'Échoracle de nous indiquer l'adresse d'un bon devin.

— Ah oui, l'Écho… mais c'est au moins à une journée de marche, non ?

— Possible, commenta Roméo. Et alors ?

— Ce sera la première fois que je voyagerai aussi loin, annonça fièrement le voleur.

— Quoi ! Mais vous n'êtes pas censé être un aventurier endurci ?

— Oh si, si… d'une certaine manière… mais j'ai fait toute ma carrière à Carnavalum. Et puis, c'est plus pratique pour rentrer chez soi le soir.

Le chevalier acquiesça devant cette preuve de bon sens, tandis que des rides soucieuses se dessinaient sur les fronts des sorciers.

— Dites-moi un peu, lança Mercédès, vous faites *réellement* partie de la guilde locale, n'est-ce pas ?

— Ah, heu, oui-oui… J'ai passé toutes les épreuves d'entrée, c'est vrai.

— Et vous avez déjà plusieurs exploits à votre actif, nous sommes d'accord ?

— Eh bien… Une fois, j'ai réussi à manger une marmite complète de fèves au piment. Ça m'a donné des gaz pendant plusieurs jours, mais on avait bien rigolé ; c'était pour un pari avec mon neuvième frère. Il y a eu aussi le jour où je suis tombé du toit… On ne peut pas dire que je l'avais fait exprès, mais il paraît que c'était un véritable exploit de chuter de si haut sans se briser les os !

Les épaules de Roméo s'affaissèrent, tandis que son ex-femme se redressait au contraire de manière menaçante.

— Mais vous connaissez quand même votre métier, non ? Le poignard que vous portez, là… Vous savez vous en servir, au moins ?

— Bien sûr, comme tout le monde ! clama-t-il fièrement.

En guise de preuve, il piqua de sa lame dans une pomme et commença à l'éplucher, ravi de montrer ses talents.

— C'est pas vrai…, soupirait la sorcière. Et les serrures ? Vous êtes capable de crocheter quelque chose qui ne soit pas en papier mâché ?

— Oui, évidemment… Enfin, si on me laisse assez de temps… Le mieux, c'est quand même d'utiliser une masse ou une pioche, quand on a une porte un peu résistante. C'est plus efficace.

Mercédès tourna alors un regard désabusé vers son ex-mari.

— « Un habile voleur aux mains expertes, rapide comme la foudre et discret comme un chat muet », hein ? cita-t-elle de mémoire.

Personne n'ajouta son commentaire personnel. Roméo sentait soudain tout le poids de son âge avancé. Maline ne comprenait rien à la discussion. Ulser trouvait la remarque sur le crochetage à coups de masse très pertinent ; il se réjouissait d'avoir ce compagnon à ses côtés. Quant au principal intéressé, il en était encore à se demander si la dernière phrase de la sorcière était un compliment ou une insulte. Passèrent ainsi quelques instants de silence, avant que Mercédès ne revienne à la charge :

— Vous savez monter à cheval, *au moins ?* Vous faisiez une drôle de tête, quand je les ai achetés tout à l'heure !

Escar préféra cacher sa drôle de tête rougissante dans les plis de son manteau.

La sorcière jura ses grands dieux qu'ils feraient tout aussi bien de renvoyer cet incapable à force coups de pied dans le fondement, mais Roméo parvint à la convaincre du contraire. D'après le sorcier, le destin n'avait pas mis sans raison Escar et Maline sur leur route : ils avaient forcément un rôle à jouer dans le grand chambardement prophétique qu'Ulser avait amorcé. Le tout était de trouver lequel, et d'être là au bon moment, quand cette apparente pagaille finirait par générer quelque chose de profitable aux plus malins… qui n'étaient d'ailleurs pas difficiles à reconnaître. Leurs louables motivations ravivées, les magiciens revinrent près du trio intrigué par ces messes basses, puis le signal du départ fut donné.

Le bon chevalier se chargea lui-même de partager toute sa connaissance de l'équitation avec son nouvel ami. Cela lui prit d'ailleurs moins de trois minutes : « Tu montes sur la selle, de préférence en regardant du même côté que le cheval ; tu mets un pied là, l'autre là, jamais les deux ensemble ; si tu veux aller par là tu tires là ; et si tu veux aller de l'autre côté tu peux tirer là aussi mais c'est plus long et à force ça rend malade ; alors tu n'as qu'à tirer là. »

Escar bredouilla quelques remerciements étranglés, puis escalada la bête comme s'il s'agissait d'un monstrueux tas de coussins vivants. Une fois sur son dos, il était si raidi de peur qu'Ulser se méprit et le félicita pour son excellente posture… Heureusement pour le voleur, Maline se proposa ensuite de remorquer sa monture. Alors qu'elle bondissait sur son étalon, chacun put remarquer qu'elle montait presque à cru : seule une fine couverture séparait ses cuisses fermes de l'animal. Le chevalier ressentit dès lors une forte convoitise pour cette couverture, sans pouvoir se l'expliquer : il possédait suffisamment de linge en son château.

Pour ses premières heures passées à monter, Escar s'en tira honorablement, puisqu'il ne chuta que deux fois. La première, quand la selle qu'Ulser avait oublié d'attacher glissa sur le flanc de la bête… Le chevalier rit beaucoup de sa propre étourderie, tandis que le voleur acquiesçait en recomptant ses dents. On croyait encore l'incident exceptionnel quand le malheureux mordit à nouveau la poussière, sans vouloir s'expliquer, cette fois. Tout juste eut-il l'air déçu quand Maline réajusta l'étoffe légère qui glissait sur ses reins depuis un moment. Dès lors, Escar fut beaucoup plus concentré à maintenir son équilibre, et les aventuriers purent parcourir une assez longue distance dans le paysage semi-aride du continent Sud.

Ainsi, dans les toutes dernières minutes de l'après-midi, le groupe pénétrait dans les fameuses gorges de l'Échoracle.

Chapitre 13

Le bon chevalier trouva le paysage stupéfiant dès les premiers mètres parcourus. La région qu'ils découvraient s'avérait un véritable labyrinthe de canyons et d'étroits défilés, creusés par les vents cycliques et les sables pendant des millénaires… Ulser s'ébahit devant la beauté rude des falaises, devant leur majesté qui rendait les hommes à leur insignifiance, devant les chants magiques des bourrasques louvoyant entre les monuments rocheux… Puis, après trois quarts d'heure passés à se frotter les yeux et à avaler de la poussière, tout en surveillant les parois pour s'esquiver aux premiers signes d'éboulement, il commença à réviser son jugement. En définitive, les champs de navets entourant son propre château lui paraissaient tout aussi dignes d'intérêt.

Aucun de ses compagnons n'avait déjà visité cet endroit ; pas même Mercédès ou Roméo, qui en connaissaient pourtant long sur la question. Pour se repérer, ils suivaient des gravures vieilles de plusieurs centaines d'années, et à moitié effacées pour la plupart. Le chevalier ne comprenait rien à ces symboles étranges en lesquels il ne voyait qu'une série de traits et de points, mais les sorciers n'hésitaient pas un instant sur les directions à prendre, eux, aussi les accompagnait-il sagement… Bien lui en prit, car à l'heure où le soleil partait se coucher dans ses draps de velours noir, l'enchanteur mit pied à terre en annonçant la fin de leur voyage.

Ils semblaient pourtant s'être arrêtés au beau milieu de nulle part. Deux choses seulement différenciaient l'endroit du reste du labyrinthe granitique. Tout d'abord, il s'agissait d'un carrefour entre plusieurs canyons, l'ensemble des défilés dessinant au sol une sorte d'étoile de mer qu'un bourreau trop zélé aurait tenté d'écarteler. Ensuite, un piton d'une dizaine de mètres occupait le centre de la figure ; un piton sur lequel Ulser fut surpris de découvrir un escalier taillé à même la roche !

— Je me demande qui a eu idée de bâtir sa maison dans un endroit pareil, commenta-t-il mollement. Les gens se montrent parfois d'une telle stupidité…

— À qui le dites-vous, lança Mercédès.

Le chevalier la remercia pour son soutien, puis rejoignit Roméo qui contemplait l'étrange monument d'un air pensif.

— Je suis confronté à un dilemme, avoua le sorcier. En temps normal, pour tirer quelque chose de valable de l'expérience, je serais moi-même grimpé poser les questions. Mais avec votre histoire de prophétie avant l'heure et ce que vous avez déjà déclenché, j'hésite…

Finalement, peut-être devrais-je vous laisser continuer selon votre, heu, méthode. C'est donc *vous* qui allez gravir ces marches.

— Mais, l'Échoracle est en haut ? s'étonna Ulser. On ne le voit pas !

Roméo lui rendit un regard blasé.

— À quoi croyez-vous avoir affaire, exactement ? Nous ne sommes pas venus chercher un homme, mais un écho, un véritable écho !

Devant l'expression de mérou lobotomisé du chevalier, il se décida à expliquer :

— C'est ce qui a fait la célébrité de cet endroit. Quiconque grimpe sur ce piton et crie quelque chose en direction des falaises reçoit en retour un écho d'une clarté impressionnante, à tel point qu'on croit entendre une voix humaine. Mais ce n'est pas tout ! L'Échoracle est aussi capable de répondre à certaines questions sur le présent, le passé et même l'avenir. On dit qu'il tire son savoir des vents qui parcourent le monde… On raconte aussi que les esprits des dieux oubliés habitent ces montagnes, ce qui pourrait être une autre explication du phénomène. Quoi qu'il en soit, nous avons là une chance d'en apprendre davantage sur votre quête !

— Ah…

Ulser s'avouait moyennement emballé. Non pas qu'il doutât de la véracité du récit… Le sorcier n'avait aucune raison de lui faire un tel canular et, par ailleurs, le chevalier se savait bien assez malin pour ne pas être trompé. En revanche, l'idée de se prendre en plein nez les vents des dieux lui semblait vaguement écœurante, sans qu'il puisse se l'expliquer.

— Qu'est-ce que vous attendez ? Allez-y !

Ulser jeta un œil à ses compagnons. Mercédès s'occupait d'allumer un feu, à l'aide de surprenantes pierres magiques qui jetaient des étincelles. Maline flattait son étalon. Quant à Escar, il attendait sans oser faire le moindre mouvement que quelqu'un se décide à l'aider à descendre de selle.

— On est obligés de faire ça maintenant ? bredouilla le chevalier. C'est que, il fait presque nuit et je risque de chuter…

— Oui, les vents sont toujours plus forts le soir, insista Roméo. Par ailleurs, plus vous attendrez, et plus vous aurez de chance de vous casser la margoulette !

— Bon…

Avec un soupir, il gravit donc les premières marches, prenant bien garde de poser le pied aux endroits les plus solides d'apparence. C'était sans doute la première fois que des fers à cheval foulaient ce lieu semi-sacré ; Ulser espérait que ça ne lui porterait pas malheur. Pour contrer le sort, la tradition demandait qu'il jette l'un de ces fers par-dessus son épaule, mais ses compagnons restés en bas auraient sans doute trouvé quelque chose à y redire – et par ailleurs, le chevalier craignait trop d'être emporté par ces vents qui faisaient la ronde autour de son armure.

C'est avec une prudence redoublée qu'il se hissa finalement au sommet ; un plateau irrégulier de trois mètres de diamètre, couvert d'inscriptions indéchiffrables. Par chance – mais de manière très étrange – les vents semblaient éviter l'endroit, lui permettant d'assurer son équilibre. Il adressa un petit salut aux aventuriers, puis se dressa devant l'un des canyons, au hasard… et surtout avec la trouille d'entendre soudain la voix des dieux retentir dans son dos, et le faire chuter de panique !

— Bon… bonjour, commença-t-il, désemparé.

— Plus fort ! râla Mercédès, d'en bas. C'est un écho, vous devez le faire vibrer ! Et sinon, demandez-lui des nouvelles de sa santé, tant que vous y êtes !

— COMMENT ÇA VA ? s'enhardit le chevalier.

Tendant l'oreille, il perçut une incontestable résonance allant en diminuant : « ÇA VA… ÇA va… ça va… » Réjoui de trouver l'oracle en si bonne condition, il poursuivit :

— J'AI UNE QUESTION À POSER, SI VOUS ÊTES D'ACCORD ?

— D'ACCORD… D'ACCord…

— SINON, ON PEUT FAIRE ÇA DEMAIN, SI VOUS VOULEZ ?

— SI VOUS VOULEZ… SI VOUs voulez…

— Je crois qu'il préfère attendre, glissa Ulser en se penchant vers ses compagnons.

— Imbécile, vous êtes en train de discuter avec vous-même !

— Pour réveiller l'oracle, vous devez crier plus fort encore, annonça Roméo.

— Mais, est-ce que ma quête ne devrait pas rester secrète ?

— Et qui va vous entendre ici ? pesta la sorcière. Sans compter que tout le monde s'en contrefiche !

Un brin vexé, le bon chevalier reprit position, plaça ses mains en porte-voix et hurla de toute la force de ses poumons :

— OÙ PUIS-JE TROUVER UN BON DEVIN ?

— *Espèce de crétin !* lança une Mercédès au bord de l'hystérie. *Dans ton…*

Le reste de ses insultes fut heureusement couvert par une autre voix, forte et caverneuse, et semblant provenir de tous les canyons à la fois. Les vibrations engendrées par le phénomène provoquèrent quelques éboulements et soulevèrent des nuages de poussière, donnant au paysage l'apparence du mouvement et de la vie… « À GONA MARATA » était la réponse de l'Échoracle. Ulser songea d'abord que les dieux oubliés se révélaient également séniles, puis se souvint, une fois remis de ses émotions, que Gona Marata était une petite région du continent de l'Est.

— MERCI ! répondit-il courtoisement.

Il s'apprêtait à redescendre, mais eut la surprise de voir Roméo le rejoindre au sommet ! Le regard réprobateur que lui adressa le sorcier lui parut bien immérité ; après tout, il avait accompli exactement ce qu'on lui demandait !

— QUEL EST LE NOM DU BARDE QUI OUVRIRA DANS TREIZE ANS LES PORTES AUX ARMÉES DES TÉNÈBRES ? hurla l'enchanteur.

Le chevalier guetta la réponse, lui aussi, mais il ne

put s'empêcher de jubiler alors que seul le silence répondait à Roméo. Au moins, l'oracle savait reconnaître les hommes méritants, lui !

— C'est ce que je craignais, pesta le sorcier. L'Écho ne peut comprendre que les questions courtes… Sacrebouc, ça aurait été trop facile !

Il se tordit les méninges un bon moment, fit plusieurs tentatives pour reformuler et simplifier sa demande, mais en vain. S'il n'était pas assez précis, il risquait de ne pas avoir de réponse…

— On peut toujours se renseigner sur les diablotins disparus, proposa Ulser.

Roméo exprima sa surprise devant ce soudain trait de génie ; pourtant le chevalier n'en tirait aucune fierté particulière. Il gardait seulement ses fautes à l'esprit, ainsi que ses engagements à les réparer… même si, sur ce coup-là, il regrettait de s'être un peu emballé.

— OÙ EST LE PAYS DES DIABLOTINS ? enchaîna le sorcier.

— SUR LE SIXIÈME CONTINENT, révéla l'Écho.

— Saperlasse ! râla Roméo. Cet oracle ne vaut plus un clou. Il n'existe plus de sixième continent depuis longtemps ! Toutes les connaissances de l'Écho sont périmées depuis le dernier millénaire !

Ulser haussa les épaules en signe d'ignorance, puis gonfla les poumons avant de crier à son tour :

— OÙ EST LE SIXIÈME CONTINENT ?

— SOUS CELUI DU CENTRE, annonça la voix venant de toute part.

Le sorcier en resta bouche bée. Le chevalier trouvait, lui aussi, que la réponse était un peu fantaisiste... Ça ne les aidait pas à trouver les diablotins, en tout cas.

— Incroyable ! lâcha l'enchanteur. Vous venez de... de percer un secret qui tient tout le monde en défaut depuis... depuis des siècles... et personne n'avait pensé... à demander... C'était si *stupidement* simple...

Roméo roulait des yeux ronds, semblait dans un autre monde, perdu qu'il était à réfléchir déjà aux avantages qu'il pourrait tirer de cette information. À tel point que Ulser se méprit sur son expression abasourdie.

— Quoi que j'aie pu faire de mal, je ferai mon possible pour le réparer, promit-il.

— Non, non, continuez, au contraire ! Vous n'avez pas une autre question à poser ? Qu'est-ce qui vous vient à l'esprit, là, tout de suite ?

— Eh bien... C'est embarrassant, mais... en vérité, vous avez un peu mauvaise haleine.

— Très bien, et quoi encore ?

— Parfois, vous me faites penser au vilain qui s'occupe de mes volailles. Vous lui ressemblez un peu. Surtout les cheveux...

— Bon, on va essayer autre chose. Ne me regardez plus ; tournez-vous vers les falaises. Et concentrez-vous sur un sujet qui vous intrigue depuis toujours. Quel est le plus grand secret que vous aimeriez connaître ?

— À vrai dire, je... mais c'est trop gênant, avoua-t-il en baissant d'un ton.

— Non, allez-y, lâchez-vous ! Nous allons peut-être percer un autre des mystères de l'univers ! De quoi s'agit-il ? De la mort à laquelle chaque être est promis ? De la prédestination de nos existences ? De la véritable nature du Bien et du Mal ?

— Ce serait plutôt… à propos de ma fiancée, Migrene, lâcha le chevalier du bout des lèvres. Et sur Maline, aussi, ajouta-t-il dans un souffle fébrile.

Roméo lui signifia de lui confier ses questions à l'oreille, et Ulser obtempéra. Quand il eut fini, le sorcier affichait une mine grave et résolue.

— Je comprends, acquiesça-t-il. Moi-même, je… je me suis toujours interrogé sur… mais on ne peut pas demander ça à un oracle, trancha le sorcier. Surtout en présence de témoins, ajouta-t-il en douce.

Ils restèrent silencieux quelques instants, dépités et rêveurs à la fois, la tête emplie d'images d'une inaccessible sensualité.

— Bon, je crois que c'est tout pour ce soir, conclut Roméo. Allons souper. Et si jamais il vous venait une idée cette nuit, n'hésitez pas à la partager avant notre départ demain.

Ulser promit, mais tous deux savaient déjà qu'ils auraient du mal à songer à autre chose qu'aux sujets tabous.

Chapitre 14

Après que Mercédès eut imposé tout un tas de règles strictes dont la finalité était d'assurer la séparation des couchettes des hommes et des femmes, la nuit fut assez tranquille. Chacun apprit à mieux connaître ses compagnons, en particulier Escar, dont les ronflements ininterrompus veillaient à rappeler la présence. Maline se proposa même de faire taire le voleur d'un bon coup de gourdin, mais, après une hésitation de plusieurs minutes, Roméo s'opposa finalement au projet.

Pendant tout le temps de sa réflexion, l'amazone s'était tenue immobile dans la lueur dansante des flammes, exposant fièrement l'intégralité de ses peintures tribales… Le sorcier eut beaucoup de difficulté à se rendormir. À tel point que pour la première fois, il regretta d'avoir piégé son épouse dans cette fichue ceinture de chasteté ! Mais après s'être tourné et retourné, il fut rendu à la raison : certaines choses devaient être vengées, et la patience restait sa meilleure arme. C'est donc avec une certaine confiance en l'avenir qu'il plongea dans le sommeil ; jusqu'à ce que des cris lui fassent rouvrir les yeux sur la lumière du jour.

— QUELLE HEURE EST-IL ? hurlait le chevalier, depuis le sommet du piton.

— PRESQUE HUIT HEURES, répondit l'oracle.

— ET IL VA FAIRE BEAU ?

— CHAUD ET SEC, confirma l'écho.

— MERCI !

Ulser tourna alors son visage souriant vers ses compagnons stupéfaits, leur adressa un petit signe, puis bondit dans le vide ! Chacun s'attendait naturellement à le voir s'écraser dans un grand bruit de casseroles, avant de constater que les facultés de son armure lui permettaient d'atterrir avec la légèreté d'un gros sac de plumes. Maline applaudit chaleureusement, Escar rappela qu'il avait déjà accompli pareil exploit en chutant d'un toit, tandis que les sorciers échangeaient des regards fatigués… Puis la fausse prouesse devint un jeu que le chevalier répéta encore et encore, au point d'agacer Roméo et de le convaincre de mettre tout le monde en selle avant même le déjeuner.

La veille, ils avaient décidé de gagner la région de Gona Marata, puisque l'Échoracle y indiquait la présence d'un devin talentueux, et qu'ils souffraient toujours d'un manque d'informations. Les sorciers étaient convaincus qu'il s'agissait de Mausaurus, un homme dont les connaissances n'avaient d'égales que son grand âge. Il était même si vieux, plusieurs siècles ou millénaires, que beaucoup le considéraient comme un demi-dieu. En réalité, il n'était qu'un humain d'une phénoménale distraction... La légende rapportait que, lorsque son heure était venue, il avait simplement oublié de mourir. Et ce non-événement l'avait nanti d'une prescience qui avait fait sa légende, puisqu'il semblait désormais capable de lire dans les fibres du temps !

Les aventuriers avaient également convenu d'utiliser une nouvelle fois le pouvoir des cromlechs, pour éviter un voyage long comme un jour sans vin. Ainsi, cette nouvelle étape devait les ramener au cercle de pierres dressées près de Carnavalum. Pendant qu'ils chevauchaient, Ulser fut très fier d'expliquer la magie des menhirs – mais à sa manière... Escar et Maline allaient en retenir qu'il fallait parler avec des cailloux tout en dormant et sans croiser les pieds, ce que Mercédès et Roméo n'eurent pas le courage de rectifier ou démentir. Ils en furent récompensés par une bonne heure de calme, où le chevalier, l'amazone et le voleur méditaient sur les difficultés de l'exercice.

Cette journée de voyage aurait même pu être d'une reposante monotonie, si un groupe d'une dizaine de cavaliers n'avait peu à peu surgi de l'horizon. Et cela même aurait pu être totalement anodin, si ces hommes n'avaient soudain tiré des cimeterres pour se ruer dans leur direction en hurlant. Dans ce genre de situation, le sixième sens d'Ulser ne le trompait jamais : ces inconnus avaient des intentions hostiles.

— Des brigands, estima Roméo.

— Des copains à vous, peut-être ? demanda Mercédès à Escar.

— Ça m'étonnerait, bredouilla le voleur blêmissant. Par contre, est-ce qu'on ne devrait pas… comment dire… prendre la fuite ?

— Ils sont vos ennemis ? comprit alors Maline.

— Eh bien…, réfléchit le sorcier. Considérant qu'ils projettent sûrement de nous trancher la tête pour voler nos chevaux et bagages, je dirais que, oui, nous pouvons les considérer comme nos ennemis.

— Heu, ils approchent, rappela Escar.

— Vous voulez que je m'en occupe ? proposa gentiment l'amazone.

— C'est ça, ricana Mercédès. Allez donc faire diversion en agitant vos peintures tribales, pendant qu'on leur prépare un bon sortilège de derrière les fagots !

— D'accord, annonça la jeune femme d'une voix chantante.

À la surprise générale, elle lança son étalon vers les bandits, tout en saisissant sa lance en un geste d'une grande habileté ! Ulser fut vaguement traversé par l'idée d'aller lui prêter main-forte, mais il était trop occupé à contempler la manière dont elle se dressait sur sa monture, penchée sur l'encolure, les fesses relevées… Les brigands eux-mêmes en furent déstabilisés ; suffisamment pour qu'elle puisse traverser leurs rangs sans qu'aucun songe à l'attaquer. En revanche, alors qu'elle amorçait un demi-tour, deux des inconnus comprirent qu'ils étaient déjà assez morts pour se laisser tomber à bas de selle. Et quand l'amazone entama une nouvelle charge, les survivants s'empressèrent de former une ligne de défense digne de ce nom !

Cela ne suffit pas à briser l'assaut. Maline fit simplement se dresser son cheval devant ses ennemis, le laissant envoyer quelques directs du sabot dans leurs faces stupéfaites. Puis, alors qu'on l'encerclait et que sa monture reprenait son équilibre, elle se mit debout sur le dos de cette dernière… Sa lance commença alors une terrible danse sanglante, fusant, tournoyant, plongeant ; tranchant mains, bras et têtes, avec une précision telle que les brigands semblaient faire exprès de se jeter sous la lame. Dominant la scène de toute sa hauteur, ses cheveux longs ondulant au gré de ses mouvements gracieux, elle ne reprit son souffle qu'à l'instant où le dernier imprudent rendait le sien. Alors, après s'être assurée d'un coup d'œil qu'aucun n'avait survécu, elle se laissa retomber sur la croupe de son étalon et rejoignit ses compagnons.

Tous présentaient des expressions sidérées, à la limite de la caricature.

— Je sais, j'ai été un peu longue, s'excusa la jeune femme. C'est à cause des chevaux ; je n'ai pas l'habitude. Je suis plus efficace à pied…

Cette fois, les visages des aventuriers devinrent *vraiment* caricaturaux ; jusqu'à ce que chacun reprenne ses esprits.

— Ça alors…, commenta Roméo. Si on m'avait dit que… Et, vous combattez toutes comme ça, dans ta tribu ?

— Nous devons faire respecter le clan, se justifia Maline.

— Incroyable… Une telle puissance guerrière… si elle était ralliée… N'importe quel roi paierait cher pour…

Mercédès s'empressa d'interrompre le monologue pensif du sorcier :

— Même votre cheval est meilleur que « certain » héros, lança-t-elle.

— Bien vrai, approuva Ulser.

C'est tout ce qu'il était capable de dire. L'idée de ne pas avoir pris la moindre part au combat ne l'effleurait même pas. Il ne songeait qu'à sa quête qui semblait placée sous les meilleurs auspices… ainsi qu'à la manière dont le ventre de l'amazone se creusait, chaque fois qu'elle portait un coup de son arme. Par pur intérêt stratégique, il se promit de la laisser partir en première ligne le plus souvent possible.

— À vous de jouer, Escar, lança Roméo. Allez leur faire les poches.

— Quoi, moi ? Mais pourquoi moi ?

— Parce que vous êtes le voleur du groupe, andouille ! C'est typiquement pour ce genre de boulot qu'on vous a recruté !

— Mais ça ne me dit rien, à moi, protesta l'intéressé. Je trouve même ça un peu dégradant. Et dangereux. Si un de ces types faisait semblant d'être mort, ou s'il gardait, je ne sais pas, du poison ou un scorpion dans ses poches…

— C'est justement ce qu'on vous demande de

vérifier ! s'emporta le sorcier. Si vous n'êtes même pas capable de faire *ça*, je me demande à quoi vous allez nous servir !

— Je l'avais bien dit, piqua Mercédès.

Le voleur se mit à bouder, chercha du regard le soutien du chevalier, mais ce dernier rêvassait encore sur le souvenir de Maline chargeant leurs ennemis.

— Tirons à la courte paille, proposa finalement Escar.

Roméo mit alors pied à terre en marmonnant un juron scandaleux. Le voleur n'attendit pas davantage ; il se laissa tomber dans le sable et s'empressa de galoper vers les corps ensanglantés, en se retournant fréquemment pour vérifier si le sorcier ne le poursuivait pas… Mais, parvenu près des cadavres, il retrouva ses hésitations.

— Commencez par ceux qui n'ont plus de tête ! railla Mercédès. En principe, ceux-là ne font pas semblant d'être morts !

Escar trouva la remarque fort pertinente. Se sentant ainsi encouragé, il consentit à s'agenouiller près d'un cavalier dont il n'aurait pas à supporter la grimace d'agonie. Et, surmontant son dégoût, il s'enhardit à glisser deux doigts boudinés dans une poche de poitrine pas trop tachée de sang… Il se dressa ensuite fièrement pour exhiber le trésor découvert !

— Un mouchoir ! J'ai trouvé un mouchoir ! clama-t-il à ses compagnons qui s'approchaient.

— Magnifique, commenta la sorcière. Il est propre, au moins ?

Le voleur examina l'objet, puis le relâcha avant de s'essuyer les mains sur son manteau sans forme. Redoutant d'être félicité par un bon coup de pied dans l'assise, il s'empressa de reprendre la fouille du trépassé, puis passa à un autre cadavre.

— Un reste de pain rassis ! annonça-t-il. Deux abricots séchés ! De la petite monnaie ! Un vieil anneau elfique ! Un bout de cordelette !

— Rien d'intéressant, résuma Roméo. Balancez-moi tout ça et poursuivez.

Escar s'exécuta docilement ; ce n'était pas si difficile, en définitive, et ce petit côté pochette-surprise était même plutôt amusant – si l'on oubliait qu'il était question de dépouilles humaines, bien sûr. Tandis que ses compagnons rappelaient les chevaux des brigands et commençaient à fouiller leurs sacoches, le voleur s'acquitta de sa part du travail. Au total, il ramassa presque dix-huit sols et trente et un sous. Il n'avait jamais gagné autant d'argent en une seule journée, même en vendant ses propres dents... Soudain très emballé, il songea qu'il pourrait aussi tirer quelque bénéfice des cimeterres, et il s'empressa de les rassembler. Puis il étendit la collecte aux rares bijoux que pouvaient porter les bandits – la question des colliers se révélant délicate, certains ayant été tranchés en même temps que leur support. Il songea ensuite à ramasser les boucles de ceinture, puis les chaussures... Tout cela commençait à faire un beau tas de trophées, quand Escar se dit qu'il serait dommage de laisser perdre tous ces vêtements. Même tachés et déchirés, on devait pouvoir les vendre quelques sous chez un parcheminier, toujours à la recherche de fibres… Il commençait à tirer le premier pantalon d'un cadavre quand il sentit le poids de quatre regards désapprobateurs sur ses épaules. Il cessa aussitôt toute activité, rouge comme une pivoine trop cuite.

— « Un peu dégradant », hein ? cita Mercédès. Vous comptiez faire quoi, au juste ?

— Vé… vérifier qu'il n'y avait pas de poches secrètes, bredouilla-t-il en se tordant les doigts.

Ulser contempla la dizaine de paires de chaussures que le voleur avait empilées. Il se félicita d'avoir un compagnon aussi zélé à la tâche !

— Laissez tomber ça, on a besoin de vos services pour autre chose, grommela Roméo.

Soulagé de s'en tirer à si bon compte, Escar s'avança vers le sorcier qui lui remit une fonte de selle bien particulière : elle était recouverte de maille d'acier et scellée par un énorme cadenas.

— Qu'est-ce qu'il y a dedans ? s'enquit le voleur.

— Et comment voulez-vous que je le sache ? Pourquoi pensez-vous que je vous la confie ?

— Ah, oui…

— J'imagine que vous n'avez pas trouvé de clé ?

— Heu, pas encore… Mais peut-être, dans une poche secrète des vêtements…

— Pas la peine, trancha le sorcier. Vous vous débrouillerez pour crocheter cette serrure.

— C'est que ça pourrait être long…

— Peu importe. Vous y travaillerez pendant nos arrêts, ou le soir, ou quand vous voudrez. De toute manière, ce n'est sûrement rien d'autre que le butin rassemblé par ces fripouilles.

Escar secoua alors la fonte près de son oreille.

— Ça rend un son métallique, annonça-t-il, espérant paraître finaud.

Ulser voulut alors, lui aussi, agiter le sac en mailles d'acier pour vérifier cette impression. Les talents de ses compagnons ne cessaient décidément pas de l'impressionner !

TROISIÈME PARTIE

Chapitre 15

Cette partie secrète du château, située sous les fondations, avait tout d'abord été conçue comme une cachette de l'ultime repli. Puis, les décennies passant sans que le pays connaisse aucune guerre, on avait commencé à l'utiliser comme salle au trésor. Mais comme c'était pénible de descendre jusque-là chaque fois qu'il fallait deux sous pour payer le pain, on avait encore réaménagé l'endroit pour en faire une champignonnière – d'autant que les années avaient commencé à salement charger les lieux en humidité. Chaque génération ou presque avait ensuite trouvé une nouvelle manière d'utiliser ces grandes caves oubliées : débarras, élevage de chauve-souris, quartiers des domestiques… Puis un châtelain avait eu la bonne idée d'y creuser des oubliettes, rapidement équipées d'une chambre des tortures. Toutes devaient connaître un franc succès pendant plusieurs siècles, et même laisser leur trace dans l'histoire : c'était le seul lieu de supplices où les prisonniers se plaignaient de terribles envies d'omelette aux cèpes ou de soupe de bolets, l'odeur des champignonnières ayant persisté à travers le temps.

Les mœurs évoluant, les dames de fer et les écarteleurs avaient fini par passer de mode dans la région. On avait donc rendu les lieux aux rats et aux araignées blanches, sans toutefois démonter le matériel, savait-on jamais, n'est-ce pas. Enfin, une dizaine d'années avant ce jour, l'actuel propriétaire avait trouvé une nouvelle utilité à ces souterrains secrets : il y avait parqué sa sorcière personnelle.

La harpie – ce qu'elle était vraiment, par nature – n'était pas pour autant sa prisonnière. C'était bien volontiers qu'elle avait accepté de poser ses serres dans la pourriture des sols : ses vieux pieds en appréciaient la fraîcheur. Elle ne regrettait pas davantage la faible hauteur des plafonds ; ses ailes déplumées ne la maintenaient plus en vol bien longtemps, de toute manière. Et, étant presque aveugle, elle ne souffrait pas d'évoluer dans une obscurité quasi-totale. Au contraire, ces caves représentaient un véritable abri. Si elle n'avait pas fui son clan des hautes montagnes, ses semblables se seraient repus de sa chair depuis des années… Alors qu'ici, c'est elle qui faisait de véritables festins de viande crue et couinante. Son bec était encore assez acéré pour ouvrir, d'un coup, le ventre de n'importe quel rat de trois livres.

Diminuée physiquement par son grand âge, la créature n'en était pas moins redoutable par ses pouvoirs. Aux dispositions naturelles de sa race pour la magie, elle avait ajouté une grande intelligence, et suffisamment de patience pour supporter la lecture des grimoires écrits par les humains. Ce savoir hérité de deux peuples la plaçait un rang au-dessus de la plupart des sorciers du continent central, si ce n'était du monde entier…

Pourtant, comme d'habitude, elle sursauta comme une poule échaudée lorsque son maître toussota pour manifester sa présence à ses côtés.

— Tu m'as fait demander ? vérifia-t-il, agacé par les claquements de becs effrayés de la harpie.

Cette dernière attendit que son cœur retrouve un rythme conforme à la décence pour se retourner sur la haute et sombre silhouette. En effet, elle avait utilisé le signal convenu pour requérir son attention. Cela consistait à colorer en bleu toutes les flammes du château – bougies, fourneaux et cheminées – par un petit tour très simple. C'était aussi efficace que peu discret, mais les serviteurs avaient fini par s'habituer à ce phénomène inoffensif, et aucun ne se doutait de la présence de la sorcière dans les fondations.

— Oui, caqueta-t-elle. Nos hommes ont ééé-chouééé. Le benêêêt cccourt toujours.

— Mortetron ! s'emporta le maître.

Il gaspilla ensuite plusieurs minutes de son énergie à semer le désordre, ou plutôt à le déplacer, puisqu'il était coutumier de la chose et que la harpie ne rangeait rien entretemps. Elle se contenta de pousser un cri strident lorsqu'il fit mine de s'attaquer à son matériel de magie, lui rappelant qu'il était précieux pour eux deux.

— Comment est-ce possible ? pestait l'homme sombre. C'est un abruti fini ! Et tu m'as juré que ces sorciers étaient pratiquement sans pouvoir !

— Gggrâce à lui, confirma la créature.

Elle dirigea alors son regard voilé vers la seule source lumineuse de la pièce : une petite cage suspendue, entièrement composée de flammes s'enroulant sur elles-mêmes. Un diablotin au pelage gris de souris y survivait difficilement, contraint de battre des ailes sans relâche en luttant contre le sommeil… La harpie fit plusieurs fois claquer son bec de contentement. Elle était l'une des rares sorcières à avoir réussi à empêcher l'évasion de son serviteur.

— Ccc'est la gueeerrièèère qqqui l'a aidééé, révéla-t-elle. Une amazone du cccontinent Nord, qqqu'ils…

— Je m'en fiche ! Tu aurais dû le prévoir !

— Ça n'eeest pas aussi simple, rétorqua la harpie.

Elle sautilla jusqu'à sa table de travail, où elle ramassa un morceau d'étoffe effiloché pour le présenter au maître.

— La trame du deeestin eeest comme ce chiffon. En dééécidant de ne pas suivre son propre fil, le benêêêt a provoqqquééé un accccroc, brisant l'harmonie de tout ce qqqui vient aprèèès. Aucccune divination n'eeest infaillible, dééésormaiiis. Jusqqqu'à ce qqqu'un éqqquilibre soit retrouvééé.

— Quelle peste ! Cet imbécile m'aura vraiment gâché la vie jusqu'au bout !

— Ce n'eeest pas tout, avoua la sorcière. Ils ont aussi emportééé la sacccoche.

— Quoi ? Et ils l'ont ouverte ?

— Pas encccore, mais ils finiront par y arriveeer.

La haute silhouette fit quelques pas sous les voûtes, réfléchissant au problème.

— Que se passera-t-il, quand ils auront ça en main ?

— Sûrement rien, maiiis tu devaiiis êêêtre prééévenu. Au cccas où ils remonteraiiient jusqqqu'à nous…

— Il n'y aura pas de « cas où » ! s'emporta le maître. Cette histoire n'a déjà que trop duré ! Où sont ces idiots, maintenant ?

— Toujours dans la rééégion de Cccarnavalum. Ils se dirigent vers le cccromleccch.

— Montre-moi !

La harpie haussa ses maigres épaules et, en deux coups d'ailes, se rendit près d'un baquet de bois moisi. Elle y plongea les serres pour en ramener un batracien de belle taille, gesticulant pour tenter d'échapper à la poigne brutale.

— Je vaiiis bientôt manqqueeer de gggrenouilles, prévint la sorcière.

— Je ferai le nécessaire ! Mais active-toi !

Avec un petit rire, la sorcière s'approcha d'un grand miroir installé à plat sur sa table de travail. Elle tint alors l'amphibien près de la surface réfléchissante et pressa de toutes ses forces, jusqu'à faire éclater la bête comme une prune trop mûre… Elle récita ensuite quelques incantations au-dessus des humeurs et des viscères libérés, jusqu'à ce que ces derniers soient absorbés par le miroir en crépitant, comme plongées dans l'acide. Alors, une image commença à se former ; la vision d'un groupe de cinq cavaliers, chevauchant sous le soleil dans un paysage semi-aride.

— Eh bien…, commenta le maître, soudain radouci. Cette amazone est vraiment… heum. Y en a qui ne s'embêtent pas…

— Pourqqquoi, qqqu'est-ce qqqu'elle a ?

— C'est-à-dire que… on sent tout de suite la guerrière… comment dire… profilée pour l'action sous toutes ses formes… ses formes…

— Pour moi, les humains se ressemblent tous ! caqueta la harpie.

— Bref. Où ont-ils prévu d'aller, ensuite ?

— À Gggona Marata.

— Ils y seront attendus. Et pas question de recruter la main-d'œuvre locale, cette fois ! Je vais envoyer mon exécuteur personnel ; ils vont moins rigoler. Toi, tu vas continuer à les surveiller. Et me préparer une nouvelle sacoche.

La harpie acquiesça, puis croqua la moitié de la grenouille pressée d'un coup de bec. Elle dégusta le reste par petits morceaux, en se léchant les serres, tandis que le maître s'éloignait en faisant résonner son habituel grand rire sardonique – lui seul savait pourquoi il agissait ainsi.

Chapitre 16

Si l'on oubliait l'attaque d'une dizaine de brigands et le bain de sang qui avait suivi, la journée s'était déroulée sans histoire, pour les aventuriers. Avant même la fin de l'après-midi, ils avaient rejoint le cercle de pierres dressées par lequel Ulser, Mercédès et Roméo étaient arrivés. Tout était donc pour le mieux, si ce n'était que les sorciers partageaient la désagréable impression d'être suivis par un œil noir. Après vérification, le chevalier put les rassurer : ses propres yeux étaient bleus, ceux d'Escar plutôt marron, et ceux de Maline d'un beau vert agate – même si, bizarrement, on avait du mal à la regarder dans les prunelles. Mercédès le remercia pour cette pointilleuse et fort utile enquête, ajoutant même que « heureusement qu'il était là », ce qui emplit le héros d'une bien légitime satisfaction.

Comme il leur restait pas mal de temps avant la nuit et leur voyage magique à travers le cromlech, chacun se trouva une occupation. L'amazone consacra ainsi un bon moment à s'entraîner, multipliant les exercices d'assouplissement où elle adoptait différentes postures toujours plus impressionnantes. Ulser, Roméo et Escar l'observèrent avec beaucoup d'intérêt. Ils posèrent même des questions, lui demandant de réexpliquer comment elle pouvait mettre ainsi les paumes à plat sur le sol sans fléchir les genoux, ou faire le grand écart en se tenant en chandelle sur les mains. Pour autant, aucun ne passa à la pratique ; tous se plaignant d'exceptionnelles bouffées de chaleur. Et leur fièvre dura longtemps après que Maline eut mis fin à son entraînement pour aller s'occuper des chevaux…

Pour sa part, Mercédès s'était éloignée en grommelant dès le début du spectacle. Elle passa ces deux heures précédant le repas à relire ses vieux cours de magie, bien consciente de la nécessité de cette révision, alors qu'elle se trouvait désormais sans diablotin. Au moment de faire cuire les lentilles, elle fut fière de lancer une incantation sur leur casserole et de laisser l'eau se mettre à bouillonner lentement, sans l'intervention d'aucune flamme… Ulser la félicita poliment, mais il ne voyait pas à quoi un tel sortilège pourrait être utile dans sa quête. D'autant que l'opération se révélait plus longue que par la méthode classique, et qu'en outre ils finirent par allumer quand même un feu pour se réchauffer les os.

Pendant que Roméo prenait de l'avance sur ses propres incantations aux menhirs, le chevalier alla s'asseoir près d'Escar, qui s'était résolu à s'attaquer à la mystérieuse sacoche. Ulser nota que le voleur usait du même rituel ésotérique que Mercédès, en passant la langue au coin de la bouche pendant qu'il travaillait... Passionné par la démonstration, il resta plus d'une heure à étudier les habiles manipulations du spécialiste. Celles-ci consistaient principalement à insérer un passe dans le cadenas et à le secouer dans tous les sens, quitte à coincer l'outil, parfois. Le front d'Escar se couvrait alors de sueur, jusqu'à ce qu'il parvienne à déloger le petit morceau de métal et décide d'en essayer un autre. Ulser nota même que, très consciencieusement, le voleur reprenait régulièrement des passes qu'il avait déjà rejetés, vérifiant par autant de nouveaux blocages que, *décidément non*, ils ne convenaient pas. Ce qui ne l'empêchait pas de contrôler encore dix minutes plus tard.

Après tant d'efforts de concentration, il était normal que le visage d'Escar perde soudain toute couleur. Cela arriva au moment précis où l'un des outils se brisait malencontreusement dans le cadenas... Le chevalier devina aussitôt ce qui causait l'émoi de son compagnon.

— C'était l'un de tes passes préférés, n'est-ce pas ?

— Heu, oui, oui, bredouilla le voleur. C'est pas de chance, hein...

— Certes, non. Mais, l'incident ne risque-t-il pas de compromettre ton travail ?

— Ah, eh bien, non. Je me débrouille toujours, tu sais...

Il glissa pourtant la sacoche derrière son dos, et Ulser comprit qu'il tenait à garder certaines méthodes secrètes. Poliment, le chevalier se retira et se contenta d'observer de loin le mystérieux Escar, qui grimaçait avec un vague air de panique, en pinçant sans relâche le cadenas de ses doigts boudinés... Quand il abandonna pour se joindre au repas, la mine défaite et les yeux fuyants, Ulser sut qu'il regrettait encore son outil perdu.

La discussion porta naturellement sur la magie des cromlechs, dont Maline et Escar n'avaient pas encore été témoin. Les sorciers se décidèrent enfin à démentir les explications d'Ulser pour présenter le phénomène tel qu'il était en réalité. Ils pensaient ainsi avoir la paix, mais ce fut au contraire une avalanche de questions qui coula sur leurs épaules.

— Et si on ne gardait pas les pieds dans la bonne direction ? s'inquiétait le voleur. Il paraît que je remue beaucoup, la nuit...

— Sans blague ? piqua Mercédès.

— Pas grave, soupira Roméo. Vous aurez juste un peu mal au crâne demain matin... C'est seulement une question de sens de la marche.

— Et les chevaux ? Si les chevaux sortaient du cercle ? songea Ulser. Ils ne viendraient pas avec nous !

— Et pourquoi les attachons-nous, à votre avis ?

— Oui, mais : supposez qu'un cheval tire assez sur sa longe pour avoir la croupe hors du cercle. Ou bien, si Escar roule et roule encore jusqu'à être moitié dedans, moitié dehors. Que se produirait-il ?

— On devrait recruter un autre demi-voleur pour en avoir un complet, ricana la sorcière.

— Il n'arriverait rien du tout, démentit Roméo

devant un Escar blêmissant. Pour que la magie fonctionne, il faut se trouver *entièrement* à l'intérieur du cercle ; c'est aussi simple que ça.

— Et que se passerait-il, enchaîna Maline, si d'autres magiciens voulaient se transporter au même endroit, en même temps que nous ?

Les sorciers échangèrent un regard embarrassé, tandis que les deux autres félicitaient l'amazone d'un signe de tête.

— Ça n'arrive jamais, prétendit Mercédès. Enfin, c'est très rare.

— Mais encore ? insista la guerrière. Il y a un de ces cromlechs sur les terres de mon clan, et nous avons une chaman-guérisseuse, elle voudra sûrement tout savoir sur le sujet !

— Conseillez-lui plutôt de rester guérisseuse, souffla Roméo.

— Ouais, chacun son métier, renchérit Mercédès.

— Ce que je veux dire, reprit l'enchanteur, c'est que ce genre de magie s'étudie sur plusieurs dizaines d'années. Si elle n'a pas été initiée depuis l'adolescence, c'est trop tard pour elle…

— Un peu comme si le premier imbécile venu s'improvisait chevalier du jour au lendemain, ajouta la sorcière.

Ulser ne put qu'acquiescer avec force conviction devant son regard en coin.

— Heu, excusez, intervint Escar, mais j'aimerais quand même bien savoir ce qui se passerait avec le truc d'en même temps…

— Il va finir par nous porter la poisse, celui-là ! grinça la sorcière.

Aucune autre réponse ne fut formulée ; puis Roméo dévia la conversation sur les correspondances entre la position des étoiles et celle des menhirs formant les cercles, les uns et les autres permettant de localiser les cromlechs distants. Ulser écouta ces intéressantes explications pendant presque quatre minutes avant que son attention ne soit distraite par le vol d'un papillon de nuit, qu'il suivit des yeux pendant un bon quart d'heure… Enfin, au moment où chacun s'installait dans ses couvertures, et alors que Roméo se lançait dans la dernière partie du rituel, le chevalier se jura de rester éveillé pour assister au phénomène, cette fois.

— Réveillez-vous ! On part bientôt !

En découvrant l'amazone près de lui, Ulser se crut encore au pays des rêves ; heureusement il reprit conscience de la réalité juste assez vite pour empêcher ses mains de commettre l'irréparable. C'est donc le rouge aux joues qu'il entama cette nouvelle journée… Il était d'autant plus honteux que Maline lui adressait un sourire angélique, et que sa belle Migrene n'avait tenu dans ses pensées nocturnes qu'un rôle purement figuratif – au contraire de la guerrière, délicieusement active. En se redressant au milieu du campement, il se promit donc de se concentrer davantage sur l'objectif de sa quête : accomplir un exploit digne d'impressionner son beau-père. Ceci afin de pouvoir épouser sa promise ; et, enfin, gagner l'accès à sa chambre. Puis vérifier que les images de ses rêves, justement, étaient concrétisables.

Son esprit étant épuré de toute confusion, hésitation ou perplexité, il retrouva le beau sourire qui lui avait valu le surnom du « Bienheureux », en son pays. Surnom qui semblait déteindre sur ceux qui l'employaient, puisqu'il leur arrivait souvent d'éclater de rire dans ces occasions, toujours en se souciant du bien-être du chevalier… « Alors le Bienheureux, on n'a pas perdu le chemin du château, au moins ? » ; « Comment va, le Bienheureux ? Pas trop tombé de cheval, ce matin ? » Ulser y répondait chaque fois aimablement, touché par de telles marques de sollicitude de la part de ses métayers.

Sa bonne humeur augmenta encore quand il constata le succès de ce nouveau voyage à travers les cercles de pierres. Car, à moins que son sommeil n'ait duré particulièrement longtemps, ou que la végétation n'ait poussé à une vitesse prodigieuse dans la région de Carnavalum, le paysage était si différent qu'il devait s'agir d'un nouvel endroit. Les menhirs étaient ici installés dans une clairière bordée de pins majestueux, lancés vers un ciel gris qui n'était pas sans rappeler les cheveux de Mercédès. Ses compagnons allaient et venaient entre les pierres dressées, finissant de rassembler leurs affaires… excepté Escar, de nouveau en train de s'escrimer sur le cadenas rétif. Si bien qu'au moment où Roméo commanda de se presser un peu, nom-de-d'là, ils furent deux à ramasser leur paquetage pour le ligoter en toute hâte sur leurs montures.

Peu de temps après, ils s'enfonçaient tranquillement dans la région de Gona Marata. Le chemin n'était guère difficile à trouver, puisqu'une seule route partait du cromlech, et qu'en outre les sorciers étaient déjà venus par le passé à la rencontre de Mausaurus. Tout semblait donc pour le mieux... Pourtant, le chevalier commença à nourrir quelques inquiétudes, à force de voir Mercédès et Roméo se chamailler en messes basses. Surtout que le sujet de leur désaccord était de savoir s'ils allaient ou non « tous crever comme des chiens », ainsi que l'affirmait la sorcière. Estimant être partiellement concerné par la discussion, Ulser finit par demander à être mis dans la confidence, avec toute la diplomatie dont il savait faire preuve :

— Heu, vous parlez de quoi, là ?

— Rien de grave, répondit Roméo.

Étrangement, le chevalier s'attendit à voir le nez du sorcier s'allonger – mais il admettait aussi avoir trop bu, l'avant-veille à la taverne. Voilà qui devait expliquer des idées aussi bizarres.

— Ce vieux fou refuse de voir la vérité en face ! éclata Mercédès. Et il a fallu que nous venions jusqu'ici pour nous en apercevoir !

— Je croyais que c'était elle qui était folle ? demanda innocemment Maline.

— *Quoi ?* bondit la sorcière.

— Moi, je l'ignorais pour les deux, commenta Escar. Mais je comprends, maintenant...

— Qu'est-ce que vous comprenez, vous ? rugit la mégère. Qu'est-ce que c'est que cette histoire ?

— En réalité, il y a un petit problème avec Mausaurus, s'empressa d'enchaîner Roméo. C'est que : il n'aime pas les visiteurs…

— Mais il acceptera quand même de nous parler ? s'inquiéta Ulser.

— Oui… enfin, sûrement. Le plus dur sera surtout de l'approcher. Il n'a pas choisi de s'installer ici par hasard, vous vous doutez bien.

Le chevalier manifesta son ignorance par un habile haussement des épaules et des sourcils, tandis que Mercédès s'enfermait dans une bouderie puérile.

— Vous ne savez rien sur Gona Marata ? comprit le sorcier. Je me disais, aussi… Eh bien, c'est le pays des trollaks. Des créatures apparentées aux trolls, mais en plus primitif, si vous voulez.

— Plus primitives que les trolls ? s'étonna Escar.

— Oui, et plus grandes, aussi. Avec une légère propension à considérer tout ce qui détale devant elles comme de la nourriture… mais tant que nous restons sur la route, nous ne risquons rien.

Très intelligemment, Ulser ramena dans le droit chemin son alezan qui avait tendance à dévier à gauche. Les pins alentour ne lui semblaient plus aussi majestueux, maintenant qu'il s'imaginait trouver derrière des monstres humanoïdes de plus de trois mètres de haut.

— Le problème, reprit Mercédès, c'est que nous sommes censés traverser leur village !

— Mausaurus s'est volontairement installé derrière leurs lignes, confirma Roméo. Les trollaks le laissent tranquille, car ils le considèrent également comme un dieu… En revanche, ils massacrent tous ceux qui essaient de passer.

— Mais comment… comment fait-on, alors…

— *Avant*, on avait les diablotins, cingla la sorcière. Ils pouvaient nous rendre invisibles, ou endormir tout le village, ou n'importe quoi d'autre… Maintenant, on n'a plus qu'à faire une croix dessus et rentrer chez nous.

— J'ai eu une autre idée, démentit Roméo.

— Ça ne marchera pas.

— Si, ça marchera. Sûrement.

— On va tous mourir.

— Non.

— Si.

Le chevalier les laissa poursuivre seuls cette argumentation réfléchie ; il était désormais trop occupé à surveiller les alentours pour pouvoir se concentrer sur la dispute !

Chapitre 17

Le village des trollaks était à plus de deux heures de cheval du cromlech, mais les aventuriers trouvèrent des signes de sa domination sur la région bien avant d'y parvenir. Le plus caractéristique étant cette manie d'installer des crânes de toutes tailles et origines pour baliser les carrefours forestiers. Roméo expliqua que les différentes familles trollakes rivalisaient ainsi de démonstration de puissance. Ulser nota surtout la présence de restes humains dans ces trophées, et s'émut de constater que ces ossements étaient parmi les plus petits. Il se demandait à quoi pouvaient bien ressembler les propriétaires des autres, sous leur forme naturelle et intégrale.

Enfin, après une chevauchée où la tension était allée croissant, ils furent en vue des énormes maisons de boue séchée des trollaks. Deux des créatures les plus proches les aperçurent et saisirent des demi-troncs d'arbre avant de se ruer vers eux en grondant. Par respect pour son alezan dont il avait la responsabilité – et seulement pour cette raison –, le bon chevalier songea qu'il ferait bien de galoper dans l'autre sens. Roméo retint cependant ses compagnons d'un geste impérieux.

— Nous ne risquons rien, avança le sorcier ; ce sont des femelles.

Ulser ne voyait pas en quoi ce détail allait empêcher une poutre de s'abattre entre ses épaules ; surtout que la démonstration guerrière de Maline avait étouffé la moindre parcelle de misogynie qui pouvait couver en lui. Pourtant, la suite devait finalement donner raison à l'enchanteur… Les trollakes s'arrêtèrent bien avant de rejoindre les humains, se contentant dès lors de vociférer et de frapper du gourdin sur le sol en gestes d'intimidation.

— Approchons, décida Roméo.

— Heu, tressaillit le chevalier, cela ne risque-t-il pas d'être interprété comme une provocation ?

— Ouais, et si elles nous lancent leurs arbres ? renchérit Escar.

— Elles ne feront rien. Ce sont les mâles qui chassent. Elles ne passeront à l'attaque que si nous tentons d'entrer dans le village.

— Mais, si un mâle les rejoignait, alors ?

— Raison de plus pour ne pas traîner, trancha le sorcier.

Vaincu par la force de l'argument, Ulser accompagna donc ses compagnons pratiquement jusqu'aux pieds des créatures, qui tambourinaient et gesticulaient de plus belle. Les chevaux présentant des signes bien compréhensibles de nervosité, les aventuriers descendirent de selle… et purent ainsi constater que le sol tremblait sous les coups de gourdin. Le bon chevalier n'osait même pas dévisager ces monstres à la peau grisâtre et à la poitrine tombante. Il portait plutôt son regard à terre, et se réjouit d'y faire une découverte : une ligne continue de petites pierres blanches, qui courait d'un côté à l'autre de la route, et même au-delà.

— Tiens, qu'est-ce que c'est que ça ? commenta-t-il en poussant l'un des cailloux du bout du pied.

Le déplacement d'air accompagnant le mouvement du gourdin lui sauva le gros orteil. L'une des créatures avait abattu son arme à l'endroit précis où le chevalier avait envahi son territoire, mais la force de son attaque avait fait reculer l'humain, comme une feuille dans le vent, avant que l'assaut n'ait pu porter. En revanche, la massue laissa une empreinte dans le sol d'au moins dix centimètres de profondeur.

— Vous le faites exprès, ou quoi ? explosa Mercédès. Vous n'aviez pas compris que cette ligne était une frontière ? Vous n'avez pas remarqué que les trollakes étaient d'un côté, et nous de l'autre ?

— Maintenant que vous le dites, acquiesça le chevalier d'une voix tremblante.

Il lui fallut une bonne minute pour récupérer un pouls qui ne fasse pas concurrence au tac-tac-tac d'un pivert.

— On ne pourra jamais passer, commenta Escar. Même les maîtres voleurs de la Main pourpre renonceraient… Ou bien alors… en envoyant Maline devant nous…

— On ne va quand même pas massacrer tout un village, juste pour parler à un vieux fou ! protesta la sorcière.

— Je n'attaquerai pas ces femelles, de toute façon, prévint l'amazone. Elles ne font que défendre leurs terres, comme je le fais dans mon propre clan.

— Si au moins on pouvait leur parler, soupira Ulser. J'aurais pu leur exposer l'importance de ma quête ; peut-être obtenir leur soutien, ou au moins un droit de passage…

Ce disant, il contemplait la manière dont les créatures pouvaient bondir sur leurs énormes pieds sans pour autant bouger la partie supérieure du corps.

— C'est sûr qu'elles auraient tout fait pour faciliter vos si importantes épousailles, railla Mercédès. Bon, Roméo, tu renonces à ta stupide idée et on rentre ?

— Pas question. Ça va marcher, promit le sorcier.

Il déverrouilla alors l'une de ses mystérieuses malles et commença à y farfouiller, tout en faisant écran au chevalier qui cherchait à lorgner. Enfin, il en tira un flacon de verre peint et au contenu forcément mystérieux.

— C'est un élixir caménien, révéla-t-il en agitant la bouteille. Il ne m'en reste plus beaucoup, mais ça devrait suffire pour nous cinq.

— Je voudrais priver personne, intervint Escar d'une voix blanche. Partagez-le en quatre ; ça ira, pour moi.

— Mais vous ne savez même pas ce que c'est !

— Eh ben, on dirait une espèce de truc magique

à boire, et qui donne sûrement des effets bizarres, je parie.

— Vous ne croyez pas si bien dire, lança Mercédès. Mon ex-époux veut nous transformer en trollaks !

Roméo rendit un regard courroucé à la sorcière, tandis que les autres ouvraient des yeux ronds.

— Les effets seront temporaires, affirma l'enchanteur. Une heure, tout au plus. Largement assez pour traverser le village sans encombre.

— Et en vous attendant, je surveillerai les chevaux, s'empressa d'ajouter le voleur.

— Pas question. Que vous le vouliez ou non, vous êtes *aussi* lié à la quête. Nous devons tous aller voir le devin.

Escar soupira, annonçant ainsi sa reddition. Le chevalier, quant à lui, était impatient de tenter l'expérience, avec la joie d'un enfant devant une malle emplie de déguisements.

— Ce plan me semble parfait ! annonça-t-il à Mercédès. Qu'est-ce que vous lui reprochez, au juste ?

— Oh, mais presque rien, grinça la sorcière. Après tout, ce n'est pas comme si *quelqu'un* avait rendu la magie moins fiable, et qu'on finisse par rester à jamais des trollaks, hein ? À moins qu'on ne retrouve notre apparence au beau milieu du village. Ou qu'on soit transformés en autre chose. Et puis, pourquoi se soucier du retour ? L'important est de traverser les lieux, n'est-ce pas ? Tant pis s'il ne reste plus d'élixir pour faire le chemin inverse ; on passera le reste de notre vie à bavasser avec le devin, voilà tout.

Ulser avait poliment écouté la tirade, mais il jugeait Mercédès un peu irresponsable, pour le coup. D'après lui, ces éventualités étaient au contraire à considérer avec beaucoup de sérieux. Il essaya même d'y réfléchir, mais les coups de gourdin des trollakes gênaient sa concentration, au point qu'il finit par se retourner pour leur lancer un « chut ! » autoritaire. Leur réaction tout en cris hystériques ramena le chevalier à la réalité et trois pas en arrière.

— Tout ça peut vraiment arriver ? demanda l'amazone.

— Non, prétendit Roméo. Ce n'est qu'un élixir ; il ne peut pas avoir été affecté par la disparition des diablotins. Et, pour le retour, il nous suffira de demander à Mausaurus de nous escorter.

— En supposant qu'il accepte seulement de nous ouvrir sa porte ! rappela Mercédès. Sérieusement, vous pensez que tous ces risques en valent la peine ?

Ulser opina du bonnet.

— C'est l'Écho qui nous a envoyés ici, et j'ai confiance en lui, affirma-t-il solennellement. Hier, dans le désert, il ne s'était pas trompé pour le temps chaud et sec.

La sorcière se frappa le front de la paume, plusieurs fois, en un geste d'un énigmatique ritualisme.

L'homme de la prophétie ayant pris sa décision, Mercédès abandonna la lutte avec un raisonnable : « Et puis tant pis, je vous aurais prévenus ! » Roméo passa donc aux préparatifs de l'opération.

Il commença par emmener le petit groupe sous le couvert des arbres, où ils attachèrent leurs chevaux.

— Normalement, on devrait les retrouver entiers, annonça le sorcier. Ça m'étonnerait que les sanglisaurus s'approchent si près du village des chasseurs... Il reste le problème des chirodactyles, mais je pense que les branches, là, sont assez épaisses pour les empêcher d'emmener une proie.

Le fier alezan du chevalier se remit à braire comme un âne ; personne n'y prêta attention. Les aventuriers étaient trop préoccupés par la suite des événements, et ce fut pire après que Roméo eut partagé le contenu de son flacon dans cinq petits godets ! L'enchanteur procéda ensuite à quelques incantations incompréhensibles, puis fit la distribution des verres. Devant la mixture trouble et fortement odorante, Ulser se sentit soudain beaucoup moins enthousiaste.

— Que va-t-il se passer, exactement ? s'inquiéta-t-il. Est-ce que nous allons grossir et grandir jusqu'à atteindre la taille d'un trollak ? On ne risque pas de déchirer nos vêtements ?

L'œil de Roméo s'alluma soudain d'une étrange lueur, alors qu'il posait le regard sur l'amazone.

— Si, c'est exact, j'allais oublier... Mieux vaut se déshabiller entièrement avant de prendre la potion.

— Menteur ! accusa Mercédès. Tu sais très bien que ça n'a aucun effet réel sur notre corps ! Ça va simplement renvoyer de nous une image différente – enfin, en supposant que ça fonctionne.

— Ce n'était qu'une blague innocente, répliqua le

sorcier. Bon, j'imagine que personne ne m'en voudra si je bois le premier ?

Il n'attendit pas de réponse pour passer à l'acte, vidant le godet d'un trait, comme pour une vieille vinasse. Ulser s'attendait à assister à un phénomène spectaculaire… cela ne prit, en réalité, que le temps d'un battement de cils. Et le bon chevalier songea que, s'il avait eu l'intelligence de cligner d'un seul œil à la fois, plutôt que des deux en même temps comme tout le monde, il en aurait vu davantage. Toujours était-il qu'un trollak se tenait désormais à la place de Roméo. La créature présentait d'ailleurs certaines caractéristiques du sorcier : les poils gris, les membres fins, le bassin étroit – proportionnellement à la moyenne de l'espèce, bien sûr.

Avec un haussement d'épaules, Mercédès but à son tour et fut remplacée par un autre monstre. Maline l'imita peu après, perdant dans l'opération tout ce qui la rendait si attachante. Ulser et Escar commencèrent soudain à se sentir un peu seuls… La sorcière-trollake leur adressa alors un cri inintelligible, du moins pour les humains. Devant les signes d'incompréhension du chevalier et du voleur, elle enchaîna alors avec une longue série de mimes dont Ulser donna une traduction approximative : « Grouillez-vous de boire ou je vous flanque une baffe. » Considérant la taille des nouvelles paluches de la furie, les deux hommes jugèrent bon d'obtempérer fissa… Le chevalier nota que le breuvage avait un goût d'eau de latrines, mais, surtout, qu'il ne semblait faire aucun effet sur lui !

— Gar'mmar'ouh furm' brrgr ! s'entendit-il prononcer.

Ce qui ne voulait rien dire, et lui fit craindre alors d'avoir perdu la raison ! Ce n'est qu'en remarquant l'élargissement de son champ de vision qu'il revint sur sa première impression : la magie avait peut-être fonctionné, en fin de compte. L'impression était fort étrange. Il voyait et parlait comme un trollak, devait donner l'impression d'être un trollak, mais son propre corps n'avait connu aucune modification réelle. Le plus difficile était d'accorder le tout : il s'en aperçut au moment de passer sous une branche qu'il croyait bien au-dessus de son crâne, mais qui frappa en plein dans le front de la créature de trois mètres qu'il était pour le reste du monde.

Après quelques instants seulement, il s'aperçut aussi qu'il ne pouvait plus communiquer avec ses compagnons. Chacun n'exprimait que des sons en « brgm » ou en « mgbar », ce qui était plutôt court pour discuter d'un plan d'infiltration. Le trollak-Roméo n'avait sans doute pas prévu ça, comme le lui faisait probablement remarquer la trollake-Mercédès, bondissant sur place en multipliant les grognements colériques. Pendant, ce temps, l'amazone-trollake et le voleur-trollak s'efforçaient d'apprendre seulement à mouvoir ces énormes corps dont ils ne voyaient pas les membres…

Faute de solution, les aventuriers-trollaks se décidèrent à prendre la direction du village, baragouinant chacun des choses incompréhensibles, et titubant comme des enfançons oubliés près d'un pichet de vin.

Curieusement, le bon chevalier ne trouvait plus cette idée aussi bonne.

Chapitre 18

— Je n'en reviens pas que ça ait marché, répéta Mercédès.

Roméo fut bien contraint d'acquiescer : effectivement, cela semblait invraisemblable. Ils avaient pourtant réussi à traverser le village et à s'approcher de la grotte de Mausaurus, en vue de laquelle ils attendaient de reprendre leur apparence normale. Ce qui était déjà chose faite pour les deux sorciers ; puis bientôt pour Maline.

— Et quand on s'est aperçus qu'on ne comprenait pas non plus les véritables trollaks, renchérit Mercédès. Quelle frousse j'ai eue !

— Ça, nous en aurons, des choses à raconter sur l'épisode…

— Vous saviez que ce village était si fascinant ? demanda l'amazone. Je n'avais jamais rien vu de pareil ! Tous ces… Et puis, la…, évoquait-elle, rêveuse.

— Beaucoup seraient prêts à payer pour avoir la chance de les contempler, confirma Roméo.

— Ça aurait tout de même été dommage de les

manquer, renchérit Maline. Je plains ceux qui n'auront jamais la chance de découvrir ces merveilles.

— Ils n'ont qu'à venir par eux-mêmes, conclut Mercédès. Pour moi, une fois suffira !

Sur ces entrefaites, Escar retrouva forme humaine, pratiquement en même temps qu'Ulser.

— Ça alors ! s'exclama aussitôt ce dernier. Vous avez vu les…

— On vient juste d'en parler, l'interrompit la sorcière. On ne va pas y passer la journée, non plus !

Le chevalier était tellement emballé que, pour une fois, il faillit protester. Puis il se raisonna en songeant que ces prodiges, aussi intéressants fussent-ils, n'étaient d'absolument aucune importance pour sa quête. Aussi se résolut-il à les oublier – ce qui advint, à la minute suivante.

— Bien, nous touchons au but, enchaîna l'enchanteur. Comme Mausaurus est parfois un peu bougon, je vais d'abord aller seul frapper à sa porte, puis je vous ferai signe d'avancer. Et n'oubliez pas : c'est le plus grand distrait de tous les temps, aussi soyez d'une infinie patience avec lui !

— Je commence à être entraînée, grommela Mercédès.

Peu après, Roméo franchissait la centaine de mètres le séparant de la grotte, vers laquelle il lança quelques appels. Après un temps que Ulser jugea particulièrement long, une espèce d'énorme barbe sur pied émergea doucement à la lumière du jour… En regardant mieux, le chevalier reconnut qu'il s'agissait bien d'un vieillard voûté et poilu. Le sorcier s'entretint quelques instants avec lui, puis agita la main vers ses compagnons, qui s'approchèrent alors avec des sourires empruntés. On procéda ensuite à de rapides présentations.

— Et comment s'appelle celle-ci ? demanda bientôt le devin.

— Eh bien, c'est mon épouse, Mercédès. Vous vous êtes déjà rencontrés…

— Et celui-là ?

Chacun dut ainsi être nommé plusieurs fois, jusqu'à sept reprises pour Escar qui saluait systématiquement en agitant ses doigts boudinés. Enfin, le vieux, très vieux et très fatigué Mausaurus parut s'être fait à l'idée d'avoir des visiteurs, au nombre de cinq environ. Il les invita donc à entrer dans sa grotte.

L'endroit n'était pas si vétuste que le chevalier l'imaginait. Le sol et les parois étaient recouverts de tapis ; des flammes craquaient dans une cheminée naturelle, jetant leur lumière sur un mobilier simple, mais de bonne facture. Tous ces objets étaient des présents des différents clients du devin – principalement des sorciers, puisqu'il fallait disposer de pouvoirs exceptionnels pour franchir le barrage des trollaks. Mausaurus s'installa dans le plus confortable des fauteuils, offrit aux aventuriers de se trouver un siège ou une place à terre, puis se figea soudain en remarquant le voleur :

— Et lui, c'est qui ?

— Escar, répéta Roméo avec une pointe de lassitude. Il vient de Carnavalum.

— Le treizième fils d'un treizième fils, commenta le devin. C'est bien, ça…

Les autres tournèrent des regards étonnés vers le voleur, qui se contenta d'acquiescer, comme pour s'excuser.

— Ça ne l'a pas rendu plus malin, piqua Mercédès.

— Peut-être, acquiesça Mausaurus, mais sa chance vous sera utile.

— Utile à quoi ? Il n'est même pas capable de crocheter une serrure simple !

— De qui parlez-vous ? s'étonna le vieillard. Et qui est ce monsieur ?

Le bon chevalier fut alors titillé par une intuition pertinente, qui lui annonçait que la discussion semblait partie pour durer. Il décida donc de se mettre à l'aise en délaçant ses fers… ce simple geste provoqua une soudaine agitation chez Mausaurus, au point qu'il sembla transformé !

— Le Prophétionnel ! Vous êtes le Prophétionnel ! Pourquoi m'avoir dit qu'il s'appelait Ulser, vous ? C'est le Prophétionnel !

— On aura compris, lança la sorcière. Qu'est-ce que c'est que ça, encore ?

— Mais, enfin ! C'est l'homme au croisement de toutes les prophéties ! Il a été annoncé par la première prédiction qui fut jamais commise : « Un jour viendra celui qui, ferré comme un cheval, fera s'emmêler toutes les fibres du destin. Ainsi annoncera-t-il la fin de notre ère. » Le prophétionnel, quoi !

— Jamais entendu parler, répliqua sèchement Mercédès.

— Vous êtes trop jeune. Et *L'Almanach des Prophéties vérifiées* n'a été rédigé que bien après cette prédiction…

— Heu, je m'appelle *vraiment* Ulser, intervint l'intéressé.

— Qu'entendez-vous exactement par « la fin de notre ère » ? s'enquit Maline.

— Eh bien… Essayez de vous représenter l'univers comme un immense château de cartes. Maintenant, imaginez-vous le Prophétionnel, avec son armure et ses fers, grimpant dessus.

— Ça ne serait pas très malin, commenta le chevalier.

— C'est donc la vérité, siffla Roméo. Je m'attendais bien à quelque chose d'important, mais ça…

— Jamais je ne ferai quelque chose d'aussi stupide que tenter de monter sur un château de cartes, insista Ulser, boudeur.

— C'est une image, expliqua le devin. Une allégorie, pour expliquer la manière dont tout va être mis à plat après votre passage… Plus aucune prophétie ne sera fiable. L'avenir redeviendra incertain. Les civilisations repartiront de zéro, en se fixant de nouveaux objectifs… Ce qui marque bien, vous en conviendrez, la fin d'une ère et le début d'une autre.

— Mais je ne désire rien de tel ! se défendit le chevalier.

— Ça ne colle pas, intervint Mercédès. Pourquoi des types se seraient-ils embêtés à énoncer toutes sortes de prédictions, s'ils savaient que notre héros local finirait par les balayer d'un coup de soleret ?

— Parce que personne ne savait quand le Prophétionnel viendrait. Par nature, son arrivée était imprévisible. Et les prédictions des cent prochaines années auraient été vérifiées, s'il n'était né que dans un siècle…

— Je ne veux rien de tout ça, répéta Ulser, embarrassé. Je ne cherche pas à faire d'histoires !

— Trop tard, commenta le barbu avec gravité. Votre présence ici prouve que cela a déjà commencé. Et vous ne pourriez l'arrêter qu'en interrompant votre voyage, ou en y perdant la vie… Bien sûr, l'une et l'autre possibilité auraient certainement de graves conséquences sur l'univers. Ce qui a été entrepris, quoi qu'il s'agisse, doit être achevé.

Affolé par de telles responsabilités, le chevalier chercha du regard le soutien de ses compagnons, mais ces derniers affichaient une mine bien grave. Ce qui était compréhensible, puisqu'ils partageaient désormais ce fardeau avec lui. Il ne leur restait plus qu'à mener leur quête très sérieusement. Avec treize ans d'avance, et un double objectif : sauver l'univers… et s'ouvrir le chemin du lit de Migrene, par la même occasion.

Par chance, ils se trouvaient en présence du plus grand devin de tous les temps. Ulser se crut malgré tout près de craquer, et d'éclater en sanglots, quand Mausaurus demanda pour la neuvième fois ce jour qu'on lui présente Escar.

Avec une patience prodigieuse, Roméo et Mercédès réussirent à expliquer leur situation au devin, et lui préciser la nature du dessein qu'ils poursuivaient. Cela prit environ trois heures, au terme desquelles le vieillard eut un nouvel éclair de lucidité. On s'empressa de rappeler le voleur – que l'on avait jeté dehors en espérant y gagner en concentration – et on reforma le cercle autour de Mausaurus.

— Oui, la *Prophétie du Barde Nécromant*..., méditait l'homme en se grattant le front. Effectivement, cette quête n'aurait dû avoir lieu que dans treize ans. Les choses ne vont pas être faciles...

— On s'en doutait déjà un peu, remarqua la sorcière.

— C'est que... il m'est malaisé de déchiffrer ces fibres du destin, alors que le Prophétionnel y est déjà si fortement impliqué. Voyons...

Il ferma les yeux, adoptant une attitude de profond recueillement. Les aventuriers attendirent patiemment, sans oser bouger, ni respirer trop fort, ou soulager l'éventuelle pression gazeuse de leurs intestins... Après une demi-heure d'attente docile, Escar osa briser le silence par un murmure.

— Je me trompe peut-être, mais j'ai l'impression qu'il ronfle.

— C'est vous le spécialiste, lança Roméo en le rappelant à l'ordre.

— Non, il a raison, intervint Mercédès. Ça fait bien dix minutes que ce vieux barbu fait danser ce poil sur ses lèvres, et ça m'agace.

— Vous voulez que je le réveille ? proposa Maline.

— Je préfère qu'on attende. Si vos peintures

tribales sont la première chose qu'il voit en rouvrant les yeux, j'ai peur qu'on le perde pour de bon.

L'amazone ne comprit pas l'allusion, qu'elle mit sur le compte de la folie de la sorcière. À vrai dire, elle ne saisissait pas grand-chose aux discussions de ses compagnons, mais se réjouissait de prendre part à cette fameuse quête. Quand les Aînées du clan sauraient à quel point elle avait appris sur les coutumes des étrangers, et notamment sur leurs manières de se distraire, elles la féliciteraient chaleureusement !

Passa donc une autre demi-heure, pendant laquelle les aventuriers ne se soucièrent plus de discrétion... Enfin, Mausaurus s'ébroua, puis dissipa sa surprise et son embarras sous quelques toussotements.

— Voyons un peu, reprit-il... Ah oui, le Barde Nécromant... Tout d'abord, il vous faudra réunir les seules armes capables de le vaincre sous sa future forme démoniaque.

— Forme *démoniaque ?* releva Ulser.

— C'est pour obtenir cette puissance qu'il passera un pacte avec les seigneurs des Non-morts... En principe, le héros devait arriver juste un poil trop tard pour l'en empêcher, d'où ce combat épique contre un monstre vomisseur de flammes.

— Vomisseur de *flammes ?*

— Vous avez un problème d'oreille, ou quoi ? râla Mercédès. Vous vouliez accomplir un exploit ; vous voilà servi !

— En réalité, corrigea Mausaurus, le rôle du paladin se cantonnera à la quête des armes et à l'escorte d'un autre héros. C'est un dénommé Darian qui affrontera le barde corrompu.

Les sorciers échangèrent des regards stupéfaits, alors qu'Ulser se frottait les mains.

— Noble tâche que la mienne ! se réjouit le chevalier. Et où trouverai-je donc ces armes fabuleuses ?

— Le bouclier sera constitué d'écailles ramassées sur le squelette du dragon Na'faras. Et *Maroale*, l'épée du Nord, attend depuis six siècles qu'on vienne la chercher au Pays des mille sources.

— Parfait ! triompha Ulser. Voilà qui est à la mesure de mes capacités !

— Sauf que Na'faras n'a pas encore été réduit à l'état de squelette, révéla tristement Roméo. C'est un beau et grand dragon senior, sûrement très attaché à conserver ses écailles.

— Quant à Maroale, renchérit Mercédès, si elle est toujours là-bas, c'est que personne n'a réussi l'Épreuve de pureté nécessaire pour la sortir de l'eau.

Le sourire du chevalier prit soudain une allure crispée. C'est à peine s'il entendit les réponses du devin aux autres questions des sorciers, sur les endroits où le groupe devrait se rendre pour trouver l'épée, le matériau du bouclier, et ce mystérieux Darian… Il ne quitta sa prostration qu'à l'annonce du nom de son ennemi, s'estimant vaguement concerné par le sujet.

— Le barde s'appelle Fimosis, annonçait Mausaurus, mais il prendra ensuite le titre de Prince écarlate, en signe de son allégeance au seigneur des ténèbres.

— C'est sûr que, pour en imposer avec « Fimosis »... commença Mercédès.

— Et où peut-on le trouver ?

— Dans treize ans, il siégera dans sa Citadelle des cendres, au bord du Gouffre embrasé. Mais pour l'heure, il a un petit pied-à-terre à Agaranama, derrière l'allée aux poissonneries.

— Merci pour cette aide précieuse, conclut Roméo. En ce qui me concerne, je ne vois rien d'autre à demander... si ce n'est un ultime service : nous accompagner jusqu'au village trollak, et nous permettre de le retraverser sans encombre.

— Bien entendu, promit le devin. Ça ne posera aucun problème.

— J'aurais bien une dernière question, moi..., annonça Ulser du bout des lèvres.

— Je vous écoute ; que voulez-vous savoir ?

— Eh bien... Loin de moi l'idée de mettre votre parole en doute, mais... en vérité, je suis curieux. Comment avez-vous pu ainsi *oublier* de *mourir* ?

Mausaurus parut d'abord ne pas comprendre... puis un masque de terreur absolue tomba soudain sur son visage ! Il se raidit dans son fauteuil, connut quelques spasmes, avant de s'effondrer à nouveau, la langue pendante et les yeux révulsés. Les aventuriers tournèrent alors leurs bouches bées vers le bon chevalier, devenu presque aussi blême que le malheureux devin.

— Il... il s'est encore endormi, n'est-ce pas ? demanda-t-il d'une voix tremblante.

Chapitre 19

En tant que guérisseuse, Mercédès tenta l'impossible pour ramener le devin à la vie, mais aucun de ses massages ou de ses potions ne pouvait relancer un cœur qui avait servi cent fois plus qu'il n'était prévu. Pendant qu'elle s'échinait en vain, Ulser restait prostré sur son tabouret, guettant avec angoisse le moindre battement de cils de Mausaurus… Quand la sorcière renonça pour de bon, un murmure d'une grave sincérité franchit les lèvres du chevalier : « Je suis désolé… »

— Allez, ce n'était pas vraiment votre faute, le réconforta Roméo. Ça devait arriver un jour ou l'autre…

— Il était très vieux, renchérit Maline.

— Je l'aimais bien, moi…, commenta Escar.

— Moi aussi, acquiesça tristement Ulser. Si seulement je ne lui avais pas demandé… Si seulement je n'avais pas un esprit aussi avide de connaissance…

Roméo leva alors les yeux au ciel, sans doute pour adresser un dernier salut au devin disparu. Il n'y avait plus grand-chose à dire, ni à faire. La mort de Mausaurus, la veille encore une légende vivante, était l'un de ces signes marquant la fin d'une époque et le début d'une autre.

— Bon, enchaîna Mercédès. C'est bien triste, tout ça, mais en plus ça pose un sérieux problème pour le village des trollaks ! Car la seule solution qui nous reste est le passage en force…

— Tant pis, on n'a qu'à s'installer ici, proposa aussitôt le voleur.

— Pour un homme marié, vous abandonnez bien vite ! accusa Roméo. Vous ne souhaitez pas pouvoir rejoindre votre épouse ?

— Ben, si, ça serait bien… Mais plutôt de mon vivant… et sans perdre les deux bras en chemin, tant qu'à faire.

— Alors, commencez à fouiller la grotte, ordonna le sorcier. Mausaurus possédait peut-être une sorte de totem ou de gri-gri trollake, pour se faire reconnaître des créatures. Cela pourrait nous servir de sauf-conduit.

— Je peux l'aider ? demanda le chevalier, soucieux de se faire pardonner.

— Si ça vous amuse… mais souvenez-vous du château de cartes, hein ! Pas d'excès de zèle !

Ulser ne s'offusqua pas de la remarque, ravi de se rendre utile. Pendant que le voleur et lui ouvraient placards et tiroirs, les trois autres membres du groupe se chargèrent d'envelopper la dépouille du devin dans un drap épais, puis d'étendre le tout sur le lit.

Les sorciers se promirent de revenir ensemble lui offrir une sépulture digne de ce nom, dès la fin de ce voyage, et avec un nouveau plan efficace pour tromper les trollaks.

Finalement, tout le monde se retrouva bientôt à fouiller la caverne. Mercédès et Roméo avaient reconnu divers accessoires de magie dans les possessions de Mausaurus, et ils nourrissaient désormais l'espoir de trouver quelque chose de vraiment utile – dans l'idéal, un plein flacon d'élixir caménélien. Après vingt minutes passées à tout retourner, ils se rassemblèrent autour de l'unique table pour y déposer tout ce qui leur paraissait intéressant. Les sorciers se penchèrent alors sur le butin, fébriles et songeurs à la fois.

— N'importe quoi ! râla Mercédès. Qui a ramassé ça ?

— Cette gemme me paraissait très étrange, se justifia Ulser.

— C'est une pierre à aiguiser, andouille ! Je l'ai vue qui traînait dans la cuisine !

— Et ça ? enchaîna Roméo.

— Je crois bien que c'est moi, avoua Escar. Je sais que ce n'est qu'un presse-papiers, mais je le trouvais joli, et je me disais que si personne n'en voulait je pourrais peut-être…

— Ma fleur, regarde !

L'enchanteur s'adressait à Mercédès, qui retourna sur lui une expression de légitime surprise devant ce petit nom… mais elle ouvrit des yeux plus grands encore, en découvrant l'objet que son ex-mari brandissait comme un trésor ! Il s'agissait d'une espèce de loupe sans manche, d'une dizaine de centimètres de diamètre – le bon chevalier songea d'ailleurs tout de suite aux lunettes de la sorcière.

— Un Œil de Varana ! s'exclama-t-elle. Ça alors ! Qui eût cru que Mausaurus possédait pareil trésor ?

— Heu, il l'utilisait *vraiment* comme presse-papiers, précisa Escar.

— À quoi ça sert ? s'enquit Maline. On dirait juste un gros morceau de verre…

— Trouvez-moi un atlas, et je vous montre ! promit Roméo.

Ils retournèrent fouiller la caverne, mais personne n'avait repéré la moindre carte à leur premier passage, aussi abandonnèrent-ils assez vite. L'enchanteur prit alors sur lui de dessiner son propre plan de la région, de manière très approximative, puisqu'il n'en connaissait pas grand-chose. Il veilla cependant à doter le document d'un titre et d'une rose des vents.

— Voilà. Regardez, maintenant…

Joignant le geste à la parole, il déposa l'Œil sur le parchemin… et ses compagnons eurent aussitôt la surprise de reconnaître des arbres dans l'arrondi du verre ! Comme s'ils les contemplaient pour de vrai, en se trouvant quelques mètres au-dessus des cimes ! Roméo goûta son petit effet, puis fit doucement glisser l'Œil sur sa carte rudimentaire, déplaçant ainsi la vision qu'ils avaient du paysage.

— Incroyable, commenta le chevalier. Cet objet

peut nous montrer la forêt qui a servi à produire le parchemin !

— Mais non ! s'emporta l'enchanteur. Vous n'avez pas compris ? C'est Gona Marata, où nous sommes ! La région qui est représentée sur le plan !

Pour le prouver, il passa brièvement sur le village trollake, puis remonta jusqu'à repérer leurs propres chevaux. Ils purent ainsi constater que les bêtes n'avaient connu aucune fâcheuse mésaventure.

— Arrête de mâchouiller ta longe ! commanda Ulser à son alezan. Arrête, te dis-je !

— Il ne vous entend pas, expliqua Roméo avec un soupir las. Il ne sait même pas que vous l'espionnez.

— Méchant cheval, rajouta quand même le prophétionnel.

Suivit un court silence, pendant lequel tous observaient leurs montures à la fois si proches et si inaccessibles.

— Dommage que nous n'avons pas les Aiguilles, lança Mercédès. Ça aurait été trop beau !

— Heu..., commença Escar. Quel genre d'aiguilles, exactement ?

— Des Aiguilles de Varana, celles qui vont avec l'Œil, expliqua le sorcier. Il y a un trou minuscule au centre du verre ; il suffit d'y planter l'instrument adéquat pour être transporté vers la vision... mais elles sont encore plus rarissimes que l'Œil. Plus personne ne sait comment les fabriquer.

— Des aiguilles à pointe blanche, avec un petit toupet rouge ?

Le regard suspicieux de Roméo et Mercédès fut une confirmation suffisante pour le voleur.

— Je reviens tout de suite, annonça-t-il avec embarras.

Il disparut dehors et ne se représenta qu'une minute plus tard, en retenant son pantalon trop large d'une main... En revanche, dans l'autre, il présentait plusieurs des fameuses Aiguilles !

— Je les ai trouvées tout à l'heure, expliqua-t-il en rougissant. Et comme mes braies s'étaient... comment dire... un peu craquées à cause de tous ces voyages à cheval...

— Il y en a cinq, constata la sorcière abasourdie. Exactement ce qu'il nous fallait...

— Oui, quelle chance, hein ? approuva Escar.

— Ce serait donc vrai, cette histoire de famille nombreuse ? s'anima Roméo. Le treizième fils d'un treizième fils ? Vous-même, vous avez des enfants ?

— Oh, non. Ma femme dit qu'elle a déjà assez à faire avec un gros fainéant à la maison. Il faut que je vous précise : nous avons un chat.

— Elle parlait évidemment de lui, ricana la sorcière.

— Bien sûr, pourquoi ?

— Ne perdons pas davantage de temps, intervint l'enchanteur. Voilà comment nous allons procéder...

Suivant le plan, Mercédès fut la première à piquer son aiguille dans le trou minuscule. Elle disparut dans le même instant pour réapparaître dans la vision conférée par l'Œil ; son arrivée près des chevaux se traduisant par une belle chute en roulés-boulés. Le chevalier retint le gloussement qui lui montait dans la gorge, alors que le sorcier se tournait vers lui…

— Vous avez compris ? On ne peut pas faire plus simple. Je vous demande seulement de ne pas vous blesser avec l'aiguille, de ne pas la perdre, ni la briser. Toutes sont précieuses, car elles ne peuvent servir qu'une fois.

Pour le prouver, il saisit celle de sa femme, exhiba sa pointe noircie, puis la jeta négligemment.

— À vous, Maline. Et prenez garde à ne pas toucher l'Œil, sinon vous l'emmèneriez avec vous !

L'amazone accomplit parfaitement la manœuvre, chutant à son tour près des chevaux pour se relever avec la grâce d'une déesse. Puis ce fut au tour d'Escar, dont chacun put vérifier la véracité du témoignage sur le malheureux pantalon, alors que le voleur roulait à terre. Roméo confia ensuite l'avant-dernière aiguille à Ulser.

— Prenez bien garde de ne pas déplacer l'Œil, en piquant. Vous risqueriez de vous retrouver dans les branches d'un arbre, ou même en plein milieu des trollaks…

— Je ne suis pas idiot, se vexa le chevalier.

N'empêche que l'exercice n'était pas si évident, avec des gants tout ferrés. Ulser dut en appeler à la mystérieuse technique de concentration de Mercédès et Escar, passant la langue au coin de la bouche, pour réussir à ficher l'aiguille dans le minuscule orifice…

et se sentir aussitôt happé dans le vide ! Par chance, les propriétés magiques de son armure lui permirent de se rétablir avec panache, et c'est avec un certain triomphe qu'il toisa ses compagnons rassemblés.

Jusqu'à recevoir Roméo sur les épaules.

Tous deux roulèrent à terre, le sorcier se retrouvant au final avec un Ulser sur l'estomac.

— Bigristouille, jurait l'enchanteur en se frottant les os, il ne vous est pas venu à l'esprit de vous décaler un peu ?

Le chevalier s'excusa d'un petit signe de main, trop occupé qu'il était à contenir la bosse grandissant sur son crâne.

La chevauchée de retour vers le cromlech fut aussi tranquille qu'à l'aller. Au point qu'on pouvait se demander si la région abritait autant de trollaks chasseurs, de chirodactyles et de sanglisaurus qu'on le racontait… Escar ne manquait pas une occasion de souligner la chance des aventuriers, depuis que Mausaurus lui avait attribué le rôle de porte-bonheur du groupe. Cela finit évidemment par agacer Mercédès, qui lui demanda pourquoi il n'avait pas fait fortune au jeu, s'il était si doué, d'abord. Le voleur n'osa pas avouer qu'il y avait déjà perdu quelques belles sommes.

Au crépuscule, ils retrouvaient donc le cercle de pierres dressées. Ulser savait qu'ils allaient passer une partie de la soirée à décider de leur prochaine destination : le dragon, l'épée, ou ce mystérieux Darian…

Lui-même avait une nette préférence pour la troisième option, mais le débat fut reporté à plus tard : à peine avaient-ils mis pied à terre que les voyageurs entendirent un léger sifflement, suivi d'un mystérieux tintement métallique.

— C'est vous qui avez fait « ting » ? demanda la sorcière.

— Ah, non… Mon armure ne « ting » plus du tout, maintenant…

Sifflet et tintement furent répétés ; puis Maline ramassa un petit objet dans l'herbe.

— On nous attaque, annonça-t-elle sobrement.

Elle exhiba l'étoile d'acier qu'elle venait de trouver au pied d'un menhir. Escar s'adossa aussitôt à une large pierre, tandis que ses compagnons scrutaient les environs à la recherche du plaisantin. Une vingtaine d'autres projectiles fusèrent ainsi à leurs oreilles, sans qu'aucun fasse mouche.

— L'aura magique du cromlech dévie toutes les trajectoires, expliqua Mercédès. Cet idiot va bien finir par comprendre et se montrer !

— Oui, ne serait-ce que pour venir ramasser des munitions, renchérit le chevalier.

Deux douzaines d'autres étoiles furent encore dispersées, avant qu'un mouvement dans le feuillage d'un arbre ne trahisse la cachette de leur agresseur. Ce dernier en surgit soudain comme un diable d'une boîte : c'était un humain, vêtu de noir des pieds à la tête, portant cagoule de bourreau et longues épées courbées. Il commença à courir en direction des aventuriers, en poussant des petits cris aigus et incompréhensibles.

— C'est ça, un sanglisaurus ? demanda Ulser.

Les sorciers ne prirent même pas la peine de lui répondre. Maline fut plus concise :

— Ennemi ?

— Ennemi, confirma Roméo.

L'amazone détacha alors son gourdin de sa selle, puis s'étira les membres, ramenant ainsi et involontairement l'attention des hommes sur elle. Seule Mercédès vit donc l'inconnu bondir au sommet d'un premier menhir… puis tous l'observèrent sauter d'une pierre à l'autre à une vitesse étonnante, hop, hop, hop, hop, hop, sans marquer de pause dans ses cris de chat.

— Mais qu'est-ce qu'il fait ? s'inquiétait Escar.

— Il cherche peut-être à nous encercler, supposa le chevalier.

Enfin, après avoir parcouru l'intégralité du cromlech, l'homme en noir plongea vers les voyageurs en opérant une double pirouette sur lui-même. L'amazone l'attendait patiemment, une main sur la hanche, son gourdin battant la cuisse. Mais le mystérieux individu ne semblait pas prêt encore à passer à l'attaque ; il s'échauffa d'abord en exécutant une série de jongleries de ses deux épées courbes… C'était aussi impressionnant qu'embarrassant. Ulser pensait avoir affaire à un dément.

— Il va finir par se blesser… Il ne porte même pas de protections ; rien que du tissu léger…

— Maline aussi, rappela Roméo. Et encore, pas partout…

L'inconnu choisit ce moment précis, celui où les regards des hommes convergeaient soudain sur la chute de reins de la guerrière, pour lancer son assaut. Avec un ultime cri strident, il exécuta un bond prodigieux qui se terminait en plongeon sur l'amazone, les épées en avant !

Maline se contenta de faire un pas de côté, tout en abattant son gourdin sur le crâne de son adversaire. Ce dernier ne devait pas s'en relever. Le chevalier trouva même bizarre de le voir soudain si immobile, le visage en terre et les membres en croix, comme une araignée collée sous un sabot.

— Vous l'avez tué ? s'alarma Roméo. Vous l'avez *déjà* tué ?

— C'était un ennemi, rappela l'amazone.

— Oui, mais enfin ! On n'a même pas eu le temps de l'interroger un peu !

— Je ne parle pas aux ennemis, trancha la guerrière.

— On n'aurait sans doute pas compris sa langue, de toute façon, intervint Ulser. Tous ces cris bizarres…

En grommelant un juron, Roméo retourna la dépouille et lui arracha la cagoule de tissu noir. L'homme démasqué était roux et portait la moustache. Personne ne se souvenait de l'avoir déjà rencontré.

— Il n'était pas là par hasard, commenta Mercédès. Les brigands, je veux bien… mais se faire attaquer deux fois de suite sans sommation... On dirait qu'on nous en veut pour de bon. Personne ici n'a quelque chose de grave à se reprocher, j'espère ?

Le chevalier et le voleur s'empressèrent de jurer que « non, sûrement pas madame ». Maline se disculpa d'un simple hochement de tête ; puis Roméo s'indigna de voir son épouse lui adresser un regard soupçonneux.

— D'accord, abrégea-t-elle. Essayons de trouver quelques renseignements sur le cadavre... Escar, à vous. Et inutile de le déshabiller complètement, hein !

Le voleur s'exécuta sans trop rechigner, pour un résultat nul. L'inconnu n'abritait même pas un sou rouillé dans ses poches.

— Aucune trace, aucune piste, apprécia le sorcier. De doute évidence, un professionnel...

— Hein, lui aussi ?

— Laissez tomber. Ou plutôt, allez un peu regarder du côté de cet arbre, là-bas. Il a pu y cacher ses affaires.

Ulser s'exécuta, en se demandant pourquoi on ne discutait pas davantage de ce détail qui lui semblait important. Après une minute à peine, il n'y pensait même plus : sa découverte était plus étrange encore !

— J'ai trouvé une nouvelle sacoche ! cria-t-il avec fierté.

Il s'empressa de la rapporter à ses compagnons, qui purent constater que cette fonte de selle était identique à celle prise sur les brigands : doublée de maille de fer, et fermée par un énorme cadenas.

— Vous savez ce que ça signifie ? demanda Roméo avec gravité.

— Que ces hommes se fournissent chez le même marchand ?

— C'est peut-être une nouvelle mode, supposa Escar.

— Ça signifie, cervelles d'elfe, que nous avons un ennemi assez puissant pour suivre tous nos faits et gestes, et envoyer ses assassins sur les cinq continents !

Chapitre 20

Les aventuriers se perdirent un moment en conjectures, mais il paraissait évident que leur mystérieux ennemi ne pouvait être que le barde Fimosis. Sans doute avait-il appris leurs projets, et s'échinait-il à leur mettre des bâtons dans les roues… Par ailleurs, ses connaissances de la nécromancie lui permettaient de suivre de près la progression des héros, et de préparer ses embuscades. Le chevalier en tira la conclusion que, pour mener sa quête à bien, il lui faudrait se montrer deux fois plus malin et subtil qu'avant.

Ils passèrent ensuite une demi-heure à chercher la clé de la sacoche ; sans succès. Peut-être l'assassin l'avait-il prudemment dissimulée dans les alentours, à moins qu'il ne l'eût jamais eue en sa possession. Escar avança la possibilité de se trouver devant un cadenas magique, puisque malgré tous ses efforts de spécialiste du crochetage, il n'avait pas encore obtenu le moindre résultat… Mercédès lui promit alors d'utiliser un contre-sort imparable, dès qu'ils rentreraient en ville et qu'elle dégoterait une bonne paire de tenailles. Puis, lassés de fouiller entre les racines et les crottes de sanglisaurus, ils abandonnèrent et préparèrent le bivouac. À la nuit tombée, ils profitaient d'un peu de repos devant un feu et un bol de gruau.

— Peut-être devrions-nous aller trouver ce barde dès demain, proposa Ulser. Il ne s'y attendra pas ; en profitant de la surprise, nous pourrions…

— Dites plutôt que vous n'avez pas envie d'affronter le dragon ! l'interrompit Mercédès. Ce sera plus sincère !

— Mieux vaudrait éviter de prendre davantage de liberté avec la prophétie, acquiesça Roméo. Regardez tout ce qui est déjà arrivé, simplement parce que vous aviez un peu d'avance… Si, en plus, on se met à faire les choses dans le désordre, je crains le pire. Ceci dit, la décision vous revient de droit.

— C'est que… j'ai l'impression que tout reste encore à faire.

— Détrompez-vous. Nous savons *enfin* par quoi il nous faudra passer, ce qui est une avancée considérable. Ce n'est pas pour rien qu'on appelle ça une « quête ». La plupart des aventuriers passent une bonne moitié de leur temps à chercher comment ils vont pouvoir infléchir le destin ; le reste n'est que de l'exécution.

— Mausaurus voulait qu'on aille d'abord chercher l'épée, rappela Maline.

— Et c'est ce que nous ferons, approuva le sorcier. Dès demain.

Ulser acquiesça, un peu contraint. Cette histoire

d'épreuve à passer pour s'emparer de l'arme ne lui disait rien qui vaille, mais il n'avait pas vraiment le choix. Et, surtout, quelque chose d'autre occupait ses pensées, depuis leur retour de la caverne du devin.

— Dites, cet Œil de Varana… vous me le prêteriez, juste pour ce soir ?

Roméo hésita, pendant un instant qui s'éternisa au point d'en devenir embarrassant.

— Bon, mais n'allez pas me le casser, hein !

À la lueur du feu de camp, le chevalier dessina une carte aussi précise que possible du domaine de Brise-Camail, qu'il avait quitté dix semaines plus tôt. Il se prit même au jeu et s'appliqua à représenter tous les moulins, les ponts et les rivières. Puis il s'amusa à dessiner des chevaux et des carrioles sur les routes, en donnant aux personnages les visages de gens qu'il connaissait bien, comme le ferronnier ou le garde-chasse. Il poursuivit en symbolisant la fumée sortant des cheminées, les fleurs des champs, et même des nuages et un soleil… Il prit conscience du côté exagéré de la chose quand Mercédès se pencha sur son épaule pour lui conseiller d'y ajouter une maison en sucre d'orge. Alors, suivant les conseils de Roméo, il se contenta de tracer une rose des vents et de donner un titre à son plan.

Il attendit que ses compagnons soient occupés ailleurs pour poser le fameux Œil sur le parchemin. Il ne tenait pas à montrer la nostalgie qu'il avait de son pays… et, plus encore, il ne voulait pas qu'on le surprenne à espionner sa promise, la belle Migrene.

Le souvenir de son visage avait pourtant bien besoin d'être rafraîchi, et c'est sans aucun remords que Ulser promena l'artefact sur la carte, avec l'espoir d'apercevoir sa fiancée sur les créneaux de son château, où elle aimait à se promener.

La magie de l'Œil fonctionnait parfaitement, et le chevalier reconnut très vite les différents lieux qui avaient marqué son enfance. Le lavoir, où ses camarades le jetaient régulièrement à l'époque où ils étaient tous pages... Les douves, où ses camarades le jetaient régulièrement à l'époque où ils étaient tous écuyers... Et la haute tour, d'où son père jetait régulièrement ses camarades depuis qu'ils étaient tous chevaliers – et un peu forts en gueule.

Il scruta ainsi chaque partie du château familial, nota bien que certaines toitures avaient besoin de menues réparations, mais ne repéra pas d'autre présence que celle des deux gardes ivres en poste. Dépité, il promena alors la loupe sur la campagne environnante, se promettant de retenter sa chance un peu plus tard. Il s'amusa donc à suivre la course d'un hibou et d'une chauve-souris, puis étudia l'assaut d'un poulailler par un couple de renards ; avant de porter son attention sur le proche village, où il surveilla l'entrée de l'unique lieu d'animation : la taverne. Rapidement lassé de compter les paysans qui sortaient à quatre pattes, il élargit son exploration en faisant glisser l'Œil jusqu'au château de son rival.

C'est alors qu'il fut comme frappé par la foudre ; au point d'en avoir les cheveux dressés sur la tête !

La loupe magique venait de s'arrêter sur une silhouette féminine, blonde comme les blés et fine comme un arbrisseau. Ulser voulut croire encore à une méprise, mais la belle leva soudain son visage vers les étoiles, permettant ainsi au chevalier de reconnaître sa Migrene !

Il ne put en supporter davantage et faillit balancer ce maudit Œil dans les ténèbres, se rappelant juste à temps à quel point Roméo serait affecté par cette perte. Son agitation soudaine n'avait cependant pas échappé à ses compagnons, qui se rassemblèrent autour de lui avec des expressions curieuses.

— Cette loupe ne marche plus, prétendit Ulser en se voilant dans sa dignité. Elle vient de me montrer ma propre fiancée, siégeant dans le castel de mon rival, cet imbécile de Rohand !

— Oh ! commenta sobrement Roméo.

Il s'en retourna aussitôt poursuivre ses incantations aux menhirs, peu désireux d'entendre les jérémiades qui allaient forcément suivre.

— Eh bien, c'est triste, reconnut Mercédès, mais il fallait s'en douter, non ? Son père veut la marier à ce type ; et en plus personne n'a de nouvelles de vous depuis deux mois... Elle n'allait pas vous attendre toute la vie, en bravant de surcroît l'autorité paternelle.

— *Certaines* n'ont même pas attendu deux mois, maugréa l'enchanteur qui s'éloignait.

— Il doit la retenir prisonnière, s'entêta le chevalier. Elle est sûrement triste à mourir ; je l'ai même vue qui frissonnait.

— Vous avez peut-être raison, accorda la sorcière.

Elle se concentrait surtout à lancer un œil noir entre les épaules de son ex-mari.

— Je dois aller la délivrer, décida Ulser. Sans tarder.

— Oh là, oh là, certainement pas. Vous vous souvenez de ce qu'a dit Mausaurus ? Finissez d'abord ce que vous avez commencé. Sinon, c'est l'univers entier qui va se mettre à boiter, ou pire encore.

— Mais…

— Mais rien du tout. Si vous voulez récupérer votre belle, essayez plutôt d'impressionner son père en devenant un héros. C'est bien ce que vous aviez prévu, non ?

— Oui, mais…

— Nous sommes d'accord, trancha la sorcière.

Son regard tomba alors sur la sacoche ferrée qui pendait au bras d'Escar.

— Dites donc, cette tige qui dépasse du cadenas, elle n'est pas coincée, quand même ?

Le voleur bredouilla quelques mensonges et s'empressa de retourner dans son coin. Mercédès s'éloigna pareillement, en lançant à son ex-mari une œillade pleine de rancune. Se retrouvant soudain en la seule compagnie de l'amazone, le chevalier ressentit un inexplicable embarras.

— Cette femme, Migrene, demanda Maline. Elle est de votre clan ?

— Eh bien, heu… non.

— Pourtant, vous tenez beaucoup à la défendre ?

— C'est-à-dire qu'elle est quand même un peu ma fiancée... Il y a plus d'un an que nous nous sommes avoué notre amour.

— Ah...

Elle réfléchit quelques instants, puis reprit :

— Et c'est quoi, au juste ? Une sorte de secret ?

— Quoi ?

— Votre amour, là... ce que vous avez avoué...

— Vous me demandez ce que c'est que *l'amour ?* répéta un Ulser stupéfait.

— Vous n'avez peut-être pas le droit d'en parler ? s'excusa l'amazone. C'est que, les Aînées m'ont exilée pour que j'apprenne des choses, alors...

— Une... une autre fois, promit le bon chevalier. Je vous répondrai de mon mieux, mais un autre jour.

Maline le remercia d'un ravissant sourire, puis s'éloigna avec son déhanchement naturel de reine panthère. Envoûté, Ulser dut beaucoup se concentrer pour retrouver son chagrin à propos de Migrene. Il s'allongea ensuite et commença à se morfondre, ainsi que les circonstances l'exigeaient, et comme il projetait de le faire en veillant toute la nuit.

— Debout ! réveille-toi ! chuchotait Escar.

Le chevalier ouvrit ses yeux tout collés de sommeil sur le grand jour et le voleur à la mine inquiète. À cause de l'haleine, il avait d'abord cru être secoué par Roméo.

— J'ai perdu une sacoche ! murmurait l'homme

angoissé. J't'en prie, aide-moi à la retrouver avant que les autres ne s'en rendent compte !

L'affaire était grave ; Ulser s'assit sur ses couvertures et se massa le visage, tout en pensant que la caresse serait plus agréable s'il avait pris la peine d'ôter ses gants tout ferrés.

— Tu devrais commencer par confier celle-là à Roméo, conseilla-t-il d'une voix pâteuse. Ce serait plus prudent.

Il désignait la fonte de selle qui pendait dans le dos du voleur, retenue par un nœud dans les lacets de son manteau. Escar exprima successivement la surprise, l'espoir, le soulagement et enfin l'embarras, tandis qu'il ramenait l'objet dans ses mains.

— Ah, heu, hé hé, je t'ai bien eu, hein ! C'était une farce…

Il partit sur ce dernier mot, tout en tâtant son dos pour vérifier s'il ne s'y cachait pas d'autres trésors. Le chevalier décida alors qu'il s'était assez morfondu comme ça, et se leva pour mieux contempler le paysage.

Celui-ci avait de nouveau changé. Les aventuriers se trouvaient désormais dans une région montagneuse, au climat plutôt frais, pour ne pas dire piquant sur la peau. Le cromlech lui-même trônait sur les pentes d'une petite vallée d'herbe grasse, que les chevaux paissaient avec une délectation équestre. Comme d'habitude, on n'apercevait aucun signe de civilisation alentour, mais la vue des cimes enneigées compensait largement cette impression de solitude.

Puis, estimant avoir suffisamment fait vibrer sa fibre poétique pour ce jour, Ulser se répéta que tout de même, 'faisait froid.

Chacun se préparant pour cette nouvelle étape de leur voyage, il se fabriqua lui-même une cape rudimentaire avec sa couverture et un bout de ficelle. Pas peu fier de son ingéniosité, il commença à parader entre les menhirs… jusqu'à tomber sur Maline et avoir soudain le souffle coupé.

L'amazone avait troqué ses vêtements légers contre des fourrures plus chaudes, mais pas plus larges, loin de là ! Et les attaches de ces morceaux de cuir doublé semblaient aussi fragiles qu'avant. En outre, la manière dont ces peaux taillées sur mesures étaient lacées sur le corps de la guerrière communiquait au chevalier une fièvre inexplicable. Pour un peu, il aurait même eu envie de se découvrir et d'aller s'asseoir dans la neige – puis cette idée lui sembla bien étrange, et il préféra s'éloigner le temps de reprendre ses esprits.

Une demi-heure plus tard, après un petit déjeuner aussi rapide que revigorant, ils prenaient la direction supposée du Pays des milles sources. Ulser commença alors à moins penser à la tenue de Maline, pour s'angoisser consciencieusement sur les épreuves qui l'attendaient.

Chapitre 21

Les cordillères parcourant cette région avaient ceci de particulier qu'elles semblaient dessiner un entonnoir. Cette impression se précisa à mesure de la progression des aventuriers, pour se confirmer quand ils parvinrent à l'entrée d'un goulet bordé par des massifs rocheux. C'était au début de l'après-midi, et Roméo se déclara satisfait de leur avancée. En se basant sur ses connaissances en géographie, il estimait pouvoir atteindre les Mille sources avant le soir.

— Ce défilé était célèbre, autrefois, expliqua-t-il. Il était gardé par une tribu de nains particulièrement opportunistes, qui exigeaient de l'or en échange d'un droit de passage. Comme c'était – et c'est toujours – le chemin le plus pratique pour rejoindre les Mille sources et les contrées voisines, tout le monde se résignait à payer… Leur petit jeu a duré des siècles. Puis un jour, les nains se sont tous entretués, sans qu'on sache pourquoi. Aucun clan n'a essayé de reprendre leur affaire ; on raconte que l'endroit serait hanté…

Le bon chevalier trouvait le récit fort intéressant ;

jusqu'à ce dernier point. Dès lors, il n'avança plus qu'avec la plus extrême prudence, écarquillant yeux et oreilles pour surprendre tout mouvement furtif d'éventuels fantômes. Son propre château subissait régulièrement les caprices d'un spectre familial, et il n'avait aucune envie d'affronter la colère de toute une tribu de revenants !

Ils progressèrent ainsi pendant près d'une heure, dans le goulet de plus en plus étroit. Derrière chaque obstacle, ils s'attendaient à trouver enfin la sortie, mais cet espoir était systématiquement contrarié… et ils furent plus désappointés encore en découvrant un énorme mur barrant le passage !

— Heu, est-ce que ça ne serait pas un peu anormal ? remarqua très judicieusement Ulser.

— Bah, il y a une porte, répliqua Mercédès. Franchissons-la, et n'en parlons plus.

Roméo s'abstint de tout commentaire ; son regard soucieux scrutait le sommet de la muraille.

— Il n'y a pas de poignée, ni de serrure, nota Maline.

— Je crois que je suis malade, enchaîna Escar. Quand je regarde ce mur, ma vue est toute troublée…

— Moi aussi ! annonça le chevalier.

Les acquiescements de la sorcière et de l'amazone confirmèrent que ce malaise était général. L'enchanteur, quant à lui, ne quittait pas des yeux les hauteurs du barrage.

— Ce n'est pas une véritable construction, révéla-t-il avec gravité. Elle n'est qu'une image, un reflet du passé, de quelque chose qui a été détruit voilà bien longtemps…

— Une espèce de mur fantôme ? comprit Mercédès. Mais qu'est-ce qu'il fait là ? On peut le traverser ?

— Pas avant de m'avoir payé ! clama une voix nasillarde.

Tous les regards se levèrent sur le sommet du mur, où venait d'apparaître la silhouette d'un nain. Ce dernier était semblable à tous les autres : corps trapu, nez proéminent, cheveux longs, moustache et barbe tressées… On aurait pu ainsi détailler longuement toutes les caractéristiques de son peuple, mais les aventuriers devaient surtout remarquer sa monochromie jaunâtre : il s'agissait bien d'un spectre.

— Pardon de troubler votre repos, lança Roméo sans se démonter. Si vous voulez bien nous ouvrir le passage, nous ne vous dérangerons pas plus longtemps.

— Oh ! Mais vous ne me dérangez pas, au contraire. Vous êtes les premiers à repasser ici depuis mon retour ! Je suis ravi de voir les affaires reprendre. Pour le coup, j'aurais presque envie de vous faire un prix d'ami, mais je ne voudrais pas qu'on raconte que les nains du goulet se sont ramollis.

— *Les* nains ? releva Mercédès. Il y en a beaucoup, des comme vous ?

— Eh bien, à vrai dire, non. Tous les copains sont restés dans les brumes, mais j'espère bien qu'ils se décideront à descendre tant que c'est encore possible.

— Et je parie que vous êtes de retour depuis *quatre*

jours, soupira la sorcière. Depuis qu'un maladroit a posé son gros séant ferré sur le château de cartes de l'univers…

— C'est exact, félicita le nain, radieux.

— Le fantôme que je connais est beaucoup moins jaune que vous, remarqua le chevalier. Est-ce que cette couleur est typique de votre peuple dans l'au-delà ?

— On pourrait dire ça, s'esclaffa le spectre. En réalité, ça viendrait d'une histoire de foie qui aurait un peu trop goûté de la bière, enfin, vous voyez le genre de bêtises. Et y en a des bien plus jaunes que moi, je vous assure ! Mais bref. À vingt sols le passage par personne et par cheval, ça nous fera, gnégnégné, allez, j'arrondis à deux cents.

— Mais ça fait *exactement* deux cents, intervint Maline.

— En supposant qu'on accepte cette escroquerie, railla Mercédès, comment pensez-vous ramasser cet argent ? Les fantômes n'ont aucune prise sur le monde réel, vous le savez bien.

Le nain jaune se gratta la barbe, pensif.

— Ah, oui… Et si vous laissiez seulement les pièces par terre ?

— Le premier bonhomme venu vous les volera, répondit Roméo.

— J'y pense, souffla Ulser à l'enchanteur, il pourrait nous demander de les enterrer quelque part…

Ce à quoi le sorcier répondit par un froncement de ses gros sourcils broussailleux et un doigt posé en travers de ses lèvres. Le nain poursuivit sa réflexion, marchant de long en large sur le sommet du barrage, jusqu'à se retourner vers les cavaliers.

— Vous n'auriez pas des pièces… fantômes ? essaya-t-il. C'est pas qu'il y ait beaucoup de choses à vendre ou acheter dans les brumes, mais au moins, ça rendrait les parties de dés un peu plus marrantes…

— Et où voulez-vous qu'on trouve un truc pareil ! s'emporta la sorcière. Pourquoi pas une bibine spectrale et un gigot de mouton éthéré, aussi !

— Vous croyez que ce serait possible ? s'emballa le nain.

— NON !

— Il faudra quand même bien que vous me donniez quelque chose, répliqua le fantôme contrarié. C'est plus qu'un gagne-pain, pour nous, c'est une tradition !

— Mais une tradition de quoi ? Vous êtes tous morts ! Arrêtez de nous embêter et faites disparaître votre fichu mur, qu'on puisse avancer !

— Non ! Les nains sont les gardiens du goulet, et vous ne pourrez pas le franchir avant d'avoir gagné un droit de passage !

— La barbe ! Qu'est-ce que vous voulez, à la fin ? Qu'on se mette à danser sur la tête ? Qu'on vous raconte une légende idiote ? Qu'on fasse le jeu des énigmes ?

La face jaunie du spectre s'éclaira soudain d'un sourire joyeux.

— Bonne idée, ça ! Posons-nous des énigmes !

— N'importe quoi, soupira la sorcière. J'abandonne.

— Allez, trois pour chaque camp, improvisa le fantôme. Celui qui trouve le plus de bonnes réponses gagne. Si c'est vous, je vous ouvre la porte. Et si c'est moi, vous repartez d'où vous venez pour raconter que les nains sont les plus forts !

— J'adore les énigmes, se réjouit Ulser. D'ailleurs, mon père dit souvent que je suis une énigme vivante !

— Pauvre homme, lâcha Mercédès.

— Je commence ! reprit le spectre. *Qu'est-ce qui devient dangereux, une fois plongé dans le sommeil ?* Attention, concertez-vous, vous n'avez droit qu'à une réponse !

— On ne va quand même pas perdre notre temps avec ce dingue, souffla la sorcière à Roméo. Fouillons nos grimoires pour trouver un bon sortilège d'exorcisme !

— Bah, on ne risque rien à tenter le coup, jugea l'enchanteur.

Ulser, Escar et Maline échangeaient déjà des idées, sans parvenir à se mettre d'accord, ni à proposer quelque chose de valable.

— Bon, on n'en sait rien, abrégea Mercédès. Alors, cette réponse d'une infinie sagesse ?

— C'était *l'eau*, rigola le nain. Ben oui, on dit bien : *méfiez-vous de l'eau qui dort !*

— D'accord, enchaîna la sorcière. Donc, les blagues stupides sont autorisées dans la compétition. À mon tour : *qu'est-ce qu'on ne peut déplacer qu'en le remplissant ?*

— Laissez-moi réfléchir, demanda le spectre.

Il prit amplement son temps, marchant d'un bout à l'autre du mur en faisant tourner ses tresses entre ses doigts.

— Je dirais, peut-être un aquarium qui serait percé… Il faudrait le remplir à ras bord avant de le déplacer, pour sauver les poissons…

— Perdu ! triompha Mercédès. La réponse était : *un trou*. Si vous en remplissez un, vous en créez un autre ailleurs.

— Ça ne vaut pas, protesta le fantôme. Ça ne déplacerait pas vraiment quelque chose ; vous dites vous-mêmes qu'il s'agirait d'un autre trou !

— Un trou, c'est un trou, répliqua la sorcière en haussant les épaules. Et ce n'est pas plus tiré par les cheveux que votre eau qui dort, si vous le prenez comme ça. On pourrait aussi arrêter ces bêtises tout de suite.

— D'accord, d'accord… À moi. *Quel est le point commun entre un nain et une pièce d'un sou ?*

— Ils sont frappés tous les deux, cingla Mercédès.

— C'est votre réponse ? se vexa le spectre.

— Accordez-nous quelques instants, demanda Roméo.

Il mit pied à terre et demanda à ses compagnons de l'imiter, pour se réunir et confronter leurs propositions à voix basse.

— Quelqu'un a une idée ?

— Ils sont petits tous les deux, avança Ulser.

— Ça doit être un peu plus complexe que ça, prédit l'enchanteur.

— On ne se baisserait même pas pour ramasser l'un ou l'autre dans la boue, lança la sorcière excédée.

— C'est sûrement pas la bonne réponse, jugea Escar. Comme c'est un nain qui pose l'énigme…

— Dites donc, quel sens de l'observation ! N'hésitez pas, si vous avez d'autres commentaires utiles !

— J'ai peut-être une idée, annonça Roméo.

Il la partagea et obtint aussitôt l'approbation de ses compagnons. Il ne lui resta plus qu'à se tourner vers le fantôme et proposer :

— Le nain et la pièce sont tous deux sortis des profondeurs de la terre. Le nain, parce qu'il y a son logis, et la pièce, parce qu'elle a été fondue à partir de minerai…

— Perdu ! s'esclaffa le spectre. Leur point commun, c'est qu'ils finissent tous les deux par rouler un jour sous la table !

Il rit alors pendant une bonne minute, en se tenant les côtes, tandis que les aventuriers échangeaient des regards ahuris.

— Je crois que ce n'est même pas la peine de chercher des réponses sensées, annonça Mercédès. Des énigmes, tu parles ! Autant lui raconter celle de l'ogre qui va chez l'arracheur de dents !

— C'est à notre tour ; je peux essayer ? demanda Ulser.

— Au point où nous en sommes, allez-y. Moi, je commence à fouiller mes grimoires. Il y a sûrement un sort pour renvoyer ce citron poilu du bon côté de l'univers.

Le chevalier attendit que le fantôme se calme un peu, s'éclaircit la voix, prit une pose théâtrale et demanda très sérieusement :

— M. *et Mme Quéhanbois ont un fils ; quel est son nom ?*

— Ça n'a rien d'une énigme ! s'offusqua Roméo, rouge de honte. C'est à peine une blague d'adolescent attardé !

— Trop tard, jubila le nain ; la question a été posée ! Et ma réponse sera : Bilbo !

— Mince, il a trouvé, soupira Ulser.

— Bilbo Quéhanbois ? protesta le sorcier. Mais c'est n'importe quoi ! Ce n'est même pas un vrai prénom ; vous venez de l'inventer tous les deux !

— Je sens comme un petit parfum de victoire monter jusqu'à mes narines, cabotinait le fantôme. À mon tour, pour la dernière série. Écoutez bien. *Quel est le fil qui détruit toujours l'œuvre du tailleur ?*

— Il ne nous sort pas une misérable devinette, *lui*, cingla l'enchanteur. Que tout le monde réfléchisse bien, c'est notre seule chance de marquer un point !

— Ça pourrait être un fil de bure, proposa timidement Escar. C'est plutôt moche et inconfortable, le bure, aucun artisan ne peut faire un chef-d'œuvre avec ça.

— Mais ton manteau n'est pas justement en bure ? s'étonna le chevalier.

— Il faut chercher plus loin, il y a sûrement une astuce, méditait le sorcier. Le fil… le fil à plomb… le fil des pensées… le fil de l'eau… le fil à beurre… le fil du bois…

— Le filou, plaisanta le voleur.

Il avait été incapable de se retenir, mais son hilarité fut brisée net par le regard mauvais de Roméo.

— Le fil de l'épée, lâcha Maline. C'est la bonne réponse.

Ses compagnons la félicitèrent chaleureusement, et lui laissèrent le plaisir de répéter sa trouvaille au nain, qui se renfrogna aussitôt.

— Elle était trop facile, râla-t-il. Et vous êtes cinq à réfléchir, tandis que je suis seul.

— C'est vous qui avez fixé les règles, rappela le sorcier. D'ailleurs, que se passera-t-il si vous échouez à la dernière question, et que nous nous retrouvons à égalité ?

— Heum… Eh bien, disons que je ferais comme si vous aviez payé la moitié de la somme. Ça vous va ? Je compte bien gagner, de toute façon !

— Très bien. Voici mon énigme, alors : *quelle est la seule chose que votre mur ne peut pas empêcher de passer ?*

— Je vous vois venir, lança le nain avec un sourire en coin. Et si la réponse que vous avez choisie est *le temps*, *le bruit*, ou un autre machin impalpable, j'aime autant vous dire que ça ne comptera pas.

— Non, il ne s'agit pas de ça.

— Ne me sortez pas non plus le nom d'une bestiole volante, acrobate ou qui creuse des tunnels ! Il y en aurait des milliers !

— N'ayez crainte. Il s'agit bien d'une créature

douée de raison, et disposant de deux bras et deux jambes.

— Très bien, mais il ne doit pas s'agir d'un sorcier, d'un maître de la lévitation ou je ne sais quoi encore…

— Dites donc, intervint Mercédès, vous ne voulez pas directement la solution, tant qu'on y est ?

— Je maintiens mes réserves, prévint le fantôme. Et si j'estime qu'il y a eu tricherie, cette énigme ne comptera pas.

La chose dite, il se plongea dans une réflexion si intense que de la fumée jaune aurait pu lui sortir par les oreilles. Il mesura la largeur de son mur de ses petits pas de nain, puis se pencha pour jauger de sa hauteur, avant de hausser les épaules et de se décider à parler.

— Pour ce que j'en sais, seule une créature très, très grande pourrait enjamber mon mur, ou tout au moins se hisser dessus sans trop de problèmes. Mais le goulet est étroit et barre déjà la route à pas mal de titans, colosses et méganoïdes… Je crois donc que seul un géant bleu des Tréfonds abyssaux réussirait à franchir l'obstacle sans avoir besoin de ma permission. Mais pour cela, il faudrait d'abord qu'il quitte son océan, hé hé hé !

Il fut le seul à rire ; d'autant que le chevalier et le voleur pensaient avoir entendu la bonne réponse. Maline reconnaissait être trop ignorante de toutes ces choses pour en juger ; quant à Mercédès, elle se surprenait à faire confiance à son ex-mari pour les mener à bon port…

— *Faux*, clama Roméo en pointant l'index vers

le nain. La seule chose que votre mur ne peut pas retenir, c'est *vous*, parce que vous en êtes le maître !

Le spectre encaissa cette vérité comme une gifle dans la figure, resta hébété quelques instants, puis partit dans l'un de ces énormes rires dont il ne semblait pas pouvoir sortir. Le sorcier goûta les félicitations de ses compagnons avec fierté, et même avec émotion quand Mercédès s'enhardit à le récompenser d'une bise sur la joue… Quand les esprits furent un peu calmés, le fantôme se repencha vers eux.

— Allez, une promesse est une promesse, annonça-t-il. Je considère donc que vous m'avez versé cent sols. Lesquels d'entre vous vont franchir la porte ?

Il esquissa un petit geste, et ledit passage s'ouvrit largement vers la suite du goulet.

— Moi, j'y vais, annonça Mercédès avec un sourire en coin.

Elle tira son cheval jusque sous le muret épais, puis s'attarda devant le battant rabattu.

— Réflexion faite, je pense que nous allons tous passer, annonça-t-elle alors. Vous ne pouvez pas replier votre mur fantôme tant que je me tiens là, n'est-ce pas ? Et – quel dommage ! – vous êtes également incapable de me déloger à coups de hache. Ça vous apprendra à me faire perdre mon temps !

Pendant que la colonne franchissait l'obstacle, le nain spectral hurla bon nombre de mots en « asse » et en « tin »… mais ils n'étaient pas adressés à Maline, pour une fois. L'amazone ressentit pour le coup une singulière sympathie pour la sorcière.

Chapitre 22

L'homme à l'armure noire avait toujours apprécié de se promener autour de son château, particulièrement au crépuscule. Cela lui permettait, entre autres, de surprendre les plus téméraires des braconniers et de les châtier sur-le-champ. Il lui arrivait aussi de coincer une villageoise dans un fourré ; de plus en plus souvent, depuis que le miroir magique lui avait montré cette amazone. Il s'amusait aussi à effrayer les voyageurs, en leur racontant des légendes terrifiantes – mais fausses – sur la région, et prenait un malin plaisir à envoyer les raseurs chez le châtelain voisin…

Mais ce soir, il avait seulement projeté de soulager sa vessie.

Et, se trouvant dans la cour basse, il avait eu la flemme de monter dans la chambre d'aisance, et était donc sorti pour contribuer au remplissage des douves.

Il venait à peine d'entamer la partie de la manœuvre qu'il était impossible d'interrompre, quand un caquètement familier l'interpella depuis les joncs ! Sursautant de surprise et d'embarras, il faillit glisser dans l'eau trouble mais en fut quitte pour essuyer son armure.

— Faiiis attention ! protesta la harpie. Tu as failli m'aspergeeer !

— Tu ne manques pas de culot ; je voudrais bien t'y voir !

Il termina aussi dignement qu'il était possible, en se tournant et en prenant un air détaché. Il avait beau savoir que la sorcière ne nourrissait aucun appétit pour les humains, il ne supportait pas d'être ainsi détaillé par ses yeux jaunes et voilés.

— Qu'est-ce que tu fais là ! gronda-t-il, une fois son affaire expédiée. Tu m'avais promis de ne sortir que la nuit !

— Je voulaiiis te parleeer, expliqua la créature. J'aiii utiliséééé le signal, mais tu n'eees pas deeescendu...

— J'ai passé la journée à la chasse. J'avais besoin de me défouler. Dire que ces imbéciles m'ont cassé le seul assassin potable du coin... Ça m'énerve !

— Ce que j'aiii à te dire ne va pas t'apaiiiseeer. J'aiii cccontinuééé à les surveiiilleeer, cccomme prééévu... Ils vont arriveeer aux Milles sources.

— Eh bien, on s'en doutait, non ? Et alors ?

— Ils vont sûrement rééussir là-bas à forceeer les sacccoches.

— Foutripaille !

Dans un soudain accès de rage, il scruta les environs à la recherche de quelque chose à réduire en miettes, mais les abords de la place forte étaient bien entendu débarrassés de tout arbre ou rocher qu'aurait pu utiliser un éventuel assaillant... Son attention s'arrêta un instant sur la créature accroupie dans les hautes herbes, mais il savait avoir encore besoin d'elle. Faute de mieux, il tira son épée et faucha les joncs à grands gestes hargneux, pendant cinq minutes au moins, jusqu'à ce que sa colère soit dépassée par la prise de conscience de son ridicule.

— C'est mauvaiiis pour les grenouilles, ça, commenta la harpie avec une moue de désapprobation. Ça va êêêtre plus difficile d'en çccaptureeer...

— La barbe avec tes grenouilles ! pesta l'homme en noir. Que comptes-tu faire pour arrêter nos ennemis ?

La sorcière ne répondit pas tout de suite, fascinée par la danse d'un têtard affleurant. Elle l'attrapa soudain d'un geste vif et le goba aussitôt, avalant une demi-pinte d'eau croupie par la même occasion.

— On peut envisageeer beaucccoup de choses, annonça-t-elle enfin. Le tout eeest de dééécideeer quand les appliqqueeer.

— Comment ça, « quand » ? Le plus tôt sera le mieux !

— Ça dééépend. Puisqqque leees fibres du deeestin sont emmêêêlééées, il pourraiiit êêêtre judicieux de les laisseeer alleeer le plus loin possible.

— Explique-toi !

— Rappeleee-toi seulement que c'eeest *ta* prophééétie qqqu'ils sont en train de voleeer.

Ces quelques mots suffirent à faire rebouillir le sang de l'homme en noir. Comment aurait-il pu oublier la spoliation dont il était victime ? C'est lui-même qui aurait dû vaincre le barde nécromant, dans une treizaine d'années, si ce simplet d'Ulser de Brise-Camail n'avait tout fichu par terre ! Quelques jours plus tôt encore, il suffisait à la sorcière et à son maître d'attendre leur heure pour connaître richesse et célébrité, mais désormais plus rien n'était certain !

— Parle, grinça le chevalier sombre. Et sois convaincante.

— Réééfléééchis. Ils vont tenteeer de rassembleeer les armes et de trouveeer l'apprenti. On peut leees laiiisseeer faiiire tout le travail, et leur tombeeer dessus aprèèès, où qqqu'ils soient : il me reste un tas d'aiiiguilles de Varana. Et s'ils éééchouent, nous en serons dééébarrassééés…

L'homme en noir goûta la ruse en connaisseur. L'idée était si bonne qu'il décida qu'il aurait pu l'avoir plus vite, si la harpie ne l'avait autant agacé avec son caquetage. En quelque sorte, c'était comme si la trouvaille était de lui, et il finit par s'en convaincre pour de bon. Il se préparait même à éclater du rire sardonique de circonstance quand la sorcière ajouta :

— Maiiis bien sûr, ça ne marchera pas s'ils cccomprennent ce qqqu'il y a dans les saccoches.

Il y eut alors un nouveau massacre dans la population des joncs et des roseaux ; défrichement qui semblait parti pour s'éterniser. La harpie préféra se retirer dans la brèche secrète de la muraille, puis regagner ses caves.

QUATRIÈME PARTIE

Chapitre 23

L'épisode du nain fantôme n'avait pas tant retardé les aventuriers, en définitive, et ils parvinrent à destination avant la tombée de la nuit. Ils eurent même un magnifique aperçu de la région, alors qu'ils descendaient la dernière pente menant à la vallée : ce territoire était un immense champ de lacs miniatures, brillant dans la lumière déclinante. D'innombrables rivières, bondissantes ou souterraines, coulaient de montagnes parfois lointaines pour se rejoindre et se mêler ici, avant de s'enfoncer dans les profondeurs du monde. L'ensemble offrait le spectacle unique d'un plateau rocheux percé de plusieurs centaines de puits naturels… D'ailleurs, le chevalier ne se lassait pas de s'étonner de la coïncidence : le pays portait justement le nom des Mille sources !

Il voulut en avoir le cœur net et commença à les dénombrer pour de bon, mais renonça en constatant qu'il perdait le compte chaque fois que son regard passait sur la silhouette de Maline. Il reporta alors son attention sur l'unique bourgade en vue, et vers laquelle les menait Roméo.

— Ce n'est pas une ville fort étendue, expliquait l'enchanteur, mais elle n'en est pas moins la capitale de ces territoires. On l'appelle Danarenemis.

— C'est joli, comme nom, apprécia Escar.

— Peuh, tu parles ! s'esclaffa Mercédès. En elfique, ça signifie « là où même les poux ne veulent pas déféquer » !

— C'est exact, confirma Ulser.

Les sorciers se retournèrent pour lui lancer un œil dubitatif.

— Quoi, vous parlez l'elfique, vous ? se méfia la sorcière.

— Pas trop mal, se rengorgea le chevalier. Je vous ai dit, j'ai un tonton qui court les bois. Et pour tout vous avouer, j'ai deux neuvièmes de sang elfe dans les veines…

— Ça explique certaines choses, lança la sorcière.

— Deux neuvièmes ? releva Roméo. Comment parvenez-vous à ce calcul ?

— Eh bien, c'est plutôt simple. Mon arrière-grand-père était déjà un demi-elfe. Il s'est lié d'amitié avec un elfe de pure souche, un mâle, mais qui a ensuite choisi de muter en femelle, comme peuvent le faire tous ceux de leur peuple. Ce faisant, il a perdu les deux tiers de sa nature elfique, mais il, ou plutôt elle, est devenue mon arrière grand-mère. Ils ont eu un fils – mon grand-père – qui avait deux cinquièmes de sang elfe, et qui a lui-même épousé une demi-elfe. Ma mère est née de leur union, avec quatre neuvièmes. Et comme elle a épousé un humain, mon père, j'ai moi-même hérité de deux neuvièmes.

— Je ne trouve pas ça si simple, moi, avoua Escar.

— Je ne suis même pas certaine que vos calculs soient bons, rajouta Mercédès.

Elle s'enferma ensuite dans un silence tout de concentration arithmétique, pour finir par s'impatienter et laisser tomber.

— Si j'avais moi-même des enfants avec une demi-elfe, reprit Ulser, ils auraient quatre treizièmes de sang elfique. Et si c'était avec un mâle devenu femelle…

— On s'en fiche, coupa la sorcière. Ça prouve seulement que vous êtes doué pour les chiffres, comme pas mal d'attard… de gens comme vous.

Ils n'abordèrent pas d'autre discussion avant leur arrivée dans la bourgade, qui leur parut plutôt austère et mal entretenue.

— Peu de gens vivent ici en permanence, expliqua Roméo. C'est une ville de prospecteurs, de chasseurs de trésors, qui ne s'y arrêtent que le temps de dépenser ce qu'ils ont pu découvrir dans les sources. C'est aussi un endroit dangereux, puisque des petites fortunes peuvent se faire et se défaire en quelques jours, attisant toutes les convoitises… Comme nous allons y passer la nuit, essayons de ne pas nous attirer d'histoires.

— Mais, et l'épée ? s'enquit le chevalier.

— On verra demain. Il se fait tard, et nous aurons

besoin d'un guide pour nous mener à la bonne source.

— Mouais, accusa vertement Mercédès, tu n'aurais pas plutôt en tête d'aller visiter les lupanars du coin ?

— Quand bien même ce serait la vérité, ça ne te regarde pas, répliqua l'enchanteur. Tu n'as qu'un mot à dire, et tu sais lequel !

Ils s'enfermèrent tous deux dans la bouderie, et leurs compagnons n'osèrent pas se mêler de la dispute. Ulser se demandait seulement si ce mot à dire était « merci » ou « s'il te plaît ».

La sorcière poussa les hauts cris devant chacune des auberges où Roméo proposait de s'arrêter, menaçant de faire un scandale en pleine rue si on l'obligeait à dormir dans ces endroits qui sentaient le stupre et la bacchanale – mots qui résumaient dans un langage plus policé les termes qu'elle avait véritablement employés. Elle ne se laissa convaincre que devant une petite pension de famille, certainement l'endroit le moins amusant de tout le bourg, d'après l'enchanteur renfrogné. Pour sa part, Ulser trouvait la place très agréable. Il craignait seulement de ne pas pouvoir dormir, faute de se trouver au centre d'un cercle de menhirs enchantés. C'est qu'il avait commencé à s'y habituer.

Les hôteliers, un couple à l'âge voisin de celui des sorciers, se montrèrent très prévenants. Surtout avec Maline ; du moins pour la moitié masculine des époux, jusqu'à ce que l'autre moitié ne lui recommande vivement de ne plus mettre le nez hors de la cuisine, non-de-d'là. On leur servit un délicieux brouet de cuisses de fromage et de fleurs de cèpes, accompagné d'une eau-sur-levure qui fit rosir les joues du chevalier. Enfin, à la fin du repas, l'enchanteur prit la peine de se renseigner sur l'objet de leur voyage.

— L'épée Maroale ? répéta la tenancière. Oui, elle doit toujours être en place, vous pensez bien. Il y a belle lurette que plus personne n'essaie de la sortir de l'eau !

— C'est loin d'ici ?

— Eh bien, assez, oui, quand même… C'est dans un secteur plutôt désert, où il n'y a pas grand-chose à récolter… Vous faites du tourisme ?

— Non, on en a besoin pour une quête, avoua naturellement Ulser.

Il se prit aussitôt deux coups de pied dans les tibias, mais l'aubergiste ne parut pas retournée par la révélation.

— Ben, bonne chance alors… C'est vos bras, après tout. Si vous survivez, vous repasserez nous raconter ?

— Si on survit ? s'alarma le chevalier.

— Ne cherchez pas à savoir et tout ira bien, promit Roméo.

— Ça, c'est vous qui le dites, reprit l'hôtesse. L'épreuve de la pureté, tu parles ! Il y a déjà tellement de sang qui a coulé dans cette source que la roche doit en être imbibée !

— Merci pour votre aide, grinça le sorcier.

— J'y pense, enchaîna Ulser d'une voix blanche,

Migrene est toujours retenue prisonnière. Je ferais mieux de partir à son secours…

— Et voilà, soupira Mercédès.

La tenancière préféra prendre congé de ces gens bizarres.

Une fois le prophétionnel rappelé à ses responsabilités, par un savant mélange de rhétorique, de promesses et de menaces, les aventuriers gagnèrent la chambre que la sorcière avait réclamée commune. En usant du même prétexte de s'assurer mutuellement protection, elle interdit à quiconque d'en sortir avant le lendemain. Cette longue journée de chevauchée dans le froid avait de toute façon épuisé les corps, et même Roméo accepta le couvre-feu sans broncher… Ils s'étendirent donc sur de vrais lits superposés, ce qui les changeait agréablement des bivouacs. Puis, bientôt, on n'entendit plus dans la pièce que le tic-tic-tic des outils du voleur sur les sacoches cadenassées, ainsi que ses jurons étouffés.

— Laissez tomber, finit par demander Roméo. Demain, j'emprunterai des cisailles à l'aubergiste, et nous réglerons le problème une fois pour toutes.

— Je dis pas non, mais c'est que… j'y suis presque…

Un « ting » trahit alors la rupture d'un des passes métalliques, et le voleur resta immobile et silencieux un bon moment, à attendre les remontrances qu'il pensait devoir endurer. Comme seuls des ronflements devaient finalement monter jusqu'à lui, il reprit ses efforts… ces derniers consistant principalement à tirer sur le demi-outil coincé dans la serrure, comme il l'avait déjà fait une bonne quinzaine de fois depuis ses premières tentatives.

Quand le passe brisé fut enfin arraché de sa prison, Escar ne s'aperçut même pas du changement. Il était trop heureux de conserver au moins une des sacoches intactes – l'autre étant définitivement bloquée.

C'est au moment d'insérer une nouvelle tige de fer qu'il s'aperçut que le cadenas était ouvert.

— J'ai réussi ! clama-t-il sans retenue, manquant de chuter en bas du lit.

— Vous avez décoincé votre bidule, tant mieux, lança Mercédès depuis l'autre côté de la pièce. N'y touchez plus et laissez-nous dormir, maintenant.

— Non, j'ai *vraiment* réussi ! insista le voleur. On peut fouiller la sacoche !

Il n'en fallait pas davantage pour rassembler les aventuriers autour de lui, en moins de temps qu'il n'en faut à un horckque pour trancher une tête.

— Qu'est-ce qu'elle contient ? demanda Ulser, très impatient.

— Je n'en sais rien… je n'ai pas encore osé regarder. Et puis, je voudrais apprécier le moment quelques minutes ; c'est comme une victoire sur moi-même, le symbole d'un accomplissement personnel…

— Donnez-moi ça, imbécile ! commanda la sorcière en s'emparant de l'objet.

Elle délogea le cadenas des ferrures, jeta le couvercle en arrière et écarta en grand les pans de la poche avant d'y plonger le regard.

— Qu'est-ce que c'est que ce truc ? commenta-t-elle alors.

Devant les regards curieux de ses compagnons, elle lança la main dans la sacoche et en sortit une petite statuette en bois peint, de six ou sept centimètres de haut. Rien d'exceptionnel, si ce n'était qu'il suffisait d'un coup d'œil pour reconnaître la silhouette de Roméo !

— C'est une farce ? vérifia-t-elle. C'est vous qui avez mis ça là-dedans ?

Escar s'empressa de démentir d'un hochement de tête, tandis que le sorcier saisissait la figurine pour l'examiner. Mercédès puisa encore dans la besace, en extrayant une représentation de Maline et une autre d'Ulser ! Elle tendit les objets à leurs modèles puis exhiba les deux dernières statuettes, à l'image d'elle-même et du voleur.

— Qu'est-ce que ça signifie ? demanda-t-elle, résumant ainsi la pensée commune.

— C'était peut-être pour que l'assassin puisse nous reconnaître, suggéra le chevalier.

— Mais bien sûr, notre ennemi a passé son temps à tailler ces bibelots, à les peindre, les vernir, et les enfermer dans une sacoche cadenassée, là où une simple description de votre physique aurait suffi !

— Il pourrait être amateur de sculpture, insista Ulser, boudeur.

— Il n'est pas si doué, commenta le voleur ; je ne me reconnais pas vraiment dans le personnage, moi…

— Faites-moi confiance, vous avez vraiment cette tête-là, piqua la sorcière.

— Il n'y avait rien d'autre dans le sac ? s'enquit Maline.

— Non. Seulement les cinq statuettes.

Tous se tournèrent peu à peu vers Roméo, qui n'avait encore rien dit.

— Il faudrait vérifier dans l'autre, déclara l'enchanteur. C'est le même cadenas ; vous pensez pouvoir l'ouvrir en moins d'une heure ?

— Eh bien, bafouilla Escar, c'est-à-dire que, considérant que les mécanismes intérieurs sont peut-être légèrement différents…

— Je vais chercher des cisailles, trancha Mercédès.

Elle quitta la chambre dans la foulée, laissant ses compagnons échanger leurs figurines pour les examiner. Celle de Maline avait beaucoup de succès, chacun aimant à caresser ses formes du bout du doigt – pour en apprécier le poli, bien entendu.

La sorcière revint en moins de trois minutes, une énorme paire de pinces à la main. Pour ne pas surprendre les aubergistes, elle avait prétendu vouloir soigner une soudaine rage de dents de son mari… Le voleur se proposa de manipuler lui-même l'instrument, surtout pour tenter de dissimuler le cadenas coincé à la vue des autres. Peine perdue : après vingt minutes d'essais infructueux, la sorcière lui arracha l'outil des mains pour le confier à l'amazone.

— Même pas fichu de réussir avec des cisailles,

tu parles d'un cambrioleur ! commenta-t-elle avec un œil noir pour l'intéressé.

Maline fut beaucoup plus efficace, brisant l'attache dès son premier essai. Elle confia alors la sacoche ouverte à Roméo, qui exhiba en soupirant… une nouvelle série de statuettes !

— Nous avons un problème, commenta-t-il en secouant la tête.

— Tu sais de quoi il s'agit ? vérifia Mercédès.

— Non. Et c'est bien ce qui m'inquiète. On ne se serait pas donné la peine de mettre ces figurines sous clé, si elles n'étaient pas très importantes pour nos ennemis.

— Il s'agit peut-être d'une espèce de collection, suggéra le chevalier. Un peu comme des trophées de chasse…

Personne ne prit la peine de lui répondre.

— Je me demande combien il y en a, commenta l'amazone en examinant ses doubles miniatures.

— Moi aussi, acquiesça l'enchanteur. Mais surtout, j'aimerais bien savoir à quoi elles sont censées servir. Ce n'est pas un hasard si nos assaillants en portaient sur eux.

— Au moins, ça nous donne un moyen de démasquer les prochains ! se réjouit Ulser.

— Vous êtes fatigué, vous, non ? lança la sorcière.

— Je vais procéder à quelques expériences, décida Roméo. Il faut que j'en apprenne davantage là-dessus.

Il ouvrit alors une de ses malles et entreprit d'en sortir une collection de grimoires, de cornues et de cristaux mystérieux, improvisant un atelier de magie sur la table de la chambrée. Puis il commença à travailler, laissant ses compagnons retourner au lit... mais le bon chevalier était si fasciné par ces travaux de recherche qu'il prévoyait déjà de les observer toute la nuit.

Chapitre 24

— Debout ! Réveillez-vous ! insistait le sorcier. Dites donc, vous avez le sommeil lourd, vous !

Vexé dès les premiers instants de cette nouvelle journée, Ulser voulut se dresser d'un bond, oubliant qu'il se trouvait au plus bas des lits superposés. Sa grosse tête alla frapper contre le sommier supérieur et le renvoya en position allongée, tandis que le bruit sourd résonnait dans toute la chambre…

— J'arrive, j'arrive, promit Escar depuis le matelas du haut.

Le chevalier s'engagea pareillement à s'activer, mais il attendit pour cela que les papillons de nuit qui faisaient la noce dans ses pupilles se calment un peu. Quand il eut retrouvé assez d'équilibre, il osa faire une nouvelle tentative pour se lever, en songeant à quel point sa quête était décidément compliquée. Cette difficile étape franchie, il songea alors à s'informer du résultat des recherches de Roméo.

— Je n'ai pas appris grand-chose, avoua l'enchanteur. Tout juste la confirmation que les statuettes étaient bien d'essence magique – mais il fallait s'en douter, vu les circonstances et la précision des reproductions.

— Rien d'autre ? insista le chevalier déçu.

— Pas pour l'instant ; mais je ne m'avoue pas vaincu. Il me reste plusieurs expériences à réaliser, demandant davantage de temps... Ce ne sera pas pour aujourd'hui, de toute façon. Nous avons rendez-vous avec l'épée du Nord !

Il flanqua une tape amicale sur l'épaulière d'Ulser et s'en retourna à ses préparatifs. La mort dans l'âme, le prophétionnel se colla lui aussi à la corvée. Avec ces histoires de figurines, il avait presque oublié la raison de leur présence aux Mille sources.

Les aubergistes prirent aimablement des nouvelles des dents de Roméo, félicitant Mercédès pour son arrachage qui n'avait laissé ni chique, ni coupures sur les lèvres, et remerciant l'enchanteur pour les cris qu'il n'avait pas poussés. Puis, après un petit déjeuner fait de racines de pain et de graines de cerisier, les voyageurs récupérèrent leurs chevaux et s'aventurèrent en ville.

Les rues étaient beaucoup plus animées que la veille. Les hôteliers avaient expliqué que des appels à l'embauche étaient lancés tous les matins, et que la plupart des expéditions étaient ainsi organisées en trois minutes, au gré des modes et des rumeurs de nouvelles découvertes. Selon eux, il n'était pas difficile de trouver un guide là-bas. Ulser et ses compagnons se mêlèrent donc à la foule, aussi bigarrée qu'à Carnavalum mais avec quelques épaisseurs de tissu en plus. Ils parvinrent bientôt devant une petite estrade, reposant au pied de ce qui semblait être le plus gros lupanar du bourg. Une quarantaine d'individus de toutes espèces attendaient là une proposition intéressante. Ces dernières étaient lancées par une sorte de commissaire-priseur chargé de regrouper les offres… Roméo confia la sienne à l'assistant du bonhomme, et il ne resta dès lors aux voyageurs qu'à attendre le passage de leur annonce.

Ce qui leur laissa également le temps de vérifier à quel point les autres étaient singulières.

— Mais de quoi parlent-ils ? finit par s'étonner le bon chevalier. L'un projette de rapporter des boucles de ceinture ; un autre jure avoir découvert un puits à diadèmes… Ils m'ont plutôt l'air de camelots que de prospecteurs !

— Je ne comprends pas non plus, avoua Maline.

— Sans rire, s'étonna Mercédès ; vous ne connaissez pas la particularité des Mille sources ?

— C'est quelque chose de tout à fait exceptionnel, renchérit Roméo. Pour simplifier, disons que, dans certains des lacs, on peut parfois trouver des séries d'objets, tous identiques… Ils sont le plus souvent sans valeur, mais de temps en temps un prospecteur tombe sur un puits tapissé de lingots ou de gemmes, dont il s'empresse de faire la récolte.

— Mais, d'où viennent ces trésors ?

— Personne ne le sait. On pense qu'ils sont

charriés par les rivières souterraines, puis dupliqués par la magie de certains cristaux enfouis sous la roche. Ou bien on imagine qu'ils sont immergés depuis des siècles, mais que des courants rarissimes les remontent à la surface… On a supposé aussi qu'ils venaient du sixième continent ; mais nous savons maintenant qu'il n'en est rien.

— Et qu'est-ce qu'on trouve, le plus souvent ? enchaîna Escar.

— D'après la légende, à peu près tout, et sans logique apparente. Des éperons, des manches de poignards, des pots en terre cuite, etc. Ça ne m'étonnerait pas qu'il y apparaisse aussi des sacs de farine ou des tartes aux myrtilles, mais l'eau glacée doit vite les ravaler. En fait, on a constaté que tout ce qui n'était pas ramassé disparaissait après quelques jours. Les lois qui gèrent tout ça, s'il en est, semblent impossibles à comprendre.

— Mais Maroale est dans un de ces puits ? songea Ulser. Elle devrait donc être partie depuis longtemps !

— Non, c'est différent. C'est l'homme qui a forgé cette épée qui l'a…

Il s'interrompit soudain, remarquant qu'on proclamait leur annonce. Une seule main se leva dans la foule ; les aventuriers eurent la surprise de reconnaître un firbolg, grande créature bossue et dépourvue de paupières. Après avoir consulté sa femme du regard, Roméo fit signe au volontaire de les rejoindre. Ulser avait du mal à supporter ces yeux que l'on aurait dit constamment écarquillés, ainsi que ce visage sans sourire… mais les firbolgs avaient la réputation d'être pacifistes et intelligents, aussi le chevalier était-il déjà prêt à offrir son amitié à l'étranger.

— Pour un aller-refour dans la journée, ce sera soixanfe-quinze sols, prévint le guide. Et payables d'avance ; je ne fiens pas à être fenu pour responsable si vous y laissez fous vos bras.

L'enchanteur accepta le marché, tandis qu'Ulser s'avouait quand même un peu inquiet au sujet de cette histoire de bras qui ne reviendraient peut-être pas du voyage. Une fois que l'argent eut changé de mains, le firbolg attrapa la longe de son propre cheval et prit la direction des sources, donnant ainsi le signal du départ.

— Il est pas bavard, commenta Escar en douce.

— Ça me changera un peu, répliqua Mercédès.

Dix minutes plus tard, ils longeaient les premiers lacs d'eau cristalline.

Si le guide s'avérait laconique, le chevalier avait mille questions à poser sur l'épée qu'il était censé récupérer, et Roméo fut bien contraint d'y répondre. Il raconta ainsi que Maroale avait été forgée par un homme dont la fille allait épouser un jeune chevalier : l'arme devait être un cadeau pour son gendre, à offrir le jour des épousailles. C'était un véritable chef-d'œuvre, trempé et retrempé pendant des semaines, avec le meilleur acier rapporté des cavernes des dragons céruléens… Malheureusement, les fiancés consommèrent leur union un peu trop tôt, ce qui déplut fortement au paternel conservateur. L'homme rancunier fit un très long voyage pour jeter l'épée dans le puits le plus glacé qu'il trouva aux Milles sources, annonçant que seul un cœur brûlant de pureté pourrait repêcher l'arme et obtenir la main de sa fille.

La pauvre était décédée sans époux, en la seule compagnie d'une trentaine de chats, à l'âge de cent-vingt-seize ans.

— Qu'est-ce que ça veut dire, « consommer leur union » ? demanda Maline à la fin du récit.

Un concert de toussotements embarrassés fut d'abord la seule réponse qu'elle obtint.

— Je suis sûre que vous vous fichez de moi, annonça soudain Mercédès. Mais si ce n'est pas le cas, ne vous inquiétez pas, je parie que vous aurez tout appris des moindres aspects de la question bien avant de repartir dans votre clan, ajouta-t-elle d'un air finaud.

L'amazone la remercia d'un hochement de tête ; c'était tout ce qu'elle voulait entendre.

— Et qu'est-il arrivé au fiancé ? enchaîna Escar. Il n'a pas essayé de retrouver l'épée ?

— Si, bien sûr, reprit Roméo. Le forgeron n'avait d'ailleurs pas cherché à garder l'endroit secret. On prétend seulement que, lorsque le jeune homme a plongé ses mains dans l'eau, le froid l'a mordu jusqu'aux épaules… et ses bras se sont alors brisés comme du cristal.

— Ah, je comprends mieux ! se réjouit Ulser. Mais il nous suffit d'être plus malins que lui ! Avec un crochet et un bout de corde, nous pourrons remonter Maroale sans nous mouiller !

Même le firbolg, qui chevauchait en éclaireur et en silence, secoua sa grosse tête de gauche à droite.

— Et bien sûr, commenta Mercédès, aucun des milliers de types qui sont venus voir l'épée ces derniers siècles n'y avait pensé avant vous…

— Surprenant, n'est-ce pas ? répondit le chevalier béat. Dire que je m'inquiétais, pour rien !

Personne n'eut le cœur à le contredire. Le pauvre aurait tout le temps de déchanter, une fois parvenu à destination.

Après presque deux heures de chevauchée, le guide demanda une halte. Du moins, c'est ce que les aventuriers supposèrent en le voyant lever un bras au-dessus de sa bosse, puis mettre pied à terre. Ils comprirent lorsque le firbolg s'équipa d'une longue gaffe, jusque-là fixée à sa selle comme une lance de tournoi… Il plongea l'outil terminé d'un crochet dans le petit lac qu'ils contournaient alors, pour en sortir une espèce de cloche en cuivre. Après un examen rapide de sa trouvaille, il décida qu'elle était suffisamment intéressante pour qu'il poursuive la pêche. Et il ramassa ainsi un, puis deux autres objets identiques, tandis que ses compagnons en profitaient pour se dégourdir les jambes.

Escar trouva l'opération si amusante qu'il rassembla assez d'habileté pour se bricoler un grappin de fortune. Il souriait encore comme un gamin, en lançant son outil en direction d'une cloche immergée. Mais il lâcha précipitamment sa corde en sentant le regard réprobateur du firbolg sur ses épaules.

— Qu'est-ce que vous faifes ? demanda le guide.

— Oh, rien…

— Vous ne pouvez pas vous servir dans mon frou, fant que j'y suis encore. C'est la règle, ici.

— Je ne savais pas, bredouilla le voleur en remballant son matériel.

Il se consola en découvrant, au fond d'un puits voisin, toute une collection de branches mortes et moussues. Il passa les vingt minutes de la halte à les remonter sur le bord, fier dans son rôle de hardi prospecteur des Milles sources. Il eut même droit aux félicitations d'Ulser pour cette pêche si abondante. Il n'avait qu'un seul regret : celui de ne pouvoir emporter ses trophées… Pour une raison égoïste, Roméo s'était formellement opposé à son idée de répartir la charge entre leurs chevaux. Pas plus qu'il n'avait retenu sa proposition d'abandonner un peu de matériel pour compenser un éventuel surplus de poids. C'est donc avec une certaine frustration qu'Escar reprit la route, laissant son butin près de cette vieille souche qui trempait ses racines dans le lac, et caressant l'espoir que ce trésor fasse bientôt le bonheur de quelqu'un d'honnête.

Chapitre 25

Les aubergistes avaient dit vrai ; cette partie des Milles sources était peu fréquentée, et les aventuriers ne devaient rencontrer aucun autre voyageur. Le guide ne s'étant plus arrêté, ils avaient pu parcourir une bonne distance ; si bien qu'en fin de matinée, le firbolg annonçait la proximité du puits abritant Maroale ! Il ralentit alors l'allure, scrutant la surface de ces lacs miniatures pour retrouver le bon. Ce fut pourtant Maline qui repéra l'épée la première, au grand dam du chevalier, qui y voyait comme un concours. Ils descendirent aussitôt de selle et se regroupèrent au bord de l'eau, en prenant bien garde de ne pas y tremper un orteil.

— Une source miraculeuse, tu parles, commenta Mercédès avec amertume. On dirait plutôt un gros trou rempli par l'averse !

Ulser partageait cet avis : le puits naturel faisait moins de deux mètres de diamètre ; et, s'il semblait profond, il n'avait rien de la beauté des lacs voisins. C'était comme si les dieux, à l'époque où ils bâtissaient le monde, avaient planté là un énorme clou pour finalement se raviser et l'arracher de leurs mains cosmiques. Pour un peu, le chevalier aurait scruté les environs à la recherche du piton abandonné, mais toute son attention était concentrée sur l'épée qu'ils étaient venus chercher…

Maroale flottait entre deux eaux, bercée par des courants invisibles, brillant d'une froide clarté dans des ténèbres qui semblaient à la fois l'engloutir et la protéger. C'était un spectacle fascinant… mais Ulser nota surtout que l'arme n'était retenue par aucune entrave, et qu'il allait pouvoir la tirer du bouillon comme une vulgaire sardine. Il n'attendit pas, d'ailleurs, pour aller s'équiper du grappin bricolé par Escar. Sous les yeux curieux de ses compagnons – et devant le regard plus indéchiffrable de leur guide – il fit descendre l'outil dans le puits !

Le résultat fut immédiat : la corde se raidit comme un lombric tout sec, pour se briser pratiquement dans le même instant et sombrer dans les profondeurs invisibles. Le chevalier examina tristement le bout qui lui restait en main, tranché aussi net que par l'acier. Il porta ensuite un regard plein de convoitise sur la gaffe du firbolg.

— Vous n'y foucherez pas, prévint le guide bossu. Ça ne servirait à rien, de foufe façon. Personne n'a jamais réussi.

— Ce qui ne signifie pas que quelqu'un n'y arrivera pas un jour, remarqua Roméo. Et il nous faut aller chercher Maroale !

Ainsi encouragé par le sorcier, Ulser abandonna la corde inutile et tira sa propre épée du fourreau accroché à sa selle. Il prit alors conscience que c'était la première fois qu'il dénudait l'arme depuis son départ du château familial ; mais cela n'avait aucune importance. Retenant son souffle, il plongea l'acier dans le puits, projetant d'attraper Maroale sous la garde… Il n'eut même pas l'occasion de la frôler. L'acier trempé dans l'eau glacée se brisa tout net, laissant le chevalier avec une vague envie d'éclater en larmes : cette épée lui avait été offerte par son tonton coureur des bois…

— Maintenant, on a *vraiment* besoin de Maroale, remarqua Mercédès.

— On pourrait peut-être vider un peu le puits ? suggéra Escar.

— J'ai l'impression que votre écope éclaterait au premier coup, annonça Roméo. Et même dans le cas contraire, l'épée ne remonterait pas à la surface pour autant… Nous ne ferions que baisser le niveau de l'eau.

— Et si on essayait de l'assécher pour de bon ? insista le voleur.

— Bonne idée, railla la sorcière. Il nous suffit de creuser un puits *encore* plus grand, dans cette roche dure comme le diamant, et de percer un canal entre les deux trous… Cela ne devrait pas nous prendre plus de dix ou quinze ans, après tout. Avec le risque de découvrir au final que la source est alimentée en permanence, et qu'il est impossible de la vider…

mais ceci dit, si vous vous sentez d'humeur à piocher, n'hésitez pas !

— L'astuce est peut-être dans la rapidité, suggéra Maline.

Elle fouilla les environs du regard, sans trouver d'objet apte à convenir à ses plans. Aussi se décida-t-elle à sacrifier sa lance, après toutefois en avoir ôté le fer.

— Que tout le monde s'écarte, demanda-t-elle ensuite. Ça risque d'éclabousser.

Chacun suivit ce sage conseil, peu désireux qu'ils étaient de se retrouver avec un doigt ou une oreille givrée. L'amazone prit alors position près du puits, se concentra longuement sur la manœuvre envisagée, puis passa à l'action ! La hampe partit comme une langue de serpent, creva la surface de l'eau pour plonger sur Maroale, qu'elle réussit à toucher… mais pas à remonter. La lance se brisa avant même que Maline n'ait entamé le mouvement ascendant.

— Belle tentative quand même, apprécia Roméo. Mais si *vous* n'avez pas réussi de cette manière, c'est que personne n'y parviendra…

— Je vous avais prévenus, remarqua le firbolg.

— Je voulais dire : personne n'y parviendra par le biais d'une astuce. Il va falloir plonger les bras dans l'eau, comme le veut la tradition.

En véritable caméléon, Ulser prit alors la couleur des neiges éternelles qui reposaient sur les sommets alentour.

— Heu, sommes-nous vraiment certains d'avoir

besoin de cette épée ? demanda-t-il en se tordant les mains. C'est que, stratégiquement parlant, je serais beaucoup moins efficace au combat s'il venait à me manquer les bras…

— Pas de bras, pas de grand combat, approuva Escar.

— Vous n'avez probablement rien à craindre, répliqua Mercédès. Un beau naïf comme vous peut sûrement réussir n'importe quelle épreuve de pureté.

— À vrai dire, j'ai quelques petites choses à me reprocher, avoua le chevalier en rougissant. Comme tout le monde, s'empressa-t-il d'ajouter.

— Sans blague, racontez-nous ça ! plaisanta la sorcière.

— Je préfère chercher encore une autre solution, refusa Ulser. Des esprits éclairés comme les nôtres ne peuvent être vaincus par un simple trou ; ce serait un comble.

Mercédès haussa les épaules, puis le laissa échanger des idées plus bancales les unes que les autres avec Escar et Maline. Elle rejoignit Roméo qui réfléchissait à côté de leur guide.

— Les crimes évenfuels de votre ami n'ont aucune imporfance, annonça soudain le firbolg. J'ai vu des saints personnages, aussi bien que des crapules, se présenfer ici et repartir manchots.

— Vous vous en fichez pas mal, hein ? cingla la sorcière. Ces visites sont un peu votre gagne-pain !

— Il y a eu moins de monde ces derniers femps, reconnut le guide.

— En quelque sorte, vous êtes devenu un peu le spécialiste de la question..., remarqua Roméo d'un air songeur. Et si quelqu'un s'emparait de l'épée, vous perdriez votre activité...

Le regard sans paupières de la créature était difficile à interpréter, mais l'enchanteur crut y lire un acquiescement.

— Combien de sols demanderiez-vous pour partager votre savoir ? s'enquit-il soudain. J'aimerais connaître toutes vos impressions sur ce puits !

La négociation entre le sorcier et le firbolg fut longue et malaisée, mais Ulser était de toute manière trop heureux de gagner du temps. Le bon chevalier ne cherchait même pas à savoir de quoi les magiciens pouvaient bien discuter avec leur guide. Sa dernière idée pour déloger l'épée était de faire déborder le puits, en y jetant tout ce qu'il pouvait ramasser alentour. Escar s'était naturellement joint à ces efforts, ainsi que Maline, davantage par gentillesse que par confiance dans le plan. Car le niveau de l'eau ne semblait pas monter d'un cheveu : les cailloux et rochers qu'ils y abandonnaient devaient certainement tomber en poussière avant d'atteindre le fond – à supposer qu'il en existât un.

À l'écart de cette agitation, les sorciers et le firbolg finirent par tomber d'accord sur un prix. Une somme rondelette changea de mains, et la créature consentit alors à révéler ce que lui avaient inspiré des années d'observation du phénomène.

— Beaucoup pensaient qu'il suffisait d'êfre

honnêfe pour firer l'épée, mais ils se sont frompés. D'aufres croyaient qu'il fallait brûler d'un vérifable amour ; ils n'ont pas eu plus de chance. Puis sont venus ceux qui n'avaient jamais fait couler le sang : l'arme ne les a pas suivis pour aufant… Ce n'est donc pas de ces purefés-là qu'il s'agit.

— Mais encore ? pressa Mercédès.

— Je crois, moi, qu'il suffit d'êfre puceau.

Devant la simplicité de l'annonce, les sorciers affichèrent des expressions abasourdies.

— D'une certaine manière, ce serait logique, réfléchit Roméo. L'homme qui a forgé cette arme reprochait à sa fille son manque de patience… mais comment imaginer que, depuis tout ce temps, aucun homme vierge n'ait tenté de s'emparer de l'épée ?

— Le chemin passe par Danarenemis, expliqua le guide. Les fenfations y sont nombreuses. Et ceux qui enfreprennent un si long voyage ne sont généralement pas des gens fimides, ou fimorés. La plupart ont déjà bien vécu, si vous voyez ce que je veux dire.

Les magiciens observèrent un instant le prophétionnel, accroupi sur ses fers à cheval, la langue passée au coin de la bouche, occupé à détacher des morceaux de roche à l'aide du moignon de son épée… Il leur adressa un grand sourire niais, auquel ils répondirent d'un petit signe de main.

— Je crois qu'on tient un vainqueur, commenta la sorcière.

— Mais des saints hommes sont venus avant lui, rappela l'enchanteur. Tout cela pourrait être faux.

— Ils n'étaient sans doute pas aussi parfaits qu'ils le prétendaient, supposa la sorcière. Et qu'est-ce qu'ils voulaient faire d'une épée pareille, d'abord ? Ça sentait l'autoproclamation divine, tout ça.

— Tu as sans doute raison, acquiesça Roméo.

Il attendit un instant, puis ne put s'empêcher d'ajouter :

— On forme quand même une belle équipe, non ?

Mercédès hésita également, puis lui rendit son sourire.

Ulser eut la chair de poule en voyant les sorciers revenir vers lui. En vérité, l'idée de plonger ses bras dans le puits vorace ne lui faisait pas peur : elle le terrifiait littéralement. Ce qui était bien compréhensible, puisque chaque objet qu'ils avaient mis à tremper jusqu'alors avait éclaté, avant de sombrer dans les ténèbres… Le chevalier s'efforçait donc de trouver une nouvelle excuse, mais tout ce qui lui venait en tête était un début de colique – ce qui était à la fois sincère et insuffisant.

— Nous avons une excellente nouvelle, annonça pourtant Roméo. Nous sommes parvenus à percer le mystère du puits !

— Vraiment ? s'étonna Ulser, avec une once d'espoir.

— Absolument. En discutant avec notre guide, nous avons appris que la roche alentour avait une forte concentration en mithridate, un métal rare qui expliquerait ce phénomène de glaciation instantanée. Je vous épargne les détails, mais croyez-moi sur parole.

Le chevalier, l'amazone et le voleur attendirent la suite avec impatience, tandis que le firbolg secouait la tête de manière étrange.

— Pour vous protéger des effets néfastes du mithridate, reprit l'enchanteur, il vous suffit d'étaler une lotion particulière sur vos bras. Et, devinez quoi ? Mercédès en possède un plein flacon dans ses sacs !

— C'est vrai ? se réjouit le chevalier.

— Puisqu'on vous le dit, acquiesça la sorcière.

— Incroyable ! Quelle chance inouïe !

— C'est sûrement grâce à moi, se rengorgea Escar.

— Ne perdons pas davantage de temps, enchaîna Roméo. Retirez vos gants et vos plaques de bras ; ce sera plus efficace.

Le chevalier s'exécuta joyeusement, tandis que Mercédès fouillait ses fontes de selle pour en tirer un flacon jaune pâle, qu'elle lui tendit. Ulser étudia l'objet d'un air dubitatif.

— On dirait celui que vous utilisez pour vous coiffer le matin, commenta-t-il.

— C'en est un autre, assura la sorcière.

— La ressemblance est frappante, insista le chevalier. Vous êtes sûre que…

— Hé, ho ! Vous avez des notions en alchimie, vous ? Non ? Bon, alors faites votre part du travail et cessez de mettre mes capacités en doute !

Ulser se le tint pour dit, et ouvrit le flacon poisseux sans oser croiser encore le regard de Mercédès.

— Ça sent l'œuf et le vinaigre, annonça-t-il naïvement.

Il entreprit aussitôt de s'étaler de généreuses giclées du liquide sur les mains et les bras, tandis que la sorcière reniflait en douce quelques-unes de ses mèches de cheveux. Une fois le chevalier suffisamment graissé, il alla s'agenouiller au bord du puits, ses compagnons faisant cercle autour de lui.

— Une dernière chose, demanda Roméo. Avant d'échanger vos vœux avec Migrene, vous n'aviez jamais été fiancé à quelqu'un d'autre ?

— Non, pourquoi cette question ?

— Et les servantes de votre château ? intervint Mercédès. Elles sont plutôt mignonnes, ou revêches ?

— Mon père semble les trouver jolies, avoua Ulser. Mais pourquoi…

— Et dans vos campagnes, il doit bien y avoir une femme plutôt accueillante avec les étrangers, n'est-ce pas ? Les soldats ont toujours ce genre d'histoire en bouche.

— On m'a parlé d'une sabotière aux cheveux blonds, acquiesça le chevalier rougissant, mais nous n'avons pas été présentés… et… pourquoi…

— Pour rien, conclut Roméo. Détendez-vous, vous allez réussir, j'en suis sûr.

Ulser se sentait justement plus détendu avant cet interrogatoire ! Il devinait que les sorciers lui avaient offert l'occasion d'avouer ses péchés, comme s'il risquait de trépasser de manière imminente. Leur prévenance était pourtant aussi déroutante qu'inutile : puisqu'il s'était enduit de lotion, il ne risquait rien… Mais par précaution, il commença par n'avancer que la plus lointaine extrémité de son auriculaire gauche à la surface du puits. Pour le retirer précipitamment, à peine eut-il frôlé l'eau !

— Que se passe-t-il ? s'inquiéta Roméo.

— Brrr, elle est froide !

— Imbécile, bien sûr qu'elle est froide ! cingla Mercédès. Votre doigt est toujours vivant ? Oui ? Alors, au bain, et plus vite que ça !

Le chevalier rechigna un peu pour la forme, comme à l'époque lointaine où sa nourrice lui adressait le même commandement. Puis il trouva assez de courage pour tremper son doigt à nouveau, puis deux autres, et enfin la main gauche tout entière. Maline lui adressait un sourire radieux, Escar applaudissait, tandis que les sorciers poussaient un étonnant soupir de soulagement... Ainsi encouragé, Ulser s'enhardit à mouiller la dextre, puis se pencha vers l'épée qui semblait vibrer d'impatience. L'exercice s'avérait pourtant malaisé, puisqu'il nécessitait d'atteindre le centre du bassin tout en conservant son équilibre. Mais, enfin, les doigts poisseux de lotion pour cheveux se refermèrent sur le pommeau de Maroale !

— Je la tiens ! annonça-t-il dans un cri victorieux.

C'est au moment où il voulut la tirer à lui que la légèreté de son armure, comparativement à la force d'attraction aquatique, joua en sa défaveur. Plutôt que rapporter le trésor, l'effort de ses muscles bandés ne contribua qu'à le faire plonger la tête la première dans le puits maudit !

Suivirent alors quelques instants d'horreur. Le chevalier s'imagina bientôt brisé par le gel, puisqu'il n'était pas entièrement enduit de lotion… Il n'en fut rien, mais l'eau s'engouffrant dans son armure et le tirant vers les ténèbres n'était pas forcément porteuse d'image plus sympathique. Ulser se débattait avec la souplesse d'une brique assommée, s'agrippant à Maroale comme à une insuffisante bouée, tandis que ses compagnons restés sur le bord vivaient l'angoisse de ne pouvoir intervenir ! Le chevalier en était à ruminer qu'il savait bien qu'il aurait mieux fait d'aller plutôt sauver Migrene, d'abord, quand une main secourable frôla de justesse l'une de ses narines. Il ne réfléchit pas longtemps avant de s'y cramponner comme un chat sur le pantalon préféré de son maître. Ce soutien fut suffisant à le ramener à la berge, où, toussant et ruisselant, il put découvrir l'identité de son sauveur : Maline !

Il leur fallut à tous quelques minutes pour se remettre de ces émotions, tandis que les regards glissaient fréquemment sur l'épée qu'Ulser avait malgré tout réussi à remonter. Enfin, le chevalier adressa à l'amazone des remerciements sincères et amplement mérités.

— Vous auriez pu y rester aussi, rappela Roméo à la jeune femme. C'était vraiment très courageux de votre part…

— Je n'ai pas réfléchi, expliqua la guerrière. Il suffisait de tendre la main, alors…

— J'ai une dette envers vous, répéta le prophétionnel. Quoi que vous me demandiez à l'avenir, je l'accomplirai.

La fière amazone se contenta d'acquiescer, tandis que ses compagnons la contemplaient avec admiration.

— Mais pourquoi n'a-t-elle pas été blessée ? s'étonna Escar.

Les sorciers échangèrent un regard embarrassé.

— Sans doute que la lotion avait temporairement annulé les effets maudits du puits, prétendit Mercédès.

— Bien sûr, approuva Roméo. C'est la seule explication possible.

Le firbolg, qui s'était tenu à l'écart de toute cette agitation, secoua de nouveau sa grosse tête sans paupières de gauche à droite.

Maroale était effectivement une épée magnifique, au tranchant si effilé que Mercédès demanda expressément à ce que Ulser ne vienne pas l'agiter trop près d'elle. Ce à quoi le chevalier répliqua qu'il n'était pas si maladroit qu'elle semblait le suggérer, avant que l'arme ne lui échappe et n'aille percer la croûte d'un rocher pour y rester plantée. Le chevalier n'eut heureusement pas trop de mal à la dégager. Il proposa ensuite à Escar de la prendre en mains ; mais le voleur préféra ne pas user de ce privilège. En revanche, Roméo se porta candidat à une manipulation.

— La poignée est un peu froide au début, mais on s'habitue, prévint Ulser.

L'enchanteur acquiesça, referma les doigts sur l'épée présentée, mais les retira presque aussitôt !

— *Un peu froide ?* jura-t-il, surpris. Carambouc, j'ai failli rester collé par le gel !

Il fit cependant une nouvelle tentative en se protégeant d'une étoffe, mais ne parvint même pas à soulever l'arme et dut se reculer vivement. Mercédès refusa ensuite de se prêter à l'expérience, de même que le firbolg.

— Pas la peine, ça ne marchera pas avec moi, expliqua le guide. J'ai déjà frois enfants.

Le chevalier ne voyait pas le rapport, mais il s'abstint de tout commentaire. Enfin, il se réjouit de voir Maline empoigner l'épée enchantée sans difficulté, puis la faire tournoyer comme si elle était née avec l'arme en main. Parmi tous, l'amazone méritait bien cet honneur.

— Je crois que plusieurs choses sont ici vérifiées, commenta Mercédès. Et tu dis que le froid t'a mordu ? Y en a certains qui ont dû avoir du bon temps, ces dernières années.

— Pas tant que tu crois, répondit l'enchanteur. Et même beaucoup moins que *certaines*.

Ulser s'attendait à assister à une nouvelle dispute entre les ex-époux, mais la réponse de Roméo sembla plutôt faire plaisir à la sorcière. Le chevalier ne s'en porta pas plus mal ! Malgré son plongeon, il avait conscience d'avoir réalisé aujourd'hui un petit exploit, premier pas vers la concrétisation de ses épousailles avec Migrene… Et il espérait conserver ce sentiment d'allégresse le plus longtemps possible.

En réalité, il le perdit moins de dix minutes plus tard, quand l'enchanteur rappela qu'il serait beaucoup plus difficile de vaincre le dragon.

Chapitre 26

Ils prirent un repas léger près du puits, et s'engagèrent ensuite sur le chemin du retour, aussi monotone que dans la matinée. Quelques milles avant Danarenemis, Roméo choisit cependant de libérer leur guide de ses engagements. Ils se saluèrent sans effusions et se séparèrent, le firbolg prenant la direction du bourg.

— On ne rentre pas en ville ? comprit Maline.

— Je préfère éviter. Nous avons réussi à rapporter Maroale ; ça va forcément se savoir, et nous aurions à supporter un tas de curieux ou d'envieux…

— Tu ne projettes tout de même pas de nous faire passer la nuit dehors, par ce froid ? prévint Mercédès. Je n'ai plus vingt ans, et toi non plus !

— Il est encore tôt, rappela Roméo. Nous avons le temps de gagner un autre village avant le crépuscule. En partant vers l'est, nous nous rapprocherons de la Pierre-qui-roule…

La sorcière lui rendit un regard surpris.

— Ça pourrait être épique, commenta-t-elle sobrement.

— Certes, mais au moins ça nous évitera de repasser par le goulet. À moins que tu ne tiennes absolument à jouer encore aux énigmes, ajouta-t-il avec un sourire en coin.

— J'avais trouvé ça amusant, moi…, annonça Escar.

— Je pense que changer de route est une excellente idée, intervint le chevalier. Notre ennemi ne s'y attend pas ; il va peut-être perdre notre trace !

— Détrompez-vous, lança l'enchanteur. S'il a pu suivre notre voyage de Carnavalum à Gona Marata, c'est qu'il nous surveille probablement en permanence. Je ne serais pas surpris d'apprendre qu'il nous espionne en ce moment même.

Ulser résista quelques instants à la tentation, puis n'y tint plus et leva son visage vers le ciel, avec un mélange de curiosité et d'angoisse. Évidemment, à part des nuages gris et quelques malheureuses corneilles, il n'y avait rien à voir.

— Tu ne perds rien pour attendre, Fimosis ! lança-t-il aux innocents volatiles, en brandissant Maroale. Nous ne te laisserons pas vendre le monde aux ténèbres !

— Ça m'étonnerait qu'il vous entende, soupira Mercédès.

— Ah… tant pis.

Malgré tout, tout le reste de la journée, le bon chevalier leva fréquemment les yeux vers la voûte céleste. Et, malgré son envie de plus en plus pressante de satisfaire un besoin éminemment naturel, il attendit que la nuit soit des plus noires pour défaire sa culotte.

Le seul signe de civilisation qu'ils trouvèrent, après deux nouvelles heures de chevauchée vers l'est, se révéla être un chalet abritant un couple de nains peu accueillants. Roméo réussit tout de même à leur acheter le droit de s'installer avec ses compagnons dans l'étable jouxtant la maisonnée. C'est donc entre les chèvres et les chevaux que les aventuriers étendirent leurs propres couches, la sorcière ne manquant pas de souligner abondamment les inconvénients de la situation… mais après un repas chaud constitué de lard de canard et de framboises caramélisées, ils se sentirent mieux et se remémorèrent gaiement leur succès du jour.

— Maroale semble imprégnée par le givre, expliquait Roméo en contemplant l'arme brillant d'une lueur pâle. Je comprends mieux pourquoi elle était nécessaire à la quête… Elle causera de terribles dommages au barde nécromant, lorsqu'il aura adopté sa forme démoniaque.

— Et le bouclier d'écailles devrait retenir toutes les flammes qu'il pourrait vomir, compléta Mercédès. Un bien bel équipement, pour renverser un candidat maître du monde !

— Je me demande à quoi ressemble ce Darian qui est censé finir le travail, enchaîna Escar. Il doit être sacrément courageux…

— Justement ; nota Ulser, est-ce qu'il ne serait pas judicieux d'aller chercher ce dernier compagnon *avant* de rencontrer le dragon ?

— Mausaurus nous a expliqué que les choses auraient dû se passer ainsi, acquiesça Roméo. De même que Darian aurait dû participer à la libération de Maroale, si elle avait eu lieu dans treize ans, comme prévu… Mais avec le désordre que vous avez semé dans la trame du destin, le devin nous a conseillé de n'aller chercher ce héros qu'au dernier moment.

— Sûrement pour éviter qu'il se fasse tuer à cause d'une ânerie, ajouta Mercédès. Donc, laissons-le tranquille autant que possible. Le pauvre homme fera suffisamment les yeux ronds quand nous irons cogner à sa porte pour lui déballer toute l'histoire !

Il n'y avait pas grand-chose à ajouter, aussi changèrent-ils de sujet de discussion en argumentant sur les nuisances olfactives comparées des chèvres et des chevaux.

L'alezan du bon chevalier devait bientôt mettre tout le monde d'accord, au point de pousser les voyageurs à aller prendre l'air quelques minutes.

Le lendemain, alors que chacun se préparait pour une nouvelle étape, Ulser trouva les sorciers un peu nerveux. Enfin, un peu plus qu'à l'accoutumée. La différence n'était pas si évidente à remarquer chez Mercédès, qu'ils s'étaient habitués à voir râler et jurer à tous propos – de la disposition des bûches dans le feu aux fausses notes des sifflotements d'Escar, par exemple… En revanche, c'était beaucoup plus perturbant de la part de Roméo, dont les efforts de patience avec ses compagnons étaient louables, d'ordinaire. Mais, ce matin-là, l'enchanteur semblait s'être levé du pied gauche, l'avoir en outre posé dans le crottin, et même avoir glissé dessus pour s'y retrouver le nez plongé dedans.

En vérité, le sorcier regrettait presque sa décision à propos de ce changement de direction, mais il ignorait comment l'avouer sans perdre la face et la confiance du groupe. Le temps qu'ils s'apprêtent, qu'ils déjeunent et se mettent en selle, il était trop tard pour reculer… C'est donc dans une ambiance tendue que les aventuriers prirent la direction du pays de la Pierre-qui-roule, qu'il leur fallait traverser pour rejoindre un nouveau cromlech.

Le début du voyage, au moins, se révéla d'une reposante tranquillité. Ils progressaient entre des collines granitiques couvertes d'herbe grasse, et sur lesquelles s'égayaient mouflons et chèvres sauvages. Puis le chemin qu'ils suivaient se réduisit progressivement à la taille d'un sentier, ou d'une simple piste, pour disparaître bientôt tout à fait… Dans ces territoires désertiques, les massifs rocheux étaient plus hauts et déchiquetés, posés sur la lande comme autant de bastions naturels. Cela faisait presque deux heures qu'ils chevauchaient et ils n'avaient pas croisé âme qui vive – ou même qui ne vive plus, considérant leur rencontre avec le nain fantôme du goulet.

En fin de matinée, ils commencèrent à remarquer des pierres étranges dans le paysage. Elles étaient plus ou moins sphériques et imposantes, leur taille variant entre celle d'un porcelet à celle d'un bœuf. La plupart étaient amassées au pied des citadelles granitiques, hautes désormais de plusieurs dizaines de mètres… Cependant, une quantité appréciable était disséminée entre ces cathédrales, d'une manière qui ne semblait pas si aléatoire que ça. De toute façon, on se demandait surtout comment elles avaient pu arriver là !

Après une trentaine de minutes d'errance dans ce décor singulier, le bon chevalier eut l'impression que ses tympans bourdonnaient régulièrement. Il songea d'abord à une conséquence de son bain forcé de la veille, se cura en vain les oreilles, puis témoigna de cette gêne à ses compagnons silencieux. Escar et Maline devaient avouer ressentir la même chose ; tandis que Roméo et Mercédès échangeaient un regard soucieux.

— Ça va passer, promit l'enchanteur. Dès que nous aurons fini de traverser cette lande. Encore quelques heures de patience…

Ulser ne demandait pas mieux, mais le phénomène devait malheureusement s'amplifier ! Bientôt, les vibrations qu'ils ressentaient se précisèrent, pouvant alors se décomposer en un sifflement suivi d'un choc très lourd. Cela advenait au moins une fois par minute. Les sorciers parurent plus nerveux encore ; ils scrutaient en permanence le sommet des bastions alentour.

— Je connais cette région, annonça bientôt l'amazone. Les Aînées en ont déjà parlé. Chez nous, on l'appelle le pays des Têtes-pierre.

— Ben, c'est toujours mieux que la Pierre-qui-roule, apprécia Escar. Ça m'a déçu, je m'attendais vraiment à voir bouger quelque chose…

— Un peu de patience et vous serez comblé, lâcha Mercédès à mi-voix.

— On dit que des créatures grandes comme des arbres vivent au sommet de ces pitons, poursuivit Maline. Leur corps est entièrement fait de roche. Elles n'ont aucun besoin de manger, ni de boire. Elles passent le plus clair de leur temps à dormir, en se réchauffant à la lumière du soleil.

— On en raconte, des bêtises, hein…, plaisanta Roméo, fort embarrassé.

— On dit aussi que, quand elles ont accumulé assez de chaleur et d'énergie, ces créatures font la guerre à leurs semblables. Elles modèlent alors d'énormes boulets de pierre pour les lancer sur leurs ennemis, en cherchant à détruire leurs colonnes.

— Où va-t-on chercher tout ça, n'est-ce pas ? commenta l'enchanteur.

— Quand elles n'ont plus assez de munitions, ou quand elles refusent de puiser dans leur territoire, les créatures descendent de leurs abris et récupèrent de nouveaux projectiles. Le plus souvent, il leur suffit de ramasser ceux qui s'entassent en bas de leur tour, mais il peut arriver que certaines parcourent la lande pour assouvir plus vite leur soif de destruction…

— Une fable bien intéressante, applaudit Roméo. Je pense qu'il vaudrait mieux ne plus en parler et maintenir une bonne allure, maintenant.

Le silence ne régna que quelques instants, avant que le chevalier ne remarque :

— Çà peut paraître idiot, mais cette légende pourrait dire la vérité, après tout. Regardez, là, on dirait même des énormes traces de pas !

Il désignait fièrement sa découverte, une série de dépressions circulaires d'un demi-mètre de large, puis perdit toute envie de sourire devant les expressions anxieuses de ses compagnons.

Effectivement, ce n'était pas si drôle que ça.

La lande se révélait immense, et abritait sûrement plusieurs centaines de ces cathédrales rocheuses. Les aventuriers n'en apercevaient jamais plus de cinq ou six à la fois, de toute manière ; surtout quand la distance entre elles se réduisit comme chopine devant un nain. Ils entendaient toujours le sifflement des énormes rochers et leur choc contre le granite, sans avoir eu jusqu'alors l'occasion d'assister à la scène. Mais comme l'écho retentissant de ces batailles empêchait de les localiser précisément, et qu'elles pouvaient donc se dérouler aussi bien à huit cents mètres que derrière la prochaine colonne, tous redoutaient de se retrouver soudain en première ligne !

— Je regrette *vraiment* les énigmes du nain, marmonnait Escar, tassé sur sa selle avec les bras couvrant son crâne.

— Ce serait idiot de faire demi-tour maintenant, répéta Roméo, agacé. Nous avons parcouru plus de la moitié du chemin !

Sa monture fit un brusque écart de côté, alors qu'une pluie de poussière et de gravillons s'abattait sur eux ! Levant les yeux, les voyageurs eurent la surprise – et la peur qui allait de pair – d'apercevoir une énorme tête dépasser du sommet du piton voisin. La créature était bien telle que l'avait décrite Maline : entièrement constituée de roche et de silex... Lorsque les deux épais sourcils du visage lithoforme se froncèrent, le bon chevalier ne pensa qu'à adresser un petit salut amical de la main. Même Maroale ne lui serait d'aucune utilité contre ce monstre, s'il décidait d'écraser les insectes qui longeaient sa tour.

— *VOUS*, commanda-t-il d'une voix caverneuse ; *ÊTES-VOUS LÀ POUR ME VOLER MES BOULETS ?*

— SOYEZ ASSURÉ QUE NON ! répondit Roméo aussi fort que possible.

— On en a déjà bien assez avec nous, rajouta Mercédès, louchant sur ses compagnons.

— *ALORS, JE VOUS LAISSERAI PASSER*, promit la créature. *RENDEZ-MOI SEULEMENT UN PETIT SERVICE !*

— DE QUOI S'AGIT-IL ? s'inquiéta le sorcier.

— *EN GUISE DE VOTRE BONNE FOI, PASSEZ-MOI L'UNE DE CES PIERRES !*

D'un membre épais comme une colonne de marbre, il désignait la cinquantaine de rochers amassés contre son château naturel. Le plus petit avait au moins la taille d'un baudet. L'enchanteur déglutit avec difficulté, puis leva de nouveau les yeux sur le géant élémentaire.

— ÇA NOUS EST IMPOSSIBLE, annonça-t-il avec sincérité. NOUS NE DISPOSONS PAS DE VOTRE PUISSANCE !

— *VOUS REFUSEZ DONC DE M'AIDER ?*

La réplique fut suivie d'un tel grondement que les aventuriers agitèrent les bras dans un bel ensemble, promettant que si, si, on allait se débrouiller ! Évidemment, ils craignaient de devoir s'enfuir en esquivant des projectiles gros comme des meules de moulin – même si cette hypothèse semblait inéluctable.

— Quelqu'un a une idée ? vérifia Roméo.

— Eh bien, hasarda Escar, est-ce que vous ne pourriez pas, avec votre magie…

— Si j'avais eu un sortilège efficace, s'impatienta l'enchanteur, je n'aurais pas pris la peine de demander votre aide ! Ventrelotte, à quoi suis-je donc réduit !

— Je devrais peut-être lui expliquer les enjeux et l'importance de ma quête, proposa Ulser.

— Ne vous gênez pas, railla Mercédès. Avec un peu de chance, vous réussirez à l'endormir et nous pourrons filer.

— Et si on attendait qu'il finisse par nous oublier, tout simplement ?

Ils relevèrent alors les yeux sur le sommet du piton, mais le visage grognon de la créature était toujours penché vers eux.

— *ALORS ?* gronda-t-elle. *ÇA VIENT ?*

— C'EST-À-DIRE QUE, NOUS NE SOMMES

PAS D'ACCORD SUR LE CHOIX DU ROCHER, improvisa Roméo. NOUS NE VOUDRIONS PAS VOUS DÉCEVOIR !

— *QU'IMPORTE, NOUS N'AVEZ QU'À M'EN APPORTER CHACUN UN !*

— Félicitations, grinça la sorcière.

— Je fais ce que je peux, répliqua amèrement l'enchanteur. Mais n'hésite pas à nous montrer tes talents de négociatrice ; je t'en prie !

Piquée au vif, Mercédès se dressa sur ses étriers pour interpeller la créature :

— DITES DONC, LE TAS DE SILEX, POURQUOI VOUS NE VENEZ PAS LES CHERCHER VOUS-MÊME, VOS IMBÉCILES DE BOULETS ?

— *HEIN, QUOI ?*

— Heu, je ne suis pas certain que ce soit la meilleure approche possible, avança le chevalier d'une voix tremblante.

— VOUS ÊTES SOURD, EN PLUS ? reprit la sorcière. OU SEULEMENT ABRUTI ? POURQUOI VOUS NE DESCENDEZ PAS ? VOUS AVEZ PEUR DE NOTRE HÉROS LOCAL ?

— *QUOI, QUI ?*

— Il n'est pas forcément utile d'attirer l'attention sur moi, bredouilla Ulser, de plus en plus pâle devant le doigt tendu de Mercédès.

— OU ALORS, VOUS AVEZ LE VERTIGE ? ET VOUS ÊTES À COURT DE MUNITIONS ? ÇA DOIT ÊTRE PÉNIBLE, D'ATTENDRE

QU'UN BOULET TOMBE CHEZ VOUS POUR CONTINUER LA GUÉ-GUERRE !

— *NON MAIS, HO*, protesta le Tête-Pierre ; *DE QUOI JE ME MÊLE ! FICHEZ-MOI LE CAMP, MAINTENANT !*

Lui-même disparut de leur vue. La sorcière reprit alors place sur sa selle, adressant à Roméo une moue à la fois fière et amusée.

— Mais… comment…, s'étonnait l'enchanteur.

— J'ai vu sa manière crispée de s'agripper au bord. Le reste n'était que logique.

Ses compagnons la félicitèrent chaleureusement ; c'était d'ailleurs la première fois qu'ils se réjouissaient de l'avoir entendue hurler.

— Il aurait pu lui rester un ou deux projectiles, remarqua néanmoins Roméo. Tu as pris un sacré risque.

Mercédès se contenta de hausser les épaules. Ils reprirent leur progression entre les piliers rocheux, croisant les doigts pour que cette mésaventure soit la seule de la journée… On commençait presque à penser à autre chose, notamment au dragon qu'ils devaient rencontrer le lendemain, quand Escar lança dans le silence :

— Je trouve que c'était quand même une sacrée chance, que le monstre n'ait plus de boulets… Je me demande à qui on doit une veine pareille !

En guise de flatterie, il n'obtint que la menace d'être bientôt changé en trèfle à quatre feuilles et replanté près d'un troupeau de ruminants affamés, s'il s'obstinait à leur casser les oreilles avec ses douze tontons et autant de frérots.

Chapitre 27

La fortune continua de sourire aux voyageurs, puisqu'ils parvinrent à quitter le pays de la Pierre-qui-roule sans s'en prendre une seule sur la tête. Mieux, ils tombèrent pratiquement par hasard sur le cromlech qui devait leur permettre de quitter le continent Nord ! Et ce coup de pouce était bien nécessaire, étant donné l'état pitoyable dans lequel se trouvait le cercle de menhirs. Les pierres dressées et l'espace entre elles étaient envahis par les ronces, les orties et le lierre. Cela laissait supposer qu'aucun sorcier ne l'avait utilisé depuis un bon moment, mais aussi que les aventuriers auraient pu passer à cent mètres de là sans deviner sa présence… D'un seul regard noir, Mercédès prévint tout commentaire de la part du voleur. Ils mirent ensuite pied à terre, trop heureux d'en avoir fini avec cette étape oppressante.

Ulser se réjouit d'utiliser Maroale pour la première fois. Certes, c'était à l'occasion d'un travail de défrichage un peu indigne de l'épée légendaire ; mais le chevalier était si fier de faire enfin la preuve de son habileté aux armes, vérifiant par la même occasion la maniabilité et l'équilibre de l'acier, qu'il s'acquitta de la besogne très consciencieusement. Il en profita même pour réviser plusieurs leçons d'escrime, enchaînant gardes, fentes longues, pointes et frappes d'estoc avec un amusement qu'il n'avait pas connu depuis longtemps. Il n'était pas peu fier du spectacle qu'il offrait à ses compagnons ; ceux-ci l'observant avec des yeux ronds tandis qu'il décapitait les orties, brisait les lignes défensives des ronces et perçait le cœur des plus gros chardons… Bien entendu, il ne pouvait remporter une telle bataille sans payer de son propre corps, mais il s'efforçait d'oublier griffes, piqûres et démangeaisons de toutes sortes en songeant à la noble tâche qu'était la libération de ce cromlech. Et, si ce n'était le cri de donzelle qu'il poussa lorsqu'un lièvre détala soudain dans ses jambes, il s'acquitta très honorablement de la corvée.

La place enfin libre, les voyageurs purent installer leur habituel campement au centre du cercle. Roméo n'attendit pas pour entamer les premiers rituels devant les amener sur le continent Nord, dans les marais de Perombale, où régnait le dragon Na'faras… Puis ils soupèrent d'un potage aux orties et d'une salade de pissenlits, en regrettant la hase qui s'était enfuie et qui aurait agréablement complété ce repas du terroir. Ils finirent en goûtant quelques baies cueillies sur les ronces, mais dès ses premiers grouillements d'estomac, Ulser conseilla de s'arrêter avant la deuxième centaine – ce que la gourmandise l'avait lui-même empêché de faire. Enfin, la conversation devait naturellement porter sur l'affrontement à venir.

— Ce sera d'autant plus difficile que nous allons l'attaquer sur son propre terrain, commentait Mercédès. Quand on sait qu'il a déjà la réputation d'un dragon cruel, pour ne pas dire vicelard, je me demande vraiment comment vous allez vous en tirer.

Le chevalier se posait pareillement la question. Depuis qu'ils avaient abordé le sujet, ses coliques empiraient de minute en minute – alors qu'il avait justement cessé toute ingestion de baies noires, responsables de ces douleurs, pour porter plutôt son dévolu sur les rouges.

— J'ai confiance en votre soutien, déclara-t-il naïvement. Vous avez sans doute l'une ou l'autre potion à me confier, ou un quelconque artefact de grande magie à me prêter, et qui m'aidera à faire la différence dans le combat…

Les sorciers échangèrent un regard dubitatif par-dessus le feu de camp.

— Sans doute, prétendit Roméo en toussotant. Il faudra que je fouille un peu dans mes malles, mais si un petit gri-gri peut vous mettre en confiance…

— C'est bête d'arriver trop tôt, comme ça, lança Escar. À quelques années près, on aurait eu qu'à se baisser pour ramasser les écailles…

— Est-ce qu'on sait comment Na'faras était censé mourir ? s'enquit Maline. Ça pourrait nous aider.

— Mausaurus n'avait aucune idée sur la question,

rappela l'enchanteur. Pour tout ce qui concerne de près ou de loin le prophétionnel, et en reprenant l'expression du devin, « les fibres du destin se nouent en un sacré paquet de bouloches ». Je crois seulement ne pas me tromper en prétendant que Na'faras est déjà un très ancien dragon. Étant donné qu'il est invaincu depuis des siècles, j'imagine qu'il était promis à simplement s'éteindre de vieillesse.

— Donc, il est plus faible qu'autrefois ! se réjouit Ulser.

— En aucune façon. Imaginez-le plutôt comme un poison qui aurait été distillé cent fois ; chaque nouveau passage dans l'alambic renforçant sa concentration et sa dangerosité. Les flammes qui couvent dans sa gorge sont plus ardentes que jamais… Il doit être moins souvent éveillé que plongé dans le sommeil, voilà tout.

— C'est vrai qu'on n'a plus entendu parler de lui depuis Baudet Six, remarqua Mercédès. Quand il avait rasé le port de Zanadyr…

— Ah, oui ! s'anima Escar ; j'ai entendu cette histoire ! Le dragon s'était d'abord amusé à détruire les maisons, laissant les habitants paniqués se masser dans tous les bateaux disponibles ; puis il avait attendu qu'ils soient suffisamment au large pour les couler un par un ! Il n'y avait eu qu'une poignée de survivants pour raconter cette horreur, et tous étaient brûlés sur la moitié du corps…

— Je crois que je ne me sens pas bien, annonça soudain Ulser.

— Vous n'avez qu'à essayer plutôt les baies jaunes, railla la sorcière. Et puis, vous êtes forcé de les avaler par quatorze ?

— Ce n'est pas ça, c'est l'odeur des orties coupées, prétendit le chevalier. Je pense que je ferais mieux de m'installer un peu plus loin.

Ses compagnons le regardèrent ramasser sa couverture et aller s'étendre à une dizaine de mètres, où il resta allongé et immobile, les yeux levés vers les étoiles. Il était si rare de voir le chevalier aussi sérieux que chacun prit conscience du poids que devait être la responsabilité du prophétionnel, et de la tristesse qu'il ressentait sûrement en songeant à sa fiancée…

Puis, après vingt minutes de murmures embarrassés, il vint à Roméo un soupçon qu'il s'étonna de ne pas avoir eu plus tôt. Ni une ni deux, il bondit sur ses jambes et marcha fermement jusqu'à un Ulser feignant de dormir.

— Dites donc, accusa-t-il en tapant du pied, vous ne vous seriez pas installé à l'extérieur du cromlech dans l'idée de manquer le voyage, par hasard ?

Le bon chevalier se montra scandalisé par de telles allégations, rappela quelques-uns des articles fondamentaux du code du paladin sur la question du courage et de la loyauté, puis rassembla ses affaires à l'intérieur du cercle, où il se mit à bouder pour bien témoigner de sa vexation.

N'empêche, avec tout ce qu'il venait d'entendre sur le dragon, il était convaincu de ne pas pouvoir fermer l'œil de la nuit.

— Debout ! Allez, debout, maintenant, ça fait trois fois que je viens vous secouer !

Ulser consentit à soulever une demi-paupière, en songeant que la sorcière était une menteuse : elle n'était venue que deux fois, en vérité, tout comme Roméo. Après ces heures à passer de cauchemar en cauchemar, après avoir lambiné pour retarder le départ, le chevalier n'avait plus vraiment le choix, et il finit par se lever. D'autant que ses compagnons étaient déjà prêts, réunis autour de lui, et que l'on attendait plus que le héros du jour daigne grimper sur son alezan…

Moins de trois minutes après, ils quittaient ce nouveau cromlech où il s'était réveillé. Le voyage entre les cercles de pierres s'était une nouvelle fois parfaitement déroulé. Les aventuriers se trouvaient désormais au cœur du continent Ouest, à proximité des marais de Perombale, vers lesquels Roméo les menait. Impossible de se méprendre sur la destination : ces marécages semblaient posés dans le fond du paysage comme de la saleté dans une gouttière. Il y avait là plusieurs milliers d'hectares de boue et de végétation mêlées, avec, quelque part au centre, le repaire d'un des plus dangereux dragons encore en vie ! Ulser s'attendait plus ou moins à le voir surgir de l'entremêlement des saules et des grands aulnes, mais seule une brume de mauvais augure planait sur cet endroit évité par toutes les créatures intelligentes. Même la brande environnante était déserte. On apercevait seulement, de temps à autre, des vestiges de fermes ou d'anciennes masures, que leurs habitants avaient abandonnées depuis longtemps… en supposant que Na'faras leur ait laissé le temps de s'enfuir, quand il avait choisi cet endroit pour s'installer.

Dans un silence presque religieux, les aventuriers s'avancèrent bientôt sous le couvert de la saussaie naturelle. Le bon chevalier songea alors que, pour un monstre vomisseur de feu, le dragon semblait veiller à ne pas saccager son propre territoire. Ce qui paraissait logique : Ulser ne s'imaginait pas davantage cracher sur le sol du château familial. Du moins, pas sans en subir illico les remontrances de son père, connu pour son irritabilité inversement proportionnelle à son sens de l'humour. Soulagé par ce premier constat, le prophétionnel caressa donc l'espoir d'échapper ce jour à un déluge de flammes, ce qui ramenait ses chances de ne pas périr à, peut-être, une sur dix mille. Comptant bien améliorer cette probabilité de quelques douzaines de points, il prit le risque de faire entendre sa voix par-dessus le chant des grenouilles et des hérons :

— Dites, heu, vous avez trouvé quelque chose qui pourrait m'aider, dans vos malles ? C'est que nous sommes sur place, maintenant, et qu'il pourrait nous tomber dessus à tout moment…

— Ah oui, c'est vrai…, commenta Roméo d'un air chagriné.

Il regarda de part et d'autre de sa selle, ouvrit l'une de ses fontes au hasard et, après quelques instants de réflexion, en sortit une corne d'ivoire où était tassé un petit paquet d'herbes sèches.

— Tenez, glissez ça dans votre chaussure, conseilla-t-il. C'est une plante puissamment chargée de magie, à l'odeur intolérable pour un dragon. Elle devrait empêcher Na'faras de vous avaler d'une bouchée.

— Ça ressemble à ce que vous utilisez pour vos infusions, remarqua le chevalier.

— Il s'agit d'autre chose. Je vous assure.

— Bien…

Ulser glissa docilement les feuilles craquelées dans ses solerets, puis reprit sa surveillance des environs. Pourtant, après une minute seulement, il dut bien reconnaître qu'il ne se sentait pas vraiment plus en sécurité, avec ses trois branches de tilleul collées sous le talon.

— Je regrette d'insister, bredouilla-t-il, mais vous n'auriez pas quelque chose d'un peu plus… décisif ?

— Il me reste du thym et un peu de laurier, railla Mercédès.

— Vous n'avez besoin de rien d'autre, trancha Roméo. Vous êtes en armure, vous portez Maroale, et vous êtes au cœur de la prophétie. Toutes les conditions sont réunies pour un combat épique dont vous sortirez vainqueur. Enfin, sûrement, ajouta-t-il un ton plus bas.

— Sauf que… dans la prophétie, le dragon était déjà mort…

— À qui la faute ? répliqua la sorcière. Si vous n'étiez pas venu m'embêter chez moi et semer le désordre pour tout le monde, on n'en serait pas là !

— Ne vous inquiétez pas, intervint Maline. Si la bête vous met en charpie, je jure de vous venger.

— Eh bien, c'est très gentil, mais ça ne serait peut-être pas une mauvaise chose de me venger *avant* ma disparition... En outre, ça me donnerait l'occasion de vous en remercier...

— Pas question de refiler votre part du boulot, prévint Mercédès. C'est *vous* qui devez récupérer les écailles, et personne d'autre !

— Mais, je pourrais très bien les ramasser après que Maline aura...

— Rien du tout ! s'impatienta la sorcière.

Son exclamation avait été un peu forte, au point d'effrayer une colonie de guifettes qui s'enfuit brusquement d'un arbre voisin. Les volatiles ne manquèrent pas, au passage, d'insulter Mercédès avec des « krrr » et des « krecc » bien sentis... mais ce qui marqua surtout l'épisode fut le silence pesant qui s'installa juste après. Les marais semblaient retenir leur souffle.

Jusqu'à ce que le raclement d'une énorme gorge, résonnant à plusieurs centaines, ou même milliers de mètres, fasse s'envoler en piaillant des légions entières d'oiseaux multiformes.

Les aventuriers attendirent, immobiles, que le calme revienne sur la région... ou que le dragon se dévoile soudain. Mais après cinq minutes, il ne s'était toujours pas manifesté. Escar rassembla alors assez de courage pour lancer à Roméo, dans un murmure :

— Dites, il ne vous en resterait pas un peu, de ces herbes à thé ?

Ils continuèrent à s'enfoncer dans les marécages, plus ou moins au hasard, en suivant des pistes imaginaires qui leur permettaient de contourner les tourbières, plutôt que s'y vautrer comme des cochons. Malgré tout, après un moment, il devint de plus en plus difficile de se maintenir en selle. D'autant que les chevaux montraient des signes croissants de nervosité… sans égaler toutefois ceux du chevalier, dont les dents semblaient claquer au rythme élevé de son pouls. La fièvre dont il prétendait souffrir était contagieuse, puisque Escar en montrait régulièrement les symptômes, lui aussi ! Quand l'alezan d'Ulser se mit à avoir la chair de poule et les genoux qui s'entrechoquent, Roméo décida qu'il était temps de poursuivre à pied. Cela provoqua un concert de protestations aussi bien des humains que de la troupe des équidés, l'une et l'autre partie refusant de se retrouver seule dans ces lieux pour le moins inhospitaliers. L'intransigeance du sorcier eut pourtant raison des braillements de toutes sortes, et les chevaux se trouvèrent bientôt attachés à un saule, la queue et les oreilles basses. Ulser prit encore le temps de faire promettre à son fier compagnon de ne pas mâchouiller sa longe, comme l'autre fois, hein, puis les voyageurs se lancèrent dans la suite de l'excursion.

Dix minutes après, ils revenaient sur leurs pas, le bon chevalier ayant omis de récupérer sur sa selle l'épée Maroale ainsi que son bouclier.

Enfin, après une heure passée à patauger entre

terre et boue, en luttant vainement contre les moustiques, la moiteur, la mauvaise humeur de Mercédès, et la peur qui rongeait leurs entrailles de ses petites dents cariées, les aventuriers furent assez proches du repaire du dragon.

Chapitre 28

Il suffisait de promener le regard alentour pour comprendre que la région n'était pas habitée par des gentils nobbites. Ce secteur des marais, en particulier, était un concentré de tout ce que le monde pouvait offrir de plus répugnant. Les rats y étaient si gros qu'ils chassaient le castor juste pour rigoler. Les insectes pompeurs de sang s'y déplaçaient en bandes malveillantes, et portaient malheur à toute bête à poil ou à squame qui avait l'imprudence de les regarder de travers, ou de formuler un commentaire désobligeant sur leur mère. Les arbres, sourds et boiteux, tentaient désespérément de dégager leurs racines du piège de lierre qui les agrippait au sol boueux. Mais, surtout, il régnait là une telle pestilence qu'on en venait à se demander si Na'faras n'était pas mort au mois dernier, en définitive. S'ils ne l'avaient pas entendu se racler la gorge une heure plus tôt, les aventuriers se seraient frotté les mains de satisfaction.

Ulser finit par découvrir l'origine de cette puanteur, du pied gauche, très exactement. Ce qu'il avait pris pour une nouvelle bande de terre boueuse s'avérait une énorme fiente de dragon, dont les effluves libérés par le bris de la croûte attirèrent un escadron de mouches bariolées. Les voyageurs portèrent alors un regard nouveau sur ces tas odorants : il y en avait partout ! Au fond des eaux et des tourbières, sur les camps retranchés de champignons, et même dans les arbres... Cela apportait deux renseignements au chevalier. Tout d'abord : le monstre ne devait plus être très loin. Et ensuite : son régime n'était pas assez riche en fibres. Quoique ce dernier point ne soit pas d'une importance capitale pour l'accomplissement de la quête.

— Je me demande ce qu'il peut bien manger, chuchota Escar en se pinçant le nez.

Les ossements qu'ils commencèrent à trouver vingt mètres plus loin lui fournirent une partie de la réponse. Et, surtout, l'énorme tête arrachée d'un aurochs sauvage, qu'ils découvrirent à demi-immergée dans une fondrière, sous une couche d'asticots assez variés pour ravir un collectionneur mentalement perturbé.

— Ce n'est pas possible, refusa Ulser, au bord de la nausée. Il n'y a pas d'aurochs, ici !

— Ça va peut-être vous surprendre, lança Roméo, mais comme la plupart des dragons, Na'faras est capable de voler sur de grandes distances. Vous ne l'imaginiez pas se faufiler dans ces marais comme un vulgaire varan, quand même ?

La question n'appelait pas vraiment de réponse,

et ils poursuivirent en se bouchant les narines, arrachant leurs bottes à la gangue boueuse qui cherchait à les retenir. Fientes et carcasses se firent toujours plus nombreuses et fraîches... puis un nouvel élément trahit la proximité du monstre. Une respiration, lourde, lente, et vaguement sifflante.

— Il ronfle presque aussi fort qu'Escar, lança Mercédès, ne plaisantant qu'à moitié.

Personne n'avait le cœur à rire, et surtout pas le bon chevalier dont la propre respiration semblait coupée. Il n'avança plus que sous les encouragements de Roméo, d'autant plus efficaces que le sorcier accompagnait ses paroles de fermes poussées dans le dos du champion.

Enfin, ils arrivèrent en vue de Na'faras.

Le dragon occupait le centre d'une clairière qu'il avait lui-même dessinée au fil des siècles. Il n'y restait pas un arbre qui ne fût couché et pourrissant, pas une mare qui ne fût comblée de fientes et de restes animaux. Le monstre lui-même était conforme à ce qu'Ulser avait imaginé... C'est-à-dire énorme et terrifiant. Il devait bien mesurer trente mètres, du museau au bout de la queue. Ses ailes déployées avaient sûrement pareille envergure. Des cornes jaunâtres garnissaient son front et son museau. Sa peau écailleuse se soulevait au rythme d'une respiration puissante, tandis que le souffle qu'il rejetait entretenait la chaleur et la pestilence de l'atmosphère... Les aventuriers restèrent ainsi une bonne minute à l'observer, immobiles et silencieux, mais la bête lovée sur elle-même ne semblait pas avoir remarqué leur présence : elle dormait pour de bon.

— C'est une chance unique, commenta Mercédès. Allez-y et frappez un bon coup ; profitez-en !

— Mais, heu…

— Allez ! insista-t-elle, en le poussant en avant. Plus vite vous en aurez fini, plus vite on pourra quitter cette bauge !

Le chevalier ne savait pas qui il craignait le plus, du dragon ou de la sorcière. Mais quand il croisa le regard impatient de cette dernière, il se décida à faire trois pas timides en direction du monstre, brandissant Maroale devant son visage. Néanmoins, il s'arrêta encore :

— Vous… vous n'auriez pas un dernier conseil, par hasard ?

— Mettez-lui du sel sur la queue ! lança la mégère.

— Essayez de le retourner sur le dos, proposa Maline. Ça vous permettra de frapper sous la patte gauche, et peut-être d'atteindre le cœur.

— Le retourner sur le dos, répéta Ulser en contemplant les deux cents tonnes de chair saurienne. D'accord, merci.

Il avança d'une dizaine de pas encore, prêt à recourir à une retraite toute stratégique si jamais la bête esquissait ne serait-ce qu'un tremblement de paupière. Puis ses foulées devinrent de plus en plus petites, au point qu'il finit par faire du sur-place.

— Mais grouillez-vous, foutripaille ! s'énervait la sorcière. Vous attendez qu'il se réveille, ou quoi ?

— C'est que… je ne sais pas trop vers quel côté aller, mentit le chevalier. Même son cou est trop épais pour être tranché…

— Arrangez-vous pour lui crever les yeux, proposa Roméo. Ça ne le tuera peut-être pas tout de suite, ou pas du tout, mais au moins ça vous donnera un avantage.

Ulser acquiesça, puis prit à petits pas la direction de la tête du monstre – ce qu'il voulait justement éviter. L'image de ce dragon se réveillant soudain en rugissant de douleur, déversant des torrents de flammes sur les insectes qui osaient s'attaquer à lui, torturait aussi bien son esprit que son estomac… Pourtant, même avec la plus grande des mauvaises volontés du monde, il finit par se trouver à moins de cinq mètres de l'énorme gueule d'écaille et d'ivoire, en plein dans le souffle chaud et fétide. Et le dragon ne s'était toujours pas réveillé.

Le chevalier mit pratiquement autant de temps à s'approcher à portée de lame qu'il ne lui en avait fallu pour venir jusque-là. L'impression de puissance et d'invulnérabilité qui se dégageait de cet énorme corps lui faisait tourner la tête – à moins que ce ne fût sa propre trouille, atteignant des sommets comme il n'en avait jamais connu. Une fois en position, il examina la paupière du monstre, aussi large qu'un bouclier. Il lui fallait la percer avec brutalité, et déchaîner ainsi un ouragan de colère dont il serait la cible principale… Il bloqua son souffle… leva l'arme, banda ses muscles, s'apprêta à frapper…

Mais, décidément et tout bien réfléchi, ce plan ne lui convenait qu'à moitié.

Sur la pointe des pieds, il recula alors d'une dizaine de mètres, tandis que Mercédès et Roméo lui adressaient de grands gestes aussi impatients que furieux.

— Je ne peux pas, prétendit-il dès qu'il fut revenu à portée de voix. Ce serait contraire au code d'honneur du paladin, de frapper cette créature dans son sommeil !

La sorcière répliqua par une bordée de jurons qui auraient scandalisé même un pirate reconverti en charretier-poissonnier. Cela dura près d'une minute pendant laquelle chacun dut résister à l'envie de se boucher les oreilles, en plus des narines. Quand elle s'interrompit, le temps de reprendre son souffle, l'enchanteur en profita pour se montrer – un peu – plus ouvert à la discussion.

— Mais bougre d'abruti, demanda-t-il, qu'est-ce que vous comptez faire si vous refusez de le frapper maintenant ? Attendre qu'il finisse sa petite sieste et se réveille en pleine forme ? En plus, vous imaginez que ça pourrait prendre des jours et des jours ?

— Nous ne sommes pas si pressés, avança Ulser, honteux de son propre culot. On pourrait s'installer un peu dans le coin…

— Et pêcher la grenouille, tant que vous y êtes ? Pas question ! décida Mercédès. Soit vous lui mettez un coup maintenant, soit vous vous débrouillez pour le réveiller avant !

Le chevalier fit mine de réfléchir, mais sa décision

était déjà prise : si le dragon pouvait ronfler encore une petite semaine, il ne s'en porterait pas plus mal.

— Je vais le tirer de ses cauchemars, promit-il. Ainsi, il aura droit à un combat régulier et honorable !

— C'est l'idée la plus stupide que vous ayez jamais eue, commenta tristement Roméo. Je décline toute responsabilité dans ce qui pourra advenir.

— Heu, moi aussi, bredouilla Escar.

— Moi, je trouve ça loyal et courageux, annonça Maline.

Elle gratifia Ulser d'un de ces sourires à réchauffer le cœur d'un yéti, ou à pousser les hommes à commettre les pires folies… Le bon chevalier ne fit pas exception et il retourna vers le dragon avec une motivation nouvelle, qui diminua cependant à mesure qu'il approchait. Il fit mine, ensuite, de s'éclaircir la voix pendant cinq bonnes minutes, puis lança un premier et timide « Debout ! » que même ses compagnons ne purent entendre.

Na'faras ne bougea pas d'une écaille.

Pour faire bonne figure, Ulser s'enhardit à monter d'un ton : « Debout, allez, debout ! Viens te battre, si tu es un ho… Heu… Enfin, debout, quoi ! »

Le dragon restait aussi immobile qu'un rocher pris dans la glace.

— Mais qu'est-ce que vous faites !

La voix de Mercédès fit bondir le chevalier un mètre au-dessus du sol : elle s'était approchée à mi-chemin entre le monstre et la lisière de la clairière, et il ne s'en était pas aperçu. En fait, tous ses compagnons s'étaient avancés, même Escar, dont Roméo tenait fermement le col en un signe évident d'affection.

— Vous croyez que vous allez le réveiller avec vos petits sifflets ? poursuivit la sorcière. Vous avez vu la taille de ces oreilles ? Pour faire vibrer ses tympans, vous allez devoir sortir le feu de vos poumons, mortidiou ! HÉ, GROS LÉZARD PUANT, ON A UNE ÉPÉE À TE MONTRER !

Ulser ne put s'empêcher d'agiter les mains pour lui demander de baisser le ton… mais le dragon ne fut pas davantage dérangé par ces vociférations. Au point que le chevalier commençât à nourrir l'espoir d'avoir affaire à une créature terrifiante, certes, mais sourde comme un pot ! Ce qui, au regard de son âge avancé, était tout à fait plausible. Un peu plus détendu, le chevalier s'aventura à pousser à son tour quelques hurlements. À sa grande satisfaction, mais au dam des sorciers, la bête n'eut pas plus de réaction que si on avait lancé un demi-pétale de rose sur ses griffes.

— Tu parles d'une terreur ! râlait Mercédès. Tant pis pour lui, ou plutôt, tant mieux pour nous ! Il n'y a qu'à se servir en écailles ; il ne s'en apercevra même pas !

Dans l'esprit d'Ulser, l'opération allait engendrer une tornade de destruction comparable au résultat d'une attaque directe. Il voulait bien continuer à crier sur le monstre – mais le toucher, non.

— Je ne puis pareillement le déposséder de son

bien pendant qu'il dort, prétendit-il d'une voix blanche ; je ne suis point un voleur…

Le regard de la sorcière se tourna machinalement vers Escar, qui sembla aussitôt se liquéfier dans son manteau, mais Roméo secouait déjà la tête.

— Ça ne fonctionnera pas, rappela-t-il. Les écailles ne pourront se détacher que lorsque Na'faras sera mort. C'est un des petits détails qui font la force de leur espèce…

— La barbe, pesta son épouse.

Elle prit le risque de s'avancer jusqu'au chevalier et se lança dans une nouvelle série de cris, toujours plus près des oreilles du monstre. Son ex-mari, puis Maline se joignirent à elle, ainsi que Ulser et Escar – quand ils eurent acquis la certitude que cela ne produirait aucun résultat. Les marais, si inquiétants encore une heure plus tôt, résonnaient désormais de hurlements de défis et d'insultes gratuites, lancés par une troupe que n'importe qui passant par là aurait reconnue comme une bande de candidats au suicide.

Emporté par une sorte de folie douce, le prophétionnel fit bientôt du zèle en frappant Maroale sur son bouclier, déclamant en boucle les deux ou trois chansons à boire paillardes qu'il connaissait… Puis il rengaina ses armes pour saisir deux gourdins et cogner joyeusement sur un arbre creux, provoquant assez de vibrations pour faire s'envoler tous les oiseaux alentour. Le dragon ne s'en montra pas moins inerte qu'un troll face à une addition. Rendu euphorique par l'idée d'échapper – pour un temps – au combat, le chevalier chercha encore, autour de lui, par quel moyen il pourrait produire davantage de bruit… Il se souvint alors de la corne d'ivoire qui contenait les infusions magiques de Roméo. Il la portait toujours à sa ceinture ! Ni une, ni deux, il galopa jusqu'à l'oreille du monstre et porta l'instrument à ses lèvres, avant d'y vider le contenu de ses poumons…

Cette fois, la bête eut une réaction. Une *violente* réaction.

Il faut dire que, à la surprise générale, la boîte à thé se révélait d'une grande puissance acoustique. Et aussi que Ulser y était allé franchement de bon cœur, certain que l'opération ne produirait aucun résultat fâcheux. La corne avait donc poussé son énorme note sifflante à quelques dizaines de centimètres du tympan du dragon, pas si sourd que ça, en définitive…

Tout se déroula très vite. Le chevalier n'avait pas encore terminé de souffler que Na'faras soulevait déjà les paupières, dévoilant deux pupilles fendues et injectées de sang. Puis presque aussitôt, il se dressa de toute sa hauteur en poussant un hurlement comparable à un cri de souris amplifié mille fois ! Tous s'étaient raidis dans l'attente du déluge de flammes qui allait forcément s'abattre sur eux, mais le dragon debout sur ses pattes arrière, ailes à moitié déployées, ne baissait pas même le regard sur les humains. Au contraire, il eut une série de hoquets douloureux, crispant ses griffes sur sa propre poitrine, avant de renverser la tête en arrière et de s'affaler avec une lenteur toute relative pour ceux qui traînaient en dessous. Par chance, les aventuriers échappèrent au désagrément que pouvait représenter la chute de plusieurs dizaines de tonnes de chair sur le coin de la figure.

Ulser n'avait même pas bougé. Il tenait toujours la corne sur ses lèvres, les mains jointes autour de l'objet, jetant des regards inquiets sur la bête étendue sur le flanc. Le chevalier n'osa d'ailleurs pas esquisser le moindre geste avant que Roméo ne lui ait répété dix fois au moins que, oui, le dragon était bel et bien mort. Son vieux cœur n'avait pas résisté à la brutalité sonore de ce réveil.

— Je persiste à dire que c'était l'idée la plus stupide que vous ayez jamais avancée, conclut l'enchanteur.

Comme ses compagnons, il contemplait le corps gigantesque du tyran vaincu.

— Il faudrait que vous me notiez toutes les autres, la moindre chose qui vous passerait par la tête, reprit-il en se frottant les mains de satisfaction.

CINQUIÈME PARTIE

Chapitre 29

Le bon chevalier rayonnait de bonheur. Maintenant que Na'faras était vaincu, sa quête lui semblait plus qu'à moitié achevée. Cette seule victoire contre le dragon légendaire suffirait peut-être même à convaincre le baron d'Efralgant de lui accorder la main de sa fille ! Bien entendu, il conviendrait d'accommoder un peu le récit du combat – dans le seul but de le rendre plus intéressant à entendre, évidemment. Mais Ulser se sentait enfin dans la peau du héros qu'il cherchait à devenir depuis le début de son voyage. Généreusement, il consentait même à détricoter les fibres du destin qu'il aurait soi-disant emmêlées, en achevant la tâche qu'il avait accepté d'accomplir. D'autant que ladite tâche se résumait à aller trouver ce Darian, à lui refiler l'épée et le bouclier, à lui souhaiter bonne chance dans son combat contre le nécromant, et bonjour chez vous.

Les aventuriers ne s'étaient pas attardés près du corps du dragon, ne prenant que le temps de lui soutirer quelques-unes de ses plus belles écailles. Roméo avait avoué projeter de les récupérer toutes, dès la fin de leur voyage – par pur sentimentalisme pour ces souvenirs, s'était-il empressé d'ajouter. Escar avait alors commenté que c'était un peu dommage, parce que ces écailles auraient pu se vendre une petite fortune dans toutes les capitales du monde. L'enchanteur lui avait alors proposé, en récompense de sa participation aux événements, de conserver les deux sacoches vides des assassins. Ce qui avait suffi à combler le voleur.

Au milieu de l'après-midi, ils étaient de retour au cromlech, couverts de boue mais soulagés de s'en être sortis à si bon compte. Comme il leur restait pas mal de temps avant le lendemain et la rencontre avec Darian, chacun se trouva une occupation intelligente… ou pas. Ainsi, Escar remplit ses nouvelles besaces de tout ce qu'il avait de plus précieux, referma le cadenas encore intact sur l'une d'elles, puis passa le reste de la journée à tenter de la rouvrir à coups de silex. Il avait oublié ne pas en posséder la clé ; et par ailleurs ses passe-partout s'y trouvaient justement et malencontreusement enfermés.

Mercédès fut nettement plus productive. Équipée de ses grosses lunettes, elle se chargea de coller les précieuses écailles sur le bouclier du chevalier, lui conférant ainsi le pouvoir de repousser les flammes. La sorcière utilisait pour cela une mixture de sa préparation – de nature magique, bien entendu – et qui rendait l'assemblage impossible à défaire. Chacun se déclara enthousiaste devant le résultat, surtout

Maline, qui eut alors l'idée de se composer une tenue complète avec ce matériau.

— Bah, commenta Mercédès, vous l'avez bien mérité, vous, au moins. Mais je ne sais pas s'il me reste assez d'écailles…

— Je m'en arrangerai, promit l'amazone.

Elle choisit alors, parmi ses anciens vêtements, deux minuscules assemblages de tissu et de ficelle devant servir de base à la réalisation de cette tenue de combat. Les hommes attendaient, l'air de rien, d'assister à une séance d'essayage, mais la sorcière et sa nouvelle amie devaient seulement s'appliquer à la confection. Frustré de louper en outre une séance d'entraînement de la guerrière, Roméo décida de se consoler par une petite sieste bien méritée. Il fit seulement promettre à Ulser de ne pas tenter de le réveiller, de quelque manière que ce fût.

Pour sa part, le chevalier commença à réfléchir au poème épique qu'il allait rédiger, sur sa glorieuse victoire contre le dragon Na'faras… Puis, à l'heure du souper, ses compagnons eurent la gentillesse de le tirer du sommeil. Il apprit alors que l'amazone avait présenté sa nouvelle tenue pendant qu'il dormait. Escar et Roméo en gardaient d'ailleurs une expression rêveuse. Boudeur pour le reste de la soirée, Ulser était certain que la frustration allait le tenir éveillé toute la nuit.

— Allez, debout, levez-vous ! insistait Roméo. Plus qu'un petit effort, et vous pourrez rentrer chez vous !

Le chevalier ouvrit des yeux tout collés sur ce jour nouveau qui devait être le dernier de sa quête. Le voyage nocturne à travers les cromlechs l'avait ramené au continent du centre, où ils devaient trouver ce mystérieux Darian… L'homme était censé vivre dans une métairie proche d'un village paisible. C'était donc une étape sans dragon, nain fantôme ou géant de pierre qui attendait le groupe, ce qui aida grandement Ulser à quitter sa couche en se déclarant fin prêt pour l'aventure.

Après un petit déjeuner composé de champignons au sucre et de confiture de noix, les voyageurs reprirent la route, dans un environnement qui n'était pas franchement hostile, pour une fois. La rencontre la plus dangereuse qu'ils firent était celle d'un vieillard porteur de binette. L'homme leur indiqua la direction de la métairie, mais le bon chevalier conseilla à ses compagnons de se méfier de ce genre de personnage comme de la peste. Pourtant, après une petite heure de chevauchée entre des champs de blé et de patates, les aventuriers devaient arriver en vue du bon village, puis bifurquer sur le petit chemin menant à la ferme.

— Il faudra y aller doucement avec ce Darian, prévint Roméo. Nous ne savons pas quel genre d'homme il peut être, ni comment il va réagir à toute cette histoire. Je ne serais pas surpris qu'il nous prenne pour des fous et refuse d'aller combattre Fimosis. Donc, agissons avec tact et intelligence.

— Compris, acquiesça Ulser.

— En ce qui vous concerne, cela signifie que vous

feriez mieux de ne pas prononcer le moindre mot, précisa l'enchanteur.

Le chevalier opina docilement, supposant que le sorcier s'inquiétait des conséquences nouvelles que pourrait avoir l'intervention d'un prophétionnel sur la trame du destin.

— Si ça se trouve, songea Mercédès, ce type va s'empresser d'aller vendre l'épée et le bouclier dès que nous aurons le dos tourné !

— Ce serait bien malhonnête, s'offusqua Escar.

— Tout le monde n'a pas vos scrupules, railla la sorcière.

— Nous verrons assez vite s'il est digne de confiance, supposa Roméo. Après tout, il est censé être un véritable héros, n'est-ce pas ? Le seul problème, c'est que lui-même ne le sait peut-être pas encore.

Ils n'en dirent pas davantage, puisqu'ils arrivaient déjà en vue de la métairie. Une jeune femme d'allure commune balayait justement le seuil de l'habitation. Elle s'interrompit en voyant les cavaliers s'avancer dans sa direction, puis les attendit avec un mélange de curiosité et de méfiance.

— Un grand bonjour, salua Roméo. Nous sommes bien à la ferme des hirondelles ?

— Oui…, confirma l'inconnue, le front barré. Qu'est-ce que vous voulez ?

— Nous arrivons de très loin pour parler à Darian. Nous avons un message à lui remettre.

— 'connais pas, annonça l'ouvrière. Vous avez dû vous tromper.

Elle reprit son ouvrage dans la foulée, jetant même un peu de poussière vers les sabots des chevaux pour insister sur l'idée qu'elle n'avait pas que ça à faire, d'abord. Les voyageurs échangèrent des regards indécis.

— Il y a d'autres métairies qui pourraient porter ce nom dans la région ? reprit l'enchanteur.

— Pas que je sache.

Elle s'apprêtait à rajouter un genre de « laissez-moi tranquille, maintenant » quand elle sembla seulement remarquer Ulser. Pour qui ne le connaissait pas, le chevalier avait fière allure, avec son épée brillant d'une lueur enchantée et son bouclier en écailles de dragon. La jeune femme ne put réprimer une certaine attirance soudaine pour ce bel étranger aux cheveux blonds.

— Je… je vais appeler le garçon d'écurie, proposa-t-elle. Il pourra peut-être vous renseigner.

Elle s'éloigna avec un déhanché volontairement évocateur, mais que Ulser ne remarqua même pas, trop contrarié qu'il était par ce contretemps.

— Ça se présente mal, résuma Mercédès.

— L'autre métairie n'est peut-être pas encore fondée, réfléchissait Roméo. Dans ce cas, le mieux serait de redescendre au village et de se renseigner sur l'adresse actuelle de Darian…

— Mausaurus nous a pourtant bien envoyés ici, rappela la sorcière.

La balayeuse revint peu après, tirant par la main un jeune homme d'allure brave et honnête. Mercédès pensa tout de suite qu'il ne pouvait s'agir que d'un nouvel abruti.

— Valia m'a expliqué, annonça le palefrenier. Le seul Darian que je connaisse, c'était mon grand-père… malheureusement, il est mort depuis déjà deux ans. Si votre message était pour lui, vous pouvez me le confier : je suis son seul héritier.

Un affreux soupçon vint soudain heurter l'esprit de Roméo, l'obligeant à se gratter le front pour apaiser la démangeaison. Il observa encore la manière dont le garçon d'écurie posait une main protectrice sur l'épaule de la jeune femme, parmi un tas d'autres petits signes… Bientôt, il n'eut plus aucun doute.

— Vous étiez très attaché à votre aïeul, n'est-ce pas ? vérifia-t-il néanmoins.

— Ça, oui alors. Il m'a appris un tas de choses. Si j'ai la chance d'avoir un jour des enfants, j'espère leur apporter autant qu'il m'a offert.

— Vous nous excusez un instant ? enchaîna l'enchanteur, le sourire crispé.

Ils éloignèrent leurs chevaux de quelques mètres.

— Saperlasse ! jura-t-il. Comment ai-je pu être aussi stupide !

— Il fallait s'en douter, regrettait Mercédès. La poisse nous poursuit depuis le début !

— Mais de quoi parlez-vous ? s'inquiéta le chevalier.

— Vous n'avez pas compris ? Ce Darian que nous cherchons n'est pas encore né ! Ce sont ses futurs parents qui se tiennent là-bas ! Le palefrenier va lui donner le nom de son grand-père !

L'image qui vint alors à Ulser fut celle de lui-même déposant Maroale et le bouclier dans un berceau... mais il n'avait pas le temps et, surtout, pas envie d'attendre jusque-là !

— Forcément, reprit la sorcière. Dans treize ans, c'est un adolescent qui aurait défait le nécromant... C'était tellement classique, évident !

— Et c'est lui également qui aurait tiré l'épée du puits, ajouta Roméo. Nous voilà coincés...

— Tant pis, décida le chevalier. Il n'y a qu'à donner les armes à ses parents et leur expliquer... Le petit ira se battre quand il se sentira prêt, voilà tout.

— Voilà tout ? Mais si, par votre faute, il ne voyait jamais le jour ? Vous vous imaginez expliquer à ce couple – qui n'est même pas encore formé, soit dit en passant – qu'il doit procréer pour sauver le monde ? C'est sûrement le meilleur moyen pour les éloigner à jamais l'un de l'autre !

— Bah... Revenons dans une dizaine d'années, alors...

— Ce n'est pas ainsi que les choses auraient dû se passer, refusa l'enchanteur. Le paladin devait probablement prendre Darian sous sa protection, lui apprendre le maniement des armes, le code d'honneur et toutes ces bêtises... Des circonstances particulières auraient placé l'adolescent au centre de la lutte entre les forces du Bien et du Mal... Là, il semble plutôt promis à une vie d'éleveur de cochons ! Et encore, à supposer qu'il naisse vraiment.

Un silence de plomb suivit la tirade. Il planait sur

tout cela comme une odeur d'échec qui évoquait un peu les fientes de Na'faras. Ignorant des enjeux, le jeune couple observait avec inquiétude les messes basses de ces étrangers.

— Qu'est-ce qu'on fait, alors ? demanda Escar. On rentre chez nous ?

— Non. *Ce qui a été entrepris doit être achevé*, cita Roméo. Nous n'avons que deux choix possibles. Affronter Fimosis par nous-mêmes, ou bien… nous assurer que cette jeune femme mettra effectivement au monde un enfant du nom de Darian. Puis, nous efforcer de lui donner l'existence qu'il aurait dû avoir. Tout cela sans aucune garantie de succès.

Le chevalier observa plus attentivement la balayeuse ; il avait enfin remarqué les œillades suggestives qu'elle lui adressait.

— Eh bien, annonça-t-il, si c'est pour le salut de l'univers, nous devons mettre toutes les chances de notre côté pour que cette damoiselle soit rapidement enceinte… En tant que prophétionnel, je veux bien me sacrifier pour…

— Non, pas vous, trancha Mercédès. Vous ne pourriez plus porter l'épée.

— Quoi ? Mais je…

— Ne cherchez pas à comprendre, insista la sorcière. Pas vous, c'est tout. Et pas toi non plus, lança-t-elle à Roméo.

— Je ne sais pas de quoi il s'agit, intervint Maline, mais si je peux être utile…

Quatre paires d'yeux se figèrent un instant sur

l'amazone, tandis que des images interdites passaient dans tous les esprits.

— Vous ne pouvez rien faire, répondit Mercédès. Pas plus que moi ; et je préfère ne pas mêler notre voleur à ça. De toute manière, c'est une idée stupide ! C'est le palefrenier qui doit être le père de Darian ; personne d'autre !

— Tant pis…

Ulser s'aperçut un peu tard qu'il avait pensé à voix haute ; il s'empressa de manifester son embarras en faisant monter sur son front et ses joues une belle teinte incarnate.

— On va devoir combattre le nécromant, alors ? conclut Escar d'une voix plaintive.

— C'est la solution la moins aléatoire, soupira Roméo. J'aimerais pouvoir dire qu'il n'est pas aussi puissant qu'il le sera dans treize ans, mais il a réussi à nous envoyer ses assassins par-delà les continents… Nous résisterons de notre mieux, le plus longtemps possible, voilà tout. Il se produira peut-être un nouveau miracle.

Il fouilla ensuite dans ses sacoches pour en tirer deux petites fioles, qu'il alla offrir aux jeunes gens avant de les quitter pour de bon. Les voyageurs prirent ensuite le chemin du retour vers le cromlech, le front et les épaules basses.

— Qu'est-ce que vous leur avez donné ? ne put s'empêcher de demander le chevalier.

L'enchanteur vérifia que Mercédès ne l'entendait pas, puis répondit d'un air filou :

— Un aphrodisiaque. D'ailleurs, tenez, les deux derniers sont pour vous. Ça vous servira si vous retrouvez votre Migrene, ajouta-t-il avec un clin d'œil.

Ulser examina les deux ampoules de terre cuite qui roulaient dans son gant ferré.

— Qu'est-ce que c'est, au juste ? demanda-t-il naïvement. Ça se boit ?

— Oh que oui, s'esclaffa l'enchanteur. Mais attendez de les partager avec une douce amie !

Le bon chevalier ne comprenait pas la raison de cette hilarité, mais il glissa malgré tout les fioles dans son sac. On verrait bien plus tard.

Chapitre 30

Ils étaient de retour au cercle de pierres depuis une vingtaine de minutes, à peine. Escar s'était remis à frapper du silex sur sa sacoche. Mercédès se plaignait d'être encore de corvée de repas. Maline taillait un nouveau manche pour sa lance, ses merveilleuses jambes serrées sur le bois brut comme deux serpents inspirateurs de tous les vices. Quant à Ulser, il venait de comprendre qu'il serait de nouveau en première ligne face au nécromant. Il enchaînait donc les mauvaises excuses auprès de Roméo, qui les écoutait à peine et rappelait qu'il n'était pas responsable de ce désordre.

Bref, les aventuriers vaquaient tranquillement à leurs occupations.

Il en aurait sans doute été ainsi jusqu'au soir, si le ciel n'avait soudain semblé se déchirer. Enfin, pas vraiment le ciel, juste une partie de l'atmosphère… comme si un plaisantin caché derrière un tableau y plantait soudain une lame, provoquant la surprise et l'incompréhension des admirateurs de la toile.

Telle fut d'ailleurs la réaction des membres du groupe.

La lame en question, qui semblait surgir du néant, avait présentement la forme d'une armure de quatre mètres de haut. Elle chuta d'une hauteur comparable pour se redresser dans de grands cris d'acier, présentant aux aventuriers sa silhouette hérissée de pointes et de tranchants. Ces derniers avaient une utilité plus guerrière que véritablement esthétique, à en juger par les traces de sang séché qui maculaient l'ensemble, et qui n'étaient pas jolies, jolies. Un heaume intégral dissimulait le visage de la créature ainsi accoutrée… mais il n'était pas même certain que la carapace monstrueuse fût habitée par un être de chair. Elle semblait même plutôt *hantée*.

— Un Gladiate infernal ! s'exclama Roméo, blêmissant.

— Il n'est peut-être pas venu pour nous, espéra Mercédès, aussi effrayée.

Comme pour lui répondre, la vision de cauchemar brandit soudain l'énorme épée qui pendait jusqu'alors au bout de son bras. Cette lame elle-même brillait d'une lueur maléfique et noire ; un étrange œil semblait palpiter dans sa garde, et ses tranchants paraissaient onduler telles des flammes éternelles. Elle était également assez lourde pour envoyer bouler à terre un lutteur troll atteint d'obésité chronique.

— Ennemi ? vérifia Maline.

— Vous ne pourrez rien faire ! prévint l'enchanteur.

Ces monstres sont invincibles ; ils n'ont pas d'âme, aucune chose au monde ne peut les tuer !

— Pourquoi porte-t-il une armure, alors ? répliqua logiquement l'amazone.

De leur côté, Ulser et Escar n'osaient pas esquisser le moindre geste. Ils s'animèrent pourtant, venant se réfugier derrière la guerrière, quand le Gladiate s'ébranla soudain pour de bon ! La silhouette monstrueuse vint appuyer une épaule sur l'un des menhirs, puis le fit basculer sur le flanc d'une impressionnante poussée. Elle se déplaça ensuite jusqu'à la pierre suivante, qu'elle attaqua de semblable façon.

— Mais que fait-il ? bredouillait le chevalier. Il espère nous empêcher d'utiliser le cromlech, c'est ça ?

— Si seulement c'était vrai, lâcha Mercédès, dépitée. En réalité, il veut briser l'aura magique du cercle, qui nous protège normalement des créatures dans son genre… Quand il aura abattu assez de menhirs, plus rien ne l'empêchera d'entrer.

Elle rendit un regard triste à son ex-époux, qui s'approcha pour la prendre entre ses bras. Ulser était ravi de ce début de réconciliation entre ses compagnons, mais son intuition aiguisée lui soufflait que ce n'était pas très bon signe quant à leurs chances de se tirer d'affaire !

— On… on devrait prendre les chevaux et s'enfuir tout de suite, bégaya Escar.

— Vous ne feriez pas dix mètres hors des pierres, soupira Roméo. Les Gladiates sont capables d'invoquer la foudre aussi facilement que vous ouvrez une porte... Enfin non, c'était un mauvais exemple. Toujours est-il que Fimosis va l'emporter sans même avoir eu à nous affronter... Nous n'étions pas de taille, face à quelqu'un capable d'invoquer de tels démons.

Comme pour approuver ces dires, un troisième menhir fut arraché à son socle de terre et de mousse pour être lâchement couché sur le côté. Maline faisait son possible pour rattacher au plus vite son fer de lance à son nouveau manche, mais l'opération n'était pas si aisée... d'autant que Ulser et Escar venaient régulièrement se coller contre ses épaules, la gênant dans ses mouvements.

— Ça devait bien finir un jour, commenta l'enchanteur avec philosophie. Au moins, nous aurons partagé notre dernier instant, ma fleur...

— Oh, mon blaireau..., s'émut Mercédès. Je crois que le moment est venu de te demander... pardon... C'était il y a si longtemps... Tu ne revenais pas, je croyais que tu étais mort... et ce vieil ours proposait de me consoler... Mais tout de même, se reprit-elle avec colère, me coller en traître cette fichue ceinture de chasteté !

— J'avais promis de te l'enlever dès que nous serions quittes, rappela Roméo. Mais je n'ai jamais réussi à... tu sais... avec quelqu'un d'autre que toi...

La sorcière se plaqua aussitôt contre le torse chétif de son mari, dont Ulser nota la grande dextérité, puisqu'il parvenait à croiser simultanément quatre paires de ses doigts loin du regard de son épouse.

C'était une scène bien touchante, mais le chevalier aurait de loin préféré voir ses compagnons se disputer le privilège de réduire le monstre en purée ! Cinq menhirs étaient déjà à terre, en un symbole bien pessimiste du sort qui attendait les aventuriers... À quel moment le cromlech allait-il perdre ses pouvoirs protecteurs ? Peut-être dès la prochaine pierre renversée !

Avec une capacité de réflexion décuplée par la peur, Ulser songea que la seule chose qui pouvait le mettre hors de portée du démon était de bondir dans les airs.

Les mains tremblantes, il s'empressa de détacher les lacets de ses fers. Jamais encore il n'avait fait l'expérience d'un grand saut à l'extérieur ; peut-être aurait-il à le regretter, mais c'était toujours mieux que d'attendre la mort comme un bonhomme de neige au printemps ! Avec un peu de chance, le Gladiate serait assez surpris pour oublier ses compagnons un court moment, juste assez pour leur permettre de prendre la fuite... Roméo aurait sans doute jugé cette idée complètement stupide, mais le chevalier n'avait plus le temps de lui demander son avis. Il prit une grande inspiration et poussa fermement sur ses mollets !

C'est à l'instant même où il quittait le sol qu'il songea qu'il aurait pu, au moins, emmener Maroale avec lui.

Cinq mètres plus haut, il n'y pensait déjà plus. Son ascension était rapide, très rapide, trop peut-être, car elle semblait même ne pas devoir s'arrêter. Battant des bras et des jambes comme un crabe tiré de l'eau, réclamant l'attention générale par un cri montant – lui aussi – vers les aigus, Ulser fut bientôt à huit, dix, douze, quinze mètres d'altitude ! Ses compagnons l'observaient, bouche bée, tandis que le monstre abandonnait les menhirs pour lever son masque de fer vers l'homme volant... Enfin, à plus de vingt mètres, le chevalier cessa doucement de s'élever, puis entama une lente redescente.

Sauf que, caressé par une brise qui passait par là en coup de vent, il commença à dériver. Et, bientôt, il sortit des limites du cromlech.

Le Gladiate ne se donna même pas la peine de courir vers son point d'atterrissage supposé ; il se contenta de pointer un gant couvert de pointes vers sa proie, puis de lâcher une série de syllabes gutturales à l'instant où celle-ci reprenait contact avec le sol. Heureusement, Ulser n'avait pas attendu pour redonner un bon coup de talon et repartir dans les airs, où il était en définitive le plus en sécurité. Ce fut une certitude quand la foudre claqua juste dans son dos, à l'endroit qu'il occupait l'instant d'avant ! Le souffle de la déflagration conféra même une puissance nouvelle à ce deuxième bond, envoyant le chevalier à une distance et une altitude supérieure... Mais tout ce qui monte finit par redescendre, et le prophétionnel ne fit pas exception. Avisant que le démon continuait de le viser de son bras tendu, il enchaîna cependant avec un nouveau saut, échappant encore à un éclair retentissant...

La scène fut ainsi répétée pendant une bonne

minute – une éternité, pour quelqu'un accomplissant des sauts de puce au cœur d'un orage. Chaque fois, Ulser parvenait à s'envoler juste avant que la foudre ne s'abatte sur lui. Mais à cause de sa précipitation et de la force des explosions, il n'avait aucun contrôle sur sa trajectoire ! Ainsi, il avait jusqu'alors échoué à s'éloigner à plus de deux cents mètres du cromlech, alors qu'il avait espéré, un temps, réussir à s'enfuir de cette manière... Sa seule chance désormais était de se voir emporté au loin par une bourrasque aussi violente que salvatrice. Autant dire que le moral du chevalier avait atteint un niveau plus bas que les mines des ancêtres nains.

Restés entre les menhirs, ses compagnons assistaient à la scène en se rongeant les sangs.

— Cet idiot va finir par se faire griller ! commentait Mercédès en secouant la tête.

D'un signe, Maline avertit soudain qu'elle avait enfin achevé de préparer sa lance. Le Gladiate leur tournait le dos, concentré qu'il était à invoquer les éclairs. Une lueur d'espoir passa alors dans le regard de Roméo.

— Essayez de le faire basculer dans le cercle, chuchota-t-il à la guerrière. La magie des pierres devrait le renvoyer dans ses enfers !

L'amazone prit à peine le temps d'acquiescer avant de foncer sur le démon. En deux bonds et trois mouvements acrobatiques, elle fut dans ses jambes, coinça son arme entre les chevilles de fer noir, puis se suspendit à la ceinture du monstre jusqu'à amener ses propres pieds sous la gorge du Gladiate ! Elle exerça alors une violente traction qui fit se pencher le géant en arrière, puis trébucher à cause de la lance... Sentant l'énorme masse basculer, Maline se dégagea et roula sur le côté, se redressant avant même que l'armure monstrueuse n'ait achevé sa chute.

— Et maintenant ? demanda-t-elle, pas même essoufflée.

Les sorciers contemplaient l'une et l'autre avec des yeux ronds. Escar semblait changé en statue de glaise. Le Gladiate couché sur le dos remuait de manière désordonnée, comme sonné par le choc.

— Pourtant, il aurait *dû* disparaître, commenta le sorcier en fronçant soudain les sourcils.

Répondant à un mystérieux signal, sa femme et lui se jetèrent alors sur le démon, cherchant à lui arracher son armure de leurs mains nues ! Maline se joignit naturellement à leurs efforts, et même le voleur fit deux pas en avant, ramenant à huit mètres la distance qui le séparait de la lutte. Le monstre se débattait autant que possible, mais l'acharnement de ses adversaires devait avoir raison de sa résistance : enfin, l'amazone réussit à dessertir le heaume monstrueux qui couronnait la carapace.

Il n'était que du vide, dessous. Ou presque. Seules quelques volutes de fumée verte s'échappèrent du casque, en se dissipant aussitôt... Et à l'instant suivant, le couvre-chef lui-même s'effritait soudain pour tomber en poussière ! Puis l'épée maudite et l'armure tout entière connurent le même sort, libérant des fumerolles assez épaisses pour masquer brièvement le sol. Quand l'air ambiant eut retrouvé sa transparence, il ne restait rien du Gladiate. À la place se tenait une étrange créature, recroquevillée sur elle-même comme un nobbite perdu au milieu des horckques.

— Une harpie ? reconnut Mercédès. Mais qu'est-ce qu'une harpie a à voir avec…

La vieille inconnue ne lui laissa pas l'occasion de finir sa phrase, bondissant soudain sur ses pattes en faisant claquer son bec. Elle battit de ses ailes déplumées de manière hystérique, envoyant des morceaux de duvet dans toutes les directions ; puis elle tenta de s'enfuir, mi-volant mi-galopant, avec des caquètements de basse-cour !

Maline n'eut qu'à tendre le bras pour la retenir, par la lanière de son sac, précisément.

La créature continua néanmoins à se débattre, tirant, s'agitant, dépensant tant d'énergie qu'elle finit par se dégager en abandonnant sa sacoche à l'amazone. Cette dernière se contenta de ramasser sa lance et de la brandir comme un javelot.

— Elle est déjà à trente mètres, annonça-t-elle, la main en visière. Je l'arrête ?

— Pas la peine, soupira Roméo. Ce n'est qu'une pauvre vieille corrompue par Fimosis ; laissons-la picorer tout son saoul.

Un cri d'alerte retentit soudain au-dessus de leurs têtes… L'enchanteur eut suffisamment de perspicacité et de réflexe pour s'écarter juste à temps, et éviter ainsi la chute du bon chevalier sur ses épaules.

— J'ai tout vu ! annonça Ulser en se redressant, ravi. Vous avez réussi à vaincre le Gladiate !

— Ce n'en était pas vraiment un, en définitive, annonça l'enchanteur. Il s'agissait d'un *haka* : une sorte de réplique obtenue par la sorcellerie, pour vous présenter la chose en gros. Mais celui-ci était particulièrement réussi… Le nécromant avait même copié le pouvoir d'invocation de la foudre.

— En réalité, c'était la harpie qui manipulait l'armure, expliqua Mercédès. Il suffisait d'ouvrir la boîte pour rompre le charme.

Les regards convergèrent vers la sacoche arrachée à la créature, maigre butin d'un si périlleux combat.

— Elle ne semble pas verrouillée, remarqua Escar avec soulagement.

Roméo invita l'amazone à lui remettre l'objet, puis l'ouvrit devant ses compagnons curieux. Ils ne furent qu'à moitié surpris quand l'enchanteur sortit une à une cinq nouvelles statuettes à leur effigie. Ça ne faisait jamais que la troisième fois, après tout ; c'était déjà presque une habitude. En revanche, ils connurent un nouveau sentiment d'impatience lorsque le visage du sorcier, penché sur la besace, marqua une franche stupéfaction.

— Incroyable, commenta-t-il à mi-voix.

Il exhiba alors une espèce de demi-sphère transparente, réplique exacte de celle qu'ils possédaient déjà. Un Œil de Varana. La loupe magique qui permettait d'espionner le monde par le biais d'une carte, et parfois même de voyager.

— Est-ce qu'il y aurait…, commença Mercédès. Mais non, ce serait trop beau…

Pour toute réponse, Roméo replongea la main dans la sacoche et en sortit un petit tube de verre. À l'intérieur s'entrechoquaient plusieurs Aiguilles de Varana. L'enchanteur, un sourire jusqu'aux oreilles, devait en compter onze.

Escar fut le seul à s'étonner du chiffre. Il aurait plutôt parié sur deux paquets de cinq, ou sur treize, son chiffre fétiche. Onze, d'après lui, ça ne voulait rien dire…

De toute manière, les autres ne l'écoutaient pas, trop occupés qu'ils étaient à établir de nouveaux plans en se frottant les mains de satisfaction.

Chapitre 31

Les aiguilles magiques permettaient aux aventuriers de partir à n'importe quel moment, sans attendre la nuit et l'activation du pouvoir des cromlechs. Roméo voulait profiter de cet avantage pour foncer droit chez Fimosis, avant même qu'il n'ait eu le temps de se remettre de l'échec de son dernier assassin. Ulser voyait bien mille raisons de procéder différemment. L'épisode de la foudre claquant derrière ses fesses lui avait donné un avant-goût de la puissance du nécromant, qu'il n'était pas si pressé de découvrir plus avant. Il se rendit cependant, à cause du mensonge de Mercédès, qui prétendait que le barde répudié venait certainement de jeter ses dernières forces dans la bataille. Ainsi convaincu d'aller traquer un adversaire misérable et sans défense – à cinq contre un, en plus –, le chevalier jura de faire honneur à ses vœux de noble paladin.

D'après le regretté Mausaurus, c'était à Agaranama qu'ils avaient le plus de chance de trouver Fimosis. La cité était la plus grande du continent du centre, où les voyageurs se trouvaient justement, mais elle restait trop éloignée pour être rejointe à cheval. Aussi l'enchanteur entreprit-il de dessiner une carte approximative de la ville, que par chance il connaissait bien. Cela lui prit moins de vingt minutes : il n'entendait pas espionner les avenues de la cité, mais seulement s'y transporter. Et la destination qu'il avait choisie était l'esplanade du temple de la déesse Vajiri.

— C'est pratiquement dans le centre, et il n'y a pourtant jamais un chien, expliqua-t-il. Du moins, il n'y a plus personne depuis que les autorités ont fermé le lupanar clandestin tenu par les prêtres.

Il fit semblant de ne pas voir le regard noir que lui décochait Mercédès, et plaça la loupe de Varana sur le croquis. De hauts bâtiments, des rues animées, des fontaines et des marchés de plein air défilèrent aussitôt dans la demi-sphère glissant sur le parchemin, jusqu'à ce que Roméo arrête l'objet sur une place vide de tout occupant.

— C'est bien ce que je disais, commenta-t-il avec fierté. Il n'y a plus qu'à utiliser les aiguilles.

— Et nos bêtes ? s'inquiéta l'amazone. Je ne veux pas abandonner mon cheval ici. Il compte beaucoup pour moi.

L'alezan du chevalier leva aussitôt des yeux de biche vers son maître.

— Heu, moi non plus, s'empressa d'ajouter Ulser. C'est celui avec lequel je tombe le moins.

— Ça ne pose aucun problème, assura l'enchanteur. Il vous suffira de monter en selle avant d'utiliser l'aiguille, voilà tout.

— Dans ce cas, se réjouit le prophétionnel, on pourrait aussi grimper sur les épaules les uns des autres ! Ça économiserait des aiguilles !

— Allons, allons, ne dites pas de bêtises.

Malgré tout, les sorciers affichèrent des mines aussi perplexes que songeuses pendant une bonne minute. Puis, tous étant prêts au départ, Roméo invita Mercédès à piquer la première. Les autres suivirent un à un, l'enchanteur passant aimablement en dernier.

Quand la région fut redevenue silencieuse, la harpie sautilla hors du bosquet où elle s'était réfugiée. La perte de cet Œil de Varana la plongeait dans une rage folle. Elle n'aurait pas dû accepter de se mettre personnellement en danger – même si faire tomber la foudre sur cet imbécile d'Ulser l'avait grandement amusée. Elle avait désormais une dette personnelle à régler avec ces cinq affreux humains. En toute logique, elle jura de se venger un jour, puis s'efforça de lâcher ce rire sardonique tant utilisé par son maître.

Ne parvenant qu'à pousser quelques gloussements ridicules, elle renonça et commença à gratter la terre pour trouver un petit quelque chose à manger.

Cette fois, Ulser pensa à se décaler un peu sur le côté, après son arrivée soudaine à Agaranama. Quoique, en vérité, ce soit plutôt son alezan qui eut le bon sens de se retirer de la zone d'atterrissage, peu désireux de voir soudain un confrère lui tomber sur le dos – et cela, aussi sympathique s'était-il montré depuis leur rencontre. Roméo put donc faire une apparition aussi honorable que ses compagnons dans la légendaire cité, précisément sur l'esplanade fermée du temple de Vajiri.

— Mieux vaut ne pas s'attarder ici, lança-t-il aussitôt. Les prêtres n'ont plus vraiment le sens de l'humour, depuis qu'on leur a retiré leur gagne-pain.

De fait, un trio de bonshommes en toges blanches et roses s'approchait à grands pas des cavaliers, avec un air pas content du tout. Ulser suivit donc l'enchanteur qui s'élançait vers une arche ouverte sur la rue, regrettant de n'avoir davantage de temps pour admirer l'architecture originale des lieux... En une trentaine de foulées à peine, ils se retrouvèrent déjà plongés dans la cohue d'une large avenue. Les prêtres les poursuivirent jusqu'à leur porte, d'où ils lancèrent quelques imprécations inintelligibles.

— C'est étrange, commenta le chevalier ; ils semblent vous connaître...

— Pensez-vous, répliqua l'enchanteur.

Il n'osa pas croiser le regard de son épouse ; mais celle-ci n'avait rien entendu de l'affaire, de toute manière.

Dans la demi-heure suivante, Roméo les guida à travers un dédale de rues et de places plus animées les unes que les autres. Agaranama se révélait aussi bigarrée que Carnavalum, la chaleur écrasante en moins. Les aventuriers en retiraient l'avantage de passer complètement inaperçus – sauf Maline, sur laquelle les hommes se retournaient de manière universelle. Si elle n'avait été en compagnie de ce grand chevalier porteur d'armes étranges, l'amazone aurait sans doute été abordée tous les cinq mètres. Mais, juché sur sa selle, le bon chevalier n'avait pas même conscience de l'effet qu'il produisait sur les citadins. Il se concentrait plutôt sur ses angoisses, qui revenaient de minute en minute, alors que l'enchanteur les menait toujours plus près de l'antre du nécromant…

Enfin, ils s'engagèrent dans l'allée aux poissonneries.

Même sans avoir lu la plaque au coin de la rue, on ne pouvait douter d'être à bon port, très justement. Certaines des marchandises étalées là n'avaient pas dû voir l'océan depuis la nouvelle année. Le pavé lui-même semblait imprégné d'une odeur d'algue pourrissante, qui collait aux sabots et prenait un malin plaisir à changer de nature afin qu'on ne puisse s'y habituer. Ulser s'étonna qu'un prétendant au titre de maître du monde choisisse cet endroit comme base de préparation de ses plans, mais il pouvait s'agir d'une ruse pour endormir la vigilance des défenseurs du Bien. L'une des maisons alentour devait abriter dans ses caves le plus terrifiant des ateliers de magie noire !

— Comment va-t-on le trouver ? s'enquit le chevalier.

— Eh bien, c'est aussi un barde, rappela Mercédès. On doit le connaître dans l'une ou l'autre taverne…

Suivant cette idée, Roméo s'arrêta devant le

premier cabaret qu'ils repérèrent, y entra une minute et en revint en signifiant son échec d'un hochement de tête. La scène fut répétée deux fois encore, mais, au quatrième troquet, l'enchanteur avait obtenu le précieux renseignement.

— Il loue justement une chambre dans l'arrière-cour de l'établissement, révéla-t-il à ses compagnons attentifs. Et il ne semble guère apprécié des patrons.

— Ce n'est pas étonnant ! commenta la sorcière en quittant sa selle.

Les autres la rejoignirent sur le plancher des aurochs, puis ils attachèrent leurs chevaux. La tension générale était montée d'un cran. Elle grimpa encore alors que chacun pensait à se munir de ses armes ; même Ulser… Roméo mena alors la bande dans une venelle contiguë à la taverne, et débouchant dans une petite cour fermée. L'odeur mêlée d'urine et de vomi régnant dans l'endroit parvenait presque à surpasser les relents des étals des poissonniers.

— Ça doit être là, indiqua l'enchanteur de la pointe de sa dague.

Il désignait un escalier de bois verdâtre, menant à l'intérieur d'une baraque dans le même état de délabrement. Elle grinça de partout quand les aventuriers vinrent y poser les pieds – ou les fers, selon les cas. Le couloir où ils s'avançaient prudemment n'était pas éclairé ; cependant, seule une porte était fermée et pouvait abriter la cachette d'un agent du Mal. Ils se regroupèrent donc à cet endroit, puis Roméo ramena le chevalier en première ligne.

— C'est *votre* quête, rappela-t-il d'un chuchotis. C'est à vous d'entrer là-dedans pour défaire le nécromant !

Une protestation monta aux lèvres d'Ulser, mais l'enchanteur coupa court à cette prévisible réticence en ouvrant la porte à la volée ! Presque dans le même mouvement, il poussa le chevalier dans la pièce découverte… puis s'y engagea à son tour avec les autres, dans un grand tapage de bottes et d'acier.

La chambrette était vide de tout occupant.

Par ailleurs, elle n'avait rien d'un atelier de magie noire.

Il traînait là une table bancale, deux chaises, un énorme lit aux draps d'une couleur douteuse, et d'autres bibelots et babioles de nature commune… Un cambrioleur n'y aurait même pas déniché de quoi se rembourser ses faux frais. Ulser s'en trouvait aussi surpris que secrètement soulagé.

— Il y a un rata sur le poêle, avertit Mercédès d'une voix tendue.

Elle désignait une casserole où mijotait un mélange d'abats indéfinis et de navets. Par faute des latrines et des poissonneries, ils n'en avaient pas senti le fumet… Le chevalier avisé en tira néanmoins la seule conclusion qui s'imposait :

— Flûte ; nous sommes arrivés trop tard ! Il vient juste de sortir !

— En laissant sa tambouille sur le feu ? répliqua Mercédès en levant les yeux au ciel.

Roméo et Maline commençaient déjà à fouiller la

pièce, pour un résultat aussi rapide que surprenant : le nécromant s'était caché sous son lit !

— Sortez de là ! ordonna l'enchanteur, penché vers le fond. Ou on vous déloge à coups de lance, si vous préférez !

— D'accord, d'accord..., soupira l'inconnu.

Il s'extirpa tant bien que mal de l'abri du sommier, pour apparaître devant les aventuriers aux armes brandies. Ulser s'était imaginé découvrir un tout autre personnage. Le nécromant – si c'était bien lui – paraissait à peine plus âgé que le chevalier. C'était un homme assez petit, au visage plutôt racé, mais dont les cheveux graisseux et les manières exagérées faisaient paraître laid. À cet instant, il était également couvert de moutons de poussière, et semblait pour le moins embarrassé par tout cet acier que l'on agitait sous son nez.

— Vous venez de la part de Zarik ? supposa-t-il. Ce n'était pas la peine de s'impatienter... Je prévoyais justement d'aller le rembourser, après mon déjeuner...

— Nous ne connaissons pas de Zarik, annonça Roméo, perplexe.

— Vous venez de la part de Gerarion, alors ? Ce n'était pas la peine de s'impatienter... Je prévoyais justement d'aller le rembourser, après mon déjeuner...

Mercédès baissa la barre de fonte dont elle s'était munie.

— Dites, vous vous appelez bien Fimosis ? vérifia-t-elle.

— Ben, ça dépend... Qui vous a envoyé chez moi ? Je veux dire, chez lui ?

— C'est bien lui, conclut Roméo.

Il rangea sa dague dans son fourreau, puis esquissa quelques pas au hasard, le front soucieux.

— Je ne comprends pas, avoua le chevalier; si c'est bien lui, pourquoi on n'attaque pas ?

— Je n'ai jamais dit que c'était moi ! s'alarma le barde. C'est lui qui l'a dit, pas moi ! Pourquoi vous l'écouteriez, lui, plus que moi ? Vous ne me connaissez même pas, vous pourriez au moins…

— La ferme, cingla Mercédès. On essaye de réfléchir.

Maline tenait le prisonnier en respect, sa lance tendue vers sa poitrine, tandis que Roméo tournait et retournait dans la chambrette. Il posait un regard scrutateur sur chaque objet en vue… Finalement, il se repencha sous le lit et manifesta sa satisfaction d'un claquement de langue. Après quelques acrobaties horizontales, il sortit une grande mallette sombre de la cachette.

— Vous n'avez pas le droit ! protesta Fimosis. C'est une atteinte à ma vie privée, un outrage à mes droits d'homme libre, et…

— La ferme, ou je vous en colle une pour de bon ! prévint la sorcière en levant sa barre de fonte.

Le barde comprit qu'elle ne plaisantait pas, et se tint donc tranquille et boudeur, tandis que l'enchanteur dépliait sur le lit la sacoche à compartiments. Elle contenait un crâne humain, plusieurs bougies de cire noire, une lame sacrificielle, des encens, des fioles et des sachets de toutes sortes… Roméo leva un visage triomphant sur le prisonnier.

— Alors, on s'essaye à la magie noire ? railla-t-il en agitant une poupée d'osier.

— Ce n'est pas un crime, se défendit le barde froissé. Tout le monde a le droit de s'inventer sa religion ! Et en ce qui me concerne, c'est surtout pour préparer un numéro d'illusionniste. Je dois bien avouer être assez mauvais chanteur, et personne ne veut écouter mes sonates à la cymbale jusqu'au bout... J'essaye seulement de présenter un nouveau spectacle ; il n'y a pas de quoi crier au loup !

— Je vous crois, acquiesça l'enchanteur en rejetant la poupée. En termes de sorcellerie, la plupart de ces machins ne sont que des jouets... Rien de ce qu'il y a là-dedans n'est vraiment dangereux.

Il continuait cependant de fouiller d'une main distraite, et s'arrêta soudain sur un pendentif qu'il brandit à la vue de tous.

— Rien, *excepté* ce bijou, annonça-t-il avec emphase.

Mercédès s'approcha aussitôt pour examiner le trésor ; elle tendit même la main, mais n'osa finalement pas le frôler.

Chapitre 32

Devant la sincérité de la surprise du barde, les aventuriers cessèrent bientôt de s'en défier, puis de le menacer de leurs armes. Fimosis semblait en effet complètement ignorant de la situation actuelle, ou de l'avenir auquel il était promis. Puisque la quête du chevalier avait pour finalité d'empêcher le nécromant de vendre le monde aux ténèbres, les sorciers décidèrent de tout lui expliquer, en insistant sur le fait qu'il était censé périr dans treize ans… ceci, dans le but évident de le dissuader une fois pour toutes de suivre cette voie.

La discussion devait les occuper pendant un bon moment. Fimosis prit d'abord ces étrangers pour des dingues, mais comme son esprit rusé avait un penchant pour le surnaturel, il finit par accepter chaque détail de ce récit abracadabrant. Il fut même flatté de découvrir quelle haute situation il pourrait atteindre. Ces mentions de légions innombrables, de démons, de Citadelle des cendres dont il serait le maître absolu le laissaient rêveur. Quant à son nouveau nom de

« Prince écarlate »... Il avait déjà décidé de ne plus s'appeler qu'ainsi, dans le secret de ses discussions avec lui-même. En définitive, l'histoire lui paraissait beaucoup plus plaisante qu'effrayante – la fin exceptée, bien entendu. Mais il y avait sûrement moyen d'y remédier.

— Tout cela me bouleverse, prétendit-il au terme du récit. Et vous dites que ces horreurs seraient provoquées par... ce simple pendentif ?

— C'est une *Pierre larvaire*, expliqua Roméo. Un des élémentaires les plus primitifs au monde, retenu prisonnier depuis des siècles par le talent d'un maître joaillier... Une pièce rarissime ; je n'en avais jamais vu avant aujourd'hui. Je doute même qu'il en reste d'autres intactes.

— Et moi, je l'ai rachetée quatre sous à un prêteur sur gages, se vanta Fimosis.

— Elle vaut mille fois plus. Ou dix mille... En fait, elle n'a pas de prix. Tout simplement parce qu'elle renferme une magie si puissante qu'elle pourrait exaucer presque n'importe quel souhait. Ce que vous auriez fini par découvrir.

Un silence pesant suivit la réplique. Puis le barde tendit une main tremblante vers la gemme.

— Étant désormais prévenu, je promets de ne l'utiliser qu'à bon escient, prétendit-il.

L'enchanteur eut un sourire amusé.

— Je ne vous la rendrai pas, prévint-il en refermant sa main sur l'objet. Vous finiriez par commettre une bêtise. D'ailleurs, personne ne devrait être détenteur d'un tel pouvoir.

Il réfléchit un instant encore, une lueur d'avidité dans les yeux.

— Le mieux serait de l'utiliser tout de suite, annonça-t-il soudain. Elle ne peut servir qu'une fois. Plus de Pierre larvaire, plus de risque.

— Magnifique ! s'exclama aussitôt Ulser. Vous allez pouvoir libérer Mercédès de sa ceinture !

Le visage de l'enchanteur se déforma soudain en une terrible grimace, tandis que celui de la sorcière paraissait rajeunir de vingt ans. Elle joignit naturellement les mains devant la poitrine, adressant une prière muette à son époux.

— Heum… Oui, bien sûr, bredouillait ce dernier. C'est bien à ça que je pensais…

Il semblait pourtant avoir une pomme entière coincée dans la gorge.

— Vous ne pouvez pas faire ça ! se rebella Fimosis. Ce bijou est à moi, ce serait du vol !

— Je vous en donne huit cents sols, proposa aussitôt Mercédès. C'est tout ce que j'ai sur moi !

— De toute manière, vous n'avez pas le choix, s'irrita Roméo.

Le barde proféra quelque obscure malédiction entre ses dents, discuta un peu de tout ça avec lui-même, puis finit par donner son accord pour la vente, avec un regard qui fit frissonner Ulser.

— Bon… Allons-y, alors…, enchaîna l'enchanteur. Il faut briser la pierre en formulant le souhait…

Cependant, il ne se décidait pas. La situation commençait à devenir fort embarrassante, quand la sorcière s'approcha pour murmurer quelques mots à l'oreille de son époux. Ce dernier lui retourna un regard surpris ; Mercédès confirma d'un acquiescement et d'un sourire complice… L'instant d'après, Roméo claquait violemment la gemme sur le poêle. Il y eut une étonnante déflagration, et la Pierre larvaire tomba en poussière.

Tous se tournèrent vers la sorcière. Elle ne semblait pas avoir changé, mais son expression était fébrile. Ce fut plus évident encore, alors qu'elle tapotait doucement ses hanches et son bassin…

Le cri de jubilation qu'elle poussa ensuite résonna jusqu'au bout de l'allée aux poissonneries. Roméo lui-même parut soudain très confiant en l'avenir, maintenant que sa femme était libérée.

Comme l'après-midi était déjà bien avancé, et qu'avec toute cette agitation matinale les aventuriers n'avaient pas encore pris le temps de manger, ils improvisèrent un festin dans la chambre d'un barde un peu bougon. Leurs estomacs pleins, ils purent de nouveau réfléchir avec efficacité. Ce qui était d'autant plus aisé qu'il ne leur restait qu'un seul sujet de contrariété.

— Si Fimosis n'est pas celui qui nous a envoyé ces assassins, résuma Roméo, qui avait intérêt à le faire ? Qui disposait de la puissance suffisante ?

— Peut-être ces seigneurs des Non-morts ? hasarda Escar. Ils auraient voulu protéger leur futur allié…

— S'ils étaient capables d'intervenir ainsi dans

notre monde, ils n'auraient pas besoin d'alliés pour leur ouvrir les portes, réfuta Mercédès. C'est bien un mortel que nous cherchons.

— Vous avez sûrement dû vous faire des tas d'autres ennemis, piqua le barde. Je ne sais pas, des gens à qui vous auriez arraché le plus précieux des trésors, par exemple... Peut-être faudrait-il creuser de ce côté-là.

— Nous n'avons aucun ennemi de ce genre, démentit l'enchanteur. Du moins, aucun qui serait suffisamment motivé pour nous tendre trois embuscades consécutives. Et nous étions bien visés tous les cinq, comme le prouvent les statuettes... Quelles que soient ses raisons, notre homme tenait surtout à faire échouer notre quête.

— Mais-il-n'a-pas-réus-si,heu !chantonnaUlser,ravi.

— Certes, mais je ne me sentirai tranquille qu'après avoir éclairci ce mystère. Rien n'assure que ces attaques vont s'arrêter, après tout. Une escouade d'assassins pourrait très bien vous tomber sur le dos le soir même de votre nuit de noces. Et j'imagine qu'à ce moment-là, vous ne seriez même pas protégé par une armure.

Le bon chevalier essaya de se représenter la scène, mais il ne parvint qu'à se répéter inlassablement les mots « nuit de noces. »

— Vous me montreriez ces figurines ? demanda Fimosis.

— Dites-moi d'abord pourquoi vous tenez à les voir.

— Ne prenez pas ce ton-là avec moi, se fâcha le barde. J'estime avoir coopéré de la meilleure des façons possibles. Vous ne pouvez pas m'en vouloir pour des choses que je n'ai pas faites, et que je ne ferai jamais !

Le sorcier soutint en silence le regard de celui qui aurait pu devenir un redoutable nécromant, jaugeant sa sincérité.

— Ennemi ? finit par demander Maline, préparant déjà son gourdin.

— Je ne crois pas, finit par décider Roméo. Pas pour l'instant, en tout cas.

Il tira deux statuettes de sa poche et les tendit à Fimosis. Ce dernier les examina très attentivement, puis avança jusqu'à sa mallette où il fouilla parmi les fioles et les sachets.

— Pas de mauvaise blague, hein ! se méfia Mercédès.

Le barde se contenta de hausser les épaules, puis revint présenter une petite boîte de poudre à l'enchanteur.

— De l'hématine, reconnut ce dernier. Et alors ?

— Vous permettez ? enchaîna Fimosis, posant une figurine du prophétionnel sur la table.

Sans attendre la permission demandée, il saupoudra une pincée de poudre sur le bois sculpté. La statuette commença aussitôt à se dissoudre, comme rongée par le plus puissant des acides ! Choqué par l'image, Ulser s'empressa de recompter ses membres et ses doigts, vérifiant qu'il n'avait pas connu le même sort que son effigie.

— Ces poupées fondent quand elles sont en contact avec du sang, triompha le barde. Précisément, elles devaient être plongées dans le vôtre pour que le charme opère. C'est un maléfice puissant, mais pas si difficile à réaliser pour un maître, d'après ce que j'ai lu… On l'utilise pour effacer tout souvenir de l'existence d'un homme, ou plutôt de son passage dans le monde. La victime est comme retirée de la mémoire collective. Une manière de tuer un ennemi une deuxième fois, insista-t-il avec une expression sadique.

— On cherchait donc à gommer notre influence sur la trame du destin, résuma Mercédès. Pour faire comme si tout ce que nous avions accompli n'était jamais arrivé…

— Ce que je remarque surtout, piqua Roméo, c'est que votre apprentissage était déjà bien avancé. Nous sommes peut-être arrivés juste à temps.

— Oui, quelle chance, hein ? acquiesça le barde, avant de se détourner pour grimacer.

— Cela confirme aussi que nous ne sommes pas tirés d'affaire. Du moins, pas avant que quelques jours ne soient passés, et qu'il devienne trop difficile d'effacer nos actes, même pour le plus puissant des magiciens…

— Bon, intervint Escar, on n'a qu'à se tenir tranquilles une petite semaine, alors…

— Au contraire, annonça Roméo. Il faut monter à l'assaut avant que notre ennemi ne lance sur nous quelque chose que nous ne pourrons peut-être pas vaincre. Ou tout cela aura été inutile.

Ulser plongea le regard vers son reste de rata, feignant de ne rien avoir entendu – et en sachant que cette réaction puérile était inutile. À coup sûr, les sorciers allaient encore l'emmener vers un endroit sordide et dangereux, où il aurait à accomplir toutes sortes de nouvelles actions héroïques…

Prophétionnel, ce n'était vraiment pas un métier.

Avec l'apport supplémentaire du matériel de Fimosis, réquisitionné pour l'occasion, Roméo entendait achever ses propres expériences sur les statuettes. Tandis qu'il s'activait autour de ses herbes et alambic, tirant toujours davantage d'outillage de ses malles, ses compagnons n'avaient rien d'autre à faire que de prendre un peu de repos – ce dont ils ne se privèrent évidemment pas. Seul le barde continua de s'agiter dans la pièce, lorgnant sur les manipulations de l'enchanteur, jusqu'à ce que ce dernier ne lui conseille vivement de se trouver une occupation moins suspecte… Fimosis entama alors un autre manège, passant d'un coin à l'autre de la chambrée pour entasser vêtements et ustensiles dans un sac de voyage.

— Vous projetez un départ ? finit par demander Mercédès, agacée par ces allées et venues.

— Certes, oui. Avec vos huit cents sols en poche, je n'ai plus aucune raison de rester dans ce trou. D'autant que votre passage ici va sûrement m'apporter un tas d'ennuis ; je le sens !

— Ah bon ? Vous êtes devin, en plus ? railla la sorcière.

Le barde ne daigna pas répondre. Il acheva de boucler son bagage et alla s'installer sur le lit, où il attendit, comme les autres, que Roméo leur fît part de ses éventuelles découvertes.

Il se passa deux bonnes heures avant que l'enchanteur ne les appelle enfin auprès du laboratoire improvisé. Une dizaine de cartes tracées de sa main reposaient entre des cornues, des boussoles à cinq branches et un appareil qui ressemblait plus ou moins à un sextant de marine. Un Œil de Varana attendait également, sur le côté, d'être réutilisé.

— Voilà où je voulais en venir, expliqua Roméo. Ces dernières expériences m'ont permis de déterminer l'endroit où les statuettes ont été façonnées. Jusqu'alors, j'avais jugé la manipulation inutile, puisque nous étions persuadés que Fimosis était notre ennemi, et que par ailleurs nous connaissions son adresse…

— Votre Mausaurus aurait pu préciser aussi que j'étais innocent, râla le barde.

— *Pour l'instant*, précisa Mercédès. Innocent pour l'instant. Et encore, pour ce que nous en savons…

— Bref, reprit l'enchanteur, en procédant par étapes et élimination, j'ai pu réduire progressivement la zone de recherches. Je peux ainsi vous annoncer, sans le moindre doute, que les figurines ont été produites sur ce continent du centre où nous nous trouvons justement.

— Ça reste quand même un peu grand à fouiller, jugea Escar, ennuyé.

— Ce n'était qu'une entrée en matière ; en réalité,

à force de tâtonner, j'ai déjà ramené le champ d'investigation à la taille d'un simple comté. Je n'en connais pas le nom, mais c'est sûrement là-bas que se cache notre ennemi.

Il posa l'Œil sur la dernière carte de la pile, puis le fit glisser jusqu'à s'arrêter sur les tours d'un château se dessinant dans le crépuscule.

— Je parierais pour cet endroit, conclut Roméo en tapant de l'index. C'est là que se trouve la source de tous nos ennuis.

Les aventuriers se penchèrent avec curiosité, mais se redressèrent bien vite alors que le chevalier poussait soudain un hurlement strident !

— C'est… c'est… c'est le castel de Rohand le Pureux ! expliqua-t-il ensuite, atterré.

Les réactions de ses compagnons furent moins marquées par l'émotion.

— Qui ça ?

— Le Pureux ? Le Preux, non ?

— Un ami à vous ?

— Certainement pas ! s'emballa Ulser. C'est un abruti complet, doublé d'un menteur ambitieux et sans scrupules ! C'est lui qui a prétendu avoir chassé un dragon des terres de mon beau-père, se faisant ainsi injustement attribuer la main de Migrene ! C'est lui aussi qui a lâchement profité de mon départ pour l'enlever de mon château où elle s'était réfugiée ! Ah, je comprends tout, maintenant ! Il a voulu m'empêcher d'accomplir un exploit supérieur à ses prétendus hauts faits !

Les sorciers, et même Fimosis, présentaient des expressions dubitatives.

— J'ai peine à croire qu'on mette autant de moyens en œuvre pour cette seule raison, finit par avouer Roméo.

— Pourtant, vous dites vous-même que notre ennemi est dans cet endroit, rappela Maline.

— C'est ma foi vrai…, opina l'enchanteur.

Passa un moment de silence où chacun se perdait dans la contemplation du castel, tandis que le bon chevalier serrait alternativement les poings et les mâchoires, impatient d'aller flanquer son gant et tout ce qui serait à sa portée dans la figure de son rival.

— De toute manière, nous avions prévu de nous y rendre, conclut Roméo en haussant les épaules. Allez, d'accord, partons sauver votre Migrene.

Chapitre 33

Quand Fimosis comprit que ces aventuriers disposaient d'un moyen extrêmement rapide de voyager, il ne les quitta plus d'une semelle, descendant avec eux dans l'arrière-cour de la taverne où ils avaient ramené leurs chevaux. Et il continua à errer dans leurs rangs tandis qu'ils achevaient leurs préparatifs... Cela devait fatalement finir par agacer les sorciers.

— Qu'est-ce que vous nous voulez encore, vous ? lança Mercédès. Vous avez été payé, non ? Allez donc votre chemin !

— Mes pas sont liés aux vôtres, prétendit le barde. C'est ainsi, que ça vous plaise ou non.

— Quoi, vous vous imaginez peut-être qu'on va vous traîner partout ? Et pour quelle raison ?

— Parce que vous avez changé ma destinée. En *bien*, je vous l'accorde, mais il n'en reste pas moins exact que vous avez complètement bouleversé mon existence. J'ai d'ailleurs cru comprendre que le chevalier avait semé une belle pagaille dans *toutes* les prophéties annoncées depuis des millénaires... Il vivra encore des tas de choses étranges, j'en suis convaincu. Et certaines généreront des richesses et du pouvoir. Je veux être présent à ce moment-là. J'estime que c'est une juste compensation.

— Une compensation pour quoi ? se fâcha Mercédès. Pour ne pas avoir vendu votre âme aux ténèbres ?

— Il n'est pas question que vous nous suiviez, trancha Roméo.

Le barde tourna alors son air pincé vers Ulser, un peu plus loin, et qui n'avait rien entendu de la conversation.

— Holà, mon ami ! Votre amour pour votre fiancée m'a ému ; je voudrais vous aider à la secourir ! Puis-je vous accompagner ?

— Bien sûr, se réjouit le naïf. Nous avons justement une aiguille en trop !

— Ce n'est pas une bonne idée, commenta Roméo.

— Mais les choix du prophétionnel l'emportent sur toute autre appréciation, n'est-ce pas ? triompha Fimosis. Vous n'oseriez pas aller contre sa volonté et risquer de déchirer les fibres du destin… Qui sait, le simple fait de refuser de m'emmener pourrait finalement provoquer la fin du monde… C'est bien ainsi que ça fonctionne ?

L'enchanteur vint se planter devant le barde, le défia du regard, puis finit par esquisser un sourire.

— Vous auriez fait un redoutable adversaire, lâcha-t-il enfin.

Il se pencha ensuite pour lui glisser à l'oreille :

— Si vous tentez quoi que ce soit contre cet homme, ou n'importe lequel d'entre nous, je vous transforme en statue de sel et je vous jette à l'eau. Vous êtes peut-être rusé, mais rappelez-vous que vous n'avez *pas* les pouvoirs d'un nécromant. Et que vous ne les aurez jamais. Moi, si.

Il termina en donnant une petite tape sur la joue de Fimosis, qui l'ajouta mentalement à la liste de toutes les choses dont il demanderait un jour réparation. Dans un bain de sang, si possible. Après avoir arraché repentir, excuses et supplications. Et en faisant durer ces dernières le plus longtemps possible.

Puis, reprenant une façade amicale, il posa quelques questions à propos de ces mystérieuses aiguilles mentionnées par Ulser.

Moins de vingt minutes plus tard, il avait même l'occasion d'expérimenter leur pouvoir. Et sa destinée fut ainsi liée aux cinq cavaliers embusqués près du castel de Rohand le Pureux, où l'Œil de Varana venait de les transporter, à la nuit tombante.

— Montrons-nous très prudents, demanda Roméo. N'oublions pas que c'est cet homme qui a réussi à nous envoyer le Gladiate. Il a sûrement d'autres tours en réserve.

— Je suis pourtant certain qu'il n'est pas magicien, s'entêtait Ulser. Quand nous étions tous les deux des pages, il ne parvenait pas à se concentrer sur une activité plus de trois minutes.

— Tandis que vous…, railla Mercédès, moqueuse.

— Moi, je n'ai jamais prétendu être sorcier, répliqua le chevalier en rougissant.

— Il doit avoir un complice, supposa l'enchanteur. Mais peu importe les exécutants ; c'est celui qui cherche à nous détruire que nous sommes venus trouver.

— Comment va-t-on entrer là-dedans ? enchaîna Escar. On ne va quand même pas aller taper à la grille en appelant un garde, si ?

— Eh bien, répondit Mercédès ; considérant que nous ne sommes que six, et qu'il ne faut pas trop compter sur d'éventuels renforts, il me semble présomptueux d'espérer faire le siège du château. Donc, oui, on va aller taper à leur porte, imbécile ! À moins que vous ne vous sentiez de taille à franchir les douves, escalader l'enceinte et nous ouvrir de l'autre côté, comme un voleur digne de ce nom ?

— Heu… à vrai dire, je ne sais pas nager.

— Ça m'aurait étonné, conclut la sorcière.

Il n'y avait rien d'autre à ajouter, aussi s'avancèrent-ils sur le chemin menant au castel, tirant leurs chevaux par la longe pour simuler une approche pacifique. Le pont-levis n'était heureusement pas relevé ; Ulser n'eut pas besoin d'utiliser sa corne tueuse de dragons pour attirer l'attention des châtelains. Ils durent malgré tout tambouriner un bon moment sur la grille avant qu'un garde avec une serviette autour du cou ne se décide à venir voir ce qui se passait, encore, sacrediou. Puis, avisant le chevalier, l'homme s'illumina d'un sourire amusé.

— Ah, le Bienheureux ! Vous êtes de retour dans la région, alors ? On racontait partout que vous étiez mort ! Ça me faisait quand même un peu de la peine ; je préfère penser à vous en rigolant…

— Sois remercié pour ta sollicitude, répondit aimablement Ulser. Maintenant, si tu veux bien, ouvre-nous le passage. Mes compagnons et moi avons à parler à ton maître.

Le garde bedonnant se gratta la nuque de ses doigts couverts de graisse de poulet, l'air embarrassé.

— Oui, mais… c'est que je n'ai pas tout à fait le droit de vous laisser passer, vous voyez. En fait, je n'ai même pas le droit du tout. C'est rapport à la fille du baron, dame Migrene, que Rohand est allé chercher chez vous… Votre père se fichait complètement de venir la reprendre, mais mon seigneur nous avait bien prévenus que vous risqueriez de faire des histoires, vous. Ça m'embête un peu de vous décevoir, mais c'est comme ça.

— Ennemi ? demanda Maline à l'enchanteur.

Roméo la fit patienter d'un geste, fouillant en même temps dans ses fontes de selle. Fimosis s'approcha le plus près possible de la grille, en examina chaque détail d'un œil méprisant, puis s'y appuya tranquillement avant d'interpeller le garde en aparté.

— Ils vont l'ouvrir, vous savez.

— Plaît-il ?

— Votre barrière, là. Ils vont l'ouvrir, d'une manière ou d'une autre. Les deux vieux sont des sorciers. Je parie que le plus moche est justement en train de chercher une de ces poudres bizarres qui fait fondre le métal. À moins qu'il ne le transforme en verre. On va bien voir…

— Vous essayez de m'effrayer, répliqua l'homme, mal à l'aise.

— Moi ? Non. Je discute un peu en attendant, c'est tout.

— Les choses que vous décrivez sont impossibles, insista le garde.

— Ah bon, vous croyez ? Vous n'avez jamais assisté à un phénomène surnaturel, ici ? Ma foi, vous êtes un privilégié.

Le soldat n'osa pas mentionner la teinte bleue que les flammes du château prenaient régulièrement, ni les cris de poule géante qui montaient parfois des caves, mais il commençait à considérer la menace plus sérieusement.

— Ce qui est dommage, reprit Fimosis, c'est qu'une fois qu'ils auront ouvert, vous allez vous sentir un peu obligé de leur barrer la route. Et comme ils sont très décidés à passer quand même, ils risquent de vous molester juste ce qu'il faut pour imposer leur point de vue. Pour l'instant, vous trouvez peut-être le chevalier rigolo, mais vous avez sûrement remarqué aussi son épée qui brille dans le noir… C'est tout sauf un couteau à salade, je vous assure. Et quand on sait que les écailles de son bouclier ont été arrachées à un dragon qu'il a lui-même tué… Bref, je ne voudrais pas être celui qui tentera de l'empêcher de reprendre sa fiancée.

Le garde se déplaça vers Ulser, qui n'avait rien entendu de la conversation, comme ses compagnons.

— Je sais que vous ne mentirez pas, annonça l'homme. C'est vrai que vous avez tué un dragon ?

— C'est l'exacte vérité ! s'exclama le prophétionnel, ravi. La nouvelle est déjà parvenue jusqu'ici ?

Roméo avait entretemps fini de fouiller ses sacoches ; il s'approchait de la grille avec un petit sac qu'il portait précieusement.

— Pas la peine, je vais vous ouvrir, annonça le garde soudain fiévreux.

Il s'activa aussitôt sur un énorme treuil, levant la barrière devant des aventuriers surpris, et un Fimosis au sourire en coin.

— J'allais essayer de le corrompre, expliqua l'enchanteur en secouant la bourse. Qu'est-ce que vous lui avez dit, au juste ?

— Je l'ai menacé d'invoquer les seigneurs des sept enfers s'il n'obéissait pas illico au Prince écarlate.

Le regard glacial du sorcier lui fit prendre conscience qu'il était peut-être allé un peu trop loin.

— Je plaisante, je plaisante, assura-t-il en rentrant dans le rang. Je suis barde et comédien, après tout.

Le garde les salua d'un air gêné, puis franchit à son tour le pont-levis, mais en direction des campagnes. Il portait toujours sa serviette autour du cou et n'emportait rien d'autre. Mieux valait qu'il soit très loin quand son maître apprendrait la trahison. Il se rappelait d'ailleurs que, dans une ville nommée

Carnavalum, il était possible de changer de nom. Ce serait donc sa destination

Ainsi et sans le savoir, le prophétionnel venait à nouveau de bouleverser le cours d'une existence.

Les aventuriers se souciaient pourtant du sort du portier comme de leur première cerise, trop excités qu'ils étaient d'avoir pénétré l'antre de leur ennemi. Et comme aucun autre garde ne se présentait pour voir ce que pouvait bien fabriquer leur collègue, ils prirent le temps d'attacher leurs chevaux aux anneaux réservés aux invités, simulant ainsi une situation tout à fait tranquille. Ulser guida ensuite ses compagnons le long des différentes dépendances, jusqu'à une petite porte donnant accès au corps principal de la forteresse.

— Quand j'étais petit, mon père m'obligeait parfois à venir jouer ici, avec le fils du seigneur voisin, expliqua-t-il. Rohand adorait m'entraîner dans ces couloirs pour espionner les chambrières.

— Je parie qu'il ne devait pas vous forcer beaucoup, lança Mercédès.

Le chevalier essaya de faire oublier son expression coupable en tournant la poignée, mais la porte se révéla malheureusement verrouillée. Tous les regards convergèrent alors vers Escar, qui sembla soudain perdre dix centimètres.

— Pour être honnête, commença-t-il ; mes passes sont enfermés dans la sacoche que vous m'avez donnée. Je n'ai pas encore réussi à les récupérer… Il ne m'en reste qu'un, parce que son attache était cassée, et qu'il ne tenait plus sur l'anneau…

— Essayez toujours, grommela Roméo. Nous allons voir si cette histoire de treizième fils d'un treizième fils est vaguement fondée. Et ensuite, nous essaierons de défoncer la porte.

Le voleur acquiesça, passa une minute à retrouver le petit outil dans ses poches, s'agenouilla en le faisant tomber – deux fois – puis réussit enfin l'exploit de l'insérer correctement dans la serrure. À part Ulser et Maline, tous s'attendaient à entendre bientôt le passe se briser, mais c'est le bruit du mécanisme du verrou qui tinta dans le silence !

— J'ai réussi ! J'ai réussi ! s'exclamait Escar, aux anges. Enfin, je veux dire... bien entendu. Aucune porte ne résiste à un maître voleur...

— N'en faites pas trop, prévint Mercédès.

Comme son mari, elle était surtout impressionnée par cette chance hors du commun ; mais ce n'était pas le lieu ni le moment d'en discuter. Ils s'engouffrèrent dans le couloir et entreprirent d'allumer les deux lampes qu'ils avaient emportées. Tandis que l'enchanteur et le voleur ajustaient le débit d'huile, Fimosis respirait l'atmosphère des lieux en grimaçant.

— Je sens ici comme une présence maléfique, annonça-t-il soudain.

— N'importe quoi, répliqua la sorcière. Ça ne serait pas votre propre fumet de poissonnerie, par hasard ?

— Encore une fine plaisanterie de barde ? renchérit Roméo.

L'accusé se renfrogna, s'enfermant pour de bon

dans le silence. Était-il vraiment le seul à percevoir ces choses ? Cette idée subite lui apporta un grand et secret réconfort. Sa destinée n'était peut-être pas tout à fait brisée, en définitive. Il semblait posséder des pouvoirs dont personne ne soupçonnait l'existence, pas même lui la veille encore… Ou alors, il était complètement dingue, mais cette éventualité n'était pas de celles qui lui passaient par la tête.

Une fois prêt, le groupe se glissa le long des couloirs et des escaliers menant au donjon, où se situaient les pièces d'habitation. C'est là que les aventuriers espéraient trouver Rohand, en ce début de soirée… Ils progressaient donc avec la plus grande discrétion possible, tous les sens en alerte, les mains crispées sur leurs armes. Le plus étonnant aux yeux des sorciers était de voir le chevalier avancer en tête, sans rechigner ni inventer mille excuses pour repousser l'affrontement ! Ulser voulait vraiment en découdre avec son rival, croyant sûrement ne rien avoir à craindre, alors que cet ennemi s'était montré le plus dangereux de tout ce qu'ils avaient affronté jusqu'alors. Le prophétionnel se montrait donc quelque peu stupide… Parvenu à cette conclusion, Roméo revint sur son jugement : en définitive, son comportement n'avait rien de surprenant ou d'inhabituel.

Après avoir arpenté des centaines de mètres de couloirs aussi déserts que les pentes d'une montagne trolle, ils parvinrent enfin aux abords d'un salon d'où s'échappaient quelques voix.

L'une d'elles était celle de Migrene.

Chapitre 34

La conversation était inintelligible, mais le bon chevalier se souciait peu d'espionnage et de patience, de toute manière. À peine avait-il reconnu le timbre de sa bien-aimée qu'il poussait violemment la double porte pour s'inviter dans la pièce ! Il fut même si brutal que les battants rebondirent contre le mur avant de revenir mesquinement sur lui, le forçant à lever son bouclier pour éviter un mauvais coup. Enfin, cette première ligne de défense franchie, les compagnons purent découvrir la scène.

Migrene était bien là, assise à une table de banquet, portant une jolie robe et une coiffure sophistiquée. Ulser lui adressa un sourire radieux, mais la jeune femme à la peau blanche se pâma dans son fauteuil à la seule vue des aventuriers ! Le chevalier se réjouit néanmoins de constater sa bonne mine apparente. Au moins Rohand semblait-il traiter sa prisonnière de manière convenable… ce qui n'était cependant pas une raison suffisante pour lui pardonner ses méfaits. Reprenant une expression fâchée, le prophétionnel tourna son regard vers son rival.

Ce dernier avait à peine manifesté sa surprise. Il était également installé à table, près de Migrene, dont il n'était séparé que par quelques fleurs et bougies. Il portait bien sûr des vêtements noirs. Ulser ne l'avait jamais vu dans une autre couleur ; c'en était à se demander de qui le fourbe pouvait porter le deuil aussi longtemps. L'intéressé repoussa son fauteuil et se dressa de toute sa hauteur, les poings sur les hanches et un sourire amusé aux lèvres, montrant le peu de crainte que lui inspiraient ces assaillants. En revanche, les deux valets qui s'occupaient du service n'attendirent pas plus longtemps pour déguerpir par la porte du fond.

— Tiens, tiens, tiens, répéta Rohand en contemplant ses ennemis. Qui voilà donc ! J'imagine que si vous êtes là, c'est que vous avez compris certaines choses. Je me doutais un peu que ma harpie avait raté son coup, en ne la voyant pas revenir… mais j'avoue que je ne vous attendais pas si tôt.

Roméo ne put retenir une exclamation stupéfaite.

— C'est donc bien vous le véritable coupable ? s'étonna-t-il. Les embuscades, les statuettes, le Gladiate ; toute cette énergie déployée, cette débauche de moyens, rien que pour vous assurer que votre rival en amour ne reviendrait pas au pays ?

— J'avais bien raison ! fit remarquer Ulser.

Rohand partit d'un grand rire sardonique, un peu forcé quand même, tout en esquissant quelques pas vers une imposante cheminée. Les compagnons s'avancèrent prudemment dans le salon, troublés par l'assurance de leur ennemi.

— Vous n'êtes finalement pas si malins que ça, commenta ce dernier. Ça me réconforte de le constater ; enfin, une fois de plus. Vous n'avez réellement pas compris ? C'est *moi* qui aurais dû accomplir cette quête dans treize ans. C'est à moi que revenait cet honneur !

Les aventuriers échangèrent des regards aussi indécis que surpris. Ulser se sentit même vaguement coupable, mais la vue de Migrene inanimée dans un fauteuil raviva son courroux.

— Qu'est-ce que c'est que cette ânerie ? rétorqua Mercédès. Comment pouvez-vous affirmer une chose pareille ?

— Ma harpie a eu cette vision, tout simplement. J'étais censé devenir un héros ; un vrai cette fois, sans tricher. Je peux bien vous avouer que cette histoire de dragon que j'aurais banni est inventée de toute pièce. Il y avait effectivement un saurien sur les terres de mon beau-père, mais ma sorcière personnelle avait prédit la date où il finirait par s'en aller de lui-même. Je me suis simplement attribué cet exploit.

— Ah, je le savais bien ! triompha le chevalier.

— Je ne vous imagine pas non plus dans le rôle du gentil paladin, fit remarquer Roméo.

— Bah ! Tout ce que j'aurais eu à faire, c'était convoyer une espèce de gamin bizarre dans deux ou trois pays, puis le laisser se débrouiller contre le nécromant… Rien d'insurmontable.

— Tu aurais été un très mauvais maître pour Darian ! accusa Ulser. Et je parie que tu aurais fini par le trahir pour rejoindre Fimosis !

Il avait naturellement désigné le barde, qui ne sut quoi faire d'autre qu'un petit salut embarrassé.

— Vous l'avez trouvé ? comprit Rohand. Intéressant... Oui, c'est vrai que l'idée de faire mentir la prophétie m'avait aussi effleuré. J'aurais avisé le moment venu... Dans les deux cas, l'épisode m'aurait rapporté richesses et célébrité. Mais par votre faute...

Il s'interrompit, alors qu'un bruit de cavalcade résonnait dans le couloir où avaient disparu les valets.

— ...par votre faute, reprit-il avec une grimace sadique, ce jour *aurait pu* ne jamais arriver !

Il bondit alors vers le manteau de la cheminée, décrocha l'une des épées qui y étaient croisées, puis brandit l'arme devant ses adversaires ! Dans le même instant, une vingtaine de soldats investissaient la pièce. Quelques-uns poussèrent des sifflets en découvrant la tenue de combat de Maline, mais la plupart exhibaient davantage leurs massues que leurs langues pendantes.

— *Ennemis*, lâcha Roméo en serrant les dents.

Chacun se jeta alors dans la bataille, à sa manière, et en essayant surtout de ne pas trop gêner l'amazone dans ses œuvres. Mercédès fut la première à user de sa barre de fer sur le casque d'un garde, l'assommant avec tant de hargne et de violence que ses collègues n'osèrent pas s'approcher de la matrone – que l'on devinait frustrée pour quelque obscure raison.

L'enchanteur se mit dos à dos avec son épouse et feignit d'invoquer une puissante malédiction, pointant systématiquement le doigt sur le soldat le plus proche, qui reculait aussitôt pour laisser place à un confrère moins superstitieux… celui-ci devant bientôt se raviser à son tour, et ainsi de suite.

Pour sa part, Escar ne trouva rien de mieux à faire que lever les bras pour protéger son visage. Il s'avança bien sûr plusieurs lâches pour tenter d'obtenir une victoire facile, mais chaque fois qu'ils abattaient leurs massues en direction du voleur, une étrange malchance les frappait et ils finissaient par se blesser eux-mêmes au poignet, au genou ou à la cheville – quand ils ne s'assommaient pas pour de bon d'un violent coup dans la nuque. Les corps inanimés s'entassaient ainsi autour du treizième fils, qui n'osait pas même ouvrir les yeux.

Fimosis avait improvisé une tout autre stratégie. Le barde s'était laissé tomber au sol dès le début de l'empoignade, en se tenant la tête et en gémissant de douleur. Les soldats ignoraient donc celui qu'ils pensaient déjà vaincu, jusqu'au moment où ils passaient à sa portée et qu'ils recevaient son talon ferré dans l'entrejambe ! Les malheureux s'écroulaient aussitôt, le souffle coupé, et l'apprenti nécromant se faisait un malin plaisir de les estourbir pour de bon avec leurs propres massues. Puis il reprenait sa comédie, guettant d'un œil en coin sa prochaine victime.

Maline était bien entendu la plus dévastatrice. Le gourdin de l'amazone tournoyait autour de son corps parfait tel un ange protecteur, ou comme s'il était animé d'une vie propre. Les sourires lubriques des soudards se déformaient quand l'arme venait soudain réorganiser l'architecture de leurs mâchoires ; leurs regards avides se voilaient ou se mouillaient de larmes lorsque le bois massif venait tester la souplesse de leur boîte crânienne... Ceux qui étaient encore indemnes persistaient pourtant à essayer de toucher l'amazone avec leur massue, ou même leur main, de préférence. Ce soir-là, au castel du Pureux, il y eut comme une épidémie de poignets brisés.

En retrait de la piétaille, Ulser et Rohand se livraient un combat tout aussi farouche. Cela avait commencé par un échange de coups donnés sur la lame de l'adversaire : ça ne présentait aucun danger et permettait de s'échauffer un peu. Puis les chevaliers s'étaient séparés pour se défier comme des coqs, ainsi que le voulait la coutume dans un duel épique. Par exemple, Rohand avait toisé son ennemi avec toute la morgue possible, levant si haut le menton qu'il semblait plutôt regarder le plafond. Ulser avait contre-attaqué en bandant les muscles qu'il savait avoir gagnés pendant son voyage – oubliant, malheureusement, que le port de son armure empêchait quiconque de le vérifier. Ils s'étaient ensuite à nouveau jetés l'un sur l'autre, et enchaînaient depuis des passes d'armes sans réussir à prendre l'avantage. Il faut dire qu'ils avaient suivi les mêmes leçons d'escrime, auprès du seul professeur de la région, et que leur affrontement prenait parfois l'allure des entraînements qu'ils suivaient quelques années plus tôt, au point que ça en devenait ennuyeux.

Assez malin pour constater l'égalité des forces, et contrarié par la véritable débandade que connaissaient ses soldats, Rohand décida qu'il était temps de changer de tactique.

— Ça ne vaut pas, lança-t-il en ferraillant. Tu portes une armure complète, tandis que je suis en tunique !

— C'est que, haletait Ulser, j'ai promis de ne point l'enlever avant d'avoir achevé ma quête, *han !*

— Et alors, *pouf*, *pouf*, tu as contré les plans du nécromant, non ? *Tiens !* Ta quête est finie…

— *Hop !* para adroitement le chevalier. Mais, tu as pourtant raison ! s'exclama-t-il.

Il fit trois pas en arrière, vérifiant que Rohand ne le poursuivait pas de ses attaques, mais ce dernier piqua sa lame au sol avant de s'appuyer sur son pommeau. Ulser déposa alors pareillement Maroale sur la cheminée, puis commença à dessertir les attaches de son armure. Ce qui n'était pas si facile, considérant que toutes les averses qu'il avait essuyées avaient fini par rouiller et coincer pas mal de mécanismes.

Pendant ce temps, ses compagnons faisaient s'enfuir en hurlant le dernier garde encore debout. Ils s'approchèrent ensuite des deux chevaliers, contemplant le prophétionnel avec des expressions stupéfaites.

— Dites, on peut savoir ce que vous faites ? demanda Mercédès.

— Je rends le duel plus régulier, expliqua Ulser sans s'arrêter. Rohand n'a rien pour se protéger ; ce n'est pas juste.

— *Pas juste ?* s'énerva la sorcière. Et vous projetez peut-être aussi de lui dégoter une épée et un bouclier magique, histoire d'équilibrer les chances pour de bon ?

Le héros se trouvait déjà en chemise ; il ne lui restait plus qu'à dénuder ses jambes et ses pieds. Il s'interrompit cependant le temps d'une intense réflexion.

— Je n'avais pas pensé à ça, reconnut-il, embarrassé. Est-ce que tu crois que…

— Ce ne sera pas nécessaire, le rassura le Pureux. Je me contenterais d'être à égalité d'armure.

— Bon allez, fini de rire, intervint Roméo. Maline, si vous voulez bien…

— Ah, non ! se fâcha Ulser. En enlevant ma fiancée dans mon propre château, ce félon a piétiné l'honneur des Brise-Camail ! Je dois en demander personnellement réparation dans un duel honorable !

L'enchanteur haussa les épaules, puis arrêta d'un geste l'amazone qui s'avançait déjà. Tous attendirent alors que le paladin si épris de justice achève de se mettre en culotte, dansant d'un pied sur l'autre en enlevant ses solerets, et manquant de tomber par deux fois en raison du manque d'habitude. Enfin, il fut complètement débarrassé de l'armure qu'il avait portée pendant si longtemps. Il tenait là une occasion unique de marquer les mémoires par une déclaration digne des livres d'histoire.

— Ça fait drôle, sans les fers, lança donc le chevalier.

Il était si perturbé par cette pesanteur dont il ne sentait plus les effets depuis quelques jours, qu'il n'eut pas le temps de s'interposer quand Rohand s'élança soudain pour s'emparer de Maroale !

— Ahah ! triompha le fourbe, on fait moins le malin maint…

Il s'interrompit et rejeta vivement l'épée magique, pour frotter sa paume contre sa tunique en grimaçant de douleur. Ulser fut assez prompt pour ramasser son bien avant que son adversaire ne songe à lui ouvrir le ventre de l'autre arme… Et le combat reprit avec une ardeur décuplée par la frustration des deux duellistes, dans de grands tintements d'acier ponctués de coups ahanés. Les aventuriers devaient reconnaître que Rohand avait fière allure, dans ses vêtements de soie noire, avec sa barbiche et ses yeux ténébreux… Quant au chevalier, dont les jambes nues et pâles dépassaient de sous une chemise froissée et plus vraiment blanche, il représentait le Bien, et ce n'était déjà pas si mal.

Le fait d'avoir ôté cette armure s'avéra ne pas modifier l'équilibre des forces, puisque l'un et l'autre échouaient tout simplement à tromper la défense ennemie. Après un temps que les témoins de la scène commençaient à trouver long, le Pureux s'essaya donc à diverses tactiques plus aléatoires et désespérées les unes que les autres. On le vit ainsi lancer tout ce qui lui passait à portée de main, grimper sur les fauteuils, puis sur la table du festin… Ulser était bien contraint de l'y suivre, et ils ferraillèrent ainsi un bon moment en écrasant des pâtés en mousse, des gelées multicolores et toutes sortes de plats en sauce particulièrement glissants et poisseux. Mais après quelques jours passés à contrôler la moindre impulsion de ses orteils – pour éviter de bondir vers les nuages – le bon chevalier se découvrait un nouvel et inattendu sens de l'équilibre ! Toutes les manœuvres de Rohand se révélaient donc sans conséquence sur l'issue du combat, que l'on n'imaginait plus s'achever que par un abandon ou une intervention extérieure.

Jusqu'au moment où Migrene se réveilla en portant la main à son front.

— Que s'est-il passé ? bredouilla-t-elle, désorientée.

Quand sa vue s'éclaircit pour de bon, elle eut la surprise de découvrir les chevaliers debout sur la table, juste à côté d'elle ! Le prophétionnel avait même son pied nu dans son assiette. Les deux hommes la contemplaient d'un regard un peu honteux, tout en continuant à pousser fer contre fer.

— Ulser… c'est toi ? reconnut-elle enfin.

Pendant qu'il acquiesçait de bon cœur, elle porta les yeux sur la robe magnifique qui la couvrait, sur les nombreux bijoux que Rohand lui avait offerts, sur ce festin qu'ils partageaient tous les soirs… Son visage d'une rare pâleur se teinta soudain d'un rouge embarrassé.

— Tu es sûrement venu pour me punir, annonça-t-elle avec un brin de panique. Toutes ces fêtes où je suis allée, les horreurs que j'ai pu raconter à ton sujet... les imitations odieuses... Et ce que j'ai offert à Rohand, alors que je te l'avais toujours refusé...

Roméo fut pris d'une petite quinte de toux, tandis que Fimosis lâchait un sifflement en decrescendo. Ulser, pour sa part, semblait pétrifié. Il ne vit même pas son adversaire descendre de la table pour se frotter les muscles en grimaçant.

— Il y a eu aussi... cette expérience, reprit Migrene. Et cette autre... Et ces ignobles comptines, quand on te croyait mort... Elles m'ont beaucoup fait rire, c'est vrai... mais tu dois savoir que je n'étais pas moi-même, supplia la promise. Je ne le serai plus jamais. Rohand m'a fait boire un philtre d'amour qui m'a perverti les esprits !

— Quoi, qui, moi ? Mais pas du tout ! s'offusqua le Pureux.

— Après m'avoir enlevée, tu m'as menacée de le faire ! rappela Migrene.

— Ah oui, mais non ! J'en avais parlé, c'est vrai, mais je n'ai *même pas* demandé à la sorcière de le préparer ! Je n'en ai pas eu besoin ! Tu... enfin... tu te souviens...

— Ah ? s'étonna la jeune femme. Je croyais que... tu l'avais versé dans...

Un silence de plomb tomba sur la scène. D'abord très gênés, Migrene et Rohand finirent par échanger un sourire complice. Les compagnons d'Ulser ne s'en sentirent que plus mal à l'aise. Ils regardèrent le chevalier descendre tristement de la table en trempant sa chemise dans la sauce, puis gagner à pas lents le coin où il avait abandonné ses pièces d'armure. Il ne prit même pas la peine de les renfiler. Il se contenta de les ramasser et de quitter la pièce pieds nus, son paquetage sous le bras. Sans un dernier regard pour celle qui avait été sa fiancée, et pour laquelle il avait entrepris ce voyage.

— Nous partons aussi, annonça Roméo au Pureux. J'espère que vous vous montrerez assez malin pour ne plus chercher à nous nuire. D'une part, ça ne servirait à rien : trop de choses ont maintenant été accomplies, elles ne peuvent plus être défaites. Et par ailleurs, ça me mettrait de mauvaise humeur. Vous n'avez aucune idée des bêtises que je peux commettre dans ces moments-là.

Rohand acquiesça distraitement, trop occupé à goûter l'amour véritable qu'il venait de découvrir chez sa prisonnière. Ce fut avec une indifférence totale qu'il laissa les aventuriers quitter la pièce. Seul le clin d'œil équivoque que lui adressa Fimosis, juste avant de franchir la porte, lui donna un peu matière à réflexion.

Chapitre 35

Personne n'y trouva à redire, quand le barde alla voler un cheval dans l'écurie du castel du Pureux. C'était là l'une des compensations qu'il réclamait tant ; et ça vengeait un peu l'affront fait au prophétionnel. Ce dernier avait vraiment triste mine ; il accepta d'enfiler le pantalon trop large que Escar insistait pour lui donner, mais ce fut la dernière chose active qu'il fit avant de grimper en selle. Dès lors, il sembla ne plus rien entendre ou voir, laissant son alezan le ramener au château familial. Après une courte hésitation, Mercédès et Roméo décidèrent de l'accompagner au moins jusque-là, et les autres suivirent naturellement… Ce furent donc six cavaliers qui prirent le chemin du domaine de Brise-Camail, avec en bouche le goût amer de l'échec.

Pourtant, ils avaient bel et bien sauvé le monde d'une nouvelle invasion des forces des ténèbres. Le fait qu'elle fût prévue pour dans treize ans ne changeait rien à la nature louable de l'exploit.

C'est ce discours que tint l'enchanteur au chevalier

déprimé, tout le temps que dura leur progression dans la campagne paisible. Et si au début Ulser parut ne pas en écouter le moindre mot, ou s'en moquer totalement, il finit par redresser la tête devant la liste de toutes les prouesses qu'il avait déjà accomplies. D'autant que Roméo ne manquait pas de souligner qu'il ne s'agissait sûrement que d'un début. Et quelle jeune femme – bon d'accord, à part Migrene – pourrait résister au charme d'un héros tel que le prophétionnel ?

Pas tout à fait consolé, mais quand même moins accablé, le bon chevalier retrouva le sourire en arrivant en vue de son foyer. Il était évident pour lui que ses compagnons y resteraient au moins une nuit ; tous acceptèrent d'ailleurs l'invitation. Ravigoté par l'idée, Ulser eut tôt fait de rameuter tous ses serviteurs dès son entrée au château ! Valets et chambrières se montrèrent ravis par ce retour inespéré, mais tempérèrent l'enthousiasme du jeune seigneur en annonçant que son père s'était couché d'assez mauvaise humeur, et que toute nuisance sonore risquait de provoquer une de ses colères à faire trembler les murs. Le chevalier ne marcha plus alors que sur la pointe des pieds, et demanda à ce qu'on serve un dîner pour ses amis et lui directement dans les cuisines, où on ne pourrait les entendre.

Ils passèrent une très agréable soirée, à échanger des histoires et des anecdotes amusantes, pour faire oublier à Ulser un peu de son chagrin. Puis, la journée ayant été particulièrement fatigante, les sorciers manifestèrent leur désir de se mettre au lit – surtout après que Roméo eut chuchoté quelques mots à l'oreille de son épouse, et qu'elle y eut répondu d'un sourire complice. Le chevalier veilla donc à ce qu'on prépare des suites pour ses invités.

— J'ai une faveur à vous demander, annonça alors Maline. Je voudrais passer la nuit dans votre chambre.

Après s'être à moitié étranglé et avoir senti son rythme cardiaque doubler subitement, Ulser répondit que « oui, oui, bien sûr pourquoi pas ».

— Vous m'aviez fait une promesse, expliqua l'amazone. Quand vous êtes tombé dans la source de Maroale… Vous avez juré de répondre à l'une de mes demandes, sans hésiter.

— C'est exact, et je suis un homme de parole !

— Alors, je veux que vous m'expliquiez enfin ce que c'est que cet « amour », dont vous êtes coupable. Et je voudrais *tout* savoir, même s'il faut y passer la nuit.

Le chevalier ne sut quoi faire d'autre qu'acquiescer en portant un godet à ses lèvres, renversant la moitié de son contenu par faute de ses tremblements. Il multiplia ensuite les consignes pour que les chambres soient prêtes le plus vite possible. Pour gagner du temps, il mentit même en prétendant ne pas avoir assez de pièces, et installa Fimosis et Escar dans le même boudoir, à la grande contrariété du barde.

Les politesses d'usage furent ramenées à leur plus simple expression. Seul Roméo retint Ulser un instant, le temps de lui rappeler les aphrodisiaques qu'il lui avait offerts le matin même.

— C'est l'occasion où jamais de vous en servir, conseilla-t-il avec un clin d'œil. Vous l'avez bien mérité, va !

— C'est que, j'ai déjà bu beaucoup de vin, et…

— S'il vous plaît, insista l'enchanteur. C'est une chance unique. Si vous ne le faites pas pour vous, faites-le pour le vieil homme que je suis !

Il referma ensuite sa porte, puis le chevalier s'éloignant entendit Mercédès rire comme elle ne l'avait jamais fait. Un peu comme si on la chatouillait.

Il ne perdit pas de temps à en écouter davantage et gagna sa propre chambre. Maline l'y attendait en souriant, confortablement allongée sur son lit. Comme la pièce était très chauffée, elle avait ôté quelques étoffes superflues.

En s'isolant avec l'amazone, Ulser ne se rappelait même plus avoir été fiancé un jour à une certaine Migrene.

Le lendemain, Mercédès fut la première levée. Enfin, pas tout à fait, puisque Escar n'avait pas réellement dormi : il s'était retrouvé enfermé dans la salle d'aisance toute la nuit, et n'avait été libéré par les valets qu'à l'aube. Fimosis devait prétendre plus tard ne pas avoir entendu les appels au secours de son compagnon de chambrée, pourtant juste à côté. Peu importait à la sorcière : ce matin lui paraissait le plus beau qu'elle ait vu depuis longtemps. Et elle était convaincue que son mari penserait la même chose, s'il retrouvait toutefois assez de forces pour se lever avant midi.

Pour l'heure, elle appréciait son petit déjeuner à sa juste valeur, dégustant chaque bouchée en retrouvant des saveurs auxquelles elle ne prêtait plus attention depuis des années. Elle trouvait aussi qu'Escar faisait beaucoup de bruit en mastiquant, mais elle ne se sentait pas d'humeur à râler. Du moins, pas déjà. Elle se surprit même à sourire, lorsque le chevalier se présenta à son tour dans les cuisines… Il avait une tête affreuse, des cernes à rivaliser avec celles d'un gobelin, mais jamais il n'avait semblé plus heureux.

— Alors, bien dormi ? lança-t-elle d'un air entendu.

— Pratiquement pas, avoua Ulser, envoûté. Maline est si… Elle est tellement… Et elle a tant à raconter ! Vous n'imaginez pas tout ce qu'elle peut vivre chez les amazones…

— Attention, j'ai pas mal d'imagination, démentit gentiment la sorcière.

Maline les rejoignit quelques instants après. Elle avait peut-être passé une nuit blanche, mais elle n'en présentait pas les signes, comme si le temps et la fatigue n'avaient aucune prise sur elle.

— Tu avais oublié ça, annonça-t-elle en prenant place.

Elle tendait une épée à Ulser, qui s'en saisit et remercia l'aimable d'un sourire. Mercédès n'en croyait pas ses propres yeux.

— C'est *Maroale* qu'elle vient de vous apporter ? vérifia-t-elle. Et vous pouvez la saisir sans vous brûler ?

— Eh bien… oui, comme d'habitude ! Pourquoi ?

— Pourquoi ? Mais vous avez fait quoi, au juste, cette nuit ?

— On a parlé, c'est tout, expliqua le chevalier surpris. C'est bien ce que Maline m'avait demandé…

— Et ainsi, vous lui avez expliqué ce qu'était l'amour ?

En surprenant le regard soudain différent de l'amazone, lorsqu'elle posait les yeux sur Ulser, la sorcière songea qu'il avait dû se montrer un professeur tout à fait acceptable.

— Vous savez quoi ? conclut Mercédès, hilare. En vérité, je crois que je vous aime bien.

Le chevalier se réjouit de l'apprendre. C'est qu'il n'avait pas oublié sa promesse de retrouver les diablotins fugitifs. Dans les jours suivants, il allait sûrement encore beaucoup voyager avec ses compagnons.

Le Trône du dahu

PREMIÈRE PARTIE

Chapitre 1

L'angoisse serrait l'estomac d'Ulser de toutes ses forces. Pour un peu, le bon chevalier aurait compris la détresse que devaient ressentir les lutins des fougères, quand ils se faisaient bêtement piéger dans des collets à lapin. C'était même la première fois qu'il considérait ces gnomesques comme de malheureuses victimes. Jusqu'alors, chaque fois qu'un des vilains du château avait ramené l'un de ces petits bonshommes aux yeux exorbités et à la peau bleuie par l'étouffement, il avait rigolé un bon coup, comme tout le monde… Mais alors que ses propres entrailles étaient garrottées par la peur, il songeait que ce n'était pas si drôle que ça, en définitive. D'autant que sa torture n'était qu'un avant-goût de la terrible et dangereuse épreuve qui l'attendait.

C'est-à-dire, réveiller son père.

Il n'avait pourtant pas le choix. Il lui fallait absolument aller au-devant de son géniteur et le préparer à la présence d'invités dans le bastion familial, sous peine de voir bientôt ses compagnons jetés à la porte à force coups de pied dans le fondement. Sans compter que l'irascible baron de Brise-Camail choisirait peut-être de procéder à ces expulsions depuis les créneaux les plus hauts à sa disposition. C'eut été bien mal remercier les aventuriers qui lui avaient ramené son fils… mais sans doute ne leur laisseraient-ils pas le temps de s'expliquer, avant de les envoyer planer un peu en direction des douves.

L'histoire méritait pourtant d'être racontée. Le bon chevalier Ulser avait quitté le château familial dix semaines plus tôt, avec la ferme intention d'accomplir un acte héroïque – n'importe lequel. Cet exploit devant lui ouvrir à la fois les portes de la gloire et les cuisses de sa promise, la belle Migrene. Quelques personnages avaient été entraînés dans sa quête, plus ou moins malgré eux… Ensemble, ils avaient retrouvé une épée légendaire, défait un dragon, et empêché un barde de devenir un nécromant ennemi de l'humanité. Mais c'était malheureusement la déception qui avait frappé le héros à son retour : sa fiancée s'était donnée à son rival, Rohand le Pureux, châtelain dont le domaine était voisin de celui des Brise-Camail. Ayant perdu toute estime ou affection pour cette méchante Migrene, Ulser était rentré chez lui cette nuit même et avait gentiment offert le gîte et le couvert à ses compagnons.

C'est tout cela qu'il devait maintenant rapporter à son père, détails y compris, alors que la patience du baron était à peu près aussi étendue que la conversation d'un tabouret. Planté devant la porte de la chambre seigneuriale, l'aventurier n'arrivait pas à se décider. Mais à chaque instant qui passait, il risquait de voir la figure paternelle se dresser soudain devant lui et manifester son autorité sans retenue ni discernement… Ulser s'efforça donc de rassembler son courage. Il était chevalier, après tout ! Et un véritable héros, de surcroît. Il avait survécu aux trollaks, aux assassins, aux monstres tête-pierre, et même au terrible dragon Na'faras ; ce n'était pas pour faiblir devant son géniteur, tout baron colérique fût-il ! Il devait se présenter tel qu'il était devenu : un paladin, un vaillant guerrier, un homme, un *vrai*. Ragaillardi, il bomba le torse et frappa trois coups avant d'entrouvrir la porte.

La seule vue de la silhouette massive et allongée, enrobée de couvertures, lui fit perdre tous ses moyens.

— Pa… pa… papounet ? lança-t-il dans la pénombre.

Le dormeur roula sur lui-même en manifestant sa contrariété d'un « mgrumpfh » aussi intraduisible qu'explicite. Ulser se sentit sur le point de battre en retraite, mais l'idée d'aller avouer sa couardise aux compagnons qui patientaient au bout du couloir était à peine plus supportable. Il s'avança donc de deux pas dans la chambrée, sur la pointe des pieds – et même des orteils, comme si ça pouvait y changer quelque chose.

— Papounet ? Hum… Père ? C'est moi, votre fils. Je veux dire, celui qui habite ici. Heu, d'habitude… Enfin, Ulser, quoi. C'est moi, Ulser.

Le baron se retourna à nouveau, se redressa juste

assez pour lancer une œillade contrariée au jeune homme au sourire niais, puis replongea la tête dans ses oreillers avec des grognements d'ours de guerre.

— Les *fantômes*, rappela-t-il en bougonnant, sont cantonnés dans l'aile *ouest !* On s'était mis d'accord !

— Je sais, mais c'est vraiment *moi !* Je veux dire, vivant ! Ma disparition n'était qu'une rumeur ; je suis bien de retour !

Il s'écoula quelques instants d'un profond silence, puis le baron poussa un soupir de lassitude et finit par s'asseoir contre la tête de lit. Sur un signe de sa part, Ulser alluma une lanterne à sa plus faible intensité. Juste assez pour constater que le baron Haro de Brise-Camail semblait davantage troublé par ce réveil intempestif que par la joie de retrouver un fils perdu. D'ailleurs, plutôt que d'ouvrir les bras à son héritier, il se gratta la barbe avec un air renfrogné.

— La fille n'est plus là, finit-il par annoncer. Le Pureux l'a enlevée alors qu'elle était encore en train de se balader n'importe où dans les bois comme une écervelée !

— Je sais, acquiesça Ulser. Tant pis… Notre promesse ne tient plus, de toute façon. Nous ne sommes plus fiancés.

Le baron esquissa un demi-sourire, le premier de la journée. Il avait toujours vu ce mariage d'un mauvais œil et ne s'en cachait pas. S'il avait accepté un temps d'héberger Migrene, c'était uniquement parce que le père de la donzelle était un de ses plus vieux ennemis, et qu'il se réjouissait de le contrarier par tous les moyens à sa disposition… En revanche, il n'avait jamais pu supporter la mijaurée et ses manières. Il n'avait d'ailleurs rien tenté pour la récupérer à son ravisseur. Pour un peu, le chevalier aurait même imaginé que son géniteur s'était entendu avec Rohand, mais l'idée restait invraisemblable. Ou plutôt… improbable. En réalité, mieux valait ne pas savoir.

— J'ai fait honneur à notre nom, enchaîna Ulser en bombant le torse. Vous serez fier de moi ! Il m'est arrivé plusieurs aventures dont je suis sorti avec…

— On verra ça plus tard, coupa le baron en s'étirant. Puisque tu es là, trouve-moi donc un valet et fait monter de quoi me caler le ventre. J'ai une de ces faims, à en mâcher ma propre langue !

Le bon chevalier perdit aussitôt le peu d'enthousiasme qu'il venait de retrouver.

— C'est que, bredouilla-t-il, je ne suis pas rentré seul de mon voyage… J'ai avec moi, heu… cinq compagnons… Ils voudraient te rendre hommage…

— QUOI ! rugit le paternel. Des amis à *toi*, toute une bande d'abrutis complets, dans *mon* château ?

Il bondit hors de ses couvertures comme un carreau d'arbalète, convaincant son fils d'opérer un repli stratégique vers la sortie ! Le but de la manœuvre était bien sûr d'échapper à des remontrances qui s'annonçaient plus physiques que verbales, à en juger par la manière dont le baron levait déjà les bras. Ulser redoutait même de subir l'affront d'une fessée – même si une telle honte ne lui avait pas été infligée depuis plus de trois ans, et que le paternel utilisait plus volontiers le plat de son épée que de sa main. Le chevalier fut donc ravi d'atteindre le seuil de la chambre avant qu'une poigne d'acier ne l'attrape par le col de sa chemise pour le tirer en arrière…

Par malheur, ses compagnons qui s'étaient entre-temps rapprochés lui barrèrent involontairement le passage.

En outre, ils ne pouvaient qu'avoir entendu l'insulte proférée à leur encontre. Connaissant le caractère susceptible de certains d'entre eux, Ulser devina que la situation pourrait très vite s'envenimer… Après un instant d'une réflexion fébrile, il décida d'opter pour la seule attitude qui pouvait encore lui épargner déshonneur ou châtiment. C'est-à-dire qu'il fit comme si de rien n'était, retournant vers le baron irascible un beau sourire crispé.

— Ah, ah, ah, les voilà…, bafouilla-t-il. Entrez, entrez compagnons… que je vous présente mon père, le seigneur Haro de Brise-Camail…

Ce disant, il surveillait l'intéressé du coin de l'œil, guettant le moindre signe annonciateur de coups de pied aux fesses ou de tournée de marrons. Le maître des lieux semblait cependant avoir perdu toute humeur belliqueuse. Son attention était concentrée sur la jeune femme aux formes parfaites qui venait de pénétrer dans sa chambrée, à tel point qu'il paraissait ne pas voir ses autres visiteurs ! Ulser s'empressa d'enchaîner.

— Voici Maline, une guerrière de la tribu des amazones des neiges ! Ses Aînées l'ont envoyée parcourir le monde pendant un an pour qu'elle y apprenne des choses nouvelles. C'est une combattante redoutable ; la plus douée que j'ai jamais vue !

Le baron leva un sourcil dubitatif, sans pour autant dévier son regard de la belle étrangère à la moue farouche. N'importe qui aurait remarqué la lueur de convoitise qui brillait dans l'œil du châtelain… N'importe qui, mais pas Maline. Elle n'avait aucune idée de l'effet qu'elle produisait sur les hommes, et semblait d'ailleurs ne rien connaître des choses de l'amour. Ulser avait justement passé une partie de la nuit à lui expliquer ce que pouvait être l'attachement entre deux êtres, le mariage et ce genre de choses ; sans oser toutefois aborder le sujet des démonstrations d'affection plus physiques. La jeune femme avait paru suffisamment interloquée, déjà, quand le chevalier avait évoqué le simple plaisir que l'on pouvait ressentir à tenir la main d'une personne aimée ! Elle n'avait d'ailleurs pas dû bien comprendre, car depuis leur réveil, elle attrapait les doigts de son compagnon à la moindre occasion.

— Elle n'est pas très vêtue, commenta bientôt le baron.

L'amazone se dressa fièrement, faisant onduler les peintures tribales qui décoraient sa poitrine.

— C'est vous tous qui êtes trop couverts, répliqua-t-elle. Dans mon pays, la neige est tellement épaisse qu'il faut creuser deux jours avant d'espérer trouver de la terre. Et la glace est si pure que nous y taillons nos meilleures pointes de flèche ! Ici, vous n'avez rien de tout ça. Il fait juste chaud ; *trop* chaud pour supporter la moindre chemise.

Ulser eut la galanterie d'approuver d'un hochement de tête. Il trouvait même que la température avait tendance à s'élever davantage chaque fois que la guerrière faisait son apparition… Quant au baron, il ne jugea pas utile d'en discuter plus avant – à moins que l'examen des étoffes légères de l'amazone, fines comme des pétales et simplement retenues par des petits nœuds-nœuds, lui ait fait avaler sa langue. Toujours est-il que son fils en profita pour présenter l'autre femme présente.

— Et voici dame Mercédès, sorcière et guérisseuse de renom. C'est la première personne qui ait accepté de m'accompagner dans mes aventures. C'est aussi elle qui m'a indiqué la quête que je devais suivre.

Ladite sorcière se fendit d'une esquisse de révérence, au grand soulagement d'Ulser. De tous ses compagnons, la vieille rebouteuse était également la plus colérique, susceptible et à l'insulte facile ; cette rencontre avec le seigneur de Brise-Camail était donc fort à craindre. Par chance, elle semblait d'excellente humeur, ce matin. Sans doute parce qu'elle venait tout récemment de se débarrasser de la ceinture de chasteté qu'elle endurait depuis des années… À moins qu'elle ne se réjouisse de sa réconciliation avec son ex-mari, dont elle venait de partager la chambre. Les deux événements étaient peut-être même liés, mais le chevalier frémissait d'effroi chaque fois qu'il laissait courir son imagination sur le sujet. Il faut dire qu'à côté de Maline, Mercédès avait à peu près la même allure qu'une ortie au pied d'un rosier. Toutes deux avaient cependant réussi à devenir amies, ou du moins, à se respecter mutuellement. À leur première rencontre, ça paraissait encore impossible.

Le baron lança à peine un regard distrait à la sorcière avant de recommencer à se rincer l'œil. Mercédès se renfrogna aussitôt ; Ulser la devinait pressée d'en finir avec « ces idioties de coutumes ringardes de châtelains de l'arrière-pays », comme elle avait désigné cette séance de présentations au maître des lieux. Le chevalier ne tarda donc pas à tirer un autre de ses compagnons près de lui... Il s'agissait d'un homme d'une quarantaine d'années, au dos rond et au front bas. Avec l'éternel manteau informe qui ne quittait jamais ses épaules, il avait l'air d'une patate avachie. Pourtant, Ulser débordait d'enthousiasme en le présentant.

— Mon ami Escar ! C'est un homme de l'ombre, un Maître voleur auquel aucune serrure ne résiste ! Et, plus étonnant encore : il se trouve être le treizième fils d'un treizième fils, ce qui lui assure une chance hors du commun ! Sans lui, nous ne serions peut-être pas revenus vivants de ces aventures... Heu, donc on ne serait pas revenus du tout, en fait.

L'intéressé acquiesça poliment, mais sans conviction. Pour un homme soi-disant béni par dame fortune, il avait plutôt pauvre allure. Mercédès soutenait que la guilde de larrons qui leur avait confié le bonhomme n'avait agi que pour s'en débarrasser. Escar avait pourtant réussi à forcer un ou deux cadenas... Certes, après des centaines de tentatives. Et en réussissant à enfermer ses propres outils dans une sacoche en mailles d'acier. Mais Ulser était persuadé d'avoir affaire au plus doué des maîtres cambrioleurs ; surtout parce que le chevalier n'avait aucun sujet de comparaison.

— Bon, il ne reste plus que moi, intervint le dernier homme. Pour éviter tout malentendu, j'aime autant me présenter moi-même. Je suis Fimosis, le barde qui aurait dû devenir un *si terrible* nécromant, à en croire tous ces gens. Mais je n'ai rien à me reprocher. Voilà.

L'intervention était assez étrange pour que le baron daigne enfin lever les yeux des courbes de l'amazone. Il posa un regard aussi hostile que suspicieux sur l'étranger aux traits fins et aux cheveux gras. Pour le coup, le barde recula légèrement, semblant déjà regretter ces aveux.

— Un nécromant ? gronda le châtelain. Un serviteur des ténèbres, qui ose s'aventurer dans ma propre chambrée ?

— Il n'a rien fait, promit Ulser. C'est-à-dire que normalement il aurait dû devenir un terrible ennemi, ouvrir les portes de notre monde aux démons, tuer des milliers de gens, toutes ces sortes de choses, mais seulement dans treize ans. Et maintenant qu'on a un peu changé le futur, ça n'arrivera pas !

L'explication pour le moins obscure ne parut pas convaincre le paternel, toujours aussi renfrogné.

— Qu'est-ce qu'il fait là, alors ?

— Il m'a proposé son aide pour délivrer Migrene… c'est-à-dire, avant que j'apprenne la trahison de ma fiancée. Il s'est battu à nos côtés contre les hommes du Pureux.

Le baron renifla d'un air méprisant, mais décida d'oublier le barde qui s'était retranché derrière Mercédès.

— Il en manque un, enchaîna le châtelain. Tu as parlé de *cinq* compagnons.

— Oui, je sais… Nous attendons le plus sage d'entre nous. Il n'est tout simplement pas encore levé. Dès qu'il aura quitté sa chambre, je vous présenterai l'enchanteur Roméo.

Haro de Brise-Camail se raidit soudain comme un dogue à l'arrêt. Puis, il se mit à rugir au point de faire onduler sa barbe.

— QUEL NOM AS-TU DIT ?

Ulser s'empressa de répéter d'un filet de voix qui avait beaucoup perdu en assurance, mais le paternel était déjà trop ivre de colère pour entendre encore quoi que ce soit. Il tourna le dos à ses visiteurs pour marcher droit sur le coffre abritant ses vêtements. Il les enfila tous en quelques instants, par-dessus sa chemise de nuit… Le chevalier et ses compagnons restaient stupéfaits. Ils ne commencèrent à s'inquiéter un peu qu'à l'instant où le baron dénuda une énorme épée en marmonnant des imprécations meurtrières.

— Heu, père, heu, vous… dites, heu… vous ne…

Malgré la brillante argumentation de son fils, Haro

bouscula les gens regroupés à sa porte et commença à remonter le couloir en agitant nerveusement son arme. Il ne s'arrêta qu'après avoir parcouru dix pas, tournant vers ses hôtes un regard menaçant.

— Au fait. Dans quelle chambre est-il ?

Fimosis leva aussitôt une main volontaire.

— La deuxième sur le premier palier de la tour sud, annonça-t-il. Je peux même vous y conduire, seigneur.

— Pas la peine, c'est *mon* château ! rappela le baron.

Il s'éloigna dans la direction indiquée, laissant derrière lui les aventuriers aux yeux ronds.

— Cornamorve ! jura Mercédès. Ça ne va pas, la tête ? On n'a même pas eu le temps de le raisonner !

— Je ne suis qu'un invité sous son toit, prétexta le barde. De quel droit me dresserais-je entre mon hôte et ses ennemis ? Et si votre mari a quelques crimes à se faire pardonner, je n'y suis pour rien. Je suis blanc comme neige, *moi*.

L'air guindé qu'il adopta pour l'occasion, menton relevé et yeux fermés, ne lui laissa aucune chance d'éviter la gifle qui vint perturber la fine harmonie de son visage. La marque qu'y laissa la main de la sorcière était aussi nette et cuisante que si on l'avait tracée à la peinture chaude. Après avoir remis son cou dans la bonne direction, Fimosis rendit à la mégère un regard aussi mortifié que lourd de menaces ; Mercédès n'en avait pourtant pas terminé.

— Si jamais il arrive quelque chose à Roméo,

prévint-elle, c'est vous que je tiendrai pour responsable !

Elle se lança ensuite sur les traces du baron, relevant des deux mains les nombreuses épaisseurs d'étoffe composant sa jupe. Ulser et Maline n'attendaient que ce signal pour lui emboîter le pas en entraînant Escar. Le barde finit par les imiter, sans la moindre once d'enthousiasme.

— Qu'est-ce que ton père veut à l'enchanteur ? demanda l'amazone.

— Mais, je n'en sais rien ! jura le chevalier inquiet.

Il était presque certain que Roméo n'en savait pas davantage. Auquel cas, le malheureux sorcier allait avoir le pire réveil de sa vie.

Chapitre 2

L'enchanteur était debout depuis un bon moment, mais il n'avait pas encore pris la peine de s'habiller. Il traînait dans la chambre en simple chemise, les jambes et les pieds nus sur le sol froid du château de Brise-Camail. De temps à autre, il s'arrêtait devant la psyché et passait quelques minutes à contempler ses membres secs et son visage ridé. Malgré le poids des années, il se trouvait encore belle allure…

Pourtant, ce matin, il souffrait d'une mélancolie qu'il n'avait pas ressentie depuis longtemps.

Il aurait voulu mettre ça sur le dos d'Ulser. Après tout, le chevalier avait débarqué dans sa vie avec la discrétion d'un titan jouant à saute-mouton. En quelques heures seulement, Roméo s'était retrouvé entraîné dans une quête absurde, l'accomplissement d'une prophétie avec treize ans d'avance sur la date prévue… Ce manquement aux règles universelles qui géraient l'univers avait provoqué d'innombrables bouleversements dans l'avenir, et même le présent. À commencer par la disparition des diablotins gobe-mouches, les créatures dont la plupart des sorciers tiraient leur puissance. L'enchanteur, de même que Mercédès, avait ainsi vu l'étendue de ses pouvoirs réduite à peau de chagrin. Ulser avait juré de retrouver ces mignons et de les restituer à ses compagnons, mais la chose paraissait impossible. Roméo était condamné à se débrouiller avec ses connaissances en magie de troisième catégorie…

Cependant, il devait bien admettre que ce n'était pas la véritable raison de son vague à l'âme.

C'était en connaissance de cause qu'il avait accompagné le chevalier. Il avait vite compris que les bévues involontaires du Prophétionnel, comme était désormais surnommé Ulser, pouvaient être exploitées de manière très profitable par quiconque se montrait assez malin. Ainsi, Roméo avait déjà eu la chance de mettre la main sur deux exemplaires de l'Œil de Varana, un artefact rarissime qui permettait d'espionner n'importe quelle région du monde à l'aide d'une simple carte. Le chevalier avait également assuré la fortune du sorcier en triomphant du dragon Na'faras – même s'il ne devait cette victoire qu'à un véritable coup de chance. Il suffisait à Roméo d'aller récupérer les précieuses écailles du saurien pour les vendre ensuite à prix d'or…

Il était convaincu, en outre, que les choses n'en étaient qu'à leur début. Rester en la compagnie du Prophétionnel était parfois dangereux, souvent agaçant, mais aussi très lucratif. C'était d'ailleurs pour les mêmes raisons que celui qui aurait dû devenir leur ennemi, Fimosis, s'était joint au groupe ! Roméo ne pouvait pas l'en blâmer, même s'il restait très méfiant vis-à-vis de l'aspirant maître du monde.

Donc… s'il voulait être sincère avec lui-même, le sorcier ne pouvait rendre le maladroit chevalier responsable de sa mélancolie.

En réalité, il savait parfaitement de quoi il était question. Tout venait de cette nuit. Cette nuit passée avec Mercédès, son épouse légitime, mais dont il s'était séparé pendant plusieurs années. Il ne regrettait pas ces retrouvailles, loin de là, mais il était aussi arrivé quelque chose qui lui tourmentait les esprits. En fait, depuis ces instants douloureux, il n'avait plus trouvé le sommeil. Quand sa femme s'était levée, il avait même fait semblant de dormir. Il avait grand besoin d'être seul avec ses sentiments et de réfléchir.

Encore une fois, il voulut vérifier sa prestance et s'approcha de la psyché. Le miroir lui renvoyait l'image d'un assez beau vieillard, soigné de sa personne et à l'hygiène irréprochable, mais était-ce bien suffisant ? Il s'enhardit donc à soulever sa chemise et à contempler le reflet de ses propres fesses, s'interrogeant sur l'attrait qu'elles pouvaient susciter…

C'est alors que la porte de sa chambre s'ouvrit à la volée, dévoilant un vétéran barbu, armé d'une énorme épée !

La première réaction de Roméo, alors que la honte empourprait son visage, fut tout naturellement de rabaisser les pans de sa chemise. La deuxième, moins compréhensible, fut de bondir sur son lit. Il se sentit aussitôt complètement idiot et fut même traversé par l'idée que la bêtise d'Ulser se révélait contagieuse. Le temps qu'il reprenne une contenance acceptable, l'inconnu s'était déjà avancé jusqu'au matelas, sa lame prête à frapper. La seule chose qui sauva l'enchanteur fut peut-être d'avoir été trouvé dans une si étrange posture, justement. Le guerrier en fut décontenancé juste assez longtemps pour permettre à Mercédès et aux autres aventuriers d'investir la chambrée à la suite du baron. Dansant sur l'édredon d'un pied sur l'autre en cherchant maladroitement à dissimuler ses mollets, Roméo songea qu'il n'avait jamais vécu situation plus embarrassante.

À l'instant suivant, il se faisait la même réflexion, et toujours à raison.

— Te voilà ! rugit le vétéran. Vieux vicelard, dépravé, hérétique !

— Heu, je vous connais ? s'inquiéta l'enchanteur.

Derrière le guerrier, Mercédès avait repris sa tête des mauvais jours.

— Lui semble bien te connaître, en tout cas ! accusa-t-elle. Qu'est-ce que tu as encore fait ?

— Mais rien, enfin ! C'est la première fois que je vois ce dément !

Frappé par l'insulte, le baron prit de l'élan et abattit violemment son épée sur l'édredon, dont Roméo eut la bonne idée de s'écarter avant l'impact. Un nuage de plumes et de duvets se répandit alentour, s'accrochant aux cheveux gris de l'enchanteur qui n'était plus à cette humiliation près.

— *Ennemi !* prévint-il à l'intention de Maline. Ennemi, ennemi !

C'était le code sophistiqué qui s'était mis en place entre l'amazone et le sorcier, et qui suffisait d'ordinaire à déployer les talents guerriers de la jeune femme. Elle resta pourtant indécise, son regard passant de l'enchanteur à Ulser.

— C'est… mon père, avoua ce dernier. Le seigneur Haro, baron de Brise-Camail…

Indifférent à ces civilités, ledit baron frappa deux nouvelles fois, forçant Roméo à bondir sur le matelas comme il ne l'avait pas fait depuis sa lointaine enfance. Fort heureusement, on lui avait offert un de ces lits assez grands pour coucher une douzaine de personnes avec leurs montures, et l'enchanteur avait bien besoin de cette zone de manœuvre pour esquiver les coups d'épée qui pleuvaient toujours davantage. Courant d'un bout à l'autre de sa forteresse de couvertures, il connut un regain d'inquiétude lorsque le baron se décida à grimper lui-même sur le sommier… d'autant que ses compagnons d'aventure, Mercédès en tête, semblaient hésiter encore à intervenir.

— Ennemi ! supplia-t-il une dernière fois, sans plus vraiment d'espoir.

Cela suffit néanmoins à décider Maline, qui bondit sur le lit à son tour avec une souplesse de chat. Il ne lui fallut qu'un instant pour se glisser dans le dos du vétéran, l'immobiliser d'un bras calé sous sa gorge et le désarmer d'une savante pression sur son poignet. Du bout du pied, elle projeta ensuite l'épée en direction d'Ulser, mais le chevalier fut trop surpris et effrayé pour saisir l'objet au vol… Il sauta donc sur le côté en poussant un cri aigu qui fut rapidement couvert par les tintements de l'acier rebondissant sur la pierre.

Haro n'entendait pas se laisser faire si facilement. Il se débattit comme un horckque, jurant de rage et de frustration, jusqu'à ce que Maline le contraigne à s'allonger par une simple torsion exercée sur ses pouces. Cela n'empêcha pas le seigneur de multiplier les insultes en « asse » et en « tain » dont l'amazone – heureusement pour lui – ne connaissait pas la signification. Il ne se détendit que lorsque la jeune femme se fut assise sur son torse, lui coinçant les bras dans ses cuisses repliées. Ainsi soumis par la guerrière, le visage à quelques centimètres de son entrejambe, le baron perdit toute volonté de résistance. La scène se serait même un peu éternisée qu'il n'aurait pas semblé contre.

— Je suis désolée, mais je ne pouvais pas vous laisser faire, expliqua la belle. Je vais vous libérer, maintenant, mais vous devez jurer de ne plus attaquer mes amis.

— Celui-là ne peut pas être votre ami, ni celui de mon fils ! C'est un hérétique, un ennemi des dieux !

Les aventuriers échangèrent des regards étonnés avant de se retourner vers Roméo. L'enchanteur n'en vit cependant rien : il profitait de ces instants de répit pour enfiler sa robe officielle de sorcier, histoire de retrouver un peu de dignité. Enfin, il daigna répondre à l'accusation.

— Vous devez faire erreur, seigneur Haro. Je n'ai pas souvenir de vous avoir déjà rencontré. Et jusqu'à cette nuit, je n'avais jamais mis les pieds dans cette région.

Le baron manifesta sa rancune en agitant nerveusement la tête, profitant au passage de frotter ses joues barbues contre les cuisses de l'amazone.

— Ici, peut-être que non, mais à Agaranama ? Vous avez comploté contre le temple de la déesse Vajiri ! Tous ses fidèles le savent et connaissent votre nom !

— Tiens, intervint Escar, ça serait pas justement le temple par lequel nous sommes arrivés en ville ?

— Si, approuva Fimosis. Celui dont les prêtres nous avaient poursuivis, sans qu'on sache pourquoi… mais peut-être n'en voulaient-ils qu'à *un seul* d'entre nous, en définitive !

L'œillade menaçante que lui adressa Roméo le ramena à une attitude plus passive. Pendant un instant, le barde avait oublié que le baron n'avait plus l'avantage… il s'agissait de ne pas se tromper d'alliés !

— C'est là qu'il y avait un lupanar clandestin ? vérifia Ulser.

— Certainement pas ! rugit son père. Ça, c'est ce que cet enchanteur de malheur a raconté partout, jusqu'à faire débarquer les soldats chez les prêtres ! Le temple de Vajiri était un havre de vertu et de recueillement ; j'y faisais d'ailleurs un pèlerinage tous les ans !

La manière dont il lorgnait en même temps le bassin de l'amazone étayait assez mal cette déclaration de piété.

— C'était un bordel, affirma l'enchanteur. Ni plus ni moins qu'une maison close, à la différence près que les filles au travail n'étaient pas volontaires. Elles ne restaient que parce qu'on leur bourrait le crâne de sottises pseudo-religieuses ; et là, je n'étais pas d'accord. Il fallait y mettre fin.

— Vous admettez donc être un hérétique, un ennemi des croyants, un destructeur de foi !

— Le temple est toujours ouvert, seigneur Haro. Des cérémonies ont lieu tous les jours ; il n'y manque que les filles. Je n'y suis pour rien si ces messes n'intéressent plus les anciens clients, enfin, les « fidèles ». Mais je suis certain que vous-même poursuivrez votre tradition du pèlerinage, n'est-ce pas ?

Le baron réfléchit un moment, boudeur, sans trouver de répartie valable.

— C'est quand même plus pareil, grommela-t-il.

— Peut-être que certaines de ces jeunes femmes étaient devenues vos amies, enchaîna Roméo. Dans ce cas, je comprends votre colère et je peux y remédier. Une fois libérées des prêtres, la plupart d'entre elles se sont installées en ville… Je connais quelques adresses ; je vous les transmettrai. Vous pourrez ainsi retourner les saluer, et prier ensemble pour la déesse, par exemple.

Un sourire nouveau se dessina sur le visage du châtelain. Maline le jugea assez calmé pour le libérer et le laisser s'approcher de l'enchanteur, toujours sur ses gardes. Mais quand Haro écarta à nouveau les mains, ce fut pour les poser sur les épaules du sorcier et lui donner l'accolade.

— Nous nous sommes compris, conclut-il, l'œil brillant. Soyez donc le bienvenu chez moi, et restez tant que vous voulez !

Il se tourna sur ces mots pour aller ramasser son épée. Puis il quitta la chambre, non sans avoir donné au passage une tape sur la joue de son fils. Le geste se voulait sûrement affectueux, mais Ulser devait en rester l'oreille cuisante… Ce qui ne l'empêcha pas, à peine quelques instants plus tard, d'entendre comme les autres l'appel retentissant d'un cor d'alerte.

— Qu'est-ce que c'est que ça ? tressaillit le barde. On dirait qu'on égorge une vache !

— Ça vient de dehors, annonça Maline.

La curiosité les poussa à aller se renseigner sur le phénomène, et rapidement Roméo et Mercédès se retrouvèrent seuls dans la pièce. L'enchanteur n'osait même pas lever les yeux sur sa femme. Elle n'avait pas prononcé un mot depuis ces explications sur le temple de Vajiri.

— Tu ne m'avais rien dit de cette histoire, lâcha-t-elle sur un ton froid. À quel point connais-tu ces filles, au juste ?

Le sorcier fut tenté de mentir encore, mais ses angoisses nocturnes revinrent soudain en force. Il était tellement plus simple de s'abandonner à la rancune…

— Ça ne te regarde pas, répliqua-t-il. Tout cela s'est produit alors que nous étions séparés.

Mercédès ne put masquer sa stupéfaction, mais elle reprit bientôt une attitude renfrognée et quitta la pièce avec une dernière grimace de mépris. Elle n'entendit même pas la baffe que l'enchanteur se flanqua à lui-même.

Chapitre 3

Le soleil n'était pas levé depuis si longtemps et n'avait pas même fini de s'étirer, mais la journée promettait d'être belle. C'est la première chose que remarqua le chevalier en mettant le nez dehors, sur les remparts du château familial. Puis un nouveau coup de corne à faire se recroqueviller les tympans crispa la moitié des muscles de son visage. La note était véritablement irritante, et la plupart de ses compagnons avançaient en se bouchant les oreilles. D'ailleurs, Escar n'entendit pas l'avertissement à propos de la poutre un peu trop basse, là, et en fut quitte pour une belle bosse. Fimosis fut le seul à trouver l'épisode cocasse.

Enfin, les aventuriers rattrapèrent le baron sur les créneaux, et furent bientôt rejoints par Mercédès et Roméo. De cet endroit, ils pouvaient contempler l'origine de ces appels horripilants. Ils provenaient de la herse, devant laquelle était arrêté un bien curieux attelage. Sur un chariot tiré par un unique percheron était entassé un innommable bric-à-brac de coffres, de sacs et de meubles jetés les uns sur les autres… Ulser songea aussitôt à la maison de la sorcière, qui était pareillement agencée. Une silhouette inconnue se tenait debout sur ce vide-grenier ambulant, soufflant dans son instrument comme si elle cherchait à le faire exploser. Le baron profita d'un court instant de silence pour manifester un bien légitime agacement.

— MAIS ARRÊTEZ, FOUTRIPAILLE DE SACREBOUC !

L'étranger leva le visage vers l'attroupement, laissant chacun constater la pâleur et la difformité de ses traits. Quand il prit la parole, ils devinèrent en outre qu'il s'agissait d'une étrangère.

— Je ne pppeux pppas arrêter encore, s'excusa-t-elle. Il faut que je le fasse dix-sept fois !

Elle s'exécuta ainsi jusqu'au bout, malgré les menaces du baron d'aller chercher une arbalète et de la lui faire avaler jusqu'au dernier morceau. Quand enfin le vacarme eut pris fin, Ulser se sentait un peu sonné. Il se demandait si cela avait une vague origine magique, ou si le fait d'avoir enfoncé si profondément ses doigts dans ses oreilles n'avait pas perturbé l'agencement de son cerveau – ce qui eût été plutôt contrariant.

— Voilà, signala l'inconnue. Vous pppouvez ouvrir, maintenant !

— Et puis quoi, encore ? rugit le baron. Fichez plutôt le camp de mes terres ou je vous fais griller sur votre barda !

— Il faut m'ouvrir, répéta l'étrangère. Vous avez

bbbesoin de moi. J'ai des informations impppor-tantes pour le ppprophétionnel.

— Elle est cinglée, commenta le seigneur. Je vais envoyer mes hommes la bastonner un peu !

— C'est sûr que ça l'aidera à retrouver la raison, piqua Mercédès. Vous soignez tout comme ça, ici ?

— Comment est-elle au courant ? nota Roméo. D'où connaît-elle l'existence du prophétionnel, et sa présence ici ?

— D'où de quoi, qui ? releva brillamment le baron.

— Il faut lui ouvrir, acquiesça Fimosis. Je sens en elle un pouvoir vraiment inhabituel.

— Ah non, prévint Mercédès, n'allez pas recommencer avec ça ! Vous êtes ridicule avec vos faux airs mystérieux !

Le barde haussa les épaules. Il savait dire la vérité ; mais, après tout, ce n'était pas plus mal si les abrutis qui l'entouraient continuaient à sous-estimer ses capacités.

— C'est moi, père, expliqua fièrement le chevalier. C'est moi le Prophétionnel !

— Quoi ? Professionnel de quoi ?

— Quoi, côa, vous avez beaucoup de grenouilles, dans la région…

Le baron tourna un regard furieux vers la sorcière qui l'imitait, mais il eut une meilleure raison encore de perdre patience quand Roméo cria à ses propres gardes :

— Allez-y, ouvrez la grille !

La soldatesque de Brise-Camail faisait preuve d'une

telle désinvolture qu'elle obéit sans attendre confirmation du maître des lieux – après tout, l'enchanteur faisait partie de la suite du chevalier Ulser, n'est-ce pas ? Certains de ces hommes devraient plus tard payer leur légèreté par quelques beignes encaissées dans le pif… Mais à cet instant, c'est sur Roméo que le baron déversa sa fureur.

— Dites donc, vous vous croyez où ? Qu'est-ce que c'est que ces histoires ? Vous avez intérêt à tout m'expliquer !

— Je vous promets de le faire, répliqua l'intéressé avant de s'engager dans l'escalier.

Ses compagnons lui emboîtèrent naturellement le pas, curieux d'aller à la rencontre de l'étrangère et d'entendre ce si mystérieux message. Se voyant soudain seul, le seigneur Haro lâcha une bordée de jurons aux quatre vents et finit par galoper derrière les autres. Plus aucune parole ne fut échangée, excepté un bienveillant « Attention à la poutre ! » L'avertissement fut aussitôt suivi d'un bruit sourd, d'une plainte d'Escar, et du ricanement à peine retenu de Fimosis.

L'inconnue avait arrêté son chariot dans la bassecour du bastion, pour entamer devant les gardes ébahis un bien curieux manège. C'est-à-dire qu'elle commença à faire le tour de son attelage, plusieurs fois de suite et sans raison apparente. Elle ne s'interrompit même pas lorsque le prophétionnel et ses compagnons arrivèrent auprès d'elle… Cela leur laissa au moins l'occasion d'examiner à loisir la nouvelle venue.

Elle appartenait au peuple cavernicole des *nosferatis*, humanoïdes peu nombreux et dont on ne connaissait pas grand-chose, si ce n'était leur particularité à dormir la tête en bas. Ulser en venait même à douter de ce détail : l'étrangère aurait dû présenter un visage congestionné, mais ses traits étaient aussi blancs que le sourire de Maline. L'inconnue semblait également d'un âge avancé, à en juger par la rareté de son poil et la profondeur de ses rides. Elle avait le dos voûté, les pupilles fendues et le nez en forme de truffe. Enfin, on ne pouvait s'empêcher de fixer les deux canines qui émergeaient de sa lèvre supérieure, et qui évoquaient un peu les mâchoires prognathes des horckques. À la différence que ces malheureuses dents n'étaient pas plus longues qu'une phalange, que l'une était jaunie et l'autre ébréchée, et qu'en outre leur disposition gênait l'élocution de leur propriétaire en appuyant les syllabes en « beu » et en « peu ».

Enfin, l'inconnue parut satisfaite de ses rondes et s'approcha du groupe. C'est alors qu'un détail supplémentaire de sa personnalité s'imposa aux humains, par le biais de leur odorat : elle dégageait de tels relents de putréfaction qu'elle avait sans doute vécu près d'une tannerie ! Seul Fimosis, dont la dernière adresse se trouvait être au-dessus des toilettes d'une auberge de la rue des poissonniers, sembla ne pas en être incommodé. Soucieux de ne pas supporter ce désagrément plus que nécessaire, Roméo alla directement au vif du sujet.

— Qui êtes-vous, et que voulez-vous ? demanda-t-il en se pinçant les narines.

Comme tous ses congénères, la nosferatie n'y connaissait pas grand-chose aux coutumes des peuples qui se partageaient les cinq continents. Croyant à une forme de politesse, elle appuya ses doigts griffus sur sa truffe avant de répondre.

— Je suis Oriasis, la pppythie ! annonça-t-elle fièrement.

— La pitite ? s'étonna Escar.

— La pyTHIE, andouille ! corrigea Mercédès. Une diseuse de bonne aventure, si vous préférez !

— Mouais, gronda le baron, pitite ou grande, elle pue comme un bouc malade !

— Et elle n'a pas répondu à la question ! renchérit Fimosis.

— Peut-être qu'elle pourrait le faire, grinça Roméo, si on voulait bien tous la fermer un peu !

Sept paires d'oreilles se dressèrent donc en direction de la créature, pas impressionnée pour autant. Elle prit même le temps de renifler bruyamment ses aisselles, paraissant ne pas comprendre l'insulte dont elle faisait l'objet... puis elle s'anima et commença par s'incliner devant Ulser.

— Je te salue, seigneur. J'ai fait un long voyage pppour venir me mettre à ton service !

Le chevalier lança à ses compagnons des regards embarrassés.

— Heu, c'est que… C'est plutôt à mon père qu'il faudrait demander… C'est lui qui se charge d'engager et de chasser les chambrières…

— Ça me paraît mal parti, railla Fimosis.

— Je ne suis pppas là pour nettoyer ta couche, seigneur. Je viens offrir ma science de la divination au pppprophétionnel ! Et, crois-moi, tu en auras bbbesoin.

— Vous voulez lui faire le coup des lignes de la main, soupira Mercédès, blasée. Allez, gagnons du temps, je vous donne deux sols tout de suite et vous nous laissez tranquilles.

Cette fois, la nosferatie fut suffisamment blessée dans son orgueil. Elle aspira de petites goulées d'air à travers ses lèvres retroussées, puis recracha l'ensemble à la manière d'un félin.

— Je ne suis pppas une menteuse ! cingla-t-elle.

Pour ajouter aussitôt après, un ton plus bas :

— Et ce sera ppplutôt trente sols par semaine. Ppplus dix pppour frais de dossier.

— Trente sols par semaine ! s'exclama le baron. Vous faites quoi, à ce tarif ? Vous changez le crottin en mithril ?

— Ça expliquerait l'odeur, piqua Mercédès.

— On peut faire ça ? s'enquit naïvement Escar.

Personne ne prit la peine de lui répondre.

— Dites m'en plus, demanda Roméo. Que savez-vous exactement du prophétionnel ?

Un étrange sourire éclaira le visage de la créature, la rendant plus laide encore.

— Je connais *toute* son histoire, révéla-t-elle. Je sais chaque détail de ses aventures, depppuis l'instant où il a décidé d'accomppplir la Ppprophétie du Bbbarde Nécromant. Je sais aussi que, pppuisqu'il avait treize ans d'avance sur la date ppprévue, il a sans le vouloir modifié la trame du destin. J'ai apppris tout ça pppar mes visions, jour apppès jour.

Cette fois, aucune raillerie ne vint ponctuer son discours. Ulser attendait surtout de connaître la nouvelle catastrophe qui allait lui tomber dessus… car, comment pouvait-il en être autrement ?

— J'ai pppris la route dès que j'ai comppppris, poursuivait la pythie. De grands mouvements sont en marche dans l'univers, et tous sont liés au ppprophétionnel. Bbbientôt, de ppplus en ppplus de gens le sauront, et ils viendront ici chercher votre aide ou demander réppparation. Je me pppropose de les accueillir à votre ppplace. Grâce à mes visions, je saurai quelles quêtes seront dignes d'être suivies.

— Quoi, releva Mercédès, vous voulez être dans les petits secrets de tout le monde ? Une sorte de… *secrétaire ?*

Sans doute voulait-elle se montrer méprisante, mais la nosferatie réfléchit à l'idée avec une expression satisfaite.

— C'est ça, conclut-elle. Je serai la secrétaire du ppprophétionnel !

— N'importe quoi, commenta la sorcière. Et moi je serai sa rôtisseuse, Fimosis son biographe, et Escar son cocher !

— Heu, intervint le voleur, c'est-à-dire que je n'y connais rien en attelages…

— Je veux bien faire le biographe, moi…, réfléchit le barde. Et Maline est déjà son garde du corps… En réalité, il n'y a que Roméo qui ne sert à rien.

— C'est fini, oui ? gronda l'enchanteur.

Il attendit que le silence revienne pour de bon avant de s'adresser à la pythie :

— Vous avez sûrement vu juste, mais cela ne suffit pas à vous imposer parmi nous. Comme vous le dites, des tas de gens vont s'intéresser au prophétionnel, quand son histoire va se répandre et le monde commencer à changer. Et la plupart seront des menteurs qui voudront profiter de, heu, disons… sa naïveté. Pour quelle raison devrait-on vous faire confiance, à vous plus qu'à un autre ?

La pythie se dressa fièrement, agitant le nuage de puanteur qui l'entourait, pour s'adresser directement à Ulser.

— Ppparce que je ne viens pppas les mains vides, seigneur. Je te pppropose de monter sur le trône, et de devenir roi !

Les cieux résonnèrent alors d'un étrange coup de tonnerre, d'autant plus surprenant qu'il faisait beau temps pour la saison. C'était la deuxième fois que le chevalier était témoin d'un tel phénomène. La première s'était produite quand il avait officiellement entamé la Prophétie du Barde Nécromant, avec treize ans d'avance… Considérant le désordre que cet acte avait semé dans l'équilibre de l'univers, Ulser se sentait plutôt enclin à faire comme s'il n'avait rien entendu de la dernière réplique d'Oriasis. Il commença d'ailleurs à siffloter d'un air absent.

Malheureusement pour lui, toutes les autres personnes présentes étaient fort curieuses d'en apprendre davantage sur la question.

Chapitre 4

La pythie fut pressée de questions, mais elle refusa d'en dire davantage avant de s'être vu offrir une chaise et une table garnie de viande rouge. Le baron détestait se voir ainsi commandé dans son propre bastion. Il n'était pas idiot pour autant, et la seule idée d'ajouter une couronne sur le blason des Brise-Camail lui fit s'asseoir temporairement sur ses principes. Il distribua donc quelques ordres et coups de pied à ses serviteurs, jusqu'à ce que son benêt de fils, l'amazone, le barde, les deux sorciers et le voleur, ainsi que lui-même, soient réunis devant un banquet plutôt matinal. Mais quand la nosferatie commença à trottiner en rond autour de la table, il ne put garder patience plus longtemps.

— Qu'est-ce que vous fichez, ventrelotte ! Collez donc vos fesses sur n'importe quel banc !

— Pas trop près de moi, si possible, piqua Mercédès.

— Je ne pppeux pas encore, expliqua la pythie. Je dois le faire dix-sept fois avant de m'asseoir avec le pppprophétionnel.

— Mais non, ce n'est pas la peine, intervint gentiment l'intéressé.

— Dans le cas contraire, s'enquit Roméo, que croyez-vous qu'il arriverait ?

Oriasis répondit tout en poursuivant ses rondes.

— Je ne sais pppas, et je pppréfère ne pppas le découvrir un jour. Mes visions ne pppeuvent rien dire sur mon pppropre avenir, mais la ppproximité du chevalier est dangereuse : il est le nœud dans la trame du destin. La seule manière de se ppprotéger est de conjurer le sort.

Les humains la regardaient entamer son huitième cercle avec le vague sentiment qu'elle se payait leur tête, ou que la sienne avait été un peu trop secouée sur sa carriole.

— Et pour conjurer le sort, reprit l'enchanteur, il vous suffit de faire quelques petits tours ?

— *Dix-sept*, rappela la pythie. Ou deux cent cinquante sept, ce qui serait pppplus efficace, mais mes vieilles jambbbes ne me ppporteraient pppas aussi longtemps.

— Je me demande, songea Escar, comment serait le dix-septième fils d'un dix-septième fils…

— Pas moi, cingla la sorcière. On a déjà bien assez de soucis avec vous.

— Comment ça marche ? s'intéressa Fimosis. Pourquoi justement dix-sept, et pas quinze ou dix-huit, par exemple ?

Oriasis ne s'arrêta qu'un instant, le temps de vérifier sa progression en comptant sur ses doigts, puis elle repartit pour un nouveau tour.

— Eh bbbien, expliqua-t-elle, vous l'ignorez pppeut-être, mais les filaments du destin sont tressés pppar pppaires. Chacun de nous a son fil jumeau, ou son âme sœur, si vous pppréférez. Et ces deux entités sont elles-mêmes liées à deux autres. L'ensembbble des quatre étant rattaché à autant d'individus, et ainsi de suite. Pour échapper à l'influence du ppprophétionnel, il suffit de se pppésenter comme membbbre d'une autre tresse. Une dix-septième pppersonne.

— Et bien entendu, railla Mercédès, tourner autour de la table est le meilleur moyen d'y parvenir !

— Personnellement, ça m'énerve ! grinça le baron.

— Ça ne tient même pas debout, remarqua Roméo. Suivant votre raisonnement, et puisque toutes les tresses du destin sont liées les unes aux autres, vous serez forcément rattachée au prophétionnel à un niveau ou à un autre…

— Le moins pppossibbble, acquiesça la pythie. Mais libbbre à vous de ne pppas me croire ; ça m'est égal. La ppplupart des gens reconnaissent pppourtant avoir une âme sœur.

Un silence tout de recueillement tomba sur la tablée, tandis que la créature passait une énième fois dans le dos des humains. Mercédès et Roméo évitaient de se croiser du regard. Escar se souvint qu'il avait encore une épouse sur le continent Sud, dans la cité de Carnavalum – il se demanda ce qu'elle pouvait bien se préparer à manger. Fimosis songeait au seigneur des ténèbres à qui il aurait dû prêter allégeance, si le destin (et surtout Roméo) n'en avaient décidé autrement. Le baron rêvassait en lorgnant sur la poitrine de Maline. L'amazone elle-même avait repris les doigts d'Ulser, qui n'y voyait qu'un malentendu aussi agréable qu'embarrassant… La jeune femme lâcha pourtant le chevalier, alors que ce dernier se dressait soudain avec un sourire jusqu'aux oreilles !

— Je sais ! s'exclama-t-il. Je sais qui est mon âme sœur !

— Ah, ne reparle pas de cette Migrene ! prévint le baron.

— Non, père ! C'est pourtant évident !

Il présenta un visage radieux à chacun de ses compagnons, pour finir en se tournant vers Maline.

— La personne avec qui je suis lié pour la vie… celle qui est, et sera toujours le plus proche de ce que je suis… C'est forcément mon frère ! conclut-il, ravi.

Les sorciers le contemplèrent avec des yeux ronds.

— Parce que vous avez un frère, vous ? fit répéter Mercédès.

— Moi, j'en ai bien douze, rappela Escar.

— Un frère jumeau ! confirma le chevalier. Ernie de Brise-Camail !

— Un jumeau, en plus, soupira la sorcière. Ça promet…

— Et vous n'avez pas pensé que ça pourrait être important ? se fâcha Roméo. Avec ces histoires de prophéties qui tournent désormais *toutes* autour de vous, il ne vous est pas venu à l'esprit que l'existence d'un frère jumeau méritait d'être portée à notre connaissance ?

Ulser se défendit de son mieux, en tirant parti de ses connaissances avancées de l'art de la rhétorique… c'est-à-dire qu'il haussa les épaules en rendant à l'enchanteur un sourire désolé. Fimosis céda alors à un petit rire mesquin. Le baron se désintéressa de la discussion pour compter les derniers tours de la pythie, grommelant d'abondance pour manifester son impatience.

— Où est-il, cet Ernie ? reprit l'enchanteur. Il vous ressemble beaucoup ?

— Est-ce qu'il est aussi bête ? demanda Mercédès sans détour.

— Oh, non ! assura le chevalier enthousiaste. Il a toujours eu les félicitations de nos répétiteurs ! Cela fait même trois ans qu'il étudie dans une université de l'Ouest ; il devrait revenir cet été…

— Mince, on n'est pas tombés sur le bon, piqua la sorcière.

Ulser acquiesça machinalement, avant de songer que la réplique était assez blessante pour justifier de sa part une légère protestation. Mais le temps qu'il rassemble son courage, la nosferatie avait enfin pris place sur un banc. Le cas du jumeau fut alors renvoyé aux oubliettes des préoccupations générales.

— Tu as ton siège et ton festin ! constata le baron. Parle, maintenant ! Quel trône prétends-tu offrir à ma lignée ?

La nosferatie apprécia la situation à sa manière, en clignant plusieurs fois les paupières sur ses pupilles fendues, et en aspirant l'air par saccades.

— Celui de ton suzerain, seigneur ! révéla-t-elle. Je ne t'appporte pppas la couronne d'une contrée ppperdue sur un autre continent, mais bbbien celle du pppays de Gangrene, où se trouvent les terres de Bbbrise-Camail !

Elle saisit ensuite la moitié d'un rôti encore saignant, puis y planta ses dents avant de s'abandonner à une écœurante succion. Ulser ne pouvait dire ce qui le mettait le plus mal à l'aise : le spectacle du repas de la créature, ou le rouge qui était monté au visage de son père et qui annonçait une de ces colères à laisser sa trace dans les livres d'histoire.

— MENSONGES ! hurla le baron.

Il se dressa en renversant son godet, son banc, et même Escar qui partageait cette assise.

— C'est la dynastie des Carolar qui règne sur ce pays, depuis au moins trois cents ans ! Et Gaudin le Onzième a beau être vieux, il a au moins six héritiers pour assurer sa succession ! Par quel miracle quelqu'un pourrait-il changer l'ordre des choses ? À moins de vouloir déclencher une guerre à l'issue périlleuse, tu ne promets que du vent !

Avant de répondre, la pythie prit le temps de terminer la succion de son morceau de viande. Elle leva ensuite un menton poisseux vers son hôte, avec un sourire à faire se recroqueviller un spectre mangeur d'enfants.

— Ce miracle que tu demandes est déjà là, seigneur. Et c'est bien le ppprophétionnel qui en est à l'origine.

Sept paires d'yeux, dont une aux pupilles fendues, dévisagèrent alors le chevalier soudain mal à l'aise dans ses petits souliers ferrés. Il essaya de se donner bonne contenance en prenant un air détaché et en tapotant les extrémités de ses index l'une contre l'autre.

— Qu'est-ce que vous avez encore fait, vous ? aboya Mercédès.

— Moi ? Mais rien !

— Expliquez-vous, demanda Roméo à la pythie.

— Je vous l'ai dit, j'ai des visions. Elles n'ont jamais été aussi ppprécises, depppuis que la trame du destin s'est trouvée changée. Et à travers elles, j'ai apppris ce qui allait arriver au souverain de ce pppays. Enfin, ce qui a dû arriver, cette nuit même.

— Mais encore ? insista l'enchanteur.

La nosferatie contempla les visages attentifs et impatients de l'assemblée, satisfaite de son petit effet.

— Voilà ce qui est advenu, pppendant que vous dormiez. Le roi Gaudin, souffrant de crampppes d'estomac, a fait quérir son sorcier pppersonnel dans sa chambrée. L'homme est venu avec un de ces diabbblotins que les mages empppportent pppartout. Mais pppendant qu'il pppréppparait un sortilège de guérison, un autre diabbblotin est entré par la fenêtre et a libbbéré le pppremier. Les créatures ont commencé à virevolter dans la pppièce en pppoussant des cris excités. La reine qui dormait là a eu tellement pppeur qu'elle s'est enfuie droit devant. Et elle s'est romppue le cou dans l'escalier.

Ulser n'osait déjà plus croiser le regard de Roméo ou Mercédès. C'était bien la faute du chevalier si les diablotins du monde entier avaient retrouvé leur liberté, et privé ainsi les sorciers de la plus grande partie de leurs pouvoirs... Il se consola en songeant que la reine avait toujours été détestée par ses sujets, et haïe par son entourage.

— Le roi Gaudin n'a même pppas entendu sa femme chuter ; il était trop énervé pppour ça. Il a pppoursuivi les créatures avec un tisonnier sans réussir à les chasser. Son sorcier et les valets accourus le supppliaient de reppprendre son calme, mais le roi était toujours ppplus colérique et agité. Pppour finir, il a crispppé les mains sur son cœur et s'est écroulé. Mort pppour de bbbon.

— Amusante expression, commenta Fimosis.

— À supposer que ça soit vrai, râla le baron, tout ça ne change rien. Gaudin a quatre fils et deux petits-fils pour assurer la dynastie des Carolar !

— Mon récit n'est pppas fini... Quand la nouvelle s'est réppandue dans le château, tout le monde s'est mis à chasser les diabbblotins. C'était devenu une affaire d'honneur. Les deux ppprinces sur ppplace ont ordonné que chaque salle soit fouillée et que l'on installe des pppièges. Pppendant ce temps, des coursiers sont allés ppprévenir les aînés et leurs familles. C'est là que ça a commencé à se compppliquer. L'un des héritiers de la couronne, compppplétement saoul, a cru compprendre que le château de ses ppparents était attaqué. Il a enfilé une armure et a galopé jusqu'au bbbastion en hurlant. Les gardes ont pris peur et ont vidé sur lui les chargeurs de leurs arbbbalètes.

C'était tragique ; pourtant un sourire commençait à se dessiner sur le visage du baron. Ulser se gardait encore de formuler le moindre commentaire. Il songeait à ce roi qui s'était éteint comme il avait vécu : sourd à ceux qui l'entouraient ; ainsi qu'à ce prince ivrogne à qui tout le monde promettait une fin prématurée. L'influence du chevalier sur le destin n'avait fait que précipiter les choses. C'est du moins ce qu'il se promit de répondre aux sorciers, quand ils commenceraient à l'enguirlander.

— Pppeu apppès, l'un des ppprinces a réussi à enfermer un diabbblotin dans les cuisines ; mais la bbbête pppouvait encore fuir par la cheminée. Alors le ppprince a envoyé un valet sur les toits pour bbboucher le conduit.

Mercédès lâcha une petite exclamation.

— Un instant, j'ai cru que l'héritier avait lui-même joué les monte-en-l'air pour finalement se casser la figure !

— C'est pppresque ce qui est arrivé ; mais c'est le valet qui est tombbbé. Pppile sur la tête du ppprince qui attendait en bbbas.

— C'est la loi des séries…, commenta Roméo, songeur.

— Plutôt celle de la gravité, plaisanta Fimosis.

— Restent encore quatre prétendants au trône, rappela le baron. Dont l'aîné et ses deux fils, ce qui n'est pas rien !

— Ils ont rejoint le bbbastion juste appprès. L'aîné a pppris les choses en main et envoyé ses rejetons sur la trace des créatures ; mais ce n'étaient que des adolescents stupppides. L'un a reniflé de la fumée sous la ppporte des cuisines et a cru malin d'ouvrir. L'incendie qui couvait là l'a soufflé comme une bbbrindille. Quant à l'autre, il a pppoursuivi un diabbblotin jusqu'au chemin de ronde avant de ppplonger pppar-dessus les créneaux. Tout le monde le savait attardé, mais pppas à ce pppoint-là.

— Donc, résuma le baron, les Carolar ne sont plus que deux frères !

— Même pppas. Appprès cette série de drames, le ppplus jeune a compppris qu'il ne restait qu'une pppersonne entre lui et la couronne. Il a donc pppoignardé l'aîné en ppplein cœur, devant les valets, et s'est ppproclamé le nouveau souverain.

— Quel lâche, commenta Maline. Personne ne devrait s'incliner devant un tel roi !

— Pppersonne n'aura à le faire. Tout à la joie de sa réussite, le ppprince est retourné dans le bbbastion en oubbbliant les pppièges qu'il avait lui-même réclamés. On l'a retrouvé pppendu à un collet, les diabbblotins ricanant sur ses épppaules.

— C'est horrible, jugea Escar.

— C'est surtout n'importe quoi, piqua Mercédès.

— C'est inespéré ! s'exclama le baron, ravi. Et tu dis que tout ça est arrivé cette nuit ?

— Pppendant que j'achevais mon voyage, oui.

D'appprès ma vision, le dernier ppprince est mort un pppeu avant l'aubbbe.

— Mais c'est n'importe quoi ! répéta Mercédès. D'apppr… *d'après* ma vision à moi, c'est vous qu'on va retrouver pendue, quand sera faite la preuve de vos mensonges ! Aucune vision ne peut être aussi précise ; même Mausaurus en aurait été incapable !

La pythie lâcha un feulement en direction de la sorcière, puis s'efforça de reprendre son calme.

— *J'ai dit* que mes visions n'étaient pppas aussi fortes, *avant*. Mais des tas de choses ont changé depuis l'apppparition du ppprophétionnel. Et ce n'est que le débbbut.

Mercédès et Roméo échangèrent un regard perplexe, puis se souvinrent de leur dispute et se renfrognèrent aussitôt. Ils reportèrent ensuite leur attention sur Ulser, qui cherchait pourtant à se faire oublier… Le bon chevalier aurait sans doute fait les frais de leur mauvaise humeur, si un nouveau coup de corne n'avait soudain retenti à l'extérieur. Les humains se tournèrent alors vers la nosferatie qui affichait un petit sourire amusé.

— Je l'avais bbbien dit, siffla-t-elle. Ça commence déjà.

Chapitre 5

Toute la troupe se rassembla une nouvelle fois sur les remparts, avec un mélange de curiosité et d'agacement plus ou moins prononcé selon les individus. Cette fois, les visiteurs s'avéraient être une paire de nains au nez aussi démesuré que la barbe. Eux ne s'acharnèrent pas sur leur corne, mais attendaient pareillement qu'on leur ouvre les portes du bastion. Le baron les accueillit comme il avait coutume de le faire avec leurs semblables :

— Nous ne vendons pas de bière, ni de vin ! Vous trouverez de quoi vous saouler à l'auberge du village, alors bon vent !

Le plus rougeaud des nains fit mine d'empoigner sa hache, mais son compagnon le retint d'un (forcément) petit geste.

— Nous n'avons que faire de vos tonneaux ! répliqua-t-il. Nous voulons parler au chevalier nommé Ulser !

L'intéressé s'efforça de se rentrer la tête dans les épaules, oubliant que sa haute stature le rendait aussi repérable qu'un artichaut dans une assiette de lentilles.

— Laissez-les entrer, suggéra Oriasis.

— Ah, non ! pesta le baron. Ça suffit ! Pas question d'inviter chez moi tous les traîne-misère qui passent dans le coin !

— Ils font partie de votre vision ? demanda Fimosis à la pythie.

— Non, mais ça me donne l'occasion de vous ppprouver mes pppouvoirs. Écoutons leur demande, pppuis je vous indiquerai si elle est recevabbble.

— Sûrement pas ! insista le châtelain. On a d'autres chats à brûler !

— Ouvrez les portes ! cria Roméo.

L'expression du seigneur local parut alors si sombre et menaçante que l'enchanteur s'empressa d'ajouter :

— Plus vite nous en aurons terminé, et mieux ce sera. Nous allons bien voir si la pythie peut vraiment faire de vous un roi.

Ce dernier mot ramena le baron à une humeur plus conciliante. Ils descendirent donc à la rencontre des nains avec un certain sentiment de déjà-vu, surtout quand le gros crâne d'Escar fit vibrer la poutre un peu trop basse, et par la même occasion les zygomatiques de Fimosis. Enfin, ils arrivèrent devant les visiteurs qui tiraient leurs poneys.

— Laissez-moi ppprocéder, chuchota la pythie.

Elle se détacha du groupe et se composa une attitude entre indifférence et mépris, parfaite dans son nouveau rôle de secrétaire. Les nains ne se laissèrent pas démonter pour autant.

— Vous n'êtes sûrement pas le chevalier Ulser, railla l'un. Conduisez-nous jusqu'à lui.

— Toute demande doit pppasser pppar moi, prévint Oriasis. Exppposez votre ppprobbblème, ou retournez céans dans vos caves !

Les bonshommes montrèrent des signes d'impatience, lancèrent des regards appuyés sur les humains qui restaient en retrait, puis finirent par céder au protocole.

— Nous venons de Fondargean, à quatre jours de voyage, à l'est. C'est une cité souterraine. Il y a un peu plus d'une semaine, un monstre est apparu dans nos galeries basses. C'est une espèce d'énorme lombric, comme personne n'en a jamais vu. Nos devins ont utilisé leurs pouvoirs pour trouver les raisons de sa présence. Ils ont déterminé qu'un certain Ulser de Brise-Camail aurait bouleversé l'ordre naturel des choses, et provoqué ainsi l'apparition de la créature.

À quelques pas de là, l'intéressé se contorsionnait pour éviter de croiser les regards de son père et des sorciers.

— Et alors ? cingla la pythie. En quoi vos probbblèmes nous concernent-ils ?

— Vous devez réparer ! s'enflamma le plus nerveux. Remettez les choses comme elles étaient avant ! Ou faites partir cette bête de chez nous !

— Vingt de nos guerriers n'y sont pas parvenus,

expliqua le premier. Et aucun piège ne se montre efficace. Nous estimons que, puisque ce chevalier est responsable, il a le pouvoir et surtout le *devoir* de nous venir en aide.

La pythie inclina la tête de droite à gauche, puis contourna lentement les nains en faisant mine de réfléchir. Parvenue dans leur dos, elle attendit un signe de ses alliés humains. Roméo se contenta d'écarter les bras, lui laissant carte blanche.

— Bbbien ! Pppour déterminer si votre demande est recevabbble, je vais utiliser mes pppropppres pppouvoirs !

— Comment ça, « si elle est recevable » ? s'excita le rougeaud.

— C'est ainsi, trancha la pythie. Je dois vérifier la véracité de votre histoire. J'aurai donc bbbesoin d'une outre de vin !

Passé la surprise et les sarcasmes grommelés de Mercédès, on fit porter à Oriasis la gourde demandée. Les nains avaient visiblement peine à se retenir d'étrangler la nosferatie ; seul l'espoir de voir leur demande acceptée les retenait encore. Fimosis fut le premier à oser se rapprocher de la pythie, et les autres l'imitèrent aussitôt.

— Comment ça marche ? s'intéressa le barde. J'ai quelques notions sur le sujet… Vous allez renverser le vin sur un miroir, du sable, ou une écorce fraîche ? Étudier ses reflets, son épaisseur, sa silhouette ? Lire dans le sang de la vigne ?

Oriasis cligna plusieurs fois de ses yeux fendus,

toisant le petit homme comme s'il utilisait un langage inconnu.

— Rien d'aussi bbbizarre. Le vin doit seulement me ppprocurer la vision.

Sans attendre davantage, elle planta ses canines dans l'outre et commença à en sucer goulûment le contenu. Les nains et les humains ouvrirent des yeux ronds, surpris par la nature du rituel. Ulser songeait que c'était un peu dommage de faire des trous dans la gourde, alors qu'il aurait suffi de l'ouvrir. Escar, lui, supposait que le bouchon avait résisté à toutes les tentatives, comme lui-même en faisait souvent la malheureuse expérience.

Ils n'eurent pas à s'interroger longtemps. En moins d'une minute, la pythie eut englouti les deux pintes et trois quarts de vinasse enfermée dans le récipient. Elle jeta l'objet flasque à terre et s'essuya le menton du dos de la main, les yeux dans le vague.

— Ça… ça comm… commence à venir, bafouilla-t-elle.

Effectivement, elle semblait avoir atteint un autre niveau de conscience, si ce n'est un autre univers, où le sol était mouvant et où la station immobile semblait impossible. Oriasis titubait donc en s'agrippant à tous ceux qui l'entouraient, laissant son odeur infecte sur leurs vêtements et chargeant l'air d'une haleine d'outre-monde. Le chevalier s'avoua stupéfait par cette démonstration de puissance, cette facilité à entrer dans une transe si profonde. En revanche, ses compagnons restaient dubitatifs.

— Je comprends mieux certaines choses, grinça le baron, amer.

— Ça promet, renchérit Mercédès. Imaginez qu'elle reçoive dix ou quinze visites par jour !

— Elle a l'air souffrante, commenta Maline. Cette magie est sûrement dangereuse.

Les sorciers ne levèrent qu'un instant les yeux sur elle, habitués à la naïveté de l'amazone. En revanche, les nains se serraient épaule contre épaule avec des expressions perplexes. On leur avait bien dit que les humains étaient fous, mais ils ne s'attendaient pas à ce que ce fût à ce point !

— Aaaa…, gémit la pythie, tournoyant sur elle-même.

— Oui ? releva Fimosis.

— Àààà…

— À *quoi ?* s'impatienta le baron. À l'attaque ? À la garde ? Je suis censé lancer ces nains par-dessus mes tours, ou envoyer mon fils dans leurs mines à la pêche au ver ?

— Àààà… boire ! lâcha enfin la pythie, un filet de bave sur le menton.

L'agacement général monta encore d'un cran.

— Quand vous aurez répondu ! promit Roméo. Que dit votre vision ? Que se passe-t-il à Fondargean ?

La nosferatie sembla seulement se rappeler la présence des nains, vers qui elle tourna un visage rosi.

— Leur ppplo… pppobbblême n'est pppas si grave. Le monstre reste dans les gla… galeries bbbasses. 'Suffit de les condamner, c'tout.

— Mais ça nous priverait d'un dixième de la surface de notre cité ! s'offusqua le plus sage. Et ça nous couperait aussi toute possibilité d'extension !

— Bbbah ! Y a bb… bbbien pplus urgent à s'occuppper. Le ppprophétionnel n'est pas onnibbbétent… omnipppétant… n'a pppas quatre bbbras. J'ai dit !

Elle voulut marquer son importance en se dressant fièrement et les bras croisés, mais elle semblait surtout devoir tomber en bas d'elle-même d'un instant à l'autre. Les nains étaient furibonds, tandis que les humains profitaient honteusement de la situation. Aucun n'avait envie d'aller affronter un ver géant – sauf peut-être Maline, si on le lui avait expressément demandé. Quant à Ulser, il songeait que sa place était désormais auprès de son père. Et s'il croisait les doigts de toutes ses forces pour que personne ne gaffe en révélant son identité, c'était, bien entendu, par pur amour filial.

Devant le mur de refus silencieux que leur opposaient les châtelains, les nains comprirent que leur temps serait mieux utilisé à d'autres activités, comme empiler des coquilles de noix ou compter les nuages, par exemple. Bougons et frustrés, ils remontèrent sur leurs poneys et se dirigèrent vers la grille sans un mot d'adieu. Ce n'est qu'une fois sorti de l'enceinte que le rougeaud lança :

— Si vous croyez que ça s'arrêtera là, vous vous mettez le poing dans l'œil ! Les mineurs de Fondargean continueront d'agrandir la cité, d'une manière ou d'une autre !

L'instant d'après, ils se lançaient au galop, conscients qu'un carreau d'arbalète pouvait encore rattraper leur silhouette, si trapue fût-elle.

— Bbbon… débbbarras, conclut la pythie chancelante. Affaire classée !

— Vous trouvez, vous ? grimaça le baron. Si c'était pour en arriver là, j'aurais mieux fait de ne pas ouvrir mes portes !

— Ça aurait pppu être imppportant, démentit Oriasis. 'Faut rien négliger.

— C'est ridicule ! s'emporta Mercédès. En quoi ce numéro fait-il la preuve de vos prétendues visions ? Et si ça se trouve, les deux nains sont vos complices !

— Ja… mais de la vie ! C'était la pppremière fois que je les voyais !

— Mais vous auriez pu prédire cette rencontre, remarqua Roméo.

— Mais je ne choisis pppas mes visions ! Pppour être honnête, ç'aurait même pppu ne pppas marcher ! Seulement, là, j'ai vu qu'ils xexazérai… zecgagérai… qu'ils grossissaient le ppproblème. Inutile de ppperdre votre temps, alors qu'y aura bbbeaucoup ppplus imppportant à faire.

Les sorciers se consultèrent du regard, encore indécis.

— Ce qui m'intéresse, enchaîna Fimosis, c'est de savoir comment vous comptez faire couronner Ulser. C'est bien beau de nous annoncer la mort des souverains en place, mais, et après ?

La pythie esquissa un mouvement et un bruit de

bouche qui signifiaient sans équivoque possible : « fichtre, je n'en sais rien du tout, moi. »

— Ma vision m'a seulement montré une espppèce de trône. Il sembbble que le pppremier à s'y installer deviendrait le nouveau roi de Gangrene, ou une histoire comme ça. Pppour le reste, débbbrouillez-vous. Je vous ai seulement donné un pppeu d'avance.

Elle s'éloigna sur ce dernier mot pour aller s'affaler sur le barda de son chariot, puis commença aussitôt à ronfler. Ulser ne pouvait qu'admirer le zèle de sa secrétaire, qui continuait à explorer le monde des arcanes sans même qu'on le lui demande !

Son père se frottait pareillement les mains de satisfaction. Oriasis venait de livrer un élément décisif pour s'allouer la confiance du châtelain… En effet, des règles précises régentaient l'installation d'une nouvelle dynastie en ce royaume ; et si les anciens monarques étaient effectivement morts comme ils semblaient l'être, une véritable course au trône venait de commencer !

Chapitre 6

Après avoir râlé et ronchonné toute la matinée, le baron Haro semblait enfin considérer le retour de son fils comme une bonne nouvelle. Il fit revenir toute la troupe dans le corps du bastion, excepté la pythie qu'ils laissèrent cuver sur son chariot. « C'est inespéré ! » répétait-il à l'envi, plus pour lui-même que pour les autres. Ulser le suivait docilement le long des salles et des couloirs, Maline ne quittait pas le chevalier d'une semelle, de même que Mercédès et Roméo, trop soucieux de surveiller les agissements du prophétionnel. Escar courait derrière par simple crainte de se perdre, et Fimosis fermait la marche en jetant des œillades indiscrètes derrière toutes les portes entrebâillées. Cela dura quelques minutes, jusqu'à ce que Mercédès perde patience.

— Dites, ça va durer encore longtemps, cette petite promenade ? On est déjà passés ici au moins deux fois ! Qu'est-ce qu'on cherche, au juste ?

— La bibliothèque, annonça le baron. J'ai besoin de vérifier quelque chose.

— La bibliothèque ? s'étonna Roméo. Vous avez des livres, ici ?

— Bien sûr ! se vexa le châtelain. Vous nous prenez pour qui, des bouseux de l'arrière-pays horckque ? J'ai des milliers et des milliers de volumes, et toute une pièce réservée pour les conserver !

Il s'arrêta à un croisement, se gratta les cheveux d'un air perplexe, puis haussa les épaules.

— Le problème, c'est que je ne sais plus où elle se trouve, voilà. C'est surtout mon fils Ernie qui l'utilise.

Il interrogea Ulser d'un signe de tête, puis soupira devant l'expression d'ignorance du chevalier.

— Demandons à un valet, suggéra Roméo.

L'opération fut plus complexe qu'elle ne semblait, les serviteurs de tous poils ayant une fâcheuse tendance à s'éclipser à l'approche de l'irascible baron. On en vint à se cacher et à utiliser Maline comme appât. Le résultat fut au-delà des espérances, puisqu'une dizaine de jeunes hommes en livrée apparurent soudain pour proposer leur aide à l'amazone. Haro ne se souvenait même pas de les avoir tous engagés ; il jura de procéder bientôt à un recensement précis des larbins qui erraient ainsi entre ses murs. Maline en choisit un au hasard et le tira par l'oreille jusqu'au maître des lieux, tandis que les autres détalaient comme des gnomesques. Enfin, on obtint du malheureux qu'il les conduisît à la fameuse bibliothèque. Bientôt, Haro et même Ulser reconnurent le chemin.

— Ah oui, c'est vrai…, grommela le baron d'un air ennuyé. C'est dans l'aile ouest…

— Et alors ? s'enquit Roméo. Son architecture est fragile ? Elle risque de s'écrouler ?

— Non, expliqua le chevalier ; c'est seulement la partie réservée à nos fantômes. Enfin, il n'en reste qu'un, mais nous avons convenu de ne pas nous gêner les uns les autres... Personne n'aime aller là-bas.

— De mieux en mieux, soupira Mercédès.

— Ça ressemble fort à un pacte de nécromancie, persifla Fimosis. Du genre même qu'on m'empêche de pratiquer. Enfin, je dis ça, je dis rien...

— Ne dites rien, alors ! cingla Roméo.

Puis il reprit à l'intention d'Ulser :

— Et votre frère Ernie ? Il ne craint pas les spectres, lui ?

Le chevalier jeta un regard en coin à son père avant de chuchoter en douce :

— J'adore mon frère, et j'admire son intelligence. Mais pour certaines choses, il faut reconnaître qu'il est un peu bizarre.

— Plus bizarre que vous ? piqua la sorcière.

La conversation n'alla pas plus loin, le groupe pénétrant soudain dans un décor différent. La poussière y était deux fois plus dense, la pierre plus froide, et les araignées avaient dressé des cathédrales de toile dans tous les coins disponibles. Même le bruit des pas des aventuriers sonnait différemment, un peu comme un crâne frappé sans relâche contre le sol. Tous comprirent alors être entrés dans la fameuse aile ouest, et ils se rapprochèrent automatiquement de Maline.

— Qui est-il, ce spectre, au juste ? demanda Fimosis. À quel point est-il dangereux ?

— C'est mon ancêtre Panary, le premier des Brise-Camail, expliqua Ulser à mi-voix. Et ce n'est pas qu'il soit vraiment dangereux, mais il s'entête à faire comme s'il était toujours le baron en place. Pour lui, nous sommes tous des incapables ; même moi. C'est très désobligeant.

Dans son dos, la sorcière eut un petit reniflement amusé. Le chevalier se réjouit de la voir partager son avis et poursuivit donc de bon cœur.

— Avant, nous avions des tas d'autres spectres, mais Panary se montrait tellement grossier et agaçant qu'ils ont fini par partir l'un après l'autre. Il n'a même plus un seul fantôme de valet pour le servir. Quand il a commencé à effrayer nos propres domestiques, mon père l'a menacé de procéder à un exorcisme s'il ne se cantonnait pas dans une aile réservée du bastion. Depuis, nous restons chacun dans notre territoire…

— Mais vous ne pouvez pas tout bêtement le chasser ? suggéra le barde.

Ulser leva des mains impuissantes.

— C'est-à-dire qu'il est quand même notre ancêtre ; le bâtisseur de ce château ! Et s'il est toujours là, c'est sûrement pour une bonne raison, ajouta-t-il benoîtement.

Il n'en dit pas davantage, un regard noir du baron le ramenant à plus de discrétion sur les secrets familiaux. Ils poursuivirent donc en silence, jusqu'à ce que le valet leur désigne une porte sous un épais chambranle. Brise-Camail renvoya alors le larbin d'un coup de pied aux fesses. Le malheureux détala à la recherche d'un terrier de domestique, trop heureux de s'en tirer à si bon compte. Chacun se prépara ensuite à découvrir la bibliothèque où pouvait s'embusquer un fantôme… mais à peine Roméo avait-il mis la main sur la poignée qu'il fallut se rendre à l'évidence :

— C'est fermé.

— Saperlasse ! jura le baron. Et c'est Ernie qui a la clé !

Les regards convergèrent alors vers Escar, dont les épaules et le front s'étaient fait plus bas encore que d'habitude.

— Heu, je suppose que vous voulez que… c'est à moi de…

— On n'a pas grand espoir, piqua Mercédès, mais essayez quand même.

Ils libérèrent donc de l'espace entre la porte et le voleur. Ce dernier retournait ses poches pour retrouver l'ultime passe dont il disposait encore, puisqu'il avait, par mégarde, enfermé tous ses autres crochets dans une sacoche blindée. Équipé de la misérable tige métallique, il s'avança gauchement vers la serrure… et se prit les pieds dans son manteau ! Avant même que ses compagnons n'aient le temps et l'envie de lui offrir une main secourable, il alla cogner la tête la première contre le bois massif. Le choc et les vibrations consécutives firent tomber diverses choses sur les aventuriers :

beaucoup de poussière, quelques morceaux de mortier, une ribambelle d'araignées… et surtout une clé, qu'ils supposèrent auparavant cachée sur le chambranle. Le baron ramassa l'objet en riant de l'aventure, tandis que Escar se relevait en titubant. Ulser se demanda si son ami venait d'entrer dans la même transe divinatrice que la pythie : il avait pareillement les yeux dans le vague et la langue pendante sur le côté. Mais grâce à sa chance, ils pouvaient enfin investir la bibliothèque !

Haro fut le premier à s'engager, puis vint Maline, et enfin les autres quand l'amazone eut contrôlé l'absence de tout revenant. Les yeux des sorciers et de Fimosis s'arrondirent en découvrant les lieux : les Brise-Camail possédaient *réellement* un nombre impressionnant d'ouvrages. Même si la plupart étaient couverts d'une couche de poussière épaisse comme le doigt, et qu'on les avait entassés dans les rayonnages comme des simples pots de confiture.

— Il y en a pour une petite fortune ! siffla Fimosis, une expression avide sur le visage.

— Vous croyez ? releva le baron. Pourtant, la plupart de ces bouquins sont vieux de plusieurs siècles. Certains sont même écrits dans des langues que plus personne ne parle. Je ne vois pas qui ça pourrait intéresser…

Mercédès et Roméo échangèrent un regard entendu avant de se jeter chacun sur un rayonnage, à la recherche de précieux trésors intellectuels.

— Et ça, c'est mon armoire à moi ! présenta Ulser d'un air réjoui.

Les sorciers se précipitèrent aussitôt sur le bahut indiqué, presque certains d'y découvrir des exemplaires rarissimes. En réalité, les trois étagères basses réservées au chevalier présentaient surtout des récits illustrés et autres contes pour enfants, qu'ils feuilletèrent par principe. Escar et Maline déclarèrent trouver cela charmant. Fimosis et Roméo se désintéressèrent vite de la question pour aller assister le baron dans ses recherches, tandis que Mercédès continuait à farfouiller en faisant grise mine.

— Vous les avez lus, au moins ? grogna-t-elle.

— Pas tous, avoua Ulser. Déjà, pas les plus gros, ni ceux avec des petites lettres, ou avec des dessins effrayants…

— Et ça, qu'est-ce que c'est que ça ? poursuivit la sorcière. Un livre à colorier ? Vous l'avez fini ? Et vous le gardez quand même ?

Le chevalier trouva le moment bien choisi pour adopter une belle couleur pivoine.

— J'étais enfant, rappela-t-il. Et je m'étais donné beaucoup de peine pour ce travail.

Il reprit doucement le volume barbouillé des mains de Mercédès, fit mine de le feuilleter, puis le rangea soigneusement à sa place d'origine.

— J'ai trouvé quelque chose, annonça Maline. Une estampe, coincée dans les pages… C'est le dessin d'une femme… Elle est à genoux avec les jambes écart…

— C'est à moi ! l'interrompit Ulser.

Plus rapide que la parole, son bras s'était tendu

pour s'emparer vivement de l'image et la dissimuler contre sa poitrine. L'amazone lui retourna un regard interloqué ; d'autant que le chevalier avait le front plus empourpré que celui d'une tomate. L'objet semblait avoir une grande importance à ses yeux.

— Je ne savais pas, s'excusa-t-elle. C'est peut-être un portrait de ta mère ?

— Heu, oui, oui, c'est ça, bafouilla le héros.

Il garda un moment l'estampe entre ses doigts, puis la glissa en douce dans sa poche. À quelques pas de ces évocations de souvenirs, le baron avait enfin retrouvé le manuscrit qu'il convoitait. Il le feuilleta rapidement, parcourut deux pages en lecture diagonale, puis lâcha une exclamation satisfaite qui rassembla aussitôt les aventuriers autour de lui.

— C'est le codex des lois ancestrales de Gangrene, expliqua-t-il. Écoutez ça ! Il est bien expliqué que, quand une dynastie vient à s'éteindre, le royaume ne doit pas basculer dans une guerre de succession. Les anciens ont prévu un rituel particulier pour choisir un souverain sans conduire le pays à la ruine… Je passe les détails sur le couronnement et tout le toutim : en résumé, le premier gars qui rapporte les quatre matériaux pour fabriquer un nouveau trône est sacré roi !

— Quatre matériaux ? releva Roméo.

— Un nouveau trône ? s'étonna Escar.

— Le premier gars ? répéta Fimosis. Cela signifie-t-il que n'importe quel individu peut tenter sa chance ? Même un étranger ?

Le sorcier lui lança un œil noir, mais le barde fit mine de ne pas le voir.

— N'importe qui, acquiesça le baron en tapant du doigt sur le livre. C'est dans nos lois. Dès que les matériaux sont réunis au palais, l'ancien trône est détruit et une nouvelle dynastie s'installe. C'est une chance inespérée, mon fils !

— Ben, ça dépend, tempéra Ulser. On ne peut pas savoir comment sera le prochain roi… Il pourrait être méchant.

— Andouille ! Ce sera moi ! s'impatienta le baron. Puisque nous avons la chance de prendre d'avance les autres candidats ! Et avec ton histoire du prophète Lionel, ou je ne sais quoi, tu vas nous rapporter les quatre élémentaires en deux temps trois mouvements !

Le chevalier prit un instant pour réfléchir, parce que ça faisait quand même un peu beaucoup de chiffres dans la même phrase. Pas assez, cependant, pour l'empêcher de comprendre que son père projetait de lui refiler la plus grande part du boulot.

— C'est-à-dire que… j'avais promis à mes amis de les aider à retrouver leurs diablotins…

Il suffit au baron de froncer ses sourcils broussailleux pour ramener sa progéniture à une attitude plus coopérative :

— Bon, je ferai ça après, se résigna le chevalier.

— Et voilà, soupira Mercédès. C'était écrit, de toute manière. Rien n'est jamais simple, avec vous.

Quelques instants plus tard, ils quittaient la bibliothèque en emportant le fameux codex. Et la porte se refermait à peine sur eux qu'une silhouette transparente se glissait hors de sa cachette ! Le fantôme fit ensuite le tour de la pièce, reniflant chaque endroit où les mortels s'étaient arrêtés, se remémorant la moindre de leurs paroles… Un sourire jubilatoire se dessina peu à peu sur le visage éthéré du premier des Brise-Camail, pour se transformer bientôt en pure hilarité. Si son corps n'avait été sans consistance, le spectre Panary se serait même tapé sur la cuisse en se tenant les côtes pour ne pas mourir de rire.

DEUXIÈME PARTIE

Chapitre 7

La décision du baron étant prise, les événements se précipitèrent alors comme des rivières se jetant dans un torrent. On pouvait d'ailleurs compter sur le maître des lieux pour motiver valets et garçons d'écurie à ne pas se laisser emporter par le courant. C'est-à-dire qu'il promit une sévère bastonnade à quiconque retarderait d'une manière ou d'une autre le départ de son fils !

Roméo et Mercédès avaient décidé d'accompagner Ulser. L'enchanteur, parce qu'il espérait pouvoir encore tirer avantage de l'influence du prophétionnel sur la trame du destin. Et la sorcière, parce qu'elle n'avait aucun désir de laisser son mari courir on ne savait quels chemins et bordels – surtout après ses aveux du matin, et même s'ils étaient de nouveau fâchés, na.

Maline n'imaginait pas agir autrement qu'en suivant ses amis. C'est ce qu'elle faisait depuis leur rencontre et elle ne voyait aucune raison de changer ; au contraire.

Escar n'était pas trop sûr de ses envies, mais étant donné que son propre foyer se trouvait sur un autre continent, et que par ailleurs il n'aimait pas l'idée de rester en compagnie du baron et du fantôme, il se prononça en faveur d'une nouvelle aventure.

Fimosis, quant à lui, jura ne vouloir manquer pour rien au monde le sacre de la méritante famille des Brise-Camail. Roméo aurait bien renvoyé le barde flagorneur dans sa chambre au-dessus des cabinets ! Malheureusement, l'enchanteur ne pouvait interférer avec les choix du prophétionnel sans risquer de provoquer la fin du monde. Et le chevalier était d'une telle naïveté qu'il trouvait sympathique l'apprenti nécromancien… il faudrait donc supporter ce dernier un moment encore.

Ainsi, c'était avec ses cinq compagnons de voyage que Ulser devait partir en quête. Son père lui-même déclarait rester au château familial pour prévenir tout mauvais coup de ses voisins, et garder la pythie sous bonne surveillance. Mercédès soupçonnait également le baron de se protéger, en envoyant son benêt de fils à sa place : si le récit de la nosferatie était faux, le roi en place accueillerait plutôt fraîchement cette tête brûlée qui venait briguer sa place.

Le groupe formé, chacun procéda à ses préparatifs personnels, qui se résumèrent le plus souvent à refermer les sacs qu'ils avaient ouverts la nuit précédente. Après une âpre négociation avec le châtelain, Roméo se fit confier le codex des lois de Gangrene. Le manuscrit semblait livrer quelques indications utiles sur les matériaux nécessaires à la fabrication du fameux trône, et l'enchanteur devinait déjà que ces renseignements seraient les bienvenus.

Escar trouva un valet assez aimable pour porter sa sacoche fermée au maréchal-ferrant. Le serviteur revint avec l'objet enfin ouvert, comme demandé, mais le voleur eut néanmoins une grimace déprimée. La masse utilisée par l'artisan pour briser le cadenas avait également tordu la plupart des passe-partout. En outre, les quelques sols qui constituaient la fortune du malheureux avaient disparu. Le larbin jura ses grands dieux qu'il n'avait touché à rien. Escar fut bien forcé de le croire, et il s'occupa alors à redresser ses outils déformés en se piquant les doigts.

De son côté, Ulser résolut un problème qui l'avait grandement ennuyé lors de sa dernière aventure : à savoir, l'extrême légèreté de son armure. Suite à une malheureuse manipulation magique, la carapace de métal du chevalier s'était vue ramenée au poids d'une pelote de plumes, porteur y compris. Ulser avait même dû chausser des fers à cheval pour éviter d'être emporté aux quatre vents… Peu désireux de supporter encore ces inconvénients, il fit donc lester cuirasse, cuissards et solerets avec des billes de plomb. Ayant revêtu l'ensemble, il se déclara satisfait… au contraire de Mercédès, que le bruit de roulement métallique agaçait déjà. La sorcière n'oubliait pas qu'elle avait enchanté l'armure *justement* pour la rendre silencieuse, et désormais, c'était pire qu'avant.

Ces petites affaires expédiées, le baron donna à

ses hôtes le signal du départ. C'est-à-dire qu'il les jeta dehors plus ou moins sèchement, après avoir chapitré son fils sur ses obligations de réussite. Ulser promit tout ce qu'on lui demandait et quitta le château familial sur son fier alezan, à la tête d'une compagnie de cinq aventuriers… Même les plus moqueurs des gardes lui trouvèrent alors belle allure. Porteur de l'épée Maroale et du bouclier en écailles de dragon, le prophétionnel pouvait passer pour un véritable héros. Il joua d'ailleurs de ce petit effet et chevaucha au trot à travers la campagne, saluant les vilains avec bienveillance, en espérant secrètement ne pas glisser en bas de sa selle. Ce n'est qu'en parvenant au premier croisement qu'il retrouva tout son naturel. Après avoir arrêté sa monture, il se gratta la tempe d'un doigt ferré et tourna vers ses compagnons un visage embarrassé.

— Ah oui, au fait… où devons-nous aller ?

— Foutripaille ! explosa la sorcière. Vous n'avez même pas écouté les consignes de votre père ? Vous n'êtes pas capable de retenir un ordre simple, et vous espérez vous coiffer un jour d'une couronne ?

— Nous devons rejoindre la capitale, rappela Roméo d'un air blasé. Il nous faut vérifier que le trône est effectivement disponible.

— Nous devons aussi nous inscrire comme candidats, renchérit Fimosis. Enfin, je veux dire : vous inscrire, bien sûr.

— Ah oui, c'est vrai…

Le chevalier reporta son attention sur la borne moussue qui marquait le carrefour, puis étudia un peu la position des nuages, avant de tourner à nouveau un visage contrit vers les sorciers.

— Et… c'est par où, au juste ?

Après quelques instants d'un silence général, Mercédès quitta sa selle et s'éloigna d'une trentaine de pas en ruminant des idées noires. Son humeur empira encore, quand elle constata qu'ils n'avaient même pas perdu de vue le château de Brise-Camail.

Par chance, le codex contenait une carte sommaire du pays de Gangrene, suffisante au moins pour les mettre dans la bonne direction. Ils progressèrent ainsi jusqu'à la mi-journée, sans autre péripétie qu'une attaque de chien errant qui fit partir le chevalier comme une flèche. Quand ses compagnons l'eurent rattrapé, Ulser expliqua qu'il avait espéré entraîner le monstre à sa suite pour les sauver – ce à quoi personne ne prit la peine de répondre. Mercédès s'était de toute façon contentée de chasser l'animal d'une bordée de jurons.

À l'heure du déjeuner, ils s'arrêtèrent sous une famille de chênes pour leur premier repas de campagne. Ils se régalèrent de rondelles de poulet et de bottes de petits pois, puis goûtèrent un moment de repos après la courte nuit qui avait été la leur. Roméo en profita pour étudier le grimoire confié par le baron. Pourtant, après dix minutes à peine, il ne put cacher plus longtemps le résultat de ses réflexions :

— Mais c'est n'importe quoi !

Les regards se tournèrent aussitôt vers Ulser, puis

Escar, mais aucun des deux hommes ne semblait responsable de l'emportement de l'enchanteur, pour une fois. Des oreilles curieuses se dressèrent alors vers ce dernier, toujours plongé sur le codex.

— Ce livre a été écrit par un fou ! Ou un farceur ! Écoutez ça : « *Or doncques, nous, honorables pairs de Gangrene et gardiens des sceaux*... blablabla... *considérant la haute qualité de souverain, considérant le prestige inhérent à ce titre, considérant la nécessité de rayonner parmi les monarques des six continents*... re-blablabla... ça continue comme ça pendant deux pages... et : *doncques, le trône de Gangrene ne saurait être constitué que de matériaux parmi les plus rares et les plus précieux offerts par nos contrées. À commencer par sa structure, qui doit être taillée par un maître sculpteur dans un bloc de roche d'une seule pièce.* » Vraiment n'importe quoi ! Comment est-on censé rapporter une pierre de cette taille ? Aucun attelage ne supporterait son poids !

— Ça ne peut pas faire partie des objets à trouver, rejeta Fimosis. Il doit y avoir une carrière près du palais, voilà tout.

— Non ! Il est même précisé des dimensions, dont une qui dépasse les quatre mètres ! Et cette pierre doit obligatoirement venir d'un endroit appelé « Comblemort ! ».

— Ah oui ! s'exclama joyeusement Ulser. J'en ai entendu parler !

Son sourire se crispa l'instant d'après, pour finir par disparaître totalement sous une expression de sombre gravité.

— Père ne m'enverrait quand même pas *là-bas*, avança-t-il sans conviction.

— On dirait bien que si ! persifla Mercédès.

— Pourquoi ? s'inquiéta Escar. C'est quoi, cet endroit ?

— On s'en fiche ! trancha Roméo. Ça ressemble à un véritable canular, rien d'autre ! Et le reste est à l'avenant ; les candidats au trône sont même censés grimper sur un volcan ! Quelqu'un peut-il me dire quelles sont les chances de trouver un volcan dans ce plat pays qu'est Gangrene ?

— Ben… il y en a un, pourtant, intervint timidement le chevalier.

Le regard de l'enchanteur, entre incrédulité et colère, lui fit aussitôt regretter sa réponse, mais il était trop tard pour s'arrêter.

— Il n'est pas bien grand, d'accord… ni même très chaud… et il n'est pas entré en éruption depuis des siècles… mais c'est quand même un volcan. Ici, on l'appelle le « Llardinaflarge ». C'est un mot du dialecte local qui veut dire : « la pustule rouge du nez fendu du démon ».

— Ouais. On dira juste « le volcan », prévint Mercédès.

Passa un moment de silence, pendant lequel chacun attendait un commentaire de Roméo, à nouveau plongé dans le codex… L'enchanteur restait perplexe.

— Nous sommes censés récupérer là-bas le cuir de je ne sais quelles salamandres, expliqua-t-il. Ceci pour constituer l'assise du trône… Ils justifient tout ça avec un vague symbolisme ; celui de la puissance du roi sur les quatre élémentaires. La roche pour la Terre, la peau des lézards pour le Feu…

— Le prophétionnel pour le Vide, intervint sa femme.

Seuls son mari et Fimosis reconnurent l'insulte, mais aucun ne la souligna et l'enchanteur poursuivit.

— Pour l'Eau, ça paraît plus abordable… Il faut rassembler une petite centaine de perles pour décorer ce fichu trône. On les trouverait assez facilement dans des coquillages nommés claque-phallanges…

— Ah oui, je sais où on peut en trouver ! bondit joyeusement Ulser. On ne doit pas en être très loin, en plus !

Puis, à nouveau, son sourire fut dissous dans une grimace d'inquiétude.

— Mais père ne m'enverrait pas là-bas, ajouta-t-il sans certitude.

— Pourquoi ? s'inquiéta Escar. C'est dangereux, comme genre de coquillages ?

— Ma lance en viendra à bout, promit Maline. Et Ulser porte toujours Maroale. Nous n'avons rien à craindre.

— C'est pas ça…, expliqua le chevalier. Mais c'est un endroit qui porte malheur. Tous ceux qui le visitent connaissent ensuite les pires tourments. Ils trébuchent sans arrêt, ils se blessent avec leurs propres armes, ils sont attirés par les ennuis…

— Vous êtes sûrement né là-bas, railla Mercédès.

— Mais non, puisque je n'y suis jamais allé !

Il faillit rajouter un commentaire désobligeant sur la bêtise parfois consternante de la sorcière, mais les règles de son ordre courtois, ainsi que la crainte de représailles verbales et physiques, l'aidèrent à tenir sa langue.

— N'empêche que ce n'est pas une épreuve si évidente, insista-t-il, boudeur.

Un esclaffement de Roméo ramena l'attention générale sur ce dernier, de plus en plus rieur :

— Vous ne devinerez jamais quel objet ces vieux fous réclament pour symboliser l'Air !

Les regards indifférents, puis de plus en plus agacés de ses compagnons lui confirmèrent que, non, ils ne devineraient jamais, et donc ?

— Des plumes de dahu ! révéla-t-il enfin, hilare.

Aucun des autres ne le suivit sur la voie de la dérision. Au contraire, ils se partageaient entre stupéfaction et incrédulité.

— Des plumes ? s'étonna Escar. Un dahu à plumes ?

— Un volatile ? reprit Fimosis. Vous êtes sûr de ne pas confondre avec un dodo ? J'ai toujours cru qu'un dahu était une espèce de gros lapin à quatre pattes...

— Il pourrait même en avoir douze, et trois têtes par-dessus le marché ! s'emporta Mercédès. Étant donné que nous parlons d'une bête qui n'existe même pas ! Qu'est-ce que c'est que cette quête où vous nous avez encore lancés, vous ?

Elle s'adressait bien sûr au chevalier, dont le front noble s'était barré de deux lignes soucieuses.

— Il s'agit bien d'un oiseau, assura-t-il néanmoins. Un grand oiseau, même, peut-être de la taille d'Escar… Il est trop grand pour voler, mais il a la particularité d'avoir une patte plus courte que l'autre, ce qui l'aide à courir à flanc de colline. C'est une espèce typique du pays de Gangrene. Nos anciens en ont même fait l'emblème national.

Il fouilla dans ses affaires pour en tirer une petite bourse, dont il extirpa trois piécettes qu'il fit circuler dans les mains de ses compagnons. Chacun put alors constater, avec stupéfaction, que l'animal était représenté sur l'une des faces de la monnaie locale. Roméo en perdit toute envie de rire. Ainsi, le codex était authentique. Toutes ces choses réclamées par les lois anciennes, il leur faudrait se débrouiller pour les rapporter au palais… et le fardeau du prophétionnel semblait plus lourd que jamais.

— Vous en faites une tête ! commenta Mercédès. Qu'est-ce qu'il y a ? Ces bestioles se cachent encore dans un de ces endroits où votre père n'est pas censé vous envoyer s'il tient à vous garder en un seul morceau ?

— Ben… c'est pas ça, le problème. Mais ces plumes risquent d'être sacrément dures à trouver… En fait, on a tellement chassé le dahu dans le pays qu'on a fini par les exterminer. La dernière fois qu'un paysan en a repéré un vivant, c'était il y a plus de six siècles.

Quelques soupirs de découragement montèrent alors vers le ciel. Puis, brisant un silence presque religieux, Escar osa demander :

— Et… ça vit combien de temps, un dahu ?

Chapitre 8

Plusieurs options furent alors envisagées, dont celle de laisser tomber tout de suite. Ce que le chevalier refusa catégoriquement, moins par égard pour son père que par crainte des douloureuses conséquences de la déception paternelle. Fimosis suggéra ensuite de proposer les plumes de n'importe quel grand volatile, et « bien malin qui démasquerait la supercherie, d'abord ». Sauf que les pairs ne se gêneraient pas pour comparer avec le bourrage de l'ancien trône, et que le codex était prolixe dans sa description des tourments réservés aux tricheurs. Enfin, on conclut par la décision d'aller de toute façon se renseigner au palais. On supposait aussi que cet élémentaire introuvable serait légitimement rayé de la liste de la chasse au trésor, et que les responsables et hauts ministres se contenteraient des trois autres preuves de bravoure...

Après cette halte d'une petite heure, ils reprirent donc le chemin de la capitale. À peine avaient-ils parcouru une lieue, pourtant, que Ulser s'arrêta de nouveau à un carrefour pour en étudier la borne d'orientation. Au contraire de la première de la journée, celle-ci était parfaitement lisible.

— Les claque-phallanges sont par là, indiqua-t-il négligemment. Au fond du lac de Plâtre. On l'appelle comme ça parce que ses eaux font penser à du plâtre, crut-il bon de préciser.

— C'est loin ? vérifia Roméo. La borne n'indique qu'un « 2 », ce n'est pas très explicite.

— Deux cents daches, expliqua le chevalier. Ou trois cent cinquante gorzes communs, si vous préférez.

— Et en unités civilisées ? insista l'enchanteur. C'est loin, ou pas ?

— Oh, c'est vraiment tout près. Surtout à cheval.

Après avoir livré cette information, et sous les regards stupéfaits des sorciers, c'est très naturellement que le prophétionnel prit la direction opposée au fameux lac.

— Dites ! appela Mercédès. Vous ne pensez pas que ce serait une bonne idée d'aller y jeter un œil tout de suite, ou bien maintenant ?

— Mais, heu… nous ne sommes pas encore inscrits officiellement comme candidats…

— La belle affaire ! Si ça se trouve, votre famille est la seule à ne pas garder dans ses caves tout ce qui est demandé sur cette liste idiote ! Sans blague, c'est ce que j'aurais fait, moi !

— Moi aussi, approuva Fimosis.

— Personne ne pouvait prévoir, se défendit le chevalier.

— Allez hop, en route ! trancha la sorcière. Je ne vais pas galoper jusqu'au palais pour m'entendre dire après qu'il faut revenir ici !

Elle s'engagea résolument sur le chemin du lac, vérifiant à peine si les autres la suivaient. Ulser rappela bien qu'il était le prophétionnel, seul à pouvoir prendre des décisions le concernant sans mettre en danger l'univers, mais il fit cela de manière uniquement intérieure et personne n'en sut jamais rien.

Ils parcoururent ainsi une trentaine de daches – entre cinquante et cinquante-cinq gorzes communs – avant de pénétrer le paysage étrange bordant le lac de Plâtre. Dès lors, sachant ce qui les attendait, le chevalier recommença à protester avec énergie. Du moins, dans sa tête.

C'était comme s'ils avaient franchi une frontière invisible, ou une espèce de porte magique couverte de symboles arrondis, qui les avait fait entrer dans un autre monde. Après avoir passé la moitié de la journée à chevaucher dans un paysage verdoyant et fleuri, les aventuriers progressaient désormais entre des buissons rabougris et des arbres sans feuilles. Même la lumière du soleil peinait à se frayer un chemin dans cet enchevêtrement de branches aux allures de prison primitive. Les voyageurs auraient été bien en peine de dire si ces végétaux étaient vivants, ou seulement figés dans leur expression d'agonie… et la température plus basse n'aidait pas à égayer le tableau. Tout ce qui était visible, cailloux, écorces, terre nue, était couvert d'une pellicule blanchâtre semblable à de la farine ou de la cendre. Malgré cela, les sabots des chevaux ne laissaient aucune empreinte dans cette poussière, aggravant ainsi le malaise des plus inquiets… L'endroit paraissait pétrifié sous l'effet d'une malédiction ancienne et biscornue. Ulser eut soudain l'intuition que tout être vivant qui s'aventurait en ces lieux, comme ils étaient en train de le faire, serait bientôt chassé, ou… assimilé.

— Alors ! le fit sursauter Mercédès. Vous voyez bien qu'il n'y a rien à craindre !

— Mais nous ne sommes pas encore arrivés au lac, rappela le chevalier. C'est lui qui porte malheur. Quiconque met un pied dans l'eau le regrette pour le peu de temps qu'il lui reste à vivre !

— Le codex ne dit rien sur le sujet, commenta Roméo. C'est seulement une superstition, ou il y a une bonne histoire derrière ?

— Une *terrible* histoire. Il y a des siècles de ça, le baron de Morillaux, à qui ces terres appartenaient, a tenté de bâtir un fortin sur l'île au centre du lac. Seulement, les ouvriers ont découvert que les eaux étaient habitées par une famille d'aquades…

— Hmm ! releva l'enchanteur. Des créatures qui n'apprécient pas le voisinage…

— Ça c'est mal passé, confirma Ulser. Les aquades démolissaient la nuit ce qui était bâti le jour. Puis ils ont commencé à couler toutes les barques, qu'elles contiennent des matériaux ou des humains… Morillaux a alors envoyé des troupes pour les exterminer. Des arbalétriers ont surveillé les rives jour et nuit. Ils ont aussi tendu des filets d'acier. Puis ils ont essayé d'affamer les créatures en pêchant tout ce qui était possible. Rien n'y faisait, les aquades restaient maîtres du territoire. Alors… le baron a fait déverser d'énormes quantités de poison dans le lac.

— C'est pas bête, apprécia Fimosis.

— C'est surtout très lâche ! se révolta Maline. C'est cet homme qu'on aurait dû jeter dans le lac !

— Ça a un peu fini comme ça, expliqua le chevalier. Du jour où les eaux ont été empoisonnées, le paysage a commencé à changer. Et Morillaux a connu des tracas et des ennuis de plus en plus nombreux. Il a dû abandonner la construction de son fortin, aucun ouvrier ne voulant encore y travailler. Puis c'est allé de mal en pis, jusqu'à ce qu'il se retrouve ruiné, déshonoré et vagabond. Il s'est traîné jusqu'ici et s'est lui-même plongé dans le lac. Il n'en est jamais ressorti.

Au contraire de ce qu'il escomptait, le fait d'avoir raconté ces événements n'aidait pas Ulser à se sentir mieux. Et les mines sombres de ses compagnons n'arrangeaient pas les choses. Pour une fois, même Mercédès semblait le prendre au sérieux… ce qui était tout sauf rassurant.

Peu de temps après le récit du chevalier, Fimosis commença à siffloter un air joyeux, très à la mode chez les bardes. On ne sut jamais s'il cherchait à dominer sa peur ou à témoigner de son courage, puisque la sorcière le fit cesser en menaçant de lui couper la langue. La ritournelle avait néanmoins eu le temps d'envahir les esprits et, moins d'une minute plus tard, Escar devait malgré lui s'abandonner à quelques la-la-la. Mercédès le réduisit au silence d'une interjection entre l'aboiement et la gifle verbale. Roméo s'en mêla alors, rappelant qu'ils ne se trouvaient pas en territoire ennemi, et que chaque membre du groupe était libre de hurler à tue-tête s'il le désirait. Les deux sorciers se lancèrent ensuite dans une dispute où l'un et l'autre se reprochaient d'avoir un peu trop abusé de la liberté, justement. Le rouge monta vite à leurs fronts, et ils ne tardèrent pas à se houspiller sans même s'écouter…

Ils ne cessèrent, brutalement, qu'au moment où le groupe parvint sur les rives du lac.

Rien n'avait annoncé la proximité de l'étendue aquatique. Pas de flic-floc sur les berges, ni de récital de palmipède, de batracien ou de bary-thon. Aucune des espèces que l'on rencontrait généralement dans ce milieu n'était en vue, d'ailleurs. Les voyageurs se trouvaient devant une immense mare d'eau laiteuse, faisant penser à un gigantesque suaire. Seule une petite île surmontée de quelques murets brisait la monotonie du paysage… Le reste n'était que soupe plâtreuse étouffant des joncs couleur blanchâtre.

— Voilà, on a repéré le chemin, conclut le chevalier. On saura comment revenir ; c'est parfait. Allons au palais, maintenant.

— Pas question de partir sans ces fichues perles, prévint Mercédès.

Elle mit pied à terre, de même que son mari, Fimosis et Maline, tous curieux de faire quelques pas dans ces lieux étranges. Ulser et Escar échangèrent un regard malheureux, puis finirent par descendre de selle. Roméo s'éloignait déjà en scrutant la berge.

— Je me représente mal ces fameux coquillages d'eau douce, avoua-t-il. Vous en avez déjà vu ? À quoi ressemblent-ils ?

Le chevalier fouilla dans sa mémoire, tout en agitant les mains pour figurer l'objet.

— Eh bien, ils ont des… avec tout autour, des sortes de… et une couleur bizarre…

— J'en ai un ! prévint Fimosis.

Aux aventuriers consternés, il présenta une pomme de pin sèche comme une outre de nain.

— Elle correspond parfaitement à la description, ricana-t-il ensuite.

Mercédès lui jeta une motte de terre, puis ils reprirent leurs recherches. Quelques instants plus tard, Maline rapportait une preuve beaucoup plus sérieuse. C'était une boule de nacre grosse comme le poing, en deux hémisphères séparés, et rappelant une écale piquante de noix. Ce n'était plus qu'une enveloppe vide depuis longtemps, mais en serrant les moitiés l'une contre l'autre, on pouvait s'imaginer l'animal vivant. Un interstice du diamètre d'un doigt, en particulier, laissait supposer une nature de crustacé du genre bernard-l'ermite.

— Il y en a des dizaines, là-bas, annonça l'amazone. Elles sont toutes dans cet état.

— Sûrement des pêcheurs qui les ont vidées sur place, acquiesça le chevalier.

— Des pêcheurs ? releva Roméo. Je croyais que personne n'osait s'aventurer sur le lac ?

— Ils lancent des filets depuis la berge, c'est tout… Mais ce n'est pas un commerce florissant. Je ne sais même pas s'il est encore pratiqué. La plupart des gens pensent que les perles qui viennent d'ici sont maudites.

— En gros, résuma Mercédès, vous nous annoncez que nous ne pourrons rien faire sans un filet ?

— C'est… c'est ça, bredouilla Ulser. Dommage, hein ? Tant pis, nous reviendrons…

Malgré sa formidable aptitude à contrôler ses émotions, il ne put s'empêcher de lancer des œillades louches en direction de l'îlot.

— Quoi ? s'impatienta la sorcière. Vous avez vu un fantôme ?

— L'île…, réfléchit Roméo. Mais bien sûr, les bêtes doivent se rassembler là-bas en toute tranquillité… On doit pouvoir les ramasser à même la berge… Il faut trouver un moyen de nous y rendre ! décida-t-il dans la foulée.

Les épaules du chevalier s'affaissèrent, faisant rouler les billes de plomb de sa cuirasse.

— Brillante idée, railla Fimosis. Ça nous oblige à faire un bond d'une petite centaine de mètres, mais, bah, avec un peu d'élan…

— Je ne peux pas sauter aussi loin, prévint Escar, livide.

— Nager, alors ? insista le barde. Après tout, le poison qui infecte ce lac s'est sûrement dilué, depuis le temps ?

Personne n'osa démentir, ni approuver. Il suffisait de poser les yeux sur l'étendue blanchâtre pour perdre toute envie de faire trempette. Même la courageuse Maline s'y serait refusée. On pouvait l'envoyer défier n'importe quel titan, mais pas l'exposer à un ennemi capable de s'infiltrer dans ses veines.

Après un moment de silence, Roméo donna la seule consigne qui s'imposait :

— Continuons à chercher. On verra bien…

Vingt minutes plus tard, Mercédès poussait un cri victorieux. Elle venait de repérer, coincée dans un attroupement de roseaux, une barque abandonnée et semblant flotter encore. Elle se trouvait à une douzaine de mètres de la berge, au bout de ce qui avait dû être un ponton dont il ne restait que des pilotis à peine affleurant. Avec un peu d'équilibre et d'acrobatie, quelqu'un devait pouvoir rejoindre l'embarcation pour la ramener sur la rive. C'est ce que la sorcière expliquait à ses compagnons rassemblés.

— Vous auriez dû la repérer aussi, pourtant, lança-t-elle au chevalier. Vous êtes d'une grande taille, et je vous ai vu passer au moins trois fois à cet endroit !

— Moi ? s'étonna Ulser embarrassé. Ah non, je n'ai rien vu…

Fimosis se pencha alors pour chuchoter à son oreille :

— Dites, un conseil d'ami : n'oubliez pas de cacher votre main, quand vous croisez les doigts pour annuler un mensonge.

Le chevalier glissa alors dans son dos la main qu'il tenait jusqu'alors sur sa poitrine, en rougissant de plus belle.

— Bon, qui s'en charge ? enchaîna Roméo. Ça n'a rien d'insurmontable, comme exercice.

— Faites-le, alors ! lança Fimosis.

— Je suis tout de même un peu trop âgé, répliqua l'enchanteur. Faites-le, vous.

— J'ai le vertige, prétendit le barde.

Cinq regards étonnés le poussèrent à s'expliquer.

— Je veux dire, je manque d'équilibre. J'aurais du mal à me tenir sur un pied, sur ces pilotis.

— Et ça voulait devenir maître du monde, railla Mercédès.

— Il n'y a qu'à envoyer Escar ! reprit Fimosis. Après tout, il est censé avoir une chance phénoménale, non ? Il ne tombera pas, et même si ça arrivait, sa veine et la malédiction s'annuleraient, voilà tout !

Le voleur grassouillet jugea le moment bien choisi pour donner à son visage une teinte lunaire.

— Oui, mais, heu... Je ne suis peut-être pas un treizième fils, finalement. Maman n'a jamais su compter. Comme la fois où...

— On s'en fiche, coupa la sorcière. Vous y allez, ou pas ?

— J'aime autant pas, lâcha Escar dans un souffle.

— Je vais le faire, annonça Maline. Ça n'a rien de difficile.

— Non, pas vous, décida Mercédès. On ne sait pas si ces pilotis sont solides, et par ailleurs on ne peut pas se permettre de vous perdre. Allez-y, Fimosis.

— Quoi, moi ? Après ce que vous venez de dire ? Je refuse ! Ce n'est pas ma quête, après tout ! Je veux bien donner un coup de main, mais pas y laisser ma peau !

— Il n'a pas tort, commenta Ulser.

— En outre, poursuivit le barde, j'estime que c'est à celui qui tirera bénéfice de l'aventure d'assumer les plus grands risques !

— Il a raison, opina le chevalier.

Il prit alors conscience, un instant trop tard, d'avoir indirectement accepté la corvée.

— Mais, mais, mais…, bredouilla-t-il.

— Mémémé quoi ? pressa la sorcière. Vous n'allez pas prétendre avoir le vertige, vous aussi ?

— Mais on ne peut pas non plus prendre le risque de *me* perdre, acheva Ulser dans un souffle. Je suis le prophétionnel, après tout…

— Ça ne compte pas, réfuta Mercédès. Sinon, pour éviter tous les dangers, vous auriez aussi bien pu rester à la maison dans vos sabots fourrés !

— Bon, c'en est assez, décida Roméo. Laissons le destin se prononcer pour nous. Tirons à la courte paille.

Dans un silence tendu, l'enchanteur arracha quelques brins d'herbe blanchâtre et les égalisa en secret, malgré les tentatives à peine discrètes de Fimosis pour tricher. Enfin, les six morceaux végétaux furent présentés au groupe.

— Honneur aux dames, invita Roméo.

Maline et Mercédès tirèrent chacune un brin, sans montrer aucune hésitation. Ils étaient d'égale longueur. L'enchanteur se tourna alors vers les hommes.

— Ce n'est pas juste, râla Fimosis. Avec sa chance, Escar est quasiment hors-concours.

Mais le barde ne cacha pas son soulagement en découvrant une herbe de bonne taille, puis le voleur soupira pareillement en tirant un végétal comparable. Ne restaient que Roméo et Ulser, ce dernier hésitant un bon moment avant de se décider à choisir. Sa figure s'allongea de dix centimètres lorsqu'il se retrouva avec la plus petite paille du lot.

— C'était certain, commenta l'enchanteur amusé. Vous êtes bien le prophétionnel !

Le chevalier lui rendit un sourire crispé, puis se retourna pour exécuter une affreuse grimace. Il avait oublié que Mercédès se trouvait juste dans son dos. La sorcière se contenta de lui désigner la barque d'un air autoritaire.

Chapitre 9

En posant le pied sur le sommet du premier pilotis, c'est-à-dire sur une surface large comme deux fois la paume de la main, Ulser se dit que l'acrobatie n'était pas si difficile qu'il n'y paraissait. Ce n'est qu'en bondissant sur le troisième rondin, moussu et glissant, qu'il eut une visualisation très précise de sa propre personne basculant dans l'eau plâtreuse. Il battit des bras et des jambes, faisant rouler les billes de plomb dans sa cuirasse et perturbant ainsi davantage son équilibre… Finalement, il trouva son salut dans la fameuse posture du héron, apprise de son maître d'armes et dont il n'avait jamais vu l'utilité avant ce jour. Il attendit alors, immobile, que les billes se stabilisent pour de bon, puis tourna un visage essoufflé vers ses compagnons.

— J'aurais peut-être dû retirer mon armure, finalement…

— Sans blague ! piqua la sorcière. On vous l'avait bien dit !

Boudeur, le chevalier haussa les épaules et sauta

sur le pilotis suivant, puis aussitôt un autre, le premier s'étant dangereusement incliné sous l'impact.

— J'ai reçu de l'eau sur mes solerets ! paniqua-t-il alors.

— Le malheur est maintenant sur lui, commenta tristement Escar.

— Mais non, sa panoplie risque seulement de rouiller, râla la sorcière. Allez, finissez-en, ventrelotte !

Si galamment encouragé, Ulser dépassa encore huit rondins avec plus ou moins de difficultés et de ridicule. Il avait alors parcouru les deux tiers de la distance, quand il lança :

— Je vois la barque ! Il y en a même deux, en fait !

Il réfléchit un instant, puis ajouta :

— C'est bête, j'aurais dû prendre la corde et le grappin sur mon cheval… J'aurais pu attraper les bateaux d'ici…

— QUOI, hurla la sorcière, vous avez un grappin, ICI ?

Le chevalier ne put s'empêcher d'acquiescer, tandis que le rouge de la confusion lui montait sur la peau jusqu'aux racines des cheveux. Il comprit avoir intérêt à se racheter par une action d'éclat ; aussi franchit-il le reste des pilotis d'une traite, ne s'arrêtant que sur le dernier.

— J'y suis ! clama-t-il, ravi autant que soulagé.

Et d'un ultime bond leste, il sauta dans le fond de la première barque. Fond qu'il traversa dans un craquement de bois pourri, de remous liquides et d'agitation paniquée !

— Remonte ! Remonte ! lui criait Escar.

— Accrochez-vous ! insistait Fimosis. Ne vous laissez pas couler !

— Eh ben, railla Mercédès, heureusement que vous êtes là pour le conseiller…

La sorcière ne s'inquiétait pas outre mesure. Elle contemplait les bonds gracieux de Maline sur les pilotis, l'amazone s'étant élancée dès les premiers instants. En moins de temps qu'il n'en faut pour l'écrire, elle avait rejoint Ulser pour le découvrir immobile, un masque de terreur sur le visage. Seule la partie supérieure de son torse dépassait du trou qu'il avait fait dans la barque, qui s'emplissait elle-même d'une eau laiteuse et malodorante.

— J'ai… j'ai pied, bredouilla le chevalier.

Il était trop angoissé pour s'autoriser seulement à penser à autre chose. Des choses comme la malédiction qui devait maintenant le poursuivre, par exemple, ou la possible présence de poison dans le liquide qui envahissait son armure. Ou encore, des choses comme les fantômes de ces aquades ou du baron de Morillaux, qui hantaient peut-être ces fonds… Mais de manière étrange, dresser la liste de tout ce à quoi il ne devait pas penser ne faisait qu'aggraver son malaise.

Maline ne le laissa pas dans cette position inconfortable. Elle descendit doucement dans l'autre embarcation, vérifia sa solidité de quelques coups de talons, puis attrapa le bras ferré du prophétionnel avant de commencer à le remonter. Elle faisait même preuve d'une force inouïe, considérant le galbe et la finesse de ses membres. D'autant que Ulser ne l'aidait pas beaucoup à la manœuvre, et qu'en outre l'armure emplie d'eau augmentait encore son poids… L'amazone réussit néanmoins l'exploit de ramener le chevalier à bord. Pour éviter de poser elle-même le pied dans le liquide plâtreux qui se déversait dans le fond, elle se posta en équilibre sur le bastingage, puis trancha à coups de lance les joncs qui retenaient la barque prisonnière. Enfin, utilisant son arme comme une perche, elle amena l'ensemble jusqu'à la rive.

Ulser restait prostré, assis sur un banc vermoulu, le regard fixe. L'eau maudite n'en finissait plus de s'écouler de sa cuirasse. Le chevalier se demandait quelle allait être la première catastrophe à lui tomber sur le coin de la figure… puis il vit Mercédès s'approcher, et il retrouva assez de vigueur pour bondir à terre et s'éloigner de quelques foulées prudentes.

Roméo décida de retarder un peu leur départ pour l'île. Tout d'abord, pour laisser à la barque retournée le temps de se vider et commencer à sécher. Ensuite, pour tenter de remotiver un prophétionnel un peu refroidi par l'incident. Mais jusqu'alors, Ulser gardait la mine sombre des parieurs en revers de fortune.

— Je suis sûr qu'il ne vous arrivera rien, répéta l'enchanteur. Ces histoires ne sont que des superstitions. Vous voyez bien, par exemple, que vous n'avez pas été empoisonné !

— Ça ne veut rien dire, intervint Fimosis. Le

toxique a été dilué. Ses effets peuvent apparaître dans quelques heures, ou même plusieurs jours.

— Vous, mêlez-vous de ce qui vous regarde ! prévint Mercédès.

— Et franchement, reprit Roméo, cette histoire de malédiction est ridicule. En quoi le fait de vous baigner dans ce lac vous condamnerait-il aux pires ennuis, je vous le demande ?

— Ça pourrait être un des effets du poison, insista le barde. Un dérèglement de l'équilibre qui entraîne des accidents… Ou bien des pertes de mémoire, dangereuses si elles concernent des sujets graves… Sans compter la diminution probable des capacités de réflexion.

— Sur ce dernier point, commenta la sorcière, pas la peine de s'inquiéter.

— Admettons même que tout cela soit vrai, poursuivit Roméo. C'était *avant* que vous mélangiez les fibres de la trame du destin ! Rappelez-vous : ce qui était tenu pour sûr il y a dix jours encore, ne l'est plus du tout aujourd'hui !

L'idée éveilla un début d'espoir dans l'esprit du chevalier, qui rendit à l'enchanteur un sourire plein de gratitude.

— Regardez ! s'alarma Fimosis. Ce regard abruti, cette expression niaise ! Le poison commence à faire effet !

Le soulagement d'Ulser retomba comme un soufflé, tandis que Mercédès menaçait le barde d'une nouvelle gifle en plein visage.

Treize minutes plus tard, les aventuriers s'entassaient enfin dans la barque vermoulue. Le chevalier consentit même à pousser l'esquif sur les premiers mètres, Roméo ayant au moins réussi à lui faire admettre qu'il ne risquait désormais plus grand-chose. Quelques instants après, ils naviguaient donc sur l'étendue blanchâtre, poussés par une longue perche que Maline avait taillée dans un arbuste. Et ils restèrent concentrés et silencieux pendant un petit moment… jusqu'à ce que Fimosis entonne des refrains où il était question de pêche aux moules, d'un fameux trois-mâts ou de gars de la marine. La sorcière se retint d'intervenir, mais finit par craquer :

— Dites, vous ne pouvez vraiment pas vous en passer ?

— Je suis barde, rappela l'accusé. Et j'ai tout intérêt à travailler ma voix, maintenant que vous avez ruiné ma carrière de nécromancien. Par ailleurs, je trouve que les circonstances se prêtent particulièrement bien à ce genre de récital.

— Vous trouvez, vous ? *Votre-mère-les-p'tits-bateaux*, dans un endroit qui a vu tant de drames, ça ne vous paraît pas déplacé ?

— Vous n'étiez pas plutôt spécialiste des cymbales ? renchérit Roméo.

— Si ! confirma gaiement Fimosis. Vous voulez écouter la sonate que j'ai composée ?

— Je veux bien, moi…, annonça Ulser.

— Une autre fois, refusa Mercédès. Ou je serais capable de vous ligoter à un chêne et de vous abandonner aux sangliers, tout barde que vous êtes !

La querelle n'alla pas plus loin, la barque arrivant à proximité de l'îlot. C'était une bande de terre d'une vingtaine de mètres de diamètre, pratiquement sans végétation si l'on exceptait les joncs et roseaux qui bordaient ses rives. Quelques murets s'élevaient au centre ; restes du bastion jamais achevé et responsables de la tragédie ayant frappé la région… Les mines des voyageurs se peignirent bientôt d'une gravité nouvelle. Maline guida adroitement l'esquif à travers la barrière végétale, puis ils descendirent un à un, les sens en éveil et l'appréhension au ventre.

Pourtant, la plus grande part de leur angoisse disparut quand ils baissèrent les yeux sur le sol.

— Des coquillages ! s'exclama le barde. Il y en a des centaines ! Je vois même des perles !

Il ne faisait qu'annoncer là ce que chacun constatait. L'îlot était couvert de ces claque-phallanges, boules de nacre aux couleurs ternes… La plupart n'étaient plus que des coquilles vides, souvent ouvertes, probablement même par leurs congénères. Un véritable trésor en billes jaunâtres se retrouvait ainsi exposé, offert au premier homme se donnant la peine de le ramasser. D'autres crustacés étaient bel et bien vivants ; on pouvait les voir tirer leur carapace de trois pattes cuirassées, en un spectacle vaguement écœurant. Par chance, les aventuriers ne semblaient pas devoir torturer ces monstres miniatures. Il y avait bien assez de coques vides à terre pour réunir la centaine de perles nécessaires à la quête !

— On s'y met tout de suite ! décida Roméo, ravi. Dans moins de dix minutes, on repart !

Chacun s'attela donc à la tâche, à sa manière. L'enchanteur était méthodique ; il jetait dans les joncs tous les coquillages qu'il avait déjà examinés. Mercédès se promenait et se baissait au hasard de ses découvertes. Ulser poussait un cri aigu chaque fois qu'il ramassait une bête encore vivante. Maline prenait justement soin de ne pas blesser ces dernières, qu'elle écartait du bout de sa lance. Escar peinait à ouvrir les coques ou à en extirper les perles, quel que soit l'outil qu'il utilisât, et même si ses compagnons s'acquittaient du même exercice à mains nues.

Enfin, Fimosis annonça préférer prospecter de son côté, sous prétexte qu'il aimait siffler en travaillant et que ça ne semblait pas du goût de tout le monde, ce qui était bien dommage, soit dit en passant. Il disparut donc de l'autre côté des murets, pour n'en revenir qu'au moment où Roméo appela tout le monde près de lui.

— Où en êtes-vous ? demanda l'enchanteur. J'en ai réuni une petite trentaine.

— Pareil, annonça Mercédès.

Maline avait fait semblable récolte, tandis que le chevalier avait réuni dix-neuf perles et un galet ; et Escar à peine douze. Quand le barde présenta sa main ouverte, les sorciers firent des yeux ronds.

— Seulement *trois ?* s'étonna la sorcière. Mais qu'est-ce que vous avez fichu ?

— Il y a moins de coquillages de ce côté, prétendit l'accusé. Vous avez, je veux dire, *nous avons* largement le compte de toute façon, non ?

Roméo le toisa d'un regard suspicieux, pendant que Ulser vérifiait le total en comptant sur ses doigts.

— Bon. Allons-y, décida finalement l'enchanteur. Nous n'avons plus rien à faire ici.

Quelques minutes plus tard, la barque glissait à nouveau sur la surface blanchâtre du lac. Le chevalier commençait à ressentir un certain soulagement. Un début de satisfaction, même. Cela faisait un petit moment déjà qu'il avait été trempé par les eaux maudites, et la malchance ne semblait pas devoir s'acharner sur lui. Au contraire, il rapportait le premier élémentaire nécessaire à la fabrication du trône de son père ! Et ça n'avait pas été très difficile ou dangereux, en définitive… Sa bonne nature lui fit entrevoir, à nouveau, l'avenir de manière optimiste. Peut-être que le reste de l'aventure se passerait aussi bien, après tout ?

Il en était là de ses réflexions, quand Maline donna soudain l'alerte ! Elle désignait une autre barque, qui sortait à peine des joncs et roseaux bordant la rive. Et cela encore aurait pu être anodin, si les voyageurs n'avaient reconnu les deux passagers du bateau… La plus grande, surtout. Une silhouette fière et bien bâtie, constamment vêtue de noir… Rohand le Pureux !

L'éternel rival du bon chevalier de Brise-Camail !

Chapitre 10

Le canot des aventuriers connut alors une telle agitation qu'il sembla plusieurs fois sur le point de se retourner. Entre ceux qui cherchaient à tirer Maroale, ceux qui se levaient pour mieux voir, et ceux qui s'agrippaient d'un bord à l'autre en hurlant aux premiers de se rasseoir, sacrebouc-de-nom-de-nom-de-tas-d'andouilles-sur-pattes, Maline dut faire appel à toutes ses ressources pour conserver l'embarcation dans sa position la plus pratique. Bondissant à gauche ou à droite pour faire contrepoids, elle finit même par perdre une bretelle, qui glissa sur son épaule en dévoilant une plus grande part des peintures tribales de sa poitrine… Cet incident, plus que le reste, ramena la gent masculine du groupe à une parfaite immobilité contemplative. Et une fois le mince vêtement de l'amazone rajusté, ils reportèrent leur attention sur le bateau dont ils allaient croiser la course.

La barque de Rohand était bien plus petite que la leur ; en revanche, elle était en parfait état. Sans doute le Pureux l'avait-il lui-même apportée jusque-là, ce qui rendait plus préoccupante encore sa présence au lac !

La créature qui l'accompagnait n'inspirait pas davantage de sympathie aux aventuriers. Il s'agissait d'une harpie, femme-oiseau à l'âge très avancé, aux ailes défraîchies et au bec en forme de pince. C'était également une sorcière… Ils l'avaient justement affrontée la veille, avant d'apprendre qu'elle était la complice de Rohand. Ce qui, désormais, se révélait incontestable. Servile à l'extrême, la harpie s'occupait seule des rames, tandis que son maître toisait Ulser et son groupe d'un air narquois. Il n'attendit pas que les barques soient assez proches pour lancer sa première provocation :

— Navré d'arriver si tard, mais j'étais avec ta fiancée ! Enfin, je veux dire : *ma* fiancée, maintenant !

Le chevalier se dressait déjà, mais Roméo le retint d'une main ferme pour lui chuchoter à l'oreille :

— Ne relevez pas l'affront ; vous ne feriez que le satisfaire. Essayez plutôt de savoir pourquoi il est ici, et ce qu'il sait exactement. Sans avoir l'air de l'interroger, bien sûr.

Ulser serra les mâchoires, finit par acquiescer, puis élabora une stratégie toute rhétorique en attendant que les bateaux se rejoignent pour de bon. Cela ne prit qu'une minute, au terme de laquelle les barques furent immobilisées à quatre mètres l'une de l'autre – en principe, hors de portée de crachat.

— À vous, pressa Roméo. Et en finesse, hein !

Le chevalier se leva, fit mine d'ignorer le

caquètement moqueur de la harpie, puis demanda d'un air désintéressé :

— Au fait, Rohand. Pour quelle raison viens-tu ici chercher des perles ?

— Mortidiou ! jura Mercédès. Je vais moi-même vous reflanquer à l'eau !

Elle se dressait déjà pour passer à l'action, mais son mari réussit à l'en empêcher – après avoir toutefois hésité quelques instants. Indifférent à l'agitation de ses adversaires, le Pureux rendit un regard de défi à Ulser.

— Pour la même raison que toi, révéla-t-il d'un air goguenard. Gangrene a besoin d'un nouveau roi, et ce titre m'ira à merveille !

— D'où tirez-vous pareille ânerie ? enchaîna Roméo.

Rohand ne répondit pas, mais l'œillade en coin qu'il lança à la harpie était tout aussi révélatrice. La situation prouvait au moins deux choses. D'une : les aventuriers avaient sous-estimé l'étendue des pouvoirs de la créature. De deux : le Pureux et sa complice étaient mieux préparés que Ulser et sa troupe, puisqu'ils avaient pensé à s'équiper d'un bateau. Et peut-être d'un tas d'autres objets qui manqueraient bientôt cruellement au prophétionnel.

— Vous ! lança l'enchanteur à la harpie. Comment avez-vous fait pour être déjà là ? Quand vous nous êtes tombée dessus, c'était à l'autre bout du continent !

— Eeet vous m'aveeez volééé mon Œil de Varana, caqueta la vieille. J'ai dû voyagggeeer par les cromleeechs pour revenir. Rendeeez-moi mon bien, ou soyeeez maudits !

— Ah non, pas encore ! bougonna le chevalier.

— *Tout* ce qui nous est dû, promit Rohand, nous sera restitué quand je serai roi. D'une manière ou d'une autre, et avec l'appui de mes armées si nécessaire.

— On dirait bien une menace, répliqua Mercédès. Ça ne vous a pas suffi de voir vos gardes se prendre une déculottée cette nuit ? Vous voulez qu'on vous envoie Maline, là, tout de suite ?

Devançant l'ordre, l'amazone planta sa perche entre les deux barques et montra qu'elle pouvait franchir cet espace d'une petite poussée sur ses jambes, si nécessaire. Le Pureux déglutit bruyamment, puis se recomposa une attitude de mépris.

— Vous n'avez pas le droit de porter la main sur moi. Notre ancien différend a été réglé, il me semble. Je suis ici en tant que prétendant au trône de Gangrene, librement, au même titre que vous.

Fimosis se pencha alors à l'oreille de Mercédès :

— Si on les noyait maintenant, lui et sa créature, qui le saurait jamais ?

La sorcière acquiesça d'un air appréciateur, avant de se rappeler que la suggestion était formulée par un aspirant maître du monde. Elle le repoussa alors avec dégoût, regrettant de ne pouvoir suivre ses conseils.

— Je ne suis pas contre un concours à la loyale, annonça Roméo. Je doute seulement que vous-même soyez capable de respecter des règles, après vous avoir vu lancer des assassins à nos trousses. Promettez-vous de ne pas tenter de nous mettre des bâtons dans les roues ?

— Autant que vous-mêmes vous engagerez à ne pas nuire à ma progression, répliqua Rohand.

Les deux hommes se défièrent du regard, tandis que Ulser faisait les gros yeux à la harpie qui continuait à ricaner.

— La chose est donc entendue, conclut l'enchanteur. Nos camps s'affronteront dans cette course avec un comportement de gentilshommes. Je vous préviens qu'au moindre soupçon de tricherie, je n'aurais aucune once de remords à riposter de manière brutale.

— C'est de bonne guerre, admit le Pureux. Je vous retourne l'avertissement.

— Bien. Maintenant, permettez-moi de ne pas vous souhaiter bonne chance, et de mettre à profit notre avance sur vous.

— À très bientôt, siffla Rohand.

Les bateaux se séparèrent sur ces derniers mots ; celui du Pureux voguant vers l'îlot, tandis que Maline ramenait leur barque à la berge.

— Qu'est-ce que c'est que ces histoires ? attaqua Mercédès. Tu n'as quand même pas l'intention de traiter ce type en égal, après ce qu'il nous a fait ?

— Bien sûr que non, révéla Roméo. On va commencer par trouver leurs attelages, chasser leurs chevaux et emporter ce qui nous semble utile. Il ne pourra jamais prouver notre responsabilité, de toute manière.

— Ah ! se réjouit Fimosis ; voilà qui est bien parlé !

Ils naviguèrent quelques instants encore, chacun méditant sur la légitimité douteuse de tels agissements. Puis Escar finit par livrer l'inquiétude qui le taraudait :

— Il… il a peut-être fait pareil avec nos montures, après tout. Ça serait bien normal de se venger.

Aucune autre parole ne fut prononcée avant leur arrivée sur la rive. Tous étaient soudain trop soucieux pour discuter.

Par chance, ils retrouvèrent leurs chevaux en bon état de fonctionnement apparent. Seul l'étalon de Maline s'était libéré de sa longe, mais il revint aux côtés de sa maîtresse au premier coup de sifflet. Les autres bêtes semblaient néanmoins agitées ; beaucoup plus qu'elles n'auraient dû l'être. Mi-rieur, mi-sérieux, Roméo avança l'idée que la monture de l'amazone avait protégé ses congénères comme elle-même veillait sur le groupe… Pour la guerrière, c'était même une certitude, et elle flatta l'animal avec une générosité qui fit tirer la langue d'envie à l'alezan du bon chevalier.

Convaincus que Rohand avait cherché à leur nuire, les aventuriers n'eurent plus aucun scrupule à chercher l'attelage du félon. Ils fouillèrent ainsi les berges du lac pendant dix bonnes minutes avant de voir leurs efforts enfin récompensés. En revanche, la nature de leur découverte remettait en cause les bases même de leur projet de sabotage.

— Mais qu'est-ce que c'est que ces monstres ? chuchota Ulser.

Il exprimait ainsi la stupéfaction générale. Alors qu'ils s'attendaient à trouver deux coursiers et peut-être quelques animaux de bât, les créatures attachées là s'avéraient être plus proches du fauve que du cheval. Elles semblaient un mélange entre le tigre, le tapir et l'autruche, en prenant tout ce que ces bêtes avaient comme caractéristiques les plus bizarres. On ne pouvait d'ailleurs en faire meilleure description que celle-ci.

— Des *shimérides*, annonça Roméo. Ce sont des créatures d'un autre plan d'existence. On ne peut les invoquer et les dresser que par magie… Cette vieille harpie cachait décidément bien son jeu !

Les bêtes crachaient et feulaient dans leur direction, tirant sur les lourdes chaînes qui les retenaient par le cou. Sans ces entraves, elles auraient probablement bondi sur les humains pour les dévorer… Pour l'heure, elles ne pouvaient que marcher de long en large en montrant les crocs. Ce fut lors d'un de ces passages que Mercédès remarqua un objet parmi leur chargement : une petite cage d'acier, sans la moindre trappe d'ouverture… Une petite cage qui renfermait un diablotin !

— Vous avez vu ça ! s'exclama la sorcière. Il nous le faut absolument !

— Oui, mais, heu, cela nous obligerait à approcher de ces monstres, remarqua le chevalier.

— On va trouver un moyen ! C'est une chance

inespérée, vous comprenez ça ? Et n'oubliez pas ; vous avez promis de nous aider à récupérer nos diablotins ! Si vous nous ramenez celui-là, je vous tiendrai même pour quitte !

— On n'aura peut-être pas le temps…, rappela timidement Escar. Les autres ne vont pas tarder à revenir…

Maline prit alors l'initiative de s'avancer doucement vers les bêtes, puis leva sa lance en projetant de l'utiliser comme une gaffe et ramener la cage. Elle dut malheureusement renoncer après quelques essais. Les créatures repoussaient son arme à grands coups de patte, et quand enfin elle réussit à accrocher la petite prison, il s'avéra qu'elle était elle-même retenue par une chaîne.

— Vous voyez ? commenta le chevalier. On ne peut rien faire…

— Y a toujours la solution d'abattre ces monstres à distance, suggéra Fimosis. Mais bon, je devine déjà que…

— Je refuse de frapper des animaux attachés, prévint Maline.

— J'm'en doutais, grommela Fimosis. Tant pis.

— Ce n'est pas possible ! pestait Mercédès. Le diablotin est là, à moins de six mètres, et on devrait renoncer ?

— C'est particulièrement frustrant, acquiesça Roméo.

— J'ai une autre idée, intervint le barde. Et si on tuait plutôt le diablotin ? On ne l'aurait pas, mais le Pureux ne l'aurait plus non plus !

Les regards noirs de ses compagnons le convainquirent de ne pas insister sur le sujet, et même de garder ses prochaines suggestions meurtrières pour lui.

— On pourrait lui lancer un petit papier, avança Ulser. Comme vous faisiez avant, avec une demande écrite sur un parchemin…

— Il ne l'acceptera que s'il pense en tirer avantage, expliqua Roméo. Nos propres diablotins n'obéissaient que par crainte de ne plus être nourris. Qu'aurions-nous à offrir à celui-là ?

— Ben… La promesse d'être mieux traité, par exemple. Une cage plus grande, des repas à son goût… Peut-être même des permissions de sortie…

— Et pourquoi pas un salaire et une fête d'anniversaire, tant que vous y êtes ? railla la sorcière.

— Ce n'est pas si bête, méditait l'enchanteur. À voir la manière dont celui-là est enfermé, la harpie ne doit pas être tendre avec lui… Il n'a même pas eu l'occasion de s'échapper comme les autres… On ne risque rien à tenter notre chance, après tout.

— Bravo ! se réjouit le chevalier. Que voulez-vous que j'écrive ?

— Rien du tout, prévint Roméo. Surtout, restez en dehors de ça ! Je me charge de la négociation.

Boudeur, Ulser n'eut plus qu'à regarder l'enchanteur rédiger l'offre sur un minuscule bout de parchemin. Cela prit tout de même une bonne minute, pendant laquelle tous craignaient le retour inopportun de Rohand et de sa complice.

— Voilà, conclut Roméo. Ne reste plus qu'à expédier ça dans la cage.

— Je m'en charge, proposa le chevalier. J'ai toujours été bon au tir à la boulette !

— Maline fera ça très bien, tempéra l'enchanteur. Nous n'avons droit qu'à un essai.

Peu après, l'amazone s'approchait donc une nouvelle fois des shimérides, sous les regards tendus de ses compagnons. Elle vint même si près que les pattes et les crocs des bêtes lacéraient le vide à quelques centimètres à peine de son visage. Elle attendit ensuite le bon moment et projeta le parchemin plié en direction de la petite cage, directement entre les griffes du diablotin avide. Ce dernier se plongea aussitôt dans la lecture du document, qu'il recommença à plusieurs reprises.

— C'est long, se plaignit Escar. Qu'est-ce qu'il fabrique ?

— Il cherche un moyen de me duper, expliqua Roméo. Ces créatures essaient toujours de détourner le sens des phrases pour produire l'effet contraire de celui qui est demandé… Voilà pourquoi il est plus prudent d'en passer par l'écrit et de peser ses mots.

— Mais, s'il trouve ? s'inquiéta le voleur. Qu'est-ce qu'il pourrait nous faire, exactement ?

— À peu près tout ce que vous pouvez imaginer. Ne vous inquiétez pas, il ne trouvera rien. Je suis le contraire d'un novice à ce petit jeu-là.

Effectivement, quelques instants plus tard, le diablotin exprimait sa frustration en déchirant le parchemin en une myriade de pellicules blanches. Puis il s'agrippa aux barreaux de la cage et agita ses mains minuscules en direction de la chaîne qui la retenait. Cette dernière se brisa nette, envoyant la prison rouler entre les pattes des créatures.

— Il accepte ! commenta l'enchanteur, ravi. Il n'y a plus qu'à le ramener à nous !

— Je ne comprends pas, avoua Fimosis. S'il dispose de tels pouvoirs, pourquoi ne les utilise-t-il pas pour se libérer pour de bon ?

— Sa cage est protégée par des sortilèges. Elles le sont toutes. Seule une permission donnée par un humain lui permettrait d'en sortir.

Ulser acquiesça d'abondance, heureux, pour une fois, d'en savoir davantage sur le sujet que la majorité de ses compagnons.

— Il faudrait lui dire quelque chose comme « Va retrouver les tiens », expliqua-t-il avec fierté. Ou encore « Tu es libre de partir… »

Il s'était machinalement tourné vers le petit monstre pour illustrer son propos, au point de croiser le regard chafouin de la créature… et il prit conscience de l'étendue de sa bourde en même temps qu'un cri aigu de Mercédès lui déchirait les tympans. Certain que la sorcière allait le foudroyer sur place, le chevalier n'osait plus esquisser le moindre geste, et c'est en véritable statue de chair et de métal qu'il assista à l'anéantissement de leurs espoirs. Car, comme c'était prévisible, le diablotin ne se fit pas répéter l'invitation ! Il écarta les barreaux de sa cage avec une facilité déconcertante, puis prit son envol entre les shimérides plus agités que jamais. Il s'offrit ensuite le luxe d'un petit survol de provocation des aventuriers, avant de disparaître dans les branches des arbres alentour, son petit rire irritant les oreilles des humains…

Ulser n'osait même pas se tourner vers le couple de sorciers. Il lui semblait entendre gronder l'orage dans la gorge de Roméo et sentir la brûlure du regard de Mercédès, prémices d'une tempête qui allait fatalement s'abattre sur ses épaules.

Finalement, Escar lui sauva la mise en rappelant pour la énième fois que Rohand et sa harpie n'allaient pas tarder à revenir. Tous se mirent alors en selle, dans un silence des plus tendus.

Alors qu'ils avançaient sous les arbres blanchâtres, Fimosis jugea même prudent de ne pas recommencer à siffloter.

Chapitre 11

Après une bonne heure, les images de violence barbare et de supplices raffinés commencèrent à quitter un peu les esprits de Roméo et Mercédès. La sorcière put à nouveau poser les yeux sur le chevalier sans grincer des dents ou ressentir des bouffées de rage sanguinaire. L'enchanteur, quant à lui, acceptait peu à peu l'idée d'être en partie responsable de ce fiasco. Avant de négocier avec le diablotin, il aurait dû envoyer Ulser se promener à quelques centaines de mètres… Les mettre l'un en présence de l'autre, c'était comme poser une chopine en or devant un nain et lui faire jurer de ne pas y toucher.

Sans échanger la moindre parole, les aventuriers avaient néanmoins repris la direction du palais des souverains de Gangrene. Les bourgs et les hameaux se firent plus nombreux et étendus, à mesure qu'ils approchaient du centre du royaume. En fin d'après-midi, ils parvinrent même aux abords de Calendula, la ville tenant plus ou moins le titre de capitale du royaume. Le chevalier retrouva alors assez d'assurance pour annoncer que le château du roi se trouvait à quelques milles au nord de la cité – ce que tout le monde avait déjà pu lire sur les bornes d'orientation.

Ils eurent confirmation de la justesse des visions de la pythie bien avant d'arriver aux portes de la forteresse. La disparition de Gaudin le Onzième et de toute sa famille, qui marquait la fin de la dynastie des Carolar, était dans toutes les bouches édentées des paysans de la région. Le moindre homme porteur de binette ou de panier de navet voulait d'ailleurs en informer les aventuriers, au point de commencer à échauffer les oreilles de Mercédès. Au vingtième type qui se jeta devant son cheval pour lui demander si elle connaissait la nouvelle, nom-de-d'là, la sorcière répliqua par une bordée d'insultes en elfique qui laissa le bonhomme pantois. Ils finirent par résoudre le problème en se dessinant un artichaut sur le front, ainsi qu'on portait le deuil en pays de Gangrene. Ulser tenta bien d'expliquer les raisons historiques de cette tradition, mais il se vit vertement rabrouer après seulement huit mots prononcés, aussi n'insista-t-il pas.

Dans le jour finissant, ils parvinrent en vue du palais royal. Ce dernier ressemblait d'ailleurs plutôt à une place militaire, cerclée de nombreuses enceintes, et dominée par des donjons jouant à qui s'élèverait plus haut que les autres. Il régnait devant l'édifice une agitation que l'on devinait fort inhabituelle. Une trentaine de tentes d'apparences variées étaient dressées aux abords du pont-levis, tandis que dix fois plus de gens et de chevaux allaient et venaient dans les allées de ce village de toile.

— Au moins, on n'attirera pas trop l'attention, commenta Roméo.

Ce disant, il jeta un œil sur l'amazone à la plastique parfaite, puis sur les autres membres de la troupe, et lâcha alors un soupir découragé.

Quelques minutes plus tard, les six cavaliers s'avançaient entre les tentes et les installations de fortune. Tout cela avait visiblement été dressé à la hâte ; les travaux d'aménagement se poursuivaient d'ailleurs sans réelle organisation. L'enchanteur arrêta un valet chargé d'un rouleau de corde pour se faire expliquer la situation.

— Pratiquement tout le monde a fui le palais, annonça le bonhomme. Et personne ne tient à y rentrer, depuis les drames de la nuit dernière... On pense même que l'endroit est maudit.

— N'importe quoi, railla Mercédès. Il suffit que quelques types cassent leur pipe de manière un peu inhabituelle, et vlan, nous voilà avec un nouveau château hanté !

— Ce n'est pas qu'une rumeur, insista le valet. J'ai vu de mes propres yeux les diablotins responsables de ces malheurs. Et, tout à heure, un troisième monstre a rejoint les deux premiers... Je ne dis pas qu'ils vont s'installer là-bas, mais je ne dis pas non plus qu'ils finiront par partir.

— Vous ne dites rien, en somme, résuma Fimosis.

— Tout rentrera dans l'ordre quand vous aurez un nouveau roi, abrégea Roméo. D'ailleurs, qui se charge de recueillir les candidatures ?

Le valet posa alors un regard nouveau sur le groupe, dont il examina chaque membre d'un air suspicieux… Puis il consentit à indiquer une direction.

— La grande tente, avec les rayures olive et carmin. Vous ne pouvez pas vous tromper.

Après un rapide salut, il déguerpit en direction d'une bande de ses confrères, puis commença à échanger des messes basses avec eux.

— Pour la discrétion, c'est raté, commenta Mercédès.

— Ça aurait pu être pire, démentit l'enchanteur. Nous évitons les demandes d'audience, les cérémonies, toutes ces sortes de choses… J'avoue que je m'attendais à une démarche plus complexe qu'une simple inscription sous une tente.

— Moi, je ne m'étonne pas, insista la sorcière. C'est bien dans la logique d'un peuple qui choisit son dirigeant par le biais d'une stupide chasse au trésor !

— Mouais. Je me méfie quand même…

Ils se rendirent néanmoins sur les lieux, puis mirent pied à terre. Se posa alors un autre problème : celui d'attacher les chevaux, aucun équipement idoine ne se trouvant à proximité… Après leur rencontre avec Rohand, les aventuriers rechignaient cependant à laisser leurs montures errer dans le campement.

— Je vais rester les surveiller, proposa soudain

Fimosis. Comme ça, vous pourrez travailler l'esprit tranquille.

— Ça, c'est très gentil ! remercia Ulser.

Mais Roméo avait une tout autre appréciation de l'offre.

— Dites donc, vous ! Qu'est-ce que vous avez en tête, au juste ?

— Moi ? s'offusqua le barde. Rien du tout. J'essaie seulement de rendre service… Allez-y, je vous dis ! Bientôt, il fera nuit et ça pourrait être trop tard !

— Je me méfie de cette soudaine bienveillance, annonça l'enchanteur. D'accord, vous restez ; mais en compagnie d'Escar. Le premier qui voit l'autre faire une bêtise vient me chercher tout de suite !

— C'est ridicule, se vexa Fimosis. Si j'avais voulu vous nuire ou vous voler, j'aurais eu cent occasions de le faire !

— *Non*, justement. Et celle-ci ne sera pas la première. Je vous tiens à l'œil ; n'oubliez pas.

Sur ces derniers mots, il entraîna Ulser, Maline et Mercédès à sa suite, en lançant au barde un ultime regard noir. Le voleur jugea de bon ton de saluer le quatuor d'un petit signe de main.

Les gardiens des sceaux du royaume s'avéraient être des druides, que l'on avait tirés d'une retraite tranquille pour faire face à cette situation exceptionnelle. Ils étaient au nombre de cinq et paraissaient être frères, tant leurs visages ridés, leurs fronts dégarnis et leurs cheveux filasse étaient semblables. Quand le chevalier et ses compagnons entrèrent dans la tente, ces hauts personnages étaient en train de se chamailler sur l'appréciation de certains passages du codex de Gangrene. Il faut dire qu'ils n'avaient jamais eu à y mettre le nez, jusqu'alors, et qu'ils ne s'attendaient pas à ce que cela leur tombe un beau matin sur le coin de la figure. Aussi ne jetèrent-ils qu'un œil distrait sur ces voyageurs qui perturbaient leur réflexion, avant que le moins arthritique d'entre eux ne se décide à venir à leur rencontre.

— J'imagine que c'est pour un mariage, commenta-t-il simplement. Je suis désolé, mais aucun de nous n'a le temps d'officier maintenant.

Les aventuriers échangèrent des regards surpris, puis le rouge monta au visage d'Ulser quand il comprit l'origine de la méprise. En effet, Maline était encore en train de le tenir par la main. Elle le faisait de manière si régulière, depuis l'aube, que le chevalier avait fini par s'y habituer. Pour le coup, il songea que ce serait tout de même bien de lui réexpliquer ces histoires d'amour et d'affection auxquelles elle semblait n'avoir rien compris. Et ce, même si l'amazone lui paraissait si gentiment naïve que cela ajoutait encore à ses charmes.

— Vous faites erreur, annonça Roméo. Il ne s'agit pas de cela. Nous sommes ici pour briguer le trône, selon la procédure officielle.

Les druides affichèrent aussitôt un autre visage, entre surprise et incrédulité.

— Tous les quatre ? vérifia le premier.

— Seulement lui, précisa l'enchanteur. Au nom de son père, le baron de Brise-Camail.

Se retrouvant soudain au centre de l'attention générale, le chevalier se dandina d'un pied sur l'autre, puis agita ses petits doigts gantés de fer en direction des vieillards.

— Brise-Camail ? répéta le druide. Si ma mémoire est bonne, il a deux héritiers reconnus… Lequel êtes-vous ?

— Sûrement Ulser le Bienheureux, intervint un autre. Ça me semble évident.

— C'est exact ! se réjouit l'intéressé. Vous avez entendu parler de mes exploits ?

— On pourrait dire ça, acquiesça le vieillard.

Ses collègues et lui avaient néanmoins la grimace embarrassée des gens à qui l'on demande de prêter cent sols.

— Heum… il faudra que nous nous concertions, prévint le druide.

— Pour quoi faire ? s'impatienta Mercédès. Vous avez été prévenus de sa candidature ; c'est tout ce que le protocole impose, non ?

— Eh bien… dans l'absolu, oui. N'importe qui réussissant la quête des quatre élémentaires peut être couronné… En réalité, *presque* n'importe qui. Il est en notre pouvoir, et de notre devoir, de refuser des postulants d'une certaine, disons, heu, catégorie de population.

— Mais encore ? insista la sorcière. Vous n'aimez pas les blonds, ou quoi ?

— Ça n'a rien à voir avec le physique, l'âge, ou les origines... Il s'agirait plutôt de... comment dire... nous assurer que le futur roi dispose d'un minimum d'équilibre émotionnel, de capacité à raisonner... Par exemple, abrégea-t-il, nous ne pourrions pas offrir le trône à un dément notoire.

— Cela va de soi, approuva Ulser.

— Ni à un forcené, enchaîna le druide.

— C'est évident, opina le chevalier.

— Ni à un simple d'esprit, lâcha le vieillard dans la foulée.

Un silence embarrassé tomba alors sur l'assemblée. Ulser fut seul à acquiescer vigoureusement, pendant une demi-minute, tandis que les druides et les sorciers osaient à peine se croiser du regard.

— Je vois le problème, commenta ensuite Mercédès. Mais je pensais que cette quête des élémentaires permettait justement de filtrer les candidats ?

— Eh bien, oui et non. Les postulants au trône peuvent se faire assister, ce qui permet de mettre en avant leurs qualités de rassembleurs, de meneurs d'hommes, ce genre de choses ; et tout cela est très bien. Le côté pervers du système, c'est qu'une bonne équipe de mercenaires pourrait faire couronner un parfait abruti.

— Mes compagnons forment la meilleure équipe possible ! se réjouit le chevalier.

Il y eut un nouveau blanc dans la conversation, et pas seulement parce que les druides agitaient leurs toges en se grattant la tempe ou le menton d'un air embêté.

— Mais comment estimer la valeur d'un homme ? s'enquit Roméo. Vous ne pouvez pas juger des aptitudes de quelqu'un à régner en seulement trois minutes d'entretien !

— Croyez-moi, rétorqua le vieillard, parfois, une seule minute suffit. Pour les cas plus... ambigus, il est prévu une procédure particulière.

Le druide attendit un commentaire de ses collègues, qui se contentèrent d'approuver d'un hochement de tête. Alors, il trotta jusqu'à un coffret qu'il saisit pour le poser sur une table, devant les aventuriers.

— À partir de maintenant, seul le prétendant au trône est autorisé à parler, prévint-il. Vous pouvez rester, mais si vous tentez de l'aider d'une manière ou d'une autre, sa candidature sera rejetée d'office. Nous sommes d'accord ?

Roméo, Mercédès et Maline acquiescèrent dans un bel ensemble, tandis que Ulser semblait soudain se liquéfier dans son armure.

— Qu'est-ce que... qu'est-ce que vous allez me faire ?

— Rien du tout, le rassura le vieillard. Vous allez seulement participer à un petit jeu.

Il ouvrit alors le coffret, dévoilant ainsi plusieurs dizaines de billes monochromes.

— Cette boîte contient exactement cent agates noires et autant de blanches. Vous savez combien ça fait de billes au total ?

Le bon chevalier jeta des coups d'œil inquiets à ses

compagnons, en se demandant de quelle manière on allait réussir à le piéger.

— Ben, heu… je dirais… deux cents ?

— Exact.

— J'ai réussi ! J'ai gagné !

— Le jeu n'a pas commencé, prévint le druide. Je devais seulement m'assurer que vous compreniez mon discours.

La joie du chevalier retomba comme le pied d'un titan sur un château tout neuf. De nouveau inquiet, il regarda le vieillard poser deux vases identiques de part et d'autre du coffret.

— Voici la règle du jeu. Je vais me retourner. Puis vous allez placer au moins *cent une* billes dans les pots, dans les proportions qu'il vous plaira. Mes pairs veilleront à empêcher toute tricherie. Quand vous aurez terminé, je choisirai l'un des vases et j'en tirerai une seule agate, en m'en remettant au hasard. Si la bille est blanche, vous pourrez participer à la quête pour le trône. Si elle est noire, vous devrez renoncer. Vous avez bien compris ?

— Oui, assura Ulser. Mais à quoi serviront les autres billes, alors ?

Le druide fit des yeux ronds, tandis que Mercédès et Roméo levaient les leurs au plafond.

— Ne vous inquiétez pas pour ça, abrégea le vieillard. Faites seulement ce qui vous est demandé.

Il se tourna alors et s'éloigna de quelques pas, laissant le chevalier devant les pots et les agates. Après un instant de réflexion, ce dernier haussa les épaules et commença à remplir le premier vase de toutes les billes blanches du coffret. Puis, satisfait de son travail, il s'accorda une petite pause contemplative… avant de commencer à verser les billes noires dans le deuxième pot. Roméo fut alors pris d'une quinte de toux si insistante que les druides menacèrent de le faire sortir. Ulser ne fut cependant pas assez dérangé pour s'interrompre, et c'est avec un sourire ravi qu'il fit tomber la dernière agate noire dans le vase.

— Ça y est ! lança-t-il gaiement. J'ai fini !

Le premier vieillard revint alors, puis se peigna la barbe d'un air perplexe en découvrant le coffret vide.

— Je vais maintenant choisir un vase et tirer une bille, annonça-t-il. De quelle couleur sera-t-elle, d'après vous ?

— Oh ! Ce sera une blanche, assura le chevalier. Je n'ai aucun doute là-dessus.

Le druide tourna un regard interrogatif vers ses confrères, qui se contentèrent de hausser les épaules. Roméo se massait les tempes d'un air las, tandis que Mercédès devait se mordre les lèvres pour ne pas livrer de manière très sonore ce qu'elle avait sur le cœur. Maline, enfin, assistait à la scène avec une foi inébranlable en le prophétionnel.

— Bien… reprit le vieillard. Procédons, alors.

Après une courte hésitation, il plaça sa main au-dessus du pot empli de billes blanches, puis en sortit une à la lumière du jour. La stupeur s'afficha alors sur la majorité des visages.

— Comment… comment…

— C'était facile, triompha Ulser.

Le druide renversa le contenu des pots dans le coffret, découvrant le tri simplissime que le chevalier avait fait des agates.

— Mais, comment… Par quelle logique avez-vous acquis la certitude que j'irai vers le bon vase ?

— Je ne pouvais pas perdre, expliqua le chevalier. J'ai un ami qui porte chance ! Il s'appelle Escar. Il est en train de garder les chevaux, là.

Loin de rassurer les druides, cet aveu leur donna un teint cireux.

— Donc, vous vous en êtes complètement remis au hasard ?

— Pas vraiment, insista Ulser, puisque j'ai un ami qui porte chance !

D'un doigt levé, Mercédès attira alors l'attention sur elle.

— On peut parler, maintenant ?

— Certes, je vous en prie…

— Andouille ! lança-t-elle au chevalier.

Elle se renferma ensuite dans un silence renfrogné, gardant la suite de ses commentaires avisés pour plus tard.

— La meilleure stratégie, expliqua Roméo, aurait été de placer une seule bille blanche dans un vase, et de mettre les autres *plus* une noire dans le deuxième. Ainsi, toutes les conditions du jeu étaient remplies, et vous aviez de très grandes probabilités de l'emporter.

Ulser réfléchit à cette solution pendant un temps

qui s'allongea de manière embarrassante, avant d'avouer très sincèrement :

— Bravo ! Moi, jamais je n'aurais pensé à ça !

Les épaules des druides s'affaissèrent davantage encore.

— Quoi qu'il en soit, enchaîna l'enchanteur, l'épreuve a été passée avec succès. Vous ne pouvez plus ôter à ce chevalier le droit de postuler au trône.

— Eh non…, soupira le vieillard.

Il prit alors conscience d'avoir pensé à voix haute et tenta de se recomposer une attitude digne.

— Parlons maintenant de ces plumes de dahu, reprit Roméo. Vous conviendrez qu'il semble impossible d'en trouver à notre époque, puisque leur espèce est éteinte ?

— Certes ; ce ne sera pas une mince affaire.

— Eh bien, considérant que cette partie de la quête paraît irréalisable, ne serait-il pas judicieux de l'annuler purement et simplement ?

Les druides se lancèrent alors dans un concours de « Hooo ! » et de « Quoi ! » indignés. C'était à qui ferait la plus grande grimace offusquée, et la conserverait le plus longtemps possible sur le visage.

— C'est absolument hors de question ! Vous n'y pensez pas ? De quoi aurions-nous l'air, en tant que gardiens des sceaux ?

— Nous ne pouvons pas changer ainsi nos institutions sur un coup de tête, renchérit un autre. Il faut que dix générations successives soient décidées pour procéder à une modification du codex.

— Mais, enfin ! insista Roméo. Puisqu'il est probable que personne ne rapportera ces plumes, que se passera-t-il ? Gangrene devra rester sans souverain pendant dix générations ? Vous savez que cela sonnerait la fin du royaume !

— Nous étions justement en train d'en débattre avant votre arrivée. Et si vous voulez bien nous laisser, maintenant, nous pourrons reprendre notre concertation !

— L'autre candidat s'est montré beaucoup moins protestataire, commenta son collègue. Peut-être réussira-t-il où vous promettez d'échouer.

— L'autre ? releva Mercédès. Cet imbécile de Rohand le Pureux, avec sa sorcière à bec ?

Les druides se consultèrent du regard, trahissant leur surprise.

— Personne de ce nom ne s'est encore présenté devant nous. Mais nous avons reçu un voyageur à la panse généreuse ; un érudit appelé Boggus.

— QUOI ? s'emporta Roméo. Cette espèce d'ours, *ici* ? Et encore en train de marcher sur mes plates-bandes !

L'enchanteur tourna ensuite des yeux brillants de colère sur Mercédès, qui se contenta de lever les mains en signe d'impuissance. Puis il fit demi-tour et quitta la tente sans même saluer les druides stupéfaits.

— Heu… c'est un ami à vous ? demanda le chevalier.

— À moi, surtout, avoua la sorcière. Enfin… autrefois.

Ils prirent rapidement congé des pairs de Gangrene, puis se lancèrent sur les pas de Roméo. Ce dernier avait déjà rejoint Escar et Fimosis, sagement assis près des chevaux.

— Je te préviens, je n'y suis pour rien ! avertit Mercédès. Ne commence pas à m'asticoter avec ça ! Pour ce que j'en savais, il était dans le continent Sud !

— Mouais, il aurait mieux fait d'y rester ! pesta l'enchanteur.

Il marchait de long en large, bougonnant et donnant des coups de pied à des lutins invisibles. Les aventuriers laissèrent passer l'orage, redoutant de se trouver soudain pris à partie… Seul Fimosis osa avouer son impatience.

— Dites… Vous en avez fini, avec cette inscription ?

La sorcière acquiesça distraitement, presque aussi contrariée que son mari.

— Ça vous embête si je vais jeter un œil dans la tente ? reprit le barde. Je suis curieux de nature, et ça me chagrinerait de manquer cette partie de l'aventure. Ce n'est pas tous les jours qu'on peut aider un roi à s'installer sur un trô…

— Allez même vous faire pendre si ça vous chante ! explosa Roméo. Du moment que vous vous taisez enfin pour me laisser réfléchir !

Fimosis encaissa l'affront en serrant les dents, puis s'éclipsa d'un air le plus naturel possible. Ce qui était loin d'être évident ; ce lourdaud d'Escar lui ayant donné une furieuse envie de passer ses nerfs sur le premier bonhomme venu – du moment qu'il fût plus petit que lui. Heureusement, il retrouva assez de maîtrise de lui-même avant de se glisser sous la toile abritant les druides. Ces derniers le fusillèrent du regard, contrariés d'être encore dérangés dans leurs débats fondamentaux.

— De quoi s'agit-il ? demanda l'un d'eux. Nous n'avons guère de temps à vous consa…

— Moi non plus, l'interrompit Fimosis. Alors, réglons ça au plus vite. Veuillez seulement ajouter mon nom à la liste des candidats au trône.

Les vieillards examinèrent de la tête aux pieds ce petit homme aux cheveux gras, et n'eurent pas besoin de se consulter pour prendre une décision.

— Il vous faudra d'abord réussir une certaine épreuve, annonça le premier.

— Avec les billes qui traînent là, j'imagine ? Expliquez-moi ça. Et pressons. J'ai déjà réuni les perles de claque-phallanges réclamées par le codex ; je ne tiens pas à perdre mon avance sur les autres.

Il fut donc fait comme demandé. Et, quelques minutes plus tard, Fimosis rejoignait Ulser et sa bande en affichant un sourire jusqu'aux oreilles. Il prit bien garde de le masquer, quand Roméo posa sur lui un regard où couvait la colère.

TROISIÈME PARTIE

Chapitre 12

L'enchanteur passa un petit moment à arpenter le campement, ses compagnons le suivant comme un troupeau de gentils nobbites. Puis, quand preuve fut faite que le nommé Boggus n'était plus dans le secteur, Roméo consentit à s'arrêter et à envisager enfin la suite des opérations. Il faisait nuit, alors, et la forteresse abandonnée des souverains de Gangrene paraissait plus lugubre que jamais.

— Nous avons donc au moins deux concurrents, résuma l'enchanteur. Ce qui rend notre tâche encore plus difficile. Boggus a beau n'être qu'une énorme panse à bière, il n'en dispose pas moins de certains pouvoirs qui lui donnent une chance de l'emporter. Et Rohand, même sans son diablotin, paraissait très bien préparé pour la suite. La partie va donc être serrée.

— Justement, que décide-t-on ? enchaîna Mercédès. Il va peut-être falloir penser à s'installer pour la nuit !

— Et préparer à manger, intervint Escar. Parce que, franchement, j'ai un peu faim…

— Je confirme, railla Fimosis. Il n'a pas arrêté de le répéter et de grouiller à mes oreilles.

— C'est pas de ma faute. Ça me fait toujours ça, quand je mange pas à mon heure habituelle. Et là, c'est passé depuis un bon moment…

— Fallait te servir dans les sacs, comme je le disais !

— Oui, mais j'arrivais pas à les déboucler…

D'un simple claquement de langue, Roméo exprima à la fois son agacement, son impatience, et la promesse d'y remédier de manière brutale. Le barde et le voleur se raidirent alors, oreilles ouvertes et estomacs bâillonnés.

— Plusieurs possibilités s'offrent à nous, reprit l'enchanteur. Nous devons choisir entre nous installer ici pour la nuit, ou chevaucher encore quelques heures pour prendre de l'avance sur les autres. Dans ce cas, il nous faut également décider quelle partie du trône nous essaierons de trouver. La même question se posera demain, de toute manière.

— Gardons le dahu pour la fin, suggéra Fimosis. Si cette bête est vraiment introuvable, nous perdrions notre temps. On avisera le moment venu.

— Pour une fois et à mon grand étonnement, je suis d'accord avec vous. Il nous reste donc : la pierre des carrières de Comblemort, ou le cuir des salamandres du volcan…

— Le Llardinaflarge, intervint Ulser.

— C'est votre choix ? vérifia l'enchanteur. Telle est donc la volonté du prophétionnel ?

— Non, non ! paniqua le chevalier. C'est juste le nom du volcan !

— Vous préférez les carrières, alors ? Nous ne savons toujours pas comment transporter une roche de plusieurs tonnes, mais si c'est votre décision…

— Rien du tout ! insista Ulser. Je… faites comme si je n'avais rien dit ! Comme si je n'étais pas là !

Il poussa jusqu'à lever un bras plié devant son visage, faisant rouler par la même occasion une escouade de billes de plomb dans son armure. Autour de sa silhouette immobile, ses compagnons restaient pantois.

— Si vous n'étiez pas là, remarqua Mercédès en agitant la tête, je serais tranquillement chez moi à attendre mon rendez-vous suivant !

— Il faut choisir, insista Roméo. Dites-nous au moins lequel est le plus près !

— Heu… le plus près d'ici ?

— Non, le plus près de Carnavalum ! explosa la sorcière. Bête à ce point-là, c'est pas possible, vous faites semblant !

— Le volcan n'est pas indiqué sur ma carte, reprit l'enchanteur. J'ai seulement besoin de savoir s'il est plus éloigné que Comblemort.

Pour illustrer ses propos, il tira le codex de ses bagages et l'ouvrit sur la représentation du pays de Gangrene. Après quelques instants d'une intense réflexion, Ulser finit par poser un gros doigt ferré sur le dessin d'un relief.

— C'est là, précisa-t-il. Enfin, à ce qu'on m'a dit…

Plus personne n'habite dans cette région. Les gens ont trop peur d'une nouvelle éruption.

— Donc, vous préférez les carrières ? conclut Roméo.

— Mais non ! Je n'ai jamais…

— Halte ! Ne dites plus rien. Ça suffira. Vous avez déclaré devant témoins ne *pas* préférer les carrières. Nous partirons donc pour le volcan, et la trame du destin n'en sera pas malmenée.

— Mais je…

— Tût tûtt tût. L'affaire est entendue. Votre choix est par ailleurs judicieux, le Sardinafarge, ou quel que soit le nom que vous lui donniez, se trouvant à moins d'une journée de cheval vers le nord.

— Quel stratège, railla Mercédès.

— Ça me semble également la meilleure solution, annonça Maline.

Le chevalier ne put qu'acquiescer, puis s'autocongratuler pour son intelligence, avec néanmoins la vague impression d'avoir été berné.

— Maintenant, à vous de voir, reprit Roméo. Vous préférez partir tout de suite, prendre de l'avance sur votre rival, accroître vos chances de revenir couvert de gloire et être chaleureusement félicité par votre père ? Ou plutôt traîner ici toute la nuit, en espérant que les larbins qui rôdent ne profiteront pas de votre paresse pour nous trancher la gorge et nous dépouiller ?

— Je note que vous prenez bien garde à ne pas l'influencer, ricana Fimosis.

Tous attendirent la réponse d'Ulser avec une

impatience grandissante. Puis, l'estomac grouillant du voleur pressa l'énoncé du verdict.

— J'hésite, avoua le chevalier.

— Entre quoi et quoi ? s'impatienta la sorcière. La gloire et la gorge tranchée ? C'est si difficile que ça ?

— Non, j'hésite pour le menu de ce soir. C'est que j'ai faim, moi aussi, et pas très envie de remonter en selle maintenant… Alors, je me demande si on va finir les rondelles de poulet de ce midi, ou bien mettre autre chose à cuire. Le poulet, ça nous permettrait de manger tout de suite, mais il n'y en a peut-être pas assez pour tout le monde… D'un autre côté, si on prépare un nouveau plat, il faudra attendre que ça soit prêt…

— C'est vrai que c'est pas évident, acquiesça Escar.

Roméo ne les écoutait déjà plus. Il s'était éloigné de quelques pas pour adresser une étrange prière aux étoiles ; une oraison où il était question de bourriques dont on défonçait le crâne à coups de sabot en bois. Histoire d'autant plus surprenante que lesdites bourriques semblaient avoir l'os aussi épais que leur cervelle était minuscule ; c'est du moins ce que les aventuriers crurent comprendre, à travers les bribes de phrases qui leur parvenaient.

Dans un soudain élan d'affection, Mercédès tenta bien d'aller manifester sa propre exaspération aux côtés de son mari… mais après une seule minute de messes basses, Roméo la renvoya vertement en lui conseillant d'aller plutôt retrouver Boggus, et même que ça ne serait pas la première fois, d'abord.

Un horrible soupçon se planta alors dans la matière grise d'Ulser. Dans cette course au trône, Boggus était un concurrent direct. La sorcière était une amie de Boggus. Donc, la sorcière était peut-être une traîtresse en puissance ! Est-ce qu'elle n'avait pas tout fait pour dénigrer les visions de la pythie, d'ailleurs ?

Il continua à fixer Mercédès d'un œil inquisiteur, jusqu'à ce qu'elle s'en aperçoive et le menace de perdre ses molaires s'il continuait ainsi à reluquer ses fesses. Le chevalier se le tint pour dit, mais ne put s'ôter ces interrogations de l'esprit. Ce n'était pas la première fois qu'une femme abusait de sa crédulité, après tout.

Un peu plus tard, il soupesa l'idée d'en parler à une personne de confiance. La mauvaise humeur de Roméo n'engageant pas à la conversation, il songea alors à s'ouvrir à Fimosis…

En définitive, seul le manque d'occasion empêcha Ulser de partager ses craintes, ce soir-là.

Et le lendemain, il n'y pensait déjà plus.

Des petits malins parmi les fermiers de la région avaient rapporté toutes leurs toiles disponibles pour monter des abris de fortune. C'est donc dans une de ces tentes de location que les aventuriers passèrent une nuit tranquille, loin du tableau pessimiste qu'en avait dressé l'enchanteur. Seule Maline choisit de dormir à la belle étoile, pour veiller sur son étalon, et sur leurs autres chevaux par la même occasion. Trois gardes et un valet tentèrent successivement de se glisser sous la couverture de l'amazone, mais leurs cris de douleur et les doigts cassés qu'ils agitaient en fuyant comme des coqs sans têtes découragèrent les autres candidats. Au petit matin, la guerrière s'avoua surprise de l'intérêt suscité par leurs montures. Elle n'imaginait pas qu'autant d'hommes essaieraient de les dérober.

Roméo laissa à peine vingt minutes à ses compagnons pour rajuster leurs effets, refaire leurs sacs, engloutir les dernières rondelles de poulet et se séparer définitivement de celles qu'ils avaient mangées la veille. Puis il jeta tout le monde en selle, en se montrant d'une humeur aussi exécrable qu'un ogre mis au régime. Mercédès était tout aussi renfrognée ; les deux sorciers avaient d'ailleurs passé la nuit chacun d'un côté de la tente. Le chevalier trouvait cela étrange, pour un couple qui venait à peine de se reformer… mais son instinct de conservation était suffisamment aiguisé pour l'empêcher d'aborder le sujet. Il se plaça donc sagement dans les rangs, puis avança en répondant aux petits saluts des hommes du campement.

Treize minutes plus tard, ils se trouvaient à nouveau seuls sur une route campagnarde. Le ciel était bleu, le soleil doré, et les oiseaux sifflaient tranquillement en vaquant à leurs occupations… pourtant, l'ambiance était tendue dans le groupe de voyageurs. En plus des humeurs contrariées des sorciers, Ulser se montrait de plus en plus agité, comme si une famille de fourmis s'était installée dans sa cuirasse. Mercédès finit par s'impatienter et lui conseiller d'aller plutôt soulager sa vessie contre un arbre, nom d'un chien.

— Ce n'est pas ça, assura le chevalier. Je suis juste un peu inquiet, voilà.

— Quoi, déjà ? Mais on n'arrivera pas au volcan avant quatre ou cinq heures, au moins ! Vous allez vous dandiner sur votre selle pendant tout ce temps ?

— Il ne s'agit pas du volcan… C'est que, nous sommes maintenant entrés dans la partie nord du royaume. Et les Gangrenands n'ont jamais été très amis avec les Gangreniens…

— Il va falloir vous expliquer, aboya Roméo, et de manière à ce qu'on puisse comprendre !

— Eh bien, c'est assez simple… Il y a une vieille tradition dans le pays, celle de la course en sac. Chaque village en organisait au moins une fois par an, et les meilleurs candidats se retrouvaient ensuite dans des tournois plus importants, jusqu'au concours final de la capitale. Ça a fonctionné pendant des siècles, puis les provinces du Nord et celles du Sud ont commencé à se chamailler à propos de la fourniture des sacs. Les Gangreniens, au sud, ont toujours utilisé le traditionnel sac à pommier. Les autres, au nord, ont progressivement adopté le sac à grains, dont la finesse de maille donne un léger avantage. Les concours étaient de moins en moins équitables, et le roi de l'époque a fini par supprimer le tournoi de la capitale, laissant chaque province élire son propre champion. Ceux du Nord et ceux du Sud se sont mutuellement rejeté la faute de ce gâchis, et cette rancune s'est amplifiée avec les années.

— Vous trouvez ça simple, vous ? grommela l'enchanteur.

— C'est l'histoire la plus idiote que j'aie jamais entendue, commenta Mercédès. Et pourtant, je vous connais depuis déjà presque dix jours.

— Les tournois locaux existent toujours ? vérifia Fimosis. Il y a des lots pour les vainqueurs ?

— Pourquoi, vous voulez vous inscrire ? railla la sorcière.

— J'ai un certain talent pour ces acrobaties, se rengorgea le barde.

— Ah, vraiment ? Hier, près des pilotis, vous prétendiez manquer d'équilibre ?

L'accusé ne trouva pas de meilleure défense qu'un sourire crispé, puis il se consacra entièrement à se faire oublier.

— La plupart des villages ont gardé un tournoi, confirma Ulser. Moi-même, j'en ai gagné quelques-uns… Ce n'est pas si difficile ; une fois le truc compris, même un simplet peut battre des records.

— Je vois ça, acquiesça Mercédès.

— Et si vous nous reparliez de ces inquiétudes ? reprit Roméo. Vous pensez vraiment que des types vont vous reconnaître comme un adepte du sac à pommier, et décider en conséquence de vous le faire payer par une bonne raclée ?

— C'est tout à fait ça, confirma le chevalier. Des histoires comme ça arrivent tous les jours. Et comme le roi n'est plus là pour calmer les esprits…

— Il était neutre, comprit Maline. Sa dynastie

vivait entre les deux provinces… Aujourd'hui, rien ne dit que les Gangrenands vont accepter un souverain natif du Sud.

— Voilà ce que je voulais dire, remercia Ulser. Et j'ai vu des drôles de types qui nous regardaient, au campement. Je suis sûr qu'ils étaient du Nord. Je me demande s'ils ne vont pas essayer de nous tendre une embuscade, quelque part sur la route.

Roméo fit brusquement s'arrêter sa monture, se massa les paupières avec lassitude, puis tourna vers le chevalier un visage désabusé.

— Dites, vous comptiez nous en parler quand, au juste ? Au moment où une flèche traverserait ma poitrine ?

Comme répondant à la question, des cris de guerre s'élevèrent soudain des fourrés du bas-côté ! Une quinzaine d'hommes hurlants se lancèrent à l'assaut des aventuriers, brandissant des fourches et des râteaux avec la probable intention de leur jardiner la face.

Sur les lignes arrière, un gueux agitait un sac à grains en guise d'étendard.

Chapitre 13

Vraisemblablement, les assaillants escomptaient tripoter un peu l'amazone avant de la rendre aussi laide que leurs propres femmes. Ce pour quoi ils firent l'erreur de la prendre comme cible principale, s'agglutinant autour de sa monture comme des mouches sur la tête d'un troll… Il fallut en supporter les conséquences. Pour commencer, l'étalon piétina allégrement tous les orteils passant à sa portée. Il enchaîna avec quelques ruades de bon aloi, imprimant la marque de la vengeance équestre sur les fesses des imprudents. Maline était tout aussi active. Elle lança son pied par-dessus la croupe de sa bête, son talon finissant sa course dans les gencives du plus grimaçant des Gangrenands. Puis, debout sur un seul étrier, elle dégagea sa lance et commença à distribuer des coups de manche. Chaque fois que le bois plongeait, il imprimait un cercle rouge sur le front d'un homme qui s'écroulait, les yeux révulsés et la langue pendante. L'amazone aurait même pu se débarrasser d'eux plus rapidement, mais il aurait fallu pour cela utiliser le côté pointu de son arme, ce qu'elle rechignait à faire avec des compatriotes d'Ulser.

La surprise passée, les autres aventuriers se mirent également en branle – chacun à sa manière. Escar trouva assez de courage pour chercher à tirer son couteau, mais la lame lui échappa et il se pencha par réflexe pour la rattraper... Sa grosse tête heurta alors celle d'un assaillant trop proche et tous deux glissèrent à terre, assommés. D'autres brutes butèrent alors sur le corps du voleur et chutèrent douloureusement, se blessant parfois au point d'abandonner le combat. Par une chance inouïe, aucun n'eut l'idée de profiter de la situation pour régler son compte au treizième fils d'un treizième fils.

Fimosis était davantage en difficulté : il avait réussi à éviter le coup de fourche qu'un gueux avait lancée dans sa direction, et même à saisir l'arme agricole des deux mains, mais il redoutait désormais de la lâcher ! Il poussait donc les hauts cris tandis que son adversaire s'efforçait de récupérer son bien. L'un et l'autre tournaient en même temps que le cheval, les mouvements de la bête paniquée interdisant toute intervention extérieure. Ils finirent par s'éloigner du cœur de la bataille en s'insultant copieusement.

Mercédès et Roméo improvisèrent une formation de défense. Après avoir repoussé les plus pressés à grands coups de bottines dans le pif et de jurons scandaleux, les sorciers se retrouvèrent à regarder chacun dans un sens, et ils en profitèrent pour serrer les flancs de leurs montures et s'attraper par un bras.

Ainsi certains de ne pas être frappés dans le dos ou de perdre l'équilibre, ils s'en donnèrent à cœur joie pour repousser les paysans mal dégourdis qui prétendaient les jeter à bas de selle. Ce fut plus efficace encore quand Mercédès trouva assez de répit pour empoigner la barre de fer qui dépassait de ses sacs. Les dents commencèrent alors à voler dans tous les sens et, bien souvent, les victimes ne pouvaient pas même les ramasser à cause de leurs doigts cassés.

Ulser, enfin, se donna beaucoup de peine pour tenter d'empoigner Maroale. En vérité, il ne fit rien d'autre pendant la première moitié de l'affrontement, se tordant le cou et les bras en cherchant à saisir l'épée attachée dans son dos. Il y serait peut-être parvenu s'il avait songé à lâcher les rênes, mais ce n'était pas le cas, aussi les contorsions qu'il multipliait sur sa selle avaient pour seul effet de diriger son alezan de manière imprévisible… au point même de faire hésiter les assaillants à s'approcher. Quand le chevalier renonça, rouge de honte autant que d'essoufflement, ils crurent l'emporter bientôt dans un combat facile. Mais l'épisode avait mis Ulser dans un tel état de frustration qu'il attrapa son bouclier et commença à l'utiliser pour taper sans relâche, mains crispées et bras tendus, comme s'il voulait transformer en crêpe cette bande de sales Gangrenands même pas capables de respecter la noble tradition de la course en sac.

En quelques minutes, ce fut terminé. Les embusqués se dispersèrent dans les taillis en emportant les blessés, les inconscients, et les quelques dents qu'ils avaient pu ramasser pour en faire offrande à la petite déesse Souris. Même le gueux qui harcelait Fimosis avait fini par abandonner sa fourche au barde têtu. Ce dernier revint vers ses compagnons en brandissant l'outil comme un véritable trophée de guerre ; puis il perdit tout enthousiasme en comprenant qu'on se fichait bien de ses exploits.

— Je peux rattraper quelques-uns des fuyards, proposait Maline. Si vous avez dans l'idée de les interroger…

Roméo était descendu de cheval pour se masser les épaules et les reins, peu habitué qu'il était à ce genre d'empoignades.

— Pas la peine, décida-t-il après réflexion. Ils n'ont sûrement rien à raconter ; on voit bien qu'ils ne sont pas des assassins de métier. Ils ont dû décider leur coup cette nuit, au-dessus d'un tonneau de vin, et ils vont maintenant rentrer dans leurs fermes pour se faire enguirlander par leurs épouses…

— Vous pensez que leurs épouses sont derrière tout ça ? s'étonna le chevalier. Vous croyez qu'elles vont gronder leurs maris pour avoir échoué ? Peut-être même les renvoyer à l'assaut ?

L'enchanteur fit comme s'il n'avait rien entendu, et le chevalier n'osa pas répéter ses questions. Depuis la veille, Roméo se montrait très susceptible sur les sujets d'épouses et d'anciens amis avec lesquels il s'était brouillé. Il y avait sans doute quelque chose à en conclure, mais Ulser ne voyait pas quoi.

Ils restèrent sur place une dizaine de minutes

encore, le temps qu'il fallait à Escar pour sortir de son inconscience. Puis le voleur fit un inventaire plaintif des nombreuses bosses qu'il avait gagnées en une seule journée, entre les poutres du château Brise-Camail, les portes, et les paysans révoltés qui se jetaient sur lui la tête la première. Mercédès le menaça alors d'ajouter encore à sa collection s'il continuait à geindre et à rester le séant par terre. Après avoir estimé les probabilités que la sorcière ne fît que plaisanter, Escar se releva et grimpa en selle avec une rapidité stupéfiante pour un homme de sa corpulence.

Le groupe d'aventuriers reprit alors sa progression, mais de manière beaucoup plus prudente. Ils gardaient un œil sur les taillis et fourrés, prêts à brandir leurs armes au moindre signe de traquenard… Puis le paysage se modifia progressivement. Les bosquets se firent bois, puis forêt, rendant la surveillance des environs de plus en plus difficile. Roméo finit par s'arrêter et s'équiper d'une écritoire, ainsi que du fameux Œil de Varana. Après avoir dessiné une carte approximative de la région qu'ils traversaient, il fit glisser à sa surface l'artefact en forme de demi-sphère. La loupe magique lui permit ainsi d'espionner la route qui s'étalait devant eux, exactement comme s'il la survolait à quelques mètres du sol… Il repéra ainsi un sanglier, deux goupils, trois chevreuils, quatre lapins et cinq écureuils avant de s'arrêter sur une bande de six hommes embusqués. Par chance, eux n'avaient aucun moyen de se savoir ainsi repérés.

— C'est peut-être juste des chasseurs, avança Escar.

— Bien sûr, railla Mercédès. Avec des fourches et des râteaux ! Vous y connaissez quelque chose en chasse, vous ?

Le voleur opina avec fierté.

— À la maison, c'est toujours moi qui attrape les souris. Il faut dire que mon chat est plutôt balourd et paresseux, alors j'installe des pièges et il se contente de grignoter les bêtes qui se font prendre, mais parfois c'est sa queue qui se fait coincer et il se met à courir partout en renversant les meub…

— Oubliez ma question, coupa la sorcière. Et même, oubliez-moi tout court. Faites comme si on ne se connaissait pas, tiens.

— Que décide-t-on, alors ? enchaîna Fimosis. On avance tranquillement, puis on se lance au galop juste avant qu'ils nous sautent dessus ?

— Pas bête ! s'exclama Ulser, enthousiaste.

— Trop risqué quand même, jugea Roméo. Il suffit qu'un de ces idiots soit plus dégourdi que les autres pour qu'on se retrouve avec une fourche plantée entre les omoplates. Et même s'ils ne blessaient que nos montures, on ne peut pas se le permettre…

— Personne ne touchera à mon cheval sans le regretter ensuite, jura Maline.

— Le prophétionnel pourrait peut-être aller leur parler, suggéra le barde. Après tout, c'est à lui qu'ils en veulent. S'il arrivait à les convaincre que son père sera un roi bon et juste, peut-être que la brouille entre les Gangrenands et les Gangreniens s'arrêterait là…

— Heu, bredouilla l'intéressé, je ne suis pas sûr que… il faudrait au moins qu'ils me laissent le temps d'ouvrir la bouche… et puis, même…

— Ça ne servira à rien, confirma l'enchanteur. À part augmenter les chances des autres candidats au trône, en éliminant un concurrent.

— Tant pis, soupira Fimosis. Ce n'était qu'une idée innocente.

— Je peux y aller, moi, proposa Maline.

— C'est très aimable, commenta Roméo. Et je sais que vous pourriez repousser ces gueux même si vous aviez les mains attachées dans le dos… Le problème, c'est qu'il est certain qu'ils vous sauteront dessus à l'instant où ils découvriront vos formes, je veux dire, vos *formidables* talents. Et si notre but est vraiment d'installer les Brise-Camail sur le trône, il serait judicieux de ne pas casser la figure de tous les Gangrenands que nous croisons.

— Alors, on fait quoi ? pressa Mercédès. On attend qu'ils se lassent et déguerpissent ?

— Non. Coupons simplement à travers bois. De cette manière, nous éviterons aussi de traverser les villages entre ici et le volcan, ce qui ne sera pas plus mal. Tous ces gens doivent se demander ce qu'ils vont devenir, et je n'ai pas envie de passer mon temps à leur expliquer ce que nous faisons, ni à me battre ensuite pour qu'on nous laisse passer.

Personne n'y trouvant à redire, le groupe s'avança

donc sous le couvert des arbres. Après une trentaine de mètres, Ulser lança que ça pourrait être une bonne idée de semer quelque chose derrière eux – des cailloux ou des bouts de pain, par exemple –, au cas où ils auraient besoin de retrouver la route... Mercédès lui cloua le bec pour vingt minutes en lui conseillant d'utiliser le contenu de sa bourse. Mais une fois ce temps écoulé, le chevalier devait à nouveau mettre les nerfs de la sorcière à forte épreuve : en effet, il se plaignit d'avoir déjà épuisé toutes les pièces en sa possession.

Le reste de la matinée fut plutôt tranquille. Le seul événement marquant fut cet accrochage avec les deux sangliers, mais Ulser avait fait jurer à ses compagnons de ne jamais en dire un mot à quiconque. Néanmoins, quand ils firent halte pour déjeuner, le chevalier avait encore le fessier tout endolori, tandis que Fimosis et Mercédès ne pouvaient se débarrasser d'un fou rire nerveux. Cela ne les quitta qu'au cours du repas, où ils goûtèrent des rondelles de lapin, pour changer un peu. Puis ils s'accordèrent un petit repos normalement consacré à la digestion, mais qui prit en définitive une autre tournure...

Cela commença par une nouvelle discussion sur cette tradition de la course en sac. Le barde et le chevalier racontèrent chacun certains de leurs exploits passés, puis l'idée d'un duel s'imposa rapidement à leurs esprits. Encouragés par Escar et même Maline, toujours en quête de nouvelles expériences, les deux hommes se munirent chacun d'une couverture dans laquelle ils enfermèrent leurs jambes, avant d'en attacher les bords à leur taille. Ainsi fagotés, ils se mesurèrent dans plusieurs épreuves et suivant des distances variables. Il y eut bien évidemment un certain nombre de pieds tordus, de chutes, et de commentaires amers sur la propreté douteuse du sol de la forêt, mais dans l'ensemble les aventuriers passèrent un bon moment. Même Roméo et Mercédès, après avoir soupiré d'abondance, se laissèrent aller à quelques sourires condescendants.

Cela prit fin à l'instant où Fimosis laissait éclater la joie de son triomphe.

— Aha, encore gagné ! jubilait le barde. Ça fait quatorze à deux ! Je reste définitivement supérieur, comme dans toutes choses ! Un jour cette vérité s'imposera aux yeux du monde entier, et je recevrai enfin les honneurs qui me sont dus ! À commencer par…

Il s'interrompit brutalement, le regard noir des sorciers lui ayant coupé toute envie d'ajouter quoi que ce soit.

— C'est à cause de mon armure, boudait le chevalier. J'aurais dû penser à l'enlever avant, voilà.

— B… bien sûr, acquiesça Fimosis. C'est ce que je voulais dire.

— *Les honneurs qui vous sont dus ?* cita Mercédès. Dites un peu, vous ne reparlez pas de nécromancie, j'espère ?

— Certainement pas, prétendit le barde. Je me réjouis de mener au score dans cet affrontement amical, c'est tout…

— Ça fait *que* quatorze à deux, protesta Ulser. On a dit qu'on allait jusqu'à cinquante !

Roméo n'avait pas apporté ses propres commentaires, mais devant le tic nerveux qui agitait la paupière de l'enchanteur, Fimosis prit la seule décision qui s'imposait.

— On… on va arrêter là pour le moment, d'accord ? On finira plus tard. Ou pas. Vous savez quoi ? Disons que votre armure vous donne un bonus de douze points. Voilà, on est à égalité, nous avons gagné tous les deux.

Le chevalier n'en demandait pas davantage, et il commença à replier sa couverture pleine de brindilles, d'escargots écrasés et de taches douteuses avec un sourire jusqu'aux oreilles. Au moins, sa prochaine nuit de sommeil ne serait pas troublée par le souvenir d'une défaite humiliante.

De son côté et en cachette, Fimosis s'obligea à avaler une poignée de cailloux. Juste pour se punir de s'être ainsi laissé aller, et se rappeler qu'il lui faudrait tenir sa langue jusqu'au bout.

Chapitre 14

Ils reprirent la route peu après, choisissant leur chemin à l'aide de l'Œil de Varana que Roméo consultait régulièrement. Après une nouvelle heure de trot tranquille, le paysage adopta encore un autre visage, plus sec et déchiqueté, parfois même rocailleux. Des trouées apparurent entre les arbres, des blocs de granite couverts de lierre s'offraient en bornes naturelles, et le sol montait et descendait en des vagues de plus en plus prononcées. Pour franchir certains creux ou crêtes, les voyageurs avaient parfois même besoin de mettre pied à terre, ce qui agaçait l'enchanteur au point de lui faire regretter parfois sa décision de quitter la route. Son humeur ne s'améliora pas quand Ulser reparla des pièces de monnaie qu'il avait laissées pour marquer leur chemin. Cela parce que le chevalier se plaignait *surtout* de ne pas en avoir eu assez, et de ne pas avoir été aidé dans ses efforts par la communauté qu'ils formaient.

Après un long moment d'une progression difficile, ils retrouvèrent enfin une nature plus clémente. Le relief se stabilisa pour se muer en une pente légère que les chevaux n'avaient aucune difficulté à remonter. La végétation s'éclaircit toujours davantage, jusqu'au moment où les aventuriers purent discerner, par-dessus des épineux, le sommet du fameux volcan… Dès lors, le prophétionnel oublia ses histoires de piécettes pour se murer dans un silence superstitieux – ce qui était la preuve irréfutable qu'il possédait des informations capitales, d'après l'expérience de Roméo. L'enchanteur appréciait néanmoins ces instants de tranquillité à leur juste valeur, et il attendit le plus longtemps possible avant de tourner un visage impatient vers Ulser.

— Alors, *quoi ?* pressa-t-il. Vous avez une autre catastrophe à nous annoncer ? Une nouvelle menace de malédiction, de calamité, ou je ne sais quoi encore dont vous n'avez pas pensé à nous parler plus tôt ?

— Qui, moi ? Mais non ! assura l'accusé.

— Eh bien… tant mieux, alors.

— Enfin… il y aurait bien cette légende sur les salamandres… Mais bon, la moitié des gens n'y croient pas. Ou pas vraiment.

Roméo accueillit l'aveu par un gros soupir fatigué, tandis que le chevalier recommençait à danser sur sa selle.

— Je devine déjà de quelle moitié vous faites partie, lança Mercédès.

— Oh, moi… Je ne m'étais jamais posé la question, avant. Mais là, nous sommes quand même censés arracher du cuir du dos de ces salamandres… Enfin, on verra. Peut-être que ça se passera bien. Ou pas trop mal. Si on a de la chance.

— Vous allez vider votre sac, OUI ou NON ? s'emporta l'enchanteur.

Suivit un silence de quelques instants, pendant lequel Ulser s'efforçait de ramener les battements de son cœur à un rythme ne défiant pas les lois de la nature. Enfin, il fut en état de reprendre la parole :

— Eh bien… ça s'est passé il y a fort longtemps, d'après ce qu'on raconte. Le volcan n'existait même pas ; il n'y avait ici qu'une immense colline couverte d'arbres, comme tout le reste de la région. Un jour, le seigneur local a décidé de construire un fortin au sommet du relief, et il a envoyé quelques bûcherons pour commencer à déboiser. Ce qu'il ne savait pas, c'est que l'endroit abritait une famille de sylfins ; des créatures qui n'aiment pas le voisinage… ça a entraîné un tas d'ennuis.

Il s'interrompit alors en remarquant les regards désabusés de ses compagnons.

— Vous êtes sûr de ne pas mélanger vos histoires ? intervint Mercédès. Ça ressemble sacrément à votre légende sur le lac de Plâtre et la famille d'aquades !

Le chevalier réfléchit quelques instants, l'expression aussi sérieuse que songeuse, avant de s'exclamer avec enthousiasme :

— C'est pourtant vrai, vous avez raison ! Les deux histoires ont de multiples points communs ! Stupéfiant ! Jusqu'alors, ça ne m'avait jamais frappé !

— Je peux me charger de ça, proposa la sorcière.

Elle serrait déjà le poing, mais, d'un signe, Ulser lui assura qu'il pourrait terminer son récit sans son aide.

— Les sylfins ne voulaient pas abandonner leur colline, expliqua-t-il. Ils ont essayé de faire entendre raison aux bûcherons, d'abord poliment, puis de manière de plus en plus brutale, jusqu'à enlever un ouvrier et le faire disparaître… Plus personne ne voulut dès lors se charger de déboiser l'endroit. Et le baron finit par envoyer une troupe de soldats pour régler le problème à sa façon.

— Laissez-moi deviner, demanda Roméo. Ils ont traqué les sylfins de toutes les manières possibles, sans jamais réussir à les attraper ou les chasser.

— C'est exact ; comment le savez-vous ?

— Une idée comme ça. Et je parie qu'ensuite, votre baron a décidé d'employer une solution plus radicale… Qu'est-ce que c'était, cette fois ? Pas encore du poison, quand même ?

Ulser devait s'avouer stupéfait devant les capacités divinatoires de l'enchanteur. Sans doute possible, Roméo était un grand sorcier !

— Pas du poison, non…, acquiesça-t-il. Mais, *le feu*. Il a déclenché plusieurs incendies au bas de la colline, coupant toute chance de fuite aux sylfins pris au piège. À ce qu'on raconte, les flammes ont grimpé jusqu'au sommet à une vitesse folle… Mais le pire était encore à venir : le sol s'est soudain mis à trembler, il y a eu des bruits effroyables, puis la colline s'est ouverte en projetant des quantités de rochers et de fumée…

— Et il s'est produit une éruption, abrégea Roméo. La lave a emporté ceux qui traînaient dans le coin, les cendres qui ont recouvert la région l'ont rendue inhabitable, et tout le monde a supposé que l'apparition de ce volcan était une malédiction lancée par les sylfins.

— C'est… tout à fait vrai, félicita Ulser, impressionné.

— Mais quel rapport avec ces salamandres ? intervint Fimosis. C'est ça qui nous intéresse pour notr…, je veux dire, *votre* quête !

Le chevalier consulta d'abord l'enchanteur du regard, s'attendant plus ou moins à le voir répondre à sa place, puis se décida à parler :

— Elles n'étaient pas là avant la catastrophe. Des curieux les ont repérées juste après, enfin, quand les pentes ont été assez refroidies pour permettre une exploration. Elles ne semblaient pas agressives, mais personne n'a osé s'en approcher pour le vérifier.

— Quoi, des salamandres ? s'étonna le barde. Ils ont eu peur de bestioles plus petites qu'un chat ?

— Vous pensez bien qu'elles n'ont rien à voir avec leurs cousines des mares ! cingla Mercédès. Réfléchissez un peu, cornabouc ! Des amphibiens sur un volcan !

— Elles sont très bizarres, confirma Ulser. Aussi grosses que des cochons, avec des dessins rouges et noirs sur tout le corps… Enfin, à ce qu'on dit.

— D'accord, d'accord, s'impatienta Fimosis. Des sortes de lézards géants, quoi. Et qu'est-ce qu'ils fabriquent là-bas ? Comment font-ils pour se nourrir ?

Le chevalier répondit par un haussement des épaules et des sourcils, de la même manière qu'il aurait réagi si on lui avait demandé de définir le mot « chrestomathie ».

— On ne sait pratiquement rien sur leur compte. La légende raconte juste qu'il pourrait s'agir des sylfins réincarnés en gardiens de leur ancien territoire… Mais comme je le précisais, la moitié des gens ne croient pas à cette histoire. Ou pas vraiment.

Ces dernières précisions, plutôt que de rassurer ses compagnons, contribuèrent au contraire à assombrir leurs mines. Pendant deux minutes, tous les esprits ne songèrent qu'à ces créatures martyrisées, peut-être revenues de l'au-delà, et qu'il leur fallait maintenant chasser pour leur peau si particulière.

— Nous ne serons pas les premiers à le faire, finit par rappeler Roméo. L'ancêtre de Gaudin le Onzième avait déjà rassemblé les quatre élémentaires pour constituer son trône.

— Mouais…, lâcha Mercédès. Quand on voit comment sa dynastie a fini…

Elle ne poursuivit pas, consciente que de tels commentaires n'aideraient qu'à amoindrir encore le courage de ses compagnons, et redoutant de devoir alors se taper le sale boulot toute seule.

À force d'avancer en direction du volcan, les aventuriers devaient forcément parvenir en bas de ses pentes à un moment ou à un autre, et c'est précisément ce qui arriva. Ils prirent alors un instant pour s'imprégner de l'atmosphère grave des lieux – et accessoirement, soulager leur vessie pour ceux qui en ressentaient le besoin. Puis commença la véritable ascension.

Le paysage était plus chaotique et désolé que jamais, au point qu'il en devenait difficile d'imaginer que ces lieux avaient un jour été un relief boisé. La végétation se résumait aujourd'hui à une collection de bruyères aux fleurs minuscules, d'herbes coupantes, et de variations sur le principe du chardon qui pique les gens. Les agrégats de roche étaient presque plus divers ; la forme et la taille des empilements allant de la taupinière à de véritables cathédrales naturelles. Les voyageurs étaient donc contraints de louvoyer entre ces amas, les nerfs tendus, veillant à ce que leurs montures ne dérapent pas sur les cailloux qui se dérobaient toujours sans prévenir…

Après une demi-heure de cet exercice, Roméo décida de poursuivre à pied, redonnant ainsi le sourire aux chevaux qui en avaient plein les pattes. Les bêtes devaient moins rigoler quelques minutes plus tard, quand elles s'aperçurent qu'il n'y avait pratiquement rien à brouter dans le coin, et qu'elles allaient s'ennuyer comme des pirates à la messe. Néanmoins, Maline confia la garde du troupeau à son étalon, puis les aventuriers reprirent leur progression.

De loin, le volcan leur avait semblé de taille modeste. L'impression était bien différente quand on cherchait à en rejoindre le sommet à la seule force des mollets. Tous, à part l'amazone, furent rapidement en nage et essoufflés. Il était d'autant plus difficile de se ventiler les poumons que l'air semblait de plus en plus rare, ou chargé de parfums nocifs. Bientôt, les voyageurs eurent même l'impression d'évoluer dans un autre monde, pour ne pas dire une autre planète. Alors qu'ils cherchaient des salamandres rouges, Ulser s'attendait plutôt, bizarrement, à rencontrer des petits gnomes verts. Mais il suffisait de se retourner vers la campagne gangrenaise pour se rappeler à la réalité, et être pris de vertige par la même occasion.

À mi-hauteur environ, la pente s'accentua encore, ainsi que les dérèglements du climat. La température s'éleva doucement, poussant les aventuriers à se dévêtir un peu. Cette fois, Maline fut celle à souffrir le plus de ces conditions. Rien n'avait préparé l'amazone des neiges à affronter une telle chaleur. Elle réduisit donc sa panoplie au minimum, ne conservant qu'une fine étoffe retenue par une cordelette, ainsi que ses bottes lacées indispensables sur ce sol dangereux. Étrangement, alors qu'elle-même se sentait mieux, les hommes du groupe commencèrent à se plaindre de bouffées de fièvre. Pour autant, cela ne les empêchait pas de se chamailler pour se maintenir juste derrière la guerrière, qui grimpait en tête à grandes foulées.

Après une bonne heure et demie de marche, ils s'accordèrent une pause bien méritée. Le sommet ne semblait plus très loin, même si les perspectives étaient trompeuses à cette altitude. Par ailleurs, d'étranges nappes de fumées masquaient la majeure partie de la bouche du volcan. Si bien que les voyageurs n'avaient pas encore repéré le moindre bout de queue de salamandre, et qu'ils commençaient à se demander si elles n'avaient pas rejoint le dahu au paradis des bestioles disparues.

Roméo profita de leur halte pour en appeler encore à l'Œil de Varana. Faisant glisser l'objet sur une carte approximative du volcan, il commença par vérifier que leurs chevaux étaient saufs – même si les bêtes semblaient trouver le temps long. Puis il promena l'artefact sur la représentation du sommet, pestant contre ces fumées qui brouillaient sa vision… Enfin, après quelques minutes infructueuses, il poussa un petit cri de victoire. Ses compagnons se précipitèrent alors pour satisfaire leur curiosité… et User et Escar se cognèrent la tête en se penchant sur l'Œil en même temps.

Après s'être regroupés un peu plus dignement autour de l'enchanteur, ils purent contempler sa découverte. Il s'agissait bien d'une salamandre, de presque deux mètres de long, et à la peau ornée de motifs naturels rouges et noirs. La créature était d'une telle immobilité qu'on aurait pu la croire morte – et peut-être l'était-elle. Ça aurait en tout cas soulagé les aventuriers, toujours peu enthousiastes à l'idée d'en sacrifier une pour l'écorcher. Malheureusement pour eux, la bête finit par bouger, se déplaçant d'une quinzaine de centimètres sur son rocher. Les humains soupirèrent dans un bel ensemble, puis croisèrent les doigts tandis que Roméo reprenait son espionnage magique.

Ils repérèrent ainsi une demi-vingtaine d'autres créatures, le plus souvent isolées, et figées dans une mystérieuse contemplation du vide. Toutes étaient semblables, de taille adulte et à l'apparence inoffensive. C'en était à se demander si l'enchanteur ne passait pas l'Œil toujours aux mêmes endroits, comme le lui fit remarquer Fimosis.

— Je voudrais vous y voir, rétorqua l'enchanteur. Si encore je disposais d'une véritable carte, ou d'un minimum de points de repère… Toutes ces pentes et ces cailloux se ressemblent, je n'y peux rien.

Vexé, il abandonna l'exploration du sommet pour descendre vers leur position supposée, cherchant à repérer la meilleure route à suivre. C'est alors qu'une silhouette apparut fugitivement dans l'artefact transparent, faisant revenir Roméo sur son mouvement. Ses mains se crispèrent alors sur l'objet.

— Boggus ! cracha-t-il avec amertume. Il est là !

Très curieux, Ulser se pencha aussitôt sur l'Œil, venant ainsi et encore se cogner à Escar. Pendant que les deux maladroits se massaient le front en échangeant des mots d'excuse, les autres purent à loisir examiner ce nouveau concurrent dans la course au trône. C'est donc en bon dernier que le chevalier découvrit l'apparence du fameux Boggus… C'était un homme de grande taille, à la panse rebondie sous un manteau de peau d'ours, portant barbe et cheveux noirs et bouclés.

— Il est seul, remarqua Fimosis. Et il n'a qu'un bâton pour se défendre…

— Et alors ? piqua Mercédès. Qu'est-ce que vous voulez suggérer par là ?

— Rien du tout, prétendit le barde. À vous de voir. Je constate seulement qu'il se montre un peu imprudent, en s'aventurant sans renforts sur ces pentes dangereuses. Un accident est si vite arrivé… Surtout si…

— Surtout si *quoi ?* cracha la sorcière. Surtout si vous l'aidez un peu ? Il vous réduirait à sa merci avant même que vous n'ayez le temps de faire demi-tour pour fuir, pauvre minable !

— Je constate, grinça Roméo, que même après toutes ces années, ton admiration pour lui n'a pas diminué d'un iota.

Mari et femme se défièrent du regard quelques instants, tandis que la silhouette de Boggus quittait le champ de vision offert par l'Œil de Varana. À coups de « Hé heu » et de « Ohé », Ulser finit par ramener l'attention de l'enchanteur sur l'artefact.

— Nous partons à sa rencontre, décida le sorcier. Je veux savoir comment cette espèce d'ours a eu vent de cette chasse aux trésors. Et aussi pourquoi il s'est lancé dans la course.

— Ben, sûrement pour être roi…, suggéra Escar.

— Mais je croyais que vous étiez fâchés ? s'étonna le chevalier. Vous pensez qu'il va vous répondre ?

Roméo se leva, fit craquer ses articulations raidies, puis tourna vers le volcan un visage déterminé.

— Il a *intérêt* à me répondre, s'il veut éviter un duel. Il y a trop longtemps que je reporte ce moment.

Certaines choses ont besoin d'être réglées une fois pour toutes.

Il reprit la route sur ces derniers mots, passant devant Mercédès sans même lui accorder un regard. Ulser songea qu'il y avait décidément une histoire louche entre ces trois sorciers. Il se dit aussi que seul un chevalier à la sensibilité aussi exacerbée que la sienne pouvait l'avoir remarqué.

Chapitre 15

Quelques minutes plus tard, un étrange volatile survola le groupe d'aventuriers, revint sur eux, puis esquissa plusieurs cercles au-dessus de leurs têtes avant de repartir tout droit d'où il venait. L'épisode en soi était déjà étrange, mais si l'on y ajoutait le fait qu'ils n'avaient pas vu un seul oiseau depuis le début de leur ascension, et qu'en outre celui-ci avait l'allure d'une chauve-souris à plumes, il y avait de quoi en rester bouche bée. Ce que le chevalier fit, très consciencieusement.

— Il nous a repérés, grommela Roméo. Ça n'est peut-être pas plus mal. On va voir s'il prend la fuite comme je le suppose, ou s'il va avoir le courage de croiser mon chemin.

— Heu… il s'est déjà enfui, commenta Ulser.

— Je ne parle pas de l'oiseau, foutripaille !

— Ce n'est qu'un des familiers de Boggus, expliqua Mercédès. Il les utilise comme base de ses pratiques magiques. C'est sa spécialité.

— Quoi, ricana Fimosis, il est… animomancien ? Ou bestiolathurge, peut-être ?

— Lui-même se dit charmeur, annonça la sorcière. Mais quitte à inventer des mots comiques, réfléchissez à ce que vous aimeriez voir inscrit sur votre stèle. Un seul des rats ou des serpents qu'il garde dans ses poches pourrait vous faire passer de vie à trépas sur un simple ordre de sa part.

Le barde ne perdit pas son sourire, mais celui-ci se crispa dans une grimace pitoyable.

— Dans ses poches ? répéta Escar. Et, il en a beaucoup, des familiers ?

— Personne ne le sait, raconta Mercédès. Même lui doit parfois perdre le compte ; d'autant qu'il n'emporte pas toujours les mêmes bêtes. Je l'ai déjà vu avec des reptiles, des rongeurs, des scorpions, des araignées, des oiseaux, des singes… Une fois, devant moi, il a sorti un renardeau de sous son bonnet.

— J'imagine la vermine qui doit galoper sur son gros ventre quand il se déshabille, cingla Roméo. Enfin, ça n'a pas dérangé *certaines*.

— Ce n'est pas pire que la vermine qui court dans les bordels ! rétorqua la sorcière. Et je parle aussi bien des insectes que des clients !

Tous deux se renfrognèrent, tandis qu'Ulser s'interrogeait sur le nombre de souris que l'on pourrait loger dans sa propre cuirasse, le cas échéant.

— Dites, heu…, reprit le voleur. Si jamais vous vous battez, et que ce Boggus tombe un peu mort… Vous ne m'en voudrez pas trop si je rechigne à le fouiller ?

— Vous pourrez même le laisser pourrir sur place, promit l'enchanteur. C'est tout ce qu'il mérite.

Ce disant, il grinçait des dents.

La rencontre eut lieu peu de temps après. L'homme aux bébêtes avait apparemment dévié sa route pour venir au-devant du groupe. Le chevalier supposa qu'il était pressé d'en découdre, lui aussi… Pourtant, alors qu'ils étaient encore à plusieurs dizaines de mètres de distance, Boggus leur adressa un large signe du bras qui ressemblait fort à un salut amical.

— Regardez-le me provoquer, commenta Roméo avec amertume. Attends, j'arrive, mon gros !

Ulser regardait et regardait encore, mais tout ce qu'il voyait, c'était le charmeur s'arrêter tous les dix pas pour agiter la main et exprimer sa joie par des rires chaleureux. Sans doute s'agissait-il là d'une espèce d'affront dont seuls les sorciers pouvaient comprendre l'étendue… Le chevalier s'étonna alors de ne pas voir l'enchanteur y répondre de pareille façon. De leur côté, Mercédès, Escar, Maline et Fimosis ne purent rester insensibles à de telles manifestations, et ils rendirent tous ses saluts à Boggus. Après avoir jeté un coup d'œil timide à Roméo, Ulser se décida à les imiter.

— C'est ça, encouragez-le, en plus, grommela l'enchanteur.

Lui-même devait s'avouer décontenancé, et son agressivité en était quelque peu refroidie. Quand le charmeur fut enfin près d'eux, il n'avait même plus le goût de lui sauter sur le râble comme il l'avait projeté. Il conservait néanmoins toute sa rancune, et davantage encore chaque fois que Mercédès souriait à son rival.

— Ça alors ! répétait Boggus. Quelle surprise ! Quelle bonne surprise !

Dès qu'il fut assez proche, il colla deux gros baisers sur les joues de Mercédès, puis tendit une main chaleureuse à chacun de ses compagnons. Roméo laissa serrer la sienne, mais n'y mit aucune sympathie. De son côté, le chevalier était fasciné par la faune grouillante qui débordait parfois du manteau du charmeur. C'était tantôt une souris qui sortait d'une manche pour y rentrer aussi vite, puis un écureuil qui passait la tête dans le col du bonhomme, ou encore un scarabée gros comme une noix qui émergeait soudain de la forêt de ses cheveux... Le spectacle était continu et changeant, et on se demandait vraiment combien de bestioles Boggus pouvait ainsi cacher sur sa personne. Et aussi, comment il pouvait supporter ces vêtements lourds, avec la température qui pesait sur les pentes du volcan.

— Si on m'avait dit ça ! poursuivait le charmeur en s'adressant à Mercédès. Ça alors ! Mais qu'est-ce que vous faites ici ?

— À ton avis ? aboya Roméo. La même chose que toi, évidemment. Nous sommes concurrents – *adversaires*, même. Un seul d'entre nous pourra l'emporter. Ce qui signifie que l'autre n'aura plus qu'à rentrer chez lui avec sa ménagerie, si tu vois ce que je veux dire !

— Magnifique ! s'exclama Boggus.

Les aventuriers le dévisagèrent avec des yeux ronds. Ulser songea qu'ils étaient tombés sur un simple d'esprit, ce qui n'était vraiment pas de chance, et également triste pour ce malheureux qu'il plaignait de tout cœur.

— Magnifique ! répéta Boggus. Nous n'aurons qu'à voyager ensemble !

L'enchanteur fut soudain victime d'une quinte de toux si violente que ses compagnons crurent qu'il allait s'étouffer. Mercédès fut la première à venir lui taper dans le dos pour le soulager, puis, croyant bien faire, le chevalier et le voleur joignirent leurs efforts aux siens… si bien que Roméo commença à souffrir davantage des omoplates que de la gorge. Il ne survécut à ce mauvais traitement qu'en se retranchant quelques instants derrière Maline, juste assez de temps pour reprendre son souffle. Alors, il tourna son visage rougi et ses yeux larmoyants vers le charmeur.

— Qu… quoi ? lâcha-t-il dans un hoquet. Venir avec nous ? Jamais ! JAMAIS, tu m'entends !

— Oh, bien, commenta Boggus. On est toujours un peu rancunier, à ce que je vois. Tu sais pourtant comment ça s'est passé. Tout le monde te croyait mort…

— Certes, mais ça s'est *quand même* passé, s'entêta l'enchanteur. C'est tout ce qui compte à mes yeux !

— Ouais, approuva Fimosis. Et cette idée de faire la quête ensemble, ça ne peut pas marcher ! Que se passerait-il si tout le monde rapportait les quatre élémentaires en même temps ?

Le charmeur se gratta la tête, dérangeant un couple de papillons de nuit qui revint l'instant d'après reprendre place dans ses boucles noires.

— Ben… ça dépend où vous en êtes, expliqua-t-il. Moi, j'ai déjà les perles du lac de Plâtre…

— Nous aussi ! s'exclama Ulser. Quelle coïncidence !

— Et d'abord, lança Roméo, comment t'es-tu retrouvé mêlé à ça ? Tu as vraiment l'intention de devenir le roi de ce trou perdu ?

— Pourquoi pas ? sourit Boggus. Je n'ai encore jamais essayé. Ça pourrait être amusant.

— Mais pourquoi justement *ici* ? insista l'enchanteur. Comment as-tu appris la mort du dernier roi ?

Le sourire du charmeur s'élargit encore, tellement la réponse lui semblait évidente.

— Les animaux, bien sûr. Ça s'agite beaucoup dans les forêts, en ce moment… Les bêtes sentent toujours quand quelque chose d'important se prépare. Et comme ça semblait venir de la région, j'ai fait mon baluchon, et voilà. Je suis arrivé à la capitale ce matin, où un paysan m'a tout raconté : les drames du palais, le codex et les règles de succession, l'inscription auprès des druides… Je me suis dit : pourquoi pas ?

— Vous faites ça seulement pour vous distraire ? s'étonnait Fimosis. Malgré les difficultés, les dangers ?

— À vrai dire, c'est un peu intéressé quand même.

Si je deviens roi, je pourrai interdire la chasse sur tout le territoire. Ça laissera au moins un endroit tranquille pour les espèces qui se font rares.

— Avec des idées pareilles, commenta Mercédès, tu ne vas pas te faire beaucoup d'amis chez les seigneurs locaux...

— C'est certain ! appuya Roméo. Transformer un royaume en parc à bestiaux, a-t-on jamais entendu pire idiotie !

— J'aime bien l'idée, moi..., avoua Boggus. Et vous ? Qui cherchez-vous à faire couronner ?

L'enchanteur jeta un œil en coin au chevalier, lui-même bouche bée, perdu dans la contemplation d'un lézard courant sur les épaules du charmeur.

— Là n'est pas la question, répliqua le sorcier. Ce sera toujours mieux qu'un pays abandonné aux chèvres et aux loups !

— Bon... tant pis, soupira Boggus. Ça aurait été drôle de travailler ensemble comme avant...

— Oui, tant pis, et bon vent, lança Fimosis.

— On n'a plus qu'à se souhaiter bonne chance, reprit le charmeur. Et que le meilleur gagne, alors...

— C'est aussi ce que je souhaite, ricana le barde. Vous n'imaginez pas à quel point.

— C'est dommage, on aurait pu au moins finir cette étape ensemble... J'ai trouvé un moyen de récupérer des peaux sans blesser les salamandres ; c'est quand même mieux... Vraiment dommage, répéta-t-il.

Il salua à la cantonade, puis se retourna et commença à s'éloigner, les épaules basses. Mercédès foudroya son mari du regard ; lui-même étant torturé par l'hésitation.

— Dites, appela Fimosis, on peut en avoir beaucoup de ces peaux ? Je veux dire, assez pour tout le monde ?

Boggus revint lentement sur ses pas, une lueur d'espoir dans les yeux.

— Il y en a plus que nécessaire, promit-il. Ça vous intéresse ? Je vous montre le chemin ?

Tous se tournèrent vers un Roméo grimaçant de frustration.

— D'accord, consentit-il enfin ; on reste ensemble. Mais juste le temps de rassembler ce qu'il nous faut ; et uniquement par souci d'épargner les salamandres !

La sorcière le récompensa d'un sourire et d'un baiser envoyé dans le vent, mais l'humeur de l'enchanteur en fut à peine améliorée.

L'étrange chauve-souris à plumes de Boggus fit son apparition peu après, de retour d'une mission d'exploration dans laquelle l'avait envoyée son maître. Elle se percha sur l'épaule de ce dernier et commença à lui mordiller l'oreille, sans que cela paraisse le gêner. Le charmeur raconta que la créature avait repéré, un peu plus tôt dans la journée, une espèce de caverne à proximité du sommet. Les salamandres semblaient y séjourner quand venait pour elles le temps de la mue. Contrairement à leurs cousines des bassins, les bêtes ne mangeaient pas leurs anciennes peaux, puisque la chauve-souris avait identifié plusieurs enveloppes abandonnées… Le projet de Boggus était bien entendu de récupérer ces trésors potentiels.

— C'est un peu dégoûtant, quand même…, commenta Escar.

— Ne dites pas n'importe quoi, répliqua Mercédès. C'est tout de même mieux que de dépiauter une bête encore tiède !

— Le problème, râlait Roméo, c'est que rien n'assure que ces mues seront utilisables dans la confection du trône. Elles sont sûrement beaucoup plus fragiles que de la peau authentique.

— Bah, elles seront aussi plus fines et plus jolies, rappela le charmeur. Le tapissier préférera travailler avec ça. Il s'agit bien d'y poser des fesses royales, après tout !

Il rit de cette image, puis renfonça dans sa poche la couleuvre qui s'acharnait à vouloir en sortir. Ulser n'osait même plus approcher à moins de trois mètres du bonhomme. Le chevalier ressentait une profonde sympathie pour le charmeur, mais il ne pouvait s'ôter de l'esprit l'idée que son grand manteau allait soudain s'ouvrir pour libérer une horde d'animaux sauvages, comme des gypaètes, des makis ou des murex, par exemple. Et ce, même s'il ignorait totalement à quoi pouvaient bien ressembler ces créatures dont il ne connaissait que les noms.

Quelque temps après, ils arrivèrent en vue de leur première salamandre. Ils en restèrent à bonne distance, mais s'attardèrent un peu pour la contempler. Tous devaient s'accorder pour la trouver magnifique et gracieuse, même dans son immobilité. Pour autant, ils n'oubliaient pas que la mâchoire de ces bêtes était garnie de dents, et ils choisirent de passer au large dès qu'elle tourna la tête dans leur direction.

Cette rencontre fut suivie d'une dizaine d'autres, heureusement sans incident. À intervalles réguliers, Boggus relançait sa chauve-souris pour repérer le chemin en avant, et Roméo s'empressait d'utiliser l'Œil de Varana pour obtenir le même résultat. C'était tantôt l'un, tantôt l'autre qui informait le groupe le plus rapidement... Cette espèce de compétition réjouissait beaucoup le charmeur au gros ventre, au contraire de l'enchanteur, dont les nerfs semblaient à fleur de peau. Leurs efforts combinés leur permirent néanmoins d'arriver aux abords de la caverne sans avoir été chargés par un troupeau furieux de salamandres.

— Aha, je gagne ! s'amusait Boggus. L'Œil ne peut pas te montrer ce qui est sous abri ; au contraire de ma petite protégée !

— Peuh ! Et quel intérêt d'espionner ce qui se trouve juste devant nous ? Le pouvoir de l'Œil passe les mers et les océans ; je pourrais même t'annoncer le temps qu'il fait sur ta bicoque en cet instant !

— Pas la peine : il pleut sûrement, rigola le charmeur. Et j'ai gagné quand même. Sans ma chauve-souris, on n'aurait jamais appris l'existence de ces mues.

Roméo ne trouva de meilleure répartie que celle de hausser les épaules, ce qu'il fit de brillante manière. Puis ils se préparèrent à entrer, principalement en s'équipant de lampes. Les armes semblaient inutiles : l'espion à plumes avait rapporté que les lieux étaient vides. Du moins, telle était l'interprétation que Boggus avait faite des « iii » et autres « iiiii ii » de la créature. Ulser n'aurait jamais osé mettre en doute cette traduction. Lui-même ne parlant ni le chauve, ni le souris, il s'en remettait totalement au spécialiste.

Ils se regroupèrent devant la caverne, dont l'entrée faisait songer à une entaille sur le flanc du volcan, protégée par une sorte d'auvent naturel. On ne discernait pas l'intérieur sur plus de cinq ou six mètres. La présence d'une telle cavité en ces lieux était troublante, et le chevalier songea soudain qu'il pouvait s'agir de l'ancien repaire des martyrs sylfins. Il recula alors de quatre pas, considérant soudain la protection de l'arrière-garde du groupe comme plus conforme à son idéal chevaleresque. Tous les autres, à part Escar qui restait les bras ballants, s'approchèrent du seuil.

— Honneur aux dames, invita le charmeur.

— J'y vais, s'imposa aussitôt Roméo. On n'a pas le temps de rigoler !

Il se glissa donc dans la faille, rapidement suivi par Boggus, Maline, Fimosis et Mercédès. Restés seuls, le chevalier et le voleur échangèrent un regard aussi soulagé que coupable.

— Ils… peuvent sans doute se débrouiller sans nous, pour une fois, lança Escar.

— Sans doute, opina l'autre.

Il fallait vraiment que Roméo fût troublé, pour

oublier ainsi de contraindre le chevalier à les accompagner… Telle était la réflexion de ce dernier, lorsque le bruit de pas lourds sur des pierres crissantes donna la chair de poule aux deux hommes. Tétanisés, ils virent une de ces salamandres géantes se hisser soudain sur le parvis de la caverne, puis les observer d'un œil inexpressif. Quand la créature fit quatre pas lents dans leur direction, Ulser et Escar estimèrent qu'aider un peu leurs compagnons serait finalement une bonne idée. Ils se précipitèrent donc à l'intérieur de la cavité, manquant de peu de se cogner une troisième fois ce jour.

Ils n'eurent qu'une quinzaine de mètres de galerie à remonter pour retrouver le groupe. Tous étaient déjà au travail, sauf Mercédès qui venait à leur rencontre.

— J'étais sur le point d'aller vous chercher ! râla la sorcière. Contente de vous voir enfin décidés !

— Il… m'avait semblé entendre un bruit, dehors, prétexta le chevalier.

Ce disant, il jetait des regards nerveux dans son dos, et Escar et lui choisirent de se placer le plus loin possible de l'entrée pour se mettre à la corvée. Mercédès ne fut pas dupe ; elle remonta le couloir jusqu'à l'extérieur, puis revint sans avoir rien remarqué. Elle garda néanmoins un œil méfiant sur les deux tire-au-flanc.

Ulser n'avait plus d'autre choix que celui d'accomplir sa part du boulot. Et ce dernier était au moins aussi dégoûtant que l'avait supposé le voleur… Des centaines, peut-être des milliers de mues avaient été abandonnées là par les salamandres au cours des siècles. Le sol en était recouvert, les plus anciennes ayant été écrasées, piétinées, réduites en un tapis informe d'épiderme rouge et noir. D'autres semblaient dater de seulement quelques jours et reposaient d'une seule pièce, comme des enveloppes n'attendant que la bonne volonté d'un démon pour reprendre vie. Les aventuriers devaient étendre chacun de ces sacs de peau, vérifier sa qualité, puis le rouler soigneusement s'il pouvait convenir à la confection des assises du trône.

Par précaution, ils avaient décidé d'en emporter autant que possible, et chacun ramenait donc ses trouvailles au centre de la caverne où Mercédès les emballait. Roméo et Boggus se livrèrent à une nouvelle compétition et présentèrent chacun huit belles pièces. Maline en réunit six. Ulser en trouva quatre, et Escar, trois… Seul Fimosis, qui invoquait une malchance peu commune, prétendit ne rien avoir repéré de potable. Personne ne remarqua que le sac du barde était plus gros qu'à leur entrée dans la caverne. À vrai dire, personne ne semblait se soucier de quoi que ce soit à son sujet, ce qui l'irritait profondément – presque autant que les cailloux qu'il regrettait alors d'avoir avalés.

Ils en étaient là de leurs comptes et machinations individuelles, quand un cri effroyable résonna depuis l'extérieur. Le genre de son que pouvait produire Fimosis lors d'un récital, ou celui émis par les spectateurs contraints de l'écouter… à la différence que ce râle d'agonie semblait authentique, ainsi qu'issu d'une gorge non humaine.

Le chevalier jugea le moment opportun pour en appeler encore à sa stratégie de protection de l'arrière-garde. Il laissa donc ses compagnons passer devant pour quitter la caverne. C'était sans compter sur la vigilance de Mercédès, qui l'attrapa par le bord de sa cuirasse pour l'entraîner en première ligne.

Chapitre 16

La première chose qui les frappa, en arrivant au grand jour, fut ce ciel vaguement teinté d'orangé. Surtout parce que cet orangé vira rapidement au rouge sale, et que n'importe quel spécialiste en sagesse populaire pouvait interpréter le phénomène comme annonciateur d'un « sacrément bigre paquet d'ennuis, ça oui alors ». Considérant qu'en outre seuls le volcan et ses environs immédiats subissaient ce changement climatique, Ulser se dit qu'une petite fuite paniquée, accompagnée de hurlements et de gesticulations, ne serait peut-être pas de trop. Il s'apprêtait d'ailleurs à mettre son plan à exécution quand Roméo pointa le doigt en direction des pentes… et ruina les espoirs du chevalier de s'en sortir en un seul morceau.

Les salamandres, *toutes* les salamandres, grimpaient vers eux à une vitesse inimaginable. Après les avoir vues si souvent isolées et immobiles, les aventuriers avaient peine à croire au spectacle effrayant de ces dizaines de créatures gravissant les rochers comme une marée furieuse. Ulser était bien tenté de se tourner d'un autre côté pour commencer à siffloter et faire comme s'il n'avait rien vu, mais c'était inutile : l'assaut venait de partout. C'était à se demander d'où venaient toutes ces bêtes, et comment elles avaient fait pour se multiplier aussi vite.

— Bizarre, commenta Boggus. À ce stade, je m'attendais plutôt à être attaqué par une armée de rats malades, ou de serpents géants…

— Il faut être vraiment dérangé pour avoir des idées pareilles, commenta Roméo. Par ailleurs, je ne vois pas où est la différence. Ça finira de la même manière !

Il organisa néanmoins leur défense, poussant tout le monde à grimper sur un piton rocheux d'environ deux mètres de diamètre. C'était un peu juste pour prétendre manier correctement leurs armes, mais ils les préparèrent quand même… En revanche, c'était trop étroit pour espérer éviter la promiscuité ; et bien entendu le chevalier se retrouva placé juste à côté du charmeur. Il accorda alors plus d'attention aux bébêtes courant dans les vêtements de son voisin – craignant que certaines n'aient l'idée de coloniser sa cuirasse – qu'il ne prit de temps pour surveiller la progression du troupeau déchaîné. Si bien que, quand les premières salamandres se frottèrent au piton, il fut si surpris qu'il tressaillit et manqua de plonger la tête la première dans leurs rangs ! Heureusement, Maline et Boggus lui tendirent chacun une main secourable.

— Elles ne nous attaquent pas ! constata Roméo. Elles ne font que passer !

Aussi soulagés qu'étonnés, les aventuriers

contemplèrent le flot des créatures qui contournait leur abri… C'était d'ailleurs la seule chose que les humains pouvaient faire, étant donné qu'ils auraient sûrement été piétinés à leur première tentative pour descendre du promontoire. Ils suivirent donc les bêtes des yeux pour les voir s'enfoncer dans la caverne qu'ils venaient juste de quitter ! Elles y disparaissaient une à une, l'étroitesse du passage provoquant rapidement un bouchon devant l'entrée, et contraignant par la même occasion les voyageurs à rester perchés.

— Eh ben, siffla Fimosis, on a bien fait de ne pas s'attarder là-bas…

Escar était beaucoup moins optimiste.

— Mais, elles vont sûrement voir qu'il leur manque des mues… C'est peut-être même ce qu'elles sont venues vérifier…

— Bien sûr, railla Mercédès. C'est tellement logique, ce que vous avancez là.

— Merci, répondit naïvement le voleur.

Entretemps, les salamandres les plus tardives avaient rejoint leurs semblables. Elles étaient néanmoins toujours aussi agitées, chacune cherchant à se faufiler dans la caverne sans plus attendre. Quelques-unes se hissaient même sur le dos des autres, avant d'être rejetées au sol d'un coup de rein.

— Elles sont paniquées, commenta Boggus. Ça se voit dans leurs yeux.

Ulser essaya lui-même de lire dans le regard des créatures, mais il n'y découvrit que son propre reflet, ce qui augmenta encore son angoisse. Comment se trouvait-il ainsi devenu le principal sujet de réflexion de toutes ces bêtes ? Et pourquoi ?

Le troupeau s'éclaircit progressivement, en même temps que le ciel se fonçait toujours davantage. Les voyageurs affichaient des mines de plus en plus préoccupées. Après avoir redouté le flot des salamandres, ils levaient désormais des yeux inquiets sur les nuages qui se massaient au-dessus de leurs têtes…

Pourtant, c'est d'en bas que vint le coup de tonnerre.

Le sol se mit soudain à trembler, comme si un énorme rot remontait dans la gorge de cette bouche béante qu'était le volcan. Et après s'être félicité pour cette interprétation imagée de la situation, le chevalier perdit toute couleur. Ses compagnons avaient pareillement compris et échangeaient des regards nerveux… Quant aux salamandres, elles n'avaient pas besoin d'un deuxième avertissement pour se presser davantage encore vers la caverne ; elles se piétinèrent allégrement pour se frayer un passage.

— J'aurais dû m'en douter, râla Mercédès. Grimper avec vous sur un volcan ; quelle idée stupide ! Ça ne pouvait finir que comme ça !

Ulser acquiesça machinalement, sans avoir remarqué que la sorcière s'adressait à lui. Toute l'attention des aventuriers était désormais concentrée sur une seule chose : les dernières créatures entourant leur promontoire. Enfin, quand un passage fut dégagé, ils sautèrent de l'abri et commencèrent à dévaler la pente, manquant de se rompre le cou tous les trois pas.

— On aurait peut-être dû, pff-pff, aller nous aussi dans la caverne, lança Fimosis en courant.

— Allez-y, pff-pff, je vous en prie ! répliqua Roméo sur le même ton haletant.

Pour sa part, le chevalier évitait de parler. Il avait déjà suffisamment de mal à contrôler ses mouvements à l'inertie amplifiée par les billes de plomb roulant dans sa cuirasse. Pour le coup, il regrettait même l'ancienne légèreté de son armure : quelques bonds dans les airs auraient alors suffi à le tirer d'affaire.

Une deuxième secousse vint surprendre les voyageurs en les jetant tous à terre, les plus malheureux dévalant même la pente sur les fesses ou sur la tête, ou les deux en alternance, sur quelques dizaines de mètres. Après s'être relevé, et malgré l'urgence, Ulser prit le temps de contempler Boggus... Le charmeur tenait son manteau ouvert pour laisser s'y réfugier toutes les bestioles qui en étaient tombées pendant sa propre chute. C'était véritablement un spectacle étrange de voir ces rongeurs, ces insectes et ces reptiles, ainsi que d'autres bêtes à poils, à plumes, à chitine ou à écailles, se mouvoir jusqu'au gros bonhomme pour disparaître dans les plis de ses vêtements. Boggus leva ensuite les yeux ; et le chevalier s'imagina que le charmeur allait lui proposer une place dans sa pèlerine. Il n'en fallait pas davantage pour relancer le prophétionnel dans une course folle, pendant laquelle il serrait les dents sur un sourire crispé et montait haut les genoux.

Maline était la plus adroite à l'exercice et donc

toujours en tête du groupe, mais elle ralentissait régulièrement pour ne pas prendre trop d'avance sur ses compagnons. Après une nouvelle minute de cette fuite périlleuse, ils la virent même s'arrêter sur un relief et brandir sa lance. Par principe, Ulser tenta de saisir Maroale tout en continuant à courir, et il finit bien naturellement par se casser la figure. C'est donc en bon dernier qu'il rejoignit ses compagnons rassemblés devant un spectacle inattendu : celui de Rohand en train d'écorcher une salamandre !

Sa harpie et lui se trouvaient cinq mètres plus bas, dans une cuvette naturelle qui les avait jusqu'alors masqués. Leurs affreuses montures, les shimérides, étaient enchaînées un peu plus loin. Le Pureux n'avait même pas encore repéré ses ennemis, trop occupé qu'il était à user de son couteau sur le corps sanguinolent de sa victime. Découvrant l'horrible scène, le chevalier ne put retenir un « beuuuâârk ! » fort à propos, mais qui eut l'inconvénient de faire lever les yeux de la harpie. Cette dernière se mit alors à caqueter avec véhémence en agitant ses ailes de manière agressive. Pour autant, Rohand se contenta de jeter un simple regard sur son rival avant de reprendre son travail. Et à l'instant suivant, le volcan tremblait pour la troisième fois, faisant vaciller les jambes et accélérer les pouls.

— Imbécile ! accusa Roméo. Ce qui arrive est de votre faute ! Vous n'avez pas compris que c'est le sacrifice de cette bête qui est la cause de tout ?

— Ah bon ? Sans blague ! répliqua le Pureux.

Il s'acharnait néanmoins à séparer la peau de la chair, pressé de déguerpir avec ce trophée morbide.

— Vous ! accusa la harpie furieuse. Vous aveeez voléééé mon diablotin ! Rendeeez-le-moi !

— On ne l'a PAS volé, se défendit Fimosis. Il s'est enfui tout seu… D'ailleurs, on ne sait même pas de quoi vous parlez !

— Rendeeez-le-moi ! répéta la créature.

Elle griffait la roche avec ses serres et claquait le bec de manière frénétique. Si ses vieilles ailes avaient encore pu la porter, elle se serait sans doute élevée jusqu'aux aventuriers pour leur voler dans les plumes.

— Mais enfin, insista Ulser, puisqu'on vous dit qu'il n'est PAS avec nous ! Quand même, ce n'est pas donné à tout le monde d'être stupide à ce point-là !

Un horrible craquement leur tordit alors les tympans aussi bien que l'estomac, convaincus qu'ils étaient d'entendre là le dernier son de leurs existences. Puis une faille apparut entre la cuvette et la position des aventuriers ; faille qui devint crevasse alors que le sol s'ouvrait en criant sa douleur… Chacun s'attendait à voir des torrents de lave remonter soudain pour leur lécher les orteils, mais le volcan n'en était pas encore là de sa crise de colère. À l'inverse de Roméo, qui tendait un poing furieux vers Rohand !

— Vous aurez à payer pour ça ! prévint l'enchanteur. Si un seul d'entre nous est blessé, il n'y aura plus de trêve qui compte !

— C'est ça, cause toujours, répliqua le Pureux.

Avec un cri de victoire, il trancha le dernier

ligament qui retenait encore la peau de la salamandre à son corps sans vie. Il brandit alors le trophée répugnant en direction de ses ennemis – surtout parce que la faille infranchissable le protégeait d'une intervention de Maline.

— En attendant, j'ai déjà deux des élémentaires, *moi !* triompha-t-il.

— Et alors, nous aussi ! répliqua Fimosis. Il n'y a pas de quoi se pavaner comme un ogre en tutu !

Le Pureux baissa aussitôt le bras pour poser un regard indéchiffrable sur le barde.

— Ah oui, c'est vrai…, lança-t-il d'un air mystérieux. On m'avait bien dit que nous étions quatre candidats dans cette course au trône…

— Qu'est-ce qu'il raconte ? demanda Mercédès. De quoi parle-t-il ?

Fimosis était devenu rouge comme un piment étouffé, mais la pénombre régnant sur la région empêcha les autres de le remarquer. Par ailleurs, ils avaient tous couru comme des dératés et présentaient de pareils tons tomateux.

— Je n'en sais rien, bredouilla le barde. C'est vrai ça ; qu'est-ce qu'il peut bien vouloir dire par là ?

— Peut-être qu'un ogre en tutu s'est inscrit chez les druides…, avança Escar.

— Ou un ogre tout court, approuva Fimosis.

— Ou quelqu'un d'autre en tutu, renchérit Ulser. Ben oui, si on veut être logiques…

Insensible sans doute à la profondeur de ces réflexions, le volcan connut une nouvelle crise de tremblements, la plus longue et la plus violente de toutes. Quand les aventuriers purent enfin se relever, il n'était plus un cheveu de leurs têtes qui songeait encore à ces histoires de rivaux en tutus. Ils reprirent leur fuite interrompue, regrettant de devoir commencer par contourner la faille... De l'autre côté de la crevasse, Rohand et sa complice ôtaient les chaînes de leurs shimérides. Ils ne tardèrent pas à se hisser sur leur dos et à déguerpir, après avoir esquissé un dernier salut de provocation – celui où une main venait frapper le creux de l'autre bras. En quelques instants seulement, les créatures monstrueuses disparurent hors de vue.

Ulser et ses compagnons n'échangeaient pratiquement plus aucune parole, concentrés qu'ils étaient à dévaler les pentes. Seuls les plus maladroits signalaient leurs chutes d'un « Zut ! » ou d'un « Flûte alors ! » penaud ; parfois suivi d'une bordée d'injures de Mercédès, quand elle était entraînée dans les roulades du voleur ou du chevalier. Mais, par chance, ils ne connurent pas d'autres malheurs que celui d'avoir échoué à semer le barde. Et enfin, en cinq fois moins de temps qu'il ne leur en avait fallu pour grimper, ils arrivèrent à proximité de leurs montures !

Soufflant et ahanant, ils prirent alors un moment pour récupérer des couleurs humaines, puis remirent cela à plus tard dès que le volcan recommença à s'ébrouer. La plupart sautèrent alors en selle ; Roméo et Mercédès restant debout près de Boggus.

— Où est ton cheval ? demanda l'enchanteur. On t'escorte jusque-là ; et après chacun pour soi !

— Je n'en ai pas, révéla le charmeur.

Les sorciers échangèrent des regards embarrassés, conscients des conséquences d'un tel aveu.

— Montez avec moi, proposa Maline. Mon étalon est habitué à porter bien plus lourd, quand j'arpente les terres de mon clan.

Boggus lui retourna un sourire plein de gratitude.

— Merci, mais ce ne sera pas la peine. Je n'ai pas de cheval, mais j'ai d'autres moyens de voyager… En réalité, je n'ai fait que vous servir d'escorte, moi aussi. Maintenant, je peux partir tranquille.

Sur ces derniers mots, il attrapa Roméo et le serra contre sa poitrine couverte de sueur et de bestioles rampantes. Pour autant, l'enchanteur était trop abasourdi pour le repousser.

— On se retrouve au palais d'ici quelques jours, mon ami ! chuchota le charmeur.

Il libéra l'homme stupéfait pour accorder pareille étreinte à Mercédès, avant de saluer les autres à la cantonade… Puis il s'éloigna à grandes foulées et disparut dans le labyrinthe rocailleux.

Quelques instants après, Ulser crut entendre un grognement d'ours provenant de cette direction. Il espéra que Boggus ne se ferait pas attaquer par l'animal. Puis, il se demanda ce qu'une telle bête pouvait bien fabriquer à cette altitude, en des lieux si désolés.

— L'imbécile, murmura Roméo. Maintenant, je ne vais même plus réussir à le détester.

La sorcière salua la remarque d'un sourire ; sourire

auquel son mari ne répondit pas. Ils grimpèrent ensuite en selle et guidèrent leurs chevaux vers le bas des pentes, puis commencèrent à s'en éloigner…

Il faisait presque nuit, alors. Ainsi assuré d'offrir le plus impressionnant des spectacles, tout en rouge et en noir, le Llardinaflarge entra pour de bon en éruption.

QUATRIÈME PARTIE

Chapitre 17

Il y eut des bruits épouvantables, des explosions de fin du monde, de la fumée à foison et de la lave comme si elle était gratuite. Le peu de végétation qui avait repris dans les environs fut emporté par des fleuves de flammes que personne ne pouvait arrêter… Personne ne fut assez fou pour essayer, d'ailleurs. Les habitants de la région se contentèrent d'admirer ça de loin, sous le porche de leurs fermes, un verre de gnôle dans une main et une pipe à toubac dans l'autre. On parla beaucoup et on raconta forcément n'importe quoi, associant cet événement au malheur qui avait frappé les anciens rois, et tirant cent conclusions contradictoires sur le destin qui attendait le prochain souverain. Mais surtout, on se félicita de ne pas avoir semé trop près des pentes, comme l'auraient sûrement fait ces imbéciles de Gangreniens du Sud. Après de longues discussions, certains de ces Gangrenands du Nord finirent par s'endormir et mettre le feu à leur propre maisonnée… Cela resta malgré tout anecdotique, en regard du fascinant spectacle qu'avait été cette éruption.

Les aventuriers, eux, n'en profitèrent pas autant – sauf dans les rares moments où ils osaient se retourner, et cela les poussait plutôt à donner du talon sur les flancs de leurs montures. Un moment, Ulser songea même qu'il irait plus vite à descendre et à courir lui-même avec son alezan sur le dos, mais la perte de temps nécessaire à la mise en place de son projet le dissuada de le mettre à exécution. Ils galopaient donc, puis regalopaient, cherchant à s'éloigner de tout ce que le volcan pouvait avoir à leur jeter sur le crâne : rochers brûlants, cendres, boules de feu ou éventuellement salamandres fumées. Quoique l'avis général fût que les créatures sortiraient indemnes de leur trou, quelques jours plus tard.

Ils finirent par s'arrêter, plus parce qu'il le fallait bien un jour que par réel désir. Et après avoir procédé à un rapide décompte des présents, Roméo fut soudain frappé par un horrible doute.

— Les mues ! paniqua-t-il. Boggus est parti avec toutes les mues !

— Quel scélérat ! lança Fimosis. Vous voilà, je veux dire, *nous* voilà avec une pièce manquante, maintenant !

— Elles sont dans mon sac, démentit Mercédès. Il n'a pris que sa part, juste avant qu'on sorte de la caverne. Et il n'a même pas choisi les plus belles.

Elle toisait son mari d'un air méprisant ; l'enchanteur préféra ne pas épiloguer sur le sujet, et faire diversion en feignant une quinte de toux. Puis il descendit de selle et étudia les environs plongés dans la pénombre.

— Où sommes-nous, au juste ? demanda-t-il au chevalier.

— Heu… je ne sais pas. Toujours en Gangrene, je pense.

— Sacristouille ; je me doute bien que nous sommes toujours en Gangrene ! On voit même encore le volcan ! Je voulais savoir si vous connaissiez cette région où nous nous sommes arrêtés, et si vous aviez quelque bonne histoire à nous raconter à son sujet !

— Ben… ça serait avec plaisir… mais puisque je ne sais pas où nous sommes…

Maline leva quelques instants la tête vers les étoiles et la lune, puis se retourna sur le chemin parcouru depuis le volcan.

— Nous avons chevauché vers l'ouest, annonça-t-elle. La capitale est par là. Le château des Brise-Camail, dans cette direction. Le lac de Plâtre, dans celle-ci. Ça nous fait trois points de repère.

— Peut-être, mais on ne sait toujours pas où nous sommes, soupira Escar.

Sans prendre la peine de répondre, Roméo se munit du codex et alla en présenter la carte à l'amazone. Elle trouva rapidement les lieux qu'ils avaient déjà visités, puis pointa le doigt sur un autre point.

— Ici, affirma-t-elle. Nous sommes ici, ou à peu près.

— La région des *Vimoulins*, lut l'enchanteur. Ça vous dit quelque chose, ça ?

— Ah oui, j'en ai entendu parler ! se réjouit Ulser.

Son sourire s'effaça presque aussitôt.

— Oh non, ajouta-t-il. On ne devrait pas rester ici.

— Qu'est-ce qu'il y a encore ! râla Mercédès. Vous allez nous dire que les Gangrenazes de l'Ouest sont fâchés avec les Gangrenuls du Sud depuis une sombre histoire de partie de chat perché, ou une bêtise du même genre ?

— Non… C'est juste que… je n'ai pas le droit d'être là.

Ses compagnons échangèrent des regards sidérés, croyant même avoir mal compris.

— Qu'est-ce que ça veut dire, ça ? Et vous êtes le *seul* à ne pas avoir le droit d'être là, ou ça s'applique à tout le monde ?

Le chevalier contempla ses compagnons un à un, affichant une mine piteuse.

— Seulement moi, avoua-t-il. Enfin, je suppose… Mais j'aime autant ne pas en parler. Je n'ai pas le droit, c'est tout.

— Mais pour quelle raison ? insista Roméo. Qui vous a imposé une règle pareille ?

Ulser garda bouche close, se contentant de hocher négativement la tête.

— Et dans l'hypothèse probable où nous allons passer la nuit ici, quel genre de châtiment ou de malédiction risque de vous tomber dessus, au juste ?

Le chevalier ne répondit pas davantage, se contentant de lever le menton d'un air obstiné.

— Tant pis ! se vexa l'enchanteur. Gardez vos secrets ; mais ne comptez pas sur moi pour vous tirer d'affaire quand il sera trop tard !

— Que fait-on, alors ? demanda Fimosis. On campe, ou on avance encore ?

— On s'installe ici, trancha Roméo. Cette région est trop grande pour espérer la quitter ce soir, de toute façon. Autant faire ça en plein jour !

Les autres le soupçonnaient surtout de vouloir satisfaire sa curiosité quant à cette étrange interdiction, mais ils mirent pied à terre… Ulser, pâle comme un linge, finit par les imiter. Pendant le repas qui suivit, le chevalier prononça à peine treize mots – et encore, d'une voix pitoyable, et sans rien dire d'intéressant. Puis, chacun s'installa sur une couche de fortune et détendit ses membres fatigués par les acrobaties sur le volcan.

Le prophétionnel trouvait que sa couverture sentait l'escargot, mais c'est autre chose qui l'empêcha de trouver le sommeil. Se tournant et se retournant, harcelé par ses craintes et ses angoisses, il était convaincu de ne pas pouvoir fermer l'œil de la nuit.

— Debout, allez, debout ! insistait Mercédès. Je ne vais pas revenir vous le dire une troisième fois !

Ulser était certain du contraire ; il s'apprêta à le vérifier par l'expérience, mais l'idée que la sorcière puisse perdre patience et le tirer du lit à coups de cailloux le décida à ouvrir les paupières sur ce jour nouveau. Ses compagnons étaient déjà prêts à partir, ou presque, et ils n'attendaient plus que lui pour boucler leurs sacs et grimper en selle. Finalement ravi de quitter les lieux au plus vite, le chevalier bondit sur ses solerets sans traîner davantage.

— Alors ! triompha Roméo. Vous voyez bien qu'il ne vous est rien arrivé ! Parce qu'il ne vous est rien arrivé, n'est-ce pas ?

Ce disant, l'enchanteur tournait autour du prophétionnel en l'examinant sous toutes les coutures, comme s'il s'attendait à lui découvrir une queue de singe, des oreilles d'âne et un nez en bois, toutes choses poussées en une nuit.

— Mais je ne risquais rien ici…, avança Ulser.

— Oh, très bien ! s'emporta le sorcier. Cela dit, comment aurais-je pu le savoir, étant donné que vous ne nous avez toujours pas expliqué de quoi il s'agissait ?

— C'est que… c'est très personnel, se défendit le chevalier.

— Non, vraiment ? Je ne l'avais pas deviné ! Et comment voulez-vous qu'on vous aide dans votre quête, si vous ne décrivez pas ce qui vous menace ? Vous savez qu'on va passer une bonne partie de la journée à traverser la région ? À quoi doit-on s'attendre ?

— Je ne peux pas le dire, s'entêta Ulser. Mais il ne faut pas s'enfoncer dans le pays ; mieux vaut le contourner.

— Le contourner ? Mais vous connaissez un peu la géographie de votre pays, ou pas du tout ? On y perdrait au moins deux jours ! Autant dire tout de suite adieu à votre trône !

— Ah, non ! intervint Fimosis. Ce serait dommage d'avoir accompli tout ça pour abandonner à mi-chemin !

— Vous voyez ? reprit Roméo. Même le barde se montre plus courageux que vous !

— Ce n'est pas une question de courage, se vexa le chevalier. Donnez-moi une demi-quinzaine d'ennemis et je me fais fort de les mettre en déroute, heu, avec l'aide de Maline. Mais il est certaines choses contre lesquelles même un cœur noble ne peut pas lutter, voilà.

— La barbe, conclut l'enchanteur. C'est vous le prophétionnel, après tout. Donc, de deux choses l'une : soit vous décidez de traverser cette région et de poursuivre votre quête, ou soit vous choisissez de la contourner et de perdre ainsi pratiquement toutes vos chances de réussir avant vos adversaires. Je vous préviens, si vous prenez cette dernière option, je vous plante là et je retourne dans mon laboratoire, et tant pis pour la trame du destin !

La seule fois où Ulser avait vu Roméo aussi furieux contre lui, c'était lors de leur première rencontre, après que le chevalier eut fait s'enfuir le diablotin du sorcier. C'est dire si ce discours jetait le chevalier dans les affres de l'angoisse.

— Il faudra vous y faire, commenta Mercédès. Il déteste qu'on lui fasse des cachotteries. Je suis bien placée pour le savoir.

— C'est déjà beau de le reconnaître ! cingla l'enchanteur.

Ulser se tenait devant ses compagnons rassemblés avec un embarras grandissant. Il aurait été nu dans son armure qu'il n'aurait pas connu honte plus cuisante.

— Eh bien… c'est vrai que mon père s'attend à ce que je revienne victorieux, commenta-t-il. Pourtant, d'un autre côté…

— Mais qu'est-ce qu'il peut bien y avoir de si terrible dans ce coin, mortidiou ! jura Roméo. Vous avez survécu à un dragon et à un volcan, dites-moi donc ce qui peut vous effrayer ici ! Regardez autour de vous, enfin ! C'est un endroit magnifique !

Voulant faire preuve de bonne volonté, le chevalier promena son regard sur les sous-bois fleuris et parfumés dans lesquels ils avaient passé la nuit ; mais il connaissait déjà la réputation des Vimoulins.

— Justement, avoua-t-il. Tout le monde sait que la région est très belle… C'est ici que… que la plupart des gens viennent passer leur lune de miel.

Ce disant, il avait adopté un teint rouge pivoine tranchant fortement avec la blondeur de ses cheveux. Ses compagnons l'observaient avec scepticisme et incompréhension.

— Venez un peu par ici, finit par demander l'enchanteur.

Il posa une main complice sur l'épaule du chevalier et l'entraîna à l'écart des oreilles indiscrètes, malgré tous les efforts de Fimosis pour s'écarquiller les esgourdes.

— C'est ça, votre histoire ? reprit Roméo. Vous pensez encore à votre ex-fiancée ? Il faudra bien vous sortir cette Migrene de la tête ! Et même si traverser la région vous rend mélancolique, ça n'a rien de dramatique ou d'insupportable !

— Ben… ça dépend, expliqua Ulser. On raconte une drôle d'histoire sur cet endroit…

L'enchanteur était près de secouer le chevalier comme un prunier pour le décider à parler enfin, mais il se mordit la langue pour garder patience.

— La tradition est forte, ici, poursuivit le prophétionnel. Tous les couples de Gangrene sont venus au moins une fois y renouveler leurs vœux… Ce n'est pas une région pour les célibataires. On dit que, passé un certain âge, quiconque longe les moulins sans avoir été fiancé – ou marié ou veuf – est condamné à rester seul pour la vie !

— Mais ce ne sont que des superstitions ! Vous n'allez pas tout gâcher pour une chose aussi invraisemblable !

— Oui, mais… on a vu des choses plus incroyables encore, rappela Ulser. Et avec ces histoires de nœuds dans la trame du destin… Bref, je commence à y croire.

— De toute façon, ça ne s'applique pas à vous, insista Roméo. Vous avez peut-être rompu vos vœux, mais vous avez bien été fiancé à cette Migrene, non ?

— Si…

— Eh bien, alors !

— Ça ne compte pas vraiment, révéla le malheureux. Notre relation est finie, et c'est comme s'il n'y avait jamais rien eu… puisque… elle ne m'a pas… Comment dire…

— Ouvert son lit, conclut l'enchanteur. Vous êtes donc aussi innocent qu'au premier jour ; voilà le véritable problème.

Le visage du chevalier regagna en couleur cerise, mais il acquiesça chichement.

— Je veux fonder une famille et avoir des enfants, avoua-t-il. Je ne peux pas risquer d'être condamné à la solitude.

— Des enfants du prophétionnel, commenta Roméo en levant les yeux au ciel. Pauvres de nous…

Il lâcha un profond soupir et revint doucement vers les autres, perdu dans ses réflexions. Puis un sourire chafouin monta sur ses lèvres.

— Maline, appela-t-il. Vous voulez bien rendre un petit service à notre ami ?

L'amazone acquiesçait déjà, tandis que le chevalier multipliait des signes de main traduisibles en « non, non, chut, taisez-vous, non, ce n'est rien, chut, non, ne dites rien, chut, taisez-vous, par pitié ». Mais l'enchanteur resta sourd à ces gesticulations, d'autant qu'il leur tournait le dos.

— Il s'agirait de lui offrir quelque chose, poursuivit-il. Quelque chose qui vous rapprochera de manière inattendue.

Il se retourna un instant vers un Ulser aussi humilié que fébrile, avant d'ajouter :

— À mon avis, ça ne devrait pas prendre trop longtemps.

— Qu'est-ce que tu as en tête ? intervint Mercédès. J'ai peur de comprendre !

— Il plaisante, il plaisante, bredouilla le chevalier. Haha ! Nous avons bien ri, hein ? Bon, il reste des rondelles de lapin ?

— Que faut-il que je fasse ? demanda l'amazone.

— Pas grand-chose, promit Roméo. Descendre de cheval, pour commencer ; ce sera plus pratique… Puis, vous pourriez vous installer dans ce massif de fleurs… On devrait peut-être intervenir sur vos vêtements, aussi, de manière à rendre la chose plus conventionnelle…

— Dis-moi ce que tu as en tête, vieux pervers ! commanda la sorcière.

— Mais enfin, laissez-le parler ! protesta Fimosis, le souffle court.

— Ça sera une expérience fort intéressante, reprit l'enchanteur. Ça devrait *au moins* vous amuser, d'une manière ou d'une autre, ajouta-t-il avec un sourire en coin. C'est pour ce genre d'expérience que les Aînées de votre clan vous ont envoyée parcourir le monde, Maline.

L'amazone mettait déjà pied à terre, tandis que le prophétionnel tremblait au point de faire vibrer son armure.

— Dites-moi ce qu'il y a à faire, demanda la guerrière. Je suivrai toutes vos consignes.

— Bien. Commencez par prendre notre héros par la main, puis amenez-le jusque dans ces fleurs. J'ai l'impression que vous allez devoir vous charger de la majorité du travail, de toute manière.

Maline s'exécuta, tirant doucement le chevalier jusqu'au tapis végétal. Ils attendirent alors la suite des événements, l'une docile, l'autre mortifié.

— Parfait, conclut l'enchanteur. Il ne reste plus qu'à choisir vos témoins, et nous allons pouvoir vous fiancer !

Chapitre 18

Les réactions à cette annonce furent aussi variées que les manières d'écrabouillanter un gentil Nobbite. Escar se réjouit pour ses amis. Fimosis se sentit volé d'un beau spectacle. Mercédès se demandait ce que c'était encore que cette nouvelle stupidité, sacristouille de carambouc ; tandis que Roméo savourait son petit effet d'annonce. Ulser oscillait entre surprise et frustration. Enfin, Maline attendait simplement qu'on lui explique de quoi il était question, et ce qu'elle aurait à offrir au juste à son compagnon.

— Mais… mais… nous ne pouvons pas nous fiancer, comme ça, en pleine campagne ! rappela le chevalier. Nous n'en avons même pas discuté !

— Vous pouvez en débattre pendant quelques minutes si ça vous amuse, commenta l'enchanteur. L'important, c'est de vous voir avec l'esprit tranquille, et de nous mettre enfin en route !

— De quoi s'agit-il ? releva le barde. Pourquoi « l'esprit tranquille » ?

— Une lubie locale, résuma Roméo. Les

célibataires qui traversent la région sont censés finir leurs jours dans la pire des solitudes, ou je ne sais quoi. Vous voyez le tableau…

— Ouf ! s'exclama Escar. Moi, je suis déjà marié !

— Mais pas moi ! protesta Fimosis. C'est injuste ! Pourquoi ne pas m'avoir prévenu ? Pourquoi sauver ces deux-là, et pas moi ?

— Vous voulez vraiment que je vous réponde ? cingla l'enchanteur. Mais si vous préférez rentrer chez vous, allez-y, je m'en voudrais de vous retenir !

— Je peux peut-être me fiancer avec les deux ? proposa gentiment Maline.

Les regards embarrassés de ses compagnons constituaient une réponse suffisante en soi, mais Roméo en profita pour développer.

— Ce n'est pas possible, en tout cas dans nos contrées. Vous allez échanger une série de vœux qui ne peuvent concerner qu'une seule personne. Enfin, une personne à la fois.

— On pourrait peut-être faire une exception, tenta le barde. Du côté de ma grand-mère, je dois avoir de la famille issue des tribus narrogytes, qui pratiquent la polygamie… L'affaire en deviendrait légale par le droit coutumier… En outre, je suis certain de faire un bon mari en honorant mon épouse au moins une fois par jou…

— Non, trancha l'enchanteur. Et n'insistez plus ; je sens ma colère monter.

— Sa colère et *mon* dégoût, renchérit Mercédès.

Fimosis supporta l'humiliation en grimaçant ; il se

consolait en songeant à son futur trône de Gangrene, et aux dizaines de concubines qu'il obligerait à baiser ses orteils et à l'embrasser goulûment – et pas forcément dans cet ordre.

— Quels sont les vœux que je devrai formuler ? enchaîna l'amazone.

— Ah oui, tiens ! railla la sorcière. J'ai hâte de t'entendre expliquer ça !

— Heu… nous n'avons pas vraiment le temps de les détailler. Pour simplifier, disons que si vous continuez à agir comme vous le faites, ce sera très bien.

— Oui, mais, intervint timidement Ulser, il y a quand même deux ou trois choses qui me paraissent importantes… Divers sujets qu'il me semble utile d'aborder… à commencer par la nuit de no…

— On n'a pas le temps, répéta Roméo. Vous vous débrouillerez avec votre promise, voilà tout !

— De toute manière, piqua Fimosis, ces fiançailles n'auront aucune valeur officielle. Ce sera comme si elles n'avaient pas eu lieu. Il faut un prêtre ou un druide pour valider un tel serment, et cette condition est valable sur les cinq continents !

Les traits du chevalier retrouvèrent la blanche couleur de l'angoisse, tandis que l'enchanteur tournait vers le barde une mine furibonde.

— Ne parlez pas de ce que vous ne connaissez pas, vous ! commanda-t-il. Les sorciers ayant atteint le rang d'Alpha d'une confrérie, comme c'est justement mon cas, ont toute autorité pour célébrer une telle cérémonie !

— Ah bon ? s'étonna Mercédès. Tu ne m'en avais jamais parl…

Elle s'interrompit en croisant le regard grondeur de son mari, adoptant alors une expression coupable que Ulser n'avait jamais vue sur son visage, mais qui lui semblait pourtant familière.

— C'est parce que je n'avais pas encore eu l'occasion de mettre cette compétence en pratique, prétendit Roméo. Il n'empêche que j'ai le pouvoir de fiancer ces jeunes gens de manière officielle. Si toutefois, bien sûr, ils sont d'accord.

Comme l'enchanteur l'escomptait, l'attention générale se reporta sur les intéressés. Le chevalier osait à peine baisser les yeux sur le visage de la belle amazone ; il fallut que Mercédès manifeste son ennui d'un râle impatient pour qu'il se décide. Maline lui offrait justement un de ces sourires à transformer chaque instant en éternité…

— Tu… tu veux ? demanda-t-il enfin.

— Bien sûr, annonça-t-elle. Ça ne demande pas grand-chose, et c'est vrai que ça a l'air amusant !

Ces derniers mots donnèrent au bonheur du prophétionnel une saveur un peu amère, mais pas assez pour l'empêcher de s'exclamer :

— Alors, moi aussi ! Voilà, nous pouvons nous fiancer !

Escar s'empressa de venir féliciter les promis, tandis que les sorciers affichaient un petit sourire complaisant, et que Fimosis ajoutait cette frustration personnelle à une liste déjà bien longue. Il était difficile de dire à quel point l'amazone comprenait la situation, mais elle rayonnait de joie et ne lâchait plus la main d'un Ulser en plein rêve éveillé.

— Bon ! enchaîna Roméo. Passons aux choses sérieuses, maintenant. Vous n'avez plus qu'à choisir vos témoins !

On expliqua en treize mots à Maline de quoi il était question, puis elle jeta son dévolu sur Mercédès qui s'avoua fort touchée. De son côté, Ulser appela Escar, qui en fut pareillement ému. Roméo n'eut pas à s'en vexer, lui-même devant se cantonner au rôle de maître de cérémonie… En revanche, Fimosis ressentait une telle impression de rejet que ses entrailles lui semblaient se retourner sur l'envers. Il n'eut cependant pas le temps de s'en ouvrir, le chevalier l'interpellant l'instant d'après.

— Je vous ai gardé pour vos talents de musicien, expliqua-t-il. Vous voulez bien jouer pour nous ?

— Vous voulez que *moi*, j'accompagne la cérémonie de vos fiançailles ? s'étonna le barde.

— Vous voulez que *lui*, il accompagne la cérémonie de vos fiançailles ? répéta Mercédès, sur un ton plus méprisant.

— Eh bien, oui…

— C'est d'accord ! s'exclama Fimosis, ravi. Merci pour cette reconnaissance de mon talent, bien qu'un peu tardive. Et ne vous inquiétez pas pour le montant de mes honoraires ; nous verrons cela plus tard !

Ulser acquiesça encore, un peu moins joyeusement cette fois.

Les préparatifs de la célébration furent à l'image du temps qu'il avait fallu pour la décider : très courts. Roméo insista bien sur la nécessité pour Maline de revêtir une tenue prénuptiale adéquate, et il avait même une idée très précise de la question, mais Mercédès s'opposa farouchement à ce que l'amazone se dévoilât sous un assemblage de lacets et de dentelles « dont le tissu cumulé aurait à peine pu couvrir un avant-bras », d'après la sorcière. Elle se contenta donc de glisser quelques fleurs dans les cheveux de la belle, que ces étrangetés amusaient tout autant.

De son côté, Ulser avait rapidement astiqué son armure, puis s'était peigné et rasé avec les moyens à sa disposition – ce qui, dans ce cas précis, s'était avéré une mauvaise idée. C'est donc en maintenant un linge sur ses plaies que le chevalier vint se placer à côté de sa promise, devant un Roméo de plus en plus mal à l'aise.

— Heum… Bon, le rituel est normalement très long, mais il existe une version allégée pour les cérémonies en pleine nature, prétendit-il. C'est celle que j'ai retenue.

Fimosis ponctua l'annonce d'un petit coup de cymbales, qui eut pour conséquence de faire grincer les dents du sorcier.

— Bref. Je commence… Moi, Roméo, en tant qu'ancien Alpha du Cercle d'Arnica, reconnaît ici le serment du chevalier Ulser de Brise-Camail et de la guerrière Maline du Clan des Amazones des neiges.

Vous vous promettez mutuellement assistance, amou…, heu, fidél…, enfin, toutes les choses dont nous avons parlé, quoi. Toujours d'accord ?

Les intéressés répondirent en même temps que résonnèrent les cymbales, si bien qu'ils furent seuls à s'entendre.

— Magnifique ! Les témoins confirment l'identité des fiancés, ainsi que la conformité des vœux ?

— Oui, assura Mercédès.

— Heu… s'inquiéta Escar. Qu'est-ce qu'il faut que…

— Dites simplement que cet homme s'appelle bien Ulser, pressa l'enchanteur.

— Eh bien, je suppose… Oui ! ajouta-t-il, tremblant devant les sourcils soudain froncés de Roméo.

— Parfait ! reprit ce dernier. Vous voilà désormais promis l'un à l'autre, en attente d'une véritable union, et cætera, et cætera. On peut se mettre en route, maintenant, c'est bon ?

Fimosis conclut son récital par trois derniers coups de cymbales, autant par ironie que par frustration de ne pas avoir pu démontrer davantage ses talents artistiques. Ce qui ne l'empêcherait pas d'établir quand même un billet d'honoraires long comme un bras de troll.

— Nous partons déjà ? protesta le chevalier. La cérémonie est finie ? Mais… en plus des vœux, est-ce que nous ne sommes pas censés échanger un… Enfin, vous voyez, un… un bais…

— Ça n'est pas indispensable au rituel auquel je

viens de procéder, trancha Roméo. Si vous en voulez plus, débrouillez-vous avec votre fiancée.

— Que faut-il que je fasse ? demanda l'intéressée.

Ulser étira ses lèvres vers la belle amazone, mais fut incapable d'aller au bout de son initiative, ni d'expliquer de quoi il était question. Après avoir dévisagé le chevalier et sa bouche en cœur pendant une bonne minute, Maline lui adressa un dernier sourire et bondit sur son étalon. Fimosis lâcha alors un petit rire aigri, jusqu'à ce que Mercédès passe devant lui en lui écrasant volontairement le pied.

Chapitre 19

Après le démarrage laborieux de cette journée, Roméo imposa une allure soutenue au petit groupe d'aventuriers. Ainsi, à l'heure de déjeuner, ils estimaient avoir déjà traversé les deux tiers de la région des Vimoulins. Largement assez pour ne plus s'enthousiasmer devant chacune des beautés du paysage, vallée verdoyante, champ fleuri, verger généreux, sous-bois parfumé et autre rivière chantante. Fidèle à sa stratégie, l'enchanteur avait évité les routes et les villages, préférant couper au plus court en direction de Comblemort, leur prochaine étape. Néanmoins, ils avaient aperçu à plusieurs reprises les fameux moulins évoqués par la superstition des célibataires.

— Et voilà, commentait amèrement Fimosis. Je suis condamné à rester seul, maintenant. J'aurais dû me douter que ça finirait comme ça, le jour où vous avez forcé ma porte !

— Vous n'aviez qu'à fermer les yeux, répliqua la sorcière. Vous ne les auriez pas vus, et vous arrêteriez de vous plaindre en nous cassant les oreilles.

— J'avais aussi pensé à fermer les yeux, intervint Ulser, mais ça ne marcherait pas… La légende dit bien qu'il suffit de *longer* les moulins pour être maudit.

— Merci pour ces paroles de réconfort, grommela le barde.

D'autres que lui étaient soucieux. Le chevalier, par exemple, méditait sur ses récentes fiançailles en oscillant entre le bonheur et la perplexité. Tout cela n'était-il pas allé un peu trop vite ? Et qu'en serait-il de l'avenir ? Maline accepterait-elle de s'installer en Gangrene, ou Ulser devrait-il apprendre à vivre au pays des neiges ? Rien qu'à cette idée, le malheureux tremblait de froid… mais il lui suffisait de poser les yeux sur l'amazone pour souffrir, au contraire, de bouffées de chaleur. Le plus contrariant, en définitive, était de savoir qu'elle n'avait aucune idée de ce que pouvait signifier cet échange de vœux !

De son côté, Roméo s'inquiétait pour la suite de leur quête. C'était une chose de ramasser des coquillages et des mues, mais c'en était une autre de tailler et de transporter un bloc de roche dix fois plus gros qu'un homme ! L'enchanteur disposait bien de quelques artifices magiques dans ses bagages, mais rien qui puisse l'aider dans ce cas précis, a priori. Il fallait seulement espérer que Boggus, Rohand et ce mystérieux quatrième concurrent n'aient pas davantage de solutions… et qu'ils ne la trouvent pas avant le groupe du prophétionnel. À supposer également qu'il en existât une, ce dont on pouvait douter, considérant la fantaisie avec laquelle le codex semblait avoir été rédigé !

C'est donc avec des mines fort songeuses que les aventuriers reprirent la route, après une halte-déjeuner réduite à son minimum. Ces efforts devaient néanmoins s'avérer payants, puisqu'ils quittèrent la région des Vimoulins en milieu d'après-midi, soit plus tôt que prévu. Progressivement, le paysage se mua en une lande d'herbe grasse, parsemée de rochers à demi enfouis dans le sol. La plupart se trouvaient là de manière naturelle ; d'autres avaient été dressés de main humaine, et les voyageurs repérèrent ainsi plusieurs menhirs et dolmens.

— Je ne serais pas surprise de trouver un cromlech dans le coin, annonça Mercédès. C'est toujours bon à noter…

Roméo partageait cet avis. Les sorciers avaient le pouvoir de faire voyager objets et personnes à travers des cercles de pierres dressées, et ils regrettaient que ces derniers ne soient pas davantage répandus à la surface du monde. Malheureusement, pour cette quête entièrement basée en Gangrene, les cromlechs ne leur étaient d'aucune utilité.

— Il paraît que des lutins habitent sous ces rochers, annonça Ulser, pensif. On dit même qu'ils étaient là bien avant les hommes, et qu'ils y seront encore bien après.

— C'est connu, comme histoire, répliqua la sorcière. Je l'ai entendue dans tous les pays que j'ai traversés, dans une région différente à chaque fois. Toujours la même rengaine… Des espèces d'elfes miniatures qui entrent et sortent des pierres comme s'il s'agissait de mottes de beurre…

— Non, non, ils habitent vraiment *sous* les rochers, insista le chevalier. Si je dis « il paraît », c'est parce que je n'ai jamais eu l'occasion de le voir de mes propres yeux… mais tout le monde est au courant, en Gangrene. Il suffit de soulever un bloc assez gros pour voir s'enfuir des petits bonshommes dans tous les sens, comme des crabes à marée basse, vous voyez ? Il existait même un concours annuel qui demandait d'en capturer le plus possible… mais les concurrents n'étaient pas toujours assez gentils pour les relâcher. Il y en avait même qui s'amusaient à laisser retomber les pierres sur les lutins ; alors le roi a fini par interdire la compétition.

Ses compagnons attendirent un démenti suivi d'un grand éclat de rire, mais le prophétionnel semblait tout à fait sérieux. Ils promenèrent alors un regard nouveau sur les roches alentour, se demandant combien de créatures elles pouvaient cacher, à quoi ressemblaient ces dernières, et comment elles occupaient leurs journées en compagnie des lombrics et des cloportes.

— Vous faites vraiment des concours pour n'importe quoi, dans ce pays, commenta Fimosis.

— Ah, ça oui ! s'anima Ulser. Et il y en a des fameux ! Le combat à la moustache, par exemple, ou le jeu de la pomme gobée… Enfin, celui-là n'existe plus. Mais il reste le tir aux clous, le tournoi d'esquive, la course à la guêpe et la course à l'ours, le duel des borgnes, puis le duel des aveugles, le lancer de béb…

— On s'en fiche, annonça Roméo. Parlez-moi encore de ces lutins. Est-ce qu'ils ont un rapport avec cet endroit appelé Comblemort ?

L'expression du chevalier changea brutalement, passant de l'enthousiasme à une extrême gravité.

— C'est une bien triste histoire, prévint-il. Je ne sais pas si…

— Allez-y, ne me ménagez pas, répliqua l'enchanteur agacé. Je promets de ne pas pleurer.

— On vous sait insensible aux malheurs d'autrui, piqua le barde.

— Bon…, reprit Ulser. Ça s'est passé il y a des siècles, quand le baron local a décidé de construire une tour fortifiée sur ces terres. Le problème, c'est que la pierre qu'il avait choisie comme base de l'édifice abritait une famille de lutins… des créatures qui n'aiment pas le voisinage…

— Vous vous fichez de nous ? coupa Mercédès. Vous n'allez pas encore nous ressortir la même tragédie ?

— Non, de quoi parlez-vous ?

La sorcière n'eut même pas la patience de lui expliquer. Après quelques instants de réflexion, le chevalier réussit à faire lui-même le rapprochement avec le lac de Plâtre et le volcan, et un sourire satisfait éclaira son visage… jusqu'à ce qu'il remarque les expressions excédées des sorciers et se décide enfin à livrer son récit.

— Les lutins ont fait tout leur possible pour gêner le travail des ouvriers, expliqua-t-il. Chaque fois qu'un muret était élevé sur la roche, les petits hommes le démontaient pendant la nuit. Cela a duré des mois, la colère des deux camps grimpant chaque jour davantage. Puis les lutins ont enlevé un des maçons et l'ont entraîné dans leur monde, d'où il n'est jamais revenu… Les autres ont alors refusé de retourner au chantier et le baron a fini par envoyer ses soldats sur place.

— J'imagine qu'ils ont tout tenté pour piéger ces créatures sans jamais y parvenir, résuma Roméo. Et ensuite ? Par quel événement mystérieux les uns et les autres ont-ils connu une inévitable fin tragique ?

— Eh bien… le baron a décidé d'aller chasser les lutins sur leur propre terrain, et il a engagé des sapeurs pour creuser sous la pierre. Ça leur a pris des semaines et des semaines, mais ils ont fini par trouver les tunnels utilisés par les petits hommes. Ils y ont alors lâché plusieurs dizaines de furets… On dit que les cris d'agonie des lutins traversaient même l'épaisseur de la roche, et que la seule chose qu'on entendait plus fort, c'était le rire du baron.

— C'est ignoble, jugea Maline. C'est lui qu'on aurait dû livrer aux bêtes sauvages !

— Oh, il fut puni ; mais d'une autre manière. L'énorme pierre sur laquelle il voulait bâtir sa tour, et où il se tenait avec ses soldats, commença à bouger doucement… puis elle s'enfonça soudain dans le sol, comme si plus rien ne la retenait ! Elle chuta dans un puits si profond que ceux qui avaient assisté à la scène eurent le temps de rentrer chez eux et d'avoir des petits-enfants avant qu'un écho n'annonce enfin le choc final. Ceci dit, cette partie de l'histoire est sûrement un peu exagérée.

— Vous croyez ? railla Mercédès.

— Et c'est ce trou qui porte le nom de Comblemort, comprit Roméo. Nous sommes censés remonter un gigantesque bloc de pierre d'une espèce de puits sans fond !

— Voilà ! C'est exactement ça ! conclut Ulser.

Il se réjouissait d'avoir pu partager sa pensée, mais se rembrunit aussitôt en reprenant conscience de la situation. Ils passèrent alors quelques minutes à chevaucher en silence, chacun méditant sur leurs chances réelles de réussite – chances qu'il était facile d'estimer si l'on savait compter jusqu'à zéro.

Après un moment, c'est une autre idée qui s'imposa à l'esprit de Mercédès :

— Dites, ça n'est jamais venu à l'idée de tous vos barons d'arrêter de construire n'importe quoi n'importe où ?

— C'est-à-dire que c'est un peu la principale activité des seigneurs, expliqua le prophétionnel. Depuis que le pays est pacifié, les nobles s'ennuient et ne font que se préparer à un retour éventuel des guerres entre voisins.

— Votre père aussi ? poursuivit la sorcière. Vous avez des chantiers en cours, en ce moment ?

— Non, pas encore… mais mon père avait prévu de me confier bientôt une mission. Il s'agit de superviser les travaux de construction d'un pont fortifié, au-dessus des marais, au sud. Le problème, c'est que ces marais abritent justement une famille de saraniens, des créatures qui n'aiment pas le voisinage… Enfin, bref, je m'occuperai de ça plus tard.

— Oui, s'il vous plaît, soupira Mercédès. Beaucoup, beaucoup plus tard, même. Quand nos routes se seront séparées, ce sera parfait.

— Les nobles s'ennuient et attendent la guerre, bougonna Roméo. Avec le désordre que vous avez mis dans la trame du destin, ils risquent d'être très bientôt satisfaits !

Chapitre 20

Ils arrivèrent à Comblemort une heure et treize minutes plus tard. L'endroit était impossible à louper : une étrange brume flottait au-dessus du puits sans fond, signalant son emplacement à des lieues à la ronde. Le gouffre se trouvait au centre d'une zone austère, où l'herbe ne poussait plus depuis des siècles, laissant la terre écorchée dévoiler ses impuretés et ses caillots de granite. Un profond silence régnait aussi sur les environs. Du moins, jusqu'à ce que déboulent Fimosis et ses sifflotis, le chevalier et sa cuirasse à roulements à billes, ainsi que les jurons de Mercédès par-dessus tout.

Ils mirent pied à terre à quelques dizaines de pas du précipice, puis s'avancèrent prudemment vers le bord. Le puits faisait bien trente mètres de diamètre. Maline fut la première à avoir le courage de se pencher au-dessus du vide, pour livrer à ses compagnons ses premières impressions :

— On ne voit rien du tout. C'est noir comme la nuit.

— Il fallait s'y attendre, acquiesça Roméo. Ça a beau être un trou maudit, ça reste un trou.

— Par contre, il y a une drôle d'odeur, intervint Ulser. Ça me rappelle quelque chose, mais je n'arrive pas à trouver quoi…

— Pensez à votre nouvelle secrétaire, railla Mercédès. Vous savez, celle qui nous a envoyés dans ce désastre !

— Mais oui, vous avez raison ! se rejouit le chevalier.

Puis, aussitôt après, il se pinça les narines.

— Bon, comment procède-t-on ? enchaîna Fimosis. C'était quoi, votre plan ?

— Un plan, quel plan ? se raidit l'enchanteur. Je n'ai jamais prétendu avoir un plan ! Qui a dit que c'était à moi d'avoir toutes les idées, d'abord ?

— Eh bien… étant donné que vous vous comportez un peu toujours comme le chef de troupe… Ceci dit, si vous ne voulez plus du titre, c'est avec plaisir que j'endosserai cette responsabilité !

— Vous rêvez debout, commenta Mercédès. Il n'est pas question de vous laisser diriger quoi que ce soit !

— Ce n'est pas Ulser, le chef ? s'étonna Escar. Étant donné son travail de prophétionnel… Je croyais que…

Le chevalier bomba le torse et leva haut son front noble, satisfait de voir sa qualité ainsi reconnue.

— Bien entendu, affirma-t-il avec condescendance. Par la noblesse de ma lignée, par celle de mon serment de paladin, et par la décision même du destin, je reste le commandant incontestable de notre compagnie.

Il perdit beaucoup de son assurance en croisant soudain le regard orageux de Roméo.

— …mais, enchaîna-t-il en bredouillant, rien ne serait possible sans les conseils avisés d'anciens pleins de sagesse avec qui…

— *Ancien* plein de *sagesse ?* explosa l'enchanteur. Pour vous, je ne suis qu'un vieux baratineur, alors ? Très bien ! Si vous êtes si malin, débrouillez-vous tout seul !

Il s'éloigna sur ce dernier mot pour aller s'asseoir par terre, à quinze mètres de là, bras croisés et visage fermé. Constatant qu'il ne faisait pas mine de revenir, les autres se tournèrent vers un Ulser bien dépité.

— Ça va lui passer, promit Mercédès. Il est seulement contrarié de ne pas avoir de solution à proposer. Il déteste être mis en échec.

— Son attitude n'est guère digne d'un véritable chef, commenta Fimosis. Je renouvelle donc ma candidature à ce poste. Et pour que la chose soit régulière, je propose d'effectuer un vote à main levée.

Joignant le geste à la parole, il éleva le poignet à hauteur de son visage. Les autres ne lui accordèrent qu'un regard indifférent avant de se disperser autour du gouffre, à la recherche d'une bonne idée, ou même d'un prétexte pour se défiler.

Après vingt minutes, Maline appela ses compagnons auprès d'elle. L'amazone avait surpris tout le monde en s'éloignant largement du puits maudit, puis en scrutant le sol sur de longues distances... Sa manœuvre avait d'autant ralenti les recherches de Fimosis, Ulser et Escar, puisque les hommes regardaient plus volontiers les cuisses de la guerrière penchée en avant que le paysage lui-même. Cela eut au moins un effet positif : quand elle agita la main dans leur direction, ils accoururent comme des chiots à l'heure de la gamelle. Même Roméo daigna quitter sa posture boudeuse pour voir de quoi il retournait exactement.

La découverte était effectivement de taille. À une soixantaine de mètres du gouffre, derrière l'un des nombreux rochers disséminés sur la lande, Maline avait trouvé une cavité qui ressemblait fort à l'entrée d'un tunnel. Il en émanait d'ailleurs la même odeur putride qui remontait des profondeurs de Comblemort. Tout portait à croire que l'un et l'autre étaient liés... Le souterrain était probablement plus récent que le puits ; à moins qu'il ne fût justement celui utilisé par les sapeurs à l'origine du drame. Cela importait peu aux voyageurs. Au contraire des remarques de l'amazone, alors penchée sur le sol.

— Regardez ici, et là, indiqua-t-elle. Plusieurs créatures sont passées par ce chemin récemment. Celle-ci est une empreinte humaine. Celle-là, à quatre doigts, m'est inconnue... mais on dirait celle d'un oiseau. Enfin, la dernière est celle d'un ours, sans doute possible.

— Je devine de quoi il s'agit, intervint Ulser.

Sûrement un bateleur, un homme de cirque, accompagné de sa bête et d'une de ces autruches qu'on trouve sur le continent Sud… Ils se seront réfugiés là-dedans pour échapper au mauvais temps, voilà tout.

— N'importe quoi, jugea Mercédès. Quel mauvais temps ? Et même, pourquoi ne sont-ils pas ressortis, alors ?

— Ils se sont peut-être perdus dans le noir, s'obstina le chevalier. Ou alors, ils ont eu un accident.

— L'ours a peut-être mangé l'autruche, suggéra Escar.

Roméo lâcha alors un profond soupir, secouant la tête et levant les yeux au ciel.

— C'est bien pire que ça, annonça-t-il enfin. Ces traces ne peuvent être que celles de Boggus, de Rohand le Pureux, et de sa harpie… Ils sont encore en avance sur nous !

Le chevalier esquissa un sourire, puis comprit que l'enchanteur était tout à fait sérieux. Il se gratta alors la tête d'un air perplexe.

— Rohand et la harpie, je veux bien, mais l'ours ? Vous croyez que votre ami a dressé une bête pour monter sur son dos ?

— Je crois plutôt que c'est lui, la bête.

Ulser choisit d'en rester là. Roméo était apparemment si rancunier envers son collègue sorcier qu'il préférait l'insulter à la moindre occasion plutôt que faire une réponse sérieuse !

— Au moins, ce mystérieux quatrième concurrent semble encore derrière nous, *lui*, commenta

Mercédès. Je n'aurais jamais cru dire ça un jour, mais il y a pire que nous.

— Rien ne le prouve ! se vexa Fimosis. Peut-être qu'il est très en avance, au contraire. Il pourrait s'agir d'un véritable génie, un maître stratège, si habile qu'il surpasserait tous ses pareils sans même qu'ils en aient conscience…

Il s'interrompit brutalement, soudain mal à l'aise devant les visages interloqués qui l'entouraient.

— …mais il est sûrement derrière nous, reprit-il. Ça ne fait aucun doute. Le plus important, de toute manière, c'est de se dépêcher de rattraper les autres !

— Heu, bredouilla Ulser, vous ne suggérez quand même pas de descendre dans ce tunnel ?

— En tant que chef, vous avez sûrement une meilleure idée ? piqua Roméo. Sinon, je ne vois pas grand-chose d'autre à faire ! Et ce n'est pas un hasard si vos adversaires sont passés par là !

— Rohand semble bien renseigné, acquiesça Mercédès. Et Boggus a pu envoyer ses créatures en éclaireurs…

— Il vous reste encore la possibilité de sauter au fond du gouffre, renchérit l'enchanteur. Ah ça, en principe, vous arriverez le premier… Mais est-ce que vous serez encore en état de tailler un bloc de roche de plusieurs tonnes et de le hisser jusqu'à la surface… J'en doute !

— Il vaudrait mieux ne pas faire ça, recommanda Escar. Il se tuerait sûrement, maintenant que son armure n'est plus magique. Ça ne serait pas une bonne chose pour la quête.

— Bien d'accord, approuva Roméo. Alors, « capitaine » ? Qu'est-ce que vous décidez ?

Le chevalier fit mine de réfléchir, lança des œillades songeuses en direction du précipice couvert de fumerolles, puis désigna le tunnel d'une main qu'il aurait voulu moins tremblante.

Dix minutes après, équipés de leurs armes, de vêtements supplémentaires et de quelques lampes, les aventuriers s'engageaient dans le souterrain. Ils restèrent un moment enveloppés dans un silence d'une rare gravité, jusqu'à ce que le barde entonne un air où il était question de siffler en travaillant. Dès lors, le naturel reprit le dessus et Ulser, puis Escar, se cognèrent à un premier plafond bas.

Sur les quarante ou cinquante premiers mètres, le tunnel suivait une pente douce et régulière, droite et assez large pour laisser marcher deux hommes de front. Le chevalier fit remarquer que cela ne ressemblait pas à une formation naturelle, et qu'un tel couloir paraissait plutôt avoir été taillé par une race quelconque de mineurs. Ce à quoi Mercédès répondit qu'ils avaient de la chance d'avoir un tel génie de l'observation parmi eux. Ulser se crut alors encouragé et multiplia ses supputations, désignant chaque trace dans laquelle il pensait reconnaître un coup de pioche, discourant sur les difficultés qu'avaient dû avoir les ouvriers à franchir tel ou tel passage… jusqu'à ce que la sorcière menace de lui imprimer le visage dans la pierre s'il ne se taisait pas pour de bon. Dès lors, il garda ses déductions pour lui, tout en trouvant étrange la manière dont Mercédès pouvait ainsi changer subitement d'humeur ou d'avis.

Maline repéra d'autres signes du passage de leurs concurrents : quelques poils d'ours, des fientes des petits animaux de Boggus, des taches de suie causées par les torches de Rohand et de la harpie... Ils se seraient presque attendus à tomber nez à nez avec eux, mais cela ne devait pas arriver dans le colimaçon. Puis, ce premier tunnel s'acheva sur un palier donnant sur trois nouvelles galeries.

— Il fallait s'en douter, commenta Roméo. C'était un peu trop simple, jusque-là.

Ils attendirent ensuite le résultat des examens de l'amazone, qui scrutait l'entrée de chacun des passages.

— Boggus a pris à gauche. Rohand et la harpie, à droite.

— Bon, enchaîna l'enchanteur. Au moins, la décision ne sera pas trop difficile à prendre !

Ses compagnons acquiescèrent de concert... avant de choisir des directions différentes. Mercédès et Maline partirent à gauche, Escar et Ulser au centre, alors que Fimosis s'engageait vers la droite. Ils s'arrêtèrent dans un bel ensemble, chacun regardant les autres d'un air effaré, tandis que Roméo se massait les tempes avec lassitude.

— C'est pourtant par là ! affirma Mercédès. Boggus sait ce qu'il fait ; il faut suivre sa piste !

— Ses familiers lui ouvrent la route, confirma l'amazone.

— Le Pureux me paraît beaucoup mieux renseigné et préparé, rétorqua le barde. C'est lui qu'il faut imiter !

— Mais, objecta le chevalier, on risque de se gêner les uns les autres... Mieux vaut prendre au centre, où on ne rencontrera personne...

— Bien vrai, acquiesça Escar. Chacun sa route, chacun son chemin, voilà.

Tous les regards se concentrèrent alors sur Roméo, qui n'avait pas encore bougé.

— C'est *Ulser* qui a raison, annonça bientôt l'enchanteur.

— Vraiment ? s'ébahit le chevalier.

Puis il referma sa bouche bée et s'empressa de reprendre :

— Mais oui, bien sûr. Je le savais.

— Pas pour la raison que vous donnez ! prévint le sorcier. C'est seulement une question de logique ; ceci dit, vous ferez un effort pour comprendre quand même. Regardez un peu la taille de ces galeries, et dites-moi ce que vous en pensez.

Tous se retournèrent sur les couloirs ; après quelques instants, Maline rejoignit le chevalier et le voleur au centre.

— Ça m'avait échappé, reconnut l'amazone. J'étais restée concentrée sur les traces au sol.

— Les autres passages sont trop étroits pour y glisser l'énorme bloc que nous sommes censés rapporter, confirma Roméo. Seul celui du milieu est assez large. Donc, inutile de s'engager ailleurs.

Fimosis se rendit à l'argument et se rapprocha du trio, vexé toutefois de ne pas y avoir pensé lui-même.

— Bizarre quand même, grommela Mercédès. Ni Boggus, ni Rohand ne s'en sont préoccupés…

— Ce qui prouve qu'ils sont plus bêtes que moi, triompha l'enchanteur.

— Bien dit, approuva le chevalier.

— Mouais, reprit la sorcière. Cette histoire de rocher ressemble quand même de plus en plus à un canular. J'espère que nous ne serons pas les seuls idiots à tenter de déplacer un morceau de montagne.

Ce disant, elle rejoignit néanmoins ses compagnons, puis jeta un regard dubitatif à son mari. Ce dernier se contenta de hausser les épaules, tout en souhaitant ardemment ne pas s'être trompé…

Il devait absolument surpasser Boggus. C'était la seule manière d'effacer un peu de ce qu'avait murmuré Mercédès, quelques nuits plus tôt, alors qu'elle était plongée dans le sommeil.

Chapitre 21

Après quelques dizaines de mètres seulement, l'architecture du couloir devint beaucoup moins régulière, et son sol de plus en plus pentu. Rapidement, les aventuriers se retrouvèrent à poser la main sur la paroi pour assurer leur équilibre, ou au moins pour se retenir en cas de chute. C'est à cette occasion que le chevalier laissa échapper un long cri strident, alors qu'il s'était malencontreusement appuyé de tout son poids sur une espèce d'énorme limace des profondeurs... Le fait de porter des gants ferrés n'avait rien ôté du côté répugnant de l'incident. Ce n'est qu'après avoir nettoyé la pièce d'armure gluante, avec force grimaces et interjections écœurées, que le prophétionnel sentit le regard grondeur des sorciers sur ses épaules. Et il eut beau alors leur présenter son plus beau sourire navré, il eut malgré tout droit au sermon de rigueur.

— Maintenant, il n'est pas une seule créature jusqu'au fin fond de ce trou qui ignore encore notre présence ici, constata l'enchanteur. C'est plus fort que vous, n'est-ce pas ?

— De quelles créatures parlez-vous ? intervint Fimosis. Tous les lutins de Comblemort ont disparu dans l'effondrement de leur cité, non ? Il n'y a personne, à part nous et les autres candidats…

— Peut-être. Et peut-être pas, compléta Roméo. Je me méfie. Plus rien n'est certain, depuis… Enfin, vous voyez ce que je veux dire.

— Moi, je vois très bien, appuya Mercédès. Depuis qu'un imbécile heureux s'est pris les pieds dans la trame du destin !

Ulser soupira de soulagement, heureux de voir qu'il ne s'agissait pas de lui, cette fois. Il s'étonnait tout de même d'apprendre qu'un autre homme avait également modifié la marche de l'univers… Il pensait être le seul dans ce cas.

Ils se remirent en route peu après, en redoublant d'attention. Le chevalier croyait désormais repérer des lutins agressifs dans chaque ombre mouvante, ce qui n'accélérait pas sa progression, bien au contraire. Sa nervosité devait naturellement se communiquer à d'autres membres du groupe. Escar et Fimosis commencèrent donc à traîner le pas, de plus en plus, jusqu'à faire perdre patience à Roméo.

— Nous allons nous encorder, décida le sorcier. Ce sera plus sûr !

— Mais, remarqua le voleur, nous ne risquons pas de nous casser la figure ?

— Sacristouille, c'est justement pour éviter ça ! Et pour conserver un minimum d'allure, aussi. Parce qu'à notre vitesse actuelle, nos adversaires auront le temps de se faire couronner et même d'avoir des héritiers avant qu'on n'arrive au fond du gouffre !

Le chevalier aurait bien objecté qu'une telle entrave risquait de gêner ses mouvements d'escrime s'il avait besoin de mener combat, mais quelque chose lui disait qu'il ne serait pas pris au sérieux. Il se passa donc docilement la corde autour de la taille avant d'en tendre le bout à Escar, qui finit après plusieurs manipulations maladroites à se retrouver avec les mains attachées dans le dos. Roméo prit quelques instants pour tenter de le libérer, s'énerva devant la complexité des nœuds dans lesquels le voleur avait réussi à s'empêtrer, puis décida que finalement « ça ne ferait pas une grande différence, mortidiou ». La colonne reprit donc sa progression en traînant derrière elle un Escar ficelé comme un saucisson vaguement boudeur, mais surtout honteux.

Par chance, il n'eut pas à supporter les désagréments d'une chute les dents en avant. Après avoir vu la pente s'accentuer de manière de plus en plus dangereuse, au point de faire penser à une mauvaise direction, les aventuriers eurent la bonne surprise de découvrir des marches taillées à même la pierre. L'enchanteur ne manqua pas de faire remarquer à quel point cela étayait son raisonnement – sans que cela soit justifié, d'ailleurs.

— Ça confirme surtout que ces tunnels appartenaient aux lutins, nota Fimosis. Les degrés de ces escaliers sont quatre fois plus petits que la normale.

— Bah, ça suffit pour nous empêcher de glisser, répliqua Mercédès. C'est tout ce qu'on leur demande.

— Oui, mais vous imaginez ? poursuivit le barde. Ça devait être immense… Toute une cité souterraine, cachée sous une pierre perdue dans la lande… et anéantie en une seule journée…

— Vous m'étonnez, avoua la sorcière. Je vous croyais incapable d'une telle sensiblerie.

— Pour être honnête, je pensais surtout aux trésors que l'endroit devait receler… mais le drame vécu par ces pauvres créatures m'émeut au plus haut point, s'empressa-t-il d'ajouter. Quand je songe à ces milliers de lutins… réduits en une purée gluante… étouffés par la terre qui avait été leur foyer…

— Mouais. N'en faites pas trop quand même. De toute évidence, vous êtes encore pire acteur que musicien.

— C'est justement là que vous vous trompez ! répliqua-t-il, piqué au vif. Quand vous saurez…

— Vous dites ?

— Non. Rien.

Il se renfrogna et se concentra dès lors sur ses projets d'avenir, se promettant d'installer la plus grande salle de tortures jamais vue sous son futur palais royal, et d'inviter le couple de sorciers à l'inaugurer « à sa manière ».

Peu de temps après, ils parvenaient à hauteur d'une faille dans la paroi. Ce n'était pas la première fois qu'ils dépassaient de telles anfractuosités, mais elles étaient jusqu'alors toujours trop petites pour espérer s'y engager… ce qui n'était pas le cas, cette fois. Ils se trouvaient donc à un nouveau carrefour, où il fut vite décidé de poursuivre sur le chemin principal.

Après quelques dizaines de mètres, Maline, qui menait la marche, ralentit volontairement l'allure du groupe. Puis l'amazone n'avança plus qu'à pas prudents, lampe dans une main et gourdin dans l'autre. Cela devait évidemment flanquer la frousse à tous ses compagnons. Ulser en oublia même de respirer pendant trois minutes, au moins. Lorsqu'il en prit conscience, le chevalier s'abandonna à une inspiration aussi bruyante qu'un orgasme d'otarie. Les « Schuuüutt ! » et les « Fermez-la, sacrebouc ! » qui suivirent furent pourtant plus sonores encore, mais Ulser ne s'en formalisa pas, trop préoccupé qu'il était à assurer ses fonctions vitales.

Peu après, Maline s'arrêtait pour de bon. Sous les yeux surpris des aventuriers, elle détacha la corde qui la retenait à la taille et s'aventura, seule, sur encore cinq ou six mètres… Impossible d'aller plus loin.

— Le passage donne dans le gouffre, annonça-t-elle en se penchant prudemment. Je vois la lumière, là-haut.

— Cette galerie a été tronquée dans l'effondrement de la cité, expliqua Roméo. Pas de chance… mais ce contretemps était prévisible. Nous n'avons qu'à prendre l'autre embranchement.

— Sauf qu'il est trop petit pour laisser passer notre rocher, remarqua Mercédès. Nous n'aurons pas plus de chance de réussite que Boggus ou Rohand !

— On verra bien, s'impatienta le sorcier. De toute façon, nous n'avons pas vraiment le choix !

Il n'y avait rien à répondre à cela, aussi entreprirent-ils un demi-tour. Mais l'étroitesse du couloir et la corpulence de certains membres de la compagnie rendaient laborieuse un retournement de la colonne. Après deux essais où Mercédès s'était systématiquement retrouvée coincée avec Escar, il fut décidé de laisser le voleur aux mains entravées mener le groupe jusqu'à la faille.

— C'est tout droit, rappela Roméo. En principe, même vous ne devriez pas vous perdre !

Le malheureux bredouilla qu'il ferait de son mieux, puis soupira de soulagement une fois sa mission accomplie. Maline put alors reprendre sa place en tête de colonne, et l'exploration reprit, dans un boyau rocheux encore plus oppressant.

Cela devait durer deux bonnes heures. Deux heures pendant lesquelles les aventuriers avancèrent et reculèrent derrière l'amazone, peinant, glissant parfois, rebroussant chemin au bord du gouffre pour s'enfoncer toujours plus profondément dans des ténèbres humides… La tête finissait par leur en tourner, et ils se demandaient d'où la guerrière pouvait tirer une telle énergie. Mais, enfin, ils poussèrent un soupir de plaisir et de soulagement quand elle leur annonça avoir atteint son but.

Rien moins que le fond de Comblemort.

Pour en avoir la certitude, il leur suffisait de lever les yeux. Des centaines de mètres plus haut, un petit cercle lumineux, presque un point, livrait passage à la pâleur rougeâtre du crépuscule. C'était bien insuffisant pour éclairer l'environnement du chevalier et de ses compagnons, mais ces derniers pouvaient désormais se désencorder et promener leurs lampes à loisir. Mercédès consentit même à trancher les liens du pauvre Escar, considérant qu'il s'était montré assez tranquille pour avoir mérité un peu de liberté. Tous partirent donc à la découverte de cet endroit étrange, fond d'un puits surnaturel aux parois étonnamment régulières.

— On ne devrait pas voir la pierre ? s'étonna Fimosis. Celle où ce baron était censé construire sa tour, et qui aurait tout aplati dans sa chute ?

— Elle doit être quelque part là-dessous, supposa Roméo. Ensevelie sous tout ce qu'elle a entraîné avec elle, et ce qui est encore tombé depuis… Ça peut faire une belle couche de cochonneries. Peut-être même plusieurs dizaines de mètres.

L'enchanteur n'exagérait pas. Le « sol » n'était qu'un empilement de gravats rocheux de toutes formes et tailles, à l'équilibre parfois précaire. Le chevalier en fit l'expérience en déclenchant un mini-éboulement qui résonna loin, très loin dans les galeries.

— J'ai seulement essayé de soulever un rocher, expliqua-t-il, essoufflé. Vous savez, pour la quête… mais ils sont décidément trop lourds.

— Sans blague ? répliqua Mercédès. Vous espériez vraiment rapporter l'un de ces énormes machins jusqu'à la sortie ?

— Eh bien, oui… C'est ce qu'on attend de nous, après tout.

— Certains de ces blocs ont les bonnes dimensions, admit Roméo. Celui-là, par exemple… On y taillerait un trône d'une seule pièce, comme prévu. Ah, si seulement…

Il se tourna de tous côtés, leva les yeux vers les hauteurs du gouffre, puis secoua la tête d'un air impuissant.

— On se fiche de nous, commenta-t-il aigrement. Pour avoir la moindre chance, il nous faudrait retourner à la surface, acheter des longueurs incroyables de cordes et de chaînes, engager des manœuvres, installer un palan…

— Les druides ne voyaient pas la chose comme ça, affirma Fimosis. Pour eux, même un homme seul devait pouvoir accomplir la quête. Donc, il y a sûrement un truc.

— Vous êtes bien sûr de vous, nota Mercédès.

— C'est parce que je le leur ai demand… Enfin, ils me l'ont dit, corrigea le barde.

— Tiens, c'est vrai que vous êtes allé vous balader dans leur tente, vous…

Le regard soudain suspicieux de la sorcière poussa le petit homme à changer de sujet, quitte à dire n'importe quoi.

— Heu, il va bientôt faire nuit… Vous ne pensez pas que l'endroit risque de devenir dangereux ?

— Ça ne fera aucune différence, affirma Roméo. Nous nageons déjà dans les ténèbres.

— Oui, mais, mais, et si c'était le moment où les lutins se découvraient ? Tout à l'heure, vous avez suggéré qu'il pouvait en rester quelques-uns… Et après ce que les humains ont fait à leur cité, j'imagine qu'ils ne vont pas se montrer très amicaux, en nous trouvant ici…

Les billes de plomb prisonnières de l'armure du chevalier se mirent soudain à trembler, signe que leur propriétaire en faisait autant. Le bruit agaça l'enchanteur au moins autant que le reste.

— On ne peut pas dire qu'ils nous ont beaucoup dérangés jusqu'à présent, rétorqua-t-il. Et quand bien même, ce ne sont que des lutins quatre fois plus petits que nous. N'oubliez pas qu'ils ont été défaits par de simples furets.

— Oh, moi… je disais ça comme ça… Ils ont quand même réussi à emporter leurs ennemis dans la mort et jusqu'au fond du gouffre, par on ne sait quelle puissante magie…

Les billes, qui s'étaient entretemps calmées, se remirent à vibrer de plus belle.

— Raison de plus pour ne pas lambiner, trancha Roméo. Que tout le monde se mette à fouiller ce trou. Si vraiment astuce il y a pour déplacer un rocher là-haut, nous devons la trouver !

Chapitre 22

Ulser et ses compagnons fouillèrent les décombres pendant un bon moment. D'abord timidement – avec la crainte de découvrir des squelettes de lutin ou de toute autre créature ayant dérapé au bord du gouffre – puis avec de plus en plus d'assurance à mesure que le temps passait sans incident. Ils s'enhardirent même à soulever quelques roches plates, à démanteler plusieurs amas suspects, ou à explorer les cavités créées par les éboulements… en vain. Personne n'eut l'occasion d'appeler les autres près de lui pour exhiber une trouvaille miraculeuse. Découragé, Roméo finit par battre le rappel de ses troupes.

— Je crois que c'est fichu, avoua-t-il tristement. Du moins, pour aujourd'hui. Autant remonter se reposer un peu.

— Mais, et la pierre ? s'inquiéta le chevalier. Et le trône ? Ce n'est pas que j'y tienne beaucoup ; par contre, mon père… Je risque de… d'affronter les conséquences de sa déception…

— Désolé, soupira l'enchanteur. Il n'y a plus rien

à faire. Consolons-nous en songeant que les autres n'ont pas dû avoir plus de chance… On avisera demain.

Les visages soucieux qui l'entouraient acquiescèrent chichement, entre frustration et résignation. Chacun se perdit dans ses pensées ; jusqu'à ce qu'un soudain bruit de mastication, comme celui d'une pomme mordue à pleine bouche, ne brise le silence. Les regards se tournèrent alors vers le voleur, qui s'excusa d'un petit geste en engloutissant sa dernière bouchée. Roméo nota qu'il portait encore des morceaux de corde enroulés autour de ses poignets – sans doute n'avait-il pas réussi à les dénouer.

— Escar ? Vous mangez quoi, au juste ?

— Des champignons. J'en ai trouvé tout plein, là-bas. Comme il se fait tard, j'avais un peu faim… Vous en voulez aussi ?

L'enchanteur refusait déjà d'un signe, mais l'homme s'escrima néanmoins à ouvrir sa besace et à la présenter à ses compagnons. Ulser se laissa tenter et en saisit un, amusé par l'étrange lueur verte qui en émanait… mais il se figea dès la première note du cri d'alerte des sorciers !

— N'y touchez pas, surtout ! prévenait Roméo.

— Abruti, lâchez ça tout de suite ! renchérit Mercédès.

Le chevalier s'abandonna alors à ses réflexes d'homme d'action en écartant héroïquement le pouce et l'index, ce qui eut pour conséquence de faire retomber ledit champignon parmi ses congénères porracés. Pour le coup, c'est le voleur qui adopta soudain une teinte verdâtre.

— Quoi, qu'est-ce qu'il y a ? bredouilla-t-il. Ils ne sont pas mûrs, c'est ça ? C'est pas la saison ?

— Faut dire, quand même, commenta Fimosis. Manger des champignons qui brillent dans le noir… Fallait oser…

— Mais ils sont bons, pourtant ! paniquait Escar. Allez-y, goûtez pour voir !

Le barde, le chevalier et même l'amazone firent un pas en arrière, comme si la besace soulevée devant leur nez allait leur exploser soudain au visage. Le voleur finit par abandonner le sac à Roméo qui le réclamait à grands gestes. L'enchanteur se plongea alors dans un examen consciencieux des agarics, sans pour autant se risquer à les manipuler.

— Ventrelotte, on dirait vraiment… des *jivarolles*… La description correspond, en tout cas… Mais comment est-ce possible ?

— Ça expliquerait beaucoup de choses, acquiesça Mercédès.

— C'est pourtant vrai… mais je n'arrive pas à y croire… et j'aurais dû y penser, malgré tout ! Je mériterais une bonne gifle, tiens !

— À votre service, proposa Fimosis.

— Mais quoi, quoi ? reprit Escar. Je risque d'être malade, c'est ça ? Un peu ballonné, peut-être ? Ou un vague urticaire ?

Le regard entendu qu'échangèrent les sorciers donna la chair de poule à Ulser. Il n'aurait pas aimé être à la place de son ami… La chance du treizième fils d'un treizième fils semblait l'avoir lâché, cette fois. À moins que tout le malheur de ce panier de champignons ne soit concentré dans celui que le chevalier avait saisi ; pensée qui le poussa à essuyer son gant ferré pour la vingt-huitième fois en trois minutes.

— Nous n'en savons rien, annonça Roméo. À ma connaissance, aucun humain n'avait été assez stup… imprudent, pour porter une jivarolle à ses lèvres. Vous en avez croqué combien, au juste ?

Le voleur compta un moment sur ses doigts tremblants, mais l'enchanteur l'interrompit alors qu'il dépassait déjà la vingtaine.

— Avec une dose pareille, commenta le sorcier, s'il avait dû se passer quelque chose, ce serait déjà arrivé.

— Ce n'est pas si sûr, lança Fimosis. Il pourrait très bien ressentir les effets de l'empoisonnement dans l'heure qui vient, se couvrir de pustules, tousser et cracher du sang corrompu… Ce qui nous intéresse avant tout, en cet instant précis, est de savoir si son mal sera ou non contagieux. S'il y a le moindre doute, nous devrons nous résoudre à abandonner notre compagnon.

— Bah ! s'exclama Mercédès. Si on devait se débarrasser de tous ceux qui nous causent des problèmes, on vous aurait perdu de vue depuis longtemps !

— Il n'arrivera rien de tel, promit l'enchanteur. Rien qui mette en danger le reste du groupe. Ces champignons ont beau être rarissimes, leur nature est connue depuis des millénaires par les alchimistes.

Et leur magie, aussi puissante soit-elle, ne produit qu'une seule sorte d'effet. A priori, cela ne fonctionne pas sur les humains.

— À moins que Escar ne soit naturellement immunisé, insensible, ou je ne sais quoi encore, précisa Mercédès.

— À moins que sa chance ne l'ait sauvé, renchérit Ulser.

— Ou à moins que ces mystérieux effets ne se déclenchent bientôt, comme je le disais, insista le barde.

— Mais qu'est-ce que c'est, au juste ? demanda l'amazone.

Roméo prit une grande inspiration, observa un instant le voleur qui transpirait abondamment, puis replongea le regard sur la besace.

— Un véritable trésor, on peut dire. Ces champignons ont la particularité de générer des spores très particulières. On suppose qu'il s'agit d'un moyen de défense naturelle contre les prédateurs... d'autres affirment que ce pouvoir leur permet de concentrer l'énergie du sol dont ils se nourrissent. Mais peu importe l'explication, après tout. Il n'en reste pas moins vrai que la poudre verte contenue dans ces lamelles a des propriétés *rapetissantes*.

Il attendit une réaction de son auditoire, mais les visages qui l'entouraient exprimaient plutôt une profonde perplexité.

— Elle peut diminuer la taille des choses ! insista-t-il. Les compresser ! Les concentrer ! Les... ratatiner !

Devant les expressions hésitantes de ses compagnons, il mit un genou au sol, saisit l'un des champignons à travers un mouchoir, puis le frotta vigoureusement contre une pierre grosse comme une pastèque. Ulser, Escar, Maline et Fimosis devaient bientôt se masser les paupières, croyant à une illusion… Le bloc de roche était bel et bien en train de rétrécir ! C'était progressif, assez lent, mais cela restait indéniable. L'objet couvert de poudre verte rapetissait de manière plus ou moins régulière, jusqu'à être réduit au volume d'une simple noisette.

— Incroyable ! lâcha Fimosis. Il y a certainement un moyen d'en tirer fortune ! N'importe quel seigneur se ruinerait pour avoir ainsi la possibilité d'anéantir les murailles de ses ennemis… et ce n'est qu'un exemple d'application ; on doit pouvoir en trouver des dizaines !

— D'autres y ont pensé avant vous, annonça Roméo. Mais en plus d'être excessivement rares, toujours cachés dans des endroits profonds et difficiles d'accès, ces champignons se flétrissent et perdent tout pouvoir en une trentaine de minutes à peine, dès qu'on les retire de leur environnement. Regardez, ceux du fond du sac commencent déjà à noircir.

Le visage du barde en fit autant et se changea en un masque d'amertume.

— Évidemment, grommela-t-il. J'aurais dû m'en douter. C'était trop beau.

— Mais… et moi ? paniquait Escar. Est-ce qu'il va

m'arriver la même chose ? Mes organes ne risquent pas de se ratatiner ?

— Dommage que ça n'ait pas commencé par la langue, piqua Mercédès. Et côté cervelle, ça n'aurait fait aucune différence… Par contre, priez pour que votre estomac soit touché, lui. Un petit régime ne vous ferait pas de mal.

— Et attention à la prochaine fois que vous urinez, railla Fimosis. Il faudra bien que ces spores ressortent quelque part !

Ulser ne se mêla pas de cette conversation : tout son esprit était occupé à accoucher d'une idée qu'il pressentait formidable. Et à peine eut-elle vu le jour qu'il la livra à ses compagnons dans un vent de fierté et d'enthousiasme :

— On pourrait utiliser les champignons pour rapetisser un rocher et le rapporter aux druides !

— C'est ça, répliqua Fimosis. Et on… et vous vous retrouveriez avec un trône de la taille d'une chaise de poupée. Ça m'étonnerait que les pairs s'en contentent.

— Ah oui, c'est vrai…

Le chevalier prit donc quelques instants de réflexion supplémentaire, avant de s'exclamer à nouveau :

— Dans ce cas, remontons des centaines de pierres réduites ! Assez pour fabriquer un grand trône !

— On vous a demandé un rocher *d'une seule pièce*, rappela Mercédès. Par ailleurs, je ne vois pas l'intérêt de rétrécir des cailloux si c'est pour finalement en transporter des tonnes ! Autant ramasser ceux qui traînent un peu partout !

— Ah oui, c'est vrai…

Il médita un peu encore, s'emballa pour une nouvelle brillante proposition et s'apprêta à la livrer, mais Roméo l'arrêta d'un geste impératif qui lui coupa tous ses moyens.

— Ne vous torturez pas la cervelle, demanda l'enchanteur. Les druides auront effectivement ce qu'ils réclament. Il nous suffit d'emporter un bloc et de lui rendre sa taille normale le moment venu, voilà tout.

— On peut faire ça ? s'emballa Fimosis.

Plutôt qu'entamer un long discours, Roméo se pencha à nouveau sur le sujet de son expérience et y renversa la moitié du contenu de sa gourde. La roche, rincée de la poudre verdâtre, se mit à grossir comme un levain dans un four à pain… Le phénomène était plus lent encore que son contraire, mais néanmoins bien réel.

— Fabuleux ! Magnifique ! répétait le barde. Le trône est presque à nous, maintenant !

— Comment est-ce possible ? demanda Maline. Je n'ai jamais entendu parler d'un tel prodige.

— Les alchimistes tentent d'en percer le mystère depuis des siècles, annonça Roméo. Tous aimeraient comprendre ce pouvoir pour essayer de le reproduire… On suppose que les spores des jivarolles agissent sur le vide qui sépare les infimes particules de chaque objet solide. En rapprochant ces élémentaires les uns des autres, on obtient un modèle identique, mais beaucoup plus petit.

— « Le vide qui sépare les particules… », répéta pensivement Ulser. Je ne comprends pas. Cette pierre n'a pourtant aucun creux ? De quel vide parlez-vous ?

— Ne cherchez pas et croyez-nous sur parole, abrégea Mercédès. C'est trop compliqué pour vous.

— Parce que je ne suis pas sorcier, supposa le chevalier.

— Voilà. C'est uniquement pour cette raison que je ne prends pas la peine de vous expliquer.

— Au fait, intervint Fimosis. Si l'objet réduit est identique à l'original, il a donc le même poids ? Serons-nous capables de le transporter ?

— Ça ne posera pas de problème, promit Roméo. C'est une autre loi alchimique qui contrôle le phénomène : la masse diminue en même temps que la taille. Si ce n'était pas le cas, l'objet s'effondrerait sur lui-même avant de se désintégrer en une explosion assez puissante pour anéantir un continent.

— J'imagine que…, commença Ulser.

— Oui, opina la sorcière. Un truc de sorciers. Trop compliqué pour vous. Laissez tomber.

Passèrent ensuite quelques instants de silence, pendant lesquels les aventuriers contemplèrent le spectacle d'Escar en train d'engloutir toutes leurs gourdes d'eau les unes après les autres. Le voleur n'avait pas écouté grand-chose des derniers échanges ; il avait surtout retenu qu'un bon rinçage annulait les effets des champignons.

— Bien, enchaîna Roméo. Nous n'avons plus qu'à nous mettre au travail.

Chapitre 23

L'enchanteur n'eut pas à insister pour mettre le groupe en branle. Tous avaient hâte de prendre le chemin du retour, d'autant que la nuit était désormais bien installée sur Gangrene, et que la température au fond de Comblemort en semblait encore rafraîchie. Chacun des aventuriers se lança donc dans la collecte des précieux champignons, à l'endroit où Escar les avait trouvés, et en prenant garde de ne pas les mettre en contact avec la peau ; juste au cas où.

Pendant qu'ils œuvraient côte à côte, Roméo livra la théorie qu'il avait commencé à bâtir sur la destruction de la cité souterraine. D'après lui, les lutins devaient maîtriser parfaitement l'utilisation des jivarolles, et ce depuis plusieurs générations. Ils s'en étaient servis pour ratatiner des portions entières de roches et agrandir ainsi leurs galeries, puis ils avaient abandonné ces mêmes pierres réduites dans la lande, sans doute à la faveur de sorties nocturnes. Trempés par les éléments, les rochers avaient ensuite repris leur taille réelle : tout cela expliquait l'étrange aspect de champ de cailloux que présentait cette région de Gangrene.

L'histoire ne s'arrêtait pas là. L'enchanteur supposait que les lutins avaient également utilisé les champignons pour faire s'effondrer leurs propres galeries, alors que la guerre contre les humains semblait perdue. Quelques spores magiques, judicieusement appliquées en des points clefs des étages principaux, avaient fragilisé les fondations supportant l'énorme chapeau rocheux. Ce dernier était tombé en brisant tout le reste ; les lutins emportant ainsi leurs ennemis dans la plus profonde des fosses communes.

— Ils auraient pu se contenter de détruire les premiers niveaux, commenta Fimosis. Ça aurait suffi à renverser le cours des choses.

— Dans la panique, ils ont peut-être mal estimé les conséquences de l'opération… à moins qu'ils n'aient agi dans le désespoir le plus complet, avec la volonté d'en finir pour de bon. Nous ne saurons jamais ce qui s'est vraiment passé. Peut-être même qu'ils n'ont détruit *que* les premiers étages, après tout, et que des milliers de lutins continuent à vivre sous nos pieds, dans le sous-sol de Comblemort…

Roméo avait lancé l'idée sans y accorder la moindre foi, mais ses compagnons et lui-même s'interrompirent quelques instants dans leur tâche, le temps de réfléchir à cette théorie pas si bête que ça. Quand ils reprirent le travail, ce fut à un rythme plus rapide encore. Personne ne tenait à traîner dans le coin.

— Ça ira comme ça, décida bientôt l'enchanteur.

Nous en avons largement assez pour badigeonner toute la pierre.

— Je vais continuer d'en ramasser encore un peu, annonça le barde. Juste au cas où il en manquerait… Allez-y, je vous rejoins.

— Ce n'est pas la peine. Je viens de dire qu'on en avait déjà plus que nécessaire. Venez plutôt nous aider à répandre les spores.

— À six, nous allons nous gêner… et pour tout dire, je… j'ai certains besoins à satisfaire, prétendit Fimosis.

Il porta les mains à son ventre, puis enrichit son mensonge d'une grimace embarrassée, le tout se révélant plutôt convaincant.

— Quoi ! râla Mercédès. Ici, maintenant ?

— On ne choisit pas son moment, grommela-t-il.

Il s'éloigna sans plus attendre de permission, et Roméo entraîna les autres vers le rocher sur lequel ils avaient jeté leur dévolu. Le bon chevalier plaignait sincèrement son ami barde, de même qu'il admirait son courage : pour garder un peu d'intimité, le pauvre hère avait réduit la clarté de sa lampe au minimum. Si bien que personne ne pouvait voir ce qu'il fabriquait exactement dans cette zone pleine de champignons magiques et d'énormes pierres, ou même s'il lui arrivait malheur.

Ils ne l'attendirent pas pour entamer la dernière partie de l'opération, et commencèrent à écraser des poignées entières de jivarolles sur un rocher épais comme quatre hommes. Rapidement, ils constatèrent que Fimosis ne s'était pas trompé : ils étaient trop nombreux pour travailler dans de bonnes conditions. Escar, surtout, prenait de la place et ne se montrait pas d'une grande efficacité. Ulser était à peine plus utile ; le chevalier sursautait fréquemment, persuadé d'avoir senti des spores lui glisser sur la peau, ou dans les yeux, la bouche, etc., ce dont il informait systématiquement ses compagnons. Si les sorciers n'avaient eu une idée bien précise des capacités à ruser du prophétionnel, ils auraient cru à un subterfuge pour échapper à la corvée… Cela eut néanmoins le même résultat, puisque Roméo se débarrassa des deux incapables en prétextant qu'il avait besoin d'eux pour monter la garde. Ils prirent donc position autour du rocher, mais passèrent plus de temps à contempler le prodige qu'à surveiller les environs.

La magie des champignons était, en effet, aussi spectaculaire qu'un elfe dansant sur les oreilles. Et les aventuriers tartinaient la pierre d'une telle couche de spores que le phénomène était beaucoup plus rapide qu'à leur premier essai ! L'énorme bloc semblait onduler sous la poussière verdâtre, se tordre et se rétracter, comme s'il prenait vie ou qu'il était justement en train de la perdre… En quelques minutes, il fut déjà plus petit d'un tiers, puis de moitié. Maline se retira alors pour laisser officier Roméo et Mercédès, qui étalaient la poudre de jivarolle à l'aide de leurs pinceaux d'alchimiste. Puis eux-mêmes s'arrêtèrent pour attendre et regarder… Cela dura un moment encore, et enfin la transmutation sembla se stabiliser.

Le rocher monumental avait été réduit à la taille d'une grosse brique.

— Bon ! conclut la sorcière. Qui va trimbaler ce caillou dans son sac ?

— Je m'en charge, annonça Roméo. Dans d'autres mains, ce serait trop dangereux.

— Bien vrai, acquiesça Ulser. Quelqu'un pourrait le laisser tomber sur son pied.

L'enchanteur ne prit pas la peine de répondre. Il s'affairait à étaler une étoffe pour emballer leur trésor, quand Fimosis revint parmi eux en faisant sursauter le chevalier et le voleur. Mercédès s'apprêtait à leur donner son opinion sur leur manière particulière de monter la garde, mais le teint rouge et le front collé de sueur du barde lui donnèrent autre matière à conversation.

— Vous êtes bien essoufflé, dites ! Vous n'êtes pas malade, au moins ? Qu'est-ce que nous vous disiez sur les compagnons de voyage contagieux, déjà ?

— C'est pas ça, mais j'ai dû faire vite… Heu… pour venir vous aider…

— Nous avons eu assez de champignons, le rassura le chevalier.

— Oui, je vois ça… Tant mieux.

— Si je le dis, reprit Ulser, c'est pour que vous puissiez vous débarrasser de ceux que vous avez ramassés. Votre sac me paraît bien lourd, et…

Fimosis serra aussitôt sa besace sur son ventre, un air de panique sur le visage.

— Ça va aller ! C'est normal ! Il n'est pas plus

lourd que d'habitude, c'est seulement que je suis plus fatigué !

Le chevalier accepta la réponse sans tiquer – même si, pour lui, la sacoche tirait tellement vers le bas qu'elle semblait receler un gros caillou.

— Mais, enchaîna le barde, vous avez répandu les spores avec des pinceaux ?

Son étonnement était réel. Roméo ne lui jeta qu'un regard en coin, tout en remballant son matériel.

— Oui, et alors ?

— Eh bien, vous auriez pu vous contenter de renverser les jivarolles sur la roche, puis de les écraser avec une autre pierre… Ça marche aussi bien… enfin, j'imagine, ajouta-t-il prestement. Vous seriez allés plus vite.

— Je ne travaille pas de cette manière, répliqua l'enchanteur. Et nous n'étions pas à trois minutes près, puisqu'il fallait bien vous attendre, de toute façon !

Fimosis acquiesça docilement, mais la petite étincelle ironique dans son regard déplut fortement à Roméo qui voulut en avoir le cœur net. Il s'approcha donc du barde, bien décidé à obtenir une explication… quand Ulser donna – à sa manière – le signal du danger !

— J'entends comme un bruit ! chuchota-t-il, le souffle court.

— Ce sont vos dents qui claquent, railla Mercédès. Ou alors vos genoux.

— Non, je l'ai entendu aussi, annonça Maline.

Cette fois, les aventuriers prirent la chose très au sérieux. C'est-à-dire qu'ils se regroupèrent autour de l'amazone en ouvrant largement leurs oreilles, et en jetant des œillades dans toutes les directions – ce qui était inutile, leurs lampes n'éclairant pas à plus de six ou sept mètres.

— Regardez, demanda Escar. La lune passe juste au-dessus du puits !

Tous levèrent la tête un instant pour constater l'arrivée de l'astre nocturne à la verticale du gouffre. Puis le fond se trouva inondé de rayons pâles, le temps de retenir ou de prendre quelques respirations… et ce fut déjà terminé. La faible lumière remonta le long des parois et poursuivit son errance, plus loin sur le continent. Comblemort était rendu aux ténèbres.

Le bruit mystérieux, en revanche, s'était amplifié. Ou plutôt démultiplié. Il était difficile à définir ; un mélange de grattement, de raclement et de remuage… et il semblait désormais venir d'un peu partout à la fois. Du sol, précisément.

— Ennemi ? chuchota Maline.

— Ça, soupira l'enchanteur, vous pouvez en être sûre…

L'instant d'après, il poussait tout le monde vers la sortie, ou plutôt il donna le signal que chacun attendait avec impatience. Jeune et en forme, Ulser se retrouva héroïquement en tête de la bande de fuyards. Puis il songea qu'il pourrait être de bon ton de ne pas laisser sa fiancée en arrière, et il trouva le courage de revenir sur ses pas, malgré les mouvements et grognements qui agitaient désormais les ténèbres... Maline n'était guère éloignée ; elle couvrait la retraite de ses compagnons en marchant à reculons, sa lance prête à frapper.

Une lampe abandonnée par Escar jetait un cercle de lumière à quelques pas de l'amazone. Le chevalier ne devait jamais oublier les horribles choses qui traversaient alors la zone éclairée ! Des petites créatures, qui avaient dû être des lutins, mais qui n'étaient plus que des dépouilles animées d'une vie surnaturelle... Elles n'arrivaient pas à hauteur d'un genou humain, mais elles avançaient en titubant et en grognant, montrant des dents où se disputaient le jaune et le noir. Toutes portaient un bonnet rouge et une barbe, autrefois blanche, mais qui n'était plus désormais qu'un dortoir à asticots ! Le reste était à l'avenant : à certains, il manquait des morceaux de peau ou des membres entiers ; d'autres finissaient de s'extraire du sol, rampaient comme des animaux, se redressaient pour lancer quelque malédiction inintelligible... et ils semblaient des dizaines de dizaines, peut-être même des centaines !

Tirant parti de ses connaissances en sciences stratégiques, Ulser se dit qu'il ferait aussi bien de ne pas s'attarder dans le coin. D'ailleurs, Maline reculait elle aussi, en repoussant à coups de bâton les plus proches des lutins zombis... En dix foulées rapides, ils se mirent à l'abri dans le tunnel de sortie – abri tout relatif, puisqu'il semblait évident que les créatures n'allaient pas s'arrêter au bord et leur faire signe

« au revoir ». Les aventuriers n'eurent donc pas même besoin de se concerter pour décider de poursuivre la fuite. Le chevalier songea alors qu'ils avaient mis deux bonnes heures à descendre jusque-là, en manquant plusieurs fois de se casser la figure – et le reste – dans le gouffre, et en se trompant parfois de direction. La course à flanc de volcan de la veille lui parut soudain une promenade de santé, comparé à ce qui les attendait.

— Il faut leur barrer le passage ! lança Fimosis, déjà essoufflé. Posez votre brique et refaites-la grandir ; ils seront bien obligés de s'arrêter !

— Pas question d'abandonner déjà, répliqua Roméo. Je n'ai pas fait tout ça pour rien !

— Et nous n'avons plus d'eau, renchérit Mercédès. Escar a tout englouti !

Faute de meilleure solution, ils continuèrent donc à courir, mais la fatigue de cette journée ainsi que l'inclinaison du chemin eurent vite raison de leur résistance. Ils modifièrent donc leur allure pour adopter un pas rapide, avancèrent encore un bon moment, puis s'arrêtèrent à la demande de l'enchanteur… Tous reprirent leur souffle en tendant l'oreille vers les étages inférieurs. Quelques instants suffirent à confirmer leurs craintes : les lutins étaient toujours à leur poursuite.

— Posez donc la pierre ! insista le barde. Il suffit de la rincer pour dissiper la magie des spores, non ? Alors, ça marchera avec n'importe quel liquide ! Avec tout ce qu'Escar a bu, il a peut-être envie de…

— Non et non, trancha Roméo. Ces créatures sont beaucoup plus lentes que nous ; on doit pouvoir s'en tenir assez éloignés. C'est seulement une question d'effort et de volonté ! Tenez un peu le coup, enfin ! J'y arrive bien, moi, et pourtant je suis plus âgé que vous !

— C'est parce que son sac est lourd, expliqua Ulser.

— Mais non, tout va bien, s'empressa d'enchaîner Fimosis. Je me disais seulement qu'on pouvait avoir des gros problèmes, en se trompant de direction et en se retrouvant dans un cul-de-sac…

— Je suis sûre de pouvoir retrouver le chemin, promit Maline. Je ne me tromperai pas.

— Vous voyez ? triompha le sorcier. Allons-y, maintenant.

Ils se lancèrent donc dans une nouvelle course en périphérie de Comblemort ; course accompagnée d'un vacarme à faire se replier les oreilles sur elles-mêmes. Entre le bruit des pas, des halètements, des tintements des lampes, des armes et des armures, des billes, des chutes et des jurons, auxquels il fallait ajouter l'écho de l'ensemble, il était impossible de deviner si un millier de lutins zombis n'allaient pas soudain débouler sur les talons des aventuriers. Mais ces derniers les imaginaient toujours sur leurs traces, en une masse grouillante et grondante de bonnets rouges, armés de petites pelles et de râteaux, de seaux, de brouettes, et de tout ce qu'ils avaient conservé de leurs anciennes vies de mineurs…

Au moins, l'amazone n'avait pas menti sur ses

capacités de guide, et elle mena le petit groupe sans montrer aucune hésitation. Ils progressèrent ainsi un bon moment, courant, marchant, ne s'autorisant que de courtes pauses, et repartant dès que les clameurs de leurs poursuivants les rattrapaient. Après une heure de ce manège fatigant, les créatures parurent cependant se lasser. Leurs grognements perdirent en intensité, puis semblèrent s'éloigner… Roméo proposa alors d'accorder au groupe une halte un peu plus longue, ce que personne ne refusa.

Une fois un peu reposés et plus tranquilles, ils entamèrent la dernière partie du chemin du retour. Ils n'échangèrent pratiquement aucune parole, même pour dire une bêtise : chacun n'aspirait plus qu'à sortir enfin de ce trou, s'enrouler dans une couverture et dormir.

Pourtant, Maline devait encore donner l'alerte. Alors qu'il ne restait plus qu'une demi-heure de voyage, elle fit s'arrêter ses compagnons et prépara sa lance… mais la créature qui venait à leur rencontre s'avéra n'être que l'étrange chauve-souris à plumes de Boggus. L'animal fit un petit tour au-dessus de leurs têtes, puis repartit d'où il venait. Quelques instants plus tard, le sympathique charmeur au manteau d'ours faisait lui-même son apparition.

— Vous voilà ! se réjouit le bonhomme. Et tous entiers, apparemment ! Vous ne pouvez pas savoir comme j'étais inquiet pour vous !

— Ah bon, pourquoi ? tiqua Roméo. Nous nous sommes très bien débrouillés, jusqu'ici !

— Je sais, mais j'ai eu si peur… Quand je suis sorti des tunnels, et que j'ai reconnu vos chevaux, je suis revenu en suivant vos traces… pour découvrir que vous aviez pris le chemin du milieu ! Qu'est-ce qui vous est arrivé ?

Ulser et ses compagnons échangèrent des regards interloqués. Mercédès, surtout, toisait déjà son mari avec une certaine rancune.

— Quoi, « qu'est-ce qui nous est arrivé ? » répéta l'enchanteur. Nous avons pris le seul tunnel assez grand pour laisser passer l'énorme rocher demandé, voilà tout ! D'ailleurs, ça a été un franc succès !

Il leva son sac en signe de triomphe, puis prit conscience du ridicule de la situation.

— Mais…, s'étonnait Boggus. Les druides ne vous ont rien dit ? On trouve des jivarolles à gauche et à droite, en cinq minutes de marche à peine !

— Quoi ? explosa Roméo. Ils savaient *aussi* pour les champignons ?

— Oui, bien sûr ! Vous n'avez pas profité de votre inscription auprès d'eux pour vous renseigner sur la quête des élémentaires ? Cette pierre est la plus facile à trouver des quatre ! J'en ai ramassé une, moi aussi !

Il exhiba une besace où l'on devinait la présence d'un objet lourd. Un petit bruit résonna alors sous la voûte rocheuse… Le chevalier crut au retour des lutins zombis, mais ce n'était rien d'autre que la sorcière qui grinçait des dents en direction de l'enchanteur.

— C'est bête, commenta Escar. On aurait pu aller beaucoup plus vite, et sans se fatiguer, sans risquer de…

— J'espère que ces imbéciles de druides auront ce qu'ils méritent ! explosa soudain Fimosis. Le prochain roi les fera sûrement pendre par les gencives ! Ça leur apprendra à dissimuler des informations importantes !

— C'est vrai que mon père ne sera pas très content, opina Ulser. Rohand a pratiquement une journée d'avance, maintenant… Et même si le dahu va être difficile à trouver…

— Sortons d'ici, décida Roméo. J'ai besoin de prendre l'air.

— Mouais, piqua Mercédès. Et tâchons de choisir le bon chemin, *pour une fois*.

CINQUIÈME PARTIE

Chapitre 24

Retourner à la surface fit beaucoup de bien aux aventuriers, et tempéra un peu de leur frustration. Ils acceptèrent immédiatement l'invitation de Boggus à se réunir autour de son feu de camp, qu'il suffisait de ranimer. Le charmeur avait passé là une bonne partie de l'après-midi, avec ses bestioles, à guetter le retour de ses amis… Finalement, alors que la nuit était déjà bien avancée, il avait perdu patience et s'était décidé à partir à leur recherche. C'était tellement généreux que Roméo se débarrassa des dernières traces de rancune qui lui restaient d'une époque révolue. Il se réjouissait même d'avoir retrouvé un compagnon.

— Pendant que tu attendais, tu as vu quelqu'un ? Le Pureux et sa harpie ?

— Ni l'un ni l'autre, mais je sais qu'ils sont partis à droite. Et ils avaient laissé leurs shimérides, à un mille au sud… Par contre, aucune trace de ce quatrième concurrent.

— Il n'a peut-être pas suivi le même parcours, rappela Maline. Il a pu partir pour la chasse au dahu.

— Dans ce cas, il doit encore y être ! ricana Mercédès.

— Je commence à avoir des doutes, avoua Roméo. Nous avons déjà rassemblé trois des élémentaires, alors que ça nous semblait pratiquement impossible, au début... Méfions-nous. Il risque d'y avoir une autre astuce.

— Et le premier qui la découvrira gagnera la partie ! conclut Fimosis.

Même dans la pénombre, les yeux du barde brillaient de jubilation.

— Mais quel genre d'astuce ? reprit la sorcière. Il ne reste plus une seule de ces bêtes ! Et même si l'un des idiots du coin avait eu l'improbable idée d'en faire empailler une, depuis tous ces siècles, elle serait tombée en poussière !

— C'est vrai que ça aurait été une bonne idée, commenta le chevalier.

— Je pensais à quelque chose de plus... sulfureux, annonça l'enchanteur.

Tous attendirent des explications, sauf le chevalier qui observait un hanneton juché sur l'oreille de Boggus.

— Il existe effectivement plusieurs moyens de retrouver un dahu, reprit Roméo. Mais ils passent par des pratiques que n'importe quelle personne sensée s'interdirait d'utiliser. En clair : des rituels de nécromancie.

Les regards se tournèrent alors vers Fimosis, qui avait failli embrasser cette carrière de serviteur des ténèbres. Le barde ne manqua pas cette occasion de se plaindre.

— Et voilà ! C'est de votre faute ! Si vous n'aviez pas fichu en l'air ma pierre larvaire, en même temps que le brillant avenir qui m'était promis, j'aurais pu accomplir un miracle et mettre quelqu'un sur le trône !

— « Brillant avenir ? » releva Mercédès. Ça ne va pas, la tête ?

— Je ne vous aurais pas laissé faire, affirma l'enchanteur. On s'expose toujours à d'énormes risques lorsqu'on ramène des morts à la vie. Des risques qui menacent le monde entier. Et j'imagine que c'est pire encore, depuis que la trame du destin a été embrouillée.

— Même s'il s'agit de faire revenir un oiseau ? demanda Ulser. C'est dommage, ça aurait été pratique…

— C'est pareil. Qu'il s'agisse d'un dahu, d'un géant, ou d'une grenouille à grande bouche, cela consiste toujours à bouleverser l'équilibre naturel des choses, sans avoir aucune idée des conséquences. Il pourrait ne rien arriver de grave, c'est vrai… Mais l'univers pourrait aussi se fractionner en deux, provoquant la disparition de toutes les créatures à sa surface. Vous oseriez tenter le coup ?

Le chevalier s'empressa d'assurer que non, de même que ses compagnons qui hochaient la tête. Seul Fimosis affichait une moue dubitative, qu'il effaça bien vite quand le regard de Roméo se fit plus pesant.

— Ça ne nous avance pas beaucoup, remarqua

Escar. Si les dahus ont disparu, et qu'on ne peut pas les ressusciter… Ce sera quoi, le plan ?

— Je n'en ai aucune idée, révéla l'enchanteur. Peut-être n'y a-t-il pas de solution. Ou peut-être que nous en trouverons une. J'espère seulement que Rohand va se montrer aussi prudent que nous, et ne pas chercher à brusquer les choses. Ça ne m'étonnerait pas que sa harpie dispose des compétences nécessaires… S'ils se lancent dans un rituel de nécromancie, nous devrons les empêcher de le mener à son terme. C'est une priorité absolue.

Ses compagnons acquiescèrent docilement, même Fimosis, qui n'avait aucune envie de laisser la victoire à un autre.

— En gros, résuma Mercédès, plus vite nous trouvons ce dahu, et mieux ce sera pour l'univers…

Après avoir vu son mari opiner, elle ajouta :

— Le monde n'a jamais été autant menacé, donc. En fait, ça devient presque une habitude.

Ils se couchèrent peu de temps après, trop fatigués qu'ils étaient pour continuer à tirer des plans sur la comète. Ulser était néanmoins encore assez vaillant pour aller s'allonger près de sa fiancée. Maline l'emplit d'ailleurs de joie, en lui saisissant la main avant de fermer les yeux… Pendant les vingt minutes qui suivirent, le chevalier s'encouragea à demander le baiser qu'ils n'avaient toujours pas échangé. Puis il s'endormit avant d'avoir rien tenté, mais avec un sourire béat sur le visage.

De son côté, soucieux de marquer son territoire, Roméo s'était installé à proximité de Mercédès. Juste assez loin pour ne pas avoir l'air de céder : ils étaient toujours fâchés, après tout. Mais suffisamment près pour s'afficher en mari officiel de la sorcière, aux yeux de tous les gros barbus dresseurs de bestioles qui avaient pu l'oublier, à cette époque où on le croyait mort. Son épouse ne fut pas dupe de la manœuvre et la commenta d'un simple reniflement méprisant. Puis ils s'assoupirent à leur tour… Rien ne put les tirer du sommeil. Ni les ronflements d'Escar, ni les plaintes de Fimosis qui s'entêtait à vouloir dormir sur une besace dure comme de la pierre.

Le jour se leva sur une aube particulièrement fraîche et humide. Le ciel de Gangrene, plutôt clément depuis le début de la quête – enfin, si l'on oubliait l'incident du volcan –, avait désormais l'apparence d'un plafond bas et gris. Roméo espéra ne pas voir là un signe d'une imprudence prématurée de Rohand le Pureux. Mais selon Escar, c'était surtout le signe qu'il risquait de pleuvoir bientôt, et qu'il valait mieux enfiler un bon tricot sous son manteau, si on ne voulait pas avoir en outre la goutte au nez.

Ils déjeunèrent rapidement, pressés de se mettre en route et de commencer cette chasse au dahu légendaire. Le bon chevalier était d'autant plus partant pour l'aventure qu'elle ne présentait aucun danger apparent, pour une fois. Les collines où s'abritaient autrefois les oiseaux géants faisaient partie du domaine royal, et pas un souverain n'avait eu la mauvaise idée d'y construire une tour, un fortin ou une caserne, si bien qu'aucun voisinage susceptible n'y avait lancé de malédiction. Ulser était tellement heureux d'envisager une étape un peu tranquille qu'il s'en ouvrit largement à ses compagnons... jusqu'à ce que Roméo lui annonce penser tout le contraire. D'après l'expérience de l'enchanteur, et surtout celle des derniers jours, c'était justement le moment de s'attendre aux pires ennuis. Le prophétionnel entra alors dans une phase de bouderie qui devait l'occuper un bout de temps. Chaque fois qu'il était content pour quelque chose, il fallait toujours qu'on trouve à y redire, et c'était quand même pas juste, d'abord.

Au moment de prendre le départ, les aventuriers s'engluèrent dans une hésitation embarrassée. Personne n'avait invité Boggus à se joindre à eux, pas plus qu'à se tenir à distance, mais il fallait pourtant prendre une décision... D'un côté, la compagnie du charmeur animalier était agréable, et ses pouvoirs en faisaient un atout précieux – surtout dans cette chasse. D'un autre, il n'en restait pas moins un concurrent qui n'avait jamais évoqué un éventuel abandon. Les plumes de dahu représentant la dernière pièce à trouver, ils pouvaient difficilement faire équipe et revenir tous victorieux près des druides ! Finalement, c'est le charmeur lui-même qui fit preuve de sagesse.

— Nous ne pourrons pas voyager ensemble, expliqua-t-il. Je n'ai toujours pas de cheval... Il me faudra donc utiliser d'autres moyens, et je risquerais d'effrayer vos bêtes. Nous nous retrouverons dans les collines !

Ils se saluèrent donc avec courtoisie, se souhaitant mutuellement bonne chance, puis Boggus s'éloigna en refermant un à un les boutons de son énorme manteau d'ours. Bientôt, il disparut dans les brumes matinales… et quelques instants après, un grognement de grizzli se fit entendre dans la même direction ; aussitôt suivi du bruit de course d'un animal lourd.

— On… on devrait peut-être aller voir s'il ne se fait pas attaquer ? lança Ulser. On ne sait jamais, les ours semblent suivre sa trace, il y en a partout où il va…

— Ne vous inquiétez pas pour lui, sourit Mercédès. Je suis sûre qu'il ne risque rien.

— Peut-être même qu'il arrivera avant nous, ajouta Roméo. Ce qui serait très mauvais pour nos affaires… Ne perdons plus de temps !

Le chevalier ne se voyait pas refuser de suivre une compagnie qui travaillait à la gloire de sa propre famille, mais tout de même, il aurait préféré attendre un peu et être certain que l'ours ait disparu… Il songea également que, à la place de Boggus, il se serait débarrassé depuis longtemps de ce manteau en peau de fauve. À coup sûr, c'était à cause de cette pelisse que le charmeur était constamment pris en chasse.

Les collines des dahus se trouvaient un peu au sud-ouest de Calendula, la capitale de Gangrene. Si bien que les aventuriers eurent à retraverser une partie de la région des Vimoulins, sans devoir supporter une crise d'angoisse du prophétionnel, cette fois. Roméo utilisait toujours l'Œil de Varana pour diriger le groupe, et il réussit ainsi à éviter la traversée de nombreux villages et hameaux où ils auraient dû affronter la curiosité des gens du commun… ou leur hostilité. Car trois jours après la mort de l'ancien souverain et de sa famille, tous les habitants du royaume devaient connaître la situation, ainsi que la quête des candidats au trône. Considérant les rivalités entre certaines provinces du pays, l'enchanteur préférait maintenir Ulser à l'abri des regards.

Pourtant, il choisit d'aller à la rencontre d'un paysan. L'homme était seul, porteur d'une binette, avançant sur le chemin en sifflotant et donc sans avoir l'air d'un chef de bande préparant un coup fourré. Comme il était tout de même le premier étranger qu'ils croisaient depuis un moment, les aventuriers s'étonnèrent.

— Tu vas droit sur lui ? vérifia Mercédès. Tu ne crains pas qu'il galope vers le premier village venu pour rameuter toute la clique ?

— Nous avons besoin de certaines informations, expliqua le sorcier. La capitale n'est pas très loin d'ici ; ce type doit avoir régulièrement des nouvelles fraîches.

— Quel genre d'informations ? s'enquit Ulser. Si c'est pour rejoindre les collines, c'est facile, il suffit de continuer vers le sud, ou… ou bien vers l'est. Enfin, je crois.

— Nous devons savoir si un candidat n'a pas déjà rapporté tous les objets de la liste. Auquel cas, ce ne serait plus la peine de se donner du mal. Et j'aimerais bien connaître le nombre exact des concurrents, aussi. Et même leurs noms, tant qu'à faire.

— Leurs noms ? bondit Fimosis. Mais pourquoi ?

— Pour savoir à quoi m'en tenir. Je trouve déjà surprenant d'avoir rencontré Boggus et Rohand le Pureux. C'est comme si cette quête se passait en famille, qu'elle n'intéressait personne… Bref, je me demande qui d'autre a été assez fou pour se lancer dans l'aventure, et si nous le connaissons.

— Sûrement un nobliau local, avança Mercédès. Un seigneur fermier qui se sera mis en tête de porter une couronne sur ses gros sourcils.

— Ceux que nous avons rencontrés ne m'ont pas paru très ambitieux, démentit l'enchanteur. Ni dégourdis.

— La plupart devaient connaître l'histoire du lac de Plâtre, du volcan, tout ça… Ils ont dû penser que ce n'était même pas la peine d'essayer ; d'autant que nous étions plusieurs à avoir pris de l'avance. Cela n'empêche qu'il peut y en avoir un plus gourmand que les autres. Du genre Brise-Camail père.

— C'est sûrement ça, approuva le barde d'une voix tendue. Inutile même de demander son nom ; il ne nous dirait rien.

— Ça m'intéresse, moi, intervint le chevalier. C'est peut-être un voisin, ou une relation de la famille…

— D'accord, enchaîna Fimosis. Dans ce cas, restez

tous en arrière, et laissez-moi aller lui parler. Sinon on risque de lui faire peur, et il pourrait s'enfuir…

— Il a raison, commenta Escar. Pour ceux qui n'ont pas l'habitude, ça peut être impressionnant de croiser des aventuriers comme nous.

Ce disant, il se souleva de selle juste assez pour se gratter les fesses, puis regarda ses ongles, par habitude.

— Nous restons ensemble, trancha Roméo. De toute manière, ce type ne fait pas mine de vouloir nous éviter.

— Et si c'était un menteur chronique ? paniquait Fimosis. C'est vrai après tout ; pourquoi faire ainsi confiance au premier venu ? À bien y réfléchir, il a tout l'air d'un fourbe de la pire espèce ; je suis sûr qu'il va inventer n'importe quoi rien que pour nous attirer des problèmes !

— Je lui trouve une bonne tête, moi…, commenta Ulser.

— Nous verrons bien, conclut l'enchanteur. La ferme, maintenant, ou il va finir par vous entendre et s'enfuir pour de bon !

Le barde fut tenté de braver l'interdit, mais il était déjà trop tard, et il se contenta dès lors de toiser le quidam d'un regard lourd de menaces. C'était inutile : l'homme à la binette n'avait d'yeux que pour Maline, et parfois pour Roméo qui le salua d'un petit signe et de quelques banalités.

— Avez-vous des nouvelles du palais ? enchaîna-t-il ensuite. Sait-on déjà qui sera le nouveau roi ?

— Pas encore, affirma le paysan. Aucun des candidats qui sont partis n'est encore revenu.

Avec quelques questions supplémentaires, l'enchanteur apprit que les concurrents étaient toujours au nombre de quatre, et que l'homme ne connaissait que deux des noms : ceux d'Ulser et de Rohand. Les autres, inconnus au pays, n'avaient que peu circulé... Fimosis recommença alors à se détendre, et même à sourire à l'inconnu. Puis ce dernier oublia les peintures tribales de Maline quelques instants, le temps de se rappeler un détail important :

— Il se passe de drôles de choses près du château, révéla-t-il. On pense que les diablotins sont partis, maintenant, mais en revanche on a vu plusieurs spectres arriver de la campagne et s'infiltrer dans les murs... Personne encore n'a osé y rentrer.

— Les gens inventent n'importe quoi, commenta Mercédès. Et quand bien même ce serait vrai, il s'agit sûrement des fantômes de l'ancien roi et de sa famille, et alors ? Ils vont se trouver un grenier sombre et plus personne n'en entendra parler !

— Je ne crois pas, démentit l'homme. On dit que ces apparitions se comptent par dizaines, et que certaines ont lieu en plein jour. Même les druides admettent les avoir vues. Tout le monde espère seulement que ce n'est pas le présage d'un grand malheur, et que ça prendra fin avec le couronnement du prochain roi.

Après ce dernier aveu, le paysan se perdit à nouveau dans la contemplation des courbes de l'amazone, et Roméo comprit qu'il n'en tirerait rien de plus. Ils reprirent donc la route en abandonnant le polisson à sa binette.

— Je m'étais trompé sur son compte, admit Fimosis. En définitive, le témoignage de cet homme était digne d'intérêt. Je lui fais entièrement confiance.

— Je me demande, enchaîna le chevalier, si tous ces fantômes n'auraient pas un rapport avec ce que vous avez dit de la nécromancie… Enfin… je dis peut-être une bêtise, mais…

L'enchanteur ne répondit pas. Mercédès et lui échangèrent des regards préoccupés.

— Je pense que vous avez raison, annonça-t-il finalement. Espérons qu'il n'est pas trop tard pour arrêter Rohand.

Chapitre 25

Ils s'autorisèrent une courte halte pour déjeuner, davantage pour donner à leurs chevaux un petit temps de repos que pour eux-mêmes. Puis ils remontèrent en selle sous un ciel toujours plus bas et gris. En ce début d'après-midi, ils avaient l'impression que la nuit n'allait, déjà, plus être longue à tomber… Les conditions étaient propices à tous les fantasmes, et Ulser commença à s'imaginer voir des spectres derrière tous les bosquets. Comme il lançait chaque fois de petits cris aigus, Mercédès le menaça de le transformer lui-même en fantôme s'il n'arrêtait pas bientôt, sacristouille de nom de nom. Fimosis proposa alors de pousser la chansonnette, histoire de leur donner du courage à tous. Il connaissait justement les vingt-huit couplets de la *Ballade de l'écorché*, et les neuf versions du *Bourreau et ses marmots*… La sorcière lui promit alors le même sort qu'à l'autre grande andouille s'il osait seulement fredonner une comptine, et en conséquence ils continuèrent à progresser en silence.

Deux heures après leur repas, ils s'aventuraient enfin entre les premières collines des dahus. C'était un paysage très particulier, un véritable champ de monticules de tailles variées, collés les uns aux autres comme des taupinières géantes. Certains reliefs étaient boisés, d'autres non. Leurs pentes étaient plus ou moins raides ou régulières… La seule constante dans l'ensemble, c'était l'absence totale d'oiseaux géants, ou de quelque gros gibier que ce soit.

Ils avancèrent ainsi pendant une treizaine de minutes, tournant les regards de tous côtés dans l'espoir d'un coup de chance exceptionnel, mais aucun dahu ne montra le bout de ses plumes. Puis les nuages qui serraient les jambes depuis le matin ne purent se retenir plus longtemps et commencèrent à arroser la région d'une pluie discrète, mais néanmoins mouillée. Tout cela était plutôt déprimant, et les aventuriers affichèrent bientôt une certaine morosité.

— Autant s'arrêter ici et s'en remettre à l'Œil de Varana, décida Roméo. S'il reste une seule de ces créatures, nous la retrouverons peut-être en espionnant toute la région… Au pire, nous pourrons repérer Rohand ou bien Boggus.

Ainsi fut-il fait. Tous mirent pied à terre, en essayant de ne pas tomber ventre en avant et de ruiner ses vêtements dans une flaque boueuse. Puis, une fois Escar remis debout, ils tendirent une couverture entre deux des chevaux. L'enchanteur put alors se glisser sous l'abri et déplier sa carte au sec, avant de commencer à étudier les environs à travers l'artefact magique.

Au bout de dix minutes à peine, il exprimait sa frustration d'un râle agacé. Puis il rangea ses documents et rejoignit ses compagnons en haussant les épaules.

— On ne voit rien du tout, annonça-t-il. C'est déjà difficile en soi de se repérer : toutes ces collines se ressemblent, et il y en a des centaines... Mais, en plus, la pluie brouille complètement l'image. C'est à peine si j'arrive à différencier les arbres des buissons. S'il y a un dahu dans la région, il doit être caché quelque part dans cette végétation !

— Je ne crois pas, annonça Ulser. D'après ce que j'en sais, ils aiment le temps humide. C'est le meilleur moment pour espérer en trouver un.

— D'où vous sortez ça, vous ? lança Mercédès. C'était dans vos livres à colorier ?

— Non ; je l'ai appris en allant à la chasse, tout simplement. La chasse au dahu, bien sûr.

Les yeux écarquillés des sorciers et de Fimosis le poussèrent à se montrer plus explicite, et vite, s'il voulait éviter d'être secoué par le cou et lancé par-dessus les collines.

— C'était pendant mon enfance... Je vous ai dit que j'avais un tonton qui courait les bois ? Eh bien, il nous emmenait souvent dans des petites expéditions, mon frère et moi. Et, presque à chaque fois, il nous faisait chasser le dahu. Bien sûr, nous n'en avons attrapé aucun, puisqu'il n'y en a jamais eu autour de Brise-Camail… et que l'espèce a un peu disparu, aussi… mais au moins, il nous a tout appris de la technique.

— Il se payait votre tête, quoi, résuma la sorcière.

— Mon frère disait la même chose, se réjouit le chevalier. Alors, il s'installait pour lire sous un arbre et me laissait faire tout le travail. J'étais drôlement fier de sa confiance.

— Et qu'en est-il de ces techniques ? pressa le barde. On a besoin d'un appât ? D'un appeau ?

— D'un harpon ? hasarda Escar.

— Il faut seulement un grand sac, expliqua Ulser. Le principe, c'est de faire tout doucement le tour d'une colline, en grimpant de quelques mètres à chaque fois. Il faut aussi appeler l'animal par son nom : « Dahu, dahu ! » à intervalles réguliers. S'il y en a un sur les pentes, il va se retourner, ne serait-ce que pour voir s'il est en danger. Et comme il a une patte plus courte que l'autre, il se retrouve déséquilibré et dégringole jusqu'en bas. C'est alors qu'il faut bondir et l'enfermer dans le sac avant qu'il ne s'enfuie.

Devant les expressions sidérées de ses compagnons, le chevalier se demanda si ses explications avaient été assez claires. Il s'apprêta donc à répéter le tout avec des mots plus simples, à la portée de ces néophytes, quand des premières réactions furent enfin manifestées.

— C'est tout ? s'exclama Mercédès. Mais c'est complètement stupide !

— Un dahu ? Certes, oui. Je suppose que c'est la raison pour laquelle ils ont disparu… À l'époque où il y en avait encore, ils devaient être bien trop faciles à chasser.

— Pauvres bêtes, commenta Maline. Elles n'avaient aucune chance de s'en tirer.

— Mais ce ne sont que des mensonges pour enfants attardés ! reprit la sorcière. Enfin, vous imaginez un peu ? Une espèce d'oiseau monstrueux qui bascule cul par-dessus tête quand on l'appelle ?

— Ce n'est pas pire que les histoires que j'avais déjà entendues, intervint Fimosis. Il y a peut-être un fond de vérité là-dessous.

Ils se tournèrent alors vers Roméo, qui laissa échapper un grand soupir.

— Peu importent ces rituels de chasse, décida-t-il. La question est de savoir s'il reste au moins une de ces bêtes en vie, et *où* la trouver. J'imagine qu'ensuite, la délester de quelques plumes ne sera pas la partie la plus difficile de l'opération.

— Ce temps de pluie est excellent pour espérer en dénicher une, insista Ulser. Et ce sera mieux encore au crépuscule, puis à la nuit tombée. Je le sais : j'ai participé à des dizaines de battues, qui ont fait de moi un spécialiste de la question !

Il arborait un sourire plein de fierté ; sourire que Mercédès lui aurait bien cassé à grands coups de sabot dans les dents, histoire de lui faire enfin comprendre qu'on s'était largement fichu de lui. Mais comme tout le monde semblait prêt à continuer à s'enfoncer dans le ridicule, elle se contenta de hausser les épaules et de remonter en selle.

Ils errèrent ainsi jusqu'en fin d'après-midi. Louvoyant entre des monticules si proches les uns des autres qu'il fallait parfois avancer sur leurs pentes pour espérer les dépasser. Progressant sous une douche incessante, et sur un sol de plus en plus boueux. Scrutant les environs à la recherche d'un animal disparu, cherchant des traces qui ne pouvaient être que fossiles, tendant l'oreille à des cris qui n'avaient pas résonné depuis des siècles... Tout cela en s'efforçant de garder espoir, et surtout patience. Il faut dire que toutes les dix minutes, le chevalier jurait ses grands dieux qu'il avait aperçu la bête, et qu'il finissait ensuite par s'excuser en riant : ce n'était qu'un buisson, une ombre, une vieille souche, un tas de cailloux, une colonie d'escargots, etc.

Trempés comme des épouvantails, ils ressentirent bientôt le besoin de faire une nouvelle hâte. Maline leur trouva un petit refuge, sous le couvert de quelques arbres assez feuillus pour les abriter de la pluie. Ils hésitèrent ensuite, puis s'enhardirent à faire du feu : il leur fallait absolument se réchauffer un peu avant de reprendre leurs recherches. Ils en profitèrent aussi pour manger un morceau, et grignotèrent des biscuits de blé noir en contemplant le triste paysage environnant.

— J'ai l'impression que je vais encore perdre trois sols, lâcha soudain le chevalier, les yeux rêveurs.

— De quoi parlez-vous ? s'enquit Mercédès. Je croyais que vous aviez déjà semé tous vos sous dans la forêt ?

— Oh, c'est seulement un souvenir d'enfance… Chaque fois que mon tonton m'emmenait chasser, il me proposait un pari. Toujours le même : si je capturais un dahu, il devait me donner dix sols. Et si je ne trouvais rien, je lui en devais trois.

— Quelle famille, grommela la sorcière.

— C'était gentil de sa part, intervint Escar, de miser plus gros…

— Oui, hein ? Je regrette qu'il ne soit pas avec nous. Je suis sûr qu'il aurait pu nous aider.

— On a bien assez de problèmes comme ça, réfuta Mercédès. Réfléchissez plutôt à ce que vous pouvez faire de concret. Et d'intelligent, si possible, pour changer.

Ils se replongèrent un moment dans le silence, écoutant la pluie qui ne se lassait pas d'arroser le pays. N'y tenant plus, Fimosis livra le fond de sa pensée :

— J'imagine que vous ne considérez toujours pas une petite séance de nécromancie comme une solution envisageable ? Je n'ai moi-même pas eu l'occasion d'étudier l'art aussi loin, mais je suppose que l'un de vous deux en sait bien assez sur la question ?

Roméo et Mercédès ne lui répondirent que par un regard noir, qui fit rentrer au barde la tête dans les épaules.

— C'est quand même mal parti, enchaîna le voleur. Chercher quelque chose qui n'existe peut-être plus… Et même, qui doit se déplacer sans arrêt… On pourrait peut-être installer des pièges ?

— Je vous imagine bien en train de poser des

collets, tiens ! railla la sorcière. On passerait notre temps à vous en libérer !

— Moi, je peux le faire, proposa Maline. Je connais plusieurs systèmes.

— C'est gentil, commenta Ulser, mais ça ne marchera pas. Le dahu est bien trop malin pour se laisser prendre dans un piège. C'est une des premières choses que m'a apprises mon tonton.

— Tout à l'heure, vous disiez qu'il était stupide, rappela Fimosis.

— Mon tonton ? Ah non, je ne crois pas avoir dit ça…

— Allez, décida Roméo ; ça ne coûte rien d'essayer. Et autant faire ça avant qu'il fasse nuit pour de bon.

Cela donna le signal d'un nouveau départ ; à pied, cette fois. Les aventuriers se contentèrent de grimper sur la plus grande des collines à proximité de leur campement. Sur le chemin, et suivant les directives de l'amazone, ils coupèrent des branches souples, du lierre, des plantes à longues tiges… Puis ils s'arrêtèrent pour réfléchir aux meilleurs emplacements possibles.

— L'idéal serait de savoir ce qu'il aime manger, expliqua Maline. Est-ce que tu as appris ça aussi ?

— Heu… pas vraiment, avoua le chevalier. J'étais trop petit pour me poser la question… Je ne sais pas, des vers de terre ?

— Je sens que cette chasse va bientôt se transformer en partie de pêche, soupira Mercédès.

— Je parierais pour les fruits de ces buissons,

annonça Roméo. Il y en a un peu partout sur les pentes, mais pas en bas des collines. Ça expliquerait la présence des dahus plutôt dans les hauteurs. Enfin, à en croire vos histoires.

Tous examinèrent les fruits en question, sortes de baies jaunâtres grosses comme des œufs de pigeon. Sous les regards stupéfaits de ses compagnons, Escar en cueillit une et l'enfourna tout entière dans sa bouche, avant de mastiquer allégrement… Il la recracha presque aussitôt en enchaînant d'horribles grimaces.

— Incroyable, commenta Roméo. L'épisode des jivarolles ne vous a rien appris, alors ?

— Mais les champignons étaient bons, eux ! se défendit le voleur. Ces choses-là, c'est tout le contraire. On dirait un mélange de… avec de la… un peu comme ce qui sentait chez Fimosis, vous voyez ?

— Pas du tout ! se vexa le barde. Personne ne comprend de quoi vous parlez.

— Celui que tu as choisi n'était peut-être pas mûr, suggéra Ulser.

Pour en avoir le cœur net, il cueillit lui-même un autre fruit et en croqua une bonne moitié… avant de la recracher d'un air écœuré.

— Les dahus étaient vraiment des animaux bizarres, commenta-t-il.

— Je me demande qui est le plus bizarre, ici, annonça Mercédès. Et je ne sais pas comment vous faites pour réussir encore à m'étonner.

— Ne perdons pas davantage de temps, pressa

l'enchanteur. Montrez-nous comment procéder, Maline. Si ce n'est pas trop complexe, chacun de nous ira installer ses propres pièges.

— Autant dire tout de suite que vous allez vous taper le plus gros du travail, résuma la sorcière.

Avec beaucoup d'habileté et de maîtrise, l'amazone fit donc une démonstration en installant un premier collet. Elle dut cependant recommencer une deuxième, puis une troisième fois, ses compagnons s'intéressant davantage à la manière dont elle se penchait en avant sans retenir ses vêtements. Puis, enfin, ils se sentirent assez sûrs d'eux pour essayer.

Cela fonctionna plutôt bien. Au début, en tout cas. Les choses se compliquèrent quand le chevalier se fit lui-même prendre dans un piège posé par Maline, puis quand Mercédès trébucha sur la silhouette d'Escar, qui s'était emmêlé le pied gauche avec la main droite. Roméo prit alors la meilleure décision possible pour le respect de son système nerveux :

— Séparons-nous un moment. Après tout, ça ne sert à rien de poser trente pièges au même endroit. Que chacun choisisse sa colline parmi celles qui nous entourent, et y place ses propres collets.

— Oui, mais…, protesta Ulser. Celle-ci est la plus grande, et il y a davantage de chances qu'un dahu finisse par y passer… Ce n'est pas juste…

— On s'en fiche ! tempêta la sorcière. Ce n'est pas un concours entre nous, sacristouille ! Ce serait déjà un miracle de réussir à prendre autre chose qu'un grand dadais ou un gros imbécile !

Le chevalier n'insista pas, mais tout de même, c'était pas juste, na. Les aventuriers laissèrent donc Maline finir de piéger ce secteur et se dispersèrent dans les environs, sans perdre de vue le feu de leur campement. Ulser persistait à penser que ce n'était pas digne d'une véritable chasse au dahu, mais il voulait s'acquitter de sa mission de son mieux. Il s'appliqua donc à poser une demi-treizaine de collets, réussit à ne pas s'y faire prendre lui-même, puis cueillit une nouvelle baie en réfléchissant au prochain emplacement qu'il choisirait.

Alors qu'il recrachait le morceau de fruit acide avec force grimaces, la pluie cessa enfin de tomber. Le chevalier songea qu'il n'y avait probablement là aucun lien de cause à effet. Il se réjouit néanmoins de ce retour à une nature plus clémente, et sourit largement au paysage pour manifester son contentement…

Son sourire se crispa à l'instant d'après, alors qu'un spectre s'élevait soudain d'un buisson tout proche !

Chapitre 26

L'apparition était blanchâtre, de forme humanoïde, mais aux contours flous et effilés. D'après l'expérience d'Ulser, qui avait côtoyé quelques fantômes familiaux dans son enfance, c'était la caractéristique d'un spectre d'un grand âge, au moins une dizaine de siècles. Les esprits des morts étaient ainsi faits que même eux subissaient l'usure du temps, et qu'après quelques millénaires passés à hanter des couloirs ou des greniers, la plupart des revenants n'avaient plus que l'apparence d'un brouillard vaguement luminescent. Ils étaient alors parfaitement inoffensifs… ce qui n'était pas le cas de cette mauvaise rencontre. Ces bras et ces mains éthérées pouvaient encore se tendre vers le cou du chevalier et serrer jusqu'à le tuer, ou même lui prendre la vie !

Ulser eut assez de sang-froid pour ne pas bouger d'un cil – ou alors, c'était la trouille qui le paralysait des orteils jusqu'aux cheveux. Un instant, il espéra que l'apparition se ferait piéger dans le collet qu'il venait justement de placer, mais le fantôme glissait sur le sol sans même le frôler, ni même déplacer un brin d'herbe. Le chevalier se demanda alors pour quelle raison le spectre s'était ainsi caché dans un buisson, s'il voulait en goûter les fruits, s'il savait différencier les mûrs et les amers… Le temps qu'il se pose toutes ces questions, le revenant s'était déjà éloigné sans lui prêter aucune attention. Par prudence, le prophétionnel lui laissa prendre encore trente mètres d'avance avant d'oser enfin bouger et de le toiser, dans le dos, d'un regard plein de défi.

C'est alors qu'il aperçut les autres.

Au moins dix fantômes erraient pareillement sur les collines environnantes, leurs robes blanches brillant faiblement dans le crépuscule ! Ulser songea qu'il ferait mieux d'aller chercher sec… *porter* secours à sa fiancée, et il dévala la pente en levant haut les bras et en poussant de petits cris nerveux.

Ses compagnons et lui arrivèrent presque en même temps près de leurs chevaux. Tous étaient essoufflés ; surtout Escar, qui avait dû faire le chemin avec les pieds ficelés – mais personne ne lui demanda d'explications à ce sujet.

— Vous avez vu ça ? répétait Fimosis, fébrile. Non mais, vous avez vu ça ?

— Quoi ? railla Mercédès. Il ne pleut plus ? Vous avez raison, c'est un miracle !

— Ça pourrait néanmoins être lié, commenta Roméo. Ces spectres attendent peut-être depuis des heures l'occasion de ressortir enfin… par temps sec.

— Des fantômes qui auraient peur de l'eau ? répliqua le barde. Jamais entendu parler de ça !

— Moi non plus, admit l'enchanteur, mais qui peut prétendre connaître le sujet ? Il est déjà surprenant d'en rencontrer en rase campagne, et ceci pourrait expliquer cela. Par ailleurs, les revenants sont traditionnellement attachés aux lieux où ils ont péri… et à moins que ces collines n'aient été le théâtre d'une ancienne bataille…

Ils se turent quelques instants, observant le passage silencieux des fantômes. Ces derniers n'étaient pas si nombreux, mais ceux qui disparaissaient hors de vue étaient régulièrement remplacés par de nouveaux arrivants. Les aventuriers durent même se décaler de quelques mètres pour éviter le contact d'un spectre qui avançait droit devant lui.

— Ils vont tous dans la même direction, nota Maline. Vers la capitale, dirait-on.

Roméo leva les yeux vers un ciel sans étoiles. La nuit était bel et bien en place, désormais. Et les alentours du palais royal de Gangrene semblaient devoir connaître pas mal d'agitation, d'ici l'aube.

— Il faut en avoir le cœur net. Trouvons Rohand le Pureux.

L'enchanteur commença par faire à nouveau glisser l'Œil de Varana sur ses cartes. Aucune pluie ne brouillait l'image, cette fois ; mais en revanche l'obscurité nocturne empêchait tout examen précis de la région. Les seules silhouettes faciles à repérer étaient celles des fantômes, dont les lueurs blanchâtres glissaient sur les collines comme autant d'asticots sur une charogne velue. Soudain inspiré, Roméo songea à prendre une autre carte et chercha à localiser le palais de Gangrene. Ce ne fut guère difficile : il suffisait de suivre la direction empruntée par les spectres… En moins d'une minute, les aventuriers eurent la confirmation de ce qu'ils supposaient. Les revenants convergeaient bien vers le château royal, dans les murs duquel ils disparaissaient hors de vue. Et de l'autre côté des douves, loin de la forteresse hantée, le village de toiles s'était encore étendu… On pouvait cependant y reconnaître la tente des druides, et noter qu'elle était éclairée.

— Je me demande ce qu'ils fabriquent en ce moment, commenta le sorcier. Ils doivent s'arracher les cheveux en cherchant à comprendre ce qu'il se passe…

— Bien fait pour eux, lâcha Fimosis. Ça leur apprendra à se payer ma… enfin, notre tête.

Ils contemplèrent le ballet des fantômes quelques instants encore, puis l'enchanteur reprit la carte des collines pour y promener l'Œil au petit bonheur. Il eut davantage de chance, cette fois : l'artefact magique lui dévoila un feu de camp qui n'était pas le leur ! Rapidement, il repéra Rohand, la harpie et leurs shimérides à proximité. Il s'attendait presque à trouver aussi un cadavre de dahu, mais heureusement ce n'était pas le cas.

— Ils n'ont pas l'air d'accord, nota Mercédès. On dirait même qu'ils sont en pleine dispute.

— Tant mieux ! Ça prouve qu'ils ne réussissent pas mieux que nous.

— Dommage qu'on ne les entende pas, soupira Ulser. Vous avez déjà essayé de… Enfin, vous voyez…

— Quoi ? râla la sorcière. Se coller l'oreille sur l'Œil de Varana, c'est ça ? Vous n'avez rien de plus intéressant à dire ?

— Ils se querellent peut-être à cause des fantômes, avança Maline. S'ils ont tenté quelque chose de mauvais, et qu'ils sont responsables de la situation…

— C'est possible, acquiesça l'enchanteur. De toute façon, nous ne perdons rien à leur rendre une petite visite. Allons-y avant qu'ils ne se déplacent.

Cinq minutes plus tard, ils chevauchaient à nouveau entre les collines, à la seule lueur des lampes suspendues à leurs selles. Ainsi progressèrent-ils pendant un peu moins d'une heure. Roméo s'arrêtait régulièrement pour vérifier leur direction, ainsi que la présence de leurs adversaires… Rohand et sa complice semblaient toujours aussi fâchés l'un envers l'autre, mais les choses paraissaient évoluer. Bien que contrariée, la harpie commençait à préparer divers bougies, fioles et onguents, ce qui n'augurait rien de bon et poussait les aventuriers à prendre de la vitesse !

Bientôt, ils n'en furent plus éloignés que de quelques centaines de mètres : la largeur du dernier relief restant à contourner. Et ils abordaient cette ultime étape quand des grognements se firent soudain entendre dans les fourrés ! Le temps d'un battement de cils, Ulser aperçut le pelage d'un ours énorme qui chargeait entre les buissons… Et à peine le chevalier s'était-il retourné pour choisir le côté vers lequel il allait fuir, que la bête s'était tue. En réalité, elle avait même disparu. À sa place se tenait un Boggus au visage toujours aussi amical !

— Où est l'ours ? paniquait le chevalier. Quelqu'un le voit ? Où est-il passé ?

— Oh, il n'est jamais bien loin, sourit le charmeur. Mais vous ne risquez rien, croyez-moi.

Ulser acquiesça poliment, sans cesser pour autant de tourner la tête de tous les côtés à la recherche du fauve. Il n'en revenait pas d'être la seule personne assez intelligente pour considérer la menace très au sérieux. Cela prouvait bien qu'il méritait d'être le chef du groupe, quoi que puisse prétendre Roméo !

Les aventuriers mirent néanmoins pied à terre pour aller saluer le bonhomme et ses bébêtes. Ils n'étaient séparés que depuis le matin, mais leur errance dans les collines avait été si ennuyeuse que cela semblait faire davantage de temps.

— Je suppose que tu n'as pas eu plus de chance que nous ? vérifia Roméo. C'est évident, sinon tu serais déjà en route pour le palais…

— J'ai fouillé la région pendant des heures, opina Boggus. Sans succès. Il ne reste plus un seul dahu ici, j'en suis presque certain.

— Et le Pureux ? enchaîna Mercédès. Tu sais ce qu'il fabrique ?

— Non ; c'est justement ce que j'essaye de découvrir. Nous nous sommes croisés plusieurs fois aujourd'hui, de loin, mais il m'a semblé de plus en plus irrité. Et mes familiers sont nerveux, depuis un moment. Ils pressentent quelque chose. Je crains que Rohand et la harpie ne soient près de faire une bêtise…

— C'est déjà fait, lança Fimosis. Suffit de regarder ces spectres qui traînent partout…

— Non, démentit Boggus. Des fantômes passaient déjà tout à l'heure ; ils se sont simplement mis à l'abri quand la pluie a commencé à tomber. Le Pureux n'y est pour rien là-dedans.

Ulser et ses compagnons échangèrent des regards surpris – mais pas trop longtemps, le chevalier continuant à scruter les environs à la recherche de l'ours.

— Et tu dis que tu essayes de percer leurs plans ? reprit l'enchanteur. Tu as déjà appris quelque chose ?

— Pas encore. Mes familiers ne peuvent pas me rapporter leur conversation ; et quand j'essaye de m'approcher, les shimérides me repèrent et commencent à grogner. Je crois que Rohand a deviné que je cherchais à l'espionner… Il est sur ses gardes, maintenant.

— Alors autant y aller franchement, décida Roméo. Nous ne pouvons pas le laisser commettre l'irréparable ; surtout pour une imbécile de couronne. Puisque les dahus ont effectivement disparu, les druides devront bien se rendre à l'évidence et trouver autre chose pour nous départager !

— Oui, allons-y, pressa Ulser. Inutile de rester ici plus longtemps.

Il n'y avait rien à ajouter, aussi commencèrent-ils à

contourner la dernière colline. Le chevalier continua néanmoins à jeter des regards inquiets en direction des buissons.

Les sorciers avançaient en tête, sans presser leurs chevaux, ne serait-ce que pour éviter de distancer Boggus. Ils ne firent aucun effort pour masquer leur approche ; Rohand ne fut donc pas surpris de les voir arriver aux abords de son campement. Au contraire, l'éternel rival du prophétionnel était tranquillement en train de les attendre, bras croisés, un sourire chafouin sur le visage ! Dans son dos, la harpie poursuivait ses mystérieuses manipulations, puisant dans ses besaces des poudres et des essences qu'elle mélangeait dans une fiole biscornue… Le chevalier était presque certain qu'il s'agissait d'autre chose que de cuisine.

— Tiens, qui voilà donc ? railla le Pureux. Le volcan n'a pas réussi à vous rôtir les fesses, apparemment. Je ne vais pas dire que je m'en réjouis, mais… C'est bien ça, je ne vais pas le dire.

— Très amusant, répliqua Roméo. J'espère que vous rirez autant quand les habitants de ce pays apprendront que c'est vous, le responsable de cette éruption.

— Racontez-leur tous les mensonges que vous voudrez, je vous en prie. J'aurais tôt fait de mater ces vilains, une fois monté sur le trône.

— Et comment comptez-vous y parvenir ? intervint Mercédès. Il n'y a pas plus de dahu dans la région que de savon dans les poches d'un troll ! Personne ne pourra réunir tout ce qui est demandé par les druides !

— *Personne*, reprit Roméo, à moins de faire appel à des pratiques particulièrement dangereuses pour l'équilibre de l'univers. Vous n'oseriez pas aller jusque-là, n'est-ce pas ? Vous ne mettriez pas le monde en danger pour obtenir une malheureuse couronne ?

— Bien sûr que non, prétendit Rohand. Je suis loin d'être aussi stupide que vous-savez-qui. Mais quand bien même, si c'était le cas ? Supposons que ma sorcière personnelle soit *effectivement* en train de recourir à ces pratiques défendues ?

Il toisait toujours ses adversaires d'un œil goguenard. Regroupés à quelques mètres, les cavaliers n'en revenaient pas de son culot ! De l'autre côté de la clairière, les shimérides tiraient sur leurs chaînes. La harpie s'était interrompue, son regard passant sur tous les visages dans l'attente d'une réaction... Celle-ci ne se fit pas attendre plus longtemps. Mercédès fut la première à mettre pied à terre et à empoigner son gourdin ; les autres l'imitèrent presque aussitôt. Il leur était d'autant plus facile de se montrer belliqueux qu'ils jouaient à sept contre deux, en comptant Maline et Boggus dans leurs rangs, en plus. Pour le coup, Ulser se sentait particulièrement héroïque.

— J'imagine, répondit l'enchanteur, que nous tenterions de vous faire changer d'avis. Par tous les moyens possibles. *Vraiment* tous les moyens, insista-t-il.

— Oh ? J'aimerais bien voir ça, répliqua le Pureux.

Il n'en fallait pas davantage pour inciter les aventuriers à s'avancer vers l'effronté, qui ne bougeait pas d'un pouce... jusqu'au moment où il décroisa les bras pour lancer une poignée de billes dans leur direction ! D'un réflexe et d'un coup de sa lance, Maline réussit à dévier un bon quart des projectiles, mais les autres vinrent percuter les membres du groupe en éclatant comme des bulles de savon. Ulser connut un instant de véritable panique, croyant avoir été touché par de l'acide ou du poison, mais l'odeur laissée par les sphères humides s'avérait plutôt agréable, et même apaisante...

— Ah ! s'esclaffa-t-il. Encore raté, Rohand ! Tes billes ridicules n'ont aucun effet sur m...

Et il s'endormit brutalement, la bouche ouverte sur sa dernière syllabe, avant de s'écrouler sur une fourmilière.

Chapitre 27

Le chevalier s'éveilla pratiquement en même temps que ses compagnons, ce qui était déjà assez exceptionnel, considérant sa propension à être plutôt le dernier levé. Mais plus étonnant encore : il ne replongea qu'un instant dans le sommeil avant de s'ébrouer pour de bon. Car même si l'obscurité nocturne le poussait à reprendre un peu de dodo, les liens qui serraient ses poignets avaient un petit quelque chose d'inhabituel et de dérangeant qui réussit à le retenir dans la réalité.

Cette réalité était d'ailleurs bien étrange. À tel point que Ulser se demanda s'il n'était pas en train de rêver, en définitive, ce qui aurait été préférable, ne serait-ce que pour oublier bientôt les piqûres de fourmis qu'il ressentait sur tout le corps. Et le reste était aussi déprimant. Le prophétionnel se découvrait assis par terre, adossé à un arbuste, avec les mains attachées derrière le tronc. Le malheureux aurait pu croire encore à une crise de somnambulisme avancée, si ses compagnons n'avaient été dans la même situation…

Escar, Roméo et les autres se débattaient ainsi à quelques mètres d'intervalle, sans parvenir à se libérer. Seule Maline, pour quelque obscure raison, avait été attachée debout, les mains enchaînées très haut au-dessus de la tête. La pauvre était encore inconsciente. À la voir ainsi endormie, sans défense, incapable même de rajuster ses vêtements s'il en était besoin, le chevalier fut pris dans le bas-ventre de terribles douleurs qu'il ne s'expliquait pas. Il songeait aussi qu'il faudrait porter secours à sa fiancée, mais cela lui semblait presque dommage.

Les captifs formaient ainsi un demi-cercle de spectateurs devant lequel se tenait Rohand, figé dans une grimace de triomphe. Il ne perdit même pas de sa morgue quand Fimosis commença à l'insulter copieusement… En revanche, il blêmit un peu quand Mercédès se mit à son tour à l'exercice, la sorcière étant depuis longtemps passée maîtresse dans l'art de distribuer des noms d'oiseaux, et même d'en inventer de nouveau. Le Pureux devait bientôt être choqué par ce déferlement de vulgarité.

— Fermez-la, maintenant ! Ou je vous bâillonne, en plus !

— Essayez seulement ! répliqua la sorcière. Allez, venez promener vos sales petits doigts devant mes dents, espèce de…

Suivit une nouvelle énumération de tout ce que l'univers comprenait de choses laides ou idiotes, auxquelles Mercédès comparait défavorablement le lâche qui se pavanait devant eux. C'était d'une telle violence verbale que même Ulser trouvait que Rohand n'en méritait pas tant. Le chevalier aurait voulu en entendre le moins possible, mais à part tenter de replier ses oreilles sur elles-mêmes, il n'y avait pas grand-chose à faire. Finalement, c'est sur la demande de Roméo que la furie accepta enfin de se taire, et surtout parce qu'il fallait bien tirer ça au clair.

— Expliquez-vous, pressa l'enchanteur. Pourquoi tout ça ? Vous voulez être seul à retourner près des druides, c'est ça ? Vous voulez gagner par forfait ?

Le sourire du Pureux s'élargit encore.

— Pas bête, comme idée. Ce sera donc mon plan de secours, si malheureusement les choses ne se passaient pas comme je le prévois.

Ce disant, il se tourna vers la harpie, assise un peu à l'écart. Cette dernière agitait doucement le contenu de sa fiole biscornue. Tout le reste de son matériel avait été rangé, chargé sur le dos des shimérides. Ils avaient donc prévu de partir sous peu.

— Je ne suis pas de ceux qui baissent les bras facilement, reprit Rohand. Ainsi, le codex de Gangrene demande des plumes de dahu ? Alors j'en obtiendrai. C'est la seule manière de m'imposer une fois pour toutes en souverain légitime. Car, selon moi, quiconque monte sur le trône sans avoir satisfait à toutes les conditions se verra sans cesse défié et remis en cause par les barons !

— Mais, c'est trop dangereux, rappela Boggus. Vous ne pouvez pas ramener dans ce monde un animal qui l'a quitté depuis si longtemps... Il y aura forcément des conséquences.

— Surtout depuis que la trame du destin a été altérée, renchérit Roméo. Réfléchissez un peu, sacrebouc ! Ça ne vous paraît pas déjà assez étrange, la mort de ce roi et de sa famille ? Et tous ces fantômes qui traversent le pays ? Vous voulez encore ajouter de la nécromancie là-dessus ?

— J'ai toujours dit qu'il était stupide, lança Ulser.

— Qui parle de nécromancie ? rétorqua le Pureux. Il y a bien plus simple à faire. Le codex demande de ramener des plumes de dahu ; il n'est dit nulle part qu'elles doivent garder cette apparence à jamais, n'est-ce pas ?

D'un signe, il demanda à la harpie d'avancer. La créature obtempéra, sans cesser d'agiter le contenu de sa fiole, mais en y mettant une mauvaise volonté manifeste.

— Une potion de changeforme ! comprit l'enchanteur. De quel type, caménélien ? De toute manière, c'est ridicule ; vous avez perdu votre temps ! Toutes les plumes que vous récolterez de cette manière tomberont en poussière en quelques instants !

— Pas avec un élixir de morphide, triompha Rohand. Les effets peuvent durer des jours, ou même des semaines ! Bien assez longtemps pour assurer mon triomphe !

Il s'abandonna à un de ces rires sardoniques dont il avait la manie, tandis que ses prisonniers échangeaient des regards inquiets.

— C'est tout aussi dangereux que la nécromancie, jugea Boggus. Ça l'est pour la personne qui va boire l'élixir, aussi bien que pour ceux avec qui elle sera en contact…

— Nous verrons bien, répliqua le Pureux. Alors ! Lequel d'entre vous souhaite devenir un dahu pour quelque temps ? Je promets de vous plumer avec douceur. Enfin, je ferai mon possible… Attention, s'il n'y a pas de volontaire, je vais devoir choisir moi-même !

Ulser jugea le moment bien choisi pour porter son regard ailleurs, le plus loin possible de son rival. Puis il commença à siffloter d'un air innocent, avant de se décider finalement à simuler un évanouissement. Rohand fit s'éterniser la scène un moment, passant devant chacun de ses prisonniers en se frottant le menton, puis il partit d'un nouvel éclat de rire.

— Je plaisantais ! Naturellement, j'aurais aimé vous jouer ce bon tour, mais il paraît que ça marchera beaucoup mieux sur une créature portant déjà des plumes. Voilà, vous savez tout. Le plus dur, finalement, aura été de convaincre ma complice !

Il promena un regard victorieux sur ses adversaires, puis remarqua soudain s'être rapproché de l'amazone… *Trop* rapproché. Le masque d'effroi qui tomba alors sur son visage n'était rien à côté de la grimace de douleur qui déforma ses traits quand la guerrière lui envoya ses deux pieds joints dans l'entrejambe. Chacun l'entendit souffler « Oh non, pas encore… », tandis qu'il roulait sur le sol en s'éloignant d'une Maline fort agitée. Si la guerrière avait été retenue par une corde, au lieu d'une chaîne, elle se serait sans doute libérée depuis longtemps !

Le Pureux se traîna un moment à terre, plié en deux et gémissant, puis il finit par se redresser et tourner vers les aventuriers des yeux larmoyants.

— Je… je n'ai rien, prétendit-il. Ça n'est même pas… douloureux.

Le dos courbé et les genoux s'entrechoquant, il alla s'asseoir sur une pierre mouillée, puis lâcha de nouveaux geignements.

— Pourquoi nous raconter tout ça ? lança Mercédès. À quoi ça vous avance ?

— C'est vrai, renchérit Ulser. Lâche comme tu es, il te suffisait de nous trancher la gorge pendant notre sommeil ! Ou même maintenant !

— Mais taisez-vous, vous ! siffla Roméo.

Rohand attendit d'avoir retrouvé un visage à peu près humain pour répondre.

— Je ne suis pas naïf, et je sais apprendre. Chaque fois que j'ai tenté de me débarrasser de vous, ça c'est retourné contre moi. J'imagine que c'est à cause de ce treizième fils d'un treizième fils, qui vous protège par sa chance insolente… Vous vivrez, donc. Ou en tout cas, vous ne mourrez pas de ma main. Mais sachez qu'un ours a traîné dans le coin une bonne partie de la journée ; peut-être sera-t-il ravi de trouver un repas facile !

Le chevalier frissonna d'horreur à cette idée, mais il fut plus terrifié encore en voyant ses compagnons rire à l'annonce de la nouvelle. Étaient-ils tous devenus fous ? Le Pureux devait le croire aussi, car il leur retournait un regard perplexe.

— D'accord, d'accord, reprit l'enchanteur. Vous allez donc risquer de changer la face du monde pour vous coiffer d'une couronne. Mais à quoi bon avoir attendu notre réveil pour passer à l'acte ?

Rohand se redressa fièrement, puis prit une pose théâtrale dans la lumière dansante du feu de camp.

— C'est simple. Je voulais que vous soyez témoins de mon triomphe !

— Quoi ? Mais c'est idiot, jugea Mercédès.

— Vous dites ?

— C'est complètement ridicule, insista la sorcière. Que voulez-vous que ça nous fasse ? Buvez donc votre élixir, allez vous faire entrôner et bon débarras. Au moins, on en aura fini avec cette bouffonnerie.

— Oui, s'il ne se produit rien de fâcheux, rappela Roméo. Et c'est tout de même dommage d'en être arrivé là…

— Mais…, bredouilla le Pureux. Et le goût amer de la défaite ? L'humiliation ? Vous êtes battus sur toute la ligne ! Je vous souffle le royaume sous le nez, quelques jours à peine après avoir volé la fiancée de Brise-Camail !

— Ça, c'est pas grave, assura Ulser. J'ai une nouvelle fiancée, maintenant ; et je suis plus heureux avec elle.

Suivant les regards de ses prisonniers, Rohand comprit qu'il s'agissait de Maline, qui ondulait doucement sous la branche à laquelle elle était enchaînée.

— Oui…, acquiesça-t-il. C'est vrai que, à côté de Migrene…

Il fut encore tenté de profiter de la situation, mais y renonça aussitôt. Chaque fois qu'il avait essayé de jouer aux mains baladeuses, l'amazone s'était réveillée dans l'instant et l'avait repoussé en lançant de grands coups de pied dans ses fantasmes, ou ailleurs. C'était déjà un miracle qu'il ait réussi à l'attacher ; il n'avait eu que quelques instants pour cela.

— Alors ! pressa Roméo. Vous partez, oui ou non ?

— C'est qu'on aimerait bien commencer à se libérer pour de bon, insista Mercédès. Maintenant, si ça ne vous gêne pas qu'on le fasse devant vous…

Le Pureux tourna sur eux des yeux furieux, soudain piqué au vif.

— Ah, c'est comme ça ? Donc, vous ne me prenez pas au sérieux ? Mais je ne vous ai pas encore dit quel genre de roi je serai ! Prenez le pire despote de vos cauchemars, celui qui fait raser des villages entiers rien que pour le plaisir d'entendre des enfants hurler, celui qui fait couper la tête de cinquante serviteurs quand il repère une mouche dans sa chambre… Eh bien, moi, je serai celui qui ferait pleurer ce tyran ! Et Gangrene ne sera qu'un début ! Je porterai la guerre à toutes les frontières, puis sur chacun des continents ! Vous ne m'en croyez pas capable ? C'est pourtant facile ! Il suffit de promettre libre pillage à tous les mercenaires qui se rallieront à moi ! Très vite, le monde ne sera plus que feu et destruction, sans promesse de lendemain !

Il dut s'interrompre pour prendre une grande inspiration, ce qu'il avait oublié de faire pendant l'énumération de ses menaces. Puis il jugea que, en définitive, il en avait déjà bien assez dit comme ça. Il promena donc son regard sur les prisonniers médusés, en attente d'une réaction… qui ne se fit pas attendre.

— Tout ça seulement pour nous entendre dire que vous êtes le meilleur ? résuma la sorcière. C'est bien ce que je disais. C'est complètement idiot.

— Et c'est moi qu'on considérait comme un dangereux criminel, râla Fimosis. Si c'était pour en arriver là, on aurait pu aussi bien me laisser vivre mon destin tranquillement…

— Vous êtes plus à craindre que je ne pensais, commenta Roméo. Pas pour les raisons que vous donnez, mais pour ce qu'elles m'apprennent sur votre équilibre mental.

— Ah ! se rengorgea Rohand. Vous admettez enfin me voir comme un ennemi redoutable ! Donc, si vous n'étiez pas attachés, vous feriez tout pour m'empêcher de monter sur le trône !

— C'est sûr, acquiesça Ulser.

— Évidemment, renchérit Mercédès ; c'est ce qu'on fait depuis le début.

— Mais vous ne pouvez rien contre moi ! triompha le lâche. J'ai donc bien gagné ; et vous avez perdu !

Dans la foulée, il se lança dans une petite danse de la victoire, mais s'arrêta bien vite en se rappelant qu'elle datait du temps où Ulser et lui étaient pages, et que les pas étaient véritablement ridicules. Il se recomposa donc une attitude sévère.

— Assez ri, maintenant ! Passons aux choses sérieuses. Vous allez avoir l'infini privilège de voir le premier dahu vivant depuis des siècles !

La harpie s'était entretemps juchée sur une souche ; elle sautilla jusqu'à son complice, la fiole toujours entre les griffes. Ulser et ses compagnons les virent ensuite échanger quelques mots à voix basse, de manière de plus en plus contrariée, jusqu'à ce que Rohand mette un terme à la discussion en levant une main menaçante. La créature caqueta alors quelque obscure malédiction dans sa langue naturelle, mais se laissa néanmoins attacher une corde autour de la patte. Elle amena ensuite l'élixir jusqu'à son bec, mais sans y verser le contenu, paraissant hésiter encore.

— Réfléchissez, lança Roméo. C'est une magie trop puissante pour ces temps troublés ! Il pourrait tout arriver, ou presque !

La harpie baissa aussitôt le flacon, mais le Pureux saisit brutalement son poignet duveteux et la força à ouvrir le bec, dans lequel il renversa la totalité de l'élixir ! Puis il s'écarta de sa complice toussant et hoquetant, à la limite de la suffocation. Elle passa ainsi par différentes phases et couleurs, dansant d'un pied sur l'autre, se raidissant soudain avant de se mettre à tourner comme un derviche… Ces réactions étaient aussi excessives qu'impressionnantes ; et elles s'enchaînaient à un rythme si rapide qu'il était difficile de les recenser toutes. Finalement, la créature s'écroula comme une poupée de chiffons, recroquevillée sur elle-même sous ses ailes défraîchies.

Pendant quelques instants, il sembla ne plus rien devoir se produire. La silhouette restait immobile, probablement inconsciente… Puis une nouvelle énergie s'empara d'elle et la fit bondir un mètre au-dessus du sol, où son corps irradia une lumière si vive et si soudaine que les spectateurs durent détourner le regard ! Quand ils rouvrirent les yeux, la harpie n'était plus là. Elle avait revêtu, de corps comme d'esprit, l'apparence d'un de ces dahus légendaires du pays de Gangrene. Et elle le prouva dès les premiers instants, en perdant l'équilibre et en chutant en bas de cette patte plus longue que l'autre.

Ulser était fasciné par ce spectacle. On lui avait décrit ces animaux comme un mélange entre l'autruche, le héron et le pélican, ce qui se révélait finalement tout à fait farfelu ! Le chevalier voulut donc graver chaque détail dans sa mémoire pour en faire le récit à quiconque serait curieux de l'entendre. Ainsi, il nota la présence de ces… et la couleur des… mais aussi, cette espèce de… qui ressemblait à… à rien, en fait. Mais avec les autres détails qu'il avait notés, le prophétionnel se sentait capable de faire une description si détaillée du dahu qu'elle frapperait tous les imaginaires !

Néanmoins, pour l'heure, la bête légendaire avait surtout l'air d'un gros dindon qui cherchait à échapper au billot. Elle battait des ailes trop petites pour la porter, se relevait difficilement, retombait aussitôt, doublement gênée par ses pattes dissemblables et par la corde qui retenait la plus grande au poignet de Rohand. Le Pureux s'amusa un moment encore du spectacle, puis finit par tirer à lui le volatile affolé. Il n'eut aucune difficulté à l'immobiliser sous son bras gauche. Il entreprit ensuite d'arracher les larges plumes soyeuses couvrant la croupe de l'animal, en se montrant parfaitement insensible à ses piaillements paniqués.

— Alors ! se gaussait-il. Vous voyez bien qu'il n'est rien arrivé de dramatique !

— Rien ne le prouve, démentit Roméo. Les conséquences ne sont pas forcément immédiates. À l'instant où nous parlons, des fleuves d'acide sont peut-être en train de tomber sur nous depuis les étoiles. À moins que des torrents de feu bouillant ne remontent des profondeurs du monde… Impossible même de dresser la liste des catastrophes envisageables. Tout ça, pour des plumes.

— Vous êtes juste jaloux parce que vous n'aviez pas le courage d'essayer, répliqua Rohand.

Ce disant, il jeta malgré tout un œil vers le ciel, et tendit un instant l'oreille à un éventuel grondement de la terre. Puis il se concentra sur son travail sans plus dire un mot.

En quelques minutes, il eut terminé. La harpie-dahu se retrouvait avec son seul duvet sur les fesses, et le Pureux avait assez de rembourrage pour les assises en cuir de salamandre de son futur trône. Il libéra donc la créature qui détala à cloche-pied vers la colline toute proche, avant d'acquérir une vitesse surprenante dès que ses pattes rencontrèrent l'inclinaison idéale.

— Dans une petite semaine, tu retrouveras ton apparence ! lui lança Rohand. Et tu viendras saluer ton nouveau roi !

— Ça m'étonnerait qu'elle ait compris le moindre mot, railla Mercédès. En réalité, vous aurez bien de la chance si vous ne la retrouvez pas empaillée chez un quelconque vilain.

— Tant pis. Je n'ai plus besoin d'elle, de toute façon. Et d'ailleurs…

Il marcha tout droit jusqu'au cheval de Roméo, puis commença à en fouiller les fontes sans montrer aucun scrupule. En quelques instants, il trouva ce qu'il cherchait, et revint déposer l'objet au milieu des prisonniers de plus en plus intrigués… Il s'agissait de la roche rapportée de Comblemort. Le Pureux en retira toutes les étoffes protectrices, puis l'arrosa copieusement du contenu de sa gourde, un sourire méchant sur le visage. Presque aussitôt, la pierre commença à gonfler. Même si le phénomène était lent, au bout de dix minutes elle aurait repris sa taille réelle, et serait alors intransportable !

— Voilà, conclut Rohand. C'est juste au cas où vous n'auriez pas compris votre défaite. Vous n'aurez qu'à vous battre ensemble pour celles qui restent, ça vous occupera déjà un bon moment… et moi, je serai loin !

Il s'abandonna à un nouvel éclat de rire, puis sauta

sur le dos d'un shiméride et se lança au galop en entraînant l'autre monstre. Il ne fit pas trente mètres avant de revenir sur ses pas, de ramasser les précieuses plumes qu'il avait oubliées, puis de repartir sans oser croiser le regard moqueur de ses prisonniers.

Chapitre 28

Ulser et ses compagnons n'attendirent pas que le Pureux fût hors de vue pour essayer de se libérer. Maline, en particulier, luttait fougueusement contre les chaînes qui la retenaient par les poignets. Au prix d'incroyables acrobaties, l'amazone réussit même à grimper le long de ses entraves, puis à se hisser sur l'énorme branche portant l'ensemble... Les aventuriers suivaient sa progression de très près, autant par espoir de réussite que pour admirer les trésors de beauté dévoilés par ces exercices. Malheureusement, la guerrière ne put aller plus loin : ses chaînes étaient bloquées à une fourche. Les seules manières de s'en débarrasser étaient donc de scier la branche ou de crocheter le cadenas, ce qui était irréalisable avec ce dont elle disposait.

— Transforme-toi donc, suggéra Roméo à Boggus. Ce ne sont pas quelques cordes qui t'arrêteront ensuite !

— Je voudrais bien, avoua le charmeur, mais ça m'est impossible dans cette position. Pour que ça marche, il me faudrait d'abord fermer mon manteau.

Le chevalier secoua la tête de dépit. La captivité était en train de pousser ses compagnons vers la démence ! En quoi ce manteau en peau d'ours pouvait-il les aider de quelque manière ?

— Il faut pourtant se sortir de là, râla l'enchanteur. D'ici cinq minutes, ma pierre sera fichue !

— Je vais demander à mes familiers de ronger nos cordes, annonça Boggus. Ça prendra un peu de temps, mais au moins nous serons libres…

— Excellente idée ! se réjouit Ulser.

— En revanche, évitez de remuer les doigts ; on ne sait jamais. Ils ont parfois des réactions bizarres avec les étrangers.

— Heu… commencez donc par Roméo, reprit le chevalier. Après tout, c'est lui le chef…

— Ben tiens ! piqua Fimosis.

Le barde était d'une humeur noire : il n'acceptait pas l'idée d'avoir échoué si près du but. Il regrettait aussi de ne pas avoir choisi le bon camp !

Le charmeur susurra quelques mots à une souris blanche perchée sur son épaule, puis la bestiole disparut dans les plis de son manteau. Elle en ressortit peu après accompagnée de deux rats, trois cobayes, quatre gerbilles et cinq musaraignes. L'escouade de rongeurs se dispersa entre Boggus et les sorciers, dont ils commencèrent à grignoter les liens.

— C'est trop long, s'impatienta l'enchanteur.

— Et ça chatouille, renchérit Mercédès. Dites, Escar, vous avez bien essayé de vous détacher, au moins ?

— Heu… oui… mais j'ai eu un petit problème, et mon pouce est coincé, maintenant…

— Aucune importance. Écoutez-moi bien. Vous allez faire très exactement ce que je vais vous demander, sans chercher à réfléchir, surtout, d'accord ? Alors, *essayez de compliquer encore vos nœuds*.

— Mais, heu…

— Allez-y ! gronda la sorcière. Ou la première chose que je ferai en me levant sera d'aller vous caresser le menton à coups de gourdin !

Un tel esprit d'équipe ne pouvait que rendre toute sa motivation au voleur, qui s'efforça dès lors d'accomplir ce qu'on attendait de lui. Le front concentré, la langue tirée au coin de la bouche, il remua ses gros doigts sur les liens serrés par Rohand… jusqu'à prendre soudain une pâleur lunaire, visible même dans la seule lumière du feu de camp.

— Quoi ? pressa Mercédès. Vous vous êtes libéré, c'est ça ?

— Un… un peu, reconnut Escar. Mais c'est pas grave, je vais me rattacher…

— Imbécile ! Venez plutôt couper nos liens ! Pour une fois que vous ne me surprenez pas !

De trois notes sifflées, Boggus rappela ses rongeurs dans son manteau, tandis que le voleur se levait avec une expression embarrassée. Il tâtonna ses poches et finit par trouver un petit couteau avec lequel il trancha les cordes de Roméo. Sans prendre le temps de le remercier, l'enchanteur bondit près de la pierre en pleine croissance. Elle avait déjà triplé de volume…

— Il n'est pas trop tard ! décida-t-il. Apportez-moi tout ce que vous avez comme linge épais ! Il faut absolument éponger l'eau !

Lui-même commença par soulever le rocher à deux mains pour l'éloigner de la flaque dans laquelle il trempait. Ses compagnons, libérés un à un, s'empressèrent de l'aider à freiner le processus. Même Boggus, pourtant concurrent direct, participa de son mieux… et Fimosis sauva les apparences en sacrifiant l'une de ses chemises, ce qui n'améliora pas son moral, déjà au plus bas.

La pierre eut encore le temps de grossir de dix à douze livres avant de se stabiliser. Roméo finit alors de la sécher, le plus délicatement possible. Toute la difficulté était de supprimer les traces d'humidité sans enlever les spores des jivarolles… Mais enfin, l'enchanteur se releva, satisfait. Le rocher était de belle taille, mais il était encore possible de le hisser sur une selle et de le ramener au palais.

— La suite, maintenant ! pressa-t-il. Il faut absolument retrouver la harpie, ou plutôt le dahu !

— À quoi bon ? soupira le barde. En supposant même qu'on y parvienne, Rohand aura tellement d'avance qu'il sera peut-être déjà couronné quand on rentrera… À mon avis, il faudrait plutôt quitter Gangrene le plus vite possible. Le pays va perdre beaucoup de sa tranquillité quand l'autre rigolo sera sur le trône.

— Pas question d'abandonner ! insista Roméo. Nous devons tout faire pour l'empêcher de déclencher des guerres à tour de bras… et puis, c'est une question d'honneur ! Vous avez vu la manière dont il nous a traités ? Vous pouvez accepter ça et passer votre chemin, vous ?

— Moi, oui…, avoua Escar.

— Je me dis que je pourrais toujours me venger plus tard, expliqua Fimosis.

Ulser s'apprêtait à donner son point de vue, mais le regard courroucé de l'enchanteur le poussa à se concentrer plutôt sur le vol d'un papillon de nuit.

— Eh bien pas moi ! conclut Roméo. Je vais retrouver ce dahu, le plumer et ramener le tout au palais, même si je dois galoper jusqu'à l'aube !

— Mouais, intervint Mercédès. Ce ne serait pas plus simple de rattraper le Pureux et de lui mettre une bonne tannée ? Ce n'est pas la méthode que je préfère, mais il l'a bien cherché, je trouve.

L'enchanteur réfléchit un instant, réveillant ainsi les espoirs déçus de Fimosis.

— Nous serions obligés de le tuer, faute de quoi je suis sûr qu'il nous causerait les pires ennuis auprès des druides… Il nous accuserait d'avoir volé ses plumes, ce qui ne serait pas tout à fait faux.

— Alors ? pressa le barde.

— Alors *non*, bien sûr ! Nous n'allons tout de même pas descendre plus bas que lui-même ne l'a fait !

— Ah ! Ça m'étonnait aussi…

Ils en restèrent là de la discussion, et le moral de Fimosis replongea aussi sec.

Libérer Maline ne fut pas une mince affaire, mais ils y parvinrent tout de même en brisant le cadenas à coups de pierre. C'était d'ailleurs la méthode de crochetage préférée d'Escar. Enfin au complet, ils se lancèrent dans une nouvelle partie de chasse au dahu, avec un véritable espoir de réussite, cette fois. Boggus les accompagnait toujours ; il avait été décidé qu'en cas de succès, les concurrents se partageraient les plumes et tenteraient chacun de leur côté de prendre Rohand de vitesse. Le charmeur marchait donc à côté des cavaliers, au pas, tous fouillant les environs des yeux et des oreilles.

Après vingt minutes à peine, il fallut bien se rendre à l'évidence : c'était aussi difficile qu'il semblait. La harpie transformée pouvait être n'importe où dans ces collines, et probablement terrée sous un buisson pour les trois jours à venir. Ni les familiers que Boggus envoyait en repérage, ni les images fournies par l'Œil de Varana ne révélaient la piste de la créature. La repérer dans ce décor, en pleine nuit, paraissait aussi compliqué que trouver une anguille dans une forêt de pins.

— C'est quand même dommage, commentait le voleur. On aurait dû utiliser une de ces potions, nous aussi… Comme il n'est rien arrivé de grave, finalement…

— Il n'est pas trop tard, vous savez ! grinça Roméo. Je peux toujours me mettre au travail ; j'ai tout ce qu'il faut ici ! Si ça ne vous gêne pas d'être transformé en dahu et de vous faire plumer le…

— Je disais ça comme ça, bredouilla l'intéressé. Juste pour discuter…

— Eh bien, concentrez-vous plutôt sur la battue ! répliqua l'enchanteur.

Une nouvelle demi-heure passa, laissant les aventuriers aussi bredouilles qu'un chasseur souffrant d'un hoquet chronique. Puis une heure, encore… Ulser croyait bien voir des silhouettes volatiles déguerpir à leur approche, disparaissant sur les pentes en tirant sur leur patte plus longue que l'autre, mais il s'était trompé tellement de fois ce jour qu'il n'osait pas s'en ouvrir à ses compagnons. En revanche, tous furent témoins du passage de quelques derniers fantômes, traînant leurs guenilles laiteuses en direction du château royal.

— C'est peut-être un mauvais présage ? hasarda le chevalier.

— Sans blague, vous croyez ? railla Mercédès.

— Je ne sais pas… Je pourrais me tromper. Peut-être que ces spectres ont pressenti la victoire de Rohand… Peut-être qu'ils vont essayer de le raisonner, l'empêcher de jeter Gangrene dans le chaos et la guerre…

— Ou peut-être qu'ils vont lui donner un coup de main, rétorqua la sorcière. On verra bien, de toute façon. Pour l'instant, ils ne dérangent personne et c'est très bien comme ça.

Ils n'en discutèrent pas davantage. La fatigue commençait à les gagner, et leur manque de réussite réduisait d'autant leur motivation. Après avoir passé près de deux heures sans repérer la moindre trace du dahu, ils ne cherchaient pratiquement plus. Ils se contentaient d'avancer lentement, les épaules aussi basses que le moral. Ils n'avaient pas encore officiellement abandonné, mais dans l'esprit de chacun, c'était tout comme.

— Nous ne sommes pas loin des collines où nous avons posé des pièges, annonça bientôt Maline. Il faudrait les retirer, avant de partir… ou des animaux s'y feront prendre et mourront de faim.

Roméo poussa un soupir fatigué ; il semblait alors beaucoup plus proche du vieillard que de l'enchanteur lubrique.

— Allons-y, lâcha-t-il dans un souffle. Faisons au moins une chose de bien cette nuit.

Ils suivirent donc l'amazone, seule capable de se repérer, en pleine nuit, dans cette région aux allures de labyrinthe. Puis, une fois à destination, ils mirent pied à terre pour commencer à gravir la première colline… mais ils n'étaient pas encore parvenus au tiers de la pente que Maline les faisait s'arrêter.

— J'ai entendu quelque chose, annonça-t-elle. Quelque chose qui ressemblait beaucoup aux plaintes du dahu.

— Il s'est peut-être pris dans nos pièges, hasarda Escar.

— Quoi, pile dans nos collets ? résuma Roméo. Et si loin du camp de Rohand ? Ce serait trop beau. Il y a quand même une différence entre la chance et les mirac…

Il s'interrompit brusquement, alors qu'un cri entre le glapissement d'aigle et le cacardement d'oie venait soudain frapper tous les tympans.

— Ça y ressemble quand même drôlement, commenta Ulser. Dommage qu'il s'agisse d'autre chose… Je me demande bien quoi.

Ses compagnons ne prirent pas la peine de lui répondre ; tous marchaient sur la piste de l'enchanteur soudain ragaillardi. À la minute suivante, ils entendirent à nouveau la plainte mystérieuse. Et puis encore, et encore, de plus en plus nettement à mesure qu'ils grimpaient… jusqu'à la sixième fois, où le son leur parut provenir d'une autre direction.

— Qu'est-ce que ça veut dire ? demanda Mercédès. Il a réussi à s'échapper, ou quoi ?

Un nouveau cri leur confirma le contraire. Le chevalier ne voyait qu'une explication logique à ce mystère : les dahus étaient ventriloques, et ils se servaient de cette capacité pour tenter de dérouter leurs prédateurs. Il allait exposer cette brillante théorie mais n'en eut pas l'occasion, les aventuriers courant presque en direction du sommet. Quand ils y parvinrent enfin, essoufflés et impatients, ils eurent la satisfaction de voir leurs efforts récompensés… un dahu était bien prisonnier d'un de leurs pièges !

Et, plus étonnant encore : il ne s'agissait pas de la harpie !

En effet, celui-là avait encore la croupe bien garnie, et aucune légende ne prêtait à ces créatures des capacités de régénération hors du commun. Ulser et ses compagnons échangèrent de grands sourires, puis Boggus se chargea de récolter les fameuses plumes, avec toute la douceur possible. Fimosis en profita pour s'éloigner un peu… À la minute suivante, des piaillements de douleur déchirèrent les ténèbres, puis le barde revint en s'essuyant les mains. Personne ne remarqua que ses poches étaient plus rebondies qu'avant.

— Il y en a un autre là-bas, annonça-t-il. Il doit s'agir de la harpie, parce qu'il n'a plus que du duvet sur les fesses.

— Qu'est-ce que vous avez fait à cette pauvre bête ? gronda Mercédès. On l'a entendue crier jusqu'ici !

— Moi ? Rien, prétendit Fimosis. En fait, j'ai même tenté de la libérer, mais je ne recevais que des coups de bec, alors…

Les sorciers le jaugèrent d'un regard soupçonneux, mais la joie d'avoir enfin trouvé le quatrième élémentaire les fit rapidement passer à autre chose. Quand Boggus eut rassemblé assez de plumes pour le groupe d'Ulser et lui-même, ils détachèrent le dahu et le regardèrent détaler dans la nuit. Puis ils s'approchèrent du deuxième, mais de nouveaux cris plaintifs se firent entendre depuis d'autres directions.

— Quoi ! râla la sorcière. Le premier ne s'est quand même pas déjà fait reprendre ?

— Je ne crois pas, annonça Roméo, amusé. Je pense même que nous allons devoir passer un bon moment à visiter tous les pièges…

L'étonnement des aventuriers passa ainsi par

différents stades, entre la découverte stupéfiante de leur *troisième* dahu et celle, déjà beaucoup plus routinière, du quinzième. À chaque fois, ils libéraient la bête et détruisaient le collet.

— J'avais bien dit qu'utiliser cet élixir aurait des conséquences ! triomphait l'enchanteur. Sans le savoir, Rohand a ramené l'espèce à la vie ! Il y a peut-être maintenant des centaines, ou même des milliers de bêtes dans ces collines !

C'était certes réjouissant, mais le chevalier se lassait tout de même de grimper et de descendre pour libérer des volatiles qui ne manifestaient aucune forme de gratitude. Quand enfin ils en eurent fini, il se posta au bas d'une pente et en contempla le sommet perdu dans la nuit et les étoiles.

— Qu'est-ce que vous faites ? pressa Mercédès. Allez, en selle ! Nous devons encore rejoindre le château !

— Juste un instant… Je voudrais vérifier quelque chose.

Il disposa alors ses mains en porte-voix et se mit à crier : « DAHU, DAHU ! »

L'instant d'après, des formes emplumées perdaient l'équilibre et roulaient cul par-dessus tête jusqu'en bas de la colline. S'il avait eu un grand sac, Ulser aurait pu en capturer une ou deux. C'était une vraie satisfaction de constater encore la supériorité de l'intelligence humaine face à l'animal… Toutes ces années d'entraînement n'avaient pas été vaines, en définitive.

SIXIÈME PARTIE

Chapitre 29

Ces nouveaux adieux avec Boggus furent brefs : il s'agissait de ne plus perdre de temps. Les concurrents se souhaitèrent donc bonne chance et se promirent de souper ensemble au soir suivant, quoi qu'il advienne. Puis le charmeur disparut dans les ténèbres et, aussitôt après, sembla de nouveau poursuivi par un ours. Le chevalier songea que cet animal était tout de même bien lâche, de ne s'attaquer ainsi à sa proie que lorsqu'elle était seule… Mais, d'un autre côté, il s'en réjouissait plutôt.

Sur les consignes de Roméo, Maline imposa un rythme rapide aux cavaliers. Personne n'imaginait qu'ils pourraient réellement rattraper et dépasser Rohand, considérant l'avance qui était la sienne, mais il leur restait au moins l'espoir : le Pureux avait pu s'égarer, être jeté à bas de selle, ou retardé pour l'une ou l'autre raison imprévisible… L'Œil de Varana, consulté juste avant le départ, n'avait montré aucun signe d'agitation particulière aux alentours du palais royal. On pouvait donc penser que le fourbe n'y était pas encore parvenu !

Malgré leur fatigue, ils avançaient donc bon train, du moins autant que leur permettait l'obscurité. Après vingt minutes à peine, Fimosis montra néanmoins des signes d'impatience.

— On n'y arrivera jamais. Même Boggus doit aller plus vite que nous ! On est là à se traîner, alors qu'il y a une couronne à ramasser au bout du chemin !

— Je ne vois pas comment faire mieux, répliqua Roméo. Mais si vous avez une idée qui ne fasse pas appel aux forces des ténèbres, n'hésitez pas !

— J'en ai une, oui ! révéla le barde. Notre problème, c'est que nous restons à nous attendre les uns les autres : ça nous ralentit. L'un de nous devrait prendre tous les élémentaires et foncer jusqu'aux druides, quitte à en faire crever son cheval… Tout cela au nom de notre ami Brise-Camail, bien sûr. Et je me sens prêt à tenter le coup !

— Si vous espérez vous faire couronner à sa place, railla Mercédès, vous vous mettez le bras dans l'œil. Seuls ceux qui se sont fait connaître avant le départ de la quête pourront grimper sur le trône.

— Je le sais parfaitement ! Pour qui me prenez-vous ? Je me porte volontaire pour le bien de tous, et vous me récompensez en m'accusant de…

— Vous ne trouveriez même pas le chemin, coupa Roméo. Seule Maline parvient à nous guider sans se tromper ; ou moi, avec l'Œil de Varana.

— Eh bien, enchaîna Fimosis, étant donné que nous possédons deux de ces artefacts, j'avais pensé que vous pourriez m'en confier un… Juste le temps d'accomplir ma mission, bien entendu.

— Ce ne serait pas plus simple d'envoyer Maline ? intervint Ulser. Ça me paraît même une bonne idée ; on pourrait se reposer un peu et arriver tranquillement au château, demain matin…

— Ah non, ah non, protesta le barde. Ce ne serait pas pareil, et… et je me suis proposé en premier, d'abord !

— De toute manière, trancha l'enchanteur, les concurrents doivent rapporter leurs trouvailles en se présentant en personne. C'est clairement indiqué dans le codex. Donc, inutile d'en discuter plus longtemps.

Fimosis se renfrogna, puis commença à chercher un autre moyen de s'esquiver du groupe sans diminuer ses chances d'arriver à destination. Après un petit moment, le chevalier s'aventura à poser la question qui le rongeait, d'une voix où le courage brillait par son absence :

— Je… je devrais peut-être partir en avant, tout seul ? Ça m'ennuierait de vous priver de la protection de mon épée, mais…

— Je préfère vous garder sous les yeux, annonça Roméo. C'est déjà assez compliqué comme ça. Je n'ose même pas imaginer ce qui pourrait arriver si je vous lâchais dans la nature ! Et tant pis pour le retard ; nous ne sommes plus à ça près.

— Je te trouve bien confiant, commenta Mercédès. Il n'y aurait pas quelque chose que tu aurais oublié de me dire, par hasard ?

— Non. Je n'ai aucun argument à avancer ; c'est juste une intuition, à cause de tous ces spectres. Personne n'a encore pu expliquer la raison de leur présence. Je pressens que nous nous dirigeons droit vers un nouveau nœud dans la trame du destin… et je n'imagine pas comment le prophétionnel pourrait ne pas y être mêlé, alors que nous avons accompli tout ce qui était demandé.

— Heu, releva l'intéressé, c'est-à-dire ? Que va-t-il m'arriver ?

— … encore, compléta la sorcière.

— Nous verrons bien, répondit l'enchanteur. Et nous aviserons, comme d'habitude. Quoi qu'il advienne, faites de votre mieux, ou en tout cas essayez de limiter les dégâts.

Ulser acquiesça machinalement, mais il n'était déjà plus si pressé de parvenir à destination.

Après une longue progression nocturne, les aventuriers s'étaient autant rapprochés de l'aube que du palais royal de Gangrene. Fimosis manifestait une agitation grandissante, à l'inverse de ses compagnons, qui montraient des signes de fatigue plus ou moins prononcés. Le barde se tortillait sur sa selle, cherchait à reconnaître le chemin, se faisait répéter vingt fois que oui, oui, on n'était plus très loin… Pour quelque obscure raison, on le sentait prêt à partir soudain au galop en laissant le reste du groupe en arrière. Roméo s'apprêtait même à lui en faire la remarque quand Maline signala la présence d'un ours, à quelques treizaines de mètres devant eux ! Mais Ulser eut beau scruter les environs, il ne reconnut que la silhouette de Boggus, qui courrait dans leur direction en agitant les bras.

— Vite, vite, dépêchez-vous ! criait le charmeur. Vous devez arriver avant le lever du soleil, ou vous ne participerez pas à la finale !

— La finale ? s'étonna le chevalier. De quoi s'agit-il ?

Fimosis n'attendit pas la réponse ; il tapa des talons sur sa monture fatiguée et traça la route en avant !

— Qu'est-ce qu'il lui prend, à celui-là ? grogna Roméo.

— C'est un crétin, jugea Mercédès. Il entend « dépêchez-vous » et il fonce aussitôt tête baissée. Il aurait décidément fait un parfait serviteur des ténèbres.

— Mais dépêchez-vous *vraiment !* insista Boggus. Sinon, ça va se jouer entre Rohand et moi !

Les aventuriers n'hésitèrent qu'un instant encore avant de se mettre au galop, laissant le serviable charmeur reprendre son souffle en observant leur course. Les chevaux n'étaient malheureusement pas au mieux de leur forme, tandis que les premiers rayons du soleil incendiaient l'horizon… Le barde, déjà loin devant, était avantagé par sa petite taille et son poids en rapport. Il se retournait fréquemment sur ses compagnons, mais ne répondait à aucun des saluts amicaux que lui adressait Ulser – sans doute était-il trop soucieux de suivre les consignes du charmeur. En revanche, Escar et Mercédès étaient freinés par leur corpulence ; le chevalier par son équipement, et Roméo par la pierre de Comblemort qui pesait lourdement sur les reins de sa monture. Seule Maline aurait pu rattraper Fimosis, mais elle n'en voyait pas l'utilité. Ainsi, l'écart entre le barde et ses compagnons continua de grandir… Quand ils parvinrent en vue du château royal et du village de tentes qui bordait les douves, au moins une minute de course les séparait.

L'enchanteur et son groupe s'inquiétaient surtout de la montée du soleil, qui repoussait les ombres en les étirant vers l'infini. Les cavaliers ne ralentirent même pas leur allure en pénétrant dans le campement ; ils ne s'arrêtèrent pas pour présenter leurs excuses aux valets qu'ils bousculaient, pas plus qu'ils ne se jetèrent à l'eau pour sauver ceux que leur charge poussait dans les fossés. Enfin, alors que Maline faisait se cabrer son étalon avec une habileté impressionnante, le chevalier et les autres se percutèrent plus ou moins violemment… mais ils finirent par se retrouver les pieds à terre, debout devant la tente des druides. Et ils achevaient à peine de rassembler leurs trouvailles qu'ils virent Fimosis sortir de sous l'abri, le souffle court et les tempes battantes !

— J'ai… Je les ai prévenus de votre arrivée, annonça-t-il.

Roméo ne jeta qu'un œil soupçonneux au barde fébrile, puis poussa Ulser et ses compagnons sous la toile. Ces derniers manipulaient des perles, des plumes, des mues de salamandre et une pierre semblables à ceux que les aventuriers rapportaient. Ils levèrent à peine la tête sur le chevalier chargé comme un baudet.

— Un instant, demanda le plus vieux. Nous n'avons pas fini d'examiner toutes ces pièces.

— J'entends bien, répliqua l'enchanteur, mais le jour sera bientôt levé pour de bon !

— Et alors ? Ce n'est quand même pas notre problème si vous choisissez d'arriver à la dernière minute ! Assumez donc votre insouciance, et laissez-nous procéder !

Mercédès marcha droit jusqu'à lui – tout en agitant son gourdin, l'air de rien.

— J'ai passé ces derniers jours à cavaler, à descendre au fond des gouffres et à grimper sur des volcans, à me battre avec des paysans et des lutins, à affronter des malédictions tellement idiotes qu'on se demande quel esprit tordu a pu les inventer… et je ne vous parle même pas des autres bêtises que j'ai dû supporter à longueur de temps ! Tout ça m'a mise d'assez méchante humeur, voyez-vous ? Alors, si nous manquons la course parce que vous êtes trop paresseux pour traîner vos fesses dehors, jeter un œil au soleil et valider notre participation, je vous jure que notre prétendue insouciance va sacrément devenir *votre* problème !

— Comment ! Mais vous n'oseriez pa…

Le rictus nerveux de la sorcière l'impressionna suffisamment pour qu'il ravale ses mots, contourne la grande table et aille vérifier que le jour n'était pas encore tout à fait levé. Il revint peu après et adressa un signe de tête affirmatif à ses collègues.

— Nous aurons donc quatre candidats pour la finale, résuma l'un d'eux. Après authentification de toutes les pièces que vous avez rapportées, bien sûr.

— Quatre ? releva Roméo. Tous les autres sont revenus, alors ?

— Le dernier est arrivé peu de temps avant vous... Nous traitons justement sa livraison.

— Juste avant nous, hein ? grinça la sorcière. Et à quoi ressemble-t-il, cette espèce de traître ?

Elle agitait toujours son gourdin sous les yeux inquiets des druides, qui choisirent la voie de la prudence.

— À ce stade de la compétition, nous n'avons plus le droit de vous révéler ces informations. Il en va de la sécurité même des candidats. Vous l'apprendrez peut-être de leur propre bouche, ou de ceux à qui ils se sont confiés, mais *nous* devons rester d'une parfaite neutralité.

— Oui, c'est bien normal, approuva Ulser.

— Et qu'en est-il de cette finale ? reprit l'enchanteur. De quoi s'agit-il ?

— Tout est expliqué dans le codex, annonça le druide. Au cas où plusieurs candidats ramènent les élémentaires dans la même journée, ou la même nuit, ils sont considérés comme étant à égalité. C'est présentement le cas ; les concurrents auront donc à se départager au cours d'une ou plusieurs épreuves.

— Des... épreuves ? grimaça le chevalier.

— Mon exemplaire du codex ne mentionne rien de tout cela, remarqua Roméo.

— Bien sûr ; il s'agit d'une version simplifiée. Nous sommes les seuls dépositaires des originaux.

Il désigna le manuscrit ouvert sur une table de lecture, mais aussi les quatre autres tomes qui étaient rangés dessous… L'enchanteur sentit son sang bouillir en songeant que de pareils renseignements leur auraient évité beaucoup de tracasseries. Il sut néanmoins se dominer assez pour ne pas faire avaler lesdits grimoires à ces druides pompeux.

— Et ces épreuves, donc ? En quoi consistent-elles ?

— Nous n'en savons rien encore. Il nous revient d'en définir le nombre, leur déroulement, et les conditions de victoire. Cela ne sera pas fait avant quelques heures ; je vous conseille d'en profiter pour prendre un peu de repos.

— Sans blague, lâcha Mercédès. Moi qui pensais en avoir enfin terminé avec ces âneries !

— Oh, eh bien… c'est le cas, en quelque sorte. Pendant la finale, les prétendants au trône ne peuvent recevoir aucune assistance extérieure. Vous serez donc spectateurs, ou éventuellement participants à titre honorifique…

— Vous voulez dire que tout va reposer sur les seules épaules de cet abru… de cet imbé… de cet homme-là ?

Elle désignait bien sûr le prophétionnel, aussi à l'aise au croisement des regards qu'il l'aurait été nu avec un pot d'aisance renversé sur la tête.

— Je comprends vos inquiétudes, avoua le druide. Mais c'est ainsi. Si vous voulez bien nous laisser procéder, maintenant…

Les aventuriers sortirent donc en file indienne, puis Ulser revint précipitamment déposer les élémentaires qu'il tenait toujours à bout de bras. À l'extérieur, juste devant la tente, Fimosis faisait les cent pas en se rongeant les ongles. Cette fois encore, on le sentait prêt à déguerpir comme un lapin au premier son du cor.

— Alors ? pressa-t-il. Comment ça s'est passé ? Qu'est-ce qu'ils vous ont dit ?

— Des tas de choses intéressantes, répliqua Roméo. Mais vous, vous n'avez rien à raconter ?

Le visage du barde se fit soudain très pâle.

— Moi ? Non, pourquoi ? Que voulez-vous que je raconte ?

— Vous avez vu l'homme qui était là avant nous ? intervint Ulser. On se demandait à quoi il pouvait bien ressembler…

Un large sourire revint fleurir sur le visage du petit homme, tandis que les sorciers secouaient la tête en soupirant de concert.

Chapitre 30

D'après Fimosis, le quatrième concurrent avait l'apparence d'un Gangrenien à la silhouette tout à fait banale et à la couleur de cheveux indéterminée. Il estimait son âge entre trente et soixante ans, peut-être même un peu plus ou un peu moins. L'inconnu était censé porter des vêtements sans fioritures ni signes particuliers. Le chevalier remercia chaleureusement le barde pour ses indications : elles permettaient d'éliminer déjà un bon dixième des résidents du campement. Ulser se demandait comment restreindre encore les recherches, mais les sorciers semblaient s'être désintéressés de la question… En revanche, Fimosis posa cent questions sur ce qui s'était dit sous la toile des druides. Il se montrait très curieux de ces histoires d'épreuves à passer, et regrettait amèrement de ne pas en savoir davantage. Le chevalier se réjouissait d'avoir un compagnon si fortement désireux de l'aider qu'il semblait prendre chaque contretemps à son propre compte !

Dans l'attente de cette fameuse finale, les aventuriers étaient donc livrés à eux-mêmes, et ils projetaient d'en profiter pour rattraper toutes ces heures de sommeil perdues. Maline provoqua alors la surprise générale en annonçant avoir repéré le blason des Brise-Camail, sur l'une des tentes qu'ils avaient dépassées dans leur course. Il fut naturellement décidé de s'y réunir, après toutefois avoir remercié Boggus pour son précieux conseil.

Ils retrouvèrent le charmeur aux abords du campement. L'homme au manteau d'ours les y attendait d'ailleurs, et un large sourire éclaira son visage quand il apprit la réussite de ses amis.

— Magnifique ! s'exclama-t-il. Nous aurons ainsi partagé l'aventure jusqu'au bout ! Quoi qu'il arrive maintenant, nous en garderons de fabuleux souvenirs.

— Bien sûr, railla Fimosis. J'ai particulièrement apprécié le moment où la lave menaçait de me griller les fesses.

— Bah, moi, pas tellement, avoua Escar. C'était même plutôt effrayant, je trouve…

— En ce qui me concerne, je suis ravi de notre rencontre ! annonça Ulser. Et j'espère que vous gagnerez le trône, vous le méritez bien !

L'instant d'après, il prenait conscience de ce qu'il venait de lancer et s'empressait d'ajouter :

— Enfin, je veux dire… si ce n'est pas moi. Hum… Dites, si vous veniez avec nous ? Je vous présenterai mon père !

— Pas sûr que ce soit une bonne idée, prévint Mercédès. Le baron est… Ou plutôt, il n'est pas…

Enfin bref, je redoute ses réactions quand on lui annoncera que Boggus fait partie des concurrents.

— De toute manière, annonça le charmeur, je ne suis pas très à l'aise dans le campement. Les gens sont trop agités, trop tendus, et ça rend mes familiers nerveux… Je préfère attendre à l'écart et en profiter pour roupiller un peu.

— Mais, si vous manquiez l'heure des épreuves ? bondit Fimosis. Ça vous éliminerait d'office !

— Oh, non. Mes oiseaux surveillent les druides. Ils viendront me réveiller, s'il se passe quelque chose.

Le barde s'efforça de masquer sa déception, tandis que les aventuriers et Boggus se saluaient cordialement. Ils redescendirent ensuite vers le village de toiles, tout en contemplant l'énorme forteresse des rois de Gangrene, pour l'heure abandonnée aux seuls spectres et fantômes. Et même ces derniers ne se montraient pas… à moins que la lumière du jour ne les cache à la vue des mortels, ce qui n'était guère plus rassurant.

Maline retrouva sans difficulté la tente des Brise-Camail. En vérité, Ulser et ses compagnons devinèrent sa présence au moins vingt mètres avant de la repérer : les rugissements colériques du baron Haro étaient tristement familiers à leurs oreilles. Ils ne furent pas surpris de voir des valets déguerpir dans la direction opposée, et hésitèrent même un instant avant de s'engager sous la toile… mais le bruit d'un râle de suffocation les y décida !

La scène qu'ils découvrirent était violente, mais pas

si étonnante que ça, en définitive. L'orageux seigneur se trouvait simplement en train d'étrangler la nosferatie, qui se débattait en le frappant d'une outre dégoulinante de vin. Par chance, Haro fut suffisamment surpris par l'arrivée de la troupe pour ne pas aller au bout de son geste, et il rejeta donc sa victime comme une poupée de chiffons. C'était la première fois que le bon chevalier voyait son père s'interrompre ainsi. D'habitude, il se montrait tout à fait indifférent à la présence de témoins.

— Alors ? Alors ? pressa le baron.

— Bien le bonjour, nous allons tous bien, merci, grinça Mercédès. À part une bonne fatigue et un certain agacement qui ne risque pas d'aller en diminuant, dirait-on.

— Et le trône ? insista l'égoïste. Vous avez réussi, ou quoi ?

— En quelque sorte, annonça Roméo. Mais plusieurs autres sont dans le même cas…

L'enchanteur prit sur lui d'expliquer la situation au baron impatient, tandis que ses compagnons se laissaient aller sur les fauteuils et coussins garnissant la tente. Ils évitèrent toutefois la proximité de la nosferatie, dont l'odeur ne s'était pas améliorée depuis leur séparation, et qui cuvait alors à même le sol où Haro l'avait jetée. Quand le récit de Roméo fut terminé, le seigneur de Brise-Camail exprima le fond de sa pensée en flanquant son pied ferré sur un service en cristal. Puis il prit une grande inspiration et tenta de retrouver visage humain.

— Cette histoire d'épreuves ne me plaît pas ! Les druides peuvent inventer n'importe quoi pour avantager leur favori ! Imaginez qu'ils nous sortent des énigmes ou n'importe quel jeu de réflexion ; ce serait fichu !

— Oui, et tant pis pour les autres ! opina Ulser.

— Vous ne pouvez pas concourir vous-même ? vérifia Roméo. Après tout, c'est bien au nom de leurs propres familles que les candidats s'affrontent, non ? Si votre fils était gagnant, c'est vous qui seriez couronné…

— Il est trop tard pour changer maintenant, râla le baron. Selon nos lois, en inscrivant Ulser, nous en avons fait notre… eh bien, notre…

— Champion ? hasarda Mercédès. Je comprends que ce soit difficile à dire.

— Je ne vous décevrai pas, père ! promit le chevalier.

Devant le cercle de regards dubitatifs qui l'entouraient, son enthousiasme retomba de plusieurs degrés.

— Enfin… je ferai de mon mieux, en tout cas. Et il ne se trouvera personne en Gangrene pour dire que le chevalier de Brise-Camail a été ridicule !

Les visages se firent plus sceptiques encore.

Contrairement à la coutume, les aventuriers s'allongèrent pour dormir juste après avoir pris un copieux petit déjeuner. Frappé par cette étrangeté, le prophétionnel fut bien forcé de reconnaître que, effectivement, il avait un peu chamboulé l'ordre naturel des choses, ces derniers temps. Il frissonna alors en songeant que, par sa faute, les humains allaient peut-être commencer à vivre la nuit et se reposer le jour… Puis il tenta d'imaginer les conséquences d'un tel bouleversement… Il en arriva ensuite à de hautes réflexions philosophiques… Tout cela lui prit une bonne demi-minute, à l'issue de laquelle il s'endormit comme une brique narcoleptique.

Il fallut de nouveaux cris de la nosferatie pour le tirer du sommeil. Sa secrétaire semblait à nouveau en pleine transe divinatrice, comme l'indiquaient son équilibre hasardeux et son élocution plus qu'approximative. Et, en fait de cris, la créature paraissait plutôt chanter – probablement un rituel magique consacré à des dieux oubliés, d'après le chevalier. Le baron la chassa néanmoins de sa tente en deux coups de pied aux fesses, achevant par la même occasion de réveiller les aventuriers par les jurons accompagnant ses frappes.

— J'en ai plus qu'assez ! rugissait Haro. Elle est ronde du matin au soir ! Depuis que les valets savent qu'elle avait vu juste pour l'ancienne dynastie, ils viennent l'interroger dans mon dos à la moindre occasion ! Elle a toujours une outre collée sous les dents, cette puante !

— Envoyez-la se faire pendre ailleurs, suggéra Mercédès.

— Et me priver de ses dons ? Certainement pas ! En revanche, quand je serai roi, elle risque fort de se retrouver cloîtrée dans un donjon !

Il prit conscience de s'être un peu trop emballé, au point de révéler ses projets, et il s'empressa alors de changer de sujet.

— Bon ! Pendant que vous ne faisiez rien, je me suis tenu informé. Les druides ne sont toujours pas sortis de leur tente, mais ils ont annoncé officiellement que quatre concurrents avaient rapporté des pièces authentiques, et qu'ils étaient donc tous retenus pour la finale.

— Youhou ! s'exclama Fimosis.

Devant les mines perplexes de ses compagnons, il bredouilla :

— Eh bien… c'est une bonne nouvelle, non ? Ça confirme que nous n'avons pas fait ça pour rien…

— Rohand doit être vert de rage, remarqua Ulser. Lui qui pensait arriver le premier… Bien fait pour lui !

— Je me demande où il est, justement, enchaîna Roméo. Vous avez appris quelque chose à ce sujet ?

— Il a une grande tente de l'autre côté du campement, annonça le baron. J'aurais bien envoyé quelques gars lui briser un peu les bras et les jambes, mais il a mis tous ses hommes en alerte. Impossible de passer en douce.

— Lui briser les membres, vraiment ? répéta le barde. Et, heu… pour les deux autres candidats ?

— À ce qu'on raconte, l'un s'appellerait Boggus. L'autre, on ne sait pas. On ignore même où ils se trouvent.

— Mais si, intervint Ulser, Boggus a dit qu'il s'installl…

Le coup de coude que Mercédès envoya dans les côtes du chevalier ne réussit pas à le blesser, puisqu'il portait toujours son armure ; mais en revanche la sorcière réussit à le faire tomber au bas de sa chaise. Fort heureusement pour le charmeur, le baron ne prêtait qu'une attention minimale à tout ce qui pouvait sortir de la bouche de son fils.

— Les druides n'ont toujours pas révélé la nature des épreuves, annonça Haro. Par contre, ils ont demandé que soit dégagé le grand terrain au sud du campement. Ça fait déjà trois heures que des paysans y fauchent tout ce qui est possible.

— Ils préparent une lice ? résuma Roméo. Alors, on risque fort d'assister à une forme quelconque de tournoi…

— Je me sens prêt, annonça Ulser. Rohand ne me fait pas peur, nous nous sommes déjà battus ! Et j'ai toujours l'épée Maroale avec moi !

— Mais ce n'est pas très juste ! protesta Fimosis. Pourquoi le roi devrait-il être le plus brutal des quatre candidats ? Je veux dire, taper comme un sourd sur plus petit que soi, c'est à la portée du premier abruti venu !

— De quoi vous plaignez-vous, vous ? lança Mercédès. Pour une fois que le vent souffle de notre côté !

— Il pourrait s'agir d'autre chose, remarqua Maline. Comme de la lutte à mains nues, du combat à cheval, du tir à l'arc ou au javelot, du lancer de couteau… Dans mon clan, nous faisons une grande compétition tous les deux printemps, et il y a une vingtaine d'exercices différents.

— Je parie que vous n'y êtes pas la dernière, plaisanta l'enchanteur.

— Si, je suis toujours la dernière à passer… Ce sera comme ça tant qu'aucune guerrière n'aura fait mieux que moi.

— Peu importe ce qu'on me demande, décida le chevalier. Je suis entraîné à toutes les formes de maniement d'arme ! Le Pureux n'a qu'à bien se tenir ! Et je…

Il n'eut pas le temps d'achever sa phrase : il était à nouveau tombé au bas de sa chaise, sans que personne l'en ait poussé. Le baron se massa le front en cherchant à contenir son agacement, parut ensuite sur le point d'exploser, mais l'arrivée impromptue d'un de ses valets le coupa dans ses élans.

— Seigneur, les druides viennent d'annoncer la nature des épreuves ! Il y a quelques instants à peine !

Il n'en dit pas davantage, contemplant avec des yeux ronds le chevalier qui tentait tant bien que mal de se rétablir dans une position honorable.

— Eh bien, parle ! commanda Haro. Qu'est-ce qu'ils ont choisi ? L'épée ? Le duel à l'arbalète ? Le lancer de haches ?

— Rien de tout ça, seigneur ! Ils ont voulu honorer les traditions du royaume en choisissant une discipline qui accompagne notre histoire depuis toujours… Ceux qui ont entendu l'annonce ont d'ailleurs applaudi des deux mains, et la nouvelle semble réjouir pas mal de monde dans le campement, à en croire les vivats que j'ai entendus en revenant jusqu'i…

— Parle maintenant, ou je t'arrache la langue avec une fourchette rouillée !

Le messager prit la menace très au sérieux, puisque, pendant quelques instants, il perdit toute couleur en même temps que sa voix. Son silence n'améliorant pas l'humeur du maître des lieux, l'homme rassembla tout ce qu'il lui restait de souffle pour lancer :

— La course en sac, seigneur. Ce sera l'unique épreuvvve…

Et il s'écroula sur lui-même, asphyxié.

Chapitre 31

L'annonce provoqua des réactions aussi diverses que variées au sein du groupe d'aventuriers. Ulser était ravi, d'une part parce qu'il estimait être un véritable champion de la discipline, et, plus secrètement, parce qu'il évitait ainsi de croiser le fer avec les autres candidats. Fimosis était pareillement emballé. De son côté, Escar jugeait l'exercice difficile et dangereux – bah oui, on pouvait facilement s'y tordre un pied ou se casser le poignet en chutant, et c'était pas rien, quand même. Maline faisait entièrement confiance au prophétionnel. Enfin, le baron présentait une mine sombre ; tandis que Mercédès et Roméo soupiraient en s'interrogeant sur l'avenir incertain de ce pays de fous.

— Je n'aime pas ça, décida Haro. Ces fichus Gangrenands du Nord vont encore nous ressortir leurs maudits sacs à grains ! Toute cette épreuve est truquée d'avance !

— Non, on peut au moins espérer que les candidats auront des sacs identiques, avança l'enchanteur.

Ces druides sont peut-être farfelus, mais je ne les crois pas assez stupides pour raviver les vieilles querelles en un jour comme celui-ci.

— Je me méfie quand même, annonça Mercédès. J'ai l'impression que nous ne sommes pas au bout de nos surprises.

— Au fait, quand aura lieu la compétition ?

Les regards convergèrent vers le valet toujours inconscient, que l'on ranima en l'arrosant de toute l'eau disponible – le liquide n'étant d'aucune utilité pour les visions de la pythie. Enfin, le chevalier et ses compagnons purent tirer de l'homme que le tournoi commencerait dans la cinquième heure de l'après-midi.

— Ça nous laisse un peu de temps pour nous entraîner, conclut Fimosis. Allons-y sans tarder !

— Ah bon ? piqua Mercédès. Et pourquoi auriez-vous besoin de vous entraîner, vous ?

— Eh bien, heu… pour mettre notre champion dans les conditions réelles de la compétition, voilà !

— Et, fatalement, il va se casser un orteil en trois pas, répliqua la sorcière. Je vous conseille plutôt de vous tenir tranquille jusqu'au dernier moment. D'après moi, le « champion » ne devrait même pas sortir d'ici. Vous pouvez être sûr qu'on ne verra pas davantage Rohand de la journée !

Le baron acquiesça d'un air entendu. Ulser ne put s'empêcher de bouder. Ça lui aurait bien dit, à lui, d'aller s'amuser un peu, après tout ce qu'ils avaient traversé… mais non, on abusait sans cesse de sa sagesse et de son sérieux.

Ils prirent un déjeuner rapide, puis commencèrent à tourner en rond. Ils crurent ensuite tromper leur ennui en discutant avec la nosferatie, fraîchement revenue sous la tente, mais la pythie ne leur adressa que quelques mots incompréhensibles avant de s'affaler sur une couchette et de se mettre à ronfler. Faute de profiter de ses lumières pour connaître l'issue de la fameuse course, Roméo décida d'aller lui-même se renseigner sur l'évolution des événements.

Il revint au bout d'une bonne demi-heure pour partager ce qu'il avait appris. En premier lieu, la population du village de toile s'était encore agrandie, dans des proportions surprenantes. Les plus lointains des seigneurs de Gangrene arrivaient seulement avec leur suite, tandis que les habitants de la région, prévenus de l'imminence de la course, avaient lâché râteaux et binettes pour assister à l'avènement de leur nouveau souverain. Certains projetaient aussi de participer à la compétition : en effet, la tradition voulait que n'importe qui puisse se mesurer aux candidats, même si seuls ces derniers pouvaient y gagner la couronne. Partout dans les environs, donc, on s'entraînait, on improvisait des tournois amicaux... ou pas. Les rixes entre Gangrenands et Gangreniens étaient déjà trop fréquentes, mais un air de fête continuait à flotter sur l'ensemble.

Tout aurait été pour le mieux s'il n'y avait eu la présence dérangeante de ces spectres. On se demandait encore pourquoi ils s'étaient réunis là, qu'est-ce qu'ils pouvaient bien fabriquer ou attendre, à quel moment ils débarrasseraient le plancher, et – en ce qui concernait les serviteurs royaux – qui se chargerait de nettoyer les cochonneries fantomatiques qu'ils laisseraient derrière eux. Plus grave : certains affirmaient avoir vu une ombre noire rôder dans le campement ! Une silhouette capable de traverser les toiles sans même les faire trembler, et qui semblait tendre l'oreille à toutes les conversations importantes. Certains affirmaient qu'il s'agissait là de l'âme de l'ancien souverain, et que sa noirceur était signe de proche vengeance… D'autres assuraient que le foncé était la couleur naturelle des fantômes au jour levé, et que celui-là n'était sûrement pas plus dangereux que ses semblables. Quelques-uns, enfin, avancèrent que l'on pouvait sûrement expliquer le phénomène de manière scientifique et rationnelle, mais on eut vite fait de réduire ces rabat-joie au silence à coups de bâton dans le pif.

Personne n'ignorait néanmoins la présence des spectres, et la populace s'en accommodait de son mieux. Beaucoup de petits plaisantins couraient ainsi à travers le campement avec un drap sur la tête… et, régulièrement, ils venaient percuter l'un ou l'autre bonhomme sautillant dans un sac où il était enfermé jusqu'aux aisselles. Cette image était, de loin, la plus navrante que Roméo retenait de sa promenade. Elle ressemblait fort à une espèce d'avertissement, mais l'enchanteur était incapable de la décrypter ou d'en tirer enseignement.

Il songeait aussi que, de toute manière, chaque plan qu'il essaierait de mettre en place serait immanquablement balayé au premier éternuement du prophétionnel.

Le temps, au moins, n'avait pas subi d'altération, et l'heure tant attendue finit par pointer le bout de ses moustaches. On le devinait rien qu'aux exclamations et aux chants qui résonnaient toujours plus fort autour de la tente des aventuriers. La rumeur s'était vite répandue que deux des candidats étaient d'authentiques chevaliers de Gangrene, et les gens du commun en avaient naturellement fait leurs favoris. Ainsi, une foule de curieux et de partisans s'étaient massés près du campement Brise-Camail, et il avait dû se produire la même chose du côté de Rohand. Haro avait également passé une bonne partie de l'après-midi à accueillir les valets envoyés par les autres seigneurs du royaume, porteurs de cadeaux et autres promesses d'indéfectible amitié. Le baron n'était cependant pas naïf au point d'ignorer que ses pairs couvraient pareillement leurs arrières avec le Pureux… Il dressa néanmoins la liste de ceux qui n'avaient *pas* fait l'effort de se manifester, promettant de leur donner de ses nouvelles quand il serait couronné.

Ulser avait eu toute la peine du monde à endurer cette longue attente. Il la trouvait abrutissante et réductrice, pour un esprit toujours en alerte comme le sien. Pourtant, quand Roméo annonça qu'il était désormais temps de se préparer, la peau du chevalier se couvrit d'une chair de poule digne de la croupe d'un dahu.

— Heu, déjà ? bredouilla-t-il. Mais, à quoi bon se précipiter...

— Il vous faudra bien vingt minutes pour enlever votre armure et vos culottes en maille d'acier, expliqua l'enchanteur. Vous ne comptiez pas les garder pendant la course, quand même ?

— Eh bien, j'envisageais de retirer seulement les billes de plomb... Étant donné que ma cuirasse me permet de sauter plus haut...

— Et, d'après vous, les druides ne vont pas s'étonner de vous voir faire des bonds de dix mètres ? Pensez bien qu'au moindre soupçon de tricherie, ils élimineront d'office le candidat coupable. Quelque part, c'est même une chance pour nous, car je sens Rohand capable de tout.

— Surtout du pire, renchérit Mercédès.

Ulser continua à protester intérieurement, mais il se laissa retirer ce qui lui servait aussi souvent d'uniforme que de pyjama : ses cotte de mailles, épaulières, cuissards, genouillères, grèves, solerets à poulaine, et tout ce qui maintenait l'ensemble en une forme vaguement cohérente. Il se retrouva donc en seules chemise et culotte, mais la sorcière lui dénicha une tunique à peu près convenable dans les malles du baron.

— Je me sens tout léger, reconnut-il.

— Ce sera mieux encore quand vous aurez bu ça,

annonça Roméo. Attention, ne le renversez pas, j'ai mis plus d'une heure à le préparer !

Il lui donna une petite fiole où reposait un liquide trouble, empli de particules en suspension ressemblant à des écailles d'œuf. Le chevalier avait bien vu l'enchanteur s'activer sur ses éprouvettes, mais jamais il n'avait imaginé que cette potion lui était destinée ! En cela, il était bien le seul.

— Oui, mais… qu'est-ce que c'est ?

— Un petit fortifiant. Avec ça, vous vous sentirez aussi en forme que si vous aviez dormi pendant deux jours.

— Hum… ce n'est pas un peu aussi de la triche ?

— Ça n'en est pas si personne ne le sait ! s'impatienta Roméo. Vous pensez que Rohand va s'en priver, lui ? En réalité, ça nous ramène juste à égalité !

— Mais… il n'y a pas de risque ? On dirait du poison…

— Je me sacrifie, annonça soudain Fimosis. Je vais goûter pour vous !

Avant que les sorciers ne s'interposent, le barde avait déjà saisi la fiole et avalé la moitié de son contenu. Il rendit le récipient au chevalier avec un large sourire ; sourire qui se transforma presque aussitôt en grimace.

— C'est très bon, prétendit-il en essuyant une larme. Rien à voir avec du poison, je vous assure !

Il se retourna ensuite pour lâcher un rot acide et douloureux, tandis qu'Ulser prenait son courage à deux mains pour engloutir le reste du liquide… Étrangement, *lui* trouva ça très mauvais.

Le baron et l'enchanteur s'attendaient vaguement à ce qu'un émissaire des druides vienne chercher le prophétionnel et ses compagnons, mais l'échéance approchant, ils se décidèrent à rejoindre sans plus tarder le site de la compétition. Et ce ne fut pas une mince affaire : la foule de curieux rassemblés autour de la tente contraignit Haro à réunir tous ses soldats et serviteurs pour former une escorte. Et c'est sous la protection de cette double ligne de larbins que le chevalier sortit au grand jour… des exclamations de joie, des vivats et des encouragements saluèrent alors ce héros grand et blond, jusqu'à ce qu'il se prenne les pieds dans sa tunique trop large et tombe face en avant. Les rires et les moqueries succédèrent alors aux applaudissements… Ulser n'eut pas à les supporter longtemps : Maline le suivait à quelques mètres à peine, et dès l'apparition de l'amazone les badauds ne lancèrent plus que des sifflements de convoitise. Cela dura bien après que le groupe se fut éloigné de la tente, et ne cessa qu'à l'initiative de Mercédès, qui menaçait d'user de son gourdin et de ses sortilèges jusqu'à ce qu'on leur fiche enfin la paix.

Ils traversèrent ainsi le village de toile, puis un bout de terrain inoccupé, jusqu'à la fameuse lice dont les druides avaient demandé la préparation. C'était un champ de belle taille, toujours proche du château royal, mais assez éloigné des douves pour ne pas ajouter aux – déjà nombreux – accidents de ces derniers jours. Les manœuvres l'avaient entouré de cordes et de piquets pour tenir les spectateurs à l'écart de la course… et il y en avait, du monde, pour assister à l'événement ! Naturellement, on se bagarrait beaucoup pour s'octroyer une place au premier rang, faire s'asseoir ceux dont la silhouette bouchait la vue, ou simplement pour le plaisir sans pareil d'échanger des coups autour d'une compétition sportive.

Les druides, pour leur part, s'étaient installés sur une petite estrade couverte, dressée à leur intention au centre de la lice. Une bonne cinquantaine de silhouettes erraient déjà autour de cette tribune, parlant fort et riant haut : les concurrents libres de la course, semblait-il. Les aventuriers se glissèrent sous les cordes pour rejoindre ce point de rencontre, laissant le baron et son escorte conquérir glorieusement quelques mètres au premier rang des spectateurs.

— J'aurais peut-être dû attendre aussi sur le côté… remarqua Escar. Après tout, je ne peux pas aider à grand-chose…

— D'habitude, ça ne vous gêne pas ! cingla Mercédès.

— Nous devons rester ensemble aussi longtemps que possible, rappela l'enchanteur. Tant que cette histoire ne sera pas terminée, je préfère avoir tout le monde à l'œil, un point c'est tout.

— De mon côté, je suivrai Ulser dans la course, annonça Fimosis. J'ai envie de me mesurer à ces concurrents libres !

— Si ça vous amuse, commenta Roméo.

Il accompagna sa réponse d'un haussement

d'épaules méprisant, et ne vit pas le sourire roublard que le barde esquissait dans son dos.

En arrivant près de l'estrade, ils eurent la bonne surprise de retrouver Boggus, toujours vêtu de son lourd manteau grouillant de bébêtes. Le charmeur leur désigna les druides, qui leur adressèrent un petit signe avant de cocher deux lignes sur leurs tablettes.

— Ils attendent que tous les candidats soient là pour donner les règles, expliqua-t-il. J'étais le premier sur place ; il manque encore le Pureux et le quatrième concurrent.

— Les règles, quelles règles ? s'étonna Mercédès. Dans ce genre de course stupide, ce n'est pas le premier arrivé qui l'emporte ?

— On dit qu'ils ont prévu quelque chose d'un peu plus complexe, révéla Boggus.

— *Complexe*, dans le sens où il faut beaucoup réfléchir ? s'inquiéta Ulser.

Il n'obtint aucune réponse, l'attention générale s'étant soudain concentrée sur l'apparition théâtrale du chevalier Rohand. L'éternel rival du prophétionnel avait traversé le campement désert sur un étalon aussi noir que ses propres vêtements. Les spectateurs l'avaient repéré de loin, et ils lui ouvrirent leurs rangs aussi bien pour lui faire honneur que pour préserver la parité du nombre de leurs orteils… Le Pureux bondit à bas de selle aussi facilement que d'un tabouret, jeta sa longe dans les mains d'un crasseux, puis marcha vers la tribune avec une décontraction et une prestance véritablement royales. Il n'en fallait pas davantage aux esprits faibles pour commencer à l'applaudir et à scander son nom ; manifestations auxquelles il ne répondit d'aucune manière, se contentant d'avancer avec le front haut levé.

— Les imbéciles, bouda Ulser. S'ils savaient quel genre de roi il voudrait être…

— Mouais, railla la sorcière. Ces imbéciles sont peut-être vos futurs sujets, ça ne vous donne pas à réfléchir ? Et il ne s'est pas cassé la figure en se présentant au peuple, lui, au moins !

Ils s'interrompirent brièvement, alors que Rohand passait non loin de là pour aller saluer les druides. Le Pureux ne put cependant s'empêcher d'adresser une grimace arrogante à son rival.

— Il n'a pas l'air trop contrarié par cette finale, remarqua Roméo. Il aurait pourtant dû en vouloir au monde entier… Je le trouve même bien sûr de lui.

— Je parie que sa harpie est déjà revenue des collines, annonça Mercédès. Elle sera restée « dahu » moins longtemps que prévu… et elle doit être quelque part dans le coin à préparer un sale tour !

Ils fouillèrent du regard les rangs des spectateurs, mais la foule était si importante et serrée que c'était peine perdue.

— La course pour le trône de Gangrene va pouvoir commencer ! lança soudain l'aîné des druides. J'invite tous les participants à s'approcher de l'estrade pour recevoir les consignes !

— C'est bizarre, commenta Boggus. J'étais pourtant certain que le quatrième n'était pas encore arrivé. Il doit être parmi ceux-là… Je me demande lequel.

— Il a peut-être déclaré forfait en voyant que l'épreuve était trop dangereuse, avança Escar. Moi, il suffirait que je monte dans un de ces sacs pour tomber après seulement trois pas…

La sorcière leva les yeux au ciel, puis tous allèrent écouter les règles de cette fameuse finale. C'était effectivement plus complexe qu'une simple course, mais cela tenait en peu de choses. Les candidats allaient devoir réaliser des tours de lice, sans prendre aucune pause, et avec à chaque fois l'obligation de ne pas dépasser le temps d'un sablier. Seraient donc progressivement éliminés les concurrents les plus lents, jusqu'à ce qu'il ne restât qu'un prétendant au trône… Être le premier à franchir la ligne ne servait donc à rien : en réalité, il s'agissait d'une course d'endurance et de constance dans l'effort. Des qualités que les druides voulaient trouver dans la prochaine dynastie à régner.

— Avec la potion que vous avez bue, ça pourrait durer des heures, grommela Roméo.

— La moitié de ces types se briseront la cheville avant, répondit Mercédès. Ça ne m'étonnerait pas, d'ailleurs, que certains se jettent volontairement dans les pattes des autres rien que pour éliminer un adversaire.

— Rohand en a peut-être même payé plusieurs… renchérit Fimosis. Je trouve qu'ils nous regardent bizarrement…

— Tout le monde vous regarde toujours bizarrement, lança la sorcière.

C'était vrai, mais la remarque du barde en restait néanmoins pertinente. Ulser et ses compagnons étaient isolés en la seule compagnie de Boggus, tandis que le Pureux était entouré et acclamé par deux dizaines de candidats « libres ». Et, dans les rangs des spectateurs, on scandait toujours le nom de Rohand…

— Bon, soupira Roméo. Nous n'avons pas vraiment le choix. Nous devons *tous* participer à la course.

— Mais…, protesta Escar.

— Ah, ne commencez pas, hein ! Si vous croyez que ça m'enchante, moi, d'aller m'en prendre plein les tibias pour couvrir notre « champion » !

— Tu plaisantes ? râla Mercédès. À notre âge ? Nous ne tiendrons même pas deux tours !

— Ce sera toujours ça de pris… Ça suffira peut-être à démasquer nos ennemis.

— Moi, je trouverais ça amusant d'y aller ensemble, avoua Ulser. Et puis, si c'est le destin qui le demande…

La sorcière poussa un grand soupir fatigué. Dès lors que le prophétionnel avait évoqué la fatalité, elle n'avait plus aucun moyen d'échapper à la corvée.

Chapitre 32

Les druides demandèrent à tous les non-candidats de quitter la lice, et ils ne masquèrent pas leur surprise en constatant que les compagnons du chevalier ne faisaient pas mine de bouger. Ils organisèrent ensuite la distribution des fameux sacs, ce qui prit tout de même un certain temps... Chaque concurrent devait monter sur l'estrade, y déposer toutes ses armes et enfin promettre de ne recourir à aucune forme de tricherie avant de se voir confier son véhicule pour la course.

Plus tôt dans la journée, les druides avaient eux-mêmes peint des numéros sur ces sacs, ainsi que le symbole de leur fonction. Les petits malins qui envisageaient de troquer leur équipement contre quelque chose de plus performant en étaient donc pour leurs frais. Et ceux qui pensaient déchirer le fond de toile pour y passer les pieds étaient pareillement marrons, puisqu'il fut annoncé que chacun des sacs serait contrôlé à l'issue de la compétition – en particulier celui du vainqueur, bien entendu.

Le groupe du chevalier s'avança dans les derniers ; les numéros étant tirés au hasard, cela n'avait aucune importance. Escar sourit jusqu'aux oreilles en se voyant attribuer le 13. Roméo et Mercédès héritèrent respectivement du 48 et du 49, ce qui contribua à les rapprocher un peu. Boggus obtint le 88. Fimosis écopa du 22 et en fut fort chagriné, sans pouvoir l'expliquer. Maline gagna un magnifique 69. Enfin, Ulser ramassa un double 0 qu'il voulut absolument faire passer pour un 100, au point d'en échauffer les oreilles de ses compagnons.

— Qu'est-ce que ça peut bien vous faire, bougonnait l'enchanteur. Ce n'est pas pour autant que vous irez plus vite !

— Non, mais comme Rohand a tiré le 99, je serais bien content si je pouvais lui montrer que…

— Lui montrer quoi ? Que le vôtre est plus gros que le sien ? Vous n'avez pas encore passé l'âge de ces bêtises ?

Ils n'en discutèrent pas davantage, la distribution étant terminée et les druides entamant le discours préliminaire à l'épreuve. Ils livrèrent de belles et profondes paroles sur les devoirs du roi à venir, l'appelant à régner avec grandeur, intelligence et justice, évoquant le passé glorieux de Gangrene et l'avenir que l'on espérait tout aussi fier… Ulser en fut si ému qu'il se promit de répéter les grandes lignes du sermon à son père. Puis, imaginant la probable réaction du baron ombrageux, il oublia vite fait toutes ces bêtises.

Quelques minutes plus tard, les concurrents

prenaient enfin place sur la ligne de départ. Les spectateurs se montrèrent alors plus bruyants que jamais, criant, chantant, tapant des pieds et des mains, parfois même sur leurs voisins. Au signal des druides, les candidats se glissèrent dans leurs sacs attitrés… Il y eut déjà quelques chutes, des jurons et des moqueries, évidemment accompagnés des grands éclats de rire de la foule – et même de ceux qui étaient trop loin pour y voir quelque chose, mais qui ne voulaient pas manquer une occasion de rigoler un bon coup.

Au moins, dans le groupe du chevalier, tout le monde sut garder son équilibre ! Mercédès était ulcérée de devoir endurer une situation si ridicule ; Escar semblait saucissonné dans les plis de son manteau et de son sac, mais ils étaient prêts au départ. Comme les autres candidats, ils attendirent que les druides se décident enfin à retourner une première fois leur énorme sablier… et quand ce moment arriva, ils s'élancèrent dans un bel ensemble !

Les badauds derrière les cordes redoublèrent encore de cris et d'applaudissements, même si les concurrents qu'ils acclamaient évoquaient surtout l'image d'un bataillon de kangourous avinés. Partout autour du prophétionnel, les plus solides gaillards du royaume bondissaient sur leurs pieds joints, maintenaient fermement la toile de jute qui enfermait leurs jambes, poussaient des grognements de défi témoignant de la puissance de leurs efforts… Très vite, la moitié d'entre eux fut loin devant le chevalier. Puis les trois quarts des candidats distancèrent le groupe.

— Aucune importance, pff pff, soufflait Roméo. L'essentiel est de terminer le tour à temps !

— Je préfère quand même prendre de l'avance sur les tours suivants, pff pff, lança Fimosis.

Sans rien ajouter, le barde accéléra l'allure pour rejoindre le gros du peloton. L'enchanteur grogna bien quelque chose à propos de cet abandon de mission d'escorte, mais c'est tout ce qu'il pouvait faire. Maline et Ulser étaient sans doute assez en forme pour augmenter leur vitesse, mais certainement pas les sorciers et Escar… C'était déjà surprenant d'avoir jusque-là évité les chutes ! Et l'amazone, malgré ses capacités, ne pourrait pas protéger seule les arrières du chevalier si trois types décidaient soudain de se jeter dans ses jambes. Ils n'avaient donc pas d'autre choix que de continuer à ce rythme mollasson…

De son côté, Boggus commençait à s'éloigner doucement, peut-être même sans en avoir conscience. Les aventuriers ne pouvaient pas lui en vouloir : il s'agissait bien de la finale, après tout ! Et s'il était certain que le charmeur ne tenterait pas un mauvais coup contre Ulser, il n'allait pas pour autant continuer à couvrir un concurrent et faciliter ainsi sa victoire.

Mètre après mètre, le chevalier et ses proches progressaient néanmoins sur le parcours, et ils furent bientôt en vue de la ligne de départ. Ils la franchirent peu de temps après et entamèrent un nouveau tour dans la foulée… C'était de justesse, car les druides renversèrent le sablier une vingtaine de secondes après qu'ils furent passés. Trois des concurrents libres, parmi ceux qui avaient accumulé les chutes et les pertes de temps, n'eurent pas la même chance. Ils furent éliminés sous les sifflets et les insultes de la foule qui les applaudissait quelques minutes plus tôt. Roméo ne put cacher son pessimisme…

— Trois seulement, pouf pouf, et il en reste bien cinquante ! Combien, pouf pouf, travaillent pour Rohand ?

— Jusque-là, pff pff, ils n'ont rien tenté contre nous…

Comme s'ils avaient entendu le chevalier, deux costauds qui bondissaient devant eux ralentirent leur allure de manière suspecte. Ils zigzaguèrent un moment devant le groupe, puis se laissèrent rattraper en affichant des sourires goguenards… L'enchanteur n'attendit pas qu'ils se mettent à jouer des coudes pour utiliser son arme secrète :

— Ennemis ! lança-t-il à Maline.

Aussitôt, l'amazone prit trois longueurs d'avance, envoya l'une des brutes rouler à terre d'un magnifique déhanché, puis sauta dans les mollets du deuxième qui s'étala comme une crêpe. Elle poursuivit en rebondissant sur les fesses et les épaules du malheureux, s'attardant juste assez pour que ses compagnons puissent passer sans danger. Ses mains n'ayant pas quitté les bords du sac de toile, les druides pouvaient difficilement l'accuser de tricherie… peut-être même ces chutes leur avaient-elles paru tout à fait naturelles.

Avant la fin de ce deuxième tour, le groupe eut encore à repousser quatre autres complices du Pureux.

Le premier, beaucoup trop collant, énerva tellement Mercédès qu'elle finit par lui casser le nez d'un coup de tête sur la droite. Maline se débarrassa d'une autre paire de brutes en les poussant l'un contre l'autre, d'un simple – mais puissant – mouvement de hanche. Enfin, Escar eut l'honneur de battre le quatrième… L'affreux qui s'était jeté dans les jambes du voleur avait certes réussi à le faire tomber en avant, mais il rigola beaucoup moins quand sa victime grassouillette lui roula sur le corps avant de se rétablir un mètre plus loin, comme une quille plombée. Et le numéro 13 était reparti de plus belle, assez fier de lui, malgré les rires des spectateurs.

Cette fois encore, les aventuriers passèrent le sablier de justesse. Une dizaine de concurrents, dont les six complices de Rohand, durent abandonner. C'était un peu plus encourageant qu'au premier tour, mais ça ne changeait rien pour la course au trône… Boggus progressait toujours devant, non loin de Fimosis, et Rohand était encore plus avancé, encadré par une sorte de garde personnelle. Quant au quatrième candidat, on ne savait même pas s'il participait à la compétition !

— Je ne tiendrai plus, pff pff, très longtemps, lança Mercédès. Seul un abruti pourrait, pff pff, sauter comme ça pendant des heures !

— Ça ne me dérange pas, pff pff, moi, annonça Ulser. C'est même plutôt, pff, rigolo.

Ce fut encore rigolo jusqu'au terme de ce troisième tour, pendant lequel personne n'essaya de les envoyer dans le décor. Ne restait plus désormais qu'une trentaine de concurrents… mais à la couleur rubiconde des visages des sorciers et d'Escar, il paraissait évident qu'il y en aurait bientôt trois de moins.

— Regardez, pff, le Pureux, demanda Roméo.

Le chevalier et ses compagnons obtempérèrent, tout en essayant de ne pas se percuter entre eux. Après quelques instants d'observation, ils virent de quoi il était question. Tous les dix mètres environ, l'un ou l'autre homme de Rohand laissait tomber au sol une espèce de boule de terre qu'il tirait de ses vêtements. Ils cherchaient manifestement à agir en toute discrétion, mais certains n'étaient pas très doués pour ça.

— Qu'est-ce qu'ils, pff, fabriquent ? lança Mercédès.

Ils arrivèrent vite près de l'une de ces boules, et Roméo prit même le risque de s'arrêter pour se pencher sur l'objet… Cela ressemblait à une pelote d'excrément des rapaces nocturnes ; un ensemble de déchets agglomérés les uns dans les autres. L'enchanteur frissonna en reconnaissant l'odeur caractéristique de celle-ci, et Mercédès poussa un petit cri d'effroi quand il lui présenta la chose !

— Fermez tous vos vêtements ! prévint le sorcier. Et courons, courons vite !

En réalité, ils n'avaient pas spécialement de vêtements à boutonner, et ce début de panique ne les poussa quand même pas à quitter les sacs et abandonner la compétition. Ils continuèrent donc à bondir en avant, affichant des mines de plus en plus inquiètes, aussi bien ceux qui étaient dans le secret que ceux qui ignoraient tout…

— N'écrasez pas les boules ! avertit Roméo. Évitez-les !

C'est évidemment en ce même instant que le chevalier repéra l'une de ces mystérieuses crottes, juste à l'endroit où ses pieds joints dans le sac allaient atterrir. Il y eut comme un craquement de coquille d'œuf, puis une forte odeur rappelant celle du sucre brûlé.

— Heu, pourquoi ? bredouilla le malheureux.

Les sorciers ne répondirent pas ; juste devant eux, un autre concurrent venait de faire la même bêtise ! Et il ne devait pas être le seul, si Rohand avait semé ces pièges dans toute la lice… Roméo attendit néanmoins d'avoir passé pour la quatrième fois la ligne de départ pour s'arrêter et lever les yeux vers le ciel. Bientôt, la moitié des concurrents et l'ensemble des curieux agissaient de même : il faut dire qu'il y avait comme un bruit. Et des espèces de nuages noirs, qui semblaient approcher de toutes les directions…

L'avènement du nouveau roi de Gangrene passa au dernier rang des préoccupations de tous ces gens, quand ils comprirent qu'il s'agissait de moustiques !

Chapitre 33

Le fléau s'abattit sur la scène comme une averse s'invitant à un joyeux pique-nique. Soudain, la lice et ses environs ne furent plus que nuées grouillantes d'insectes, piquant et suçant chaque parcelle de chair laissée sans protection ! Les spectateurs fuyaient dans tous les sens, se tapaient le torse, la nuque, les membres, et en profitaient parfois pour flanquer une bonne gifle à leurs voisins... Les druides eux-mêmes semblaient danser la gigue sur leur estrade, tandis qu'une bonne partie des concurrents avaient quitté leurs sacs pour s'en couvrir le haut du corps et fuir droit devant, au mépris des obstacles. Ulser et ses compagnons n'étaient pas épargnés par cette calamité ; il leur aurait fallu chacun quatre bras supplémentaires pour pouvoir lutter !

— C'est fichu ! lança Mercédès entre deux baffes. Autant partir d'ici au plus vite !

— Bonne idée ! acquiesça le chevalier.

Il allait d'ailleurs sauter hors du sac tombé sur ses chevilles, quand une ombre noire se matérialisa soudain près d'eux ! C'était là le fameux fantôme dont tout le campement parlait, à n'en pas douter. Si le prophétionnel n'avait été trop occupé à taper toutes les bestioles qui prenaient quartier sur son épiderme, il aurait sans doute tremblé de tous ses membres. Il eut à peine le temps de reconnaître une silhouette guerrière, peut-être royale, dans ces formes éthérées en perpétuel mouvement… puis le spectre fila à travers la lice en direction du château, dans les murs duquel il disparut.

— Bon, allons-y ! pressait Escar.

— Attendons encore un instant, demanda Roméo.

Ils s'efforcèrent donc d'endurer le martyre autant que possible, alors que les environs s'étaient déjà bien dépeuplés… Excepté quelques fiers-à-bras, durs à cuire ou masochistes, il ne restait plus là que les druides et une poignée de concurrents acharnés. Tous les autres s'étaient réfugiés plus haut, vers le village de tentes, loin des boules odorantes qui avaient tant excité les insectes… et c'est depuis cette position qu'ils poussèrent de nouveaux cris de panique, en désignant le palais !

D'étranges boutons noirs semblaient pousser sur les murs de la forteresse, mais il apparut vite qu'il s'agissait des fantômes dont le bâtiment était gorgé ! Il en sortait des dizaines, depuis les plus hautes tours et jusqu'aux fondations, en un flot ininterrompu digne d'un cauchemar à très gros budget… Les spectateurs refluèrent un peu plus loin encore, piétinant allégrement le campement au passage, mais les spectres semblaient se soucier de ces vilains comme de leur premier suaire. Au contraire, ils volaient tout droit vers la lice et ses nuages d'insectes.

Ulser désirait plus que jamais s'enfuir de ce cauchemar, mais il était désormais paralysé d'effroi – ce qui arrangeait bien les moustiques, d'ailleurs. Il assista donc, impuissant, à l'approche de cette armée de fantômes impressionnants dans leurs effets noirs. Une nouvelle odeur envahit l'atmosphère, tout aussi écœurante, nettement plus épicée… et les nuées vrombissantes des insectes reculèrent devant les spectres ! Ces derniers n'avaient même pas à agiter leurs bras sans consistance pour repousser les nuisibles ; il leur suffisait de s'avancer parmi eux pour les mettre en déroute, comme des squales plongeant dans un banc de poissons. Ainsi, la cohorte d'esprits libéra facilement une première moitié de la lice, puis les alentours de l'estrade, rien qu'en occupant le terrain !

Bien sûr, le chevalier s'interrogeait sur cet étrange phénomène : le fantôme était-il l'ennemi naturel du moustique ? Était-il incommodé par son odeur ? Ou chagriné, parce qu'il était incapable de l'irriter comme il le faisait avec le reste du monde ? Quelles étranges lois régissaient donc les relations entre ces deux créatures typiquement nocturnes et indésirables ?

Puis il oublia toutes ces questions en constatant que le gros de la troupe des revenants se dirigeait vers lui !

Retrouvant soudain l'usage de ses membres, il fit demi-tour sur lui-même et s'apprêta à détaler en agitant les mains en l'air. Roméo et Mercédès avaient cependant pressenti sa réaction et ils le retinrent chacun par une épaule… Ils ne le relâchèrent qu'au moment où les insectes s'éloignèrent enfin de leur groupe ; c'est-à-dire, quand les fantômes eurent rejoint les aventuriers ! Médusé, Ulser regarda les spectres former un cercle autour de ses compagnons et lui-même… Puis la plus grande des silhouettes sombres sortit de ces rangs immortels pour faire un seul geste : tendre le bras et pointer une direction.

Celle du sens de la course.

— Je… je crois qu'il voudrait participer, murmura le chevalier.

— Imbécile ! explosa Mercédès. Il vous demande de reprendre la compétition !

— C'est peine perdue, regretta Roméo. Nous avons trop de retard… jamais nous ne pourrons finir ce tour à temps.

Ils pivotèrent alors vers la ligne de départ, pour voir leurs espoirs définitivement réduits à néant. Rohand bondissait toujours au milieu de ses hommes, et s'apprêtait à achever une ultime boucle !

Aucun fantôme ne protégeait le Pureux, mais les moustiques restaient néanmoins à l'écart de sa troupe. Il n'était pas difficile de deviner que les tricheurs s'étaient protégés avec l'un ou l'autre onguent ou élixir, contre les insectes qu'ils savaient devoir arriver pendant la course… et ils ne s'étaient pas arrêtés de sauter tandis que les autres concurrents, y compris Boggus et Fimosis, s'envoyaient des gifles à tout va.

Dépité, le chevalier regarda donc son éternel rival franchir les derniers mètres, puis lever des bras victorieux en direction des druides…

Pourtant, à l'instant d'après, Rohand poussait un terrible cri de rage. Et il s'empressait de relever les bords de son sac pour se lancer dans un nouveau tour de piste, ses hommes sur ses talons.

— Mais qu'est-ce qu'il lui prend ? commenta Mercédès. Il est devenu fou, ou quoi ?

— Les druides ! s'exclama Roméo. Regardez, ils avaient oublié de tourner le sablier ! Nous ne sommes pas encore éliminés !

Les vieillards en toges blanches, toujours assaillis par les bestioles, venaient eux-mêmes de prendre conscience de leur bévue. Ils s'étaient empressés de la corriger comme si de rien n'était, et reprenaient en cet instant leur lutte contre les nuisibles… Rohand s'était donc épuisé à faire un tour qui ne comptait pas, puisque personne ne pouvait y être pénalisé !

— Qu'est-ce que vous attendez ? pressa l'enchanteur. En avant, vite, vite !

Ulser s'exécuta donc, mais ses premiers bonds furent timides : il n'avait aucune envie de traverser le mur de spectres qui les encerclait. Il fut ensuite grandement soulagé de constater que les fantômes se déplaçaient en même temps que lui… Il se trouvait ainsi au centre d'une barrière anti-moustique mouvante, et malgré l'effroi que lui inspiraient les revenants, il jugea la chose tout de même hautement pratique.

Une trentaine de mètres plus loin, ils retrouvèrent Fimosis qui les attendait. Le barde avait été tellement harcelé par les insectes qu'il ne craignit même pas de traverser les spectres pour rejoindre les aventuriers : tout plutôt que de se laisser dévorer sur place !

— Tiens, pff pff, qui voilà ? piqua Roméo. On ne fait plus, pff, cavalier seul ?

— J'irai jusqu'au bout, pff, affirma l'intéressé.

Il pensait surtout profiter de cette protection jusqu'au dernier moment, puis foncer en avant… Et il fit la grimace quand, un peu plus loin encore, le groupe rattrapa Boggus.

— Rejoins-nous, invita Roméo. De toute manière, pff, ce sera au plus endurant de gagner. Autant, pff pff, se tenir compagnie !

Le charmeur ne se fit pas prier, les moustiques étant trop stupides pour comprendre qu'ils avaient affaire à un ami de la gent animale. Le groupe du chevalier et celui du Pureux étaient donc les derniers en lice ; tous les autres avaient fui par crainte des insectes ou des fantômes. À bonne distance de là, les spectateurs recommencèrent à s'intéresser à la compétition. Ils en avaient déjà assez vu pour radoter cette histoire jusque sur leur lit de mort, mais la finale n'avait pas encore livré son vainqueur, après tout !

La bande de Rohand se révéla nettement plus performante. Elle gagnait du terrain à vue d'œil, puis finit par rattraper Ulser et ses compagnons… Les druides suivaient tout cela par intermittence, entre deux claques sur leur épiderme. Ils étaient les seuls humains dans la lice à ne pas être protégés contre les insectes, et ces derniers ne se gênaient pas pour en profiter ! Quand il apparut que tous les candidats au trône allaient franchir la ligne pratiquement en même temps, les malheureux vieillards ne manquèrent pas cette occasion d'écourter leur martyre.

— DERNIER TOUR ! avertit le plus âgé. Le plus rapide gagnera la couronne !

Et, après cette annonce officielle, il se flanqua une énième baffe sur la nuque en proférant d'effroyables jurons. Les concurrents se fichaient pas mal de sa souffrance : leur propre tension était à son paroxysme !

— Filez ! ordonna Roméo. On se charge des autres !

Il le prouva en quittant la protection des spectres pour sautiller en direction des hommes du Pureux. Ces derniers procédaient d'ailleurs à pareille manœuvre d'approche, laissant leur maître partir en avant… Ainsi, Ulser, Boggus, Fimosis et Rohand tiraient d'arrache-pied sur leurs muscles, tandis que les sorciers, Escar et surtout Maline entamaient une partie de pousse-pousse qui dégénéra très vite en une véritable bagarre. Sous les acclamations des spectateurs, on se percuta allégrement, on se rentra dans le lard, on se bondit sur le ventre et on se distribua des coups de coude dans les gencives… Les combattants ne faisaient même plus semblant de participer à la course : ils préféraient libérer un peu de leur tension accumulée en redessinant le contour des visages ennemis. De toute manière, le sort de Gangrene n'était plus entre leurs mains !

Loin devant, déjà, les quatre concurrents étaient pratiquement sur une seule ligne. Eux ne pouvaient pas se permettre un coup en traître, car le peu d'attention que les druides accordaient à la course était concentrée sur les prétendants au trône ! Aussi redoublaient-ils d'efforts pour tenter de semer leurs adversaires, sans y gagner davantage qu'un ou deux mètres qu'ils reperdaient aussitôt… La situation portait visiblement sur les nerfs de Rohand et Fimosis ; les deux hommes gardant visage fermé et mâchoires crispées. À l'inverse, Boggus et Ulser prenaient même un certain plaisir à la compétition !

À mi-parcours, la situation n'avait pas changé. Les finalistes maintenaient une égalité quasi parfaite, au centre de l'escorte des fantômes noirs et sous les vivats de la foule ! Puis ils avalèrent un nouveau quart de piste et se rapprochèrent inexorablement de la ligne d'arrivée… De l'autre côté, Roméo, Mercédès, Escar, Maline et les brutes que l'amazone n'avait pas trop assommées lançaient autant d'encouragements qu'il leur était possible. Ulser leva un bras pour les saluer, puis s'empressa de rattraper la distance que ce geste lui avait fait perdre ! Il restait seulement quelques dizaines de mètres et rien n'était encore joué. Rohand prit alors le risque de gaspiller son souffle pour lâcher une poignée de mots.

— Si quelqu'un m'aide à gagner, pff pff, il n'aura pas affaire à un ingrat !

Le regard en coin qu'il adressa à Fimosis n'échappa pas à ce dernier. Le barde eut vite fait de revoir ses ambitions… Dans les ultimes efforts qu'il faudrait fournir pour franchir la ligne, il savait n'avoir aucune chance contre ces trois hommes plus grands et plus costauds que lui. Et donc, un « Tu l'auras » valait mieux que le « Tu vas te retrouver sans rien du tout, espèce de raté » qui se profilait à l'horizon.

Pour que la manœuvre ait tout de même l'air d'un accident, il voulut attendre le bon moment. Mais l'arrivée se faisait toujours plus proche, *trop* proche ! Abandonnant les calculs et les stratégies, Fimosis simula soudain une chute et s'étala de tout son long, en travers, cherchant à déséquilibrer au moins un de ses voisins… Il réussit ainsi à faire trébucher Boggus ! Le charmeur sembla même s'envoler dans les airs, son manteau grand ouvert, libérant les dizaines d'animaux qui s'y abritaient en permanence.

Serpents, rongeurs, insectes géants, chauve-souris et autres bébêtes chutèrent en même temps que leur maître sur le sol de la lice. Le barde en reçut plusieurs dans le visage et poussa dès lors des hurlements affolés… Cela ajouta encore à la panique d'Ulser, certain d'avoir senti des bestioles tomber dans son sac ! L'imagination du chevalier lui montra alors toutes les horreurs possibles : araignées grimpant sur ses jambes, scorpions se glissant dans ses bottes, rats goûtant au sang de ses mollets… Il se sentit soudain pousser des ailes et sauta de plus belle vers la zone de délivrance, bondissant sur ses orteils avec une grâce presque aérienne !

Rohand n'en crut pas ses yeux en voyant son

adversaire prendre un mètre d'avance, puis deux, puis quatre… Et le Pureux avait beau tirer sur ses muscles, il était incapable de le rattraper ! C'était comme si Ulser venait de concentrer en lui toute l'énergie des anciens champions de Gangrene !

La foule des spectateurs salua l'exploit par un tonnerre de hourras, quand le chevalier franchit la ligne d'arrivée en grand vainqueur. Et ils en auraient sans doute fait un héros légendaire s'il ne s'était pas comporté aussi bizarrement, juste après son triomphe. En effet, il continua à bondir et bondir encore, droit devant lui, en poussant des cris aigus. Il fallut qu'une espèce de vieillard tout sec accompagné d'une grosse mégère le plaquent au sol et lui retirent son sac pour qu'il se tienne enfin tranquille.

Chapitre 34

Les druides confirmèrent rapidement la victoire des Brise-Camail et s'éloignèrent sans plus tarder des lieux de la compétition. Les spectres disparurent pareillement de la scène, regagnant le château où ils s'enfoncèrent par petites grappes. Privés de leur protection, les aventuriers se dépêchèrent de quitter la lice à leur tour… L'effet des boules odorantes devait mettre quelques jours à s'estomper ; d'ici là, plus personne n'irait défier les moustiques.

Ulser, Maline, Escar et les sorciers furent vite rejoints par Boggus, qui ramenait Fimosis avec lui. Le charmeur n'avait aucune rancune pour le barde, qu'il pensait simplement malchanceux. Il l'avait même aidé à se relever et à ôter tous les dards et les crochets que ses familiers avaient laissés dans sa peau. Cela devait être très douloureux, car c'est sans enthousiasme que Fimosis félicita le chevalier pour son triomphe. Le barde osait à peine croiser les regards de ses compagnons, comme s'il regrettait quelque chose, ou redoutait d'être mis en accusation.

Pour le réconforter, Ulser affirma qu'il n'avait jamais vu un homme de son gabarit pratiquer la course en sac de si brillante manière, et qu'il aurait même pu l'emporter, s'il n'avait enduré cette regrettable chute. Les entrailles du barde émirent alors plusieurs grouillements acides, et le malheureux n'avança plus qu'en grimaçant et en se tenant le ventre.

Rohand ne s'était pas attardé non plus sur les lieux de sa défaite. Roméo l'avait vu déguerpir juste après la victoire du chevalier, et l'enchanteur était presque certain que leur ennemi était déjà en route pour ses terres. Mieux valait pour lui se faire oublier pendant les premières semaines du règne de Haro de Brise-Camail !

Une petite troupe de curieux attendait le champion et ses amis aux abords du village de tentes. Les aventuriers furent ainsi accueillis par quelques vivats et applaudissements, mais le gros de la foule s'était déjà réuni près du pont-levis où l'on devait consacrer la nouvelle dynastie de manière officielle. D'ordinaire, ce genre de cérémonie se déroulait dans la salle du trône du château ; mais les druides, après avoir été dévorés par les moustiques, n'avaient aucune envie d'affronter la colère des spectres pour simplement suivre un protocole dont ils étaient les seuls dépositaires. Ils avaient donc décidé, en aparté, qu'ils en avaient déjà bien assez fait comme ça et que le nouveau souverain n'aurait qu'à se débrouiller tout seul avec ses fantômes domestiques. Techniquement parlant, le pont-levis faisait partie de la demeure royale, et c'était tout ce qui importait !

Le groupe du prophétionnel se rendit donc sur les lieux, très lentement, Ulser tenant à répondre à chaque signe de main qui lui était adressé. Comme il y avait là plusieurs milliers de personnes, vilains, bourgeois, courtisans consciencieux ou femmes en quête d'ascension sociale rapide, Roméo finit par attraper le chevalier par le poignet et le traîner lui-même jusqu'au-dessus des douves. Les druides et Haro y attendaient le groupe depuis la fin de la compétition.

— Ah, tout de même ! râla le baron. J'ai failli attendre !

— Vous parlez déjà comme un roi, remarqua Mercédès.

L'intéressé se demanda un instant s'il s'agissait d'un compliment ou d'une raillerie, puis haussa les épaules et se tourna vers les vieillards en toge blanche, les invitant ainsi à officier. Les druides entamèrent alors la lecture d'un long discours d'intronisation. Ulser n'en retint pas grand-chose : il était trop fasciné par le nombre ahurissant de piqûres que présentaient les visages des orateurs, et qui leur donnaient un peu l'allure de trolls. Il était même si absorbé dans leur contemplation qu'il n'entendit pas que le plus âgé s'adressait à lui. Il fallut que Mercédès le secoue par le bras pour qu'il reprenne conscience de la réalité.

— Je vous demandais, répéta le druide, si vous aviez bien compris tout ce que la charge royale impliquera pour votre famille ?

— Hein ? Heu, ah oui… Oui.

Les vieillards échangèrent des regards en coin, mais poursuivirent néanmoins.

— En tant que vainqueur de la finale, et parlant au nom de votre dynastie, vous vous engagez donc à régner dans le respect de la tradition séculaire de Gangrene ? À travailler à la grandeur du royaume, par tous les moyens à votre disposition ?

— Hum… Tous les moyens… Je suppose, oui… Enfin, ça dépend de ce que vous vou…

— Mais dis seulement « oui » ! s'impatienta Haro.

— Vous devez être prêt à vous sacrifier pour notre pays, expliqua le druide. Vous devez pouvoir partir à la guerre si le besoin s'en fait sentir. Vous devez appliquer une justice équitable, même au risque d'y perdre tous vos amis. Vous devez tenir votre rang en n'épousant que des dames de haute lignée. Vous…

— Ça, je ne pourrai pas ! prévint Ulser. Je suis déjà fiancé !

Il invita Maline à le rejoindre à ses côtés ; des sifflets admiratifs montèrent aussitôt des trois premiers rangs des spectateurs, et quelques-uns des plus excités tombèrent même dans les douves.

— Comment ? Mais… ce n'est pas sérieux, si ? Comprenez que vous devez choisir entre la couronne et ce mariage… La dame a beau être jolie, elle n'en est pas moins barbare…

— Quoi ?

— C'est le trône ou l'amazone, résuma le druide effaré. Vous ne pouvez pas avoir les deux.

— Alors tant pis pour le trône, décida le chevalier.

Ce n'est pas grave, l'important est d'avoir battu cet imbécile de Rohand avec…

Le rugissement qui monta de la gorge du baron couvrit le reste de sa phrase, et même toutes les autres exclamations de l'assistance. Roméo s'interposa juste à temps pour empêcher Haro de Brise-Camail de sauter sur son fils et de l'étrangler à mains nues !

— C'est une erreur, une erreur ! répétait l'enchanteur. Ils ne sont pas fiancés, croyez-moi !

— Pas fiancés ? s'étonna Ulser. Mais c'est vous-même qui…

— Ah mais oui mais non, mais ça ne compte pas ! Enfin ça comptait mais ça ne compte plus ! C'est… c'était seulement pour un jour, vous voyez ? C'est ça ! En tant qu'ancien Alpha d'un cercle de sorciers, j'ai bien le pouvoir de vous fiancer, mais seulement pour un jour à la fois !

Il appuya ces affirmations par des acquiescements insistants, tout en se tapant les paumes des mains l'une contre l'autre. Haro et les druides flairaient bien une grosse fumisterie, mais elle allait dans leur sens et ils se gardèrent bien d'intervenir. Seul le chevalier affichait une mine franchement dépitée.

— Dommage, soupira-t-il enfin. Mais tout de même, fiancer un couple pour une seule journée, il faut avouer que c'est profondément stupi…

— Oui, eh bien c'est toujours mieux que rien, hein ! abrégea Roméo. Finissez ce que vous avez commencé, maintenant !

Ulser tourna encore un regard triste vers l'amazone… qui présentait, elle, un visage rayonnant de bonheur. S'imaginant qu'elle était soulagée par cette rupture imprévue, le prophétionnel vécut le reste de la cérémonie dans un brouillard de mélancolie. Il répondit « oui » à tout ce qui lui fut demandé, même quand il s'agissait d'énoncer son nom complet. Il signa quelques parchemins, embrassa une espèce d'idole religieuse, reçut dans ses bras tendus une sorte de sceptre, plusieurs sceaux dorés, un codex intégral en cinq volumes, et pour finir une couronne au rabais pour marquer l'occasion… Cette dernière était trop petite pour sa tête et menaçait de glisser à chaque instant, mais les druides rappelèrent que le véritable roi, l'aîné de la dynastie, aurait tout le temps d'en faire confectionner une authentique pour le jour où le nouveau trône serait mis en place. Haro se frottait les mains de jubilation à chacun de ces mots, tandis que son fils ne semblait plus qu'une ombre chargée comme un baudet.

Enfin, les druides annoncèrent solennellement que la nouvelle famille royale de Gangrene était celle des Brise-Camail – et, plus secrètement, ils songèrent qu'ils allaient enfin pouvoir retourner à la retraite dont on les avait tirés. Le baron tendit aussitôt les bras vers les symboles du pouvoir qui lui revenaient de droit… quand la foule poussa soudain la vingtième exclamation de surprise de la journée ! Haro se figea alors dans son geste, pour assister à une nouvelle apparition des fantômes !

Dix, quinze, vingt glissaient lentement depuis la cour intérieure du château, encadrant une forme encore indéfinissable. Ces spectres-là avaient une allure presque humaine, même si les armes et vêtements qu'ils portaient à l'heure de leur mort étaient aussi immatériels que le reste de leur enveloppe. Parfois, la silhouette de l'un ou l'autre se brouillait ; son image prenait alors l'apparence des ombres noires qui avaient repoussé les moustiques, juste un peu plus tôt… On apprit ainsi une nouvelle chose sur les revenants : ils pouvaient être à peu près présentables s'ils faisaient un petit effort de concentration.

Les spectres passèrent sous l'arche principale puis s'engagèrent résolument sur le pont-levis, où ils formèrent progressivement une haie d'honneur. L'assistance commença alors à se détendre : tout allait pour le mieux, même les morts venaient glorifier le nouveau roi ! Haro affichait un sourire triomphal… sourire qui tomba en miettes, quand il reconnut la silhouette fantomatique qui glissait au centre des autres. Rien moins que son propre ancêtre ; celui qu'il croyait reclus dans une aile de la demeure familiale !

— Panary ! hurla-t-il. Que viens-tu faire ici, à nous casser les pieds !

L'interpellé ne donna aucune réponse, même après avoir rejoint les druides, le baron, Ulser et ses compagnons. C'était un spectre de grande classe, magnifique dans son costume d'ombre dansante, mais dont le regard perturbé témoignait d'une déficience mentale peut-être héréditaire.

— Eh bien, clama-t-il en s'adressant à la foule.

Cela me paraît évident, pourtant. Je viens chercher ma couronne !

L'assemblée lui répondit par un « Oooh ! » fort à propos, mais qui n'écorna pas l'aplomb du fantôme.

— Une couronne, *quelle* couronne ? s'emportait Haro. Tu es mort, vieux machin ! Tu n'as droit à rien du tout !

— C'est inexact ! triompha Panary. Certes, notre tradition dit que la perte de la vie force le legs de tous titres seigneuriaux à l'aîné de la génération suivante... Voilà comment *toi*, tu es devenu baron d'un domaine que j'ai moi-même dessiné à coups d'épée. En revanche, aucune loi n'interdit un revenant de prendre le pouvoir à l'avènement d'une nouvelle dynastie ! Je n'ai pas perdu la vie pendant mon règne : j'étais mort *avant !* Et c'est bien moi l'aîné des Brise-Camail, donc le nouveau souverain !

Il partit d'un grand rire sardonique qui sonna familièrement aux oreilles des aventuriers, sans qu'ils puissent expliquer pourquoi. Haro roulait des yeux fous. Il se tourna vers les druides qui firent alors mine de fouiller les tomes du codex... mais ils les refermèrent bien vite avant de hocher négativement la tête.

— Tu ne peux pas être roi ! insistait le baron. Comment ferais-tu ? Qui accepterait seulement de te servir ? Tu aurais forcément besoin d'au moins un régent, mais qui voudrait vivre parmi tes semblables ?

— Je trouverai sûrement quelqu'un que la différence n'effraye pas, rétorqua Panary.

Il n'avait pas encore achevé sa phrase que les spectateurs faisaient déjà un bon pas en arrière, peu désireux d'être désignés volontaires.

— Moi, je veux bien…, annonça Boggus.

— Toi ? s'étonna Roméo.

— Eh bien, oui… Ce sera toujours un endroit calme, ici ; j'aime ça. Et, en travaillant avec le nouveau roi, je pourrais peut-être faire quelque chose pour les animaux. Je crois qu'il faudrait commencer par interdire la chasse des dahus, ou ils vont disparaître à nouveau.

— Accordé, énonça le spectre.

Le charmeur répondit à son sourire, puis s'approcha pour tenter en vain de lui serrer la main, avant de simplement s'installer à ses côtés, satisfait de ce premier accord. Haro resta bouche bée devant la scène. Il tourna ensuite son regard hébété vers les spectateurs qui applaudissaient, puis vers son fils qui n'avait pas bougé d'un pouce depuis au moins vingt minutes, perdu qu'il était dans ses pensées. Alors, le baron lâcha une dernière bordée de jurons et quitta le pont-levis en bousculant les badauds.

— Le pire, c'est qu'il n'a aucune chance de récupérer le trône un jour, ricana Mercédès. Ce n'est pas directement de votre faute, mais vous avez quand même encore semé une belle pagaille, vous !

Elle s'adressait bien sûr au prophétionnel, qui se contenta de déposer son fardeau et de s'éloigner, les épaules basses. Maline le rattrapa par la main avant même qu'il n'ait parcouru trois mètres. Ils se tinrent alors face à face, aussi fébriles l'un que l'autre.

— Je sais qu'il me reste encore beaucoup de choses à apprendre, avoua l'amazone. Depuis que j'ai quitté mon clan, tout est si... étrange... mais je connais au moins la valeur d'une couronne et d'un royaume. Tu allais vraiment y renoncer pour... moi ?

En cet instant, la fière guerrière paraissait plus vulnérable qu'elle ne l'avait jamais été, plus sensible même qu'on ne pouvait l'imaginer... Ulser en fut si ému que les mots sortirent naturellement de sa bouche, comme l'aveu d'un amour encore jamais clairement exprimé :

— Ben, oui !

Sans lâcher la main de son héros, Maline vint alors déposer un tendre baiser sur sa joue. La foule des curieux explosa alors en un concert de cris, de sifflements et de hourras surpassant tout le ramdam qu'ils avaient pu faire en ce jour ! Ils auraient été encore plus bruyants s'ils avaient su que c'était là le premier baiser de l'amazone, et qu'elle l'avait donné sur une impulsion, sans qu'on lui ait jamais expliqué en quoi cela consistait... ni ce que cela pouvait représenter.

Ulser, lui, en connaissait assez long sur la question ; et il se lança donc dans une petite danse de la victoire ! Il s'arrêta bien vite en se rappelant qu'elle datait du temps où Rohand et lui étaient pages, et que les pas étaient véritablement ridicules. Qu'importe, le chevalier se sentait désormais prêt à relever tous les défis que l'on mettrait sur sa route ! Avec sa fiancée d'un jour, le malin Roméo, la pragmatique Mercédès, l'habile Escar et le loyal Fimosis, ils allaient remettre de l'ordre dans la trame du destin !

Quelques mètres derrière le couple, les sorciers contemplaient la chorégraphie que le chevalier n'avait pu s'empêcher de recommencer. Toutes ces émotions les avaient suffisamment touchés pour qu'ils se prennent également par la main, malgré leur brouille de ces derniers jours… Puis la sorcière avoua qu'elle ne serait pas contre disparaître discrètement dans un petit coin tranquille, en compagnie de son mari, tant qu'à faire.

— Je ne sais pas trop, se raidit l'enchanteur. Je ne voudrais pas avoir à subir une nouvelle vexation. La dernière fois, tu as parlé dans ton sommeil, figure-toi !

— Ah bon ? Qu'est-ce que j'ai dit ?

— Une histoire de peau de bête, résuma l'enchanteur. Ça semblait te faire beaucoup d'effet, en tout cas, si tu vois ce que je veux dire !

Mercédès surprit le coup d'œil furtif qu'il lançait vers le charmeur. Elle fronça les sourcils, fouilla sa mémoire, puis son visage s'éclaira d'un sourire coquin.

— Et tu as cru qu'il s'agissait de Boggus ? Grand naïf, j'étais en train de rêver de toi !

Elle lui chuchota quelques-unes de ces scènes imaginaires à l'oreille… Roméo songea vite que, effectivement, ce serait une bonne idée de se trouver un petit coin tranquille et d'en profiter un peu, tant qu'ils en avaient l'occasion. Personne ne pouvait prédire quand le prophétionnel les entraînerait dans une autre de ses quêtes farfelues.